シチェドリン作

専横行政官《ポンパドゥール》とその女たち

西本昭治訳

未來社

シチェドリン肖像写真。1860年代末。

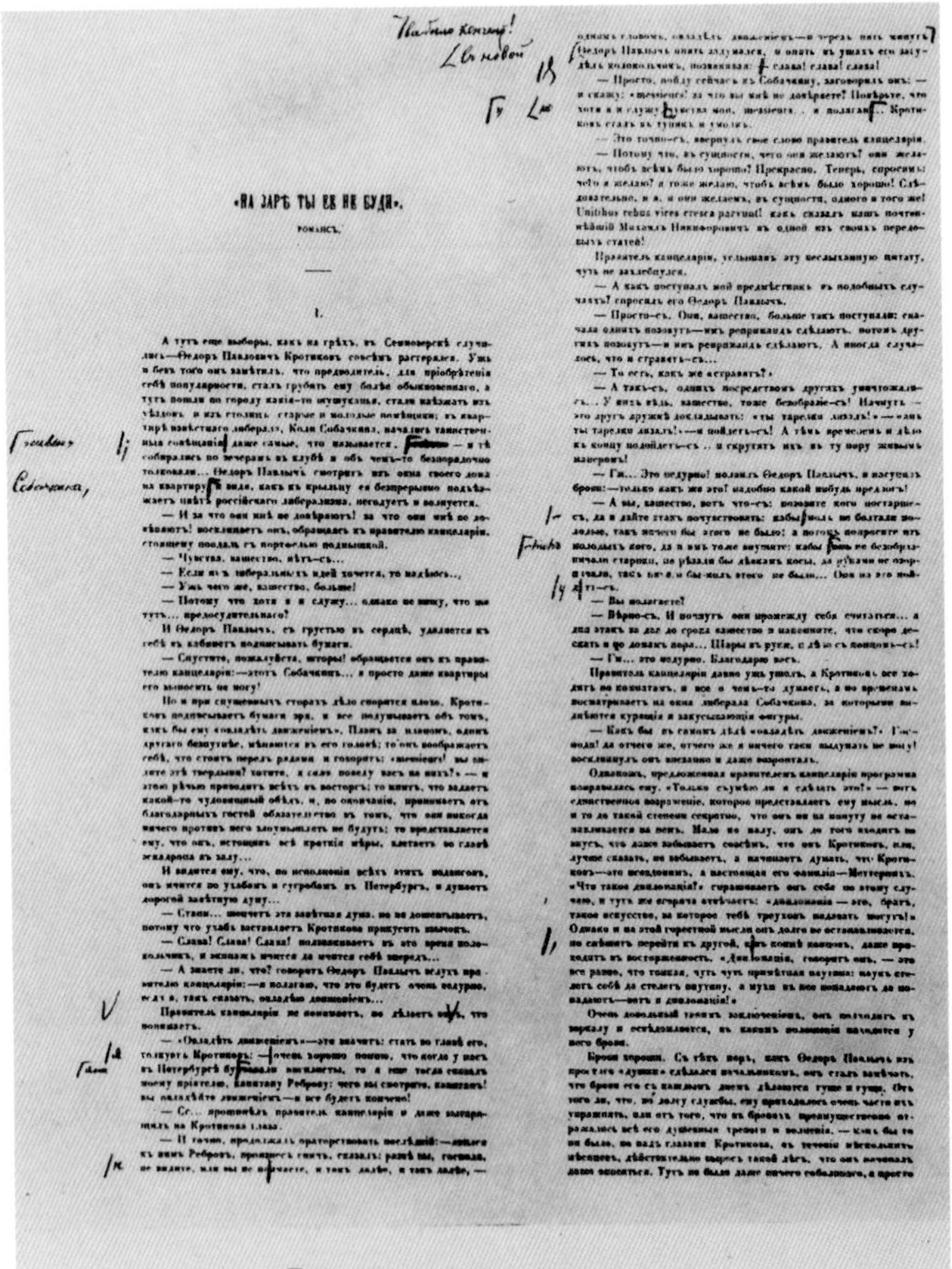

«НА ЗАРѢ ТЫ ЕЕ НЕ БУДИ».

РОМАНСЪ.

I.

А тутъ еще выборы, какъ на грѣхъ, въ Семиозерскѣ случились—Ѳедоръ Павловичъ Кротиковъ совсѣмъ растерялся. Ужь и безъ того онъ замѣтилъ, что предводитель, для пріобрѣтенія себѣ популярности, сталъ грубить ему болѣе обыкновеннаго, а тутъ пошли по городу какія-то шушуканья, стали наѣзжать изъ уѣздовъ и изъ столицъ старые и молодые помѣщики; въ квартирѣ извѣстнаго либерала, Коли Собачкина, начались таинственныя совѣщанія даже самые, что называется, — и тѣ собирались по вечерамъ въ клубѣ и объ чемъ-то безпорядочно толковали... Ѳедоръ Павлычъ смотритъ изъ окна своего дома на квартиру, и видя, какъ къ крыльцу ея безпрерывно подъѣзжаетъ цвѣтъ россійскаго либерализма, негодуетъ и волнуется.

— И за что они мнѣ не довѣряютъ! за что они мнѣ не довѣряютъ! восклицаетъ онъ, обращаясь къ правителю канцеляріи, стоящему поодаль съ портфелью подмышкой.

— Чувства, ваше-ство, нѣтъ-съ...

— Если изъ либеральныхъ идей хочется, то надѣюсь...,

— Ужь чего же, ваше-ство, больше!

«Помпадуры и помпадурши».
Гранки с авторской правкой. *1864*.

V 《暁にはあなたは彼女を起こすな》の、シチェドリンが手を入れた校正刷。1864。

シチェドリン作

専横行政官《ポンパドゥール》とその女たち

目次

＊訳者注、各章のローマ数字は原書にはない。

作者から

わがくにの若いポンパドゥール(1)諸君は、いともしばしば僕に、あれこれの場合にいかに振舞うべきかについて解説を求めている。これには僕は大いに困っている。それというのは僕は秘書も事務員ももたないので、大部分の手紙を返事も出さずに放っておくことを余儀なくされているからだ。ところが、内政問題に関する活動の画一性は、有益であるばかりでなく、必要であることを、だれも僕よりも理解している者はいない。だから、僕は、かけだしのポンバドゥールが空手で任地に赴くことのない程度に彼に必要な、ポンパドゥールの活動のせめて主眼点なりとも解説することにした。それは、たとえば、見送り、出迎え、部下・住民・法律に対する接し方、ポンパドゥールシャ(2)の選択などである。僕は、その方が分かりよいと思って、短編小説の形式を選んだ。無味乾燥で抽象的な論議は、人工鉱泉場(3)で教育を受けた若い人たちには、おそらく向くまい。いずれにしても彼らには堪えがたく思われるに違いない。小説なら彼らは読むだろうし、摂取消化さえしてくれるかも知れない。ポンパドゥールの活動のあらゆる場合を僕は決して究め尽くしてはいないことを知ってはいるが、しかし僕は、この意味で最初に手をつけたということでは、心が慰められるのだ。おそらく、他の者たちが、僕の示した道を追って、この事業に、より以上の明快さと、より以上の才能をもち込んでくれるだろう。今日まですべてがすこぶるぼんやりしてはっきりしなかったこの重要な活動の独自の圏内に、いくらかなりとも光を当てようとする僕の試みを、せめて鼓舞するためだけにでも、ポンパドゥール諸氏が僕の本を手にとってくれるよう、はかなく期待するものである。

訳者注

（1）　ポンパドゥール。元来はフランス王ルイ十五世の愛人で、事実上国事を勝手気ままに決定したポンパドゥール侯爵夫人（一七二一〜六四）のことであるが、シチェドリンがこの作品で専横行政官の意味に用い、以後ポンパドゥールはその意味においての普通名詞となった。

（2）　ポンパドゥールシャ。前注ポンパドゥールの、愛人の意であるが、要するにポンパドゥールとの個人的関係を巧みに利用するポンパドゥールの気に入りの女性。

（3）　人工鉱泉場。ペテルブルグのノーヴァヤ村に一八三四年から七三年まで存在した大歓楽場。ダンスの夜会などが行なわれていた。

Ⅰ《では、これで、わがいとしきひとよ、お別れだ！》(1)

当節ではわれわれは県知事たちとひじょうに頻繁《ひん》に別れのあいさつをかわさなければならない。県知事が着任して、まだその行政手腕を示していないうちに、なんと、彼はもう更迭されて、新知事が派遣されてくる！　だからヴィスロウホフスキー横町の舗装路は今日に至るまでまだ完了しておらず、民衆にしかるべき心情を植えつけるという案も、清書されずに事務室に置かれたままである。ある知事は、着任するとまず県知事室の床《ゆか》を剥《は》ぎ始めた。で、どうなったか？　剥ぐことは剥いだが、その場所に新しいのを張る間《ま》がなかった！『わが輩は為になることをそれはそれはどっさりしようと思っておったのだが、どうもな、諸君、神様のお気に召さなかったようじゃよ！』と、彼はあとでわれわれと別れのあいさつをするさい言った。実際、その地位に新任の高官が着任すると、ただちに彼は、県知事室の床ではなく応接室の床を剥がなければならなかったのだと判断し、これに応じてしかるべき処置をとった。したがって、この高官がまもなく更迭されたら、つぎの高官は、食堂の床をこそ剥がねばならぬという結論に達するのであろう。かくして、県知事邸は全体がだんだんとだめにされてしまうであろうが、しかるべき行政手腕は、やはり、示されぬままであろう。

それはまったく必要なことであるかに、言われている。以前には一つの任地に長く居座ることを許容することもできた。というのは、当時は行政官からは、彼が行政官であることを除いては、それ以上は何も要求されていなかったからである。が、今日では、そのほかに彼が一種の《真髄》(2)を理解することを、要求されるようになっているかのようだ、と言われている。だが、僕が思うに、すべてこれはくだらぬ気まぐれに過ぎない。なぜなら、僕の考えるところでは、あらゆる人間があらゆる《真髄》を理解する能力がある。これに対しては、示唆するのは気がひけるような《真髄》が時にはある、と反駁《ばく》される。しかしこの反駁はどうも根拠がないようだ。なぜなら、信頼できる礼儀正しい人は、あらゆる種類の《真髄》のための材料を含んでいるような内的な素質を生まれながらにそなえているからだ。したがって、その場合には直接的な示唆すら必要でない。抜き取り遊びみたいにただ鉤《かぎ》針を投げれば足りる。必ず手ごたえはあろうから!

たとえばこの僕にしても、県知事になれと言われれば県知事になろう、検閲官になれと言われれば検閲官になろう。前者の場合には、知事官邸の屋根を剥ぎ、病院を拡《ひろ》げ、役所の天井を白く塗り、古い滞納金を徴収するだろう。もしこのほかになお何らかの《真髄》を行なうことが必要であれば、ご満足のいくように、《真髄》を行なおう。後者の場合には、多くの作品をまったく不適格として撥《は》ね、多くの作品は文章を切り詰め、多くの作品は僕自身のでっちあげた金言で飾ろう。もしこのほかに《真髄》を行なうことが必要なら、《真髄》を行なおう。なんにでもなることができる。フリゲート艦《パルラダ》(3)号の艦長にでもなることができる。もし神の助けがあるなら、ひょっとすると、海戦にも勝つだろう。くり返す。もし時にわれわれに、部下のだれかがわれわれの意図どおりに十分に行動していないように、彼が《真髄》を理解していないように、また命令の遂行が不十分であるように思われることがあっても、それはわれわれの思い違いだ。そのようなときには決してあわてることなく、おもむろにそうした部下を呼んで、君、まさか君にわかっていないことはあるまい、と言えばよい。するとたちどころに彼は理解し、諸君が彼に見とれてしまいさえするほどの奇跡をおこない始めること、請け合いだ。それは、かつて僕が鉄道工場で平延べハンマーを見た時のことと同じだ。このハンマーはふたりがかりでやっと持ちあげられる鋳鉄の大槌《おおづち》もひと打ちで砕いてひらべたくした。その同じハンマーが、それに礼儀作法が示唆されたとき、懐中時計のガラスの上に載っている松毬《まつかさ》を砕いたのだ。しかもガラスはちっとも傷つけなかったほどおだやかに砕いたのだ。したがって、問題は、どういうハンマーか、大きいハンマーか、小さいハンマーか、という点にあるのではまったくなく、御上《オカミ》から彼にどういう示唆がなされたか、という点にあるのだ。

しかし御託を並べるのはたくさんだ。われわれが先日、県知事を失ったいきさつを話すことにしよう。だがそれよりも先に僕という人間を読者に紹介することは無駄《だ》ではないと思う。

僕は忠実な人間だ。どの知事もこのことを知っており、僕に対して同様な見方をしている。また僕としてもどの知事に対しても同様の見方をしている。なぜなら彼らはみんな知事なのであるから。このことをしかるべく解説することは僕にはできないが、しかし読者は僕の言うことは解説がなくても分かってくださると思う。どの知事をも僕は一様に惜しみ、どの知事にも僕は一様に喜んでいる。かりに知事が理由もなく僕にかんしゃくを起こされることがあっても、必要な時には僕を赦されるであろうことを、僕は知っている。また僕は、悪いのは僕であることを、知っている。かりに僕が実際には悪くはないとしても、知事の眼の前に時をかまわずとびだしたという点で、僕は悪い。なぜなら知事もまた人間であり、時にはひとりきりになる必要もあるではないか。御上《オカミ》におかれてはご寛大であられ、僕が悪いことは、知っておられても、僕がこのことを痛く感じていることをご覧になって、それで僕を赦される。こうした考えで僕は妻を教育したし、また家族のみなを教育しようと思っている。

このことで僕たちは都市《まち》じゅうの尊敬の的となっており、旧知事を送ったり、新知事を迎えたりする場合には、僕は常に重要な役割を演じる。

《迎える》ことはむずかしいことではない。その場合には歓迎ぶりがねんごろであればあるほどよい。知事がたはそれがお好きなのだ。だがその場合もあんまり度を越すことは考えものだ。なぜならその知事はまだそれに値していない、と反駁する者がいるからだ。しかし知事は決してそうは考えておられない。自分は知事であるからしてそれに値しておると考えておられるものだ。しかし《送別》となると一種のかけひきを必要とする。その場合には去ってゆく知事にささげる賛辞が度を越して、新知事がおむくれにならないように、また『自分もいつかはこういうふうに惜しまれて去るのだろう』とだけお考えになるように、事を運ばねばならぬ。したがって、まず一番に、送別の儀式はもっぱら恭順の性格をとらねばならぬ。だから、去ってゆく知事が何かひじょうに偉大なこと、たとえば、記念碑を建てたとか、不毛の土地を実り多い土地にしたとか、人の住まぬ荒野に人を入植させたとか、筏《いかだ》流しの河を船の通る河にしたとか、工業を興したとか、貿易をひろげたとか、県印刷所に新しい活字を入れたとか、等々のことをしていたとすれば、そういう事柄について述べる際には慎重でなければならぬ。なぜならこういうことはだれにでも出来ることではないし、それについて述べたことを、新知事が、あなたもこういうことをしていただきたいという、事前の催促に、お受けとりにならぬとも限らぬからだ。しかし、去ってゆく知事が平凡なこと、たとえば、住民を鎮圧したとか、住民を逮捕したとか、よく熱心に勤めた者を褒《ほ》めたとか、在任中にそういった事をしていたとすれば、こういった事柄についてはいともくどくどと述べたててよい。なぜならそんな事ならどんな頭の持ち主でもできることだし、したがって、新知事もそういうことは必ずおやりになるであろうから。送別の儀式の老練な世話人はすべてこうしたことをよく考慮しなければならぬ。とくに、ふたりの知事――離任してゆく知事と新任の知事――が顔をそろえておられるような場合には、利口に振舞わねばならぬ。その場合には、言葉のみならず、食べ物にも、酒にも、慎重でなければならぬ。

ま、そういうわけで、われわれはわれわれの知事を失ったのである。もうその数日前から僕は身内に愛惜の念をおぼえていた。その出来事の前夜には、僕の妻までが寝床でどうも落ち着かぬげに寝返りを打ちながら、『ねえ、閣下の身の上に何かよからぬことが起こるような気がしますわ!』としきりに言っていた。子供たちも熱を出して、泣いていた。犬たちまで庭で吠《ほ》えていた。

われわれのこの高官は、人のよい老人だったが、しかしまだ役に立つ人だった。彼がわれわれのところへ任命されて来たのは、まだ前《さき》の最高長官の在任中のことであったが、(現最高長官は老人たちを愛してはいるが、市民の身分の老人たちをであって、勤務についている老人たちをではなく、勤務についている者で彼が愛しているのは、若い官僚たちである。若い官僚たちは、その市民の老人たちの利益を、本人たち自身よりも、よく擁護できる。)しかし、老人のこの地方統治の期間は長くはなかった。明らかに不公平だ。というのは、老人自身が僕に後で内緒で一度ならず、『わからん、なんでわしばかりが除《の》け者にされたのか、わしには本当にわからんよ! 新知事が新しい識見をもっているとしても、わしだって命じられさえすれば、どんなことでもやってみせたのに!』と言っていたものだから。この人物がその地位につく前にどんな苦労を重ねてきたかをその際に思い出すなら、まさに、彼は偉大な殉教者であった、ということが出来る。まず第一に、課長に、それもひとりではなく数人の課長にへいこらし、日曜日ごとにお祝いに行き、平日には役所で三時と四時とのあいだにひと口話《アネクドート》をぶってまわった。だが腹の中は悶悶《もんもん》、頭にあるのはただ、いつまでもむなしく、という思いばかり。やがて係長になったが、そこでもやはりうまく立ち回らねばならぬ！　局長室のドアのそばで善意にあふれて待っている。何かを報告するためではまったくなく、ただたとえ八つ裂きにされても……という覚悟のほどを示すためだ。局長がそばを通って、にこりとされる。『どうだね、きみ、覚悟はできたかね？』　アストラハン(4)へでも、閣下！　『ふむ……アストラハンか！　あそこへはシャルロッタ・フョードロヴナ(5)もある爺《とっ》さんのことを頼んできた！』と局長は言って、通り過ぎられる。局長室へははいることは許されないし、泣いて気を晴らさせてももらえない。『ああ！　いつまでもなしく！』と老人は繰り返すばかり。そしてやっとのことシャルロッタ・フョードロヴナに近づくことができた。彼女には彼が気に入った。しかしそれはほかでもなく、きちんと法式を踏んだためである。つまり、パンを持参し、健康によい水を浴槽に入れ、入浴されているあいだ、おかしな笑い話をべらべらとしゃべったものだ。それで気に入られたのだ……。とても気に入られたので、アルハンゲリスク(6)の代わりにわれわれのところへ遣られたわけである！　こういった試練を経てから、ようやくたった数か月政務をとったところへ、いきなりぴしゃりとやられたのである。

われわれを襲った打撃の第一報を、僕は副知事から受け取った。無作法ながら、僕は、朝、彼を訪れたのだが、ちょうど彼は室内を行きつもどりつしていたところだった。おそらくは、彼は、どんな運命がわが県を襲うことになるのか、考えを凝らしていたのに違いない。わが副知事はおべんちゃらな宮廷人気質の人間だから、たいした感受性はもっていないのだが、しかしその彼も心を打たれていた。

「うちの馬鹿が辞めさせられたことを、知っているかね？」と彼は開口一番僕に訊《き》いた。

僕の胸の中では何かがちぎれたような気がした。一方では、副知事さんが前日まではまだ閣下と呼んでいた人間を、充分な根拠もなく敢《あ》えて馬鹿呼ばわりするとは思いもよらず、他方では、副知事は時に冗談をとばすのが好きなことを知っているので（もっとも僕は、冗談なのかそれとも試験なのかわからないようなこうした冗談には我慢ができないが）、僕は彼のその言葉を僕の持ち前の慎重さで受けとめた。

「閣下はいったいどこの《馬鹿》のことを話しておられるのですか」と、僕は調子をできるだけ和らげてこの質問のぶっきらぼうさを抑制しながら訊いた。

「どこのだって？　わかってるじゃないか、どこのかは！　うちの馬鹿だよ、シャルロッタ・フョードロヴナ姐御《あねご》の子分のことさ！」

僕はがっくり気落ちした。しかし一分もたたぬうちに、僕の頭には質問がまとまった。

「閣下には、新任の方はもうわかっておられますか？」

こう訊くと心はだんだんと平静に返った。知事がないままに放っておかれることはないだろうという予感がしはじめたのだ。

「ウダル－エルィギン[7]が任命された」

「将官相当官ですか？」

「将官相当官だ」

僕の心はすっかり落ち着いた。というのは、予感は当たった、という確信をもったからだ。

「その方はどういうお方で？」僕はちょっと勇気をだして訊いた。

「哺《ほ》乳類さ」と、副知事は答えた（彼は要するにすこぶるひどい皮肉屋《シニック》だった）。

僕たちふたりは思いに沈み、黙って室内を歩き始めた（生まれてはじめて僕はお偉方と並んで歩いた。お偉方の尻《しり》に《おずおずと》くっついて歩いたのではない。不運があらゆる地位を等しくしたのだ)。

「前知事のために送別の宴を張らねばならぬと考えますが?」と、まず僕が沈黙を破った。

「ふむ……そうだな……わしはこのウダル - エルィギンを知っとる……知っとるよ!」

「閣下、わたしは、何かパレードのようなものをするよう商人たちに勧めてもよいと思うのですが?」

「ふむ……商人たちにな……。一度わしはこのウダル - エルィギンに呼ばれてな、『わしは午前中は忙しいから、この時間には来るな、毎日昼めしを食いに来い』と言われたことがあったよ……」

「客好きな方なんですな?」

「ふむ……そうだ……客好きだな……。こうも言われたよ。『ただ食事中は仕事を休んでいるのでな、わしは賑《にぎ》やかなのが好きなんじゃ。こないだも官房長が唐辛子《トウガラシ》の汁をひと匙《さじ》も飲みこんでな、みんなを喜ばせたもんじゃよ』とな」

「閣下、ただ恭順の精神を以てすればどのような試練も突破できます!」と、僕はさえぎって、思わず目を伏せた。

「まあ待ちたまえ、話の腰を折らんでくれ、それでだね、続けてこう言われたんだよ、『きみもこれに倣《なら》ってもらいたい』とね……」

「で、閣下も、それに倣われたのでありますか?」

「倣ったよ」

僕たちはふたたび黙りこんだ。僕は心が落ちつかぬような、またもや気落ちしそうな気分になった。愛する知事の更迭を残念に思う気持ちは、別の愛する知事の派遣にかける期待によって、和らげられてはいたにかかわらず。実際、僕の恭順の精神は恐ろしい試練を受ける危険にさらされることになった。『もしもやつがおれに唐辛子の汁を飲ませやがったら、どうしよう！』と考えると、僕は、心底、ぞっとせずにはおられなかった（だって僕の体質はそうした試練を乗り切れると請け合うことが出来たろうか？）もしも全県民が副知事さんの語った逸話を聞いたなら、『もしおれに唐辛子の汁を飲ませやがったらどうしよう？』とだれしも思わずも自問するであろう、と僕は確信する。

「新知事の非凡な点はただそれだけですか？」と、ふたたび僕が沈黙を破った。

「それだけだね」

「しかし、その方はおそらく寛大な方でしょうね？」

「唐辛子の汁を飲みこむことができる者に対しては、ね」

「じゃ、つまり、閣下は……」

「わしは閣下とは最良の関係にあるよ。ところで、しかし、あの馬鹿のために送別の宴はやはり張らなきゃなるまい……」

「それは、閣下、新知事にとっても激励となるでありましょう……」

「うん、そうだ、少なくとも、われわれが無視してはいないことは、わかるだろう……」

僕は外へ出て、まったくびっくりさえした。想ってもみたまえ。何事もなかったかのように、人のよいわが老人が運命の急転を受けなかったかのように、前夜まったく新しいまったく思いがけない新知事が彼を押しのけて発芽し開花しなかったかのように、すべてがもとのままだったではないか！

あいかわらず警察署長は、鹿毛《かげ》の馬の二頭立て馬車を威勢よく走らせて朝の報告に急いでいたし（『ほら、奴《やつ》の面《つら》のなんと間延びしていること！』と僕は思ったものだ）、あいかわらずセーニャ・ビリュコーフはマトリョーナ・イワーノヴナのために何やらポマードを買いに一目散にすっとびながら、遠くから僕に愛想よく帽子を振っていいたし、あいかわらず、いまいましい百姓どもは市場の広場で声をかぎりにがなりたて、一コペイカのためにやかましく掛け合っていた。空気まできのうとまったく同じだった。すべてこのことが僕の神経に何となく奇妙に作用し、無神経な百姓の冷酷さに僕はひどくいらいらして、くちばしを入れることを必要だとさえ考えた。

「何をそこでがなりたてているのだ！　何をがなりたてているのか！　ここは市場か！」と、僕はその一団に近づいて叫んだ。

「むろん市場さ！」と、ある声が僕に答えた。

僕はまごついた。というのは実際僕は市場にいることに気づいたからだ。

「いまいましい百姓めが！　お前らはゆうべ県全体に不幸が起こったことを知らないのか？」

百姓たちは僕をあっけにとられて見た。

「アンフィーム・エヴストラーチチ閣下が辞めさせられたことを、知っておるのか？」

「おお！　それは……」

しかしその不敵な男がみなまで言わぬうちに、もう僕の手はその義務を果たしていた。

「だけんど、きっと、新しい知事さんが代わりに来られるのでがんしょう！　新しい知事さんが来られるのでがんしょう！　新しい知事さんが来られるのでがんしょう！」と、その過ちをおかした男は叫んだ。

最初は僕は彼の言い訳を耳に入れず、自分の務めを果たしつづけた。しかし正直のところ、『新しい知事さんが来られるのでがんしょう！　新しい知事さんが来られるのでがんしょう！』という言葉がはっきり僕の耳にはいると、僕の手はひとりでに垂れた。実際、僕の判断でも、前知事がいなければ、それはつまり新知事がいるということであり、それ以外の何物でもないのである！　空気が変わることなどちっともないのであり、すでに確立した、言ってみれば、土中に根をおろした物が移動するなどということはまったくないのだ！　きのうの死滅がきょうの復活の萌芽《ほうが》をうちに含んでいないことがあるだろうか？　きのうの曇りがきょうの晴れによって償われないことがあろうか？　要するに、僕は、僕が理由もなく侮辱した百姓に十コペイカ銀貨を一枚やることをやむなくされた。そして僕はいろいろと堅実な思案を重ねて自分を鎮めてから、すでに運勢の傾いた非運の人を訪ねに出かけた。

応接室で、僕は官房長と警察部長とに出会った。ふたりとも頭を垂れて立ち、物思いにふけっていた。前者は自分は県庁の閑職に追われるのだろうと考え、後者は追われることさえ考えず、ただまざまざと破滅させられた我が身の姿を思い浮かべていた。

「あなたは辞令をお読みになりましたか？」と、僕は官房長に尋ねた。

「読んだ」と、彼は沈痛に答えた。

「しかしまたどういう理由でしょう？」

「理由などまったく記されていないね。それどころか、賛辞がならべてあったよ。『弛《たゆ》まず努力して官界に尽瘁《じんすい》し』……」

「結びは？」

「結びは、『さなきだに老齢のために不安定なる貴下の健康が害されて』とあったよ……」

「《老齢》といってもどのくらいです！」

「どのくらいって、つまり職歴表には七十五歳と載っているがね！　ちょうど働き盛りさ！」

「ご老人にはまだもっと治めてもらいたいもんですねえ！」

このとき非運のご老人が出てきた。その顔はペチョーリン[8]のようだった。口もとは笑っていたが、眼の表情は暗かった。見たところ、彼は陽気そうに手をすり合わせていたが、その動作には何か、生皮を剥がれる人のような切なさがうかがえた。

「やっと前前から心に願っていたことが果たされたよ！」と、彼は僕たちの方を向いて言った。

「都市《まち》じゅうが、閣下……」と、僕は始めかけた。

「やっと前前から心に願っていたことが果たされたよ！」と、彼はくり返し、そこでやめて、ひと息入れた。

僕は、老人はある役柄を演じており、この役柄をかなりしっかりと習得したのだな、と悟った。

「わたしどもといたしましては、新知事が閣下と同様執政に腕をふるわれるであろうことを期待して、これを慰めとするほかはありません！」と、僕がその間《ま》を利用して言った。

おどろいたことに、将官相当官は僕の言葉にまごついたようだった。どうやらその言葉は彼の計算には入っていなかったらしい。この言葉はまたこの場に立ち会っていたほかのふたりに相異なった作用をした。官房長は僕の真意を理解したようだが、なぜ自分が先にその言葉を言わなかったかと、いまいましく思っているようだった。しかし警察部長は、どうやらもう自殺したような人として、話の筋をまったく別の方向へむけた。

「いや、失礼ですが、こういう立派な知事さんはわれわれは持たなかったし、今後も持つことはないでしょう！」と、彼は興奮した声で言って、前へ進み出た。

「ありがとう!」と、将官相当官は言った。

「閣下!」と、警察部長はもう、息が詰まるほどこみあげてくる忠順の念に蝦《えび》のように真っ赤になって、続けた。

「ありがとう!」

警察部長は、将官相当官がいとも巧みにかくしていたその手を、取った。官房長は黙って、もし司法部へ追われたのなら、まだそう悪くはないな、などと考えていた。僕は針のむしろに座っているようだった。というのは、僕の意図がまったく的はずれに解釈されたのを、目撃したからだ。

「わたしはただこう申しあげようと思ったのです」と、とうとう僕は説明した、「閣下のつとめが中断されるということは決してないということ、そして神は……」

「その通りじゃ!」

「神は閣下のような執政者をかつてわれわれにお恵みくださいましたが、今後もまたむろんわれわれのためにご配慮くださるであろうと……」

「その通りじゃ!」

そう言うと、閣下は奥の部屋に入られた。その後に警察部長と官房長が従った。僕はそのまますごすごと玄関の方へ出ていかねばならなかった。

玄関で番人がにこにこ笑いながら、新知事はいつ来られるのか、と訊いた。今の知事より五代前の知事が官邸のために購入した時計が『こち、こち、こち、こち』と鳴っていた。それはまるで、『おれたちは五人の知事を見た! おれたちは五人の知事を見た! おれたちは五人の知事を見た!』と言っているようだった。

――したがって、後は、わが将官相当官に最後の借りを返せばよかった。この面でもっとも経験の深い住民から委員会が選出された。委員会は今度は僕とセーニャ・ビリュコーフを儀式の幹事に選んだ。僕にはこのことは何も珍しいことではなかった。というのはこれまでもうたびたびこうした葬式を手がけてきていたので。しかしセーニャは自分が信任されたことにはなはだ得意になり、まるで背が鞍形《くらがた》にへこんだ馬のように首を曲げさえして、そんな格好で朝から晩まで都市《まち》じゅうを駆けまわっていた。料理の問題が白熱した審議にのぼると、当然、乾杯とテーブル・スピーチの問題が起きた。しかしこれは至極重要な問題であるので、僕はこれについて余計な数言をしておかねばならぬと思う。以前には、この問題の解決は、まったく面倒なことではなかった。というのは前にはみんながいきなりしゃべったものだから。幹事のひとりが中央に進み出て、『閣下の健康を祝して！』と乾杯の辞を言えば、みんないっせいに『ごきげんよう、閣下！』『閣下、ばんざい』と唱和した。すると今度は閣下がテーブルをまわって、『諸君、いろいろとお世話になったね』『心からありがたく思っているよ、尊敬すべき同僚諸君！』と言った。するとみんなは感激の度合に応じて、泣いたり、あるいは眼をこすったりした。こうしてみんながわいわいがやがやとざわめきたっている中では、何を言ってもわからなかった。むろん、こうした感情の表白形式は完全に正しいものではなかったが、しかしそのかわり感動的であり誠意あるものではあった。しかし現在ではこれがくるっと変わったのだ。《ロシア通報》《ルースキー・ヴェスニク》(9)が、《憲法》と言う言葉をロシアの土壌に移すなどとはばかげたことである、あるいはもっと詳しく言えば、ロシアでは憲法の原理はどこにでも、居酒屋にでも、あふれているはずだ、と立証して以来、われわれは、われわれのつつましい儀式もまた憲法の原理にあふれているべきである、と断定した。この原理とは、周知のとおり、次の点だ。だれかひとりが話している時には他の者たちは黙り、ひとりが話し終えたとき、別のひとりが話し始め、他の者たちはまたも黙っている。宴会の始まりから出席者がかなり陽気になるまでこんな具合にやる。もともとこういったことにこそ真の憲法の始まりはある。なぜなら、以前にやられていたことは、すべて真の憲法に至る予備的準備にすぎないと考えられるから。おそらくは直接真の憲法から始めることが一番よいのであろうが、しかしこれは不可能なことだ。なぜかと言えば、第一に、何事も順序を追って行なわねばならぬ。第二に、予備的行動は近く予定されている明朗な憲法の道を照らし、それへの導きの糸となるからだ。こうした状況のもとではほかの者が黙っているような時にでも話すことの出来る人たちがどうしても必要なことは、明らかだ。しかしまたこの事情はまったく厄介《やっかい》なことであり、控えめな人たちはこの事情をきわめていやいやに受け入れていることもまた、明らかだ。これは、まわりでだれもが不埒《ふらち》をはたらいていない時に、ひとりでおおっぴらに不埒をはたらくことと、ほとんど同じだ。だから、乾杯の辞とテーブル・スピーチを行なう人の選択はきわめて重大な困難をつねに伴い、この務めは賦役とほとんど同じくらいの義務なのである。

このたびは弁士に選ばれたのは、次の人たちだった。五等官を代表して副知事、その他のすべての官等を代表して県庁顧問官ズヴェニゴロドツェフ、若い世代を代表してセーニャ・ビリュコーフ、さらに、軍人を代表して駐屯軍の大隊長。警察部長はきわめて熱意を示し、みずから警察を代表してとび入り演説をおこなうと申し出た。むろん、彼らはみんなすぐに家に帰って、ロシアの政界事情に精通し雄弁に必要なある種の言い回しを習得すべく、《モスクワ報知《モスコフスキエ・ヴェードモスチ》》(10)の朗読に従った。

しかし送別の宴を飾るべき重要な人物は、百歳の老人マクシム・ガヴリールィチ・クレストヴォズドヴィジェンスキーであった。彼はすでに一七八九年にわが県で地方長官官房の書記として勤めた人である。このわが都市《まち》の生きている年代記、わが都市の偉大と光栄の証人を祝宴に加えようという思いつきは、きわめて非凡であって、以下で見るとおり、まったく完全な成功をおさめた。

将官相当官を送別の宴に招待するという代表団に課せられた行為については、僕は述べまい。そのさい、去りゆく人がはらはらと涙を落として、必ず出席すると代表団に請け合ったほかには、何も目立ったことは起こらなかった。だからじかに送別式の荘重なその場の叙述にとりかかろう。

われわれは午後三時にわざわざそのために準備した広間へ集まった。一部の人たちはすぐにウォトカを飲みだした。おしなべてみんなもうお別れが迫っているという思いに慣れてしまっているらしかった。だから、送別式にのぞんだというふうではまったくなく、ただ、飲み食いするために集まったんだというふうに振舞った。官房長だけがまだ時折身を震わせていた。四時に、去りゆく人がふたりの補佐役を伴って、広間にあらわれた。出席者一同ただちに彼のまわりに群がった。握手が始まった。そのさい、あわてて将官相当官はクラブのボーイのフョードルの手まで握りしめたが、すぐにいとも快活に自分の間違いを笑いだした。料理が出るのを待ちながら、打ちとけた会話が始まった。将官相当官はとくにわが軍隊の行動(11)を是認し、悪はその根元から断ち切らねばならぬと主張した。

「しかし閣下、そのためには働き手が必要であります」と警察部長がいった、「われわれの見るところでは……」

「ロシア帝国には働き手が足りないということはかつてないことであるし、これからもないことじゃろうよ」と将官相当官はいんぎんに彼をさえぎり、こうしていいと折りよくこのやぼな話をそらした。

一同は官等順にそれぞれ特別な支障もなく、テーブルについた。ただ(すでに少々きこしめした)

衛生局技手だけはテーブルの端に座るんだと頑張《がん》った。つまり、彼にはまずい料理が当たるだろうとかという理由で。しかし、料理はとてもたっぷり用意されているからそうした懸念は不必要だとはっきり保証されて、この誤解はとけた。将官相当官はきっぱりした威厳ある態度で振舞ったが、しかしスープが出たとき、不覚の涙が彼の眼から皿《さら》の中へはらはらと落ちた。スープの後に最初の乾杯の辞が続いた。副知事が立ちあがり、みなが黙ったとき、口を開いた。

「閣下！　古人は言いました、Timeo Danaos et dona ferentes! と。これは、つまり、余ハあるごす人ヲバ彼等ガ贈物ヲ携エクル時デスラ恐怖スル(12)、という意味であります……」

まわりで賛同のささやきが起こった。ズヴェニゴロドツェフ顧問官は蒼《そう》白になっている。それは、《Timeo Danaos》という言葉は彼の演説の中にも入っていたので。彼はこの引用文のかわりにそこへ別の《sit venia verbo》（言葉ニハ寛容アレ）という引用文をどうしたら当てはめられるかと、考えこんでいるのだ。衛生局技手は小声で隣の者に、「《timeo》は《恐レル》で、《恐怖スル》じゃない。《et dona ferentes》は、《贈物ヲ携エクルあるごす人ヲバ》で、《彼等ガ贈物ヲ携エクル時デスラ》じゃない。したがって全文は、《余ハ贈物ヲ携エクルあるごす人ヲバ恐レル》となって、これがまともな訳し方であるはずだ」と解説している。しかし副知事は、この有害な解説が耳に入らず、一同の注意をひいたことに元気づけられて、後を続けた。

「……贈物ヲ携エクル時デスラ、であります。しかし閣下、ここに居ります者は、閣下に贈物ヲ携エクル《あるごす人》ではありません。古人が言っているような贈物ではなく、自分たちの心の贈物を閣下に携えくる閣下の誠実な部下であります」

「おみごと！　ご立派！」と、まわりで声があがった。去り行く人は感動した。弁士は力みかえった。

「……自分たちの心の贈物を、であります。とくに、この自分たちの、というのは、お別れの言葉を閣下に述べるに当たってわたしが代表する人たち（ここで弁士は五等官らが占めているテーブルの小さな空間に視線を投げる。去り行く人は隣人たちの手を握る。御料地管理事務所長は接吻しようと身を乗り出す。感激的な場面である）のことであります。この贈物をば、閣下は、その中にはオルシーニ(13)の榴弾《りゅうだん》もその他の爆発物もないと完全に確信して、お受け取りになることが出来ます。閣下、わたしは楽しくはあるがしかし難しい役目を引き受けたのであります！　わたしは、閣下の前にこのささやかなしかし熱情のこもった贈物をば言葉であらわす役目を、引き受けたのであります。この贈物はわれわれの胸の中で静かにしかし雄弁に燃えております。わたしは非難を恐れません。妄《もう》評家どもをもほら吹きどもをも、わたしは歯牙《しが》にもかけません……」

「うまいぞ！　うまいぞ！　ばんざい！」と、まわりで声があがった。

「妄評家どもをもほら吹きどもをも、わたしは歯牙にもかけません。しかしともかく閣下は、ここに閣下に携えきたところの贈物は心の贈物であって、《古人》の言ったような贈物ではないとわたしが申しあげても、わたしに疑いをもたれることはないでありましょう。ばんざい！」

副知事は口をとざした。広間の中央に《百歳の老人》が手をとられて連れだされた。老人は泣きだした。去りゆく人はいたく感動し、ただ「爺さんをなだめてやりたまえ！　爺さんをなだめてやりたまえ！」としか言えなかった。

百歳の老人は連れてゆかれた。牛肉の蒸し焼き《ロースト・ビーフ》が出た。ズヴェニゴロドツェフは自分の番の近づいたことを感じて、熱病にかかったようにぶるぶる震えた。ようやく彼は手に杯をもち祝宴の正客に面

して立ちあがり、口を切った、

「閣下！　つい先ごろ、閣下は、ザレチェンスク地方警察署長を違法行為のかどにより裁判に付するの件に関する県庁記録簿を確認なされずに、つぎのように申されました。『わしは女女しい男だと言われても、薄情な男とは言われたくないのじゃ！』と。地方警察署長が裁判も審理も受けないでよいことがわかったとき、彼の胸はどんな気持ちでいっぱいだったか、このことは理解するに難くはありません。しかし右の記録簿に署名したわれわれのそのさいの興奮を理解することははなはだ困難であります。言うまでもなく、われわれは閣下の裁決を確かに遂行すべく受け入れました。それだけではありません。われわれはこの人間はああいう非行をしたのであるから絞首刑にしてもあきたりないと勝手に考えていたのでありますが、しかし閣下のお言葉を聞いて、われわれは突如として人間の推論の不確かさをつぶさに理解し、心の内がひじょうにすっきりした感じでありました……」

「ほほう！　まことにみあげたことで！　これぞ上《かみ》が下《しも》に対する真の態度というべきですなあ！」

「われわれは悟ったのであります。真の行政の腕とは峻厳《しゅんげん》な措置をとることにあるのではなくして、温和な措置をとることにあるということを。その温和な措置が公明さと結びつけば、どのような無情な、また見た目には頑固な心からでも、感謝の念をひきだすことが出来るでありましょう。そしてこの思わずも抱く感謝の念がここにいる人たちのみならず全県民の名において閣下に捧げられるでありましょう。いま人知れず感謝に胸をときめかしているのはわたしひとりでありましょうや！　迫りくる別れを思って清らかな心を震わせているのはわたしひとりでありましょうや！　しかしわたしのこの言葉の正しさの証《あかし》を立てるために、ここに簡単に閣下の在職経歴を申し述べることは、あながち無駄ではありますまい」

弁士は一瞬口をつぐみ、息を継いでから、続けた、

「閣下は、軍事省監督局よりその官界生活をお始めになり、二十年間大過なく勤められた後、民事省監督局に移られました。ここでは閣下は、新思想の要求によりこの局が貴族系譜紋章局に合併されるまで、お勤めになりました。この間ずっと閣下はきわめて重い任務を負わされておりました。すなわち、一般命令書を編纂しその校正をおこなうという任務であります。民事省監督局の廃止後、閣下は文官世話委員会にはいられ、ここでの勤務は八年に及びました。その後、閣下は三年間も局付きで試練を受けられ、三年間もその課された困難な任務をことごとく熱心に遂行され功績をあげられました。こうした経験を積まれまして始めて当地に来任されることになったのであります。当地に在職されましたのは、六箇月と五日に過ぎませんが、しかしわれわれが老練な働き手に指導されているのだという感じを受けるには、この短い期間で充分でありました……」

この言葉とともに万雷のような拍手が鳴りひびき、《ばんざい！》という熱狂した声が広間の壁を揺るがした。ボーイたちまで興奮したものだ。御料地管理事務所長はふたたび接吻しに行った。弁士は続ける、

「閣下は当県に来任されて、当県の諸都市を訪れにならなかったでありましょうや？　諸都市を訪れになられた後、役所をつぶさに監査されなかったでありましょうや？　この件に関する閣下のご提案は——それについてはすでに適当な時機に県庁は然るべき措置をとりましたが——それは閣下の物事の処理のご手腕ならびに炯眼《けいがん》の永遠の記念碑として残らないでありましょうや？　閣下は慈父のごときお心を以て当県の足らざる点欠けたる点をごらんになりました。地方裁判所が相応の建物をもたないことも、当県の諸都市が今日に至るまで舗装道路をもたないことも、閣下は見逃されませんでし

た。閣下はこれらすべてについて県当局に注意をお与えになりました。すべてこうしたことは目下の県下最高当局者（副知事は服装を整え、他の役職者たちは妬《ねた》ましげに、しかし疑わしげに笑う）の導きの星となるはずであり、彼の行政努力はこれに対して傾注されることになりましょう。これはすべて閣下のおかげでありまして、純真な心の持ち主はすべて感謝の念を抱くものであります。すなわち、わたしの尊敬すべき上司（副知事）がただいまいとも雄弁を振るって申されましたような感謝の念を抱いているのでありまして、閣下はこれをいかなる危惧《きぐ》もなくお受けになってよいのであります。なぜならここでは《古人》のように timeo Danaos et dona ferentes と言うことすらできぬ（《そうです、できません！ できません！》という叫びが周囲であがる）からであります。ばんざい！」

この演説でひじょうな騒動になったので、《百歳の老人》が広間の中央に出てきて涙をはらはらとこぼしていることなど、だれも気にもとめなかった。みんなを驚かしたのは、三十六年あまりもつつがなく監督部門に勤めた人間が、六箇月そこいらで退任する！ という思いであった。この混乱につけこんで、ひとりの尊敬すべき名士(14)が、弁士の予定には入っていないのに、演説を始めた。名士は、髪を揺り動かしながら口を切った、

「まこと生まれながらの公民にしてまこと忠実なる教会の子たる閣下よ！ 聡《そう》明にして温和にわたらせられる閣下よ！ 自然には二つの空焼けがあります。一つは日の出の空焼け、いま一つは日の入りの空焼けであります。人間の場合も同じであります。勇気を出されよ、閣下！ 綺羅《きら》を飾って当県に来任され、綺羅を飾って当県を去られるのであります！ 神とともに歩まれんことを……」

最後の言葉は例によって《ばんざい》という歓呼の声にかき消された。この混乱に乗じて警察部長がいち早く順番を無視して演説した。

「閣下！」と、彼は言った、「話すことは得意ではありませんが、しかし、閣下は警察を敬うようにさせられた、と常に言うでありましょう！」

やっと興奮がおさまった。どうやら、《真の憲法》の精神の横溢《おういつ》した厳粛な時が近づいたようだ。とても大きな魚が出、みんな食べだした。セーニャ・ビリュコーフが、特別任務官や農事調停員や予審判事の地位に選ばれた今を時めく若い花形連中を従えて、舞台にあらわれた。要するに、わが《復興軍》がここに出そろったわけだ。

「閣下！」と、セーニャが始めた、「わたしは演説予定者ではありません……」

「わたしは十四等官であります」と、《憲法》の精神をほとんど体得していた衛生局技手がたいへんあからさまにまぜ返した。

「しいっ……」と、制止の声が広間じゅうにひろまった。

「わたしは演説予定者ではありませんが、しかし閣下が最近の恵み深い制度(15)を暖かく迎え入れられたことについて、数言せざるを得ないのであります。閣下の目の前で、きわめて恐ろしい変革(15)が行なわれて、世界は驚倒してその目撃者となったのであります。閣下の前には二つの方向がありましたが、しかし閣下はそのいずれへも向かわれませんでした。閣下の前には二つの道がありましたが、しかし閣下はそのいずれをも歩かれませんでした。閣下の活動の成果はまだはっきりしてはおりませんが、しかしやがてそれはあらわれることでありましょう。われわれ若い世代を代表して閣下にご挨拶《あいさつ》するに当たり、わたしは一つのことをつけ加えることが出来るのであります。すなわち、このご挨拶は心からの贈物であって、閣下はこれを何の危惧もなくお受けになることが出来るのである、と。尊敬する先輩諸賢が申されましたとおり、閣下はこのさい、timeo Danaos et dona ferentes と申される理由すらもたれないのであります。なぜなら当地では贈物はだれもが赤誠を以て捧げているからであります。ぼんざい！」

「ばんざい！　ばんざい！　ばんざい！」と、若い世代は杯を振りまわしながら、いっせいに叫んだ。

将官相当官は頭を垂れた。彼はこのとき、皆を喜ばせることができたことを、ひかえめに意識した。しかし一般の気分はだんだん陽気になっていった。テーブルのそこかしこで何かロシアのものを演奏するようオーケストラに要求する声があがった。税務顧問官フラニロフは、テーブルの上に赤ぶどう酒を流し、濡《ぬ》れた箇所に塩をふりまいて、こういうふうに前もって用心しておけば洗濯女はテーブル掛けからどんな染《し》みでも容易に抜くことができるのだと、保証した。官房長はもう震えてこそいなかったが、顔じゅうすみれ色の斑点《はんてん》だらけだった。羽目をはずすかも知れぬというはっきりした徴候だ。要するに、突発事故を避けるために僕は幹事として駐屯軍大隊長に、できるだけ早くできるだけ手短に演説をするよう頼まねばならなかった。大隊長はその通りにして皆を満足させた。

「閣下！」と、彼は言った、「自分は貴重な閣下のお時間を長びかせないよう、簡単にやります。自分は雄弁ではありませんが、しかし大隊用の菜園を割り当てる必要のあったとき、閣下はそれを割り当ててくださったことを、知っております。また下士官兵用には共同鍋《なべ》で炊《た》き出しをするよう命令がありましたとき、閣下は最上等の鍋を手に入れるよう命令されたのであります。自分の管下にある大隊はこのことに対して閣下に感謝する栄誉を有するものであります。ばんざい！」

この演説でわれわれの儀式の第一部は終った。その後ではもういわゆる憲法が始まった。それについては僕はもう述べまい。なぜなら、僕が考えるに、自由主義的性格をもつあらゆる現象は、それがどんなに忠誠心にあふれていようとも、ただ醜悪さしか含んでいないのだから……。

翌日、僕は送別の儀式をとりおこなった場所へ行ってみた。床《ゆか》には食べ残しが散乱し、テーブル掛けは染みでまだらになり、テーブルの上にはむっとする臭いの煙がもうもうとかかっていた。僕は胸が張り裂けそうだった……。

I 訳者注

（1）《では、これで、わがいとしきひとよ、お別れだ！》。一八世紀のロシアの小歌曲。
（2）《真髄》。専制政治の真髄か。
（3）《パルラダ》号。プチャーチンが一八五三年に長崎におもむいたときの旗艦。一八三二年進水の三檣帆船。
（4）アストラハン。カスピ海に注ぐヴォルガ川の河口の町。
（5）シャルロッタ・フョードロヴナ。宮内大臣V・F・アドレルベルグの愛人ミンナ・イワーノヴナ・ブルコワを暗示。
（6）アルハンゲリスク。北ドヴィナ川が白海に注ぐ河口の港町。
（7）ウダルｰエルィギン。シチェドリン「散文風刺詩」にも登場する。
（8）ペチョーリン。レールモントフ（一八一四―四一）の長編小説「現代の英雄」（一八四〇）の主人公。当時のロシア青年貴族の《絶望》を表現。
（9）《ロシア通報》（ルースキー・ヴェスニク）。一八五六年M・N・カトコーフにより創刊。当初は穏健な自由主義的傾向を示し、イギリスの貴族的憲法に共感を示していた。シチェドリンがここで《ロシア通報》の関連で憲法に嘲笑的態度をとっているのは、ロシアの《改革》期（一八六一年の上からの農奴解放など）の、貴族層の自由主義的憲法の夢想を嘲笑していると受けとれる。（ロシアに国家基本法が成立したのは一九〇六年。）

(10)《モスクワ報知》（モスコフスキエ・ヴェードモスチ）。ロシア最古の新聞の一つ。一七五六〜一九一七。一八五九年から日刊。一八四〇年代では自由主義的であったが、一八六三年から反動的になった。

(11) わが軍隊の行動。一八六三年の、ロシアに帰属していたポーランドの、蜂起を暗示。蜂起軍はツァーリの軍隊に残虐に鎮圧された。

(12) 余ハあるごす人ヲバ彼等ガ贈物ヲ携エクル時デスラ恐怖スル。トロイア陥落の場景を描いた古代ローマの詩人ヴェルギリウスの《アエネイス》の詩の一節。アルゴス人、つまりトロイアを包囲したギリシア人がトロイア人に大きな木馬を贈ったが、その中に包囲軍の偵察兵が隠れていたという故事から。

(13) オルシーニ。一八五八年の、イタリアの小ブルジョア革命家オルシーニの、フランス皇帝ナポレオン三世に対する、有名な暗殺未遂事件を暗示。イタリアの革命的民主主義者たちはナポレオン三世をイタリアの分割と圧迫の推進者のひとりとみなしていた。

(14) 名士。司祭を暗示。検閲をおもんばかって。

(15) 制度・変革。一八六一年の上からの農奴解放をさす。貴族層の目にはこの変革は、彼らの権力を揺るがすものと映った。（この章に登場するポンパドゥールは、ニコライ一世〈在位一八二五—五五〉時代に官僚となったのであり、次章で見られるとおり、一八六一年以後の、改革後に登場するポンパドゥールとは、専制政治に対する考え方が違うのではないかという危惧を自身もっていた。）

II　引退した老いた雄猫

一

新知事は自由主義者ぶっている。新知事は政治屋的に行動している。新知事は守りについている。彼は同盟を組織し、宣戦を布告し、講和を結ぶ。あることは容認し、またあることは排除する。あることを考慮しながら、別のことも失念せず、そのさい第三のことにも注意をむけることを不必要なこととは考えない。ある点においては思慮深い温和な措置をとるという基準で行動し、またある点においては有益な峻厳な措置をとる。彼はいとも長大な通達を書き、呼びかけたり、激励したり、説得したり、希望したり、必要のさいには、要求し、脅迫までする。要するに、新時代をつくろうとしているのだ。

従属下にある人びとも彼にしたがって調子を合わせる。真心を捧げ、儀式の正客に敬意を表して宴を張る。舌《ことば》は何の危惧もなくほぐれてゆく。テーブル・スピーチや乾杯の辞があいついでおこなわれる。民の富、繁栄、発展の新しい無害な源が指し示され、予想や希望や期待が表明される。やがてそれらは、シャンパン酒の助けをかりて、希望の領域から crescendo（拡大して）確固不動の確信と成り代わってゆく。

ご婦人がたさえぼんやりしてはいない。彼女らは先を争って新知事のために芝居や言葉あて遊びや活人画を催したり、仮面舞踏会で彼の興味をそそったり、マズルカのお相手に選びだしたりする。そしてそのさい、彼女らは、ひじょうに高度な文明意識を見せつけるものだから、ひとりの、嫉妬をおぼえた夫でも、《恥知らず女め》とか《あばずれ女め》とかいう言葉を、妻に浴びせかけようとは思いもしない。

この全面的な騒ぎの中で、一方では、この豪雨のごとき措置の中で、他方では歓喜の中で、ちょうどそこ、われわれのすぐかたわらで、同じく（ついこのあいだまで！）ありとあらゆる措置をみずから発し、同じくさまざまな真心の吐露、確信と成り代わる期待、期待にもとづく確信の対象となっていた人物が、老《ふ》けこみつつあるのを、だれも気にもとめないのだ。

さよう、彼は僕らの所を去ってはいなかったのだ、僕らの人のよい前知事は。彼はその尊敬すべき夫人、アンナ・イワーノヴナとともに近郊の領地に住みつき、そこで、母なる自然のふところに抱かれて、至福を楽しもうとあらゆる努力を重ねていたのである。むろん、口の悪い連中は、彼の内部《なか》には涙の壷《つぼ》が出来ているとか、この涙が熱いしずくとなって老人の胸に落ち、彼の顔に苦い微笑とひきつりを起こさせているのだなどと言っているが、しかし僕は、このうわさは根も葉もないと断言する資料を持っている。僕は、彼が自力で手に入れたオビラロヴォ村に彼を訪れ（僕はこれを新知事に内緒にさえしなかった）、この自分の眼で、まさしく至福を楽しんでいる彼の姿を、見届けた。彼はいかにも安気な様子で野や草地を歩き、草花を摘んで花環を編んだりしていた。彼はもっぱら貯蔵の乳製品ばかり食べ、気のよい村びとと打ちとけて話しあい、そのひとりひとりをわが友と呼んでいた……。至福を楽しんでいることの、まだどういう証拠が必要であろうか？

なんといっても、彼の身には実際に、ある変化が生じていた。眼には憎悪めいたものが失せ、鼻には威嚇めいたところがなくなり、唇《くち》は罵詈《ばり》を放たなくなり、掌《て》は突きだされることもなくなった。たしかに、顔がひくひくひきつったり、苦い微笑が浮かぶことは、しきりに起こる……。しかし、僕の考えるところでは、この変化は気落ちのために起こったのではまったくなく、もっぱら、人のよい老人が退職してからというもの未来という幕をあまりにもしげしげあげるという危険な癖を身につけたことによるのにほかならない。こういうふうに絶えず未来という幕をあげているとき顔をひくひくひきつらせないですますことは随分むつかしいことだ。（僕は、未来という幕をあげなければならなくなった途端に鼻をつまみさえしたある賢人を、知っている。）老人自身、このことを自覚して、この事柄に関する自分の観察の成果を、かなり生き生きとさえ表現したものだ。

「さよう」と、彼は言った、「わしは心配なんじゃよ。多くの人びとにとっては閉じられたままのこの本をのぞいてみると、そこには実にあらゆる愚かしいことが見えるんでね。くるくる回ったり、互いにひき裂きあったり、歯をむきだしたりしてね。悲観すべきことじゃよ」

かくて、これが退職行政官の静かな夕べを暗くしているただ一つの雲なのだ。他のすべての点では彼は至福を楽しんでいるのだ。あるとき話が何事も口頭によることで文明が漸進するという事柄に及んだとき、彼は進んで、自由主義と、文書処理の迅速化[1]とを、混同したものだ。

「これはまだわしの在職中に始まったことじゃが」と、彼は言った、「当時わしは敢《あ》えて次のような進言をした。何事も上位の長たちの裁量にゆだねたら、どんなものでしょうか、とな！」

「すばらしい考えですね！　実際、そうすれば、文書処理はいちじるしく迅速化されるかも知れませんね！」と、僕は言った。

「そりゃ、いちじるしく」と、彼は元気づいて答えた。どうやらこのまことに非凡な話題をさらに発展させようとしたものらしかったが、しかし不意に口をつぐんだ。それは国家の秘密を洩《も》らすのを用心したふうだった。

おしなべて対内対外政策問題については老人は控え目に謎《なぞ》めかして批評した。賛成しているとも非難しているともつかず、かといってどんな場合にも、『これはもうわしの在職中に始まったことじゃが』とか、『わしはそのとき敢えてこれこれの進言をした』とつけ加えることを忘れなかった。

「なぜまた閣下のご意見は尊重されなかったのでしょうねえ？」と、時に、彼の陽気な話相手たちが聞くことがある。

「それは、今日では、古いしもべの言うことは重んじられていないのでなあ！」と、彼は多少悲しげに答えるが、「いや、もうとっくにわしも休息する時期が来たんじゃよ！」と、快活につけ加える。

新知事については老人はまったく黙して語らないか、あるいは比喩《ひゆ》的な表現をする。つまり、彼については、その豪快な事業によってよりもむしろ両様にとれる紛らわしい振舞いによって名声を馳《は》せたかの古代異教神マーキュリー(2)にことよせて話を始めるが、やがてすぐその微妙な話をそらそうとし、話相手たちの注意を乳製品の蓄えやその他の農事にむける。

あるとき話が火事のことに及び、ある陽気な話相手が、新知事はその行為によって判断すると少なくとも《人民政府》(3)の秘密メンバーに違いない、という推定を述べた。

「否定しないね」と、気のよい老人は遠慮がちに答えた、「しかし肯定もできないね。これに際し、ある逸話《アネクドート》を話してあげよう。あるとき、ピョートル・アントーヌィチ公爵が、わしに、ある省庁の制服の裾《すそ》を縮める件について意見を述べるように言われたとき、わしは率直に、『閣下！ われわれは短い裾の服でも、長裾の服でもどちらでもありがたくお受けします！』と答えた。すると公爵は『うまいことを言う！』とおっしゃり、やさしくわしを指でお脅《おど》しになったよ。そういうこっちゃ」

改革(4)、あるいは——老人の称するところによれば——《大異変》に対してすら、彼はつっけんどんな言い方はしなかった。反対に、彼はいっさいの新しい措置の、賢明な解説者だった。地方自治会《ゼムストヴォ》(5)の制度にすら、彼はとまどわなかった。むろん、最初は驚愕《がく》した。しかしそのうちいろいろと考え、吟味し、検討して……許容した。

「それじゃ、閣下は賛成なさるのですか？」と、時に話相手たちが訊《き》くと、

「賛成だね」と、彼は答えた、「最初はむろん……えらいこっちゃと思ったが、しかし今では……賛成だね！」

「何でまた最初は、えらいこっちゃとお思いになったのですか？」

「地方当局の閉鎖が心配だったのさ」

「今ではご賛成なのですね？」

「今では賛成だね。それはまあこういうことさ。今は亡きピョートル大帝(6)以来、ロシアの文明史は、言わば、開拓者的な性格をおびているのだ。いいかね、あいついで開拓者があらわれている。開墾し、切り開き、建て、壊し、また建てている……要するに、活動的な生活を行なっている。まず、県知事、検事、農政事務所長、郡警察署長——これらが、言わば、最初の開拓者だ。つぎに、管区長(7)、法律学者出身者、税務署員、監査官、農事調停員(8)——これらはもう第二の段階の開拓者だ。洗練された感覚と礼儀正しい物腰を身につけた開拓者だ。そして、最後が、地方自治会《ゼムストヴォ》なんじゃ」

「じゃ、つまり、ワシーリー・ペトローヴィチも、ニコライ・ドミートリチも、みんな開拓者なん

ですね？」

「そうだ、まさしく開拓者だ」

こうした解説を聴いては、聞き手たちは、一切の懸念を棄《す》てて、ロシアの国土がついにはすっかり文明化される日も遠くはないと、期待をかけるよりほかはなかった。これは、つまり、老人の老練さであって、退官後彼は未来のとばりをあげるという習癖を身につけたのだ！

こうして、つい先ごろそのめざましい行政手腕を発揮して世界を驚倒させた気のよい老人の日々は、静かにしめやかに流れていた。人に接するその物腰も、もの静かで、なんとなく思慮深く控え目であった。郡警察署長を見る眼は、『これはまだわしの在職当時に置かれたのだ！』と言っているように好意的であったし、治安判事(9)を見る眼は、『これについてはわしは敢えてこれこれの意見を具申したものだが！』と言っているように、冷ややかでいんぎんだった。服装の点でもまったく形式ばらず、白い色を何よりも好んだ。それはこの色が、いわれもなく虐《しいた》げられている人の色だったからだ。あるとき彼は、《文書処理の迅速化》ということも知らないことはないという印しに、顎鬚《あごひげ》(10)を伸ばしさえしたものだが、しかしやがてこの思いつきを放棄した。それは、ピョートル・アントーヌィチ公爵がそんな格好の彼を見て、『へえ、きみは、ニヒリスト(11)になったのかね！』と言ったためだ。おしなべて彼は、幸福で、退官後ほどのんびりしたことはかつてないと、会う人ごとに言い言いしている。

Ⅱ—一　訳者注

（1）文書処理の迅速化（直訳は短縮化）。一八五九年に内務省に事務処理・文書処理の迅速化委員会が設置され、官僚の保守的部分は一八六一年まで存続していたこの委員会を、官僚体制の土台を揺すぶる危険な自由主義とみていた。

（2）マーキュリー。ローマ神話のメリクリウス。商業・旅などの神であるとともに、あらゆる狡猾と欺瞞の神。
（3）《人民政府》。一八六三年の、ロシアに帰属するポーランドの、蜂起を指導したポーランド民族革命委員会のこと。一八六三年の春、おそらく皇帝直属の特高警察第三課の手先が起こしたと思われる大火事を、ロシアの反動新聞は、ポーランド《人民政府》とニヒリストつまりロシアの革命的民主主義者たちが共同で起こしたものとして宣伝した。
（4）改革。一八六一年の上からの農奴解放などをさす。
（5）地方自治会（ゼムストヴォ）。一八六四年に創設された選挙による《自治》機関。実際には県や郡の貴族階級の機関で、農民や新興ブルジョアジーは介入の余地はなかったが、多くの官僚や農奴制論者地主たちは、自分らの地位を脅かすものとして危険視した。
（6）ピョートル大帝。一六七二〜一七二五。原文はピョートル・アレクセーヴィチ帝。
（7）管区。州や県の内部の行政区画。
（8）農事調停員。一八六一年の農奴解放後、地主と農民の土地紛争調停に当たった。
（9）治安判事。ロシアでは、一八六四年から始まった。（一八八九年まで置かれていた。）
（10）顎鬚。官吏は顎鬚をはやさないことになっていた（ニコライ一世時代には禁止されさえしていた。）
（11）ニヒリスト。虚無主義者。一九世紀六〇年代のロシアの、貴族社会の基盤と農奴制を否定する急進思想の持ち主。

二

毎朝、老人のもとへ市内から、かつてともにその行政官コースの燈をともし、またともにそれを消した古くからの戦友であり参謀の、彼の元の官房長パーヴェル・トロフィームィチ・コシェリコーフがやってきた。それは常にだいじな、常に好ましい客だった。というのは、市内のどんなニュースも彼を通じて知ることができたからだが、もっとも重要なことは、彼が毎日尊老に、代えがたいものの代わりになりはしたものの、老人に忘れさせることは出来なかった人物の、偉業と行為の、感動的な物語を、語ったからだ。

朝、老人は茶卓にむかって座り、お茶を飲みながらバター・パンを食べている。アンナ・イワーノヴナは熱心に薄切りのパンにバターを塗っている。忘れえぬ老人は、退官してからというものすっかり肉欲本能を失っただけに、いそいそとそれをぱくついている。しかし思いはほかのところをさまよっている。眼は窓のほうへ向いていて、はるかかなたに一対の鹿毛《かげ》の馬があらわれて、旧友にして話相手をひっぱってきやしないかと、一心に空間を探っている。とうとう老人は活気づき、急いで牛乳の残りを飲み干して、ドアのほうへ走ってゆく。

「どう、何か新しい話があるかね?」と、彼はまず互いに挨拶をかわしたあとで訊く。

「市場の広場を舗装しとります」

「どのようにして? だれが?」

「新知事です!」

この知らせには魂消《たまげ》る。老人はたいていの事は予見し、たいていの事は予言してきたが、しかしこのことだけは予見も予言もできなかった。

「そいつは!」彼は相当とまどったふうに言う、「そいつは正直な話!」

「ええ、われわれも驚いとります!」と、コシェリコーフもあいづちを打つ。

市場の広場を舗装するという思いつきが老人にとって珍しかったのではない。いや、彼もかつてはその思いつきに心をひかれたこともあったのだ。しかし彼はそれをあきらめた（残念に思いながらもあきらめた！）それは彼以前に県知事がすでに七人もこの恐ろしい思いつきの犠牲《いけにえ》となって身を滅ぼしていることが、口伝えによっても記録によっても確信されたからだ。

「しかしあの無謀な若い人は、そうした企てにまつわる打ち克ちがたい困難と危険をすら、見通さなかったんだろうかね？」

「何度も申したんです。ヤーコフ・アスターフィイチ、前例もあることですがと……」

「そうしたら？」

「頑《がん》としてお聞き入れになりませんでした」

愚痴と同情が始まる。身を滅ぼした県知事たちの話が物語られる。とくにイワーン・ペトローヴィチ・某《なにがし》のことが例にひかれる。それは人間として為し得ることはすべて為したが、つまり税の滞納金を取り立て、不穏分子を鎮め、道徳を確立し、一度などある住民をまったく不当に笞《むち》打ったが、舗装の問題で身を滅ぼしたのである。免官になり、恩給がつくまで勤めあげずに死んでしまったのだ。

「わしはこのとおり勤めあげた！　舗装はやらなかったが、恩給がつくまで勤めあげた！」と、人のよい老人はつけ加える。

「まったく早いとこ閣下は重荷をおろされたものです！」と、コシェリコーフがへつらう。

「わしが？……どうして？……わしはまだご奉公する気はあるんだ！……わしは、きみ、パーヴェル・トロフィームィチ……こんな舗装工事なんかに驚きはせんよ！　舗装路ばかりか、歩道造りも辞さないよ！　ただこれには慎重に当たらなければならん……うん、まったく慎重に当たらなければならんよ！」

「たしかに、閣下、慎重さを以てすれば山にでも穴をあけることが出来ます！」

「そうだね。だから、きょうひと叩《たた》きして、小さな穴をつくり、あすまたひと叩きして、それをさらに深くし、またあさってひと叩きして、もっともっと深くするという具合にだねえ！　きみ！」

こんな話をしているうちに、いつのまにか時間がたって、昼めし時になる。昼食がすむと、コシェリコーフは市内へ、ふたたび新しいニュースを仕込みに、ひき返してゆく。

翌日も同じだいじな客がやってきて、同じ状況がくり返される。《新》知事が官邸の床と天井を壊したという話。

老人はきまじめな、ほとんど厳しい顔つきになる。

「あの向こう見ずな若い男は」と、彼は言う、「あの官邸には彼の前に三十三人の県知事が住み、もったいなくも豊かに暮らしていたことを、知っているんだろうか！」

さらにその翌日のコシェリコーフの話は、《新》知事がある役所(1)へ出かけて、本(2)を出せと命じ、その本を尻の下に敷くと、ぽんと自分の胸を叩いて、前に立っていた者たちに、『諸君、諸君にとってはこのわしが本だ、このわしが本なのだ、今後は諸君はほかのいかなる本も知る必要はない！』と言ったという話。

老人は動揺しはじめる。彼は、向こう見ずの若い男もまるきり無分別でもないのだなと、時には気のきいたことをすることもあるのだな、と思いはじめる。

「まああだな！」と、彼は言う、「まああだな！　しかしやっぱりわしは言うが、慎重さだ！　きみ！　慎重さは絶対に必要だ！」

さらにその翌日も同じ訪問者。《新》知事が警察分署長トロコーンニコフの妻を《自分の愛人《ポンパドゥールシャ》》に選んだという話。

老人の顔は晴れやかになる。娯《たの》しい想いが浮かぶ。

「どう思うかね、きみは！」と、彼は言う、「たしかに……ふうん、たしかに手ごろな女じゃないかね……ふうん！」

「トロコーンニコフはもう海狸《ビーバー》の外套を自分のために作りましたよ！」

「喜びの印し……ということだろうかね！　いまにあの男は、トロコーンニコフをどこかの顧問官にすえると、わしは思うよ……言わば、それはわれわれ共通のどうにもならぬ弱点だからねえ……まあ、正直いえば……愉快きわまる弱点というところさ！」

「もちろん、閣下、結構なことで！」

「いかにもわしはアンナ・イワーノヴナを愛してはいるが、やはりこうしたポンパドゥールシャに眼をつけたものさ。きみも憶えているだろう？」

「憶えていますとも！　ただ、しかし、閣下は、早いとここの重荷をおろされたものですなあ！」

「なんの、わしはまだ、お勤めする気はあるさ！……だがあの男は……ふうん！　またよくも手ごろな女を……ふうん！……それはまっとうなこっちゃ」

そしてさらに、ある朝、コシェリコーフがやってきた。謎めいたとも、厳粛ともつかぬ様子だ。

「また何かふざけたことをやらかしたのかね」と、老人がいつものように訊く。

「あの男が税の滞納金を取り立てとります!!!」

「みずから取り立てているのかね？」

「みずからです」

「笞《むち》打っているのかね?」

「笞打っとります」

この知らせを聞くと、退職知事の身には異常なことが起こった。有頂天のあまり天にものぼるような気持ちになったのだ。何だかどこかへ白馬にまたがって乗り込んでゆくような、金ぴかの衣装に身を包んでいるような、後ろには無数の郡警察署長、補助警官、村長《むらおさ》が従い、前には群集がひざまずいているような、そんな気持ちに……。

「女をまで笞打っとります!」コシェリコーフは自分のもくろみがうまく成功したのを見てとると、もう嘘《うそ》をまじえて話しだした。

「ぱっし! ぱっし!」突然、老人はこれという理由もなしに叫ぶ、「女をも、と言ったな?」

「その通りであります、閣下、それというのはこの女どもが……」

「ぱっし! ぱっし!」

老人は速い足どりで部屋の中を歩きだし、手を上下に振り動かした。

「いいかね、きみっ!」彼は話相手の前へ手を振り上げて立ちどまって、言う。

「はっ、何でありますか?」

「あの男は……あっぱれじゃ!」

Ⅱ—二 訳者注
(1) ある役所。県庁をさす。公式には県知事が長であるが、実際は副知事が指揮している。
(2) 本。ロシア帝国法律全書をさす。

三

毎晩、老人は、回顧録、もしくは彼の名づけるところによれば、《過去・現在・未来の追想録》の、筆をとった。彼は極秘にこれに従っていたので、かつての思慮深い行政官がその閑暇をどう過ごしているかを知っているのは、アンナ・イワーノヴナとコシェリコーフと僕だけだった。

「わしは、きみ、世のすね者でな！」という言葉でいつも彼は、その回顧録の、ある一節を、僕らに読んで聞かせようとする時、始めた、「デルジャーヴィン[1]老の表現を借りれば、

わたしは真実を皇帝たちにほほえみながら語った……

だがね、昔はこういうことは尊重されていたのだが……今日では、きみたち、こういうことは好まれんのじゃ！　今日では、われわれのような世のすね者は……真実のためにとやっていたら……摘発されて責任を公けに問われることになる！　まあ、わしが死んだら……その時にはカトコーフ[2]に全部渡してくれたまえ！　カトコーフ以外のだれにも渡すな！　ヴィーゲリ[3]老人と並んで眠りたいのじゃからな」

この回顧録の若干の抜粋はきわめて興味深いので、僕はそれを親愛なる読者に紹介することを控えるわけにはいかぬ。たとえば、人のよい老人は、そのポンパドゥールに任命されたくだりを次のように述べている。

『一八××年七月九日、晩おそく、儂《わし》とアンナ・イワーノヴナは物悲しい気落ちした気分で家《うち》に居て（当時儂らはソリャノイ町近くのパンテレイモン教区の、ある尊敬すべきドイツ婦人のところに、賄い料を払って下宿しておった。一切合切で月に五十ルーブリ紙幣で払っておった。当時ペテルブルグの物価はこのように安かったが、しかしそれでもモスクワと比べると物価高と言われておった）、大声で恵まれぬ運命を嘆いておった。と、突然、ドアのベルがけたたましく長ながと鳴りひびいた。だれかが儂の名と四等官という官名（当時、儂はその官位にあった）を呼んでおるのが聞こえる。運命の幸運な転換を予感して、急いでガウンをひっかけ、走り出てみると、公用使が目にはいった。『閣下、できるだけ早く公爵の御前に急いでくださいまし。閣下をポンパドゥールになさる思し召しでありますから！』と言う。儂は一瞬、儂とこの善良な使者とのあいだの隔たりを忘れて、三、四度心から彼と接吻を交わし、彼に上等のぶどう酒を一杯（十ルーブリ紙幣をつけて）振舞うよう、わが生涯の良き伴侶《はんりょ》に頼んでおいて、さっそく公爵のもとへ、駆けつけたのではなく、すっとんでいった。実際、公爵は格別ごきげんよく引見された。高官就任を祝され、ご自分の肩に接吻することを許された（そのさい儂は興奮のあまり、公爵がお気づきになりさえしたほど、唇をしっかと押しあてたものだ）あと、『ご老人（儂は当時もすでに老人であった）、わたしはきみが謙譲にして賢明で忠実であることを知ってはいるが、しかし主としてわたしがきみに頼み、かつ命令さえすることは、増大するばかりの自由思想の人気に注意を向けてもらいたいことである！』と言われた。その時以来、この言葉はいとも深く儂の心に刻みこまれたので、儂は今もなお、自由思想に反対するよう真剣に威厳をもって警《いまし》められたこの顕官、背が高くて均整のとれた男子を、まざまざと思い浮かべるのである！　どんな気分で儂が公爵のもとを辞したか、言うまでもないことだ。雨もよいのかなり暗い夜が儂には晴れやかな朝よりも明るく思われた。儂が通らねばならなかったネフスキー通りはエデンの園のように思われ、何も彼《か》もが儂を歓楽に招いておった。実際、儂は（アルメニア寺院の建物の中にある）コーヒー店アンビエリャへ立ち寄って、おいしい肉まんじゅう《ピロシキ》を二十コペイカ銀貨分買い求め（当時ペテルブルグでは二十コペイカ銀貨は紙幣で八十コペイカ分に相当しておった。モスクワではその値打ちは一ルーブリに達しておった）、それを優しい妻と分けた。つぎの日には儂らのところへ徴税請負人が現われ、奉仕を申し出た。[4]こうして儂らの物悲しい気落ちした気分は、陽気な無邪気な喜びに変わった。儂の生涯でもっとも注目すべき事柄はこういうふうに行なわれたのであり、その詳細が今日まで儂の記憶に刻みつけられておる。最初の儂の任地はヴャートカで、[5]それからだんだんもどってきて、最後はサラートフ[6]に達した。現在もこのサラートフに住んでおるわけだ。退職はしたが、恩給は完全にもらっておる。』

　あるいはまた人のよいこの老人のまさに行政活動を描いている挿話《そうわ》もある。

『儂はしばしば、儂とゴリャーチキン将官相当官とがネレホツキー郡で芋虫《イモムシ》を捕獲したという話を、局外者から聞かされることがある。[7]しかしこの話はつねに歪《ゆが》められて伝えられておる。事実はこうだ。一八××年の九月に、もうコストロマのポンパドゥールになっておった儂は、郡警察署長から、ネレホツキー郡に異常な大きさの芋虫《イモムシ》があらわれて、秋まき作物の芽と、これの今後の収穫の希望とを、食いつくしておる。警察としては手を打ったのに、この芋虫は警察をあざわらうかのように、その破壊活動をつづけておる、という報告を受け取った。仕方がない、優しい妻と暖かい巣と別れるのがいかに心残りであろうとも、出発した。現地に着いて、その害虫の見本を見せるよう、要求した。と、何を見たか？　とてつもなく大きな草食い虫で、見かけは真田虫《サナダムシ》にそっくりじゃ！　びっくりして、ただちに作戦計画をたて、寝についた。翌日、太陽がのぼるや否や、突然、儂は報告を受けた。隣県の近接地でも同じ害虫が荒らしているので、この件について共同作戦を行なうため、ゴリャーチキン将官相当官が儂を県境で待っておるというのじゃ。儂は急ぎ洗面して、出かけた。将官相当官は、白馬にまたがり、県境の近くにおった。しかし県境を越えてはいなかった。そこで、儂は、その良き隣人を自分のむさくるしいあばら家に丁重に招き入れ、いとも美味なるヴォルガの蝶鮫《チョウザメ》の魚スープをつくるように命じた。そしてわれわれは、当面の措置について話し合いを始めた。しかし、夜もほとんど眠らず、間断なく作業と協議を続行したために、やがてついにわれわれは眠りこんでしまった。ところが、眼がさめて、芋虫はまるで魔法の合図のよってのように忽然《こつねん》と消えうせたことを、突如として知らされたとき、われわれの驚きはいかばかりであったろう！　そこで、われわれは、魚スープを食ってから、芋虫の卵が孵《かえ》らぬように万全の配慮をするよう住民に厳に命じて、別れた。儂はこっちへ、わがヤロスラヴリ[8]の隣人はあっちへ。儂には多大の労苦と不安に値したこの忘れがたい事件はかかる経過をたどったのじゃ。』

　あるいは、さらに、三度目の、最近のものの、抜粋は、次の通り。

『あるとき、世にもその頓智《とんち》をうたわれたある議長が（当時儂はもうシンビルスク[9]のポンパドゥールとして勤めておった）ある公開の席上で、「わたしがポンパドゥールだったら、いつも円錐形の帽《コルパー》子《ク》をかぶっているだろう！」と言った。儂はこのことを忠義者たちから聞いて、好機をとらえて、今度は逆に儂のほうから大勢が集まっているところで、「もしも儂が円錐形の帽子《コルパーク》だったら、きっと議長の頭を包んでやるじゃろう！」と、その軽率な（しかし国庫の利益を守ることにかけてはきわめてよく心配していた）頓知者に言ってやった。彼はすぐに、矢がだれに向けられているかを悟り、急に押し黙った。しかしその時からはもうその不遜《ふそん》な態度は改められ、われわれの友情はもう中断することはなかった。』

そのほかに、僕は知っているのだが、人のよい老人は、その回顧録とは無関係に、別の、まだもっと重要な仕事をもち、晩の閑暇をそれに捧《ささ》げている。すなわち、老人はさまざまな行政参考書を執筆しており、時には他の哲学上の諸問題を入念に研究していることもある。

彼の行政参考書のうち、僕の知っているものは、次のようなものだ。『厳格さについて三つの講義』(最初の講義は、『老練な行政官が反徒の群れに投げつける最初の言葉は、卑猥《ひわい》な罵言《ばげん》であるべきである……』という言葉で始まっている。)『行政官の意見の不一致の解毒剤としての意見の一致の必要性について』、『実例をあげての鎮圧についての簡単なる考察』、『県知事の駅馬車での急行について』、『副知事の行なう害について』(10)、『行政官の遍在・全知について』、『行政官の立派なる外見について』

哲学的内容の論文のうち、僕が知っているのは、次のようなものだ。『日食と月食について、及び前者の後者に対する優越性について』、『余が無人島に住み(11)、話相手として官房長しかもたないとすれば、どうか?』さらに、三番目としては、『眼にとまらぬ時間の流れについて』

僕とコシェリコーフは一度ならずこの人のよい老人に、哲学的英知と実生活上の英知とが皆目類別できないほどにしっかりと絡みあっているこれらの論文のうちの、せめて一つをでも発表なさるようにと、しつこく勧めた。しかしつねにかたくなな拒絶に出会った。

「だめだ、きみたち!」忘れがたき人は僕らに答えた、「わしが死んだら、みんなカトコーフのところへ持っていってくれたまえ! カトコーフ以外のだれにも渡すな! ヴィーゲリ老と並んで眠りたいんじゃ!」

それでも（こうした手厳しい苦い拒絶にあったにもかかわらず）僕は今日にいたるまで、感謝にみちた感動なくして、あの楽しい夕べを思いだすことはできないのだ、退職はしたけれど人のよいわが高官の、うまい生き生きとした朗読を、聞きながら過ごした夕べのことを。僕らはよく彼の好きな角《かど》の部屋に四人で（つまり、彼と、アンナ・イワーノヴナ、コシェリコーフと僕だ）座っていた。暖炉で薪《まき》が気持ちよくかすかに燃えている。脇《わき》のテーブルではサモワールがしゅんしゅんと鳴っている。凝固したばかりのフレッシュ・バターが黄色くなり、きつね色に焼けた白パンが眼を楽しませる。彼はよく徹るはっきりした声で朗読する、

『行政官は気品ある外貌《がいぼう》をもつことが必要である。肥りすぎても、痩《や》せすぎても、背が高すぎても、低すぎてもいけない。身体の各部分が均衡を保ち、疣《いぼ》やましして悪質なる吹き出物によって醜くされていない奇麗なる顔をもたねばならぬ。さらになお、制服をもたねばならぬ』

あるいは、

『まず第一に言いたいことは、真の行政官は行政措置による以外の行動を決してとるべきではないということである。彼のいかなる行動も、行動ではなくして、行政措置である。愛想よい様子や好意的な目差《まなざし》をすることは、笞刑《ちけい》と同様、内政の措置である。住民はつねに何らかの点で罪があるのである』……

「砂糖入りの酸乳はいかがです？」と、魅力的なアンナ・イワーノヴナがよくさえぎることがあった。それは、何よりもいちばん、人のよい老人にひと休みする時間を与えようとする思いやりからであった。

『住民はつねに何らかの点で罪がある。よってつねにその邪悪なる意思《こころ》にはたらきかける要がある』

と、老人は朗読を続けるが、急に朗読を中止し、眼にたまった涙をぬぐいながら（ある時から、つまり退官してから、老人はいわゆる《涙の贈物》をもらったのだ）、「諸君！　朗読はあすまで延ばそう！　きょうはわしは……興奮しておる！」とつけ加える。

ああ！　楽しいあのころ！　おお、なつかしい、客好きな人たちの面影よ！　あなたがたは今いずこに？　あなたがたは今いずこに？

Ⅱ―三　訳者注

（1）デルジャーヴィン（一七四三〜一八一六）。ロシアの詩人。エカテリーナ二世を理想の君主としてたたえた。次の引用句はデルジャーヴィンの詩篇《記念碑》（一七九五）の不正確な引用。

（2）カトコーフ（一八一八〜一八八七）。最初は、進歩陣営にあったが、後に、一八六一年から反動陣営に移り、《モスクワ報知》を主宰し、反動的論陣を張り、とくにポンパドゥールたちに好評であった。

（3）ヴィーゲリ（一七八六〜一八五六）。高官。死後、一八六四年にその回顧録が発表され、一九世紀前半の貴族官僚層の生態が明らかにされた。

（4）徴税請負人が現われ、奉仕を申し出た。新任ポンパドゥールに恒常的な賄賂を贈ることを申し出たわけである。

（5）ヴャートカ。シチェドリンが流謫された（一八四八〜一八五五）僻地。

（6）サラートフ。ヴォルガ川の河口市。

（7）コストロマ。ヴォルガ川の河港市。

（8）ヤロスラヴリ。モスクワ州北東部に接する。

（9）シンビルスク。ヴォルガ川の河口港市。レーニンの生地。

（10）『副知事の行なう害について』。シチェドリンはリャザン県とトヴェリ県の副知事時代（一八五六〜六二）に何度も憲兵によってペテルブルグの当局へ密告された。（一八六二年に官吏を一時的に退職した。）

（11）余が無人島に住み。これはのちにシチェドリンの「大人のための童話」の「一人の百姓が二人の高官をやしなった話」として結実した。なお、『行政官の意見の不一致……』、『行政官の立派なる外見について』は、「ある都市《まち》の歴史」の中に類似のものが論文の形で出てくる。

四

だが、老人は我慢ができなくなった。ある祭日にわれわれ一同、大聖堂の中に立っていると、不意に彼がわれわれの中に姿をあらわした。彼は、威風堂堂とでもなく、かといってわざとらしい遠慮深さも見せずにはいってきて、右手には《新》知事がいたので、左手の聖歌隊のほうへ足を向けた。軽い戦慄《せんりつ》が群集の中を通り抜けた。われわれはこのふたりの行政の巨星が対峙《たいじ》している優雅な光景に黙って見とれた。一方は、生命感の充実した日出であり、他方は、華やかに静かに消えゆく落日である。しかし多くの者は、人のよい老人があらわれると《新》知事がぞくっと身震いしたのを、みとめた。おそらく、それは、十字架に接吻するさいに起こりかねない厄介事《やっかいごと》が、彼の頭に浮かんだのであろう。おそらくそれは、頑固《がんこ》な老行政官が以前の習慣で一番最初に進み出て行くのではあるまいかと、彼に危惧《きぐ》されたのであろう。で、そう思われると、彼の右足はもう機械的に、かくもあからさまな権力の軽視は断じて許さぬとばかり、一歩踏み出されていた。しかし心くばりの行きとどいた老人がこんなに不意にわれわれの中に姿をあらわしたのは、どうやら別の目的があってのことのようだ。だから、老人は、望みのことを何の支障もなく達成し、それとともに主教を苦境に立たせぬように、奉神礼の終了するちょっと前に自発的に大聖堂を出て、すべての疑惑を立派に解いた。

実は、老人が出てきたのは、彼がかつてその為にあれほど大いに心を砕いたまさにその地方の、福祉と幸福のためであった。本当の事を言わねばならぬが、最近彼はいちじるしく心境の変化をきたしていた。とくにこの点において有効な影響を与えたのは、《新》知事が税の滞納金の取り立て（いくらかはポンパドゥールシャの選択）に関してとった行動である。十中八九、これらの行政措置のゆえに、わが忘れがたき人は、僕ら親しい仲間うちではあいかわらず《向こう見ずな若い男》という名をとっていたその人を、決定的に鍛えあげ導くために最後の工作をなそうと、だれにも告げずに、決心したのであったろう。実際、奉神礼のあとすぐ、全市が、《旧》知事が《新》知事のもとを訪問しに向かったのを、目撃した。

二時間あまり続いたこの会見のとき何が起きたのか、それはだれにも分からなかった。しかしそこで利害関係と行政措置とが審議され、それはティルジット(1)の会見中に問題になったことよりも少しだけいい加減なものであったことは、疑いない。このとき応接室に立っていた目撃者たちが一つのことを断言しているが、それによると、協議は静かに、だれにも分からぬどこかの言語でおこなわれた、そのさいため息と感嘆の叫びがかわるがわるあがり、さらにしばしば《閣下》という言葉が聞かれたということだ。おそらく、双方ともに等しくぎごちなくなっていたのであろう。そして最後に、両行政官とも顔を赤くしひどく興奮して同時に部屋から出てきた。彼らはしばらく黙って立ち、互いに眼を見合わせ、手を握っていたが、とうとう《新》知事が自分の官房長のほうへはげしく向き、きれぎれの声で、

「きみっ、市場の広場の舗装をそくざに中止するよう、ただちに行って、言いたまえ！　また、知事官邸の床《ゆか》と天井を元通りに張るように命じたまえ！」と、言った。

それから互いにねんごろに接吻しあって、二人の巨星は別れた。

同じ日の晩、老人はいつになく仕合わせだった。彼は、自分が心のうちで古里と思いなじんできたその地方のために、再びよいことをすることが出来たことが、嬉《うれ》しかったのだ、そしてこの喜びを記念して、いつになくどっさり食べた。で、彼女は生来しみったれではなかったけれど、アンナ・イワーノヴナとしてもこのはなはだしい食欲には気づかないわけにはいかなかった。

「まあ、ニコラス！　きょうはそんなにたくさん召し上がって、きっとお腹《なか》が痛くなりますわ！」

と言った。

これに対して忘れがたい人は答えた、

「なあに、お前！　わしの喜びにけちをつけなさんな！　わしはきょう、われわれの事業が立派な信頼できる働き手に手がけられておることを、確かめてきたんじゃからなあ！」

同じ晩、人のよい老人は、《若い行政官への訓戒》という題で新たに書きあげた論文の抜粋をいくつか、僕らに朗読してくれた。その中で僕はとくに次のような真の予言的な言葉に感動した。『お若い人よ！　もし君が、この学問はやさしい、と考えているのなら、その考えを変えたまえ！　自己を過信している人よ！　もし君がただ無分別の助けをかりてすべてを行なおうと夢みているなら、その夢想を棄て、老練な年寄りの訓戒へその未熟な耳を傾けたまえ！　この筆がおそらく最後のものであろう』……

彼がこの文章を読んだとき、僕らは涙にくれた。

この楽しかった夕べが僕らの幸福の最後の輝きになろうとは、だれに考えられたろう、だれが考えることが出来たろう！

Ⅱ―四　訳者注

（1）　ティルジット。東プロイセン、ニーメン河左岸に沿い、その三角州の中心をなす都市。ここで一八〇七年ナポレオン一世とロシア皇帝アレクサンドル一世およびプロイセン王フリードリヒ・ヴィルヘルム三世の間にヨーロッパの運命を定める平和条約が結ばれた。

五

急に老人は弱りはじめた。この病気は彼が《新》知事を訪問したその日から始まった、つまりこの訪問の直接的な結果として過度に食べすぎたので、そのためまず腹が痛みだし、それから……と、多くの者が断言している。しかし僕は事件の先まわりはやめて、ただ言っておこう。こうした解説は、老練な行政官たちが下痢によって命を落とすと仮定することは不可能という、もうその一事によっても、皮相的であると、僕には思える。僕はこの病気の原因を違ったふうに理解している。すなわち、前に述べたように、老人が最近心境に変化をきたしたためと思うのだ。

本当のところを言って、老人はながいこと《新知事》の行動を是認しなかった。はじめのころ向こう見ずな若い男が不用意に熱中していたそうした命令や行政措置（たとえば、市場の広場の舗装、市内に入るさいには馬に鈴をつけねばならぬという布令など）がことごとく、猜疑《さいぎ》深い老人には直接自分に対して向けられたもののように思えた。彼は不機嫌になり、しばしば不平を言った。慎み深さが彼に不満分子たちの先頭に立つことを許さなかったけれども、それにもかかわらず、だれも彼の本当の気持ちを疑うことはできなかった。その不満というのは、帰するところ、直接的かつ自主的ですらある一定の立場であり、それは、新行政官の行動に対して批判的な態度をとる権利、その忘恩な行為などを憤慨し非難する権利を、退職行政官に与えていた。そしてこの悲しむべき権利が、まもなく、習癖とすらなり、その当人にとっても気づかぬうちに、彼の生活を支え、培うものになっていた。老人は、懐疑分子や不満分子らが寄り集まるその中心人物に自分を見立てた。彼は早過ぎる退職の結果のことごとくを身を以て経験し、古《いにしえ》のコリオラヌス(1)のように、自分の愛する祖国に、自分のうち立てた秩序がくずれさって、無政府状態、つまり混乱が確立するのを、苦い快感をおぼえながら見ていたのだ。もし彼の手近にウォルスキ族(2)がいたら、彼はおそらく、疑いなく、淫乱《いんらん》と傲慢《ごうまん》に溺《おぼ》れている新しいローマに、要求を指し示さんがために、彼らに助けを求めていたろう。要するに、それは一種の糧《かて》、少々腐敗はしているけれど、ある程度の美味と刺激をそなえた糧である。そして突如として……この不満、非難、あら捜し、憤慨の建物が一挙に崩れさったのだ！　突如として、新しいローマは乱脈な淫乱にまったく溺れてはおらず、またどのようなローマもないことが、はっきりしたのだ……。電光石火に情報がつぎつぎもたらされ、どの情報もいとも信頼できる、いとも穏当なものだった！ポンパドゥールシャを選定したという知らせがこの意味ではもっとも重要だった。それから老人は思いに沈んだ。《新》知事に対して《あっぱれじゃ》という言葉がはじめて彼の口を衝《つ》いて出た。つぎに、税の滞納金取り立ての知らせにはまだもっと感動した。そのとき彼ははっきりと、《新》知事は自分がかってに想像していたような法螺《ほら》吹きではまったくなく、必要なところでは懐柔措置もとるけれど峻厳《しゅんげん》な措置も軽視しない、正真正銘の行政官であることを、確信した。そして、最後に、舗装の問題でなされた雅量のある譲歩が結末をつけた。つまり、老人は、感動したあまりに、ただちに食い過ぎをやらかしたのだ。そして、この（しかしただこれのみの！）意味においては、食い過ぎがその後に起きた痛ましい事件の間接的な原因となった、という意見を正当とみとめてもよいかも知れぬ。

　前に述べた会見の翌日、老人はまだ部屋の中をどうにか歩けはしたが、しかしもうガウンを脱がなかった。彼はその夕べにはことさらに進んで文書処理の迅速化(3)について語り、後世の《大異変《カタストロフィー》》はすべてこの有害な源より発するであろう、と説いた。

「文書処理の迅速化は行政からその生命の本質を奪った」と、彼は言った、「何世紀にもわたって厚かましい群衆の眼からその形をかくしていた虹《にじ》色の衣服をなくした行政は、自立する最後の手段として《大異変》(4)に訴えた。なるほど新しい衣服はあらわれたが、それは綻《ほころ》びだらけだったのじゃ」

「しかし閣下、それを繕う手段はまさかないことはありますまい？」と、僕とコシェリコーフは大声で叫んだ。

「ある。その手段は、それのあらゆる結果を伴う根っこを引き抜くことだ。しかし」と、彼はため息をついて付け加えた、「こうした義挙に奉仕しようとする奇特な人はいまはいないのでね！」

「閣下は早ばやとこの重荷を肩からおろされましたなあ！」と、コシェリコーフが言いかけた。

「なんの！　わしはいまでも喜んで奉公する気でいるよ！」と、彼は答え、少々元気づきさえした。しかしまたもやそこで胃の発作を感じ、出ていった。

　この夕べは彼は回顧録の筆もとらなかった。こんな様子の彼を見て、僕らは彼に、論文《行政官の立派なる外見について》のうちの、なお数箇所を朗読していただきたいとねだった。しかし彼は、『儂はあるよく肥えていた行政官を知っておる。その人は法律はよく知っておったが、出世しなかった。というのは体にどっしり脂肪がついたためにぜいぜいと息切れがしたからである』と、かろうじて読むことができたかと思うと……またもや胃の発作が起きて、もうその夕べはもどってこなかった。

つぎの日、彼はいくらか元気がでてきたようであったが、突然、コシェリコーフがやってきて、きのう《新》知事が火事場で商人を笞打《むち》った、と告げた。この知らせを聞くと、人のよい老人は背丈いっぱいに背伸びした。そして、

「あっぱ……」と言ったかと思うと、急にへなへなとなって、ソファーに倒れこんだ。

そのつぎの日には、彼はベッドに横たわって、うわごとを言った。先に起こった諸事件に強い感動を受けていた彼の体は、どうやら最後の打撃には堪えることができなかったらしい。しかし、うわごとを言いながらも、彼は公民であることをやめなかった。彼は両手をあげて、だれかに向かって、《われらの全体の哀れな地方》を救いたまえと祈った……。たまに炎症性の症状が落ち着くと、無政府状態について論じた。

「諸君、何よりもまず無政府状態、つまり混乱を警戒したまえ」と、彼は僕らにむかって言った、「御上《オカミ》を畏《おそ》れ且つ愛するという気持ちは自然な基礎であって、そこには味見する者のためにやがて甘い実がみのってくるのじゃ。また一方、混乱は、この言葉そのものがそれについて証明しているとおり、悪臭を放つ肥沃《ひよく》土(5)にほかならず、そこには有害な薊《アザミ》しかはえない。であるから、行って、雲にとどく塔を建てようと言う者がいたら、諸君はその男を恐れ、警察へ突き出したまえ。もしだれかが、行ってひざまずこうと言うなら、諸君はその男に接吻し、その男のあとについて行きたまえ。御上《オカミ》を畏れぬ者は、誉められはせぬじゃろう。御上を畏れる者は、すべてを、帯剣付勲章をすら、与えられるじゃろう、たとえ彼が戦場で敵に立ち向かったことがなくとも」

あるとき、こんなふうに気分の晴れ晴れしていたときに、《新》知事が来られた、と取り次ぎがあった。老人は急に活気づき、きれいな下着をもってくるように命じた。《新》知事が、肩を揺すり、サー

ベルをがちゃがちゃいわせて、入ってきた。彼は親しげに病人に手をさしだし、いま鎮圧から帰還したばかりです、と言明し、いとも尊敬すべきご老人の健康が回復し、それればかりでなく神の助けを得て今後ますます壮健になられるようにと、希望を表明した。老人は感動したらしかった。そして《新》知事とふたりきりになりたいと言った。

このふたりの行政の巨星の二度目の、そして最後の会議では、どういうことが行なわれたのか、それは分からなかった。僕とコシェリコーフが眼と耳を鍵穴《かぎあな》にいくら押しつけても、老人が《新》知事に右顧左眄《さべん》せず剛毅なれと訓戒していることしか、分からなかった。さらに僕らには、《若い男》が老人の枕辺にひざまずき、老人は彼を祝福しているように、思えた。と、そこをアンナ・ペトローヴナに見つかって、僕らはその不躾《ぶしつけ》をきつくたしなめられた。

三十分してから《若い男》は、涙で眼を赤くして、寝室から出てきた。彼は、友と助言者をなくしたような気持ちだったのだ。老人のほうはどうかと言うと、とても平静で、何の障りもなく無政府状態についてその教訓を続けることができたほどであった。

ああ！　その翌日、恐ろしい知らせが全市を驚倒させた……。

そのすぐれた行政的手腕で世界をあれほど長いあいだ驚かせていた、この行政の炬火《きょか》は、こうして消えた！　あらかじめひかれていた円の半ばをもなしとげおおせずに、この巨星はこうして沈んでいった！

成熟した実の房は下へ垂れた！　かぶさってくる大異変にのしかかられて垂れさがった！　老いた、恐れを知らぬ戦士は倒れた！……文書処理の迅速化の犠牲となって……倒れた。

Ⅱ—五　訳者注

（1）コリオラヌス（前六世紀末～前五世紀初）。古代ローマに対して蜂起した（紀元前四九一年）ローマの貴族。

（2）ウォルスキ族。中央イタリアの古代民族。ローマ人に征服され、ローマ人に敵意を含み、コリオラヌスに率いられて、蜂起した。

（3）文書処理の迅速化。前出。本章一訳者注（1）参照。または、官僚の書類の渋滞を嘲笑したものか。

（4）《大異変》。一八六一年の農奴解放。

（5）雲にとどく塔を建てよう。旧約聖書「創世記」第十一章第一節～第九節。バベルの塔。ここでは自由思想のシンボルとしての塔。

Ⅲ　旧ポンパドゥールシャ

一

旧ポンパドゥールの突然の退官は、だれにとっても、ナデージダ・ペトローヴナ・ブラマンジェの生活におけるほど、ふんだんには、苦い結果を伴わなかった。またそれは、だれの生活においても、彼女の生活におけるほどの、うつろさを残さなかった。郡警察署長[1]や市長や顧問官は、新ポンパドゥールを待ちながらも、やはり、郡警察署長、市長、顧問官と呼ばれ続けていた。彼女ひとりが、一瞬にして永久に栄誉も尊敬も偉大さも失ってしまったのである……。自分はその性をも失ってしまったとさえ、彼女には思えた時があったものだ。

「ねえ、あなた《マ・シェール》、だいじなことは、堂堂とした態度で、自分の十字架を背負って行くことよ！」と、彼女の友、かつては彼女のひきで夫をどこかの顧問官にしてもらったオーリガ・セミョーノヴナ・プロホジムツェワが言った、「あなたにはこの地方全体の人たちの眼がむけられていることを忘れないでね！」

ナデージダ・ペトローヴナはふっとため息をつき、心の中で自分をスペイン女王イサベル二世[2]になぞらえていた。いまとなっては《地方全体の人の眼》など、彼女にとって何であろう！　その眼が彼女に向けられるのは、彼女の悲しみの深さを測るためにしかすぎない時、その眼が何だろう！　自分のポンパドゥールを失った彼女は、すべてを失ったのだ……愛国者たる能力をも！……

別れの最後のときは、ことに彼女にとっては、つらかった。いつものように、別離は都市《まち》から最初の宿駅(3)で行なわれた。そこへは、もっとも忠実な人たちが、ポンパドゥールたちのうちでももっとも善良であったポンパドゥールの、今後の旅路を見送りに、集まっていた。みんな食ったり、飲んだり、泣いていたりしていた。プロホジムツェフ顧問官は涙で服をぐしょぐしょに濡《ぬ》らしていたので、旧ポンパドゥールはただ手をひと振りして、

「連れて行きたまえ！　彼を連れて行きたまえ！　彼は優しい男だ」と言った。

だが、ナデージダ・ペトローヴナは自分を抑えていて、かなり巧みにさえ陽気そうな振りをしていた。何か歌っていただきたいと頼まれた時も、彼女は断わらなかった。彼女はギター取りあげ、

三人が、ほら、歩いてた(4)

と、ポンパドゥールの愛する歌をうたいだした。そして、

あんた、マトリョーナ！
あんた、マトリョーナ！
言い寄らないで！

と歌わねばならなかった時だけ、彼女の声は震えたようだった。

しかし、馬の用意ができたと告げられ、旧ポンパドゥールが暖かいものに身をくるみはじめ、耳栓《みみせん》を耳に押しあてようとしてもう手をあげたとき、ナデージダ・ペトローヴナはこらえきれなくなった。彼女はすばやく自分の肩から羽毛入りのショールをはずし、それをポンパドゥールの首に巻いて、叫び声をあげた……。その叫びは付近の森にこだました。

「なでーじだハ自己犠牲ノ極致ヲ発揮シタワネ！」と、あとでその見送りにいっしょに行っていた婦人のひとりが、フランス語で言った。「思ってもごらんなさい、あの女《ひと》は帰り道ずっと首を寒風にさらしたまま、マントの前もかき合わせようとさえしなかったんですから」

「アノ叫ビ声！　アノ叫ビ声！」と、もうひとりの婦人がつけくわえた、「あれは一種の霊感だったわ！　あれはほんとに何かそのようなものだったわ……」

いずれにせよ、旧ポンパドゥールは去った。それはまぎれもない事実で、去っていった馬橇《ばそり》の跡もその夜にはもう雪に埋もれてしまっていた。ナデージダ・イワーノヴナは、あすから《旧ポンパドゥールシャ》と呼ばれだすわが身の上を恐怖ながらに思い浮かべた。

物事が移り変わったり、これまで持っていたものを失ったりすることほど、感じやすい心に痛く作用するものはない。単に部屋から椅子をもちだされても、何か物足りない気がして、眼で探すものだ。思ってもみたまえ、ナデージダ・ペトローヴナが自分の部屋からポンパドゥールをすっかり持ちだされたと確信したとき、彼女の体に当然どのような精神的動揺が起こったか！　長いこと彼女はこの思いに慣れることができなかった。長いこと彼女は体じゅうがうずうずむずむずするような気持ちだった。彼女の手は、だれかを抓《つね》ろうとするように、あるいはだれかの頬《ほお》を軽くたたこうとするように、機械的に上げられた。頭と胴体はそっくり、だれかの胸で休もうとするように、悩ましく傾いた。耳にははっきりとだれかの声がひびいた。腰はまるでだれかの手に触れられているような感じでわなわなと震えた。胸は波立ち、おののいた。唇《くちびる》は半ば開き、息づかいはきれぎれになり、焼けつくようだった。要するに、彼女のもとではきのうまでの生活の過程が、まだひとりでに行なわれていたようだった。幸福が彼女の血管の中で湧き立ち、彼女に関心を示さないような、彼女に驚嘆しないような息づきは一つとてなく、小心な崇拝者の群れが限りなく彼女のまわりにむらがり、彼らの度を過ぎた崇拝の言動を抑えるために彼女は悩ましい克己心を発揮して、《いいえ、あなたたちはそんなことを考えてはいけないわ！　これはみんなわたくしのものじゃない！　これはみんな永久にわたくしのいとしいポンパドゥールのものよ……》と言わざるを得なかった、きのうまでの生活の過程が……。

「なあ、お前！　そう自分を苦しめるもんじゃないよ！　その眼をお拭《ふ》きよ！」と、ナデージダ・ペトローヴナを彼女の夫、ブラマンジェが彼女の前にひざまずきながらなだめた、「ね、こういう苦難は決して当てどもなくふりかかってくるものじゃないんだ！　そのうちだんだんと……」

「何が《そのうちだんだんと》なの？　あなたはまさかご自分がわたくしにとってあの方の代わりになれるとでも思ってらっしゃるのではないでしょうね？」と、ナデージダ・ペトローヴナは憤慨して彼をさえぎった。

「まあ、まあ！　お前！　もうやめろ！　どうしておれがそんなことを！　おれはただ、そのうちだんだんと……」

「やめてちょうだい！　けがらわしい！」

ブラマンジェはほかの部屋へ退いて、そこでおずおずと、ナデージダ・ペトローヴナがため息をついているのを、耳を澄まして聞いていた。

ブラマンジェはおとなしい男で、《ポンパドゥールシャの夫》と呼ばれるようになっても、別に無遠慮にもならず厚かましくもならなかった。だがそう呼ばれるのがむしょうに嬉しい様子だった。彼は威張りもせずお高くとまりもしなかったので、都市《まち》じゅうの者の尊敬をあつめることができた。ほかの者が彼の立場だったらきっと、きつい言葉で話相手をさえぎったり、自慢したり、ごまかしをやったりし始めるところだろう。だが彼は、とっぴなことは何もしなかったばかりでなく、いつも、お祭りおめでとうございますと人から言われているみたいに振舞った。

「ナデージダ・ペトローヴナはご機嫌いかがですか?」と、知人たちに街なかで出会って尋ねられると、

「ありがとうございます」と、愛想よく答えた、「わたしが彼女《あれ》を置いて家《うち》を出たときには、彼女《あれ》のそばに座っとられましたが……」

それから急に、秘密めいた顔の表情をしかめっつらにし、話相手に耳打ちして、

「また喧嘩《けんか》していましたよ」とか、「また仲直りしましたよ!」と、つけ加えるのだった。これによって、話相手は、この少し前にポンパドゥールとポンパドゥールシャのあいだで痴話喧嘩《ちわげんか》が起きた、あるいは愛の和解がなされたことを、知るのだった。

住民たちはこうした性格の温厚さを尊敬していたばかりでなく、そこに剛胆さの徴《しるし》を見てとりさえしていた。尊敬しないわけにはいかなかった。というのは、その前のポンパドゥールシャの夫、オトレターエフ騎兵少尉のことが、まだみなの記憶にまざまざと残っていたからだ。彼は夜ごと酒屋を撃破していたばかりでなく、一度などはすっ裸で、手に騎兵連隊旗を持って、馬にうちまたがり市中を

隈《くま》なく駆け抜けたものだ。

だから、旧ポンパドゥールが去ったとき、ブラマンジェはほとんどナデージダ・ペトローヴナ以上に悲しんだ。自分の生活に何かがぽっかり抜け落ちたような気がしたのだ。だれかにお辞儀をしようにも、お辞儀する人がいない、ちょうど頃合《ころあい》よく家を出ようにも、出る理由がない、《何のご用でしょうか？》と言おうにも言う理由がない。数年つづけて行なったり言ったりしてきたあの行為と言葉を、行なおうにも言おうにもその筋合いがまったくなくなったのだ。その行為と言葉の総体は、ひとりでに四方から護られているまさしく天然の環境をつくっていたので、その中での暮らし心地はなんだかずっと快適で、まるでずっと穏やかに何の不安とてもなく眠れたかのようだった。

一方、ナデージダ・ペトローヴナとしても、ポンパドゥールシャであったあいだ、きわめて賢明かつ慎重に振舞ったので、世間の評判は悪くなかったばかりでなく、いちじるしく受けがよかった。なるほど彼女はその地位を誇りはしたけれど、しかしそれは、何の巡り合わせか偶然にふりかかってきたあの情け深い妖精《ようせい》の役割を誠実に果たしているという意味でのみ、誇っていたのにすぎなかった。彼女にねぎらいの言葉をかけられなかった郡警察署長はひとりとてなく、彼女の愛想のよさに歓喜しなかった警察分署長はひとりもいなかった。

「つまりほら、あの女《ひと》は蝿《ハエ》にさえ意地悪はなさらなかった、と言えるんだ！」と、御上《オカミ》の命令の、これらの熱心な執行者たちは、いっせいに叫んだ。

だれにでも彼女は、《ねえ、あたくしは優しくて、感じがよくて、みずみずしくて、素敵な女よ！あたくしがついているからあなたのご主人、安泰間違いなしよ！》と、言っているようだった。またれにでも彼女は何か楽しいことをすることができた。ある人のところでは娘か息子に洗礼を受けさせた、またある人のところでは仮親《かりおや》になった。石女《うまずめ》たちのところでは肉まんじゅう《ピローグ》を食べた。手に接吻されて、気持ちを萎《な》えさせるような話をされても、怒りもしなかった。彼女自身ちょっとした嘘をつきかねなかったが、しかしその嘘があいまいな言い回しをとりはじめたらいつも、至極あっさりと、《いいえ、このことはどうか忘れてくださいな！　これはあたくしのかかわることではありません！これはみんなあたくしのいとしいポンパドゥールさんの管理下にあることですわ！》という言葉で会話を打ち切った。要するに、ポンパドゥールの幸福を護っていたのだ。

住民たちもこのことを正当に評価できたことは、言うまでもない。以前のポンパドゥールシャたちのことが思い起こされた。彼女らは、恥知らずで、押しつけがましかった。告げ口をしたり、あることないことを言いふらしたり、責めさいなみさえした。彼女らは罷免したり、任命したり、税金や体刑を重くしたりした……。語り草になっているものに、オトレターエフ騎兵少尉夫人の話がある。彼女は、あるとき招宴の席上で自分のポンパドゥールめがけて蜜柑《みかん》を投げつけ、あとであやまりもしなかった。こうした激しいやりかたと、ナデージダ・ペトローヴナの好意にみちた柔らかな、物静かでさえある動作とを比べて、みんなが声をそろえて、

「あの女《ひと》は蝿《ハエ》をもいじめなかった！　一番末席の郡警察分署長にさえ意地悪をしなかった！」と、叫んだものだ。

要するに、彼女が自分のポンパドゥールを喜ばせるにつれて、彼女に対する世間の尊敬はますます高まっていったのだ。だから彼女がポンパドゥールシャをやめても、別に不穏なことは起こらず、むしろ惜しまれたものだ。普通なら、ポンパドゥールシャをやめたら時を移さず八つ裂きにされだす、つまりそくざにポンパドゥールシャとは認められなくなり、彼女の居る前で何やら怪しい身振りがさ

れたり、《かわいいひと》と呼ばれたり、ひそかに辻馬車がさしむけられたりするものだが、ナデージダ・ペトローヴナの場合はその反対にすべてにわたってこの上なく礼儀正しい態度がとられた。全市が彼女の受けた痛手の大きさを理解した。その翌日、足から頭まで黒ずくめのナデージダ・ペトローヴナが教会堂でひざまずいてつつましく、しかし熱烈に祈っているのを、ある皮肉屋が見て、何やら無作法な手振りをしようとしかけたら、人びとはみなこの振舞いに抗議して、奉神礼が終わったらすぐに彼女のもとへ儀礼訪問におもむいた。

「コンナニ彼女ガ好意ヲモッテ迎エラレタコトハ、彼女ガモットモ幸福デアッタ時デモ、一度モ、本当ニ一度モアリマセンデシタワ！」グルーモフ五等官夫人(5)がこの純真な気持ちからの儀礼訪問を思い出したとき、こうフランス語で語った。

「まったく彼女はブラマンジェ夫人じゃなく、どこかの王女のようでしたよ」と、バルベソフ四等官が自分からそれにつけ加えて言った。

御者たちでさえ長いこと、紳士がたが《ブラマンジェ夫人の悲しみを癒《いや》しに》続々とつめかけたのを、思いだしていた。それほどその日には彼女の家の前には馬橇がぎょうさん集まっていたものだ。

「どうかあなたは以前のようにわたしどもとつき合ってくださいまし！」と、ヴェデネーエワ貴族団長夫人がナデージダ・ペトローヴナを説得した。

「あなたにとってもとても大切なお方を、わたしどももどんなになつかしく思っていることか、ご存じでしょう！」と、プロフヴォストフ顧問官夫人がつけ加えた。

「わたくしどもがどんなに尊敬しているか、どんなに理解しているか、ご存じでしょう！」と、グルーモフ五等官夫人がさえぎった。

「ドウカ食事ニイラシテ下サイマシ……ゴ遠慮ナク！」と、バルベソフ四等官夫人が好意にみちて懇請した。

「しげしげといらして下されば下さるほど、嬉しいです！」と、バルベソフ四等官がみだらな眼つきで旧ポンパドゥールシャを見ながら、付け加えて言った、「ナデージダ・ペトローヴナ、あなたの悲しみは大きいけれど、しかし癒す当てはなくはないと、あえて考えるものですよ」

なお、旧ポンパドゥールが、国定の祭日にも接見し、招宴にも夜会にも欠席せず、郡警察署長の任免を適時に行ない、並みはずれた忍耐力で提出される文書に署名したことによって、住民の感謝の心に不滅の火をともしたひとりであったことが、こうした安らかな結末の大きな原因ともなっていた。前のポンパドゥールたちが書類を投げつけたり足で踏みつけたりさえしたことや、口のはたに泡《あわ》をためて各役所をぶらつき、郡警察署長たちの腹をたたいては、ここにはさまざまな若鶏《どり》や仔豚がどっさり葬られているな、とつけ加えたり、市長を任命しないでいて当分気づかないでいたり、招宴の席上で無作法に振舞ったりしたことが思いだされて……この新（ああ！　いまはもう退職！）ポンパドゥールのおだやかさといんぎんさに驚かないわけにはいかなかった。だが、その彼も、始めのころは書類を踏みつけにするような一種の偏向を示し、一度などは県庁の役人にかんかんに立腹して、その全員に死ねと命じたこともあったので、彼ががらりと打って変わったのはもっぱらナデージダ・ペトローヴナの好ましい影響があったと、推定する充分な根拠があった。

「いや、きみ、考えてもみたまえ、ああした猛獣を馴《な》らすにはどのくらい犠牲的精神が必要であったか！」と、言う者もあれば、

「実際、彼女は、言うなれば、彼のあらゆる乱暴な言行を一身に受けとめていたんだ」と、断言す

る者もあり、

「そうだよ、これは大した腕だよ！　猛獣とひとつ檻《おり》に投げこまれて、大過ないなんて！」と、つけ加える者もいた。

　こうして、旧ポンパドゥールも、ナデージダ・ペトローヴナ自身も、ブラマンジェ七等官さえもが、——そのすべてが一体となって作用したのであり、そのすべてが、住民たちの心を彼女につなぎとめる、原因となったのである。だから、旧ポンパドゥールが去ったとき、彼女はふつう暇をもらった大体すべてのポンパドゥールシャたちの宿命となっている、あのうわべだけの立場に身を置くことはまったくなく、単に、行政上避けがたいことの、興味ある犠牲者となったにすぎなかった。ただ一つ、彼女に奇妙に思われたのは、自分の生活に突如としてまるでだれかが一線をひき、そして、そのさい、《今後はそなたは以前のように処女《むすめ》である！(6)》と言ったような気がしたことだ。

　しかし一般の同情がどんなに大きかろうと、ナデージダ・ペトローヴナは思い起こさざるを得なかった。過ぎ去ったことが手にとるように生き生きとまざまざとよみがえり、彼女に踵《きびす》を接してつきまとい、彼女の頬《ほお》を焼き、胸を締めつけ、血の中で沸きかえった。彼女は鏡に映る自分の姿を見ても、ポンパドゥールの跡を至るところに……至るところにみとめないわけにはいかなかった。

「憎らしい方《かた》、さんざんいたずらをしてから、去《い》っちまって！」と、彼女は言いながら、ものうげに寝いすに腰をおろした。大粒のダイヤモンドのような涙がはらはらとその赤くほてった頬にふりかかった。

　ブラマンジェ七等官は、いつもこうした時をうまくとらえて、音もなく、まるでビロードの足をもっているように、寝いすのほうへ近づいていった。

「まあ、まあ！」と、彼は始めた、「神様はお慈悲深い！　そのうちに……」

「やめて！　いやらしい人！　みんな憎らしいわ！　いや、いや！　みんな、きらいよっ！」彼女は彼に向かって叫び、そのさい、しばしば何かつまらぬ物を壊しさえした。

何よりもまず、彼女には、初めてふたりが知りあったころの、蜜《みつ》のような甘い日日が、思いだされた。彼が彼女の虜《とりこ》になったことには、何も事あたらしいことはなかった。彼女は、関門に警備隊をもっている男のだれもが、気づいたら身震いせずにはおれないていの、あでやかな女たちの、ひとりだった。ことに刺激的な作用をしたのは、彼女の歩きつきだった。彼女が、腰をくねくね泳がせて、歩くのではなくまるで通りを突き進んでいくようであったとき、ポンパドゥールは自分でも気づかずにぴょこぴょこ跳ねだしたものだ。多くの者が、人を腑《ふ》抜けみたいにするこの歩きぶりの作用にさからおうとしたが、しかしだれもさからうことはできなかった。一度、税務部長がおれは平気だと賭《かけ》をさえしたけれど、この魅力的な女性に追いついて横に並んだとたん、ぎゃあととてつもない叫び声をあげ、近くに住んでいた町人ポロテーブノフが女房に、《マリーシャ、森で兎《ウサギ》が歌をうたいだしたらしいぞ！》と言ったほどだった。こんな状態の税務部長を旧ポンパドゥールが見つけて、

「街なかでぎゃあぎゃあわめきたてるのはみっともないってことを、きみはおそらくわかってもいい年ごろだよ！」と、厳しく言ったものだ。

しかし部長はあやまりもせず、何かわけのわからぬことをとめどなく言いつづけ、遠ざかってゆくナデージダ・ペトローヴナを手で指していた。

その時からポンパドゥールと彼女の仲は万事とんとん拍子に進んだ。

ポンパドゥールはブラマンジェ七等官に目をかけることから始めた。それから、《黒イ目ノ乙女《オトメ》(7)》

を歌いながら、ナデージダ・ペトローヴナの住んでいる家の窓の下をしきりに行きつもどりつし始めた。彼はこの恋歌を物悲しい裏声でうたったり、あるいは喇叭《らっぱ》の音をまねてうたったりしたが、ひどい音痴だった。都市《まち》じゅうがこのポンパドゥールのばかげたぶらぶら歩きに気づいて、成りゆきやいかにと、固唾《かたず》をのんで見まもった。ナデージダ・ペトローヴナのほうでも何か予感がして、窓外に横恋慕したポンパドゥールをみとめると、小さな子供たちが腹を軽くくすぐられた時にあげるあの嬉しげな忍び笑いをもらした。とうとう、オーリガ・セミョーノヴナ・プロホジムツェワがこの問題に乗りだした……。

県民はこれについては非常に親切だった。ポンパドゥールが恋にとりつかれたと気づくや、すぐにあらゆる好ましい機会が四方八方からお膳《ぜん》立てされた。郊外の公園をゆくりなくもいっしょに散歩したり、ある客好きの女主人の家でゆくりなくも出会ったり、高尚な芝居を見に行ってゆくりなくも舞台裏でばったり出会ったり。要するに、自分のいやらしい願望を他人《ひと》に吹きこまぬような、そして他人《ひと》のそのけがらわしい企ての成功を何らかのけがらわしい動きで促さぬような、そういう人間はいないのである。

この場合もそうだった。ポンパドゥールはナデージダ・ペトローヴナとプロホジムツェワの家《うち》で会った。つねに偶然に会った。初めは彼はいつも《黒イ目ノ乙女》(7)を歌って、この歌の曲は自分の連隊で愛好されていた分列行進曲だった、と説明した。しかし時には話題を変えるためにテーブルの上に載っていた絵の吟味にとりかかり、ばかのように、

「難攻不落の女だ！」と、ぼそりつぶやいた。

「いったいまただれのことをおっしゃってますの？」と、ナデージダ・ペトローヴナが彼に尋ねた。

「天女だなあ！」

おお、もし彼が尻尾《しっぽ》をもっていたなら、彼女はきっと、彼がこのとき尻尾を振っていたのに気づいたことだろう！

しかし彼女は長いこと彼の好意の魅力に身を任せなかった。時には彼は、

《コンナニ騎士ハ私ニソノ情熱ヲ現ワシタ……》

と、歌いだすことさえあった。

すると彼女はこの返事に、

《ダケド私ハ騎士ノ申シ込ミヲ断ワッタ……》

と歌って、いかにも皮肉げに薄く笑って彼を見たので、彼は急に、やけどを負ったように、歌を変えて、《憶エテイルカイ、君ハ？》と歌いだすのだった。

「何でまたそんなにいきなりおとむらいの歌みたいなものをおうたいになりますの？」と、オーリガ・セミョーノヴナが訊くと、

「仕方がありませんよ！　ほらナデージダ・ペトローヴナに残念ながら気に入られないのだから！」と彼は答えて、何だかまことに滑稽《こっけい》にふくれっつらをしたので、ナデージダ・ペトローヴナは、もしそのふくれっつらを指で打ったらどんな音を発するか、やってみたくなったものだ。

しかしだれも自分の運命を免れないので、ふたりにとって決定的な時機がおとずれた。

あるとき――それは秋の夕べだった――ポンパドゥールはいつものようにプロホジムツェワ夫人の家《うち》へ行って、いつものようにそこでナデージダ・ペトローヴナに会った。このたびは彼女の神経は何だかとくに過敏になっていた。

《黒イ目ノ乙女ヨ！　オ前ハ我ガ心ヲ支配スル！》

と、ポンパドゥールが歌いだすと、ナデージダ・ペトローヴナは小声で、

《ダケド私ハ断ワッタ……》

と、くり返したが、

「ああ、いや、いや！　それを歌わないで！　歌ってはいけません！」と、何だか神経質にまるで泣きだしたそうにナデージダ・ペトローヴナは叫んだ。

「あなたは……あんたは……」

ふたりの心は燃えあがった。

いま、ひとり引き籠《こ》もって、ナデージダ・ペトローヴナはこのときのことを思い出していた。そのあとで彼女は家にもどってから、何の原因もないのに部屋部屋を駆けてくるくるまわり、ブラマンジェは床を這《は》って、彼女の手に接吻したものだった、そして思いだされた……彼女の心はいたずらに燃え、頬をにがいにがい涙がつたわって流れた……

「それにしてもあの人はあのときなんてばかげていたことでしょう！」と彼女は言った、「滑稽に眼をくるくるまわし、急調子の節まわしのところを何とかうまく歌おうと骨折って、その節まわしが何を目指しているか、それでなくてもわたくしにはわからなかったみたいだったわ！」

一つの思い出が思わずも彼女に次の思い出をさそっていった。

いつかプロホジムツェワ夫人の家で活人画が催されたことがあったっけ。集まったのはごく親しい内輪の者ばかりだった。あの人はヤコブ(8)を演じ、わたくしはラケル(9)を演じた。わたくしは手に両把手《とって》つきの壺《つぼ》を傾けて持ち、わたくしの肌着《はだぎ》のしわが乳の上に下りて、なんとなく偶然にみだれていた……

あの人は唇《くち》をさしだしていた（《そうだわ、あの人はひょっとこみたいにおかしげに唇《くち》を突きだしていたっけ……おばかさん！》とわたくしには思えたものだった）……

「やあ！　ナデージダ・ペトローヴナ！　わたしもあなたにそうやって飲ませてもらえたらなあ！」と、バルベソフ四等官がわたくしに言ったけど、でもあたくしは聞こえぬふりをして、あの人に訴えもしなかった。

なぜ訴えなかったか？　それはいつかあの人がわたくしに、

「ナデージダさん、もしだれかあんたにつきまとうやつがいたら、すぐ知らせなさい！　わしはそやつをすぐ馬車に載せて、ふゅいっ（流刑地にやる）！」と、言ったからだ。

わたくしはそのようなことをしてもらおうとはつゆ思わなかったのみならず、みんながわたくしを見て喜んでくれるようにとのみ願っていた。

それからあるとき――ずっとずっと後になるけれど――あの人はさんざんふざけてから、急にわたくしに言った、

「ナデージダさん！　それにしてもあんたはなんという体をしているんだろう、まるで蕩《とろ》けていくみたいだ！」

それから……ふたりはあるとき県庁所在地へ行った……あの人は用事で、わたくしはついなにげなく……わたくしたちは貴族団長に食事に招かれた……あずまや……庭園……鶯《ウグイス》が歌っていた……むこうを補佐官が葉巻きをくゆらしながら歩いていた……

こうした思い出が次から次へと目のあたり浮かび、とめどもなくまざまざとよみがえるのだった！

そして、もっとも重要なことは、彼女が自分のその友を喜ばせるにつれて、彼女に対する尊敬はます

ます増していったのである！　だれも妬《ねた》みさえしなかった！　みんな、これが当然のあるべき姿だと、心得ていた……。だが、今は？　彼女は今はいったい何だろう？　旧ポンパドゥールシャ！　まさかこんな地位があろうか？　まさかこんなポストがあろうか？

「ああ、あの人は今どこにいるのかしら、あたくしのおばかさんは?!」

ナデージダ・ペトローヴナは悶悶《もんもん》としてやつれていった。彼女は、世間の人びとは従前どおり自分に好意をもってくれており、警察もその親切な態度を少しもあらためてはいないことを、わかってはいたけれど、しかしそれは彼女を喜ばせはせず、悲しい気にさえしていたもののようであった。最近ではどんな午餐《さん》会や夜会に招かれても、それは彼女に過去のこと、同情やあるいは何だか無理にとりつくろった好意からではなく自然に招きを受けていたあのこないだまでの過去のことを、思いださせた。もっとも、彼女には、オーリガ・セミョーノヴナ・プロホジムツェワという友がありはした……。

この友と彼女とは二人きりで閉じこもり、過去の思い出にばかりふけっていた。何かをちょっと思い出せば、そのこまごました一つ一つが尽きることのない泉のように次から次へと眼の前に浮かんでくるのに、彼女自身びっくりさえしたものだ。

「あのポンパドゥールさんはこんなおばかさんだったのよ！　さんざんふざけたことばっかりして！」

と、彼女はオーリガ・セミョーノヴナに言って、そしてまたもやまだ語っていないこまごましたことを探しだしては、それを友に物語るのだった。

彼女は他の知人はほとんど拒んだ。バルベソフ四等官には露骨にさえ、ポンパドゥールは去《い》ってしまったけれど、でもあたくしはあいかわらずあの人だけのもの、もっと的確に言えば、あの人の有り難い思い出のもの、と言った。これにはバルベソフは痛く怒って、ナデージダ・ペトローヴナに《ポンパドゥール生供養塔《なまくよう》》というあだ名をつけた。でもこのあだ名ははやらなかった。

「ねえ、あのポンパドゥールは果報者ですなあ！」と、彼は言った、「だってあの男のいいところといったら、猿に似ていたところだけだったみたいなのに、あんなに慕われるんですからなあ！」

彼女は、時間の大部分、旧ポンパドゥールの肖像の前に座って、とめどもなく思い出に浸っていた。時には特段に心を寄せている者たちがひとり閉じ籠《こ》もっている彼女の部屋にうまく入りこみ、どこやらの県主催の園遊会に参加するよう勧めることもあった。しかし彼女はこうした勧めにはすべて蔑《さげす》むような微笑で答えていた。とうとうこのことが危険とさえ考えられてきた。ブラマンジェ七等官を会議に呼び出すことが試みられ、七等官はもう一度彼女の前にひざまずくよう強いられた……。で、不運なブラマンジェは床《ゆか》を這《は》いながら、

「なあ、お前！　おれは自分の考えで言っているのじゃない、全社会の名において……」と、彼女に懇願した。すると彼女は旧ポンパドゥールの肖像をおごそかに指しながら、

「あんたは気でも狂ったの！　どういうお方があたくしを愛したか、あんたは忘れたようね！」と、答えた。

ポンパドゥールは生きている人のように枠《わく》から覗《のぞ》いて、彼女の決心を是認しているように思えた。そしてやがてある朝、ナデージダ・ペトローヴナがベッドから起きた途端、外では何か異常な騒ぎがもちあがっているのに気づいた。彼女の頭がどんなに過去の思い出にふけろうとも、彼女の心臓は思わずも震え、胸をどきどきと打った。

「おめでとう、お前！　新ポンパドゥールが到着されたよ！」と、この時ブラマンジェ七等官が入ってきて、陽気に言った。

Ⅲ―一　訳者注

（1）市長。一七七五～一八六二年、ロシアで行政・警察権をもつ任命制。
（2）イサベル二世（一八三〇～一九〇四）。スペイン女王（一八三三～六八）。専制的な振舞いが多く、とくにかずかずの情事があった。一八六八年のブルジョア革命で追放され、パリに亡命した。
（3）最初の宿駅。ポンパドゥールが離任する時、最初の宿駅で送別の会が行なわれるのが常だった。
（4）……三人が、ほら、歩いてた……。民謡。
（5）グルーモフ。A・オストロフスキーの喜劇「どんな利口者にもぬかりはある」（一八六八）の登場人物。シチェドリン「現代の牧歌」にも登場。
（6）《今後はそなたは以前のように処女である！》。夫に捨てられ離婚を願い出たのに宗務院がそれを許さなかったとき、ニコライ一世がその婦人に言ったという言葉。
（7）《黒イ目ノ乙女》。フランスの流行歌。
（8）ヤコブ。旧約聖書「創世記」に出てくる。イスラエル民族の祖。
（9）ラケル。ヤコブの妻。

二

そうしているうちに、ナデージダ・ペトローヴナに対する尊敬は、ますます強まっていった。商人たちは公然と、『もし、われらのおっかさん、彼女がいなかったら、彼はきっとわれわれみんなを、われわれの死灰までをも、風に吹き散らさせてしまったことだろう！』と言っていた。貴族や役人たちは彼女をリャザン大公オレーグ(1)のほとんど直系の血統をひいていると持ち上げていた。警察部長はこのうわさに痛く驚いて、自分が昇進したのはひとえにナデージダ・ペトローヴナのおかげであるにかかわらず、このうわさを新ポンパドゥールに報告する義務があると考えた。

「その女におとなしくするように言っておけ。さもないと……ふゅいっ（流刑）だと！」と、新ポンパドゥールは答えて、そのさい何だか威圧するように威勢よく指をぱちんと鳴らした。

新ポンパドゥールは、若くてまったく無鉄砲な男だった。彼は学問も芸術もわからず、いわゆる理《イデ》論家《オローグ》をもほとんど尊敬せず、ポール・ド・コック(2)やその他の文豪の作品中の、もっともさわりのところしか読んでいなかった。彼のもっとも愛好している言葉といえば、《ふゅいっ（流刑）》と《鳥も通わぬ里へ追い遣《や》るぞ！》だった。

それでも、県内の知識人たちのところを訪問してまわったとき、彼は、その無鉄砲な性質にもかかわらず、ナデージダ・ペトローヴナはある種の勢力をもっておりこれを無視することは軽率であることを、悟った。

「いいかい、きみ《モン・シェール》」と、彼は側近のひとりに打ち明けた、「このブラマンジェ夫人は……まあ一種のモスクワのジャーナリズムのようなものだ！　それほど従順であり……またそれほど頑固である！　しかし、この女が、いずれにしても、世論を騒がしていることは、二二が四のように明白な事実だ！」

しかし、もっとも彼を動揺させたことは、彼がまだ何も過失を犯していないうちに、もう抵抗に遭《あ》ったことだ。

「とんでもないことだ！　わしは当地へ……それは神かけて誓うが……まったく天真爛《らん》漫な気持ちで……着任したのだ！」と、彼は言った、「それがどうだ……しょっぱなから！」

しかし、だんだんと好奇心のほうが勝っていった。ある朝、いつものように警察部長が出頭したとき、新ポンパドゥールはこらえきれなくなった。

「どうだね……その……前任者のれいこというのは……どんな女だね？」と、彼は訊いた。

「小鳥みたいにかわいい女であります！」

「ふむ……じゃ、その、いいかね……わしは……しかし！……」

「その通りであります」

「そうだな！」

警察部長は嬉しさのあまり胸がいっぱいになった。彼は何よりもまずやさしい心の持ち主で、どのようなものにせよもめごととかごたごたを見ると心が痛まないわけにはいかなかった。だから彼はさっそくポンパドゥールのもとからナデージダ・ペトローヴナのもとへ駆けつけた。彼女は旧ポンパドゥールの肖像の前にしょんぼりと座り、その足もとにはブラマンジェが這《は》いつくばっていたところだった。

——あなたは今どこに居るの、おばかさん！　さんざんふざけて、去《い》っちまいになって！——と、彼女はひとり心に言っていた。

しかし玄関に警察部長のサーベルの音を聞くと、彼女は身震いせずにはおれなかった。老いた軍馬が召集ラッパの音を聞くと、こういうふうに武者震いするものだ。だが、言っておかねばならぬが、ナデージダ・ペトローヴナの家《うち》へはだれでもいつでも取り次ぎなしに入りこんで、ウォトカを要求し、肴《さかな》をつまむことができた。

「ブラマンジェ君、きみはこれのさかなを持ってきてくれたまえ、いいかい？」と、警察部長は玄関で指図した、「ナデージダ・ペトローヴナ、あなたはあいかわらずまだ涙にくれておられる！　やれやれ！　いったいこれはどういうことですかね！」と、彼は部屋へ入りながら、続けた、「さあ、もう泣くのはおよしなさい！　眼が、その美しい眼が、台なしになるじゃありませんか！」

「そうなんです、言っても聞かないんです！」と、ブラマンジェが口を出した。

「そのうち……」と、ナデージダ・ペトローヴナは言いかけたが、その声はとぎれた。

「そうですよ、無理もありません！　ですが、おくさん、あなたはわたしども罪深い者のことも考えていてくださっているのでしょうか！」

「何をわたくしが出来るのかしら、わたくしの今の役割は……」

ナデージダ・ペトローヴナはうなだれた。

「おくさん、わたしは次のようなことを申しあげに来たのです！」と、警察部長は執拗《しつよう》に続けた、「失礼ですが、この偶像の前でやつれ果てるかわりに、おくさん、あなたはその気になればいくらでも権力を……つまりこういうことを！」

だが、ナデージダ・ペトローヴナは依然として旧ポンパドゥールをじっと見詰めたままだった。

「おくさん、幸いきょうはわたしはまだ申しあげることがあるのです……」

警察部長はため息をついた。

「何ですか？」と、ブラマンジェが口を出した。

「まあいい、逆らいたいのなら、逆らわせておけ、とおっしゃっておられます！……しかし、これはよくないことです、ナデージダ・ペトローヴナ！　あなたはその責任を問われることになりますよ！」

だが、彼女はやはり黙りこくっていた。旧ポンパドゥールの肖像に見つめられていて頑《かたく》な心がますます頑なになったようだった。

『さんざんふざけてから、去《い》っちまった！』と、彼女は思っていた。

「つまりそういうことになるのです！」と、警察部長は彼女の考えを予知したように続けた、「あの方《かた》がたは去《い》っておしまいになる、だがわれわれはここで尻《しり》ぬぐいをしなければならん、というわけです！」

「わたしも絶えずこれにくり返し言っているのですが」と、ブラマンジェが弁解した、「わたしばかりでなく、世間の者がみんな！」

しかしナデージダ・ペトローヴナはもうそれ以上聴かなかった。彼女はぱっと跳びあがり、傷ついた雌虎のように、警察部長におどりかかった。

「わたくしがどなたに愛されたか、忘れたの？」と、彼女は彼を怒鳴りつけた、「わたくしは……わたくしは忘れはしない！　わたくしは一つも忘れはしない！」

こう言うと彼女は堂堂と部屋から出ていった。

しかしながら、験《ため》しはこれでやんだのではなかった。市内の婦人たちがますます繁繁とナデージダ・ペトローヴナを訪問しだし、そのだれもが必ず新ポンパドゥールのことを話題にするのだった。なかには、彼が女性に言い寄りはじめている、と言う者もいた。

「お気の毒だわ、あの方のおそばにはまだ居ないのだもの……ワカルデショ？」と、そのさいある同情深い婦人がつけくわえた。

「いいえ、わかりません！」と、ナデージダ・ペトローヴナは驚くほど冷ややかに答えた。

「ほれ、あの……なんと言ったらいいかしら……導いてゆくひとがよ……」

「そう！」

晩餐会や舞踏会の時期が始まった。ナデージダ・ペトローヴナはやはり強情を張り、旧ポンパドゥールの肖像から眼を放さなかった。市中では、彼女はわれとわが身に鎖をかけているのだと、ひそかにうわさされ始めた。

「デモ、ソレデハ、シマイニハ、オ笑イ草ニナルジャナイノ、ネエ！」と、友だちは彼女に言って、世間の儀式に顔を出すように勧めた。

「どなたにわたくしが愛されたか、あなたはご存じないのね！」こうしたしつこい口説きに対する彼女の答えはいつもこうだった、「だけどわたくしは……知っているの！　ええ、とても、とてもよくわかっているの！」

「そりゃその通りだわ……ソレハ見上ゲタ事ヨ、言ウマデモナク！　だけど、やはり物事にはすべて程度というものがあってよ！」

「ぼくも、ほら、これと毎日のようにそういうふうに口喧嘩しているのですよ！」と、このごろ蠟《ろう》燭《そく》のようにやせ細ったブラマンジェ七等官がこれに口をだした。

しかし実際には彼女の心はだんだんと折れてきた。彼女はもう旧ポンパドゥールの人相を分析しだし、はじめて彼の鼻が……

「おや、アナタ、ごらんなさいよ、あの人の鼻はとても滑稽だわね！」と、彼女はオーリガ・セミョーノヴナに言った。

「これまでそれに気づかなかったなんて、驚いたわ！」と、プロホジムツェワ夫人は答え、「それに口もとだってちょっと利口ぶってるみたいじゃないの！」と、自分のほうからつけ加え、ナデージダ・ペトローヴナに過去のことを忘れさせようと全力を尽くした。

そしてほら、あるとき、ナデージダ・ペトローヴナは思いきって窓の外をのぞこうという気にさえなった……。と、これはどうだ！

オ嬢サン、恋トハ、一体、何デショウ?
恋トハ、一体、何デショウ?

と、鼻歌をうたいながら、通りを歩いている新ポンパドゥールを眼にとめたのだ。

それはとても立派な男だったので、彼女は思わず見とれてしまった。髪の色は褐色、背丈は高くはないけれどきわめて均整のとれた体つき、そんな彼は人に命令をくだし人をほれぼれさせるために生まれてきたのかと思われた。左の頬《ほお》に小さな疣《いぼ》がぽつっとあり(彼女はつぶさに観察した)、唇の上に黒っぽい口ひげが凝《こ》った形でうねり、彼はそれを時折りかんだ。彼の立派さは、旧ポンパドゥールのそれとは、まったく違った種類のものだった。旧ポンパドゥールにおいては鼻も唇もぶよぶよとたるんでとてもおかしく、なんとなくそれをもみくちゃにして丸めて、それから接吻でもしたいような気を起こさせた。しかしそれも立派さのためではなくて、まさにおかしさのためなのだ。ところが、この新ポンパドゥールにおいては、反対に、鼻、唇、その他どこもかしこもきりっとひきしまり、すべて頑として一歩も譲らぬ押しの強さをあらわしていた。

だが、ほら、今、その彼がますます近づいてくるのだ。ほら、もう、ナデージダ・ペトローヴナの家の真向かいにきた。ゆっさゆっさと肩を揺すって歩いてくる、ゆっさゆっさと……ほら、立ちどまった……呼び鈴の握りをつかんだ……。ナデージダ・ペトローヴナはすっかりおろおろうろたえて、旧ポンパドゥールの肖像のかげに隠れようとすっとんだ。夫のブラマンジェはまたもやその物分かりのよいところを見せて、いっさんに家をとびだした。

「いとしいナデージダ・ペトローヴナ、ご免なさい」と、《彼》はすぐ猫なで声で言った、「わたしはあなたの悲しみをよくよく尊重して、あまり早くお訪ねしてあなたをお騒がせすることをあえて思いつくことさえしなかった、しかしもう我慢ができなくなってねえ、それは信じてください……この賛辞にしても……もしわたしが自分の心の声だけを聞くことができるものなら、ね、ひとりでに……」

しかしナデージダ・ペトローヴナの耳はがんがん鳴っていた。彼女は肖像に眼をじっと向けていた。旧ポンパドゥールがそこから彼女に眼をひからせているような気がした。

「本当ですよ」同じ滑らかな声がひびき続けた、「わたしは、でも、あなたの悲しみの無関心な傍観者では決してありませんでしたよ。むろん、警察部長さんは、わたしがあなたにあらゆる便宜をはかるよう……つまり、わたしの力の及ぶかぎりを尽くしてあげるよう……再三にわたって命じ、強要しさえしたことを、あなたに証明することをよも断わることはありますまいて……」

ナデージダ・ペトローヴナは、あいかわらず、まるで悪夢をでも見ているような思いで、身じろぎもせず、座っていた。

「だが、わたしは非常に残念なんですよ」と、ポンパドゥールは唸《うな》るように言った、「さらに言えば……わたしは苦痛でさえあるのだ、あなたが……まるでわたしのためみたいに……社会の、いわば、その花形の身をむざむざ埋《う》もらしておられるのは！　むろん、わたしは、わたしのよいところ……といってもわたしは経験があるといって自慢することもできないが……」

「いいえ！　あなたは称賛のまとになっておられますわ！」と、ナデージダ・ペトローヴナはほとんど自分でも何を言っているのか意識しないで、言った。

「社会はわたしに対してあまりにも寛容にすぎるのだよ！　むろん、わたしに出来ることはすべて……

わたしは生命《いのち》をでも捧げようと思っておる……しかし、ともかく、いとしいナデージダ・ペトローヴナ、あなたはわたしを愉快な気持ちで帰らせてください……あるいはもっと適切に言えば……あなたが社会のいわばその花形の身をむざむざ埋もらしてわたしを悲しませようとはしておられないという……希望をもたせて帰らしてください！」

「わたくしは……ご命令なら……」と、彼女は依然として無意識に答えた。

「命令しているのではありません、頼んでいるのです！」

彼は彼女の手を取って、接吻した。

「それはわたしの前任者の肖像のようだね？」と、彼は訊いた。

「ええ、あの人ですよ」

「こんなに慕われるなんて幸福な男だなあ！　それだけ当地を離れるにあたっては随分と、随分と、喪うものが大きかったろうなあ！」

ポンパドゥールの眼はみだらさをおび、言葉は底意を含んだ抑揚をおびた。しかしナデージダ・ペトローヴナはやはりまだ茫然《ぼう》としたままだった。

「ええ、あの人は幸福でしたわ」と、彼女は言って、どうして自分の舌がばかげたことばっかり言うのだろうと、自分でもあきれた。

「失礼しました。もうこれ以上長居して迷惑をかけますまい。しかし今後はわれわれのあいだの誤解はすっかり解け、あなたはその社会の……いわば花形の身をむざむざ埋もらさないという、嬉しい希望を抱くことができると考えさせてもらいますよ！」と、最後に彼は言って、ソファーから立ちあがり、ふたたび女主人の手に接吻した。

彼が立ち去ってからしばらくナデージダ・ペトローヴナは茫然と立ち尽くしていた。彼女には、何だかあるやぼったい官庁文書の文句を聞かされたみたいな、そしてその文書の意味はまだすっかりは分からないけれど、しかしどうしてもそれを説明しなければならないみたいな気がしていた。やっと彼女が我に返ったとき、彼女の最初の動作は旧ポンパドゥールの肖像をひっつかむことだった。

「いとしい人！　おばかさん！　どこへ去《い》っちまったのよ！　わたくしを何という目にあわせたの！」と、彼女は、まるで旧ポンパドゥールの運命に決定的な転換が行われるはずだと予感したかのように、叫んだ。

Ⅲ—二　訳者注

（1）　リャザン大公オレーグ。オレーグ・イワーノヴィチ（一三五〇～一四〇二）。

（2）　ポール・ド・コック（一七九四～一八七一）。フランスの通俗作家。当時のロシアの貴族層に愛読された。シチェドリンは、一時、ニコライ一世とポール・ド・コックの《往復書簡》というテーマを思いついたが、公表に至らなかった。

三

一日一日、日がたっていった。ナデージダ・ペトローヴナの頭の中は何もかもがごっちゃになってしまって、もう《黒イ目ノ乙女》と《恋トハ、一体、何デショウ》とを区別できないほどだった。彼女には、それがいずれも、ポンパドゥールの歌ったものであることは、確かにわかってはいたのだが、しかしどっちがどのポンパドゥールによって歌われたかということになると、はっきりさせることが出来なかった。一方、新ポンパドゥールのほうは、激したり、沈んだり、行政上の誤りを犯したりした。

　隠遁生活もだんだん退屈になってきて、ナデージダ・ペトローヴナは外出しだした。でもやはり旧ポンパドゥールの肖像は元の場所に置いていて、舞踏会に出かける時にはいつも、舞踏会の晴着に盛装してしばらくその前に、彼女の言葉を借りれば『おばかさんの気に入らなければ出かけないわ』というわけで、立ち尽くしていた。舞踏会があいつづき、晩餐会があいつづいていたが、そのどの会でも不可避的に新ポンパドゥールと顔をあわせた。彼は彼女をむさぼるように見つめた。とうとう彼女は、彼と前任者とのあいだにはある奇妙な類似点のあることに気づきはじめた。長いこと彼女はその類似点がいったいどこかわからなかったが、やっとそれは二人とも《おばかさん》であることに思い当たった。その時から旧ポンパドゥールの肖像の前で自分を《見せる》ことはもう空虚な形の上だけのことになった。

　どこに居ようと、どこに出かけようと、だれと話そうと、どこでも、だれからでも、彼女は、新ポンパドゥールへの賛辞ばっかり聞かされた。警察部長は新ポンパドゥールを気高い心の持ち主だと称《たた》え、官房長は聡明だと称え、郡警察署長は熱烈で押しが強いと称えた。さらにスラムニク補佐官が、新ポンパドゥールがとても凝った下着を着ていることをいつかそっと観察して、これから彼はとても清潔好きであるという結論をだした。

「ナデージダ・ペトローヴナ、あなたはお考えでしょうね？」と、郡警察署長が言った、「たぶん、あなたは、あの方が舞踏会や晩餐会で……何やらつまらんことをやっておられるとお考えでしょうね？……
……よそのおくさんがたの肩をなめるように眺めておられると？……いや、そうじゃないのです！　あの方は行政措置について考えをまとめておられるのです！　わたしどものあの方はこういうお方なのです！　何かを決めずには一歩も踏み出せぬといった！」

「それはそうでしょう」と、ナデージダ・ペトローヴナは物思わしげに答えた、「だけどわたくしは心配なの……」

「何が心配なのですか？　あの方が、ひょっとしたら、不運をもたらすかも知れないとでも考えておられるのですかね？　いわれもないことです！　あの方ときたら、蝿《ハエ》にも意地悪はなさらない！そういうお方なんですよ！」

人のよい老婦人プロホジムツェワは興奮した。都市《まち》では彼女のことを、一分でも人の世話をやかずにはおられない女と言っていた……。

しかしポンパドゥールは臆病だった。もっともそのことは、彼の職歴表そのものに出撃したことがないと記されていたことによっても幾らかは明らかだった。彼は行政措置についてはやすやすと考えをまとめたが、実際の活動舞台に出ると、とたんに弱気で無気力になるのだった。ナデージダ・ペトローヴナに対する彼の行動はすべて、煮え切らず、まったくばかげてさえいた。たとえば、いつかある招宴で、彼は彼女の眼の前でテーブルから梨《ナシ》を一つくすねてポケットに入れ、宴のあとでそれをナデージダ・ペトローヴナに差し出し、何だか死にもの狂いの声で、

「お食べなさい！」と言った。

「まあ、何でわたくしに？」と、ナデージダ・ペトローヴナはびっくりした。

「そうです……その通りです！」と、彼はまるで梨を盗んだために心が責めさいなまれているみたいに、ほとんど泣きださんばかりだった。そしてすぐに何だか愚かしく、馬がいななくみたいな笑い

声をたてたので、旧ポンパドゥールシャは、

『まあ、でもなんてこの人はおばかさんなんだろう!』と、考えざるを得なかった。

その次には舞踏会で彼は長いこと彼女のそばに黙って立っていたが、不意に言いだした、

「わたしはあなたの家が火事になればよいと思っていますよ!」

「まあ、あなたって人は?」と、ナデージダ・ペトローヴナはあきれた。

「そうです! そのときにはわたしは……この手であなたを火の中から救いだしてあげますよ!」

その次には彼は彼女に訊いた、

「あなたはブラマンジェ君にキスすることがありますか?」

「なんでそんなことを?」

「知りたいのですよ!」

「好奇心が過ぎはしませんか?」

「知りたいのです!」

「ありませ……ときたま……」

「けっこう! ところでブラマンジェ君は足の速い動物に似ていますが、知っていますか?」

その次にはブラマンジェに飛びついて、キスしはじめた。

「何をなさいますの?」ナデージダ・ペトローヴナは驚愕した。

「キスしているのです」

「おやめになって! 宅がすっかり青くなっているのが、お眼にとまらないのですか?」

「キスしているのです!」と、彼はくり返し、不自然な冷酷さをあらわした。

おしなべて彼の行動は決然としたものでなかったばかりでなく、謎めいていた。時には彼はナデージダ・ペトローヴナの手を取って彼女を支え、撫でたりするのはいいが、不意に愚かしく駆けだして、彼女にきゃあと悲鳴をあげさせたりした。時にはあわただしく椅子からとびたち、帽子をひっつかんで、ひと言もいわず、県庁の中へとび込んだ。要するに、あらゆる徴候があった。足らなかったのは、口頭による告白のみであった。

旧ポンパドゥールの肖像に彼は遠慮しているのだと、ナデージダ・ペトローヴナには思われた。で、肖像をテーブルから退《の》けて、壁に掛けた。しかしそこからでもその肖像は目をひからせているような気がした。そこでブラマンジェ七等官がその肖像を個人的な友人として自分の部屋へ移すように提案した。ナデージダ・ペトローヴナは沈黙していたが、ふうっと一つため息をついて……同意した。

だが、新ポンパドゥールが独身だった、と考える必要はない。いや、彼は妻帯しており、子供もあった。しかし彼の妻は朝から晩まで模様入り蜜菓子ばかり食べていた。そんな妻の有様を見るのはやりきれなく、悲しみのあまり彼はすんでのこと税の滞納者帳簿を読みふけろうとしさえした。しかしその仕事も知と情の糧にはほとんどならず、ポンパドゥールの活力を充実させるには至らなかった。彼は県庁の中を悶悶として歩いていた。

そのうちに冬のシーズンは終わって、斎戒期がきて、春の気がただよい始めた。ナデージダ・ペトローヴナは乳房が痺《しび》れ、湧きたってくるような気がした。彼女は充ちあふれてくる生気を鎮めるために、引き窓をあけひろげ、湿っぽい空気を吸いながら何時間もその前に立ち尽くしたり、何十露里《ヴェルスタ》(1)もの道のりを遠出して、町の一番辺鄙な裏通りへ平気で入りこんだりした。彼女は疲れ、半ばぐったりとなって帰宅し、寝いすに腰をおろして眼を閉じた。重苦しい落ち着かぬまどろみがしばし彼女の手足を縛りつけ、何百人ものポンパドゥールの影が行列をつくって彼女の心眼の前を通り過ぎていった。そこにはありとあらゆる人がいた。口ひげをはやしたのもはやさないのも、髪の毛が薄褐色《ブロンド》なのも黒褐色《ブリューネット》なのも、疣《いぼ》のあるのもないのも、背の低いのも高いのも。しかし——ああ！——彼らの中にはひとり居ない者がいた——新ポンパドゥールがいなかったのだ！ 彼の身には何か変わったことが起きていた。彼は彼女の窓の下をうろつくのをやめたばかりでなく、まるで彼女と顔を合わせるのを避けているようだった。文字どおり、不意にぷつりと仲を断ったのだ。

『まさかいやらしい夫のブラマンジェにキスするのがあの人の目的だなんて？』と、ナデージダ・ペトローヴナはときどき心に思った。

それはこういうわけだった。ポンパドゥールは一部では自分の臆病さと闘い、一部ではすねていたのだ。彼は他のだれにも劣らず春のめざめの作用を身に感じていた。しかし臆病で同時にわがままな人間の常として彼はナデージダ・ペトローヴナ自身にわるかったとあやまってもらいたかったのだ。その時のくるのを待って彼は自分の妻には殊更にやさしくして、妻といっしょに押し模様入り蜜菓子を食べさえしたほどだ。こうして一日一日と過ぎていた。ナデージダ・ペトローヴナはいたずらにくよくよ思い煩っていた。人びとはとまどい気味に待っていた。

その人びとも二つの陣営に別れていた。警察部長を先頭とするその一部は、すべてナデージダ・ペトローヴナが悪いのだと、はっきり彼女を非難していた。

「彼女のすべてを赦そう！」と、不満派の頭《かしら》はクラブで大声をとどろかせた、「だが一つ赦せぬことがある。何のために彼女は世の中で一番気高い心の持ち主を苦しめているのか！」

反対に、他の一部の人たちは、彼女に罪はないとした。すべてポンパドゥールその人が悪いのだ、最初は彼が世の中でもっとも気高い婦人を誘惑し、それから赦し難くもぐずぐずとあいまいな態度をとって彼女を不当な立場に置いた、と彼らは主張した。

「県庁の中をぶらついて愚にもつかぬ話をして時間をつぶすよりも、ちゃんとなすべきことをやったほうがいいのに！」と、後援者たちは言った。

それはともあれ、ナデージダ・ペトローヴナは、自分に対する人びとの尊敬が日ごとに減じてゆくのを、確認しはじめた。ある慈善音楽会で突然彼女の馬車が遠い所へ追い払われたり、御者がまったく理由もなく区警察署で鞭《むち》打たれたり、あるいは夫のブラマンジェ七等官が面とむかってきわめて毒を含んだ皮肉をあびせられたりした。以前にはこうしたことは決してなかったことだ。旧ポンパドゥールに彼女はこうした点ではひどく甘やかされていたので、それだけに、すべてのこうした些《さ》細な不快事が、なおさら強く彼女の心を傷つけた。

とうとう河が青くなり、氾濫《はんらん》した。野には最初の若草が芽をだした。隣の池では蛙《カエル》がけろけろ鳴きはじめ、隣の森では鶯《ウグイス》がけきょけきょと鳴きだした。ナデージダ・ペトローヴナの耳には、不満派がわざわざカザン県から呼び寄せたタタールのウランベーコワ公爵夫人とかいう競争者があらわれた、といったうわさがはいり始めた。

「なんのためにあの人はこんな喜劇を仕組んだのかしら？」と、彼女は自問し、絶望して部屋部屋を駆けまわり、夫にむかって自分の鬱憤《うっぷん》をはらした。

あるとき彼女は例によってへとへとになるまで市内の通りを歩きまわっていると、突然、ある通りの角でばったりポンパドゥールその人に出くわした。その顔にはぽつぽつと幾つか吹き出物が出来ていたけれど、彼はあいかわらず魅力的だった。

「どうしてあなたはこのごろわたくしのところへ来るのをおやめになったの?」と、彼女は非難と厳しさのこもった声で彼に訊いた。

ポンパドゥールはどぎまぎして、何やらとりとめもないことを愛想げもなく口にした。

「よくもあなたはわたくしのところへ来なくなることが出来たものですね?」と、彼女は反駁に耳をかさずつっかかっていった。

彼女はいいようもなく興奮していた。声は震え、眼には涙がきらきら光っていた。いつもはあれほどしとやかで優しくて弱弱しくさえあるこの婦人が突然こんなに激高したので、ポンパドゥールは、彼女が街のまん中でヒステリーを起こすのではないかと、気遣いはじめた。

「わたくしは知っているわ! あなたがなさっていることはみんな知っているわ!」と、彼女は興奮のあまり我を忘れて続けた、「あなたはあのけがらわしいタタール女に言い寄っているのでしょう! きょうはそのオーリガ・セミョーノヴナのところへ行かないなんてことは絶対あってはなりませんよ!」

ポンパドゥールは逆らわなかった。彼は、自分の運命が決まった、と悟った。

Ⅲ—三　訳者注

（1）　露里（ヴェルスター）。一・〇六六八キロメートル。

四

彼らの心は、燃えあがった……。

しかし、僕は誠実な歴史家として、ナデージダ・ペトローヴナの新しいポンパドゥールの地位にある情人は最初のポンパドゥールの地位にあった情人ほど温和な性格ではまったくなかったことを、隠すことは出来ない。反対に、彼は、僕の意見によると、少なくとも無益だったところの、若干の非道ぶりで引き立った。

第一に、タタールの公爵夫人ウランベーコワはすぐさま県内から追いだされ（ふゅいっ！）、スヴィヤガ河とヴォルガ河との合流点となるズヴィヤジスク市に居住させられた。

第二に、警察部長は解任され、他の不満派は郡役所のある町へそれぞれ放逐された。

第三に、ポンパドゥールの正妻の最後の慰めがとりあげられた。つまり、押し型模様入り蜜菓子を食べることを禁じられた。

第四に、ブラマンジェ七等官が、言うことも出来ないほど、みじめに遇された。……

Ⅳ　《こんにちは、いとしい、わたしのいい女《ひと》(1)》

ドミートリー・パーヴルィチ・コゼルコフといえば、ペテルブルグの住民のだれが知らぬであろうか？　同僚や同年齢の者たちは彼のことを、ミーチャとか、ミーチェンカ、コズリクとか、コズリョーノク(2)と呼んでいた。年長の者たちは彼を遠くからみとめると、まるで彼の鼻がまがっているか、あるいはおしなべて彼の顔に何か滑稽なものがみとめられるかするように、にやりと笑った。コゼルコフの職務は簡単なものだった。十二時に家を出て、役所へ行き、そこで机のまわりをしばらくうろちょろし、外聞のわるい作り話を少しして、三時から五時までネフスキー通りを用もなくぶらつき、それからデュッソーの店で後払いで食事《ディナー》をとり、それからミハイロフスキー劇場へ出かけ、それから……それからはもう、セリョージャ、セリョーシカ、リョーヴシカ、ペーチカ、その他の、復興しつつあるロシアの、のらくら者たちを招き寄せているあらゆるところへ出かける。ざっとこういうわけだった。コゼルコフは学校を出てから三十歳までこうして過ごし、官等ではもう閣下(3)の敬称をもとうとするところまで昇進していたにもかかわらず、ずっとコズリョーノクやミーチェンカであり続けた。年長の者たちは彼が現われるとやはりにやりと笑い、彼の顔に何か滑稽なものがあるのを見いだした。同年の者たちはたびたび彼の鼻をぱちんと指先ではじき、『どうだい、コズリク、きょうもやるかい？』と歩きながら訊いた。やるとも、とコズリクは答えて、デュッソーの店で後払いで食事をとる時間がくるまで、または鼻をぱちんとやられて腹が立つまで、ネフスキー通りをぶらぶらと歩きつづけた。

しかし三十歳になってコゼルコフは突然、憂悶にとらえられた。彼は恥さらしの艶笑小咄《えんしょうこばなし》を語ることをやめ、鼻を指先でぱちんとはじかれることに腹を立てはじめ、上司たちの視線を以前よりも慎重にとらえはじめた。要するに、ある種の公民的成熟の徴候を現わした。

「ミーチカ！(4) どうしたんだい、おどけ者さん？」、と同年の者たちが彼に訊いた。

「きみぃ《モン・シェール》！ おれはもう何もかもが嫌になったんだ！」

「何が嫌になったんだね？」

「すべてのあのマリヴィーナ(5)の連中が……デュッソーが……要するに、われわれが最良の力を費やしている、この目的のない生活が！」

「くり返してくれ！ くり返してくれ！ きみはいまいったい何と言ったんだい？」

「諸君《メッシュー》！ ミーチェンカは、自分には何やら《最良の》力がある、と言ってるぜ」

「はたしてきみには、コズリョーノク、腺病質の悪液質のほかに、何かがあるのかね？」

等々、等々。しかしコズリクには下心があった。彼はますます頻繁に自分の伯母チェプチェウリドゼワ－ウランベーコワ公女のもとへ通いはじめたのだ。彼女はペスキ区(6)のどこかに住み、薄い粥ばかり食べていたのだが。伯母さん《マ・タント》チェプチェウリドゼワは一七七八年(7)には女官だった。しかし、老齢のため、ロシアの歴史をすっかり忘れてしまい、あるときなど、セメフスキー氏(8)のひと口話集をたっぷり読んだあとで、まるで自分はまだ幼い、今は亡き女帝エリザヴェータ・ペトローヴナ(9)を、腕に抱いていたかのように、言い張った。

「お美しいおかたでしたよ！」と、老いた処女は歯がない口をもぐもぐ動かして言った、「すごくきびきびしたおかたでもありましたよ！　あるときアラクチェーエフ[10]伯爵をお呼びだしになって――いや、違うわ……ええと、だれだったかね、ミーチャ、女帝の御代《みよ》だからアラクチェーエフだったかね？」

「ミーニフ[11]将軍ですよ、伯母《マ・タント》さま！」と、ミーチャはあてずっぽうに答えた。

「まあ、どちらでもいいわ、で、女帝が彼を呼んでおっしゃったの、ピョートル・アンドレーイチ[12]伯爵！……」

しかし、この数語を言ってしまうと、老女はもう疲れて、眠りこんでしまった。やがて、数分後に、また目覚めて、話しはじめた、

「なにしろこのダニールィチはさ、平民出だったのだよ！　それでね、亡くなられたお祖母《ばあ》さまは話しておられましたよ、一度その眼で見たことがあるんですって、彼がいまは亡きソーフィヤ・アレクセーエヴナ大公妃[13]のもとへ……それからホヴァーンスキー[14]はほんとに立派でしたわ！　今は亡きタマーラ女帝[15]自身がわたくしに話されたことですが、あるとき舞踏会で、マトリョーナ・バルク……」

要するに、それは頭が混乱してしまっている老女だった。もし彼女がオボルドゥイ－タラカーノフ公爵という親友を持っていなかったら、実をいえば彼女のもとへ通う必要はなかったであろう。その公爵は、公女が女官だった当時、侍従だった。彼のほうが彼女よりも何歳か年上であったが、しかしまだどうにかこうにか歩くことが出来、公女のことを《ぼくのかわいい子《マ・シエール・アンファン》》と呼んでいた。コズリクが三十歳になった時、公爵はまだすっかりは忘れさられてはいなかった。だから、古い縁故をつかって、必要のさいには、ひとを引き立ててやることが出来た。

ある夕べのこと、この老人と老女がもう心ゆくまでおしゃべりをした時に、コズリクはいささか興奮をおぼえながら自分の訪問の実際の目的にとりかかった。

「伯母さま《マ・タント》」と、彼は言った、「ぼくはそろそろ身を落ちつけたいのですが」

「いいじゃないの、あんた、それはいいことよ！　ほら、もし生きていたらねえ、もう亡くなったマーシェンカ・ガミリトンが……」

「シカシ彼ハ彼女ヲドンナフウニ扱ッタカネ、野蛮人メガ！」と、老公爵が自分からひとこと口をはさんだ。

「ご免なさい《パルドン》、伯母さま《マ・タント》、ぼくはそのことを言っているんじゃないんです……ぼくは身を落ちつけたいのですが、つまり、地位《ポスト》を見つけたいわけです」

「だったらね、あんた！　わたくしはそのことについては陛下に手紙を書いてもいいわ！　コゼルコフ家はつねに力を持っていました。ね、なんといっても古い貴族の家柄ですからね！　あるとき、今は亡き女帝アンナ・レオポーリドヴナが[16]……」

「伯母サマ、問題ハソノコトデハアリマセン！　今日では、あなたがおっしゃっている陛下とは、まったく別の陛下が統治なさっておられます！」

「コノ若者ノ言ウ通リダ！　わしとあなたは我を忘れておったよ、かわいい子《シェール・アンファン》！」と、公爵が言った。

「ぼくは、伯母サマ、あなたにお願いしたかったのです、あなたがぼくのために公爵にお口添えをしてくださることを」と、コゼルコフはまた始めた。

「コゼルコフ家の者にとっては、ね、すべての道が開かれていますよ！　わたくしは憶えていますが、もう亡くなられた公爵グリゴーリー・グリゴーリイチがおっしゃっておられましたよ……」

「ご免なさい、伯母サマ、すべてそれはたいへん昔のことです、今ではぼくもコゼルコフですが、しかし運動しなければならんのです！」

「コノ若者ノ言ウ通リダ！」と、公爵がくり返した。

「もしも、公爵、あなたがあなたのお孫さんにふたことみこと口を利《き》く労を取ってくだされば……」

「あんたは、お若いの、宮廷に地位《ポスト》を得たいのかな？」

「いいえ、わたしは県に出たいのですが……」

「ふむ……わしの時代には若い者たちは宮廷でモニマスカ(17)を踊っておったもんだがの……あなたも憶えているでしょう、かわいい子《シェール・アンファン》？」

要するに、老公爵の陳情の助けがあってか、それとも自分自身の努力の甲斐《かい》があってか、ついにコゼルコフはセミオゼルスク県(18)に任命された。この知らせは彼の同年の者たちのあいだにそうぞうしい喜びをひき起こした。

「そりゃまた本当かね、おどけ者さん、きみがセミオゼルスク県に任命されたってのは？」と、ひとりが訊いた。

「じゃ、おれたちに説明しておくれ、きみがどうやって官吏たちを採用するのか？」と、もうひとりがしつこく訊いた。

「諸君《メッシュー》！　彼はビリヤードの得点計算係ニキータを県の監督官にするんだろうぜ！」

「諸君《メッシュー》！　彼は軽食堂の店員ステパンを自分のところの補佐官に雇うんだろうよ！」

「ミーチカを胴上げしよう！」

「天井までほうり上げてから、やつを床《ゆか》に落とすんだ！」

だがミーチェンカは、こうした祝辞を聞きながら、人に分からぬようにできるだけ多くの謹厳な表情を自分の顔にくっつけようと努力していた。彼は低音《バス》で話す習慣を身につけようとした。抽象的な問題について論争しはじめた。毎日、各局をめぐって、県の行政活動のさまざまな場合においていかなる原則《プレンシプ》を持つべきか、たいそうな熱意で調べた。

数日後には、彼はもうまったく面目を一新した人として、自分の同僚たちのグループに姿をあらわした。

「キミ、行政ヲツカサドルタメニハ原則ガ必要ナンダヨ！」と、彼はきまじめにリョーヴシカ・ポゴニンを説得した。

「何でまたきみが行政をつかさどるんだね、きみみたいな道化者が?!」

「しかし、キミ、ああしたりこうしたりしてこなして行ける諸問題があるということには、同意したまえ……」

「じゃ、きみはああしたりこうしたりしてこなして行けよ！」

「ぼくとしてはだな、公正であることを自分の行動原理とした、まさにそれだけのことさ！」

コゼルコフはこんなことをすこぶるきまじめに言ったので、ビリヤードの得点計算係のニキータさえもがびっくりしてしまった。

「見ろよ、ミーチカ、ほら、ニキータさえきみの任命には卒倒して我に返ることが出来ないでいるぜ！」と、ポゴニンが言った、「ニキータ！　言ってみろよ、コズリョーノクはいかなる原則を持ち得るか?」

「このお方の原則とは食べることですな、そして食べた分の代金は支払わないこと」と、ニキータは答え、どっとみんなの拍手を浴びた。

「うまいぞ、ニキータ！　もしも彼がもう一度でも原則がどうのとしゃべったら、デュッソーに言ってやれ、彼には後払いで食事をさせるなってな！」

こんなふうに愛すべき若い人たちは、自分たちの同年の者がその予定されている地位《ポスト》に就くに当たって、門出を祝った。しかしコズリクは、彼らのひとりひとりが同時に心のうちで『やれやれ、いつおれにも同じ運がめぐってくるんだろう！』と自身に言っているのを、察していた。で、このことを知っていたので、この同僚たちのことで愚痴をこぼすことはなかった。彼は太っ腹になった、で、多くの者をセミオゼルスクへ行こうと誘いさえした。彼は大きな秘密として明かした、セミオゼルスクでは一年に三日間セミョーノフスカヤ定期市《いち》が開かれ、ここ三年は、警察ノ怠慢ノ為ニ、そこでの商取引が以前に比べて三倍以上低落した、と。彼は、交通路でさえそこではほとんど不便は感じられないと話した。そしてある文書連絡の方法について語ったが、それに基づくなら彼の地《か》の郵便馬車の経営主にとってはよいことは何も期待できなかった。

「要するに、彼の地《か》ははなはだしく無秩序の状態にあり、実際、何から手をつけたらよいか、わからないくらいなんだ！」と、彼は終えた。

彼は自分の役柄がしっかりと板についたので、家《うち》でさえ、だれも他人がいなかった時には、自分は何かを秩序だった状態にしていると、空想していた。彼は頭の中で、県の貴族団長と協議し、何事においても行政当局の洞察力に信頼をおくよう訓戒していた、彼は副知事を県庁職員たちと和解させた……

——諸君、私に言わせてもらいたい、この言い争いは職場の利益のためには害のほかには何ももたらすことはできないんだ！——と、彼は心の中で演説した。局内でちらと眼についたある文書の綴《と》じ込みの表紙に、《セミオゼルスク県庁職員たちの、セミオゼルスク副知事との言い争いに関する、また前者らが後者を自分らの上司としては認めぬとかいう件に関する、文書》と読みとることができたことを、思いだしたのだった。

もちろん、ミーチェンカは伯母サマ《マ・タント》のもとへうかがうことを神聖な義務と考えていた。しかしそのさい彼の様子はもうすっかり美しさで輝いていたので、老女はまったく彼だとはわからなかった。

「まあ！　これはどうやら侍従補モンスが来たらしい！」と、彼女は言った。そして恐怖に駆られてすんでのことあの世へ行くところだった。

老公爵も彼を好意にみちて迎え、敬意を表して教訓を垂れさえした。

「われわれの時代には、お若いの」と、彼は言った、「そういう地位《ポスト》に任命されたとき、任命された者らはとくに社会の結合について心を砕いたもんだ、それから問題の究明にあたった……」

「私は、公爵、努力するつもりであります」

「わしはあんたに満足しておる、お若いの、しかし言わざるを得ないんだ。まず第一にあんたは自分の官房長を選ばなければならん。わしは憶えておるが、故マルク・コンスタンチーヌィチは一度も公文書に眼を通さなかった、しかし彼には官房長がいた……。有名人ダッタヨ！　全県が彼のことを名ウテノペテン師トシテ知っておった、しかし事務はまったく滞りなく運んだ！」

コゼルコフの任命は、セミオゼルスク県の官界においては、一種の衝撃的な作用をした。県の官僚たちは自問した、このコゼルコフとは何者か、と。そして、それはコゼルコフである、名と父称はと言えばドミートリー・パーヴルィチである、それ以外の何者でもない、という解答しか出せなかった。ふたりの県財務局の顧問官がすんでのこと互いに喧嘩を始めかけたものだ、コゼルコフは乱暴な口をきくのであろうか、それとも《言葉は丁重だが中に針を含んでいる》のであろうか、ということを論じあったのだ。しかし、ついに、県の検事がペテルブルグから手紙を受け取った、それには、貴君たちのところへ《コゼルコフ——驚嘆に値する男》が行く、とだけ書かれていた！　検事は、このような許しがたいあいまいな定義を受けとって、自分の通信員に対しかんかんに腹を立て、すぐさまその手紙をずだずだに引き裂いた。

　しかし、実際は、通信員は正しかった、なぜならコゼルコフはまさしく《驚嘆に値する男》であった、それ以外の何者でもなかったのである。

—

　ペテルブルグではコゼルコフを知っていた者は、つまり、デュッソーにいつなんどき信用貸しを打ち切られるかも知れぬと戦戦恐恐として暮らしていたあのコゼルコフを知っていた者は、もちろん、と僕は言っておくが、セミオゼルスクで彼の行政活動の最初期に彼に出会ったら、驚嘆したことであろう。第一に、彼の地《か》ではだれも彼のことをミーチャともミーチェンカともコズリクともコズリョーノクとも呼ばず、だれもが閣下と呼んでいた。ただ少数の貴族たちだけが会話の中で彼の名と父称[19]を使わせていただいていた。第二に、彼の外貌に威厳と一種の輝かしい寄り付き難さが現われた。第三に、彼の頭の中に諸原則のまったくの巣が定着した。

　それにもかかわらず、彼とセミオゼルスクの住民との対面は住民にきわめて好ましい印象を与えた。ある尊敬すべき老人は彼のことを、《教会の愛すべき息子》という言い方をした。県貴族団長の妻は言った、『まあまあね、彼はかわいいけど、どうもきまじめすぎるようね』副知事は何やらはっきりしないことをもぐもぐ言った。市長は、彼が『あんなに若い年なのに、重みがある！』と、びっくりした。ひとり県の検事だけが気むずかし屋として、『なんでわれらのドミートリー・パーヴルィチはミーチカと卑称で呼ぶほうが似つかわしいみたいなんだろう』と批評した。要するに、検事を除いてみんなが見てとったのだ、これは若い思慮深い行政官だが、どうもある傾向をもっているらしい、と。

ミーチェンカとしても、セミオゼルスクのお偉方たちを魅了し、世論を自分の味方につけるために、すべてのことをした。彼はひとりひとりの県の有名人と個別に話し合い、ひとりひとりに自分の委任されている部門の詳細について詳しく尋ね、そして、ひとりひとりに、自分はまだ勉強しなければならぬ、こんな経験ある立派な導き手を見つけてたいへん仕合わせです、と愛想よくつけ加えた。

もちろん、事は県の貴族団長から始まった。真実を言わねばならぬが、これはきわめて微妙な事であった。貴族団長は厳しくて無作法な男だった、そして全般的にすべての《総督》たちを無差別に見た、つまり、貴族階級の支障なき発展を妨げてきた者たちとして見たのである。彼はたえずすべての県知事たちと接して能力改めをおこなった。知事たちの一部を彼は《とんま》と呼び、また一部を《古狸》と呼び、全般的にすべての知事たちを《御上《オカミ》の書記》と呼んだ。とくに彼が憤慨したのは、彼が公務により出頭して、全体としてある種の従属した態度を示さねばならなかった場合だ。

「いや、貴君、考えてみたまえ」と、彼はかっとなって言ったものだ、「わし、陛下の貴族がいかなるものか、それが御上の書記ごときのもとへ出頭せねばならんとは！」

そして、すべてのこの人物たちがまさしく彼自身と同様の貴族たちであることを指摘されたときも、彼はいつもの通り返事としてあかんべいをしてみせながら、言ったものだ、

「貴族が二〇コペイカ玉一枚で自分を売り出すなんて、とんでもないことだ！　つまり、貴君は知らないんだね、ロシアの貴族は陛下に無料《ただ》で奉公していることを。貴族の仕事とは、だね、くだらぬ訴訟を起こすことではなく、奉公することなんだ」

くり返すがこれは厳しくて血のめぐりの悪い男だった。しかしこの血のめぐりの悪さのゆえに彼は数回続けて三年任期のその地位《ポスト》についていたのである。というのは、われわれロシア人は大いに進んでこの資質を、性格の剛毅さ、また信念の牢固さと、混同しているからだ。ミーチェンカはこの資質を知っていた、で、実を言うと、少々おびえていた。

「私は、プラトーン・イワーヌィチ、あなたが私によく助言してくださることを期待しているのですが」と、彼は切りだした。

「うれしいことです。ただわれわれのところでは、どうしてもこのことは改めることはできないようなばかげたことが行なわれておる……。県庁で、建設委員会で、まったく白昼の略奪が行なわれておる！」

「ほう……そうあなたはお考えなんですね？」

「わしは何も考えてはおらんが、県庁で白昼略奪が行なわれていると、確かに言っておきます。しかし、わしには何の関係があるでしょう？　わしは他人の事には介入しません、だが言うことだけはつねに言いますよ！」

「いかなる原因によるのでしょうか、それにしても？」

「その原因というのは、閣下までわれわれのところではこの地位に十人のとんまが続けて居座ったせいですな……。まあ、たっぷりと居座られたというわけで！」

ミーチェンカは少々不快な気分になった。

「わしはだれにでも真実を話してきました」と、貴族団長は続けた、「だからあなたにも真実を話すでしょう！　わしの言うことを聞きたければ、聞いてください！　聞きたくないなら、わしにはどうでもよいことだ！」

「私は、プラトーン・イワーヌィチ、ここへ勉強しに来たんですよ……」

「へえ、またどうしてわれわれが学問のある人たちを教えることができるのでしょう！」

「いや、嘘じゃありませんよ！　私はひじょうに仕合わせです、このような経験の豊かな立派な導き手に出会えて！」

「それはそれはたいへん嬉しい、たいへん嬉しい。どうぞ拙宅へおいでいただきたい、食事をごいっしょにいたしましょう」

「ありがとうございます。くり返しますが、私は仕合わせです、まったく仕合わせです、こんな経験豊かな立派な導き手に出会えて！」

こうして、事はうまくかたづいた。ほかの大物たちや官僚たちとは事はもっと容易に運んだ。副知事をミーチェンカは県庁のほかの官僚といっしょに引見した。みんな、古い聖画像《イコン》に描かれている顔を思わせる、黒っぽいオリーヴ色の顔を所有していた。彼らを引見するにあたって、ミーチェンカはかなり厳しい態度をとった。というのは、彼は訓戒を垂れなければならなかったからだ。

「諸君！　きみたちは互いに喧嘩をしているとかいうことが私の耳に入っておるが、これは本当のことか？」と、彼はまったくまじめに質問した。

官僚たちは互いに憎憎しげに顔を見合わせた。

「われわれは喧嘩はしておりません、仕事のことで討論を行なっているのです！」上席顧問官シタノフスキーが前へ進みでた。

「ほう、閣下、お目にとまったのでありますか？」と、副知事がそそのかすと同時に告げ口をした。

「シタノフスキー君！　きみの発言はまた後で！」と、ミーチェンカは言って、ちょっと声を高めた、「諸君！　私は、そうした討論が私のもとではなくなるように、願っておる！」

「法典第二巻、条項は……」シタノフスキーが言いかけた。

「シタノフスキー君！　私はもう君に、君の発言はまた後で、と言わせてもらった！　諸君！　私は確信しているのだが、サドーク・ソスフェーノヴィチ（副知事の手を握り締めながら）のような経験豊かな立派な導き手を持っているのだから、きみたちは、彼の助言に従うことよりもよいことは何も思いつかないだろう！　さて、では今度はほかならぬ仕事のことについて話し合おう、たとえば、きみたちのところでは税の滞納金はどのような状態にあるのか？」

「千五百です、もしかするともう少し多いかも」と、この質問にはワリャイ－ブルリャイが答えた。

「ほら、彼は、閣下、つねにそのように答えております！」と、また副知事が告げ口をした、そしてワリャイ－ブルリャイのほうへ向かって、「きみは言いたまえ、もう少し多いかも、というのはいくらかね？」と、つけ加えた。

「ご自分でお言いなさい！」

「ワリャイ－ブルリャイ君！　失礼だが、私は言わねばならぬ、きみは自分の直属の上司に対して、部下が言うべきではまったくないような、話し方をしておる、と！　諸君！　私はきみたちの注意を税の滞納金に向けさせる、そしてこの件を念頭においてきみたちの不和反目をやめるように説得する！　税の滞納金とは、言わば、国家の神経である……。このことをきみたちにこれ以上くり返す必要のないことを、期待する」

ミーチェンカは挨拶はこれで終わると言って、副知事と二人きりになることを望んだ。しかし顧問官たちがもうドアのところまでさがっていたとき、彼は何かを思いだした。

「メルゾプピオス君！」と、彼は三席顧問官を呼びもどして、言った、「ここでは所有権がまったく尊重されていないとかということが私の耳に入ったが、本当かどうか、わからんのだがね？」

メルゾプピオスは全身を揺り動かした。

「所有権は人間の権利のうちでもっとも神聖な権利である」と、ミーチャは続けた、「また取り立ては争う余地のない義務であるからして……」

ミーチェンカは突然言葉につまった。というのは、自身がまだデュッソーに自分の借金を支払っていなかったことを思いだしたからだ。

「私は、きみがこのことを私にくり返させないことを、期待する」と、彼は続けて、眼でメルゾプピオスを放免した。

僕はその後の芝居については記述しないだろう。ミーチェンカは国有財産局長に、県内の畜産はどういう状態にあるか、と質問し、角《つの》のある家畜については次の通り、という回答を受け取った。すなわち、牛は七十三万一千三頭、羊は九十九万九千九百九十九頭である。

「するとつまり、もう一頭おればまるまる百万になるわけだ」と、ミーチェンカは言った、「しかし私の見るところ、ここの牧畜は繁栄の状態にあるね」

「男ひとり当たりの所有する牛は一箇五分の三頭、羊は一箇五分の一頭ということになります」

「ふむ……きみのところの局が新しいことを考慮に入れるなら、この結果はかんばしくはないということはできないね」

「われわれの局は、閣下、新しいものではありますが、しかしまったく古くからあるもののように、活動しております！」

「それはきみのところの局の成熟の明白な証拠だね、ともかく私はたいへん嬉しいよ、私がきみにこのような経験豊かな立派な指導者を見いだしたことは」

民事局と刑事局の長たちとの会話も同じような性格をおびたものであった。前者に対してはミーチェンカは質問した。『セミオゼルスクの県民には訴訟好きや裁判癖の傾向が現われてはいないかね』すると、『現われております』という回答を得た。後者に対しては、『近時公布されたばかりの刑法典は好ましい印象を与えたかね』と質問した。そして、『好ましいものでした』という回答を得た。この二人の長は退職少尉補だった。ひとりは長というよりはむしろ番人のようでさえあった。しかしそれでもミーチェンカは、両者に対して言った、きみたちに立派な経験豊かな指導者を見いだしてたいへん嬉しい、と。

僕は県の陸軍大佐[20]との会話についても口をつぐんでいるわけにはいかない。彼を執務室へ通すと、ミーチェンカは彼の後ろのドアをもう少しぴったりと締めることを必要と考えた。そして大体において、どうやら、この高官との会談で心ゆくまで憂さ晴らしをすることを思いたったらしい。

「大佐、当地の思想傾向については、あなたはどういうふうに言われますか？」と、彼はいちじるしく声を低くして質問した。

「当地の思想傾向は、閣下、至極穏健であります」と大佐は答えた、「当局《オカミ》が退職陸軍中尉シーシキンの追放についての小職の請願を尊重されさえするならば、小職は大胆に言うことが出来るのでありますが……」

「そのシーシキンとは何者ですか？」と、ミーチェンカは少し不安になってさえぎった。

「退職陸軍中尉であります！　あなたは、閣下、想像することもできんでありましょう、これがどんなに危険きわまる人物であるか！　ついせんだっても、驚くべきことに、あいつは水の下をもぐってまんまと女の水浴び場に入りこんだのですぞ！」

「そこにはたくさんご婦人がいたのですか？」

「ちょうどよい頃合に、閣下、入りこんだのですぞ！　思ってもみてください、閣下、そいつはこう弁解したのですぞ、『女商人ベレンデーエワと逢引《あいびき》しようとしたんだ！』と。で、言ってやりましたよ、はたしてあんたには逢引するのにほかの場所はないのかい？　はたしてあんたは、上品なやり方で逢引ができないなんて、どっかの平民かい？」

「しかし隅にはおけない男ですね、そのシーシキンというのは」

「まったく、閣下、全婦人がまる一週間大騒動しましたよ」

「ふむ……それについては考えてみなければなりませんね！　で、政治的なものは何もないのですか？」

「政治的なものは、閣下、わが県にはまったく何もありません」

「若い人たちはいますか？」

「います、閣下、しかしこれはまさにまことに素晴らしい若い人たちでしてな、やがてこのうちからいとも素晴らしい高官がたが出てくることでしょう」

「何を読んでいるんでしょう？」

「《モスクワ報知《モスコフスキエ・ヴェードモスチ》》(21)です、閣下、しかしそれも――どういったらよいでしょうか？――文芸ものだけで、政治欄ではありません」

対談者たちはつかのま黙りこんだ。

「それでですねえ」最初にミーチェンカが沈黙を破った、「私はとくに公安に注意を向けるべきだと考えているんですがね……どうでしょう?」

「もちろん、閣下、それは県内ではもっとも重要な事柄です。ほら、もし、閣下、シーシキンが……」

「なぜかというに——あなたは私の言おうとしていることがわかりますか?——公安が守られているなら、つまり、所有権も守られているのです、そして平和的な公民は完全にのびのびとしてあらゆる快楽にふけることが出来るのです……」

「一番よいことです! ただ、閣下、シーシキンが……実際、閣下、これは人間ではありません、病原菌であります!」

「シーシキンについては、大佐、心配なさるな! 私があなたに請け合いますよ、私が彼を社会の有益な一員にしてみせます! そのほか私は当地のマーケットを視察して、需要と供給の均衡を確立するつもりです!」

大佐は目を伏せた、というのは理解できなかったからだ。

「私の見るところ、これはあなたにとっては初耳のことのようですね。《需要》とは、要するに……商品の要求です、《供給》とは、……ですね……商品の供給です。わかりますね? で、そこでつまり、需要が大きくて、供給が不十分なら、物価が騰貴し、貧しい者らがそのために苦しみます……」

「それは、閣下、都市にとっては非常な利益です……言うなれば、非常な善行です……」

「私は、私のところでは各人が必要な物は何でもごくごく手頃な値段で手にすることが出来るようにしたいのです!」と、ミーチェンカは続けたが、かつてアンリ四世[22]がほとんど同様のことを言ったことを思い出し、自身驚きのあまり眼を大きく見開きさえした。

対談者たちはふたたび黙りこんだ。というのは大佐が完全に参ったからだ。

「では、たいへん嬉しいです、たいへん仕合わせです、このような経験豊かなりっぱな指導者を見いだして」と、ミーチェンカは結んで、大佐と別れた。

この朝、ミーチェンカは牢獄を訪問した。そこで牛肉入りのスープ、バター入りのそば粥《かゆ》を食べ、麦芽飲料《クワス》をコップに一杯飲んだ、そして喫煙は廊下でするように命じた。それから市立病院を訪問して、オートミール、牛乳入りうす粥を食べた、そして喫煙は病室でするように命じた。

「支那《シナ》ノ茶をたびたび処方しますか?」と、彼は、後ろを影のようについてきていた病院勤務医に愛想よく質問した。

病院勤務医は冗談を理解し、薄く笑った。

「いや、冗談はさておき」と、ミーチェンカはつけ加えた、「私はここはどこへ出しても立派なものだと思う! ただ、どうぞ、なるべくたびたび喫煙したまえ! 私はとくにこのことをお願いする!」

そのあと、もうだれとも会談する者がいなかったし、どこも視察する所もなかったので、ミーチェンカは官邸に向かい、食事どきまで考えにふけった、自分はどんな種類の印象を与えたか、どうかこうか自分の尊厳を傷つけなかったかについて。そして、点検によって判明したのだった、自分は経験が浅いにもかかわらず、この場合、チェブィルキンの輩、ズバートフの輩、スラボムィスリの輩、ベネスクリプトフの輩、フュチャエフの輩といった、大体においてすべての自分と同様のポンパドゥールたちに、決して引けを取ることはなく行動した、と。

ミーチェンカは、何よりもまず社会の結合に注意を向けるように戒めたオボルドゥイータラカーノフの助言を、ひじょうによく記憶にとどめていた。この助言は、彼自身の遊惰な（無為ト金棒引キ風ノ）性癖と、非常によく調和していた。《社会とは何ぞや》と彼は自分に質問した、そしてすぐに言いよどむことなく答えた、社会を構成しているのは淑女ガタト紳士ガタである、と。《社会が結束の中で生きるには何が必要か？》――不和や言い争いのきっかけとなり得るような思想を社会から遠ざけることが必要である。ほら、メルゾプピオスとシタノフスキーがそこの自分たちの狭苦しい暗い部屋に長いこと籠《こ》もった、そして裁判権の問題をことこまかくあげつらいながら、ひっきりなしに罵《ののし》りあっている、――これはよくわかることだ、なぜなら彼らはこの狭苦しい暗い部屋のほかには、まさしく何も見ていないからだ。しかし社会はそういうふうに生きるべきではない、社会は平明な理念を持たねばならぬ。紳士ガタと淑女ガタは、お互いの相互の関係以外の、すべてのことを忘れねばならぬ。したがって、平明な行動様式が支配している諸都市は、繁栄し、陽気さの点で際立っている。紳士ガタが私生活の中にすら自分たちの勤務上のごたごたを持ちこんでいる諸都市は陰気さで際立っている。で、そこの淑女ガタはそのために、雌鶏《めんどり》とともに就寝するいやらしい習慣を身につけている。

セミオゼルスクのほうぼうへの訪問を兼ねての自分の朝のぶらつきの際、ミーチェンカは、好色の道の通として、この都市《まち》がいとも多種多様な《魅惑的ナ顔》を豊富に持っていることに、気づかぬわけにはいかなかった。しかしその《魅惑的ナ顔》も、だらしなさと出無精のために、寝ぼけているようにまるで妊娠しているようにさえ、見えるのだ。家々では彼は、ある奇妙なほとんど説明のつかない臭《にお》い（《さっぱり分からん！　まるで子供か海草のような臭いがするのだ！》）に気づき、すんでのこと喫煙せよと命令するところだった。『すべてこれは、これらのなかなか良い素材に魂を吹き込めるような名手がいないせいだ……いないんだな！　そういう者たちを引っぱって来なければならん！』

この思いつきは彼にはたいへん気に入ったので、彼はこれをぜひとも実行して、目的達成のために特にご婦人がたに働きかけようと、心に決めた。手初めとして、県の貴族団長のところの晩餐会がいとも素晴らしい機会を提供してくれた。そこでは素人芝居《スペクタクル・ド・ソシエテ》について、また福引きについて会話することができた。この二つは社会の親交の、お定まりの強烈な行政手段なのだ。

このために彼は、晩餐会に少し早めに出かけた（《ちょうどよい折りだから貴族団長の妻に言い寄っておいてやろう！》と、彼は思ったのだ）、ところがなんと、このたびは全県の人びとがまるで申し合わせたようにいつもより早く集まっていた。降参するほかはなかった。

貴族団長の妻は、魅力的な黒みがかった髪の女で、彼をかなり鋭く一瞥《いちべつ》した。そして自分のそばの席を指した。まわりには同じくご婦人がたが座っていたが、その中には数人の実際になかなかいい女がいた。

「あなたは、ドミートリー・パーヴルィチ、県庁とぐるになって道路上で追剥《おいはぎ》を働いてる、あの盗賊ミホヤロフから、われわれを救い出してくださいさい、お願いしますよ！」と、まったく場違いに、主《あるじ》が太い声で話しだした。

「失礼デスガ親愛ナ、プラトーン・イワーヌィチ、このたびはあなたの言われることは聞かないことにさせていただきましょう！　私は、むろん、あなたがご用命されることは何でもいたしますよ、しかしここでは私はもっぱらご婦人がたの裁量下にあるのです」と、ミーチェンカはたいへん優雅に頭を振りながら答えた。

ご婦人がたは嬉しそうにし、本能的に自分たちのドレスを直した。

「ここではあなたのところでは芝居はよく演《や》られますか？」と、ミーチェンカは女あるじに問いかけた。

「ええ……冬にはどこやらの役者たちがやってきますけどね、わたくしどもは一度も見たことがありません」と、女あるじは答え、またミーチェンカを一瞥した。

《まあそのうちものにしてやろう》と、ミーチェンカは彼女を穴のあくほど見つめながら思ったが、しかし声にだして続けた、「いや、私は、もちろん、町でやられている芝居のことを言っているのではありません……私はいわゆる素人芝居《スペクタクル・ド・ソシエテ》のことを言っているのです……」

ご婦人がたのうち一部の者たちはささやき声で話しあっていた。ほかの者たちはまるで互いに話しあっているように目くばせを交わしあっていた。ほら今に見なさい、このひとはわたくしたちみんなにボードビルの小唄《こうた》をうたわせ、《はしゃぎまわるルサルカ[23]》のまねをさせるのよ、というふうに！

「いいえ、ここではだれもそんなことをする人はいませんでしたよ……」

「しかし、あなたは、タチヤーナ・ミハーイロヴナ？」

「わたくし？……なぜあなたは、ほかならぬこのわたくしがそんなことをやることができると、予想なさるのですか？」

ミーチェンカはまごついた。彼は、むろん、なぜ自分がそういうふうに考えているのか、たいへんよく説明することが出来た。しかしそのような説明は他のご婦人がたを怒らせるかも知れなかった。ご婦人がたのひとりひとりが疑いなく自分を社交界の女王と考えていたはずだから。したがって彼はただ返答としてむにゃむにゃと唇を動かした。さいわいにも、このあぶない局面で彼は、入ってきた給仕人によって救われた。給仕人はお食事の支度ができましたでございますと告げた。タチヤーナ・

ミハーイロヴナはミーチェンカに片方の手をさしだした。行列は動きだした。

「お手をお貸しくださいませ、でもお食事中にあなたは必ずわたくしに説明していただかなくてはなりませんよ。なぜあなたは、ほかならぬこのわたくしが芝居の催しを引き受けなければならないと、お考えなのか？」と、女あるじは途中で半ばささやくように言った。

「ひと目あなたを見ればたちまち……」と、ミーチェンカは始めたが、言い終えなかった。

「え?!」と、タチヤーナ・ミハーイロヴナはあざけるともつかず好意的ともつかず言った。

食卓には二人ずつついた、つまり男と女が交互に。余った男たち（大部分がもうまったく役にたたない老人たち）は主《あるじ》のほうになるべく近く、食卓の反対側にかたまった。

「それで、《たちまち》どうなんですの？……」と、ふたたびタチヤーナ・ミハーイロヴナが明らかに媚《こび》を呈しながら始めた。彼女はこのときまるでスプーンをもてあそぶようなしとやかさでスープを召しあがっていた。

「たちまち、確信できたのです、あなたが唯一のご婦人だと、……魅了することができるところの……」

「観客を魅了する？」

「あなたはきついかたですね、タチヤーナ・ミハーイロヴナ」

「閣下、あなたに肉まんじゅう《ピロシキ》をおすすめします！　家《うち》にはピロシキにかけては特別の料理人がいるのです！　ノヴォトロイツキー(24)で修業してきました！」と、この家《や》のあるじがテーブルの反対側から勧めた。

「食べています、プラトーン・イワーヌィチ、たしかにこのピロシキは比類がありません」

「六年間修業してきたのです」と、あるじは続けたが、ミーチェンカはもう彼の言うことを聞いていなかった。ミーチェンカは、礼儀を守って自分の左隣りのご婦人に話をしようと、あらん限り努力をしていた。しかし、この左隣りのご婦人もほんとにとても魅力ある金髪の女だったが、会話はまったくうまく運ばなかった。彼は彼女に、散歩はたびたびなさるのか、冬にはモスクワへ行かれるのか、と尋ねたが、しかしこの、言わば、警察の尋問ふうより先へは進むことができなかった。彼の思考も、視線も、なかなかあだっぽい貴族団長の妻のほうに思わずも向いてしまうのであった。そのうちに女あるじのほうから、

「ピロシキを召しあがれ、これを作るのに六年間修業してまいりましたのよ」と、あざけるように話しかけてきた。

ミーチェンカは元気づいた。

「するとあなたは素人芝居を催す労を取ってくださることに同意なさるのでしょうね?」と、彼は尋ねた。

「ええ、あなたがわたしども婦人に思いやりをみせられるなら……。淑女ノ皆様《メダム》! ドミートリー・パーヴルィチが頼んでおられますよ、皆様が彼の予定されている芝居にご参加なさることを! しかしあなたご自身も必ずそれに参加なさらなければなりませんよ」と、彼女はミーチェンカのほうへ向いて、続けた、「あなたはわたくしどもの二枚目《プルミエ・アムルー》でなくちゃなりませんよ……」

「そうよ、そうよ! きっと! きっと!」と、ご婦人がたが相槌《あいづち》をうった。

「ああ! 私にはそれは無理です! 悲しむべき宿命です……私の地位《ポスト》が……。しかし私はできますよ、言うなれば、あなたがたの演出者になることなら、みなさん《メダム》、だがそのときには私の言うことを聞いてくださるようお願いしますよ、というのは私は非常に厳しいですからね」

「まさか、厳しいだなんて?」と、貴族団長の妻が、額ごしにじろりと彼を見ながら、ついでのように言った。

「ああ!……そうでないという自信はありませんね!」

「これは、閣下、あなたはこの女たちに芝居をやろうとお勧めになっているのですな?」と、ふたたびあるじが口を出してきた、「徒労というものですよ! われわれのところではこの曲芸は試されずみです、何度も試されずみです!」

「ワタクシノ夫ハ今ニ何ヤラ馬鹿ゲタ事ヲ口ニスルデショウ」と、貴族団長の妻がひとりごとのように、しかしミーチェンカに聞こえるように、ささやいた。

「何のことですか?」と、ミーチェンカは尋ねた。

「われわれのとこの奥さんがたは、集まったら、仲間げんかをするでしょう!」と、あるじはまったく遠慮しないで答えた。

「マア、アナタ、なんてことをおっしゃるの!」彼の妻が腹を立てた。

「やあ、ごめんな、タチヤーナ・ミハーイロヴナ! だが真実は真実だからな!」

「わたしどもはどんな芝居をやるんでしょう?」と、左隣りに座っていた金髪の女が言った。

「ええと、そうですね……私は、たとえば、ボードビルを知っていますが……それはアーズとフェルト(25)というものです……奇妙ナ題デスネ、奥サマガタ、しかし本当にとてもとても素敵な芝居ですよ! それには抜きんでた溌剌《ハツラツ》サがあります……」

「あたくしは一度モスクワでセールギー・ボリースィチ公爵のところで《古い時代の連隊長》を演《や》りましたのよ」と、副知事の妻がかん高い声で話しかけたが、しかし彼女にはだれも注意をむけなかった。

「まだ、閣下、《美男子の不運》(26) という芝居がありますな」と、あるじが、たぶん故意に、ひょっとすると故意にではなく、声をかけてきた。しかしミーチェンカはそのときまるで何かで背中をどやしつけられたような気がしたものである。

「そうですね、そういう芝居があります」と、彼は言った、「しかし、実のところ、私は活人画のほうがもっと好きです。私ニツイテ言ウナラバ活人画ニ賛成デス！」

一瞬みんな黙りこんだ。ナイフとフォークの音だけが聞こえた。

「馬鹿が生まれた！」と、あるじが言った。

みんなが笑いだした。

「しかし、プラトーン・イワーヌィチ、あなたに指摘させていただくが、もしこのような時につねに必ず馬鹿が生まれるはずであるならば、そうするとこの世には馬鹿の数がおびただしいものになるはずですな！」と、ミーチェンカが言った。

「閣下は、その馬鹿の数は少ないと、はたしてお考えでしたかな？」

ミーチェンカはすっかり居心地が悪くなった。というのは、あるじが明らかに言いがかりをつけ始めたからだ。

「ワタクシノ夫ハ嫉妬深イノ」と、また貴族団長の妻が、ひなの羽のところをたいそうきれいにかじりながら、独り言のようにささやいた。

シャンパンが出されはじめた。祝辞と希望の言葉が述べられはじめた。貴族団長の妻はかわいい仕草でグラスを合わせた、そして言った、「アナタガワタクシドモノ所ニ出来ルダケ永クトドマッテオラレルコトヲ希望イタシマス！」

「ほかに何か？」ミーチェンカが口の中でつぶやくように言った。「ソノウチ分カリマスワ」と、同じくつぶやくように女あるじが言った。

「閣下！　失礼します！　乾杯の言葉は言いませんが、あなたのご健康を祝して喜んで杯を乾します！」と、そのうちに貴族団長が言った。

《ちえっ、あほうめが！　自分の家《うち》では敬意を表したくないもんだから！》と、ミーチェンカは思った。県知事なんて陛下《オカミ》の書記だという貴族団長の説を思い起こしもした。

「さて、わたしのところには調停委員会の文書係がおりますが、それは晩餐会などでその場にふさわしい話をする名人であります」と、あるじは続けた、「ほら、この男です！」

そのときはじめてミーチェンカは、部屋の暗い隅の壁の近くにもう一つ食卓が用意され、そこにどこかの三人の人物が座っているのに、気づいた。その三人の中の一人が立ちあがった。

「わたしはご馳走することをだれにも拒みません！　それゆえ貧しい人びとも！　浮浪者たちも！」あるじは雄弁をふるった、「閣下、彼にご挨拶の言葉を述べるようお申し付けになりますか？」

「何でまた……私、喜んで！」

「じゃ、やりまくれ、アンペートフ！」

「まあ、アナタ、なんという言葉遣い！」

「やあやあ、タチヤーナ・ミハーイロヴナ、怒りなさんな！　あるがまま、あるがまま！　真実は真実なり！」

アンペートフは食卓の中央のほうに出て、口を開いた。

『いとも尊敬すべきご婦人がた並びに寛容なる紳士がた！

『昇ってくる太陽にはあらゆる生き物が喜び、あらゆる鳥が太陽の生気を与える光線に身震いいたしますならば、それは意味するのであります、すなわち、自然そのものの中に極めて善き摂理がそのような掟を、あるいはもっと的確に言えば、天命を、打ち建てたということであります。そのゆえに生き物は昇る光に喜び、身震いするのであります。そして沈む光には悲しみ、当惑するのであります。

『気高き淑女並びにいとも尊敬すべき紳士がたの聴衆よ、ここにわたくしは見るのであります、有名な、この地方全体の高名なる、客人たちの集いを。そしてその客人たちのあいだに、あるお方を見るのであります。そのお方こそ昇る太陽の光線となるお方であり、そのお方についてはこのように言われております、すなわち、彼はまだ若いが、しかし深い知識を身につけておる、彼の頭はしらがで白くなってはいないが、しかし頭脳は学問を豊かに蓄えておる、不遜でもなく高慢でもないが、しかし恵みをもたらす好ましい感じの人がわれわれのところへ来た――われわれは、きわめておうような自然自体がわれわれの心に植えつけたあの掟を、あえて無視するのであろうか？　身震いして喜ぶべきこのような時に、あえて悲しみ、困惑するのであろうか？

『いや、あえてそうするものではありません、では、つまり、大声で叫ぶことにしましょう、ドミートリー・パーヴロヴィチ・コゼルコフ閣下のご健康とご長寿を祈って！　ばんざぁい！』

「ありがとうございます！」と、ミーチェンカは答えた、そしてご婦人がたのほうへ向かって、「ソレニシテモ彼ニハ弁舌ノオガアリマスネ！」と、つけ加えた。

「後で来い！　ウォトカをやるから！」と、あるじが言った。

やっと晩餐会が終わった。自分の淑女を客間へ送ってゆきながら、ミーチェンカは思いきって彼女の肘《ひじ》を握り締めさえした。それに対して同じ反応はなかったけれど、しかし不快げな顔はされなかった。それがミーチェンカを元気づけた。

「それでは私たちの芝居の運命はあなたの手中にあるのですね?」と、彼は言った。

「そうですわ、わたくし努力してみます……もしプラトーン・イワーヌィチが許してくれるなら……」

「おお、私たちは一同そろって彼を襲撃しましょう! しかしあなたは思ってもみてください、なんとこれは愉しいことでしょう! 眼に浮かべられるでしょう……語りかけるのです!」

貴族団長の妻はそっとため息をついた。

「下稽古《リハーサル》……ランプの揺らめく火影《ほかげ》……」と、ミーチェンカは空想を展開しかけた。

「閣下! どうぞ書斎のほうへ! 諸君、どうぞ!」と、客好きのあるじが勧めた。

ミーチェンカは悲しい宿命に服従しなければならなかった。しかし彼は歩きながら自分を慰めた、社会の結束の最初の刺激が与えられたと、そしてこのことは、たぶん、神の助けによって、順調に運ぶはずだ、と。

ミーチェンカが貴族団長のところから帰宅の途についたのは、もう晩の八時をまわっていた。彼の軽四輪馬車が、あかあかと照らしだされた家の、横に並んだ。その家の窓をとおしてミーチェンカは、トランプのプレファランスに熱中しているシタノフスキー、ワリャイ‐ブルリャイ、メルゾプピオスを見つけた。壁ぎわの小テーブルには前菜《ザクースカ》とウォトカが置かれていた。部屋の中を子供たちが動きまわっていた。オリーブ色の髪の、ある婦人がメルゾプピオスのそばに座って、彼のカードをのぞき見していた。

「これはだれの家だね?」と、ミーチェンカは御者に尋ねた。

「メルザコフスキー顧問官の家です!」

《へえ!　仲直りしたんだな、やっぱり!》と、ミーチェンカは思った、《じゃ、ここでも、神の助けによって、事はたぶんうまく運ぶことだろう!》

帰宅してから、ミーチェンカは長いこと夢想した。

《事はわるくはなく進んでいるように思われる》と、彼は思った、《どうやらおれはもうこの事業にある程度の方向づけをすることができたようだ!》

彼は鏡のほうに近づき、テーブルの上に二つのろうそくを置いた、そして自分をしばらく見つめた——魅力的だ、よろしい!

「なんでまた連中は、おれを見たとき、いつも笑ったんだろう?」と、〔彼〕は口に出して言った、「何か滑稽なものをおれに見つけたんだろうか?」

ミーチェンカは、これは低俗ないたずらにほかならなかった、と決めた。そして、一日働いて休息したいと願った。

「どうなさいますだ、いつデュッソーにお金を送ってやりますだ?」と、老侍僕ガヴリーロが、彼から長靴を脱がせながら、尋ねた。ミーチェンカは黙っていた、深い考えごとにひたっている振りをした。

「だってデュッソーはビリヤードの点数記録係りを出発前におらのところへ寄越しましただ。言いましただよ。『お前よく見ていろよ、旦那さんに最初のお金が入ったら、必ずこっちへ送ってくれよって!』」

ミーチェンカはずっと沈黙していた。

「なんであなたさまは黙っていなさるだ！　はたしておらがデュッソーの店で食べましただか！」

「黙れ、ちくしょう！」

「どうしておらが黙っておられるでがしょうか！　おらは大事なことをいつでも言わねばならねえだ！」

「しっ、悪党め！」

ミーチェンカは就寝した、そしてデュッソーとなまめかしい貴族団長の妻を夢に見た。

Ⅳ　訳者注

（1）《こんちには、いとしい、わたしのいい女《ひと》！》。ロシアの民謡。
（2）ミーチャ、ミーチェンカは、ドミートリーの愛称。コズリク（山羊）、コズリョーノク（小山羊）は、姓の愛称というよりは、あだ名か。
（3）閣下。四等官。少将相当官。県知事になれる。
（4）ミーチカ。ドミートリーの卑称。
（5）マリヴィーナ。女名。
（6）ペスキ区。ペテルブルグの場末町。小役人や町人が住んでいた。
（7）一七七八年。女帝エカテリーナ二世（在位一七六二〜九八）の時代。この年には、ケルソン港が建設されている。
（8）セメフスキー（一八三七〜一八九二）。歴史家、評論家。一八世紀前半のロシアの宮廷生活を題材にした作品で人気があった。
（9）エリザヴェータ・ペトローヴナ（一七〇九〜六二）。ロシアのロマノフ家の女帝（一七四一〜六二）。ピョートル大帝の娘。

(10) アラクチェーエフ(一七六九〜一八三四)。ロシアの軍人、政治家。アレクサンドル一世時代に活動し、その治世後半に権力を振るった。シチェドリンの「ある都市《まち》の歴史」に登場する頑迷固陋なウグリューム・ブルチェーエフは彼がモデルである。

(11) ミーニフ(一六八三〜一七六七)。ロシアの軍人、政治家、一七六二年の宮廷クーデタの時、ピョートル三世を支持したが、そのあとで、エカテリーナ二世の側に移った。

(12) ピョートル・アンドレーイチ伯爵。アラクチェーエフの名と父称は、アレクセイ・アンドレーヴィチ。ミーニフの名と父称は、ブルハルド・クリストフ。(以下、老女の記憶は混同がはなはだしい。)

(13) ソーフィヤ・アレクセーエヴナ(一六五七〜一七〇四)。一六八二年から八九年までロシア国家の支配者。ピョートル一世によって打倒され、修道院に幽閉された。

(14) ホヴァンスキー(?〜一六八二)。ロシアの政治家、軍人。刑死。

(15) タマーラ(?〜一二一三)。グルジアの女帝(一一八四〜一二一三)。

(16) アンナ・レオポーリドヴナ(一七一八〜四六)。イワン四世が幼かった時のロシア帝国の執政(一七四〇〜四一)。エリザヴェータ・ペトローヴナが即位したとき、逮捕され、流刑地で死。

(17) モニマスカ。古風な踊り。

(18) セミオゼルスク県。架空の県名。シチェドリンが一八五八年から六一年まで副知事として勤めたリャザン県、トヴェリ県を暗示するか。

(19) 名と父称。目上の者などに対し、尊敬・謙譲の意をこめて呼びかける場合に使われる。(姓だけが使われるのは、公的な場合。ただし、この場合のように姓コゼルコフを、コズリク〈山羊〉とか、コズリョーノク〈小山羊〉と呼ぶのは、愛称というよりは、あだ名か。)

(20) 県の陸軍大佐。シチェドリンは憲兵大佐の意味で用いている。いわゆるイソップの言葉。

(21) 《モスクワ報知》(モスコフスキエ・ヴェードモスチ)。ロシア最古の新聞の一つ。一七五六〜一九一七。一八五九年から日刊。一八四〇年代は自由主義的、一八六三年から反動的になった。

(22) アンリ四世。フランス王(在位一五八九〜一六一〇)。「余は各農民が毎日曜日にはチキンスープを食べるように願っている」という感傷的発言で有名。

(23) ルサルカ。人魚のような水の精。

(24) ノヴォトロイツキー。当時モスクワの有名な料理屋兼旅館。

(25) アーズとフェルト。アーズはロシア字母のaの古名。フェルトは同じくロシア字母фの古名。

(26) 美男子。ポンパドゥールをさす。ミーチェンカ自身のことを暗示。

V《暁にきみは彼女を起こすな》(1)

一

ミーチェンカにとって不運なことに、セミオゼルスクでたまたま選挙(2)が行なわれることになった。彼はすっかり途方にくれた。それでなくてもコゼルコフは気づいたのだ、――貴族団長が、人気取りのために、普段よりもいっそう彼に暴言を吐きはじめたこと。そのうえ市中に何やらひそひそ話がひろがりはじめたこと。あちこちの郡から、中心都市から老若の地主たちがやってきはじめたこと。有名な自由主義者コーリャ・ソバーチキンの住まいで秘密の会合が開かれはじめたこと。いわば、もっとも《白髪《しらが》まじりの》者たちでさえ、毎晩クラブに集まって、何かについて無秩序に論じあっていたこと……。ドミートリー・パーヴルィチは自分の家の窓からソバーチキンの住まいを眺めている、そしてその玄関口にひっきりなしにロシア自由主義色に染まった者らの馬橇《ばそり》が横づけされるのを、目にとめて、憤慨し、興奮している。

「何ゆえ彼らは私を信頼しないのか！　何ゆえ彼らは私を信頼しないのだ！」彼は、少し離れてこわきに書類かばんをかかえて立っている官房長に向かって、大声で叫ぶ。

「その気が、閣下、ないのであります……」

「もし彼らに自由主義思想が望ましいのなら、私は期待する……」

「また何を、閣下、それ以上はもうおやめください！」

「なぜなら私は奉公している身ではあるけれども……しかし、見ないのだからね、そこに……とがむべきことは」

そしてドミートリー・パーヴルィチは、心に悲しみをかかえて、自分の執務室へ、書類に署名しに、入ってゆく。

「よろい戸を、どうか、下ろしてくれたまえ！」彼は官房長に向かって言う、「このソバーチキンは……。私はまったく彼の住まいにさえ我慢できない！」

だがよろい戸が下ろされても仕事はうまくはかどらない。コゼルコフはうわのそらで書類に署名する、たえず思いをめぐらしている、どうしたら自分が《運動を支配下に置く》ことができるかについて。彼の頭の中ではどれもこれも無分別な計画があいついで代わるがわる現われては消える。あるいは、彼は想像するのだ、自分が隊列の前に立って、話しているのを、『諸君《メッシュー》！ きみたちはこの砦《とりで》が眼に入らぬのか？ お望みなら、私自身が諸君をこの砦に先導して行こうか？』――そしてこの演説で全員を狂喜させる。あるいは彼は思うのだ、自分がある驚くべき晩餐会を催す、会の終了後、感謝している客たちから、あなたに対しては決して悪事をたくらむことはいたしません、という誓約を受け取る。あるいは、彼は思い浮かべるのだ、自分が、あらゆる穏やかな措置を使いはたして、騎兵中隊の先頭に立って大広間に飛びこんでゆくさまを……。

そして彼には目に浮かぶのだ、すべてのこれらの偉業を遂行したのち、路上のくぼみや雪堆《ゆきやま》を乗り越えてペテルブルグへと疾走してゆき、その道みち秘密の想いをあれこれとめぐらしている自分の姿が……

「スタニスラフ勲(3)……」と、この秘密の想いがささやく、が、それは途中でとぎれる、というのは路上のくぼみが彼の口をつぐませるからだ。

《栄光あれ！　栄光あれ！　栄光あれ！》このとき鈴がそんな音を立てて鳴るのだ、そして馬橇《ばそり》は疾走しつづける、前方へ……

「いいかね？」と、ドミートリー・パーヴルィチは声に出して官房長に言う、「私は考えているんだ、これはなかなかよいことだと、もしも私が、言うなれば、運動を支配下に置くならば……」

官房長は分からない、しかし分かった振りをする。

「《運動を支配下に置く》――これはつまり、運動の先頭に立つことだ」と、コゼルコフは説明する、「私はひじょうによく覚えているよ、ペテルブルグでわれわれのところでニヒリストたちが暴れたとき(4)、私はもうそのとき私の友人、レブローフ大尉にこう言ったんだよ、なんできみは見ているんだ、大尉！　運動を支配下に置け、それですべてけりがつく！」

ドミートリー・パーヴルィチはまたも思いに沈んだ、するとまたも耳の中で鳴りだした、鈴が、《栄光あれ！　栄光あれ！　栄光あれ！》と鳴りだしたのだ。

「簡単だ、私はいますぐソバーチキンのもとへ赴こう」と、彼は言いだした、「そして言うんだ、『諸君《メッシュー》！　何ゆえにきみたちは私を信頼しないのか？　信じたまえ、私は奉公している身ではあるが、しかし私の気持ちは、諸君《メッシュー》……私は考えているんだ』……」

「それはその通りであります」と、官房長がひと言さしはさんだ。

「なぜかならば、本質的には、彼らは何を願っているのか？　彼らは、みんながよくなることを、願っているんだね？　けっこうだ。今度はこちらから質問しよう、私は何を願っているか？　私も同じく、みんながよくなることを、願っている！　したがって、私も、彼らも、願っているのは、本質的には同じことだ！　力ヲ合ハスレバ小サナル事モ大キクナルゾ！　わがいとも尊敬すべきミハイール・ニキーフォロヴィチ(5)がその進歩的論文の一つで言ったように、だね！」

官房長は、この破天荒の引用句(6)を耳にして、すんでのこと息が詰まりそうになった。

「ところで私の前任者はこのような場合どういうふうに行動したかね？」と、ドミートリー・パーヴルィチが彼に質問した。

「簡単であります。前任者の方は、閣下、主としてこういうふうに行動されました、まず一部の者たちを呼びだし、彼らを叱責されます、つぎにその他の者たちを呼びだし、彼らをも叱責されます。ときには、お互い同士をけしかけて喧嘩をさせられることもありました……」

「つまり、それはどういうことだね――お互い同士をけしかけて喧嘩をさせるというのは？」

「こういうことであります、ある者たちを他の者たちを使ってやっつけられた、つまり、共食いをさせられたということで。なにしろ連中もやっぱり、閣下、醜悪なところをもっておりますからな！互いに密告のしあいっこを始めるわけです、《お前は皿をなめたな！》――《何いうか、お前も皿をなめたぞ！》――と、まあこういうことになるわけであります！　そして、そうするうちに事は終わりに近づきます……そこで、そのときに彼らをすばやく縛り上げるというわけであります！」

「ふむ……それは悪くはないな！」と、コゼルコフは言った、そして眉をひそめた、「ただ、どうしたらそうなるんだろう？　ある口実が必要だ！」

「あなたは、閣下、次のようにされるとよいのでは、つまり、だれかなるべく年をとった者を呼びだして、こんなふうに感じさせて下さい、もし若い者たちがおしゃべりをしなかったら、いかなる改革(7)もなかったであろう、そのあと若い者らのうちのだれかをお呼びになられて、同じく吹きこみなされませ、もし年寄りたちが騒がなかったら、娘たちのお下げ髪を切らなかったら、手で狼藉《ろうぜき》を働かなかったなら、どんな改革もなかったであろうと。連中はこれで踏み切るでありましょう」

「きみはそう思うのかね？」

「その通りであります。連中はお互いの間で清算をすますでありましょう……こんなふうにして期限の二日ぐらい前には、閣下、思い出させてくだされませ、まもなく各自の家に帰るべきころだということを……。票は手にあり、これにて一件落着であります！」

「ふむ……それは悪くはない。ありがとう」

官房長はもうとっくに帰ってしまった。だがコゼルコフはやはり部屋部屋を歩きまわり、絶えず何ごとか考えている。そしてときどき自由主義者ソバーチキンの窓を見る。その窓のむこうにはタバコを吸っている者や何かを食べている者たちの姿が見える。

官房長の提案した計画は彼の気に入った。だんだんに彼はこの計画にすっかり魅入られて、自分はまったくコゼルコフではなくメッテルニヒ(8)ではないかと、疑いさえした。《外交とは何ぞや？》と彼はこの機会に自分に問いかけ、すかさず興奮して答える、《外交とは、きみ、それによりきみがびんたを食らわされかねない技術である！》だが彼はこの悲しみにみちた想念に長いこととどまっているわけではない、別の想念にむかって急ぎ、とどのつまりは、歓喜へすら達するのだ。彼は言うのである、《外交とは、細い、かすかに見分けのつく蜘蛛《クモ》の糸と同じである、クモは糸をどんどんと張りひろげ張りひろげ、蝿《ハエ》がそれにひっかかるわ、ひっかかるわ――これが外交というものだ！》

「食ウカ食ワレルカ！」彼は陽気に手をこすり合わせ、ある想像上の敵にむかって、大声で叫んだ、「見ていよう！　見ていよう、諸君《メッシュー》、だれの外交術が勝利を得るか！」

だがその諸君《メッシュー》は、ドミートリー・パーヴルィチが自分たちに対して陰謀をたくらんでいるとは、まったく想像もしていなかった。彼らはこのとき何かを食べたり、《ウォトカ》を飲《や》ったり、農地調停員(9)たちを彼らの厚かましい振舞のゆえに公開で《試験する》準備をしていた、要するにいつものようにふざけていたのである。

もう日が暮れかけていた。通りには朝よりもいっそう拡大した動きがあらわれた。いわゆる県知事通りにはいとも多種多様な馬橇《ばそり》のまったくの行列が延びた。そこには、飾り紐《ひも》や快い音をだす鈴で飾られた足の速い三頭《トロイカ》の馬のひく幅広の橇《そり》もあったし、ありふれた町の橇もあったし、ぶかっこうなぶざまで重たそうな箱橇《はこぞり》もあったし、たくましいかろうじて制御できる駿足の馬たちのひっぱる狩猟用の橇もあった。幅広の橇ではよそから来た花形たち、地方の貴族の妻たちが輝いていた。狩猟用の橇や駿足の馬たちでめかしていたのはよそから来た若い色男たちだった。ときおり、ある三頭立ての馬橇《トロイカ》が列から飛び出して、まったくの粉雪の雲を舞いあがらせながら、通りの中央をまっしぐらに疾走した。その後を追って何台かの狩猟用橇がたがいに追い抜きあいながら飛びかけた。笑い声と金切り声が聞こえた。厳寒《マローズ》で頬《ほお》を赤くした若い女たちの顔、顔が後ろを振り向いた。同時に性急に御者たちが馬を駆り立てた。トロイカはますます激しく疾走した。後ろから追いすがってくる乗り手たちは熱狂して、何も眼に入らなかった。そこには自分の灰色のたくましい競走馬に乗ってコーリャ・ソバーチキンもいた。彼は貴族団長の橇と並んで進んでいた。そしてどうやら何かたいへん辛辣《しんらつ》なことを言ったらしい、というのは魅力的な貴族団長の妻がけらけらと笑って、彼を指で脅したからだ。そこには愁いを含んだマダム・ペルワギナもいた。彼女の橇の御者台には、家に居るように、小柄なフクショーノク[10]が身を置いていた。そこには旧姓がアブドゥル-ラフメートワ公女の、堂堂としたフォン・ツァナルツト[11]男爵夫人もいた。セリョージャ・スワーイキンが彼女の耳に何ごとか吹きこんでいた。要するに、それは、県が最良の自分の花たちを送りこんだ、完全な展覧会であった。それは、もし三頭のもじゃもじゃ毛のやせ馬をつけたひどいおんぼろの古風な箱橇でこの祭りに出かけてきたロボトリャソフ《なまけもの》一家の娘たち、中年のみすぼらしい娘たちが全体の印象をぶちこわしていなかったなら、まったく優美と呼ばれることができたであろう展覧会であった。

コゼルコフは小窓からこの騒ぎを眺めて、思った、《ああ！　何でおれは高官として生まれついたんだ！　なんでおれがセリョージャ・スワーイキンでないのか！　何でおれがソバーチキンでないのか！　なんでいやらしいひょろひょろしたフクショーノクでさえないのか！》このとき彼は駆けだしたくなった。とくに彼はすばらしいフォン・ツァナルツト男爵夫人にひきつけられた。《ほんとにおれがあそこにいたなら……》と彼は言ったが、皆まで言い終えなかった、というのは彼の気分が一つの空想のために燃えあがってきたからだ。

実際、彼はこのようなことは何も想像できなかった。

もちろん、ペテルブルグの二号さんがたは華やかである、しかしこれは高価な商品ではないか、コゼルコフは彼女たちに見とれることが出来るだけであり、手に接吻することより先へ進むことは決してなかった。県のご婦人たちも悪くはない（彼女たちとはミーチェンカはもう思いきってその先へ進んでいた）、しかし彼女たちは少数であり、それに彼女たちには飽きがきた。そこで大きな花束を一度に！　その一つ一つの花がさかんに新鮮さをふりまき、さかんに香気を浴びせかけてくる花束！

県のご婦人がた自身がこのことを理解し、選挙のあいだじゅうずっと控え目に、多少はひそかに憤慨しながらも、脇のほうで目立たなくしていた。

これはよくわかることだ、なぜなら県のご婦人がたというのは、少数を除いては、やはり官吏の妻、どこやらの議長の妻、隊長の妻、顧問官の妻たちにすぎなかったからだ。彼女たちはペテルブルグの官舎の四階で生まれ育ち、ただ最近、ごく最近、日常生活の快適さについて、《何をでも切り詰めないでよい生活》がいったい何を意味するかについて、理解することのできた女たちだ。それに対して、よそから来た奥様がたはいわゆる《高貴の出》だった。周知の通りその出自をさかのぼれば、ロシアを魅力的なフランスの鼓手長やフルート吹奏兵たちであふれ返らせた一八一二年[12]から始まっているところの、まさにあの高貴の出である。彼女たちは、輝きと華やかさに取り囲まれた新鮮な女たちであった。彼女たちの言葉には本物の言葉が感じられ、彼女たちの手振り身振りは本物の手振り身振りであった、彼女たちは小さくなってはおらず、だれに対しても脇へ寄ることはなかった、そしてだれの眼をでもたじろぐことなく見つめ、この県庁所在都市でも遠慮なく振舞っていた。よくわかることである、すべての男たちの心が彼女らにむかってすばやく動いたこと、まだきのうは大隊長の妻にたいへん熱心に言い寄り始めていたどこかのグリーシャ・トリャスーチキンが突然に彼女を貧弱で着古したものを着て色あせていると思いはじめたことも。よくわかることである、コゼルコフがこれまでより強く、自己の行政官としての孤独の、すべての重みを、すべての憂愁を意識しはじめたことは。

そうしているうちに、もうすっかり暗くなった。通りは突然人がいなくなった。すべての窓に燈がちらちら見えはじめた。コゼルコフには思えたものだ、これらの家の中ではいま食事をしているのだと、そこでは騒がしい奔流のように会話が流れているのだと、そこではだれかが何かをひそひそ話している、だれかがこのひそひそ話に聞き入っているのだと……。

――せめてだれかが招待してくれてもよいではないか……無教養なやつらめ！――と、彼は思わずも思った、そしてすぐに、これは県の高官たちにあまりにもわずかしか権力が与えられていないために起きていることだ、と考えをめぐらした。

彼のこの思索が彼をどこへ導いてゆくのか、それはだれにもわからない、ここから権力の強化についての何かの案が出てきさえしないか、それはだれにもわからない、しかし食事の支度ができましたでございますと告げにきた侍僕が、たいへん折りよくドミートリー・パーヴルィチの夢想を中断させてくれ、それとともにコゼルコフの県幹部を不必要な大音声をあげての審議から免れさせた。

彼の食堂ではもう補佐官の、フランス人ファヴォリ(13)が待ち受けていた。コゼルコフが彼をこの地位に就かせたのは、もっぱら、彼がたいへん軽薄であり、どんな奉仕でもよろこんでするように見えたためだ。

フランス人ファヴォリは、食堂の戸口にコゼルコフの姿があらわれたとたん、なんだか手足全体で小心さをあらわした。彼はすぐに感づいたのだ、上司が陰気な気分でいること、彼を陽気にしてさしあげなければならないと。

「私は、ファヴォリ、きみに外交的任務を与えようと考えている！」と、ミーチェンカはスープを食べはじめながら、話した。

ファヴォリは全身これ忠誠心のかたまりになった。彼の体はまるで半半に分裂したかのようだった。上半身は前方へ突き出て、そのまま動かず凝固した。下半身は後方へ突き出て、痙攣《けいれん》を伴って左右へ動いた。ファヴォリは確信していたのだ、コゼルコフは自分をマーリヤ・ペトローヴナの健康について尋ねるためにさし向けるのだと、だから自分のいやらしい顔全体でにやりと笑った。

「いや、違うんだ！」と、コゼルコフは、彼の思いを見抜いたように、言った、「私がきみに課そうと思っている任務は、至極重要なものだ」

ミーチェンカはこの言葉をたいへん厳しく言った、しかし、きっと、もったいぶった態度は彼には似合わなかったに違いない、というのは、このときファヴォリのそばで皿をかたづけていた侍僕のステパンが、我慢できなくなって、急いで退散したからだ。

「実は」と、コゼルコフは続けた、「私はきわめて大きな困難に逢着しておる。いまここで私は大群集に取り囲まれている、だが私は、彼らのところで何が行なわれているか、さっぱり何も知らない。だれも私に報告してこない……」

「閣下……」

「私はきみに毎日私にすべてについて報告することを一任する！　きみはすべてについて知らねばならぬ！　きみはどこへでも入りこまねばならぬ！　きみはどこにでもいなければならぬが、どこにでもいないようにしなければならぬ！」

コゼルコフはすっかり熱中してしまい、ファヴォリがどのように変幻自在であるべきか、彼に手振り身振りで示しさえしたほどだ。

「私はつねに考えているのだよ」と、彼は熱弁をふるった、「県の官僚たちにはすべての手段が与えられなければならぬ、とね……神の助けによって、おそらく、それは決着がつくだろう、しかしいまは私はこうした手段を持たぬ。きみはこの機会に、私のために行政手段の不足を、いわば、補ってくれなければならぬ」

「信じてください、閣下……」

「わかっている！　きみは老人たちに言わねばならぬだろう、これはすべて若い者たちが自分たちのおしゃべりでやらかしたことだと！　他方では、若い人たちには吹きこまねばならぬ、すべては老人たちの醜行のせいで生じたことだと。要するに、きみは、有益な内紛を植えつけるために、全力を注がねばならぬ！」

コゼルコフはそこまで言ってから、自分の話相手を、まるで彼に覚悟があるか知ろうとするかのように、射るように見つめた。しかしファヴォリは、いわば自分の生まれた時から、覚悟があった。ゆえに、ミーチェンカが自分の点検に満足であったからといって、驚くにはあたらない。

「私はきみの前に自分の意図を完全に明かさねばならぬ」と、彼は言った、「私はきみに言わねばならぬ、私は行政を、主として、極端にすら、外交的見地から見ていることを。私の意見によれば、行政は闘争である。学問はわれわれに示していないであろうか、外交なしの闘争は考えられぬことを？」

そう言うと、ドミートリー・パーヴルィチ自身驚いて口をあんぐり開けた。ファヴォリは注意深く聴き、敬虔な態度をとった。

「この原則に立脚して、私は思うのだ、われわれ、行政官たる者は、主として、極端にすら、時をかせぐことについて配慮せねばならぬと。きみにこのことをいま例をあげて説明する……」

コゼルコフは考えこんだ、どんな例を見つけ出すべきか？　しかしこのたびは例は見つからなかった。

「いずれにせよ、きみは私の言わんとするところは理解している。しかし、時をかせぎながら、われわれは同時に二つの成果を達成するのだ。第一には、日常の調和のとれた生活の流れを、時機尚早に、いわば、掻き乱しかねぬようなことは、やめさせるようにすること、第二には……」

コゼルコフはふたたび考えこんだ、というのは第二の成果がまったく頭に浮かばなかったからだ。彼はすべての事柄が必ず二つか三つさえの成果を持つはずだということを、知っており、興奮してそのことを口走ったのだが、しかし今は確信しなければならなかった、世界にはただ一つの成果しか持ち得ない、いや、おそらく一つの成果をもまったく持たぬかも知れぬ、事柄があることを。

「遂行いたします、閣下!」と、ファヴォリが、崇拝する上司を苦境から救い出そうとして、応えた。

「私はきみの敏捷さに、とくにきみの忠誠心に期待をかけている。記憶にとどめておきたまえ、ファヴォリ、私が恩知らずであることはあり得ないことを!」

そう言うと、ミーチェンカは食卓から立ちあがった。一方、ファヴォリは課された任務の遂行のために急いで出かけた。コゼルコフはふたたび自由主義者ソバーチキンの窓に目を向けた。その住まいは真っ暗であるのがみとめられた。

《どこで彼らは自分たちの陰謀を練っているのか?》思わず彼の頭の中にそんな想念が湧《わ》いた。

V—一　訳者注

(1)《暁にきみは彼女を起こすな》。A・フェトの詩によるA・ワルラモフの歌曲(一八四二)。

(2)選挙。一八六四年に地方自治会(ゼムストヴォ)が設置されている。郡会、県会とある。一九一四年まで存続。

(3)スタニスラフ勲……。スタニスラフ勲章のこと。三階級ある。一八一五年から。

(4)ニヒリストたちが暴れた。一八六一~六二年の、一八六〇年代の革命的民主主義的学生運動のもっとも高揚した時期。
（5） ミハイール・ニキーフォロヴィチ。カトコーフ（一八一八～八七）の名と父称。反動的ジャーナリスト。
（6） 破天荒の引用句。前出のカナまじり文。原文はラテン語の諺。このラテン語の諺を、ミーチェンカは、語順をまちがえて引用したので、破天荒（前代未聞）となったのである。（このラテン語の諺は同じくシチェドリンの「僻地の旧習」にも出てくる。）
（7） 改革。一八六一年の農奴解放や、一八六四年の地方自治会（ゼムストヴォ）の設置、一八六五年の事前検閲制の廃止など、六〇年代前半の一連の改革をさす。
（8） メッテルニヒ（一七七三～一八五九）。オーストリアの有名な反動政治家、外交官。一八一五―四八年の反動時代にヨーロッパ諸国の内外政に影響を与えたが、一八四八年三月のウィーン革命により、失脚、亡命。
（9） 農地調停員。一八六一年の農奴解放後、地主と農民の土地紛争の調停に当たった。
（10） フクショーノク。ドイツ語の Fuchs （キツネ）にロシア語の指小接尾辞をつけた形。
（11） ツァナルツト。ドイツ語 Zahnarzt（歯科医）から。
（12） 一八一二年。ナポレオンは一八一二年五月、ロシア遠征に出発し、九月にモスクワを占領したが、十二月にパリに逃げ帰った。このさい、フランス軍の兵士たちの一部はロシア軍の捕虜になり、そのままロシアに居ついた。
（13） ファヴォリ。フランス語のFavori（お気に入り）から。

二

そうしているうちに、市内では想像もつかぬ混雑と空騒ぎが生じていた。旅館ばかりでなく、旅籠《はたご》屋《や》まで、ぎっしり人を詰めこんでいた。家主《やぬし》たちや借家人たちは自分たちの住まいの最良の部屋部屋を明け、それらを旅人用に提供し、自分たちはしばらくのあいだ裏部屋やほとんど物置にどうにかこうにか身を落ちつけた。小地主の貴族たちの、まったくの荷橇《にぞり》の列が、毎日市内に入ってきて、住民たちは彼らの真新しい短い毛皮外套や風変わりな毛皮帽に驚かされた。貴族団長はただあえぎながら息を吐いているだけだった、というのはすべてのこの人びとに宿をあてがい、暖もとらせ、食べさせてもやらねばならなかったからだ。小地主たちは、自分たちが必要な存在であることを、理解しており、このような種類の機会はそうたびたびではなく（三年に一度）くり返されていることを、知っていた、そこで自分たちの権利をけちけちせずに行使することを急いでいたのだ。街頭ではますます頻繁に、村のパンで育った頑健な人びとが見受けられるようになった、この人びとを見るとやせこけた都市住民は恐怖をおぼえて肝をつぶすのである。赤みをおびた頬《ほお》、太い喉仏《のどぼとけ》、まるまるとした幅広い首筋、珍しい帽子――それは市中の通りで朝から晩まで上演していた見世物である。クラブではほとんどてんやわんやの大騒ぎが行なわれていた。

貴族団長はあえぎながら息を吐いていた。選挙は文字どおり彼を生きたまま焼き焦がしている。『まあ、あなた、考えてもみてください』と、同情して小地主シーラ・テレーンチイチが説明する、『彼のところには毎日百五十人ぐらいが訪れているのですよ、ひとり当てグラス二杯ずつでも、このウォトカだけでどれだけ飲んでいることでしょう！』実際、貴族団長の家には朝っぱらから、言うならば、大群集が押しかけているのだ。そこへはだれでも居酒屋に行くように行くのだ、だれでも食べたり飲んだりするばかりでなく、自分を愛想よく扱うように要求するのだ。毎日、貴族団長は自分のところで四十人から五十人分の晩餐会を催し、《有力者》たちにご馳走をするのであるが、しかしこれだけでは不十分だ、彼はいわゆるしがない連中のことも忘れることはできない。彼は彼らと冗談を言い、彼らをイワーヌィチ(1)と呼ぶ。彼は彼らの手を握り、彼らのうちのもっとも主だった者らにはブラマンジエ(2)をさえおくる(《タチヤーナ・ミハーイロヴナはお辞儀をするよう命じられ、彼ら自身が皿に何をお盛りになったか、報告するように言いつけられた》)。一つの想念が昼も夜もしつこく彼につきまとっている、落選させられたらどうしよう!

プラトーン・イワーヌィチの妻はたいへん熱心に彼に協力している。彼女は貧しい小地主の子供たちのために芝居や福引きを催し、地方の中学校の奨学金の獲得に努力し、同時に若いセミオゼルスクの名門貴族たちに魅惑的な視線を投げかけることも忘れない、また三年間に一度の選挙で三回続けて《地方自治会《ゼムストヴォ》の利益》の代表者となる名誉をのがしているコゼーリスキー老伯爵といちゃつくこともいやではない、そして、確かな筋からの情報によれば、現にいまもこの求愛を拒否してはいないのである。ミーチェンカは忘れられていて、ほったらかしにされている。彼は素人芝居の下稽古《リハーサル》の演出にも招かれない、それは、《地方自治会《ゼムストヴォ》》と《官僚》とのあいだに何らかの連係があると考えるきっかけをいささかでも与えないためであったのだが。それでも、全員一致をかちとろうとする貴族団長のあらゆる努力にもかかわらず、社会はどうやら諸党派に分裂したらしい。主要な党派は例のごとく二つある。《保守主義者》の党派と《極左主義者》の党派だ。前者で支配権を握っているのは老人たちと、老人といっしょにいれば老いているが若い人といっしょにいれば若いと言われているあの若い人たちだ。後者で暴れているのは若者たちであり、その若者たちには老人のうちの生きのよい者が数人加わっている。《保守主義者》たちは言っている、前へ進め、しかし時どき勇気をだして、休め、と!《極左主義者》たちは反論している、休め、しかし時どき勇気をだして、前へ進め、と! 意見の不一致は明らかに、そう深刻なものではない。事は、むろん、ひとりでに明らかになったことであろう、もしも、とりわけ各党派が細分化したところの、そして前進についての疑問をいちじるしくあいまいにしていたところの、あの内部的諸分派が妨げなかったならば。

こうした諸分派はたいへん多かった。《保守主義者》たちは三つの分派を有していた。まず第一には、コゼーリスキー伯爵を首長にいただくところの、そして彼が《優雅な物腰《グラース》》を持っていることに貴族団長たる者の主要な美点があると主張していたところの、《侯爵《マルキーズ》(3)》派であった。伯爵自身は、ほとんど完全に耄碌《もうろく》していたよぼよぼの爺《じじい》だったが、しかしかつらと入れ歯とコルセットのおかげでまだ若者に見えた。彼はたいへんかわいく子供っぽい口をきき、セミオゼルスクの美女たちを《麗《ベル》シキ姫《ダム》》と呼び、家庭演劇で好んで侯爵《マルキーズ》の役を演じた。この分派は少数であった。で、いくら伯爵が貴族団長になろうと努力しても、しかし成功をおさめず、毎回貴族団長職の代わりに県の中学校の監督官に選出されていた。もう一つの分派（《石頭》派）は、プラトーン・イワーヌィチを首長とし、貴族団長たる者に必要なことはただ一つ、彼が確固として歩くことである、と主張していた。この派の支持者は数が多く、信念のとてつもない不動さ、胃袋の収容力、首筋の並みはずれた幅広さ、拳骨のけたはずれな大きさ、あらゆる種類の騒ぞうしい示威運動を行なう、つまり大皿に載せて票を持って行き(4)、《ばんざい《ウラー》》と叫んで、その鋭い叫びで敵対者に戦慄《せんりつ》を起こさせる蛮勇で、有名であった。他の諸派のもっとも勇敢な者たちでもこれらの時代遅れの間の抜けた大男たちの獰猛《どうもう》な視線を浴びては当惑をおぼえるのだった。そして会議では彼らがつねに難なくあらゆる事を思いのままに運ぶのであった。プラトーン・イワーヌィチはこのことを知っていた、だから、彼を除くほかのだれもがこれらの新しい黒人たちを手なずける権利をわが物とはしないように、用心深く気をくばっていた。さらに、第三の分派は、《野蛮人》派と呼ばれていて、これもまたかなり数が多かった。この分派の成員たちはどんな信念ももたない人びとだった。選挙にやってきたのは、他人の金で飲み食いし、連日居酒屋めぐりをし、ボーイたちを、ビリヤードの引き玉の力と、黄色い玉を玉突き台の中間のポケットに小気味よい音をたてて撃ち込む技で、驚かせるためであった。彼らの多くの者は妻帯しており、多人数の家族をかかえていたが、しかしみんな例外なく独身者のように見えた。家ではほとんど暮らさず、決してまともなやり方では食事せず、まるで手早くひっつかんで食っているようだった。社会的な事柄には彼らは無関心で、球（票）をいつもこぞって右に置いた。《極左主義者》党派はどうかと言えば、この党派も三つの派に分かれていた。いわゆる《ちゃっかり屋》派と、いわゆる《むくどり》派と、いわゆる《泣き虫もしくは泣きごと言い》派である。《ちゃっかり屋》派に属していたのは、セミオゼルスクの若者の最良の部分、最新の信念をもち、最良の服装をした人たちである。《ちゃっかり屋》派は復興を夢見て、その目的で原則《プレンシプ》について侃侃諤諤《かんかんがくがく》論じていた。ロシアを彼らは同情的な失望の念で見ており、ロシア文学に関する自分たちの知識を二つの等しく有名な名前に限っていた、Nicolas de Bezobrazoff と Michel de Longuinoff である。(5) 彼らはこの名前を、自分たちの無知により、Michel de Katkoff のペンネームだと考えていた。(6) 農奴解放を彼らは、N・ベゾブラーゾフ氏のように、《この企ては……すばらしい》と認めていた、しかし同時に主張していた、もしもわれわれが主導権を握っていたのなら、もちろん、事ははるかにもっとしっかり処理できたであろうに、と。《むくどり》派は自分の信念をもたなかったが、しかし、《ちゃっかり屋》派の物真似をうまくやって、主として彼らにつきまとっていた。これは陽気でまったく軽薄な若者たちで、彼らが《むくどりちゃん》と呼ばれた時だけかっとなった。彼らはすぐにコゼルコフが好きになった、コゼルコフもまたすぐに彼らが好きになった、で、むろん、両者のあいだには心ノ一致が確立したことだろう、もしも、自治についての、地方自治会《ゼムストヴォ》の特権と官僚不干渉についての、《ちゃっかり屋》派の政治的理論が、

《むくどり》派を、不断の恐怖にさらしていなかったならば。《あれは官僚だ！》と《むくどりちゃん》たちは、いくらか困惑をみせてミーチェンカを指しながら、言っていた。《やあ、私がどんな官僚だろう……》と、今度はミーチェンカのほうが悲しんだ、《私は彼らと同じようなむくどりちゃんだよ》彼の心は痛んだ、おお、痛んだんだ、自分は中傷され無視されていると感じて。《泣き虫もしくは泣きごと言い》派についてはどうかというと、この分派は、数は多くはなく、ほとんどもっぱら農地調停員から成っており、S・S・グロメーカ[7]を社会活動家の理想として認めていた。この最新のエレミア[8]のように、この派は人間の罪について悲しみ、もしおばあさんのところにズボンがあるならばおじいさんが居るだろうと夢想していた。

ドミートリー・パーヴルィチ・コゼルコフが顔をつきあわせることになった、これらの《偉大なる党派》は、このようなものだった。不慣れにより彼が自分のことをこの社会の中では小さくて弱よわしい存在であると感じたのも、不思議ではない。

それにもかかわらず、彼は運試しをすることに踏み切り、このために晩にクラブへ出かけた。

クラブに主として集まっていたのは、保守主義者たちと、隠れる所がまったくどこにもなかった《むくどり》派の一部の者だけであった。《侯爵《マルキーズ》》[9]派はいわゆる《化粧室》に集まり、《優雅な物腰《グラース》》について猥褻《わいせつ》なひと口話《アネクドート》を話し、ロトー遊びをしていた。《石頭》派は中央に陣取り、トランプをしていた、口ひげをぴくぴく動かし、ウォトカをひっかけるだけのために重苦しい沈黙を破った。《野蛮人》派はビリヤード室にたむろしていた。《むくどり》派はすべての部屋に少しずつ散らばっていたが、しかし《化粧室》に居たのが一番多かった。というのは、《侯爵《マルキーズ》》派に自然な愛着をおぼえていたばかりではなく、自分たち自身がそのうちに彼らのようになることを、確実に知っていさえしたからだ。

「一八一七年に」と、コゼーリスキー伯爵が話していた、「われわれのところではマーリヤ・ペトローヴナ・ソバーチキナが貴族団長夫人になった、彼女には、思ってもごらんよ、ここのところに生まれつきのほくろがあった！　それでアラクチェーエフ[10]伯爵さえ（彼はその時われわれの町を通過したのだが）、その男さえ恍惚《こうこつ》となったものだよ！」

このとき化粧室にコゼルコフが入った。《むくどり》派は、《ちゃっかり屋》派の監視の圏外にいたので、四方八方から彼を取り巻いた（《しかし、私は愛されている》と、興奮してミーチェンカは思った）。

「ああ！　閣下！」と、彼に伯爵が挨拶した、「わたしはいまコノ諸君《メッシュー》にわれわれのかつての貴族団長夫人について話しておったところです！　思ってもごらんなさい、彼女にはほらここに生まれつきのほくろがあったのですぞ！　それでアラクチェーエフ伯爵さえ、あの男さえ恍惚となりましたよ、彼女を眼にとめたとき！」

コゼルコフは好意的に答えとしてくすくす笑った。《侯爵《マルキーズ》》派と《むくどり》派は舌なめずりした。

「良キ古キ時代！」伯爵はため息をついた、「そのころは、閣下、年長者は敬われておりました！」唐突に彼はつけ加えて、《むくどり》派に、またほかならぬドミートリー・パーヴルィチにさえ、意味深長に厳しく視線を向けた。

コゼルコフは少々きまりが悪かった、彼自身、自分が奇跡的に《高官》になったことが、まるで恥ずかしくなったようであった。彼としてももう、《いまどきの》若い世代の無礼と軽率さについて二、三の辛辣な言葉を言いたかった、これは《彼らから、ほかならぬ彼らのおしゃべりからすべての事が始まったのだ》と言いさえしたかった、しかし、しきりにつきまとい、さかんに彼のまわりでおしゃべりしている《むくどり》派に恐れをなした。だから彼は思慮深く中間を行くことにした。

「私は、伯爵、それは誤解にすぎない、と考えます」と彼は言った、「私も、もちろん、私ひとりの力でできる措置はとりますが……」

彼は言い終えなかった、そして習慣で、自分自身の発言を耳にすると、自身口をあんぐり開けた。《侯爵《マルキーズ》》派も彼に向かって眼を大きく見開いた、まるで自分たちの前で彼が何をやらかそうと決めたのか、問いかけるように。

「しかし、伯爵、あなたは調停人を置かれてはいかがでしょう?」と、コゼルコフは、みんなの驚愕を打ち切ろうとして、尋ねた。

伯爵は全身わなわなと震えさえした。

「失礼ですが、閣下、その質問にはお答えできかねます」と、彼は、堂堂と背中を伸ばし、厳しくミーチェンカを見ながら、言った。

「しかし、伯爵、なぜですか?」

「礼儀正しい人びとの社会では話してはならない事柄があるためです」と、伯爵は続け、それから、コゼルコフを大いにびっくりさせて、つけ加えた、「わたしは、閣下、《偶然ト愛ノ戯レ》(11)で侯爵を演じたのですぞ!」

「私も、伯爵、かつて《秘書ト料理人》(12)を演《や》ったことがありますよ」と、誇らしげにミーチェンカが答えた。

「そう、スクリブ(13)もよいところを持っているが、しかしやはりそれはマリヴォー(14)じゃない! 心にとめておいて下さい、閣下、われわれのこの優雅な物腰はほとんど持って生まれたものであったのですよ！　わたしがどんなに侍僕を演じたか！　亡くなられたリザヴェータ・ステパーノヴナは（彼女は《侯爵夫人》を演《や》りましたが）われに返ることが出来なかったくらいです！」

伯爵はちょっとの間《ま》、頭を垂れた、それから、手をひと振りして、つけ加えた、

「いまわれわれのところではどこかのジョクリス《うすのろ》(15)を貴族団長にさえ選ぼうとしている！……」

「大丈夫だよ、親愛なる伯爵、貴族たちは眼を開けているよ、あんたの美点は評価されるだろう！」と、《侯爵《マルキーズ》》派のひとりがもぐもぐ言った。

「信じられん！」

「しかしあり得ないことだよ、進歩的な階層が……」

「信じられん！」

「私としては、伯爵、よろこんで……」と、ミーチェンカがささやきかけたが、すぐに口をつぐんだ、というのは伯爵が彼を足から頭まで尊大に眺めまわしたからだ。

「われわれは、閣下、お互いに相手を理解していないのです、わたしは協力は頼みません！」と、彼は冷ややかに言って、ロトーを始めた。

コゼルコフは赤面して、引き下がるよりほかはなかった。

「官僚め！」と、《侯爵《マルキーズ》》派のひとりが彼の背後に押し殺した意地悪そうな声を浴びせた。

一分後、肘掛け椅子の音、踵《かかと》を軽く打ち当てる音、いくつもの声の混ざりあったざわめきが、コゼルコフが《石頭》派に歓迎されていることを、《侯爵《マルキーズ》》派に知らせた。

《石頭》派のもっとも目立った人物のなかには、ソゾーント・ポタープィチ・プラヴェドヌィーと

ヤーコフ・フィリープィチ・グレミキンがいた。プラヴェドヌィーは小役人の出だった、それはひょろひょろした爺《じじい》だった、全身が苦渋で損傷されたみたいであり、全身が間断ないけいれんでひきつっていた。不気味な雲の中の稲妻のように、彼のはかない全身の中で飛びまわっているけいれんだった。しかし、この人間はいとも恐ろしい評判の持ち主だった。農奴制の最盛期に彼は完全なハレムを有していた、しかしそれは一種特別なハレムであった、だから隣人たちは冗談に彼のことをあべこべのドンファンと呼んでいた、とうわさされていた。また、彼は一生のあいだに少なくとも二十人を鞭打って殺した、あるいはほかのやり方で殺した、ともうわさされていた。また、彼は毎夜自分の農奴たちのところを家宅捜索してまわり、ひとりの百姓も彼のよく見える眼から金目のものを何も隠すことが出来なかった、とうわさされていた。近隣全体が彼を恐れていた。農民は、彼の自己所有の者ばかりでなく、他人の所有の者まで、彼の名前を聞くだけで青ざめた。地主たちさえ、彼らたちも、話が彼のことに及んだ時は、身をすくめた。五人の県知事が続けて彼を《追っぱらおう》と努力したが、ひとりも何もすることが出来なかった、というのはプラヴェドヌィーは完全に近づき難い壁に守られていたからだ、その壁というのは、自分の圏内に居ながら、彼の名前を聞くと嫌悪をあらわにして身をすくめたまさしくあの人びとなのであった。それゆえ、農奴制(16)がまもなく終焉《しゅうえん》を迎えるという知らせが空をとびかけて伝わってくるや否や、プラヴェドヌィーは、いたずらにぐずぐずせず、自分の地主の家屋を釘付けにして、ハレムを解散し、永久に村から都市へと去った。ここでは彼は高利貸業を大大的にやり、毎日、クラブを訪れた、しかしトランプはやらず、借り主のだれかが彼に茶をおごってくれないか、待ちうけていた。《石頭》派の中では彼は、識字能力と毒舌にかけて第一人者であった。蛇が這《は》うように、よどみなく滑らかに話した、声は子供の声のようだった、怒ると、自分の憎悪を、はた目にも背筋がぞくぞくするような、すすり泣きふうの何かであらわした。一言でいえば、それは想念の人であった。それに対して、グレミキンは実行の人だった。がっしりして、背が高く、骨太で、広い厚みのある首筋をもった彼は、ユーピテル(17)が雷鳴で驚かしたように、自分の大音声で人を驚かした。彼は能弁ではなく、無愛想でさえあった。敵たちは言いさえしたものだ、彼は愚かであると同時に腹黒いと、しかしもちろんそれはこっそりひそひそ声で言っていたものである、というのはグレミキンは冗談を言うことを好まなかったからだ。彼は主としてスキャンダルの実行役に使われた。とくに魅力的だったのは、片手をチョッキのうちに入れ、もう一方の手をわずかに身をそらして腰に当て、大声をあげているどこかの紳士の前に黙って立ち、自分のどんよりしたまなざしで話を続けるようにあたかも彼を誘っているような時であった。《石頭》派は、その大声をあげている紳士が(とくに彼が新入りの者だったら)突然黙りこみ、得意げな雄鶏《おんどり》からしょぼくれた雌鶏《めんどり》に変わったのを見て、くすくす笑い、やがて腹をかかえて笑いだすのだった。《ちゃっかり屋》派と《むくどり》派と《泣き虫》派は、彼を憎み、かつ恐れていた。コゼルコフもまた彼に何か秘密めいたものを予見していた、だからあらゆる方法で彼を避けていた。その彼もまた百姓たちを、自分のところの百姓たちをも、他人のところの百姓たちをも、恐れていた。しかし彼は、農奴制が廃止されたとき、村から逃げる考えはなかった。反対に、たいへん落ち着いて、短い言葉で言明した、《よそは好きなように、だがわしのところではこれまでどおりだ》と。彼にもまた五人の県知事が手をつけようとした、しかし同じく何も成果はなかった、というのは、グレミキンはすぐに警官に自分の領地へ入ってくるのをやめさせたからである。《お前にはおれのところへ入る入り口はない》と、彼は郡警察署長に言った、そして郡警察署長も、入り口が実際ないことを、またあり得ないことを、悟った。二度彼は偶発的な殺人のかどで修道院行きの懺悔刑に処せられたことがあったが、二度ともその判決は執行されないままであった、というのは警察が執行しようとせず、《退職騎兵少尉ヤーコフ・フィリーポフ・グレミキン[18]はきわめて重い病気であります》と単に暗唱したままを報告したからだ。彼がプレファランス[19]のゲームをしていたとき、彼がどんな途方もない賭《か》けを宣言しても、だれもその挑戦を受けて立つ勇気はなかった。《石頭》派にとってはこのような人物はまったくの宝であったし、彼らが熱心に彼をあらん限りの気配りで包んでいたことは、言うまでもない。

コゼルコフはたいへん愛想よくプラヴェドヌィーと挨拶をかわした、そして臆病そうにグレミキンをちらりと見た。グレミキンのほうも今度は自分が彼に額ごしに赤く充血した眼を向けた。彼はむっつりして切り札なしの十を宣言した。

「それで、貴族会[20]のほうはどうですか、あなた、ソゾーント・ポタープィチ?」と、愛想よくコゼルコフが訊いた。

「調停員たちを、閣下、試験しております」と、プラヴェドヌィーは持ち前の子供のような声で答えた、そしてすこぶる陽気にくすくす笑ったので、ドミートリー・パーヴルィチはまるで何かたいへんいやなもの、ぬるぬるしたものを踏んづけたような気持ちになった。

「切り札なしの十だ」と、ふたたびグレミキンが宣言した。

「しかし、私の出現が、どうやらあなたに幸運《つき》をもたらしたらしいね、ヤーコフ・フィリープィチ?」と、コゼルコフが機嫌をとった。

「ぼくは時たま……つねに！……」と、大物は頭をまわしもせずに答えた、「早いとここうしたやり方で取り札不足の罰金を帳消しにするんです……」

「ヤーコフ・フィリープィチにはこれは、閣下、よくある手なんですよ」と、ゲームの相手のひとりが、明らかに当惑げに口を出した、「じゃあ、おれが挑戦を受けて立とう！」

「おれは勧めんぜ！」と、陰気に大物はどなって、すぐにトランプのカードを掻《か》きまぜた。

ゲームは続けられた、が、どうやら体裁《ていさい》をとりつくろうだけのためのようだった、というのはグレミキンが無遠慮に数回つづけて切り札なしの十を宣言し、すばやく自分のも他人のも取り札不足の罰金の記録を消したからだ。彼の相手たちはただため息をつくだけで、反対する勇気を持ち合わせなかった。

「わさびを添えて小役人を一ちょう、それからウォトカをグラスに一杯——大至急だ」と、ゲームが終わるとグレミキンはクラブのボーイにどなった。

ドミートリー・パーヴルィチはまごつき、それを自分へのあてつけだと思った。

「するとあなたは言われるのですね、ソゾーント・ポタープィチ、あなたがたのところでは調停員たちは……」コゼルコフは、彼を捕らえた困惑を吹き散らそうとして、プラヴェドヌィーに話しかけた。

「扇動者たちのうちから！[21]」と、穏やかにプラヴェドヌィーは言って、すすり泣くような声を出した。

「しかし、もっと詳しく！」

「全員を一本のヤマナラシ[22]の木にかけて！」と、グレミキンが口の中でもぐもぐ言った。

「試験するんです」まだもっと穏やかにプラヴェドヌィーが続けた。

「ヤナマラシの木にかけりゃあ、それでおしめえよ！　試験なんかするには及ばん！」

「だめだよ、なんでだね！　形式は踏んで、ヤーコフ・フィリープィチ、形式は踏んですべてをやろうよ……こんなふうに、机のほうへ呼んで、各自が応分の寄付を……」

「しかし、どうぞ言ってください……もしかしたら、私が……もしあなたがたのご意見を私に知らせていただけるようなら……私も及ばずながら……」

「いや、閣下、こんなふうにするのがずっとよいのですよ……ほら、われわれは彼らをあとで呼びます、穏やかに話します、それから頼みます……」

「しかしもし彼らが同意しないなら？」

プラヴェドヌィーはまたすすり泣くような声をだした。

「まあ、そのことは、閣下、ヤーコフ・フィリープィチにお尋ねください！」と、彼は何だか特別に穏やかに言った。

コゼルコフはグレミキンをちらりと見た、そしてそのグレミキンがもう彼のほうをその赤く充血した眼をいっぱいにひらいて見ているのを、みとめた。

「われわれは、閣下、《訴えでる》ことは好まんのです！」と、そのあいだにプラヴェドヌィーが続けた、「というのは、裁判に持ち込むことは、閣下、――まだだれでもがこの能力を持ち合わせているとはかぎりませんのでな！　おそらくは、閣下、まだ証拠を要求されるのでしょう、だがこの場合どのような証拠を提示することができるでしょうか？」

「信じてください、あなた、ソゾーント・ポタープィチ、私はつねによろこんで！」熱をこめてコゼルコフは口を出した、「私はただ高潔な人間の一言によって……」

「わかっております、閣下、それはみとめます！　それは確かです、閣下がきわめて高潔な気持ちをおもちであることは……」

「それなら、なぜあなたがたは私に相談しないのですか！　完全な率直さで相談してください、私を信頼してください……かつまた私に打ち明けてください！」ドミートリー・パーヴルィチは話しだした、実際、自分の胸にまるで親ごころが満ちあふれてくるような感じがした。

「あやしい話だ！」グレミキンが押し殺した声で言った、が、その低い声ははっきりと発音されたので、部屋のすみずみにまでとおった。

「いや、閣下、なんであなたが心配されることがありますか！　われわれはこれは自分たちで……まずひとりが相手に応接し、それからもうひとりが応接し、それからさらにもうひとりが……そしてみんなが、いいですか、顔をそろえて！……」

「《火あぶり》われわれのやり方ではこれをこう呼ぶんだ」と、隅のほうからだれかの声が応えた。

「それはそのとおりです、それは確かです。だから、相手はその場合、閣下、まるでフライパンの上の生きた鰻《ウナギ》みたいなもんで、片方の横腹で跳びはね、反対側の横腹で裏返りになる——どこも熱いもんで！」

プラヴェドヌィーは深々とため息をついて、黙った、ほかの居合わせた者たちも黙った。グレミキンはコゼルコフをひしと凝視していたので、コゼルコフはすっかり気詰まりになってきた。

「きみ、お茶を一杯、いただけませんか？」と、プラヴェドヌィーがボーイに求めた、「薄いのをね、きみ、薄いのだよ！」

ミーチェンカはその声のひびきを耳にするとぞくっと身震いした、彼には、まるでだれかが自分から血を吸いとっているような、本当にそんな気がしたのだ。ふたたび沈黙が支配した、ただトランプのカードがあちこちのテーブルでぴしゃぴしゃ音をたてているだけだった、時どきゲームをしている人たちの叫び声がひびいた、《パス》とか、《よし、一か八かやってみよう!》などなど、あるいは次のふうな短い会話。

「また、きみ、セミョーン・イワーヌィチ、頑張り通さなかったな! 中途で投げてはならんと、あれほどきみは言われていたのに!」

「誓って……」

「《誓って》なんてことじゃないよ! この目で見たんだよ! ダイヤのキングがだれに行くべきだったか?……おれに来るべきだった! だれにあれは行ったんだ? だれにあれは行ったんだ?」

「何を彼と話し合うことがある! テレンチー・ペトローヴィチ、彼の代わりに配れ、——それで事はおさまる!」

「いや、兄弟! きみとはまだやれる、しかしきみにカードを配らせることは、絶対にいやだ、これからは呼ぶな!」

あるいは、

「おれは、兄弟、やつの面《つら》をよごしたんだ、よごしたんだよ、だからしまいごろにはやっこさん頭がぼうっとしさえしてな!」

「まさか?」

「本当さ! それを目をよく開いて見すえているんだ、だがわからないのさ、どこに自分がいようと、自分に何が起ころうと……ただひっくり返ってるだけさ!」

「わっはっはっ!」

コゼルコフはそっと自分の席から立ち、ビリヤード室へ足を向けた。

「官僚め！」彼の背後にグレミキンが浴びせた。

《なぜ彼らはおれをああいうふうに呼ぶんだろう！　なぜ連中はおれを信頼しようとしないんだろう！》コゼルコフは、自分の耳にとどいた叫び声を聞いて、堪えがたく思った。

しかしビリヤード室ではまったくの事件が起きていた。

「だれがあえてここでオリンピアーダ・ファーヴストヴナの名を持ちだしたんだ？」と、だれかの声が怒鳴っていた。

「それはその通りだ！　ここにオリンピアーダ・ファーヴストヴナがいたなら、彼女はお前の面《つら》を水に漬けることを許さなかっただろうぜ！」と、もうひとりが、おとらず断固とした声で答えていた。

「よくも貴様はこんな居酒屋みたいな所でおれの妻の名前を持ちだしたもんだな？」と、最初の声が主張していた。

「それはその通りだ！　たいへん頻繁に、貴様、ウォトカをひっかけたもんな！」

ミーチェンカはさらに先へ入ってゆく決心がつかなかった。で、ゆっくりとドアのほうへ引き下がりはじめた。彼には、だれかが抑えつけられたような声で、《助けてくれ》と叫んだような気さえした。しかし彼はこの状況を無視することにした。ただ彼のまわりで外套をもってせかせか動きまわっているドアボーイに尋ねた、

「きみたちのところでは毎日こんなふうかね？」

「毎日であります、閣下！」

通りへ出て、四方から新鮮な厳寒《マローズ》の空気に包みこまれたとき、ドミートリー・パーヴルィチはなん

だか安らかないい気分になった。まわりはひっそりとし、静かだった。ただ車寄せのところで御者台で御者たちが居眠りをしているだけで、時たまどこかのカザックが歩道を威勢よく駆けて、酒屋へウォトカを買いに急いでいた。コゼルコフは、自分がその晩に目にしたことから何らかの結論を引き出そうとした。しかし何も考え出すことができなかった。一方では、彼は、官房長の計画したプログラムの一つだに遂行しなかったことを、さとった。他方では、彼には、このプログラムは彼のどんな協力もなしにひとりでに遂行されるはずであるように、思われた。

《神の助けによって……》と、彼は思った。そしてまさしくこの時コーリャ・ソバーチキンの住まいと並んだ。

ソバーチキンの住まいは煌煌《こうこう》と照らしだされ、人びとであふれていた。おそらくそこでは本当の政治集会が行なわれていたのであろう、というのは、すべての《ちゃっかり屋》派と《むくどり》派の大部分さえもが顔をそろえていたからだ。ミーチェンカはぜひともそこへ行ってみたくてたまらなくなった。彼の心臓は拡張さえした。彼の頭の中では生き生きと空想がかけめぐった……自分自身がこの小さなソファーに座って、原則《プレンシプ》について演説を始めた、まわりでは《ちゃっかり屋》派が彼の言うことを傾聴している、のんきな《むくどり》派はおしゃべりしている、彼はすべてを話した、すべてを語った……

——したがって、諸君《メッシュー》! もしわれわれの前にある事業を権利の永遠の理念の見地から見るならば……

——コゼルコフは声に出して話しはじめたが、しかし振り向いて、人けのない通りの真ん中に自分ひとりを見いだした。

V—二 訳者注

（1） イワーヌィチ。父称であるが、父称だけで人を呼ぶ場合は、敬愛をあらわす。

（2） ブラマンジェ。牛乳をコンスターチで固めた冷たいゼリー。

（3） 《侯爵《マルキーズ》》派。ここでシチェドリンは、フランスの一八世紀の名門貴族（《侯爵たち《マルキーズィ》》とその優雅《グラース》な物腰）をまねたがっていた、農奴制擁護者の貴族階級のその一部を嘲笑している。

（4） 大皿に載せて票を持ってゆき。向こう見ずのやり方。秘密投票のかわりに、つまり、いろんな色の球（票）による投票の代わりに、自分の気に入りの候補者にそのグループでかたまってすべての球（票）を公然と、大皿に載せて持ってゆくこと。

（5） ニコラス・ド・ベゾブラーゾフ。N・A・ベゾブラーゾフ（一八一六—一八六七）。ペテルブルグの郡の貴族団長。一八五九—六二年の農奴制擁護者の反動的貴族層の指導者のひとり。ミシェル・ド・ロンギノフことミハイール・ロンギノフ（一八二三—一八七五）は、書誌学者、貴族団長、県知事、出版問題総局長官。猛烈な反動主義者。（ド、が入っているのは、フランス人名に入るド。貴族の家名を示す。）

（6） ミシェル・ド・カトコーフは、ミハイール・ニキーフォロヴィチ・カトコーフ（一八一八—八七）。前出。ロシアのジャーナリスト、時事評論家。《モスクワ報知》（モスコフスキエ・ヴェードモスチ）を一八五一—五五、一八六三—八七年主宰。一八六〇年代初めから反動派。

（7） S・S・グロメーカ（一八二三—七七）。時事評論家。一八五九年まで憲兵隊に勤めていた。

（8） エレミア。預言者。「マタイによる福音書」第二章第一七節ほか。

（9） ロトー。ビンゴゲームに似た賭博。

（10） アラクチェーエフ（一七六九—一八三四）。ロシアの政治家。前出。

（11） 《偶然ト愛ノ戯レ》。フランスの劇作家P・K・マリヴォー（一六八八—一七六三）の喜劇（一七三〇）。

（12） 《秘書ト料理人》。フランスの劇作家O・E・スクリブ（一七九一—一八六一）のボードビル。当時のロシアで人気があった。

（13） スクリブ。前注参照。

(14) マリヴォー。注(11)参照。
(15) ジョクリス。フランスの民話や喜劇の主人公で、うすのろ、馬鹿、間抜けを意味する。ロシアのイワンの馬鹿にあたるところ。
(16) 農奴制。一八六一年廃止。
(17) ユーピテル。ローマ神話の、雷霆《らいてい》の神。ジュピター。
(18) フィリーポフ。父称。フィリープィチの古い形。
(19) プレファランス。トランプ遊び。
(20) 貴族会。一七八五―一九一七。三年に一度開かれた貴族団の会議。県と郡にある。
(21) 扇動者たちのうちから。一八六二年のペテルブルグの火事の放火犯人だと反動的ジャーナリズムが宣伝した、ニヒリストと革命家たちをさす。
(22) ヤナマラシ。ユダがこの木で首をつって死んだので「のろわれ木」とされている。

三

ところでコーリャ・ソバーチキンのところでは実際にまったくの政治集会が開かれていた。そこに出席していたのは、セミオゼルスクのまさしくあらゆる色合いの若者たちだった。フクショーノクも、セリョージャ・スワーイキンも、小柄なド・サクレコケン子爵(1)も、背の高いフォン・ツァナルツト男爵もいたし、《へなへな脚》没落公爵もいた。《仲間でない者》のうちから参加を許されていたのは、ロジヴォーン・ペトロフ・フラモロボフだけだったが、それも主として気晴らしのためだった。そこにはファヴォリも潜りこんでいたが、しかしあまり話さず、もっぱら聞き役にまわっていた。

会議が始まった。暖炉にむかって円陣をつくって座り、原則《プレンシプ》について話しはじめた。

若いセミオゼルスクの人たちはたいへんな苦境におちいっていた。というのは、非常によく自覚していたからだ、もしも自分たちが自分の何らかの原則《プレンシプ》を考えつかないなら、自分たちはごく短期間のうちにどこへも顔を出せなくなるであろうと。

「しかし失礼だが、諸君《メッシュー》」と、やっとコーリャ・ソバーチキンが口を開いた、「わたしの意見によれば、きみたちは必要以上に困惑している！　わたしは思うのだが、原則《プレンシプ》というものはどんなものからでも作りだすことができる……定期的な風呂屋通いからでさえも！」

列席者たちは少し驚いた。

「それでもやはり、それは十字軍(2)というものじゃないだろう！」と、控え目にフクショーノクが言った。

「話の腰を折るな、フクショーノク！　諸君、きみたちも驚くな、というのはそこにはまったくどんな逆説もないからだ。原則《プレンシプ》とは何ぞや？　とわたしはきみたちに質問する。原則《プレンシプ》——それは総じて、個人にか、完全な団体にか、独占所有として属しているところの、そうした事の本質である。それは、もしこういう言い方ができるとすれば、イワーンが身におびる権利を持っていて、ピョートルが身におびる権利をもたないところの、標語、商標である。したがって、もしきみたちが風呂屋に行く独占的な権利を自分に獲得するならば、まさにこのことによってきみたちは身ぎれいになる独占的な権利をも獲得することは、明白である。人がきみたちを指して、こう言うことも、明白である、すなわち、《ほらあれは、風呂屋へ行く権利をもっている人たちだよ、それに反してほかの人たちは、彼らの同国人でありながら、自分の身から汚れをナイフかガラスでこそぎ落とすことを余儀なくされているのだよ！》きみたちが原則をもつであろうことは、明白である！　わかるね？」

《ちゃっかり屋》派は沈黙していた。彼らは理解していた、ソバーチキンの言葉はたいへん筋道が立っていること、論理の面からすれば言葉尻をとらえて言いがかりをつけることは出来ないことを、しかし同時に感じていたのである、その言葉のなかには逆説めいたような何か不適切なものがあることを。これはつねによくあることである、問題が偉大な原則《プレンシプ》にかかわるときには。その反対に、話題が卑俗なありふれた事柄にかかわっているときには、決してないことである。だから、たとえば、僕が机を見るとき、そこには何らかの逆説が隠れているとは、僕はどうしても言うことができない、僕が自分の前に何かきわめて軽いもの、たとえば、英雄的精神、敏捷さ、自己犠牲、自由主義的志向などのようなものを見るとき、僕の心の中にはつねに懐疑の虫が這《は》いこんで、《だってそれは人すきずきじゃないか！》という疑問の形で要約される。何のためにこれはそういうところに落ち着くのか——僕はよくは説明できないが、しかしこう考える、すなわち、貴族生まれの人びとがつねにそういう話題をもつためであると、つまり、その話題についてある者たちは肯定的に雄弁をふるえるだろう、またある人びとは否定的に雄弁をふるえるだろう、結果として……意見ノ衝突カラ真理ガ生マレルのである。今の場合もまったくその通りであった。《ちゃっかり屋》派は、ソバーチキンが正しい、と認めはしたが、しかし同時にフクショーノクの、《でもやはり十字軍はそれからは出てこないだろう！》という刺《とげ》のある言葉が知らず知らずに耳に響いたのである。ソバーチキンは、彼の言葉のあとに続いた沈黙を推察した。

「わたしはわかっている」と、彼は言った、「きみたちを十字軍が混乱させているんだ……シカシ合意ニ達シヨウ、諸君《メッシュー》！　わたしは、そうした歴史的先例《プレセダン》の重要さを否定する徒輩ではまったくない、しかし諸君に指摘させていただくが、もちろん十字軍には大群集が参加した、しかしはたしてすべての参加者が十字軍を引き合いにだす権利をもらったであろうか？　いや、その権利をもらったのは、勇敢ナル騎士タチだけであった！　きみたちは聞いている……きみたちは感じている、ここでも肝心なことは、まったく参加の事実にあるのではなく、その参加の事実を引き合いにだす権利にあるのだということを……。わかるね？」

ソバーチキンは列席者たちを重おもしく見まわした。《ちゃっかり屋》派はぐらつき、何かを理解しはじめた。

「アルコール飲料製造販売独占権[3]……」と、脚の長いフォン・ツァナルツトが物思いに沈んでつぶやいた。

「シカシアナタハ理解シマスネ、アナタ、わたしが風呂屋通いの権利を持ちだしたのは、何らかの宝ものの見地からではまったくありません！」

「アルコール飲料製造販売独占権が手に入れられたら為になるでしょうなあ……」と、もう一度前よりもずっと物思わしげにツァナルツトがくり返した。

「諸君！　六百年代には、小ロシア[4]では、ユダヤ人たちが権利をもっていたよ……」と、フクショーノクが言いかけてやめた。

「だからそれはユダヤ人たちだよ！」と、ソバーチキンが答えて、まったく寒けがするような視線を投げつけたので、フクショーノクはしゃがみこみさえした。

「諸君《メッシュー》！　フクショーノクの頭をたたき割ろう！」突然、《へなへな脚》没落公爵が、まるで、天から霊感に打たれたかのように、大声で叫んだ。

「いいぞ！　いいぞ！　フクショーノクの頭をたたき割ろう！」と、《むくどり》派がいっせいにくり返した。

「静カニ、諸君《メッシュー》！　きみたちの非常識な行為はわれわれの老人どもの食人種的な暇つぶしを思い起こさせる！　わたしは確信しているが、彼らはこの瞬間にさえクラブでウォトカをがぶ飲みし、だれかの頭をぶち割っているが——はたしてきみたちは彼らに追随したいのか！　ああ、諸君《メッシュー》、諸君《メッシュー》！　はたして実際にわれわれの運命は、われわれが話し合って決してなんにも合意に達することが出来ない、というていのものであろうか？」

この最後の言葉をソバーチキンが言ったその口調には、非常な悲しみのひびきがあったので、《ちゃっかり屋》派は知らず知らずに物思いに沈んだ。状況全体がなんとなく陰気なものであった。暖炉から青みがかった揺らめく光が四方へひろがっていた。通りからは何かうなり音が伝わってきた、風が人けの絶えた通りを王者のように飛びかけているともつかず、《老人ども》が酔いどれの群れをなしてそれぞれの家へ散ってゆくともつかぬような。降りしきる冷たい小雪が窓でぴしぴしと音をたて、まるで無数の蚊《カ》のぶんぶんという音で部屋の中が満たされているようであった……。

「諸君！　それでもやはり、何かでわれわれの問題を片づけなければならない！」と、最初にまさにかのソバーチキンが沈黙を破った、「わたしには思われるんだ、もしわれわれがこのたびも自分たちが自立した者であることを示せないなら、永久に取り返しのつかぬ形で不屈である権利を失うであろう！」

ファヴォリは、この時までかなりおとなしく片隅に座って、ある豪華な版画本をぱらりぱらりとめくっていたのだが、それが急に聞き耳をたてた。

「ノヴゴロドの人たちは、はい、はい、はいと、相槌《あいづち》をばかり打ったんだなあ！(5)」と、フクショーノクが陰気に言った。すると、突然、それに応じて、部屋のあちこちの隅から、「《ノヴゴロドノ人タチハ言ッタンダ、ハイ、ト、言ッタンダ、ハイ、ト、ソシテ自分タチノ自由ヲ失ッタンダ！》」フランス語が飛び、さらにドイツ語が飛んだ、「《ノヴゴロドノ人タチハ言ッタンダ、ハイ、ト、言ッタンダ、ハイ、ト、ソシテ自分タチノ自由ヲ失ッタンダ》」人びとの顔はつかのま陰気な表情から陽気な表情に変わった。

「わたしはやはり考えるものだ、問題の結び目はアルコール飲料製造販売独占権にある、と」ツァナルツトが真剣にずばりと言った、「酒は、諸君《メッシュー》、すべての手を解き放つような、産物である。一方では、酒の常用は道徳の掟によって禁止されている、したがって、酒の生産の制限はもっとも厳しい道徳家《モラリスト》たちの要求に矛盾するものではない、他方では——それは、必要であるばかりでなく、民族精神の要求にまったく合致しているところの、産物である。したがって、酒の正常で豊富な流通は長期にわたって保護されている！　これが、諸君《メッシュー》、わたしをとくにこの題目《テーマ》に固執することを強いているところの、論拠である！」

だが、この演説は、期待できたほどの好意的な作用は与えなかった、というのは、だれもがたいへんよく理解していたからだ、——ツァナルツトが言及したそのうまみある性格をアルコール飲料製造販売独占権に付与するためには、十分な資本金を所有しなければならなかったことを。しかしこうした資本金は、ツァナルツトを除いて、だれのところにも無かったのである。その理由は簡単である。そうした資金は大昔に栄光を受けるに値した先祖たちによっていろんな刺激的な娯楽に浪費されてしまっていたからだ。だから、何らかの独占的な権利の必要性が感じられたとしても、決してアルコール飲料製造販売独占権のような形のものではなくて、主として精神的哲学的基礎をもつであろうようなものの、必要性である（《ほら文句なしに面《つら》をぶん殴ってやることができりゃいいのになあ！》とフクショーノクはひそかに考えていた、しかし自分のその考えを口に出しては言わなかった）。この考えを完全に自家薬籠中《じかやくろう》のものにしていたのが、コーリャ・ソバーチキンである。

「わたしはアルコール飲料製造販売独占の特権についてのツァナルットの論拠にまったく賛成である」と、彼は言った、「しかしその特権はただ二番目の計画でのみ許容できるものである、言うなれば、ついでに、ということである。この権利は、あまりにもあからさまな利己的目的の刻印を身におびているので、直接そこから始めることは出来ない。わたしの意見によれば、われわれは何よりもまず、自分が無欲で自己犠牲的な人間であることを、示す義務がある。われわれは、われわれのうちに文明化の基盤があることを、感じさせなければならない。わたしは知っているが、現代の社会政治評論家のうちのもっとも有名人[6]がアルコール飲料製造販売独占の権利の重要性を否認しないでいること、それと同時に彼は何か別のもの、われわれの視線が主としてそれに向けられるべきものを、指し示している。この何かとは、すなわち、われわれがそれからすべての悪の治癒を期待すべきであるところの、貴重な万能薬であるが、それは、……自由主義的保守的党派の最良の人びとがそれを理解しているところの、その確実な意味における、自治《セルフガヴァメント》である！」

ファヴォリは特別に聞き耳を立てた。全体の賛同のひそひそ声が部屋の中にひろがった、ただし、実を言えば、ごく少数の者がソバーチキンの演説の真の意味を理解したのであるが。

「というのは、われわれがめざすべき主要な目的は」と、ソバーチキンは続けた、「それは、言うなれば、精神的なる原則を、自分の財産として獲得することだからである！　そしてそのあとでは……」

弁士はつかのま口をつぐんだ、まるで、彼が世間へ放出しようとするつもりであったあの甘味を、玩味《がんみ》するかのように。

「そしてそのあとでは、すべての他の諸原則も、自然な手順で、われわれのもとへ移ってくるであろう！」と、彼は小声で言い終えた。

《むくどり》派は急に元気づいた、そして、この論題は終わったと思い、例によって冗談を言ってふざけようとしかけた、しかしソバーチキンが彼らに秩序を守るように呼びかけて、続けた。

「この意味において」と、彼は言った、「われわれは明日から行動を開始しなければならぬ、しかも断固として一致して行動しなければならぬ！」

「だけど老人たちは？」と、列席者のうちのだれかが言った。

《だけど老人たちは？》というこの問いかけは、各自の心のうえを飛びすぎた。下馬評が始まった。提案がつぎからつぎへと続いた。ある者たちは言った、もしグレミキンを自分たちの味方に引きこめば、この戦《いくさ》は確実に勝つだろう、と。またある者たちは言った、《侯爵《マルキーズ》》派ともっと仲良しになって、《石頭》派の横暴に対して戦いを挑むことが必要である、と。ある声は《泣き虫》派に和睦《わぼく》の手を差し出そうと提案しさえした。しかしこの考えに対しては全員が断固反対した。

「思い起こしたまえ、諸君、だれがわれわれの球（票）を握ることになるのか！」《へなへな脚》公爵がいきり立った、「なにしろグレミキンが握ることになるんだからな！　グレミキンが！　このことをきみたちわかってくれ！」

「グレミキンを！――グレミキンを、諸君《メッシュー》、獲得しなけりゃならん！」と、《むくどり》派が叫んだ。

「ほらきみたちは気づくだろう、われわれが今度もただ球（票）を投げこんだだけで、何もしないで、散会するんだろうことが！」

「へえ、いや、そいつはまっぴらごめんだ！」

「諸君《メッシュー》！　ぼくにも意見を述べさせてもらいたい！」

「諸君《メッシュー》！　終わりまで聴いてくれ！　頼むから！」


ロシア人の感性にはははなはだ特有の、わいわいがやがやの喧騒《けんそう》がもちあがった。そのときボーイが、お食事の支度ができましたでございます、と告げた。で、すべての原則《プレンシプ》は完全に忘れさられた。ファヴォリはもっぱらこれを待ち受けていた、というのは、自分の独壇場は夕食会の時に始まることを、心得ていたからだ。彼は巧みにきわどい歌をうたった、歌いながらなんだか威勢よく頭を左右に回し、両肩を軽く動かした。すべてこれは諸原則の探求者たちにはたいそう気に入った、とはいえそれでも彼らがこの世で最上に評価していたのはカンカン踊りであったのだが。そして、実際、食事が出されるや否や、ファヴォリはだんだんと本領を発揮しはじめた。もう最初の料理のときに彼はたいへんシックに《関門デノ夕べ》を歌った。そして二番目の料理のときにはすっかり興奮して、食卓から離れ、ここはひとつグレミキンがカンカン踊りを踊ってみせなければならないところだと自分の考えている場面を演じてみせた。しかし、それをやってみせてから、彼は怖《お》じ気づき、意気阻喪《そそう》した、というのは、自分の大胆不敵さを知られたらグレミキンにどんな仕打ちをされるかも知れないということが、たいへんなまなましく想像されたからだ。しかしその想像は彼のフランス人的心のなかをすばやく通り抜けたので、この瞬間的な意気阻喪は、彼をいとも強力に占有した主要な心意気に、早々と席を譲ったのである、それは、自分がいい奴《やつ》であること、またみんなを楽しませるためならいつ何時でも自分自身の父親を生きたままで飲みこむ用意のあることを、みんなのひとりひとりに立証しようとする心意気である。コゼルコフさえこのユーモラスな練習にたまたま立ち会ったことがあるが、そのときでもファヴォリは必ずちょっと心臓がどきどきしたものだけれど。とうとう仕舞いには、彼は酔っぱらったふりをしさえした、それは、最終的に自分のもてなしのよい主人役たちから自分に遠慮する理由を奪い、同時に自分のために将来における若干の弁明の理由を確保しておくためであった。

「ところであんたはマーリヤ・ペトローヴナについてはどう思うかね？」と、彼に《むくどり》派がしつこく質問した。

「マーリヤ・ペトローヴナは、諸君《メッシュー》……これはわたしはきみたちに言おう……彼女のところには……」と、ファヴォリはしゃべった、そして、《むくどり》派と《ちゃっかり屋》派が満足のあまり息苦しくなったほどの、いやらしい言葉を口外した。

「ぼくにコゼルコフ自身が言ったんだよ！」と、ファヴォリが続けた、「彼は、なにしろ、諸君《メッシュー》、頭の働きは鈍いが、しかし好色だからなあ」

そしてこの夕べの集いはまさに早朝の祈禱《きとう》の時まで続いたのである、陽気に騒騒しく続いたのである。そしてあとでフクショーノクは、コゼルコフとマーリヤ・ペトローヴナについてファヴォリが語ったことを、長いこと忘れることができなかった。そして、自分の平和な郡にもどると、数か月かかって、グレミキンがカンカンを踊っているさまを、たいへんみごとに絵に描いた。偉大な画家は立派な模倣者をやはり見いだしたのである。

V―三　訳者注

（1）ド・サクレコケン。フランス語のSacré coquin から。いまいましいぺてん師の意。（つぎに出てくるツァナルツトはドイツ語の歯医者。前出。）これらの外来の名前で、フランス人やドイツ人を有難がるロシアの貴族層をシチェドリンは嘲笑している。

（2）　十字軍。西欧諸国のキリスト教徒が回教徒を侵略するため十一世紀末から十三世紀後半まで七回にわたって行なった遠征。

（3）　アルコール飲料製造販売独占権。酒類商業の一手販売の権利。一手販売人は金持ちの類義語。多くの貴族地主たちが、商人からこの権利を奪い取り、それを貴族階級の独占権にしようと夢想していた。

（4）　小ロシア。ウクライナの旧称。

（5）　ノヴゴロドの人たちは、はい、はい、はいと、相槌をばかり打ったんだなあ。ノヴゴロドは、八五九年から知られるロシアの古都。ここは、年代記の中に出てくる、ノヴゴロド人たちがヴァリャーグ人たちを統治者として招致して自分たちの自由を捨てた話の、パロディーである。シチェドリンの「ある都市《まち》の歴史」（一八六九—七〇）（シチェドリン選集第六巻未来社）の二五ページにもこの言葉が出てくる。

（6）　現代の社会政治評論家のうちのもっとも有名人。M・N・カトコーフ（一八一八—八七）をさす。彼の《自治》の着想は、イギリス憲法から借用したので、この自治が地主貴族層のみのものであることを、シチェドリンは皮肉っている。

四

時はどんどんと過ぎていった、だが会議[1]ではたえず調停員たちを《試験》していた。《ちゃっかり屋》派は理由もなく叫びたてていた、——現在《この》《重大なる時》には口論どころではない、必要なことは、原則の保護について考え、官僚にきつく反撃を加えることである、と、——だがだれも確信をもてず、黙らなかった。何よりも、さらに三年間その役職にすわりたかったプラトーン・イワーヌイチは、まったくそれなりの理由があって判断していた、——貴族の諸君が多くの時間をすごせばすごすほど、自分にとってはますますよろしい、なぜならその結果自分はつねに貴族たちには好ましいものとなるであろう、それに反してより重要な理由で、おそらく、他人の目をあざむく別の成り上がりたちも見つかるだろう、と。したがって、彼は、その数が急速に増えたきわめて熱心な試験官たちを、あらゆる方法であおりたてていた。で、その大半の試験官はあまりにも《試験》に熱中したので、試験はある程度芸術性にまで高められさえし、試験官たちは自分たちの質疑にさまざまな文学的諸形式を付与し、その諸形式を諸人物の中に描きだそうとする、といった具合であった。

「あなたはわたしを、手による制裁に訴えることを、余儀なくさせましたね、あなた！」と、ある者が雄弁をふるった、「わたしは生まれて以来、あなた！——聞いていますか？——生まれて以来指でだれをも触ったことはなかった、だがあなたのおかげで、いいですか、そうしなければならなかった、余儀なくされたのです、彼の顎鬚《あごひげ》を《軽く》引っ張ることを！」

「あなたはわたしを泥棒にした！」と、もうひとりが大声で叫んだ。

「このびんたがわたしにはどんなものであるか？」と、三人目が質問した。

「いや、きみたち思ってもみたまえ、彼がぼくに対して何をしたか！」(2)と、四人目が話した、「彼はこんなふうに座っている、ぼくはこんなふうに、そしてカーチカのろくでなしはこんなふうに立っている……。よろしい。ただ彼が彼女に話しているのが、ぼくの耳に入ってくる、あなたも、雌鳩《めばと》さん、座っていいんですよ……これはカーチカに言っているんだ！　よろしい！　ただぼくは、いいかね、彼を見ている、カーチカも見ている、彼にはふとそんな気もしなかったのだろうか！　全然そんなことはない！　平然と座って、顎鬚をつまんでいる、言うんだ、《お座んなさい、お座んなさい！》そうカーチカに言うのさ！」

「あなたはそんな行為をどんなふうに正当化するのですか？」と、厳しく貴族団長が言う。

「みなさん、わたしはここで善良で病身のわたしの妻に代わって苦情を表明させていただきます!」と、五人目が始める。

要するに、苦情と抗議がいつやむやら見当がつかないのである。調停員たちは息をはずませ、さげすむような表情を顔に浮かべているが、しかし内心は涙にくれている。時たまプラヴェドヌィーが蛇のようにしゅうしゅうという音を出している、《扇動者め!》と聞こえる、そして窓のほうをでもなければ試験を受けている調停員のほうをでもなく見ている、このしゅうしゅうという音は試験を受ける人には嫌な思いをさせる、火の上で白樺の樹皮がひわれるような音だ、しかし彼は言いがかりをつけることはできない、というのはプラヴェドヌィーはすぐにかかりあいにならぬように逃げるからだ、《これはわたしがただなんとなく、窓のほうを、ほら、見ていたら、なんとなく思い出されてね!》そこでまた調停員の心臓は血にまみれる。一言で言えば、このような状態だ——たとえ面《つら》を見せなくても!

「何のためにわれわれはここへやってきたんだろう!」と、《泣き虫》派がお互いのあいだで話し合っている。

「全員を一本のヤナマラシの木に吊るすんだ——それでお仕舞いだ!」そばを歩きまわっているグレミキンが大声でどなりつけ、泣き虫のひとりをついうっかり肘《ひじ》で突いた。

このときプラトーン・イワーヌィチの声が全体のざわめきを消してしまう。

「諸君!」彼は言う、「クリールキン氏を会議から除名するという提案が票決される! 投票用の球(票)をお取りくださいませんか!」

クリールキンは検事のほうを向き、法律を説明するように頼む、検事は立ちあがり、説明する。全体の騒ぎが生じる、《石頭》派は信じない、《ちゃっかり屋》派はせせら笑っている、《泣き虫》派は一時的に勝ち誇っている。

コゼルコフは自分の執務室からこの騒ぎを見まもっていて、愉快そうに手をこすり合わせている。

「しかし私は上手に彼らを笑いものにしたなあ！」と、彼は官房長に言う。

「わたしは、閣下、報告しましたです……」

「うん、それはきみはよくやっているよ、私の前できみの考えを述べていることは。しかし、むろん、私自身なら……」

要するに、わがドミートリー・パーヴルィチは、美男子になりさえしたほどに、陽気になったのである。彼は、浅瀬を探す必要性はもう過ぎたことを、みとめた、だからグレミキンをさえ敬遠しなかった、それどころか、彼とふざけた、それから全員のひとりひとりに信じこませたのである、《もし彼(グレミキン)としっかりと仲良くなるなら、彼はまったく恐ろしいことはなく、まったくお人好しである！》ことを。

それればかりでなく、彼は何らかのいたずらをする欲求を感じた。これはよくあることだ。人間を四方から幸運がとらえはじめるとき、彼の肩甲骨のところに、まるで彼をどんどんと、どんどんと空へ舞い上がらせるような何か翼のようなものが伸びてきたかのようなとき、彼の心のなかにはやはり何か疼《うず》いたりむずむずしたりするようなものがあるのだ。まるでこう言っているかのように、《これこれのイワーヌィチ某《なにがし》だんなさんが座っていることも立っていることもできぬような、そんなちょうど具合がいいものを、兄弟、お前、作んなよ！》実際に人間は全部の自分の限界を満たすまでは、貧しい心は落ち着かぬものだ。

コゼルコフにはもうずっと前からプラトーン・イワーヌィチが気に入らなかった。彼らがお互いのあいだで見解が一致しなかったというわけではない――その両者ともに何に対してもいかなる見解ももたなかった――しかしドミートリー・パーヴルィチにはなぜだか、プラトーン・イワーヌィチがどうも自分に暴言を吐くらしい、と絶えず思われたのである。コゼルコフはもともと何を欲していたのか？――彼は、プラトーン・イワーヌィチが自分の親友となることを、プラトーン・イワーヌィチが自分を尊敬し、自分に対して愛を告白することを、プラトーン・イワーヌィチが自分のところへ《実は、閣下、わたしはこんな苦境に立たされているのであります》と助言を求めにやってくることを、欲していたのだ。だがそうするどころかプラトーン・イワーヌィチはこわい顔をしてこちらを見、絶えず、何の理由《わけ》もなく、何やら《とんまたち》について言及した。これらの言及の一つ一つが溶かされた錫《すず》のようにコゼルコフの心にしたたった、そして、彼の生まれつきの快活さの性向にもかかわらず、事態は時として、彼が自分の敵を八つ裂きにする覚悟ができた、ほどまでに達した。むろん、八つ裂きにしたくても彼は八つ裂きにすることはなかった、しかし憎悪がついに彼の内部にかなり根づいてしまい、自分の小さな事をしでかすために、もっぱら好機を待っていた。

　現在のこの瞬間《とき》が好機のように見えた。懸念は過ぎた、障害は予見されなかった、で、コゼルコフは危険なしに敢行することができた。期限までには二日しか残っていなかった、明日は郡の選挙が行なわれるはずである、明後日にはもっとも本当の、決戦(3)が指定されていた。

　コゼルコフはこのため協議をした。

「あのプラトーンめが……邪魔しておる！」と、彼は言った、そして官房長をじっと見つめた。

「なにせ割札を施されていない男でございますからな」

「私は、いいかね、考えているんだよ、彼は全体の利益を大いに損なう、とさえ！」

「いちばん悪いですな、閣下！」

「というのは、たとえばこの私を例にしてみよう！　私は好意をいだきやすい人間だ！　私は率直に言うが、私は好意をいだきやすい人間だ！　しかしそれにもかかわらず……私がこの乱暴者と交渉をもつとき……私はわからなくなる……だめなんだ！」

「あなたは、閣下、あの方に思いがけぬ贈り物をなさいませ！」

「そうなんだ、私もそのことは思いめぐらしているところだがね！」

「あなたは、閣下、こうされたらどうでしょう、明日、郡の選挙が終わったら、あなたは夕べの舞踏会であの方のほうにお近寄りなさいませ、そしてみんなのいる前でこうおっしゃいませ、《プラトーン・イワーヌィチ、あなたに感謝しますよ、あなたがこの重要な事で私の意図に沿って行動なされたことに！》すると、貴族のみなさんもこれに倣《なら》って行動されるでありましょう」

「素晴らしいことを考えるんだねえ、きみは！　実際！」

「それはその通りでございますよ。あの方はこの点に関しては単純でございますからな」

コゼルコフはさらにいっそう陽気になった。彼はこの一日をすべて、また翌日の朝も、あちこちを訪問することに使った、そしてどこでも言った、どんなに自分が《いとも尊敬すべき》プラトーン・イワーヌィチに満足しているか、また自分がどんなに、この立派な人物がこの先三年間にわたって貴族のみなさんの高い信頼を確保することを、望んでいるか。

「ご自身同意なさるでしょう」と、彼は話した、「ほらいまわれわれのところでは選挙があるわけですが――どうして私が、私の業務に当たって、このような大規模な仕事を運営してゆけるでしょうか？

だが私は、その場合、私のところには誠実な人物がいることを、知っていますから、私は安心しておられるのですよ！　私は確信しているのですよ、その場合は、私の利益に反するようなことは何も行なわれないであろうことを！」

　コゼルコフはこのようにして主として奥様方に話したのである、家では夫たちを決して見つけることができなかったから。奥様方は、むろん、すぐさま夫たちに伝えた、そして言うまでもなく、コゼルコフの言葉をすっかりごっちゃにしたので、だれがだれについて話したのか、コゼルコフがプラトーン・イワーヌィチについて話したのか、それともプラトーン・イワーヌィチがコゼルコフについて話したのか、弁別することさえ出来なかったものだ。しかしこの事情は事を損なわなかったばかりでなく、それどころか、事の成功を助けたのである、なぜならこの事情は夫たちの半分の、好奇心を刺激し、彼らの心を流言の受容に準備させたからである、しかし流言そのものは当分のあいだまだ外に現われないでいた。ついに夜会が始まった、その夕べの時にこの一切が行なわれるはずであった。

　クラブの広びろとしたホール全体が光にあふれていた。たいへんな数の燈されたろうそくとおおぜいの人びとのせいで雰囲気は蒸し暑く、湿っぽい。美しさか、あるいは物腰のなれなれしさで際立ったご婦人がたのまわりに、すばやく若者たちの完全な輪がいくつも出来あがった。令嬢たちが列をなしてホールを歩きまわり、たいへん頻繁に化粧室に走り去る、そして、そこからもどると、何事かささやき合い、くすくす笑っている。フォン・ツァナルツト男爵夫人は、背が高く、すらりとして、華やかで、断然すべての男たちの心を引きつけている。彼女は豪華な黄色のドレスを着ているが、それは彼女の浅黒いかど張った表情豊かな顔にたいへんよく似合っている。彼女のまわりではため息をつき情熱に身を焼いている《ちゃっかり屋》派の完全な群れがしきりに同じことを繰り返している。ある隅にはもの憂げなペルワギナ夫人が座っていて、セリョージャ・スワーイキンの言葉と視線に作用されて何だか熱い息をしている。彼女は幸福なのだ、おそらくここに居るすべてのご婦人がたのうちでこの女《ひと》ひとりが男爵夫人を羨《うらや》んでいないだろう。《石頭》派はだれも見かけない。彼らは時たま奥の部屋からホールをのぞき、ちょっとだけ戸口の近くに立ち、あくびをしながら、《なにしろこれがみんなわれわれの仲間だからなあ》と思う、そしてほかならぬクラブと呼ばれているあのぽっかり口を開けている深淵の中に消えてゆく。《侯爵《マルキーズ》》派は全員ホールに顔をそろえ、人びとに自分たちの優雅《グラース》な物腰を披露している。楽団は息が合い、月並みな駐屯軍のハーモニーの、完全な流れでホールをあふれさすべく、もっぱら合図を待っている。士官さんがたは手袋を引き伸ばしてはめている。

突然、すべてのこの人びとがぐるぐると回りだした、それといっしょに熱い空気も軽く揺れはじめた。《ちゃっかり屋》派は堂堂とワルツを踊りだす。《むくどり》派は跳びはねたり、体をくねらせたりしている。フクショーノクは、身長が低いくせに、自分のパートナーの女性の肩に手を触れようとむなしい努力をしているように見える。《へなへな脚》没落公爵はあまりにも身をかがめたので、遠くからは完全な折りたたみナイフのように見える。ツァナルツトはパートナーに令嬢たちのうちからあるティーン - エージャーを選びだし、少女と一つところで足踏みをしている、まるで、《ね、かわいいひと、ほらこういうふうに足をもっていく、ね、それからこういうふうにね！》と言っているようだ。ペルワギナ夫人はワルツは踊らないで、言うなれば、うっとりとしている。

「あすの朝おいでください」と、彼女は自分のパートナーの男性、スワーイキンに耳打ちしている、「わたくし、絵をお見せしますわ……」

しかしとうとう、また、音楽がやんだ。令嬢たちはすぐさま化粧室に突進していった、そして、それからまもなくそこから無邪気なくすくす笑いが聞こえはじめた。男爵夫人はふたたび、完全な人群れに取り囲まれて、ホールの中央に立っていた、そして時どき入り口のドアのほうに眼を向けた、だれかを待っているみたいに！　読者よ！　ああ、僕は告白しなければならない、彼女はコゼルコフを待っていたことを！　さよう、ほんの七日か八日のあいだに多くのことが変化してしまったのだ、男爵夫人は、行政官の誘惑が内部から細い流れをつくってしたたらせている魅力に、抗することができなかったのである。彼女だけにはコゼルコフは自分の意図を隠さなかった、そして彼女を忠実な協力者にしてしまいさえしたのだ、男爵はあまりにも控え目すぎること、彼次第であろうことなどを、至極巧みに示唆したのであったが、そのさいコゼルコフは男爵夫人をまさに食い入るように見つめたので、彼女は同時に恐ろしくもなり、心地よい気分にもなったのであった。県の祝典と崇拝の、完全な連鎖が、一瞬のうちに彼女の想像のなかで飛び過ぎ、刺激性の県の芳香の、完全な雲[4]が、一度に彼女に押し寄せて、彼女の頭をもうろうとさせたのであった。そして、エストラントのぱっとしない住人が妻の試練に対していかにつっぱろうとも、ウォトカ蒸留業の業務が彼を村に常時滞在を要求していることを、いかに立証しようとも、エヴァ[5]の狡猾な娘は彼の堅固な頭骨に穴をあけてしまった、そして失神、けいれん、その他の不可能なことのない女の執念によって、夫を降伏させてしまった。

ついに、コゼルコフが現われた、体ぜんたい喜びに満ち、まるで輝きさえしているようだった。彼はまっすぐ男爵夫人のほうへ足を向けた、そしてこのとき楽隊がカドリール[6]の前奏曲を演奏しはじめたので、ふたりはペアを組んだ。彼らの向かい合わせは、コゼーリスキー伯爵と魅力的な貴族団長夫人だった。

「閣下、始めてよろしいでしょうか？」と、突然、コゼルコフの耳の上で、同時にダンスの進行担当者でもあった大隊指揮官が、大きな声で言った。

コゼルコフは身震いした、そして優雅に男爵夫人のほうへ身をかがめた、男爵夫人のほうは、勤勉な指揮官に、あざ笑うともつかず、同意を示すともつかぬ視線を投げた。指揮官はハンカチをひと振りした、二組のペアは軽く揺れはじめた。

「彼は承知しましたわ」と、男爵夫人が言った。

「するとつまり、あなたはこの快い夕べを若い人たちや伯爵とともにいるしかないのですね」

「で、あなたは?」

「私は自分の仕事をするでしょう……しかし、男爵夫人……」

ミーチェンカはため息をついた、まるで彼はたいへん暑かったかのように。

「ほかには何か?」と、男爵夫人が問いかけた、そして、彼のほうへ向くと、その美しい顔ぜんたいでほほえんだ。

しかし彼は答えず、ずっとため息をつき続けた。

「なんてあなたはまだ少年《こども》なのねえ、それにしても!」

「男爵夫人!」やっとのことコゼルコフはうめき声を発した。

「黙ってなさい！　あなたはまったくとんでもない雄弁さでわたくしを見ているのよ、ごくごく勘がにぶい人たちでも、そんな人たちでもやすやすと確信できるほどの！　むしろドウデモヨイコトをお話ししましょうよ、そのあとはこの夕べはずっとわたくしをほうっておいてちょうだい」

「私は、男爵夫人、家《うち》へ帰ります」

「それは残念ね、でもそうしなければならないのなら……でも、わたくしも思いますわ、そのほうがよろしかろうと……」

このときプラトーン・イワーヌィチは、むろん、何らかの襲撃あるいは悪だくみをまったく予測しておらず、トランプ・ゲーム用室の一つに、信奉者たちに囲まれて、落ち着きはらって立ち、あすの自分の勝利の喜びを今のうちから味わっていた。彼は原則についてわずかでも論じ、《ロシア人的ふざけ口調》で官僚をこきおろした、そして彼の考察は特別に愚かしかったけれども、しかしそれは、彼に応えて愛想よく鼻息をたてていた《石頭》派を、満足させていた。要するに、プラトーン・イワーヌィチは勝ち誇っていたのであり、市中では、選挙の締めくくりとして貴族団長が用意していた、何かけたはずれの牛飲馬食のようなものについて、うわさがもう駆けめぐっていたのである。

このような時にまさしくこの部屋に、ドミートリー・パーヴルィチ・コゼルコフがまっすぐプラトーン・イワーヌィチのほうへ近づいた。

「みなさん！」と、彼は興奮のあまりやや震え声で言った、「私はこの機会を利用して、みなさんの面前で、いとも立派なるプラトーン・イワーヌィチに私の真率なる感謝の念を表明するものであります。プラトーン・イワーヌィチ！　私は、貴族のみなさんのこの会議のような重要な状況の中で、あなたがまったく私の信頼にこたえられたことを、認めることは愉快であります！　あなたはまったく私の意図と計画に従って行動されたばかりでなく、言うなれば、好意的にそれらの先取りをされた。もう一度、感謝します！」

プラトーン・イワーヌィチは興奮して何も理解しなかった、そしてコゼルコフが彼に差し出した手を、感情をこめて握った。周囲の人たちは、大部分が、感動した、しかし一部分をもう何かがいらだたせた。自分の演説を終えると、コゼルコフは急ぎ足でクラブをあとにした。

グレミキンは、いわゆる、怒髪天を衝《つ》いた……

――

翌日には、まさにその朝から市中にはもう、フォン・ツァナルツト男爵の候補について、成功の見込みがもっとも大きい、といううわさが流れていた。そして実際に、午後四時までにはこのうわさが完全な実現をみた。プラトーン・イワーヌィチは、例のごとく、取り囲まれ、貴族階級のためにもう一度自分を犠牲にするよう頼まれた、しかし彼が立候補する覚悟ができていることを表明したとき(そのさい泣きだしさえしたものであるが)、いつもと違って彼は落選の憂き目をみたのである。コゼーリスキー伯爵はふたたび大多数の得票で県立中学校の監督官に選出された。

プラトーン・イワーヌィチの思いついたけたはずれの牛飲馬食は行なわれなかったことを、ここに付け加えることは余計なことであると思うものである、そして都市《まち》は、二日ばかりしたら、その単調な、ひっそりとした相貌《かお》をとりもどしたのだった。

僕は喜んで締めくくりとして描写するだろう、いかにコゼルコフが、自分がメッテルニヒであることを、最終的に確信したか、いかに彼がペテルブルグへ行く支度をしたか、いかに彼がそこへ出発し、道中で何を考えたか、いかについに到着したか、僕は喜んで、彼が鉄道の車両内で自分の偉業について何を話したか、ということにさえ言及するだろう(それほどまでにこの《現代の英雄》の人生におけるすべてが僕には非凡なものに思われるのである)、しかし差し控えることをよしとするものだ。

V―四　訳者注

(1)　会議。貴族会議をさす。

（2）　カーチカ。女の名エカテリーナの卑称。

（3）　決戦。全県貴族大会の時には、最初に郡の貴族の自治機関の選挙が行なわれ、そのあと県の選挙（貴族団長、県立中学校の監督官など）が行なわれる。

（4）　エストラント。エストニア北部の歴史的呼称。一七八三年から一九一七年まで、ロシアのエストラント県。

（5）　エヴァ。人類最初の女性で、アダムの妻。

（6）　カドリール。二組のペアが向かいあっておどる踊り。

VI 《彼女はまだ辛うじてしゃべることが出来る》(1)

一

ペテルブルグにしばらく滞在すると、コゼルコフは最終的に確信した、——事をよく進めるためには、もっぱらみんなを満足させねばならぬ。だがみんなを満足させるためにはみんなを魅惑しなければならぬ。だがみんなを魅惑するためには、必要なのは——嘘をつくというわけではないが、だれも何も理解しないように、説明することである。するとあらゆる者が舌なめずりするだろう。コゼルコフは思いだした、——あらゆる現象がいくつかの面をもっていることを。一方では——これこれしかじか。他方では——これこれしかじか。また一方では——これこれしかじか。そして、たといそれとそれを考慮に入れるとしても、——これこれしかじか。結局、結論としては——これこれしかじかである。さよう、おそらく、やむを得ぬ場合には、《結論》なしでもすますことができるだろう、そして《魅惑》はこのために損なわれることがないばかりでなく、ますます強く作用するだろう、それは、あらゆる種類の面がより多く開かれれば開かれるほど、またそこから結論がより少なく引き出されれば引き出されるほど——そうだろう。なぜなら、このようにして聴き手は絶えず、言うなれば、支配下に置かれるのであるから、絶えず何かを待っているのであるから、絶えず何かを受容しているらしいのだから、そして同時にどんなやり方によってもその受容されたものを奪いとることは出来ないみたいなのであるから。

コゼルコフはなんだか話しぶりが違ったふうになりさえした。以前には彼は羞恥心をもっていた。よくあったことだが、自分で馬鹿げたことを言うと、すぐにみずから口をあんぐり開けた。今では彼はまるで話をさえするのじゃなく、うなっていたかのようだった。ふんだんに、よどみなく、リズミカルに、まるで音調を上げ下げもしない蠅《ハエ》のように、魅惑するのに必要であっただけの時間に応じて、疲れを知ることなく一時間でも二時間でもうなりつづけた。——自信たっぷりに、言うなれば、理にかなった表現で、自分が何についてうなっているか細部にわたって理解している人のように、うなった。そしてそのさい聴き手に反論するいかなる余地も与えなかった。そしてもし聴き手がどうにかしてうまく自分の言葉をさしはさむことが出来たなら、ミーチェンカはそのことにもうろたえはしなかった。反論を十分に聴くと、彼の意見に同意した、そしてふたたび、何事もなかったかのように、うなり始めた。実際、彼の言うことを聴いているうち、聴き手は時間の流れとともにだんだんとまるで催眠術の眠りの中へ落ち込んだようで、すべての知的能力の同時的な障害を伴う弛緩《しかん》の徴候を感じはじめた。彼には思われたものだ、——自分がどこかへ泳いで行くように、自分を何かが持ちあげているように、自分の前方には光のようで光ではないもの、あるひそやかな快楽のようなもの、それがひそやかであるからこそ心地よいもの、それはじかに味わうべきで、分析すべきではないようなものが、ちらちらしているように。

ミーチェンカの体型そのものが変化した。彼は、最初の状態では、背は高くなく、やや猫背気味であったが、今は、いわば美男子になり、過度にすら、背がまっすぐになった。以前には彼の顔には何かあまりにも滑稽なものがあったから、だれでもしきりに彼のおもちゃを取ろうとしたり、彼の鼻から《洟《はな》》をちゅんとかんでやろうとしたり、総じて彼の顔に何か損害を加えようとした。――が、今はこれも消えて、その代わりに生じたのは、ある種の物思わしげな、悲しげな、ほとんど公民的な表情だった。確かに彼はまさにいまも何かについて考えていた、そしてまだ考えなければならない、ずっと考えなければならない……際限なく考えなければならない、という楽しくない結論に達した。物腰にしても、彼は好意にみちた、しかし節度ある物腰を身につけた。例外なくすべての者に手を差し出したけれども、しかしこの行為を彼はすこぶるデリケートな慎重さで行なったので、彼がかかわった人物は、恐縮するか、吹き出すかしかなかった。

政府の措置に対してはミーチェンカは批判的な態度をとりはじめた。まだ多くの事が改善の余地がある、しかし、むろん、全部を、一挙にやりとげることはできないが、しかしながらいくらかの事を批難するくらいはさしつかえはあるまい、と考えていた。しかしこの場合も彼は、実践が理論をいちじるしく手直しをするであろう、と期待していた。そしてこの実践ということを、自分ならびに、ロシア帝国全土に散らばっている他のコゼルコフたちの、意味でとらえていた。『すべての核心は、きみ、執行者《モン・シェール》にあるんだよ』と、彼はこれをよい機会に自分の理論を発展させた、『もし執行者たちが立派であるなら、要するに（真ノ言葉デ）、もし彼らが傾向をもっているなら、各人が法律である』……

もう鉄道の車両の中に足を踏み入れたまさしくその瞬間から、彼は、その思慮深さ、判断の円熟、そして言わば献身的な反抗で、みんなをひどくびっくりさせはじめた。第一に、彼はそこで自分の親友であり同僚であり同期生でもあるペーチャ・ボーコフと出会ったが、このペーチャもまたモスクワ方面へ行く途中だった。言うまでもなく、思想の交換が生じた。

「きみは自分の家《うち》へ？」

「うん、きみも自分の家へ？」と、今度は逆にペーチャが訊いた。

「うん。ころあいだ。仕事をしなけりゃならん」

ふたりの親友は黙った。そして恥ずかしい思いをしたかのように、大地のほうに眼を凝らした。ふたりの車内の旅仲間たちは互いに目配せした。やや経験の浅いある者たちは、自分たちと旅行しているのは、変名をつかった二頭の中年のチンパンジーで、いま自分たちの群れにもどって行くところだと、結論した。やや経験の深くて特に地主出の別の者たちは、すぐに、問題は何にあるか、察知して、あるいはミーチェンカのほうを見たり、あるいはペーチェンカ[2]のほうを見たりして、《やあ、何だ、これはおれたちの仲間のようだな？》と思った。

「ぼくが何を考えているか、わかるかね？　ぼくは考えているんだ、地方長官[3]の義務はまったく不合理なものだと！」と、そのあいだにミーチェンカが、急に恥ずかしがるのをやめて、続けた。

ペーチェンカは答えとして何かわけのわからぬことを言いたてた。旅仲間たちはまた互いに目配せした。経験の深い者たちは自分に言った、《そうか、そっちがあれで、こっちがおれたちの仲間だ！》経験の浅い者たちは、《おやまあ！　なんといまどきは、チンパンジーも立派になりはじめたもんだな！》だが、一等の車両内で何が行なわれているか、見るために、思い切って六ルーブリ余分に出した、人口調査部顧問官ヤドリシニコフが、ミーチェンカをまったく敬意にみちたまなざしで見たので、ミーチェンカは満足のあまり腹が張りはじめたほどだった。

「ぼくは、地方長官は言うなれば内政のみに専念しなければならない、と考えているんだよ！」と、ミーチェンカは空理空論を並べたてつづけた。

「当節は、閣下、その仕事は佐官[4]たちがつかさどっております！」と、ヤドリシニコフが口をだした。そしてすぐに、自分の発言がミーチェンカの気に入ったかどうか、疑念を抱いた。しかしミーチェンカは腹を立てなかったばかりでなく、彼を好意のこもった目で見さえした。

「私はそのことを言っているのではありません」と、彼は答えた、「私は、地方長官たる者はみんなの模範となるべきであって、それ以外の何ものでもない、ということを言っているのです。ところが、たとえば、私の立場を思ってもみてください、あるとき私はたまたま——文字ドオリ、たまたまですよ！——ある兵隊の妻の寡婦証明書交付についての問題を解決することになった！」

「いっそぼくがきみに言おう！」と、ペーチェンカが割りこんだ、「ぼくの前任者はこういうことを始めていたんだ、すべての下級の役所はペン、糸、その他の事務用がらくたの購入についての案件を彼に提出して承認を求めるようにという！　もちろん、ぼくはこれを廃止したよ、しかし、きみに訊くが、ぼくの前任者はあきれたやつかね！」

「ぼくは言った、そしてくり返すよ、われわれが仕事をすることを、きみらが望むなら、われわれの束縛を解いてくれ！　われわれの束縛を解いてくれ！　ぼくはくり返すよ、なぜなら、手を縛られた人間に、彼に行動することを要求することは、結局、奇妙だからだ！」

こんな調子でコゼルコフはかなり長いあいだ話し、締めくくりとして断固として自分は、養液をすっかり乾かす無益な中央集権に反対するものであると宣言した、そして、もしこの制度が続くならば、《かつては豊穣だったロシアの平野がほんとうにじきに荒野に変わるだろう》と、脅した。

「われわれに行動する可能性を与えなければならない」と、彼はつけ加えた、「地方長官は自分の家の主人であること、自分の行動において自由であることが、必要である。ナポレオン(5)はこのことを理解していた。彼は理解していたんだよ、県知事たちが激情を鎮圧する完全な自由を与えられるであろう、その時にはじめて激情は静まるであろうということを」

「ぼくは完全にきみと同意見だ」と、ペーチェンカが感情をこめて応答した。

僕は、ほかの乗客たちがコゼルコフと意見が一致したかどうかは、知らないが、しかし僕としては、彼の計画を実行に移すにあたってはいかなる障害にも出会うことはないことを、言明することを急ぐ。ただモスクワへの到着がコゼルコフの雄弁の流れを押しとどめた。しかしそこでも、車両の中から出ながら、彼は自分の親友、ペーチェンカに大声で言った、

「ぼくは思うんだよ、きみ《モン・シェール》、われわれはここの社会政治評論家たちと協定してもさしつかえはないであろうと！」

だが、彼は社会政治評論家たちのところへは行かず、ぼくの伯母さん《マ・タント》セリジャロワのところへご馳走になりにむかった。そして食事中、地方分権の必要性について、また地方分権はまだ分離主義(6)ではないことについて蘊蓄《うんちく》のある会話ですべての人をすっかり魅惑してしまったので、若くて愛らしい従姉妹《いとこ》のヴェーラはたまらなくなって、彼の眼をのぞいて言ったものである、

「まあ、それにしても、ミーチェンカ、あなたは、随分、賢くなったのねえ！」

Ⅵ—一　訳者注

（1）《彼女はまだ辛うじてしゃべることが出来る》。A・N・マーイコフ（一八二一—九七）の詩（一八五七）の最初の行。

（2）ペーチェンカ。ピョートルの愛称。前出のペーチャは略称。

（3）地方長官。県知事をさす。

（4）佐官。一八六七年まで各県に憲兵隊――皇帝直属の秘密警察第三課の直属機関――の佐官が配置され、政治警察を指揮していた。

（5）ナポレオン。ナポレオン三世ルイ－ボナパルト（一八〇八―七三）。一八五二年から七〇年までフランス皇帝。とくに革命家たちを抑圧する目的で各県知事の行政権をいちじるしく拡大した。

（6）《分離主義》。国家からの分離独立をめざす民族的少数の政治運動。自治を夢想していたポーランド人、ウクライナ人、シベリアの〈地方分離主義者〉をロシア帝国政府は厳しく弾圧し、地方の知識人たちを逮捕し、流刑に処した。

二

《我が家》に着くと、ミーチェンカは《忠実な者たち》の群れに迎えられた。まだ自身がペテルブルグへ出発するまでに、彼は少しずつ自分のまわりに若い官僚たちの完全な世代を結成していた。彼らは、しゃれた背広服を着て、何日もあちこちを訪問してまわり、フランス語の抜群の知識でご婦人がたをうっとりさせ、至極ひどい嘘をついたりすることで、際立っていた。この家の子郎党《カマリリヤ》(1)の先頭に立っていたのが、事務局長で、この人物は年齢的にはまだ若く、神学校出だったけれども、しかし、利口な人間として、全体の流れのあとについて行かざるを得なかった。ミーチェンカはこの若い人たちを自慢にし、彼らを自分の親衛隊と呼んでいたが、しかし市中ではこのメンバーは一様にある時は《ひよっこ》ある時は《子豚》と呼ばれていた。

今日ではこうした官僚たちがかなりたくさん増えた。高官たちは、イギリス人ふうの分け髪について明確な知識をもっていたであろうしまた態度のなかに優雅さを示していた若い人たちで、自分の周囲を固めることについて、根気よく心を配っている。これは、彼らの意見によれば、行政を高め、行政に一種の華を添える。一部の高官たちはつぎのようなふうに自分の肖像写真を撮《と》らせさえしている。すなわち、中央に若い高官が座っていて、その両側に若い下僚たちを座らせているのだが――まったく、このグループならどこへ出しても恥ずかしくはない、ということになる! 高官は普通、何かを説明しているもののように見える、下僚たちは何かを理解しているもののように見える。何を高官が説明し、何を下僚たちが理解しているのか――これについては今日に至るまで一人の写真家も解明することができなかった。だが僕は、これは彼らの側からしかけた恥知らずな欺瞞《ぎまん》である、とあえて推測することもどうしてもできないのである。

かくて、《忠実な者たち》が群れをなしてミーチェンカを出迎えた。昔なら将官相当官ヴィスロウホフ某がはらはらと涙を流すにとどめたであろうが、しかしミーチェンカは、現代人として、演説をぶった。彼は言ったのである、

「現下では、諸君、私は、これまで以上に、きみたちの熱心さを必要としている。かつては私は多くのことを予見していた、が、今は――確信したのである。見通しは完全に明らかになった。われわれはただ将来の運動の計画について取り決めなければならない、――この計画については適当な時に私からきみたちに知らせるであろう――それゆえ一致団結して共通の全体の目的にむかって自分たちの努力を集中すべきである。労苦は軽微なものであろう、と私はきみたちに約束はしない、その反対に、労苦は非常に重いものでさえあろうことを、私は隠さない、しかし、神の助けによって、われわれは障害を克服し妨害をはねのけてゆくことを、私は期待する。大切なことは、諸君《メッシュー》、――つねに守

りについていることである。きみたちは、言うなれば、社会的平穏の舵《かじ》を握る立場に立たされている、だがその社会的平穏は——少なくとも、私の意見はこのようなものだが——強度に社会的福祉と結びついている。一方では、何物も、全体の平穏ほどに善意の人間労働を、保障しているものはない。他方では、善意の人間労働ではなくて、何がわれわれに平穏を保証することができるであろうか？　これらの二つの偉大な社会的原動力は不可分のものである（ミーチェンカはそのさい両手の指を組み合わせ、両手の指を引き離すことができない動作をした）、そしてもしわれわれが観察力の鋭い眼で事を見るならば、両者の密接な結合の中にわれわれの輝かしい未来の基《もと》があることが、わかるだろう。それにもかかわらず、対象を公平に見るとき、私は言わざるを得ないのである、われわれにはまだこの意味では多くの何やかやが足りない、と。もし一方ではスラヴの自堕落さを考慮に入れ、他方では時を決して失うべきではないことを考慮に入れるなら、われわれは、事は待たない、事にはただちに取りかからなければならない、という結論に自然に達するだろう。嗚呼《ああ》、ポストゥムよ、ポストゥム(2)よ、と古代の詩人はこうわれわれに警告している、われわれも彼の助言を利用しない権利をもたない。かくて、諸君、元気と勇敢さである！　いっしょに働こう、いっしょに期待しよう。私としてはつねに、きみたちも知っているように、最高首脳部に対してもっともふさわしい地位のことで奔走する用意がある」

再会後のはじめての、ミーチェンカの導入部の演説は、このようなものであった。事務局長はすぐにその演説の美点を判定し、この演説は主語もなく、述語もなく、連辞もないが、しかし《忠実な者たち》は理解した、と言った。僕としては、事務局長の意見に賛成ではあるけれども、しかし、このような種類の雄弁はわれわれの貧困さにもかかわらず、真の幸福と肯定的な手段をなすものである、と思うものだ。この雄弁の助けを借りれば官僚的管理をすることはできる、雑誌(3)を発行することはできる、霊魂の不滅についての完全な論文(4)を書くことさえ出来る。けっこうなことだろう。

　もちろん、もしもわれわれに他の手段があるなら、もしもわれわれが、少なくとも、実際に何かを言うことを願望しているなら——その時には問題は別だ、なぜならわれわれは何も言いたくはないではないか、ただこうだ、言葉を喉頭から無駄に放出しているわけだ、というのは舌の上に瘤《こぶ》ができているからだ。したがって、その場合、主語もなければ述語もなければ連辞もない演説はまさにうってつけというものだ。第一に、言葉の流れの豊富さは聴き手を騙《だま》すことができる、第二に、聴き手が騙されないならば、何を彼はするであろうか？——唾《つば》を吐き、立ち去るだけのことであろう——それ以外の何物でもない。

　ひとくさり演説すると、コゼルコフは以前と違って、羞恥を感じることはなかった、しかし眼を細めて、疲れたようなふりをした。

「閣下のお留守にわれわれのところでも《地方自治会《ゼムストヴォ》の制度》(5)が始まりました」と、おずおずと事務局長が言った。

「活動しよう」

「ご指示を、閣下、なされますか？」

「指示しよう」

　列席者たちは考えていた、コゼルコフはこんどは一問一答の形式をとるのだろうと。だが違っていた。実際、彼は数分、意識がもうろうとなったかのように、立ち尽くしていた。しかしやがて発酵が十分に熟したので、聴き手たちが気がつくと、もう立て板に水を流す弁舌が始まり、これまでどおり

とどまるところを知らなかった。彼はこう言ったのである、

「《地方自治会の制度》は、諸君《メッシュー》、これは、未来においてわれわれの前に見える遠景の一部分である。すべての絵は、諸君《メッシュー》、一部分ずつ徐々に描《か》かれてゆくものであって、その絵の一つだにもうそのすべての部分がすっかり出来あがって、突然にこの世にあらわれたのではないのである。一定の点から始まって、絵は、どんどんと成長し、どんどんと発展してゆき、ますます先へ先へと進み、ついには画家は、自分の手の業《わざ》を陽《ひ》の光で照らして、始めたものにさらに手を加える必要を感じなくなるのである。そして世界のすべてのものが、この漸進という賢明な法則に従っているのである。すべてのものが生きている、すべてのものが働いている、すべてのものが自分の仕事を急がずにゆっくりとしている。すべてのものが前方を見つめているんだ、諸君《メッシュー》。そして私はきみたちの前で、多かれ少なかれきみたちのひとりひとりが心を高ぶらせている感情の、解説者となることができることを、仕合わせだと思っている。さよう、もう学校でわれわれは賢明な金言を暗記させられた、《希望は玉座の皇帝を慰め、死を前にして苦しみながら犂《すき》のあと歩く農民を慰める》(6)さらにまた、

希望よ！　穏やかなる天の死者よ！

そこで私は思うのである、忘れがたきわれらの教師たちはたいへん立派に振舞ったと、われわれの若い頭脳をこのような金言で訓練した、と。かくて、くり返すが、絵はまだ描かれていないが、しかしそれは描かれるであろう――それはきみたちに保証する……私が！　私は多くのことをこのことに関してはきみたちに言うことができるであろう、多くのことについて約束したい、説明したい、話し

合いたい（私は人間である、諸君《メッシュー》、だから、人間として、誤りをおかすかも知れない）、しかしこの問題はある時機がくるまでそのままにしておくことがもっとも有益であると思う。だが当分のあいだは、諸君《メッシュー》、考えたまえ、そしてもし何らかの疑念にであうなら、私に完全な率直さで相談したまえ。考えたまえ、諸君《メッシュー》」

全員一致、声をそろえての《ばんざい《ウラー》！》が、崇拝している上司のこの新しい訓戒に対する返辞だった。しかしコゼルコフはもう疲れていて、《忠実な者たち》のそうぞうしい意見の表明に対してただ手をひと振りしただけだった。

晩方のことだった、で、ミーチェンカはしっかりと判断した、何がもっともよいことか、いま自分は何をすることが出来るか——それは就寝することである、と。寝る前に、彼は、この一日のあいだに自分が何をし何をしゃべったか、はっきりと理解しようと努めた、——が、出来なかった。眠っているときでも何も見なかった。それにもかかわらず、今後もまったく同様に行動しようと自分に誓った。

VI—二　訳者注

（1）　カマリリャ。スペイン語camarilla（スペインの宮中党、家の子郎党）から、この言葉でシチェドリンはポンパドゥールたちの親密な取り巻きのことを呼んでいる。原稿ではこの箇所は、「若いロシアの先頭に立っていたのが」となっていた。

（2）　嗚呼《ああ》、ポストゥムよ、ポストゥムよ。ローマの詩人ホラティウス（紀元前六五—前八）の頌詩Ⅱの一節。「ああ、ポストゥムよ、ポストゥムよ、逃げ去る年は滑り行く、且つ敬虔も皺の遅延をもたらさず、切迫せる老年と征服し難き死とに猶予を与えず」

（3） 雑誌。一八六一年から六三年にかけて出されたM・M・ドストエフスキーとF・M・ドストエフスキー（ドストエフスキー兄弟）の雑誌《ヴレーミャ（時代）》を暗示、皮肉。

（4） 霊魂の不滅についての完全な論文。F・M・ドストエフスキー（一八二一―八一）に対するシチェドリンの攻撃。とくに《地下室の手記》（一八六四）に対する。

（5） 《地方自治会《ゼムストヴォ》の制度》。一八六四年から。

（6） 希望は……。この箇所は、コゼルコフが、V・A・ジュコフスキー（一七八三―一八五二）の「希望に寄せる」（一八〇〇）の散文的断片を、換骨奪胎して引用したもの。

三

ところで、外では本当に春がおとずれていた。家々の屋根はもう乾いている、凍った地表からむき出しになった通りには水たまりが出来ている、日なたでは太陽がまったく夏のように焼いている。南から鳥が渡ってきて、巣を作りはじめた、雲雀《ヒバリ》が飛びまわり、空の高みで鈴を転がすように歌っている。虫たちも這《は》いだしてきた、氷が割れて水面のあらわれた池のどこかでは蛙《カエル》が官能的な鳴き声をたてた。若い商人の妻ベッセレンデエワは全身に火を浴びていた。

「あたしは、夜は、眠れないのよ！　しょっちゅう大好きなお前さんが目にはいって！」と、彼女は老いた萎《しな》びた自分の夫に言う。

「眠れ！」と、老いた夫はどなると、あくびの出た口に十字を切って、寝返りを打つ。

要するにすべてが、セミオゼルスク市のすべての通りが、ある特別な、熱い雰囲気に満ちあふれている。

ミーチェンカも全能の春の徴候をわが身に感じている。第一に、彼の顔には無数のにきびがあらわれた、それは彼にはたいそう似合わない。毎回、晩に、眠る前に、彼は鏡の前に座って、自分の待僕のイワーンに尋ねる。

「どうだね、お前、もう本当に春だと思うかね？」

「ご自分でおわかりになるでしょう！」無愛想にイワーンが答える。

「そんなに沢山にきびができているのかね？」

「無数です！」

「パウダーをくれ！」

第二に、彼は毎日、たそがれ近くになると、フォン・ツァナルツト男爵夫人の借りている家のほうへむかって、こっそり遠まわりの横町を通って行く。遠くに、かなりの距離のところで、警察分署長たちが走っている。

しかし行政官としての気苦労が、すべてを、恋の衝動をさえ、麻痺させる。ミーチェンカの頭から地方自治会《ゼムストヴォ》の制度を追い払ってくれるであろうところの、そんな力もなく、そんな情熱もない。《地方自治会の制度とは何ぞや？》と、彼は一日のうちに百回自問する、そして説明することは出来ないけれども、しかし理解し、感じるのである、自分が理解していることを。かくして、春の影響はひとりでに消えうせて、ただにきびだけに現われる。彼は自分の取り越し苦労を忘れようとしても無駄である、恋の美酒に酔い痴《し》れようとしても無駄である、彼の唇《くち》が思いきってもう酒杯《さかずき》に触れようとしたまさにその瞬間に、突如、何かがまるで彼の脇腹を刺すようなのだ、《地方自治会《ゼムストヴォ》の制度のことは忘れたのか？》と。

「あなたは、マリー、信じられないでしょうね、私がどんなに心配ごとをいっぱいかかえているか！」と、彼は、いくらかはいまいましげに、いくらかは皮肉っぽく彼を見ている男爵夫人に、言うのである、「この地方自治会《ゼムストヴォ》の制度は……私は、ついに、考えはじめているのですよ、これは単にニヒリズム[1]に対する冒険的な譲歩である、と！」

「するとあなたは……ニヒリストなのね？」と、男爵夫人は言って、いっそう嘲笑するように見る、まるでこう言いたげに、――バザーロフ[2]はこういう非常識なやり方で美しい女性を扱うことを決して自分に許さないでしょうよ……

「あなたに、マリー、ないしょで打ち明けますが、われわれはみんな、何人われわれがいてもですね、われわれはみんな少々はニヒリストなんですよ……ええ！　もちろん、われわれは、さしあたっては、このことを隠しておかなければなりません、しかし錐《きり》は袋に隠せませんからね[3]、それに真実は、好ムト好マザルトニカカワラズ、いつかは明るみに出るはずですからね！」

男爵夫人は驚きをこめてこの新種の告白に耳を傾けている、しかしそれは彼女に興味をおぼえさせはじめる。

「トコロデ、ニヒリズムとはいったい何か？」ミーチェンカは雄弁をふるいつづける、「火事を投げ捨てよ[4]、不法な騒動を投げ捨てよ、断髪の乙女たちを説得せよ……そして、私はあなたに尋ねます、結果としてあなたは何を得られるか？　あなたは得られるでしょう、空《クウ》ノ空ナル哉《カナ》、都《スベ》テ空ナリ[5]、それ以外の何ものをでもなく！　しかしはたしてこれは真実ではないでしょうか？　はたしてすべてのわれわれが、この思想を最初に表現したあの古代の哲人[6]をはじめとして、これについて同意しないでありましょうや？」

ミーチェンカは男爵夫人の肩にたいそう近く身を傾けながら、おもねるような眼で彼女の顔を見ている。

「ただ反乱を起こすことだけは必要ではありません」と、彼は優しくつけ加える。

「でもあたくしは、あなたが反乱を起こすことはないだろうと、思っていますけど?」

何か奇妙なものがミーチェンカの頭の中に湧き起こった。男爵夫人の問いかけはあまりにも思いがけなかったので、彼はまったく不意打ちを食ったようだった。実際、おれは反乱を起こすことが《出来る》のか? 《反乱を起こす》とはいったい何を意味するのか? 一方では、カイダーノフ[7]、シュリギーン[8]、その他の歴史家たちは、反乱を起こすべきではない、と述べている、だが、他方では、もし突然に当局《オカミ》が反乱を起こせと命じたら、どうだろうか? 《反乱を起こす》ということは、いったい何だろうか、いったい何だろうか? だって反乱を起こすということ——これは剣を抜きはなって、街頭に出ることだ、しかしだれに刃向かうのか? セミオゼルスクではだれよりもいちばん標的になるのはだれか? 見た目には、いちばんの標的になるのは彼、ミーチェンカである。つまり、彼が反乱を起こすなら、自分自身に対して反乱を起こすことであろう、けれども何のことで反乱を起こすのか?

——やれやれ、それにしても、なんというばかげたことが頭に潜りこんできたものか! と、心のうちでミーチェンカは自分自身に言ってから、声に出してつけ加える、

「もちろん、マリー、あなたに対してなら、私としてはどんな反乱が起こせるでしょう?」

「じゃ、あたくしに対してではないなら?」と、マリーはしつこく問いただす。

「ソレハ……時ト場合ニヨリマス! もしぼくの信念が……」不意にミーチェンカはぶっきらぼう

に答え、突然むかしの癖を思いだしたように、口をあんぐりあける。

男爵夫人はけらけら笑う。

「私はわかりませんね、男爵夫人、この場合なにがおかしいのか？　なんでまた……」ミーチェンカはもうむっとして言いたてる。

しかし男爵夫人は彼を見ながら、どうしてもけらけら笑うのをやめることができないでいる。ミーチェンカはすっかり当惑してしまった。なぜほかのだれでも反乱を起こすことが出来るのに、おれは出来ないのか？　なぜほかのだれものこの種の不平は滑稽とは思われないのに、おれの場合となると不平の控え目な表明さえ、おれにとって親密な女性をほとんどヒステリー状態に陥れるのか？

「あなたは、マリー、私を知らないんだ」と、彼は秘密めかして言う、「私は、第一印象で思われるような人間ではまったくないんですよ。むろん、私は公務に服している……しかし、マリー、実は私は野心満々の男なんです！　わかってください、実は私は野心満々の男なんだ！　第一印象は捨てなさい、私をもっと注意深く見なさい――そうすればあなたは気づくでしょう、行政官の外見は決して私のすべての内容を説明してはいないことに！」

「そうすると……あなたは《反徒》なの？」

「私は、男爵夫人、そんなことは言っていませんよ――また、なんで極端に走るのですか？――しかし私は出来ますよ……私はどうあっても自分の自主性を保持することが出来ます！　それは、おそらく、だれも否定できないでしょうね！」

ミーチェンカは、自分がますます引っ込みがつかなくなっているのを、感じている、しかし折りよく男爵が入ってきて彼を具合の悪い状態から引き出してくれる。

「あのねえ、シャルルル、なんとドミートリー・パーヴルィチは反徒の仲間入りをしたいんだって！この方《かた》は逃げてゆくことを希《ねが》ってらっしゃるのよ……もうそれは新聞が書きたてているように……《森ノ中へ》(9)、でしたかしらね？」男爵夫人はしつこくからみ続ける。

「いいですな、閣下、都市《まち》の森の中へ入って隠遁《いんとん》なさるのですかな？」男爵が愛想よく冗談を言う。

「男爵夫人はまったくきょうは私を苛《いじ》めなさるので……しかし、ほんとうのところは、私は、男爵、あなたとあれやこれやいろいろと話し合いたいことがあるのですがね！」

「なんなりと、閣下」

「第一に、男爵、なんといっても、この地方自治会《ゼムストヴォ》という制度は私をひどく不安にさせているのです……」

「何がとりわけ閣下に危惧《きぐ》をおぼえさせているのですかな？」

「いや、もともと危惧というほどのものではないが、しかし……何と言われようと、これはすこぶる重要なことでありますので、これに取りかかるよりも前にそれを注意深くあらゆる面から審議しなければならぬ、と私は考えているのです」

「わたしとしては、ですな、閣下、われわれはただ実行しなければならぬ、と考えます……」

「実行する——それはその通りです、しかし他方ではですな、考慮に入れないわけにはいかないのですよ、そのまさしく実行にさいしてもいくらかの良心の自由の保障に対する措置をとらなければならぬということを……」

男爵は唇をかんでいる。男爵夫人はただけらけら笑っている。

「いいえ、コゼルコフさん、あたくしの見るところ、あなたは本当に《森ノ中へ》逃げようと考えてらっしゃるわ！」と、彼女は言う。

「あなたは、男爵夫人、笑っておられるが、ところがここには実際、第一級の重大な事柄があるのですよ」

ミーチェンカはすっかりむかっ腹を立てはじめている、で、会話はひとりでにはずまなくなる。数分後、彼は、男爵夫人のあざけるようなまなざしに送られて、引きあげる。遠くで警察分署長たちが走っている。

翌日には県の機知に富む人たちが市中に情報を触れまわっている、コゼルコフが《森ノ中へ》身を隠したげな、コゼルコフが都市《まち》の森の中でクロライチョウたち(10)と鳴きかわしているのが見かけられたげな。

VI—三　訳者注

（1）　ニヒリズム。虚無主義。貴族社会の規範と農奴制を否定する一八六〇年代のロシアの雑階級知識人の急進思想。

（2）　バザーロフ。ツルゲーネフ（一八一八—一八八三）の《父と子》（一八六二）の主人公、ニヒリストの青年医師の名。（既成の価値・秩序を否定する唯物主義的ニヒリズムを意味するバザーロフ主義という言葉が生まれた。）

（3）　錐は袋に隠せません。隠しごとは必ず露見するの意。

（4）　火事を……。この箇所は、コゼルコフが、一八六一年から六二年にかけてのロシア動乱の時代の、事件や現象を列挙したもの。

（5）　空ノ空ナル哉、都テ空ナリ。旧約聖書の、「伝道の書」第一章第二節。ここの原文はラテン語。コゼルコフは例によって語順を間違えて言っている。

（6）古代の哲人。「伝道の書」はイスラエル王ソロモン（前九七一ごろ—前九三二ごろ）の筆になるものとされている。
（7）カイダーノフ（一七八二—一八四三）。ツァールスコエ・セローのリツェイの教授。歴史の教科書の著者。
（8）シュリギーン（一七九六—一八六九）。ペテルブルグ大学の歴史学教授。
（9）《森ノ中ヘ》。原文はポーランド語。一八六三年、ロシア皇帝の支配下にあったポーランド人が蜂起して、敗北し、森の中へ逃げこんだことから。この表現は、とくに、一八六三年の《ペテルブルグ報知》の記事によく使われた。
（10）クロライチョウたち。反徒をさすか。

四

日々はあいついで過ぎてゆく。ミーチェンカはのべつしゃべっている。

「きみは私の考えを理解してくれたまえ」と、彼は毎日官房長にくり返す、「私は何を希《ねが》っているか？私は希っているんだ、私のところで産業が繁栄することを、神聖なる所有の権利が完全に保障されることを、秩序がどんなことがあっても乱されないことを、さらに、どこでもすべての上に手が見えることを！　きみはわかるかね、《手》だよ！　これは、私が行政官の舞台にひっさげて登場した計画《プログラム》のことだ、きわめて当然のことながら、私がすべての自分の計画を実現するまでは、言うなれば、建物が首尾よく建つまでは、私は安心できないだろう。お前さん、ラズウムニク・セミョーヌイチよ、私に腹を立てないでくれたまえ、私はしょっちゅう、前進！　前進！　前進！　ときみにくり返すだろうが。いくら話しても十分には話すことのできない事柄があるが、そのなかにはいるものに、ほかならぬ、それについて私がきみに話しているところの、あの目的がある。その目的の達成が私の行政官としての活動のすべての課題をなすのである。くり返すが、私ときみとがその目的を達成するまでは、そして私が、どこに私が居ようとも、私の手が、やはり、どこでもこの自分を、重くはないがそれでもむらのない圧力として、感じさせる、と確信するに至るまでは、――それまでは、言っておくが、私は降服しないであろう。だが今は書類に署名しよう」

毎日規則正しく繰り返されるこの演説に、官房長はすっかり頭がかっかとしてきて、自制力と辛抱強さをあわせもっているさすがの官房長も、何度か、《黙れ！》と喚きそうになったものである。実際、彼の状態の悲劇性を理解するためには、この人物の身になってみなければならなかった。毎日、数時間にわたって、長たらしい演説の義務的な聴き手になること、耳をふさぐ、逃げだす、唾《つば》を吐く、あるいはほかのやり方で自分の嫌悪を表現する権利をもたないこと、――なんといっても、このような状態は自殺しようかという考えを呼び起こしかねない。この演説のとき、いとも尊敬すべきラズウムニク・セミョーヌィチは、青くなったり、赤くなったり、両手にはけいれんを、胃はほとんど激痛をさえ、感じたものだ。一方、ミーチェンカのほうは、つぎつぎに書類に署名をしながら、のべつしゃべっていた、のべつしゃべっていた。

「私は」と、彼は長広舌をふるう、「すべての者が、私のもっとも側近の者から始まって、もっとも末端の中隊付き下級士官に至るまで、私の考えを、私自身がそれを理解しているのと同様に、正確に理解することを、希《ねが》うだろう。私は、県の全官僚を集め、言うなれば、すべての行政の推進力を一瞬のうちに一点にまとめあげ、彼らにこう言いたいのだ、『諸君！　これが私の考えだ！　これが私の計画《プログラム》だ！　諸君、私が何をきみたちに言っているか、理解したまえ、そしてこれに合わせて行動したまえ！』そうだよ、お前さん、ラズウムニク・セミョーヌィチよ、私はまったく幸福な県知事になるだろうね、もしこのことが実現できるものとわかったならば！」

「けっこうでありますな、閣下、それはむずかしいことではありません、あした知らせることができます」と、官房長は、自分の上に載っかっている重荷の一部がほかの者たちにものしかかるという考えに前もって胸をときめかせながら、答えた。

「きみはここの者たちに知らせるつもりなんだね？」

「はっ、そうであります」

「うん、それは悪くはない、しかしやはりそれは違うんだ。私は希《ねが》っているんだよ、全県が――全県だよ、わかるかね？――この私の、言うなれば、内心の告白の場に立ち会うことを。きみはカラムジン(1)を読んだね？」

「はっ、読んだであります」

「じゃ、あの中の一箇所を憶えているね、ヨアン雷帝(2)が、高潔なるシリヴェストル(3)に説得されて、決心するところ(4)……。あそこは、ほかならぬ私が希《ねが》っていることについて、若干の着想をきみに与えることができる！」

「あえて、閣下、申しあげますが、イワン・ワシーリエヴィチ皇帝(5)は、このような祝典を催すために、上層貴族たちの許可を得るべきではなかったのであります、ところが閣下は……」

ミーチェンカはしょげた。彼は言った、

「そうだな、私も、ここの細部については忘れかけているものだから。そうだよ、ラズウムニク・セミョーヌィチ、われわれの一生はすべて、細部なんだな、しかもみじめで、堪えがたい細部なんだ！

空を舞いたい、飛んでゆきたい――ところが見ると、翼が縦横に縛られている！」

「それでは、閣下、さしあたってここの者たちに知らせるようにとお命じになりますか？」

「うん、さしあたってはね……だがその後ではだんだんと、神の助けにより、ほかの者たちをも私の計画の実現に、参加させることを期待している！」

言うまでもなく、官房長は与えられた命令を遂行すべく急いだ、しかし、都市《まち》じゅうにすぐにまったく根も葉もない噂《うわさ》が広まったような形で、その命令を遂行した。うわさされたのである、ミーチェンカは自分をヨアン雷帝と思いこんでいた、今日まで彼は悪行をかさね、犬どもを駆りたてた、今は後悔し、すべてに自分の非を認めようとしている、しかししばらくしたらまたも悪党となり、自分の親衛隊と兵隊町に引き籠《こ》もり、そこから処刑したり恩赦を発したりするのだろう、と。嘲笑好きの者たちは官房長をさえ容赦せず、彼に〝高潔なる《グランド》シリヴェストル〟というあだ名をつけた。

それの結果として、翌日には土地の最高貴族たちは病人のふりをするということになった（だからセミオゼルスクのすべての役所がその日には休んだ）、郡警察署長は、目前にさし迫った告白のことをうわさで耳にするや否や、ただちに郡へと出発した。出頭してきたのは、ただ市会議長と市会議員たち、市長(6)と市会参事たちだけだったが、しかしミーチェンカはそこに現われた。

「多数の招かれた人たち、しかし少数の選ばれた人たち」こう彼は自分の演説を始めた、「たいへん嬉しい、諸君、わが愛する祖国、わが心にかけがえのないロシアの、いとも尊敬すべき諸階層の、一つの、尊敬すべき代表者たちと、交渉をもつことは。みなさん！ 労働は人を生き生きさせる根源であることに、疑いはないのである、それはよく整えられたそれぞれの社会における主要な国家の神経である。労働する人はおとなしく、控え目で、当局《オカミ》に従順であり、税や負担をきちんと納付しようと心がけている。労働する人は危急のときに祖国を守ることに後れをとらない、なぜなら彼は、この危急が彼の労働をも脅かすことを、知っているからである。それに反して、怠惰な人間は、落ち着きがなく、わがままで、当局《オカミ》に対して不敬であり、税の納付には無関心である。怠惰な人間は、祖国のまさしく危急をのんきに眺めていて、祖国を守ることに後れをとっている。みなさん、全般的な国家体制における労働の意義は、こういうものである、私は、それの当然の代表者としてのみなさんの前でこのことを説明する光栄を有して、まったく幸福です」

ドミートリー・パーヴルィチはそこでいったんやめた、ひと息入れるためであり、同時に尊敬すべき代表者たちに発言の好機を与えるためである。しかしその代表者たちは彼に対して目を大きく見開いて立ち、重おもしくため息をついていた。だが、市会議長は何かを言わねばならぬことを、理解しており、何度か口を開きさえした、しかしどうしてか、《わたしどもは、閣下、みんなそれぞれ分相応に》という言葉以外何もその口からは出なかった。かくして、ミーチェンカは、自分の着手した言葉の偉業のすべての重荷をひとりで荷なってゆかざるを得なかった。

「私は、諸君、みなさんが私の考えを理解することを、希《ねが》っている!」と、彼は続けた、「何を私が望んでいるか、何を私がめざしているか? これの答えはいとも簡単である。私は、みんながなるべく満ち足りていることを、だれも腹をたててはいないことを、だれもが気楽に自分の手(労働)の成果を利用できることを、望んでいる。私は、私のところで産業が発達することを、神聖な所有の権利が万人にとって保障されていることを、秩序がどんなことがあっても乱されないことを、めざしている。尊敬すべき代表者のみなさん、この私の願望と欲求の中には、みなさんが共鳴しないようなことは何もないと、思っている。(代表者たちはさらにいっそうミーチェンカに向かって目を見張っている、だが一部の者はお辞儀をしている、市会議長はささやいている、《われわれは、閣下、みんなそれぞれ分相応に》と。）私は疑わない、諸君、私は疑わない！　私は知っている、そして見ている。しかし、他方では、私がひとりで願望しめざしているのなら、もし私がひとり努めてみても、祖国の国家組織と社会の、尊敬すべき代表者たちが、私に協力してくれないなら、（《われわれは、閣下、みんなそれぞれ分相応に》と市会議長がいらだって鼻息をたてている。）私は諸君に訊《き》くが、そのために何が起こり得るか？　それはこういうことだよ、諸君、私は、乗用馬車に副馬《そえうま》たちを繋いでいた引き綱が切れているのにも気づかず、そしてその乗用馬車はもうとっくに止まって沼にはまりこんでしまっているのに、ひとりどんどんと前へ前へと疾駆して行く、先頭の馬に乗った先乗り御者に、似てくるという仕儀になり得るのである……」

こういうことを言ったあと、ミーチェンカははたと言葉に詰まってしまい、口をあんぐりあけさえした。悩ましい数分が過ぎ、ミーチェンカはやっと、なんとかしてここはやはり片をつけねばならぬ、と確信する。このたびは彼は、呼びかけ、励まし、または刺激の形によって《建物を完成する》ことに踏み切る。

「したがって、諸君、前進だ！　元気と勇気だ！　諸君は私の考えを知っている、私は諸君の覚悟のほどを知っている！　もしわれわれが、この両方を一つに結合させるなら、要するに、われわれの努力にしかるべき方向を与えるならば、確信したまえ、ねたみも、危険思想もわれわれをその毒針でもってあえて傷つけることはないであろうことを。私としてはいつでも最高当局者に対していとも尊敬すべき人たちについて喜んで陳情するであろう。では、これでお仕舞いだ、諸君！　諸君の有益な仕事の最中《さなか》に諸君を引きとめておくことはできない。さようなら！」

ミーチェンカは別れの合図に手をひょいとあげて、出ていった。しかし尊敬すべき代表者たちは驚きのあまりまだ長いこと我に返ることが出来ないでいた。やはり彼らには思われたのである、これはただごとではない、ミーチェンカはひとことも献金のことを言わなかったけれど、しかし献金が要求されているのだろう、と。市会議長はすっかりそう確信したので、ミーチェンカの居宅の玄関から降りながら、自分の同僚たちに向かって、言ったものだ、

「まあいい、みなさん、各自、なるべく、分相応に、義務であり責務でありますからな！　さあ、主《しゅ》よ祝福したまえ！　ばんざい《ウラー》！」

Ⅵ—四　訳者注

（1）　カラムジン（一七六六—一八二六）。歴史家、作家。「ロシアの国家の歴史」（一八二一—一八二四）の著者。
（2）　ヨアン雷帝（一五三〇—一五八四）。イワン四世ワシーリエヴィチ。
（3）　シリヴェストル（一五六六年ごろ没）。ロシアの政治家、作家。イワン雷帝に大きな影響を与えた。
（4）　決心するところ。イワン雷帝が、重要な国事のためにすべての諸都市からあらゆる官位あらゆる身分の、選ばれた人びとをモスクワへ派遣するように、命じたことをさすか。
（5）　イワン・ワシーリエヴィチ皇帝。注（2）参照。
（6）　市長。ピョートル一世時代から一八六六年までの選挙制の市長のことであるが、ここではシチェドリンは当時のロシアの形ばかりの自治を皮肉っている。

五

日々はあいついで過ぎるが、ミーチェンカはのべつしゃべっている。

「いいかね？」と、彼はあるとき官房長に言う。

この導入部を聞くとラズウムニク・セミョーヌィチは青ざめ、片手をチョッキの下にさし入れ、五本の指全部で血の出るまで自分の胸を引っかく。

「私は社会政治評論家をひとり、自分の自由にできるようにしたいんだ！」一方、ミーチェンカはいとも泰然とした冷静さで続ける。

《お前は勝手気ままな大うそつきだ！》と、ラズウムニク・セミョーヌィチは腹の中で言うが、しかし声に出しては言う、

「つまり、またどうして、閣下、社会政治評論家を、なのでしょう？」

「私は社会政治評論家をつぎのような技師の意味で用いているのだ、すなわち、私が彼に考えを述べる、あるいは示唆する、すると彼はすぐにそれをすべてきちんと整理してくれるわけだ！」

「閣下が何かをお命じになりたければ、それは、たぶん、つねにわれわれが……」

「いや、それは違うんだ！　きみは私の言うことがわかっていないと思うよ！　きみは自分の職務を遂行する、そして社会政治評論家は自分の職務を遂行しなければならない！　ペテルブルグではそれはつぎのように行なわれている、すなわち官僚たちは自分の考えを書く、社会政治評論家たちは自分の意見を書く。もし長官が内々に処理したいことがあれば、下僚に命じる、そしてもし長官が自分

たかね？」

の考えをきちんとした形で表現したいなら、社会政治評論家を呼び寄せる！　私の言うことがわかっ

「わかりましたです」

「それでは、きみはつぎのこともわからなければならない、すなわち、あらゆる時に私の一つ一つの指示に従う用意があり、私の考えを理解し把握《は》することができるばかりでなく、その私の考えにきちんとした形式を与えることが出来る人物、くり返すが、そういう人物が私には絶対に必要なのだ。現在、私は腕なしだ、なぜなら、きみに訊くが、元来私の義務は何にあるか？　私の義務は、考えを述べ、描き、計画を立てることにある……しかしすべてこれを組み合わせ、一つの完全なものにまとめ、私の意図に調和と整合を付与すること、――すべてこれは、同意してもらいたいが、言うなれば、もう私の職務の範囲の外にある、すべてこれに対しては私は特別の人物をもたねばならぬ！　私の言っていることがわかったかね？　私がきみに言いたいことを、きみはわかったね？」

「しかし、閣下、その社会政治評論家の仕事というのはどういうものでしょうか？」

「私の言うことを終わりまで聴きたまえ。きみはもう私との話し合いで知っている、本来私に課されているのは、言うなれば、内政である、――それ以外の何ものでもない。すべてこれらの書類、つまり報告書、指令書、確認書――すべてこれは、単に、さしあたってそれがそのように求められているがゆえに、私が従っているところの、悲しむべき必要性にすぎない。しかし重要なことは、やはり政治である。《政治》とはいったい何か？　政治とは、お前さん、ラズウムニク・セミョーヌィチよ――これは、わずかな言葉で説明することはかなりむずかしい、そういう広大な概念である。政治――これはすべてである。私がはじめにきみに、政治にはいろんな種類のものがあり得る、と言ってお

けば、十分であろう、すなわち、健全な政治もあり得るし、破滅的な政治もあり得る、きわめて良好な結果をもたらす政治もあり得るし、乱脈のほかには何ももたらさない政治もあり得る。しかし私の考えがきみにさらにもっとはっきりわかってもらえるために、私自身の政治を、わかりやすい略図で描いてみよう。私の念願は、第一に、私のところで商業が繁栄すること、第二に、神聖な所有の権利が完全に保障されること、さらに、第三には、秩序がどんなことがあっても乱されないこと。これが私の内政である。しかしわれわれの考察を続けよう。かくしてはっきりした内政の方針を持っているのだが、私は、一方では、この内政にすこぶる心を痛めなければならない、他方では、この心痛そのものが、絶えず私のうちにきわめて多種多様な考えを、当然、引き起こすわけである。現在の私の、言うなれば、孤立した状態のもとでは、私のもろもろの考えはどうなるのであろうか？　つらいけれども、私は認めねばならぬ、私の考えの大部分は忘れられ、跡形もなく消えてゆくであろうことを。私は思考する、同時に思考しない、というのは、私は、自分の自由にできる人物をもたないからである、そういう人物がいれば、彼は私の思考を追尾し、言うなれば、すばやく私の思考を把握でき、ついには、きちんとした形で叙述することが出来るだろう。さて、そこで、お前さん、ラズウムニク・セミョーヌィチよ、まさに必要なのだ、私には、社会政治評論家が。つまり、《これが、あなた、私の考えです！　こんどはこれに然るべき形を備えるようにして下さいませんか！》と私がいつでも言えるような、技師が。私の言うことがわかったね？」

「わかります、閣下、そこで自分としてはあえて申しあげるのでありますが……」

「知っているよ、お前さん、ラズウムニク・セミョーヌィチよ、知っている！　私がすでに述べたすべてのことに、私は、一つ、つけ加えることが出来る、すなわち、きみは私を知っている、したがってきみはおそらく確信しているであろう、私がつねにいとも尊敬すべき人びとのために最高当局者に対して陳情する用意があることを！」

同じ日に社会政治評論家が見つかった。それはズラトウーストフ某《なにがし》、セミオゼルスク中学校の文学の教師であった。文章ヲ書クノハ経験アル人物で、もう数回この地方の新聞に、予想される水道施設について、また、油脂の照明よりもアルコールの照明のほうが優れている点について、小論文を載せていた。晩に彼はもうミーチェンカと長時間の協議をした。その時、彼はたいそう狡猾に振舞った、つまり主《あるじ》の眼を見つめて、ほほえみ、時折り肘掛け椅子の上で、まるで最初の合図でいななきながら飛び出そうとする馬のように、じれったげに体の向きを変えていた。要するに、同感です、わかります、という振りをしてみせたのである。そして、《県報知》新聞の次の号には読者にむけた次のような論説が掲載されたのであった。

我々の願望

『読者よ！　貴君には、我々が何かを願望しているということは、奇妙に感じられるだろう。貴君にはやはりまだ思われることだろう、我々が成熟してはいなかったと、我々が願望する権利を持ってはおらず、我々に代わって誰かほかの者が願望しなければならぬのだと。……蒙を啓《ひら》かれよ！　己のまわりを見よ、指を潰瘍にさし込め(1)。何を貴君は周りに見るか？　貴君は教養高き長官を見る、その長官のほうは、貴君が願望しているほどには、また、貴君が願望しているばかりではなく、己の願望を口頭でも文書でも表現しているのに、何も熱烈には熱望してはおらぬかに見える。《長官》とはいったい何ぞ？　と、貴君は小生に尋ねる。――そこで小生は貴君に答えるが、長官とは、創造する、すべてを洞察する、根源である、絶えずよく警戒して、探し出そうとしているそれである。何を警戒しているのか？　何を探し出そうとしているのか？　それは、諸君よ、貴君が思案しなければならぬところの、また貴君が小生の言葉の意味を究明しようと試みるならば疑いなく思案するところの問題である。では、小生としては先を続ける。

『かくて、このような要求の外見上の奇妙さにもかかわらず、我々は願望するのである。何を我々は願望するのか？　我々は願望する、第一に、我々の地方で産業が興隆すること、第二に、神聖な所有の権利がどこでも万人にとって保障されること、さらに、第三に、秩序がいかなる場合にも乱されぬことを。この願望は、外見上は、たいそう控え目なものである、だがそれは《外見上》は控え目であるばかりでなく、その本質そのものにおいてそうなのである。けだし、読者諸氏よ、諸氏のうちの誰が願望しているであろうか、我々の市場が荒廃の状況を呈することを、我々の所有権が奪いとられるか冒瀆《とく》されることを、あるいは世界が革命の雷鳴により揺るがされることを？　むろん、おそらくはこのような変人はいないであろう、が、このことは疑いなく立証しているのである、我々の述べた願望は、控え目であるばかりでなく、完全に実現可能であることを。しかしながら、実際には、それは、まったくは、そういうことにはならないのである。

『産業とはいったい何ぞ？　と、我々は自問する。――産業（industrie）とは、と経済学者たちは我々に答える、それは、人間の手の業《わざ》の必然の結果であるところの、成果の総和である、と。したがって、人間の手が怠惰でないところには、業《わざ》がある、業《わざ》があるところには、結果として成果、つまり産業がある。我々のところで我々が見るのは、それであろうか？　これに対しては、我々が不幸にもその目撃者であったところの、事実でもって答えさせていただく。先日、我々は郊外の公園に行ったのだが、途中、そのドアの上に《安くてしかも質もよい》という看板が厚かましくも人目を引いている、店舗《みせ》のそばを通りかかった。その店舗そのものの中にも、その周りにも庶民が群れていた、祭日でもなかった、天気は晴れで、暖かかった、すべてが人を生き生きさせる労働に誘っていたようだったのに。我々をこれは驚かせた。我々はドアのそばに立っていた一人に質問した、いったいいかなる訳でこんなに大ぜいの人が集まっているのですか？——返辞をもらった、どんな訳で人が居酒屋に通うか、わかるでしょう！　この返辞に満足できなかったので、我々はさらに質問した、《しかしあなたたちは働かないのですか、みなさん！》しかしこの質問には、返辞の代わりに、ひとを憤慨させる恥知らずな笑い声が続いて起こった‼　これが我々の産業である！

『さらに、所有権とはいったい何ぞ？　また所有権の保障とはどういうことか？　同じ経済学者たちが我々に答える、所有権とは産業の直接的かつ合法的な継続である、つまり、言うなれば、強化された産業である、と。かような定義からは我々はつぎのような三段論法を引き出すことが出来ないであろうか、すなわち、人間の手が怠惰でないところには、業《わざ》がある、業があるところには、結果として成果がある、成果あるところには所有権（proprietas）が必然的に存在すべきである、というふうに？　スベテガ絡ミ合イ、スベテガコノ世界デハ結ビツイテイル、とある有名な作家(2)が言っているが、もし我々がこの結びつきの合法則性を認めるならば（それを認めぬわけにはいかぬ）、言うまでもないことであるが、そこから出てくるところの、その現象の合法則性をも認めねばならぬであろう。しかしそのことを我々は我々のところで見るであろうか？　これにはふたたび、我々が先日目撃者となったばかりでなく犠牲者となったところの、ある事件についての話でもって、答えさせていただく。今月のまさに七日、夜中に、我々の住まいに泥棒が入った。我々は眠っていた。翌日の朝になってやっと我々は確かめたのである、我々のもっとも貴重な財産がいとも無残にも奪われておりしことを。もちろん、我々はただちに警察に訴え出た――が、どういう対応をされたか？　即座に犯跡を追って飛び出し、犯人どもを探し出す代わりに、警察は我々を質問攻めにしたのである、この事件のとき我々はどこに居たか、何をしていたか、何らかの違法の目的をもってその事実そのものを我々がでっちあげたのではないのか!!!　これが我々の、所有権についての理解である！

『すべてこのことはじかに我々を保障についての問題にみちびく。もし所有権が合法則的な現象であるならば、当然のことながら、所有権は保障されねばならぬ、また所有権の行使は、所有権を相続もしくは買収によって所有しておる者の、不可侵の権利とみなされねばならぬ。何が所有権の平穏なる占有をばいとも確実に保障することが出来るか？　これの答えは三番目の我々の主要なる願望にある――すなわち、秩序がいかなる場合にも乱されぬこと。

『実際、《秩序》を全体のすべての部分の完全な調和のとれた一致の視点から吟味するならば、我々はたやすく見いだすであろう、そこにのみ創造的な国家の力があることを。秩序は我々に保障と保護を与える。一方では、秩序は働き手の心を安らかにし、慰める、他方では、己の隣人の手の成果をたやすく利用することを求めている徒食者に、障害を置き、不安を与える。秩序は、控え目で、誠実で、忠実な市民を鼓舞し、厚かましくて、落ち着きがなくて、無政府主義的志向に打ちこんでいる市民を、罰で威嚇している。もし我々が一八六二年のペテルブルグの火事(3)を思いだすならば、我々の言葉の真実を確信するには、その事実だけで十分であろう。

『かくて、我々は皆、秩序を願望している――これは疑いない。しかし我々にとって貴重なこの目的を達成するためには、読者よ、我々は何をすべきであろうか？　これに対する答えは非常に簡単である。我々は一同いつも力を合わせて、教養高き長官に、無秩序を断とうとする長官の善き希求を思って、協力せねばならぬ。我々は、我々が残念ながらしばしば目撃者となっているところの、あの混乱《ごたごた》の廉《かど》で、長官を非難することが、習慣となり、あたかも流行のようになっていることを、知っている。しかしこれは公正であろうか？　我々の良心の深部に下りてみよう、自分自身に懺悔させよう、我々、世間は、当局《オカミ》に対して我々の義務をきちんと果たしているであろうか？　我々は、むろん、これの答えとしては非常に沢山の事実を、きわめて重要なそれを引いてくることが出来るであろうが、しかし……今回は黙っていよう。

『しかしながら、黙っているのはしばらくのあいだだけである。さしあたっては読者に我々のこのメッセージに対して熟考することをお願いする、すなわち、おそらく、読者は我々の助けがなくてもいくらかのことは解明することが出来るであろう』

この論説が掲載された《報知》新聞の号がミーチェンカにもたらされたとき、彼は、それをめくらずに、そのままそれを官房長に渡して、言った、

「ほら、これが私の社会政治評論家だ！」

Ⅵ—五　訳者注

（1）　指を潰瘍にさし込め。新約聖書「ヨハネによる福音書」第二十章第二四～二七節参照。ほかの者を信じないで、自分で何かを体験によって納得せよ、の意。

（2）作家。フランスの詩人、政治家ラマルティーヌ（一七九〇—一八六九）。この引用句はシチェドリンの他の作品にも見られる。

（3）火事。ロシアの官憲は無政府主義者らの扇動と宣伝した。

六

日々はあいついで流れる、だがミーチェンカはのべつしゃべっている。みんなが彼を見捨て、みんなが彼を避けている。男爵夫人は、彼の名前を聞いただけで神経性発作を感じる。彼女の夫は、『あの男はわたしのマリーを駄目にした！』と言い、無遠慮にミーチェンカを国家のろくでなしと呼ぶ。住民たちは、彼を通りで遠くから見つけると、大急ぎで別の方向へ走って移る。官房長は長いこと自分を抑えていたが、彼もついに耐えられなくなり、辞表を出した。

「私は、ラズウムニク・セミョーヌィチ、きみのことがまったく理解できない」と、コゼルコフは、辞職願いの説明を聴いたとき、彼に言った。

「休息したいのであります」

「とんでもない！　いまはこういう時だよ……一方では、地方自治会《ゼムストヴォ》の制度、——他方では、内外のごたごた……」

「法外に、閣下、わたしを虐待しておられます！」

「私がきみを虐待している？　私が？」

「このご説教が……毎日で！」

官房長はそれを思い出すとともに感情が高ぶり赤紫になりさえした。

「しかし、きみ自身同意するであろうが、きみは私の考えを理解したと、私は確信しなければならんのだがね！」

「休息したいのであります！」

「おかしなことだ！」

ミーチェンカはくやしそうに辞職願いを机の上に投げつけた。

「追って指示があるだろう」と、彼はそっけなく言って、お辞儀をした。

官房長が出て行くと、ミーチェンカは沈思した。彼は思った、

『これが、いくらかはもう私の考えを理解した人間だ――その彼が突然、私を見捨てて行く、しかしどういう時に見捨てて行くのか？――もっとも決定的な時にだ！　私のところですべてが熟したとき、運動の計画がもう出来あがって、あとはただ、言うなれば、全方面から突進して、占領するだけでよかった、その時にだ！』

ミーチェンカはただちに服を着替えて、――役人たちの前に突然姿をあらわし、すぐさま自分の雄弁の流れに彼らを漬《つ》からせようという、内密の目的をもって、――県庁へすっとんでいった。役人たちは一瞬あっと叫んだ。

「諸君！」ミーチェンカは肘掛け椅子に腰をおろすと、言った、「私は、きみたちが私の考えを理解することを、希《ねが》っている。われわれが異なった方向へ引っ張ってゆくならば、つまり私はある方向へ、きみたちは別の方向へと引っ張ってゆくあいだは――言っておくが、われわれのところでは行政は行なわれ得ないであろう！　おそらく、きみたちは私が何を望んでいるか、知りたいだろう、――それなら、後にも先にもこれ一度きりお願いするが、私の言うことを注意深く終わりまで聴いて、私がこれからきみたちに言うことを、記憶にとどめてくれたまえ。私の願いはきわめてつつましいものであ

る、私は、私のところで産業が発達すること、神聖な所有の権利が完全に保障されること、秩序がどんなことがあっても乱されないことを、願っている。これが、私が行政官の活動の舞台にひっさげてのぼった、計画《プログラム》である。むろん、この計画は大規模なものである、あえて言えば、あまりにも大規模である、むろん、それは社会的整備のすべての、言うなれば、神経を、網羅している、しかし、他方では、はたしてきみたちは、すべてのきみたちの懐疑をつねに解く用意のある助言者を、私のうちに持たないであろうか？　はたしてきみたちはつねに誠実で頼りになる支柱を私のうちに持たないであろうか？　諸君！　私は、きみたちが私の考えを理解しそれを考慮すること以外、それ以上のことは何も望まないのである。すべてのその他のことは私は自分に引き受ける。きみたちにくり返すことは余計なことと考えるが、私としてはもっとも立派な人たちのために最高当局者に対して陳情する用意はつねにある。きみたちは、この点で私がしっかりと約束を守ることを、知っている。さらば」

これがミーチェンカの最後の言葉の式典であった。彼は自分自身の雄弁の重荷にのしかかられて疲労困憊《こんぱい》した、そして夕方には気分が悪くなり、夜中近くにはもううわ言を言った。

「馬鹿げたほらを吹きなさったもんだから！」ミーチェンカが高熱を発しもう熱病の状態の兆候を示したとき、イワーンが叱るように言った。

「お前、間抜けめ、おれの考えを理解しろ！」と、彼にミーチェンカは答えた、「おれは願っているんだ、おれのところで産業が発達することを、畑が入念に施肥されることを、しかし同時に秩序がどんなことがあっても乱されないことを！」

だが突然、見たところきわめて穏やかな思考の気分の最中《さなか》に、彼は不意に何かが頭の中にひらめいたかのように急に起きあがると、奇声を発してわめきたてた、

「たたき壊すぞ！」

VII　懐疑する人

《彼》はほとんど突如として物思いに沈み始めた。

物思いに沈む人の様子は一般的に重苦しい印象を与えるものであるが、しかし物思いに沈むポンパドゥールを目にすると、重苦しいばかりでなく、気づまりになりさえするものだ。いずれの場合にも、謎めいたものがある。前者の場合には、その謎のために、だれもが暖かくもならないし、寒くもならない。後者の場合には、その謎に、だれもが無意識に自分が関与していると感じる。この後者の、謎は、たいそう苦痛を与えるものである、なぜなら、ほかならぬその謎が、何を意味するか、懐疑か、それとも決意か、わからぬからである。

もしもその物思いが懐疑を出所とするものなら、それは住民にとっては都合がよい。懐疑（ポンパドゥール語での）、それは、思考の混乱にほかならない。思考が、夏に蠅《ハエ》がテーブルの上を漫歩するように、ぶらついてる、しばらくぶらつき、しばらくぶらついては、飛び去ってゆく。懐疑するポンパドゥールとは、自分の魂の監査を行なった凡人である。だが、その監査も、自分の魂のありかがわからないので、無意味な事ということになる。

決意に先行する、まったく別種の、物思い、それは、内容にみちた物思いであるが、しかしその内容はなにかよくわからず、脅《おど》しをふくんでいる。歴史は懐疑するポンパドゥールたちの例をあまりにも稀《まれ》にしか提示していないので、住民はポンパドゥールの物思いをば、進んで、懐疑よりも決意として解釈している。ポンパドゥールが物思いに沈んだ——ということはつまり、何かをやらかすことを決意したのだと。だがいったい何を?

しかし、このたびは、物思いの内容が懐疑であった。きのうはまだ彼は力と信念にみちていた——それが突然、懐疑にとりつかれたのだ。

官房長との話し合いから彼はまったく偶然に知ったのである、——ある場合には容認しているが、またある場合には束縛している法律が存在していることを。その時までも、彼は、もちろん、かなりよく知ってはいた、法律があるということを、しかし彼はその法律を、書棚に並んでいるからみあった書物の形で、思い描いていた。これらの書物が机の上に転がって、ばらばらになって手垢《てあか》で汚れた形をとったとき、彼はこれを無秩序と呼んでいた。書物たちが礼儀正しく書棚に並んでいたときは、彼は、自分のところでは秩序が最良の形で保たれている、と確信していた。しかし彼は法律の、容認する、あるいは束縛する力を、知らなかった。むしろ、推測さえしていたのだ、——法律は、ポンパドゥールたちを利するためにまた激励するために作られた頌歌《ほめうた》にほかならぬものであると。そして彼は控え目な人物で、面とむかって誉められたときはいつも顔を赤くしたので、彼が法律をのぞくのがたいして好きでなかったのは、もっともである。

さて、ある朝、彼が最終的に手を振りあげるつもりになったとき、官房長が彼に、手を振るのにも一定の限度を定めている法律が存在することを、説明した。

「たとえば笞《むち》を考えてみましょう」と官房長は言った、「笞の行使が有益であると認められる場合もあれば、笞の行使がまったく認められない場合もあるのであります」

「よろしい、じゃ、きみは、私に示せるのかね、どういう時によくて、どういう時にいけないか？」と、《彼》はいくぶん皮肉っぽく訊いた。

「このわたしが、ではなく、法律が、であります」

「きわめて興味津津だな」

このたびは会話はそれで終わった。しかし同じ朝、県庁へ行って、法律の並んだ書棚のそばを通りかかったとき、ポンパドゥールは、何かに身を焼き焦がされたような感じをおぼえた。この書棚には悪魔がひそんでいるのではあるまいかという疑いが、もう彼の心に刻みこまれ、なんだか奇妙な好奇心を生じさせた。

背で外を眺めているこれらの書物たちの中には、何が存在しているのか？　そこに存在しているものは、どういう文体で書かれているのか？　自分の単純な裁判の実施のためにはまったく十分だと彼が考えているところの、《ぶん殴る》、《一発食らわす》といったふうの、言葉が使われているのだろうか？　それとも、おそらく、そこにはまったく別の言葉が並んでいるのであろうか？　実際にそこには、《いけない》《ネリジャー》というあの奇妙な言葉が存在しているのであろうか？　その言葉は彼がポンパドゥールになったまさにその瞬間から彼が廃語とみなしていたものであった、そしてその言葉について官房長が彼にまさしく時ならぬときに思い出させたのである。

すべてこのことはあまりにも興味深かったので、彼はあらゆる方法で自分の懸念を現わさないように努めたにもかかわらず、とうとうこらえきれなくなった、で、なんとなく臆病そうな笑いを浮かべながら、官房長にむかって尋ねた、

「それでねえ、たとえば、私は、町人プローホロフに体刑をくわえようと思うんだが……どうだろ

うな、きみは私に許可するかね、それともだめかね？」

「わたしには関係ないことです！　わたしが、ではなく、法律が、であります」

「じゃ、まあどうかな、たとえばその法律が？」

官房長は書棚のほうへ向かって行きかけた、が、途中で立ち止まった。

「内密に笞《むち》打たれるのでありますか？」と、彼は訊いた。

「いや、内密にではなく、しかるべく……法律によって！」

官房長は書物の一冊を開き、体刑から除外された者たちについての条文(1)を示した。

《彼》は一度眼を通した、それからつかえながら読んだところをなんだか機械的にくり返した。突然彼に、何かまったく新しい思いがけないものが吹きつけてきた。

「この件に関して公布されました勅令の中に、明白にすら説明されております」そのあいだに官房長は解説した、「町人は、教養のある者としてより多く感受性を有しているがゆえに、体刑から除外されているのであります……」

「どこの大学でプローホロフは教養を身につけたのかね？」

「教養なんてとんでもありません……まったく未開人であります！」

「やつに一発食らわせるべきだ！」

これまで《彼》はこれほど興奮した気分になったことはなかった。

脅威が、どうやら、彼を鼓舞したらしい、そしてプローホロフに予定された懲罰を、プローホロフに対する一種の個人的復讐に変えたらしい。事の普通の成り行きのもとでは、プローホロフは、おそらく、ただ訓戒だけで放免されたところだったろう。が、今は、プローホロフは、ポンパドゥールのもろもろの勇敢さのうちの最たるもの、すなわち、脅威に対する無視、が適用されるべき、敵であった。今日まで、法律の頌歌的内容《ほめうた》に懐疑をもたず、ポンパドゥールは、もっぱら本能に従ってきた。だから、彼のおおざっぱな性格がそれを求めたような場合にだけ、手を振り上げてきた。いまは、このしごくおおざっぱな性格が、予測できなかった障害物にあおりたてられて、一挙に本領を発揮し、まるで彼をそそのかしたかのようであった、——お前さんよ、親愛なるお人よ、プローホロフに立証してみなよ、いったいどういうわけでプローホロフのために除外がもうけられているのか！

「内密にということでお許し願えないでありましょうか？」うろたえた官房長が言った、「いずれにせよプローホロフも自分の分は受け取るのでありますから！」

しかし《彼》はもう聴いていなかった、何だか粗野な皮肉をこめてくり返した、

「いや、法律によって、だ！　私は——法律によって、だ！　退却しないぞ……一歩も……いささかも！」

それからそのまま役所から出ようとした、しかし戸口で、まるで何かを思い出したように、ふたたび全身をまわして向きを変え、しっかりした声で言った、

「一発くらわせろ！」

——

だが、明らかなことであったが、それが、束縛を知らなかった気質の、最後の、ほとんで暴力的な爆発であった。思考力はもう刺激されていた、で、思考力がたとい人を一気に引き留めなくても、ごく近いうちに勝利者となるはずであった。

好奇心にさいなまれて、彼は、彼の全存在をとらえた、不安にみちた感情を押さえこもうと努力し

たが、無駄だった。彼は食がすすまず、食後よく眠れなくなった。崩壊の活動はやるべきことをやっていた、以前の堅固な全一な世界観は明白な損害をこうむった。これまでは彼は、自然の中で出会う変種に対してはほとんど無意識に、内的な自我の創造物として、受け入れていた。ところが突然、判明したのである、——変種は自然の中に、彼の個人的な好みとはまったく無関係に存在していることが、そしてその変種自体が必ず自分を承認せよと迫りさえしていることが。

《これから除外されている》……この文言を彼は自分で、自身の眼で見たのである、そしてこの文言を深く考えれば考えるほど、ますますこの文言は彼を驚かせたのである。強い驚きの最初の段階は、つぎのように表現された、——なんでおれはこのことを知らなかったのか？　第二の段階ではその表現はより複雑になり、つぎのような形になった、——その除外は疑う余地なく確かなものなのに、なんでおれはつねに、そんなものなどありはしなかったかのように、行動してきたのか、そしてそのために自分にとっていかなる損害も受けなかったのか？

それは彼にとってはたいそう重要な疑問だったので、彼はそのことを官房長に尋ねさえした。

「さしあたってのところは、でございますな」官房長はあいまいな返辞をした、「ほら、フィリップ・フィリップィチ（ポンパドゥールの前任者）も幸福にやっておられましたが、突然、検察官がやってきましてなあ……」

「ちょっと待った！　そのことをきみに質問しているんじゃないよ。検察官は——それはもう言うまでもない。それは——私がその気になれば、自分でやってきて、自分で打ち切る。しかしきみは言うんだね、それ、つまりこの除外は、つねに存在しているし、存在してきたと？」

「つねに、でございます」

「検察官じゃなく、法律の中に、だよ……ほらここに、きみのところの書棚の中に、だよ！」

「はい、その通りでございます」

「また、なぜだね?!」

官房長は全身をまっすぐ伸ばした、まるでこう言っているように、しかしあんたは気づいているでしょう、わたしがこれまでぴんぴんしていることに！

「それが問題なのでございます、すべて、さしあたってのところは、でございます」

しかし、この返辞は彼を満足させなかった、なぜなら官房長はただ重心を移しかえたにすぎなかったからである、ポンパドゥールから検察官へと。だが彼は知らなかったのだ、いかにしてこの重心が、最初は法律の並んだ書棚にありながら、突如そこから消えうせて、いまは、浮浪者のように、ポンパドゥールから検察官へ、検察官からふたたびポンパドゥールへと走り移っているのか。

「馬鹿者《もん》！」と、彼はきびしく言った。

官房長はかすかに赤くなり、書類に顔を埋めた。

彼はそれに気づき、急いで言い直した。

「どうか赦してくれたまえ、私は少し興奮した。このことをはっきりさせるよう努めよう。そこで、きみは主張するのだね、例外は存在すると？」

「存在いたします」

「なんで例外が廃止も変更もなされ得ないのだろう？　なんで私も、検察官も、鬼も、悪魔も——みんな一様にその例外を考慮し、その例外に応じて行動しなければならんのだろう？　そういうことだね？」

「はい、その通りであります」

「なぜだね?!」

官房長はふたたび全身をまっすぐ伸ばした、まるでこう尋ねているように、じゃなぜこのわたしはこれまで元気でぴんぴんしているのでしょうか、と。

「すべては、さしあたっては、であります……」

「座りたまえ!」

謎は、わけなく解けそうで解けなかった。彼は謎をあらゆる方法でひっくり返してみた、が、判明しただけである、自分が栗鼠《リス》のように車輪の中でくるくる回っていることが。一方では、こう考えられたのである、すなわち、もし、官房長が言っているところのこの例外が――確かな例外ということであるなら、つまり、自分の負けである、と。他方では、こうも考えられたのである、もし、自分がどんな例外もかつて知らなかったし、いまも知らないでいて、それでいて自分がまったく気分がよければ、つまり、例外のほうの負けである、と。

官房長がここで二つのまったく別種の事柄、すなわち検察官と、法律の並んだ書棚とを、混同したこと、これは彼にとっては明らかであった。検察官とはいったい何か? それは、彼、ポンパドゥールと同様の、素材から成っている、人間である。それは、輪をかけたポンパドゥールである、それ以外の何ものでもない。検察官は、ポンパドゥールたちのうちの最下等の者として、同じように素手で仕事にとりかかる。検察官は、法律の並んだ書棚の中で何が行なわれているか、知ることが出来る、しかし知らないことも出来る――仕事はそのために決して損なわれることはない。検察官もまた、《さしあたってのところは》という言葉で制限されている、つまり、今度は逆に、別の検察官の、間断ない警戒の中にあるはずである。この、別の検察官は、もう輪に輪をかけたポンパドゥールであろうが、しかしやはり、遠くから近づいてくる、輪に輪に輪をかけたポンパドゥールを、考慮に入れているポンパドゥールにすぎない。法律の並んだ書棚は、すべてこのことに対していかなる関係を有《も》ち得るのであろうか？

しかし、おそらく、この書棚にあったのは、《さしあたっては》の根源そのものではなく、状況判断で好機に《さしあたっては》を確定することを可能としていた、ただその材料に過ぎなかったのであろう？　このことを官房長は言おうとしていたのであろうか？

十中八九、官房長はまさにそのようにこのことを理解していたのであろう。官房長は書棚の扱いに慣れすぎていたので、そこに、普通の書棚以上の何かをみとめることは出来なかった。官房長としての在職中に、彼の眼の前をつぎつぎとほぼ十人のポンパドゥールが通り過ぎた、そしてそのポンパドゥールたちはみんな、煙のように、消えたのである、ほかならぬ、《さしあたっては》、の規則のゆえに。この規則の中に、すべての人生があった、と彼は考えている。彼はこの規則を、ポンパドゥールたちに、ばかりでなく、自然全体に、周囲のすべての事物に、適用した。彼は、自由な歓喜を、あるいは戦《おのの》きにまで達する用心深さを、見たのであろうか、彼は言った、《さしあたっては》と、そしてつねに予言者となったのであった。歓喜している人にぶつかると、ポンパドゥールは、《何でお前は大声でわめいているんだ？》と言って、その者を区警察署にまわすように命じた。同じポンパドゥールが用心深い人にぶつかると、《お前はおれを避けようとしているのかな？》と言って、同じくその者を区警察署にまわすように命じた。官房長は自分自身をすらこの規則から除外していなかった、官房長にとっても《さしあたっては》が来るのであろうことを、知っていたのである。

しかしここでは官房長は、一貫性がなかった、自分の最後の時が来るのを雄雄しく毅然として待つことをせず、回避しようとし、抜け目なく立ち回り、あらゆる方法でその時が遠退《の》くよう手配した。保身の本能はあまりにも強かったのである、死刑の宣告を受けた者に、決して実現するはずのない希望を、いだかせる、あの本能が。この本能にあおられて、官房長は、法律の並んだ書棚にもの悲しげな視線を向けた、まるでそこからの保護を待ち受けていたように。彼は、自分の期待がむなしいことを、知ってはいた、——だが、やはり、待っていた。それは、彼の哲学の、弱い面であり、ほとんど彼の哲学の、否定であった、けれど、彼がそのことをわかってはいない、と言うことは出来ない。ときおり、早過ぎる《最後の時》の到来から自分を守ろうとすることは、彼に多大の骨折りを要求したので、彼はこれはもうあきらめてしまおうと考えることがあった。『身を投げよう、そして、ほかの人たちのように、大海原を気ままに泳いでゆこう!』——彼は思案した、しかし保身本能がしきりにむずむずしだした、しきりにささやくのだった、待て! ひょっとしたらあすも生きているかも知れん! こうして彼は生きてきた、一方では、《最後の時》は避けられない、という堅い期待を抱きながら、他方では、この恐ろしい時に法律の並んだ書棚が彼のもとへ救援に駆けつけてくれないであろうかという、漠然とした期待で自分を元気づけながら。

ポンパドゥールは、この矛盾をさとっていた、で、手初めに、官房長の哲学の前半だけを無条件に正しいと認めた。つまり、《さしあたっては》という法則に従属しないようなものは何も、無条件に保障されているものは何も、この世にはない、ということである。彼は、自分の心眼の領域内にあったもろもろの現象の総和を、理解した、そして全世界がこの土台石の上にあるということを、認めざるを得なかった。《それだけの話だよ》この結論に達し、この結論を特に住民に適用しながら、彼は深い感動をおぼえたのである。

「だってほら」彼は自分自身と話した、「住民には一瞬すらないではないか……まったく安全な、一瞬すら！　たとえば、この私のことを考えてみよう、さあ、検察官だ、さあ、あっちには鬼だ、悪魔だ……むろん、これはある意味では契機だ！　しかしそいつは私の頭の上に石のように落ちてくることはないではないか。すべてがなんとかして前もって警告してくれる、親切な人が内緒で手紙をくれる、あいつがやってくるところですよ、と。さあ、ほらそのときには、たとえばあのプローホロフをでも一時的にかたづけることが出来る、検察官の眼につかぬように。それに検察官自身も——そいつも同じくポンパドゥールではないか！　はたして彼にこの気持ちがわからぬであろうか！　したがって、彼とは話を始めることが出来る。だが住民は？　だれが住民に前もって警告してくれるか？　そして何を住民は行なうことが出来るか？　住民にとっては、つねに、いつでも、《さしあたってのところは》である。つねに住民は四方から取り囲まれている。彼は食べ物を口のところまで持って行くつもりでいる——ところがそのとき《さしあたっては》が来た——食べ物は床《ゆか》にすっとんだ。こういうわけさ」

神のみぞ知るところである、この悲しい物思いの気分がどこへ彼をひっぱっていったか、もし彼が、問題は、感傷的な考えを除けば、彼自身にとって個人的には、解決されるはずであることを、自覚しなかったならば。そこで彼はこの解決にじかに取り組んだのである、ためらうことなく。

——《さしあたっては》が避けられないものであるなら——と、彼は思索した、——つまり、それについて考える必要はない。それの存在することは、存在しないことに等しい、なぜなら、原則になった、保障されていないということは、保障されているということに、まったく等しいからである。私ハ私ノ全財産ヲ私ト共ニ運ブ[2]──何を私から取り上げられようぞ！　もし私がまったく、全然、保障されていないのなら、それはつまり、私が完全に保障されていることを、意味する。食卓のありし所に柩《ひつぎ》が置かれ、[3]──これ以外の何ものでもない。きょうは私はポンパドゥールで、まっすぐ元気に立っている、が、あすは輪をかけたポンパドゥールが現われて──駆けつけてきて、壊す。饗宴のさんざめきし所に葬送の慟哭《どうこく》とよむ[3]──これでおしまいだ──

「そうだ、おしまいだ」と、彼はもう声に出してくり返した、この思考の流れは彼にとっては極めて好都合であったろう、もしそれが、一つの、まったく偶然の状況によって妨げられなかったなら。というのは、部屋の中を落ち着きなく動きまわっているうち、彼はまさしく、法律の並んだ書棚に、ぶつかったのである。

「ここに《さしあたっては》があるんだよ！」と、ある不可思議な声が彼にささやいたのだ。

「くだらん！」と、彼はこの警告に答えて大声でどなった、しかしすぐにうろたえ、青ざめた。

官房長の世界観の一貫性をもう損なっていた、保身本能が、彼の中でも燃えあがったのである。

彼はわなわな震えながら一巻の書物を手に取り、それをめくり始めた。何を彼はそこに見たか？

ああ！　何を彼は見たか？

彼は見たのである、人間の全生活が予見され、決定されていたのを。食事から始まって、教育や、工場をこしらえ橋・渡し場を整備しておく義務に至るまで、すべて。このすべてに対して──詳細な規則、また一つ一つの規則の不履行に対しての──威嚇。彼に、彼に対する……威嚇！　そうだ、彼に対しても、だ。彼の生活も予見され、決定されている、彼の生活も複雑きわまりない義務ともろもろの関係に囲まれていた。彼が中心であり、その中心のまわりに群がっていたのである、住民の食糧も、住民の道徳も、教育も、商業も。そしてこのすべてに付与されていたのが、《義務》という名称であり、決して《権利》という名称ではなかった。これらの義務の履行のために彼が威嚇を身につけさせられていたことは、本当であるが、しかしこの威嚇の度合いもまたあらかじめ定められていたのである、それらの度合いからはみだすことは、危険のように見えた。

《禁止されている》、《義務と見なされる》——これが、彼がまったく思いがけなく知ることを強いられた、表現である。《ぶん殴る》も、《一発食らわせる》も——そんな表現は何もなかった。プローホロフは疑いなく《除外》されていた。

彼は打ちひしがれ、打ちのめされた。それにもかかわらず、むら気な彼の思考はこの期《ご》に及んでもそのいつもの性格を変えなかった。『こんな重荷が、ポンパドゥールに選ばれた、無名の陸軍幼年学校生徒だったおれに、のしかかっているのか！　《一発食らわせる》、《ぶん殴る》という言葉を誰彼の見境なく浴びせかける以前に、おれはこういうことを知っておくべきだった！』とは彼は自分に言わなかった、——しかし彼は、何かに刺されたように急激に飛びあがると、なんだか悲痛な、神経質な笑い声をあげて叫んだ、

「にもかかわらず……にもかかわらず……何のためにわれわれ、ポンパドゥールたちが必要なのか！」

——

《ポンパドゥールたちは必要なのか》？　この疑問の、反駁《ばく》しがたい明快さが、このポンパドゥールを、血が出るほど侮辱した。そのさいもっとも痛かったのは、この侮辱が内部から出たことであり、彼自身が、自分の過度の探求心で、それを呼び出したことだった。

この瞬間から悲痛な感情が彼の全存在を染めあげた。明白な敵はいなかった、しかしあらゆる点か

らみて感じられたのである、この敵が存在していることが、この敵が目に見えなくてもどこにでもどんな時にでも同行していることが。論戦したいという熱烈な欲求が現われた、しかし論戦が開始されたとき、その論戦は遠回しの臆病な性格をおびていることが、判明した。その論戦の皮肉の中には自由さはなかった、その論戦の大胆さは衝動的に現われて、精神力の緊張状態を物語っていた。書棚のそばを通るとき、彼は微笑し、頭を振って皮肉っぽい仕草をした、しかし観察力のあまり鋭くない人でさえ、推量することができたものである、その微笑によってもその仕草によっても彼が自分自身を騙《だま》しているにすぎないことが。このような優柔不断な態度で人は、自分が警戒する理由をもってはいるけれどしかしそいつの前ではちょっと偉ぶってみせなければならないと考えている、敵の前で、微笑するものである。どんなふうにしたらこの微笑のために罰せられずにすむものであろうか？　敵はこの微笑に気づかずにそばを通りすぎてくれるであろうか、それとも気づいてすぐにその微笑のために報復してくるであろうか？

彼は朝から論戦を開始した。彼が役所に着いたとき、彼が玄関の間《ま》で出会った最初の人物は、無感覚の状態で通りで拾われ、区警察署に入れられた、お定まりの町人プローホロフだった。以前ならこの出会いは、ポンパドゥールの考えでは、慣行の性格をおびていて、《一発食らわせろ！》という言葉で終わっていた。いまは——前面に出てきたのは論戦であった、つまりプローホロフによりもむしろポンパドゥール自身に影響を及ぼしている、苦痛であった。

「やあ、プローホロフさん、どうですか？」と、彼は、顔を腫《は》らして眼球《めんたま》の充血した醜い男の前で、立ちどまりながら、始める。

「すみませんです、あなたさま！」

痛ましい微笑がポンパドゥールの顔に浮かぶ。

「まあいいさ……達者でな！　あんたは本当に知らないのかい、あんたが除外されていることを！……そうだよ、除外されているのだよ。これは私が言うのではない、法律が言っているんだよ。あんたの教養の程度により……」

「あなたさま！　とんでもございません！　本日から誓って禁酒いたします」

「なんで誓うんだね？　飲《や》んなさいよ！　以前なら私はあんたをこの廉《かど》により背中を撫《な》でてやっていた、が、今は……法律があるのでな！　なんであんたは立っているんだね、教養のある若いお人よ？プローホロフさんに腰掛けを！　せめて、私は見るとしよう、お前、悪党めが、どんなふうに私の前で座るか！」

彼は地金が出て役柄をうまく演じられなくなる。そこでドアをばたんと閉めて、すっかり頭にきて、全身を震わせながら、執務室に入る。しかしそこでも彼を待ち受けているのは、論戦の新しい原因である、すなわち、雑誌、発信書類、未開封の郵便物など。

「なんできみはこんな馬鹿げたものばかりを私の机の上に積み上げたんだ？」と、彼は、山積みのものを指しながら、官房長に質問する。

「書類であります……」

「書類であることは、知っている。だがきみは言ったじゃないか、法律がある、と？」

「はい、その通りでございます」

「それでは、これらを法律さんに報告したまえ、そして私には厄介事《やっかいごと》は免除してくれたまえ！」

官房長は不安そうに彼の動作を見守っている。

「私はこれからはつぎのように行動するだろう」と、ポンパドゥールは雄弁をふるいつづける、「何が起ころうとも――法律だ！　人が歩いている――法律を見せろ！　荷馬車に乗っている――法律だ！　私はきみを、だね、この法律で悩ますだろう！　ほらあそこ、彼《やつ》だ！　ほらあそこ、彼《やつ》だ！」彼は、市場へ馬車で行く百姓を窓から見つけて、叫ぶ、「きゅうりを積んで市場へ行くところだ！　どこに法律がある？　彼《やつ》を止《と》めろ！」

「禁じられてはおりませんです……」

「どこに《禁じられてはいない》と述べられているんだね？　示したまえ！」

官房長は赤くなり、フライパンの上の泥鰌《ドジョウ》のように身をくねらせる。幸いにも、ポンパドゥールは、一つの事に片をつけると、もう別の事に移る欲求を感じている。

「ほら私のところの消防施設で注水管のところのすべての消火ホースが乾いて縮んだ」と、彼は言う、「見ていようぜ、どんなふうにしてそれを法律さんが修理してくれるか！」

一時的な沈黙がおとずれた。官房長は席に座り、そっとペンの音をたてている。ポンパドゥール自身は、やや落ち着いて、公正標[4]の前に立ち止まり、それの各面に貼りつけられた勅令に見入っている。しかし、ああ！　彼はその勅令からどんな教訓も引き出せないばかりでなく、それどころか、何やらこのうえなく苦苦しげな非難をこめて言うのである。

「汝《なんじ》!!」

しかし、書類は待っていてはくれない。どんなに彼にその書類が目下のところおぞましく思えても、彼は仕方なしに机にむかって座り、やっきになって公用封書の封を切りはじめる。

「なんでこいつらはおれに指示するんだ！」と、彼は大声で叫ぶ、「こいつらは、法律があることを、知っている——じゃ、法律に指示したらよかろうに！　ところが、そうじゃなく、いつもこのおれに、このおれに！」

書類のかさかさ鳴る音とつぶやきが聞こえる、《貴下に指示される》、《彼に、ポンパドゥールに命ずる》、《緊急に》、《即刻》、《法律による懲罰の恐れのもとに》。

「私はきみに言っているんだ！」彼は官房長に言いがかりをつける。

「何をご命令なさるのでありますか？」

「私は命令しているのではない、言っているんだ。命令しているのは法律であって、私はただ言っているんだ。私はきみに尋ねているんだ、何で彼らは私に指示してくるんだ、法律があるのに？」

「なぜならばもともと……」官房長は釈明しようとする、しかし彼の釈明は不適切で、つじつまの合わないものとなる。

官房長自身がこの不適切さを感じている。たまたまごたごたを仕掛けてしまって、彼は、法律とポンパドゥールの合同の存在によって突き落とされ、矛盾の深淵にはまって、身動きがとれなくなったのである。

「腰をおろしたまえ」

ポンパドゥールは書類につぎつぎ署名する、しかし一度始まった思考活動はもう彼を放さない。彼は、どこからも自分には説明してくれる者は現われないことを、漠然《ばく》と意識している。いずれにしても、説明者が現われるとしても、それはここではない、この執務室の壁のうちではない。この壁は完全に彼を圧迫し始めている。この壁によって囲まれている空間は、彼には魔法にかかった圏内のように思われる、そこへは単純明快な解答は一つだに忍びこめない。ここではすべてがしっかりと釘付けにされている、すべてが叱責《しっせき》そのもののように見える、すべてが尋問している、毒づいている、謎をかけている、そしてすぐにこの謎を、それを解く何らの試みもせずに、ほうりだしている。どこでこの解答を手に入れられるか？　どこでそれを捜し出せるか？

彼はもう陸軍幼年学校で、この世には《法律との闘争》と呼ばれている現象があることを、耳にしていた。多くの者が成功裏に闘争した、しかし多くの者がこの闘争に疲れはてたということであった。たとえば、ある県知事は、二十年以上闘争し、ほとんど勝利をおさめさえするところであったが、しかし検察官がやってきて、すぐに勝利者に降伏するように強いた。この県知事が囚《とら》われの身となった瞬間は、多くの者にとって恐怖の瞬間であった。ポンパドゥールたちが何十人となく滅んでいった。行政官の海の、鏡のような表面が、ほとんど瞬時に掻き乱された。辱しめられた者たちや侮辱された者たちが昂《こう》然と頭を上げた。歓喜している者たちや刑を執行する者たちは頭を下げた。いわゆる密告者たちが自分の穴から這い出してきた、そしてまことに厚かましくも自分のことを社会の良心の代表者と呼んだ。破滅は全般的なものだった。

法律と闘争する人の役割は本来の魅力をおびた。おそらくは、別の時代なら彼は喜んでその魅力に注意を向けたことだろう。しかし、第一に、彼はさとっていたのである、——（成功裏に、あるいは不成功であっても）闘争することが出来るのは、非常に強い人たちだけであること、また、どの程度の位置にあるのかわからない無名のポンパドゥール、彼に、この場合ゆるされているのは、小さな論戦だけであること、その論戦は極度の疲労のほかには何ももたらし得ないことを。第二には、彼はもうたいそう問題の奥深くへ入りこんでしまっていたので、つまらないあまり重要ではない細部に、それがどんなに輝かしいものであっても、熱中することは出来ない。彼が関心を寄せているのは、闘争が可能であること、そのことではまったくなく、何のゆえに闘争が可能であるか、ということである、そして何ゆえある者たちにとっては闘争が成功裏に終わり、またある者たちにとっては、恥ずべき敗走、辞表の提出、さらには裁判に付されさえする結末となるのか。法律か、おれ、ポンパドゥールか、この二つのうちのいずれが勝つのか。いずれにしても、この事柄が彼の理解力に突きつけられたのである。もし法律が町人プローホロフをなだめることが出来るのなら——法律になだめさせろ、もし法律が注水管のところの乾いて縮まった消火ホースを修理することが出来るのなら——法律に修理させせろ！

——法律にさせろ！——と、彼は心のうちで大声で叫んだ。

しかしもし法律が修理することも、なだめることも出来ないのなら、法律よ、おれ、ポンパドゥールの邪魔をするな、おれの指示の邪魔をするな！

この論理の堅固さは、火を見るより明らかだった。

しかしそこで、彼の思索の糸は、消防施設から聞こえてきた叫び声で、中断する。プローホロフが反乱を起こして、すぐにおらを殺してくれと要求しているという。論戦は再開される。

「どうなさいますか？」と、官房長が尋ねる。

「なんできみは訊くんだね？　きみは知っているじゃないかね、私が何も出来ないことを。いまは法律があるということを。そこに書いてあるように、行なわれるべきだ。プローホロフさんに褒美《ほうび》を与えよ、と書かれているのなら、私は喜んでそうする、一発食らわせろ！　と書かれてあるなら、私はこれに対して反対しない！」

こうした結果の出ない処理のなかで午前中が過ぎてゆく。ついに勤務時間は終了する。書類と雑誌は署名され、引き渡された。プローホロフの件はひとりでに、つまり段段に解決する。しかし、自然全体が早い昼食時間の訪れについて物語っている。この待望の時にさえ、彼の額《ひたい》は皺《しわ》がなくならない。以前なら彼は昼食前に消防施設に立ち寄り、消火ホース、道具箱、消防ポンプを点検し、自分の眼のとどくかぎりすべてを修理し、ねじを締めるように命じたところだろう……が、今は彼は考えている、《すべてこれは法律にさせておけ》と。

彼は完全にいらだっている。帰宅するその歩きつきさえ何だかいらいらした、立腹しているような感じである。

昼食ごろに代言人が現われる。身寄りがなく、もうずっと前からポンパドゥールにたかって飲食する癖のついた男である。しかし会話はなんとなくはずまない。最初の料理は黙ってたいらげられる。二番目の料理の前にポンパドゥールは自分を悩ましている謎を思い切って利用することにする。

「せんだって官房長が私に法律についてひと談義やってくれたんだがね」と、彼は言う。

「いったいどういうことで？」

「すべては、あの……法的拘束力のもとにあることについて、かな……」

代言人はウォトカのグラスを飲み干している、そしてまったく気のない返辞をする、

「かなり前からそのうわさが流れていますな！」

「で、きみの意見では、どうかね？」

「ぼくの意見では、すべて、さしあたっては、ですな」

「ちぇっ！　またその文句か！　いいかね、きみ、もし法律があるなら、その法律が何でもやることが出来る、それなら、この私がポンパドゥールでいたってはじまらないじゃないかね？」

「どうやらあんたは俸給をもらうのに嫌気《いやけ》がさしたみたいですね！」

ポンパドゥールは議論を続けようと試みる、しかし判明するのである、代言人の立っている地盤は、官房長がしがみついているまさしくその地盤であることが。したがって、そこに見いだすことが出来るのは、堂堂巡りだけであって、本質的には決して問題の解決ではない。《法律か、それともこの私か》、——こういうジレンマを、ポンパドゥールは、自分に提起して、このジレンマがいずれの側にも偏らずにまっすぐ解決されることを、要求した。

——いや、これはみんな違うぞ！——と、彼には思われた、——もし私が自分の眼で見なかったのなら、《法律》は、まあ、そのときはかしこまっている！　そして私は俸給をもらうことが出来、法律は然るべく書棚に並んでいることだろう。しかしいまは私は見たではないか、したがって、知っているではないか、したがって、知らないということをさえ逃げ口上にすることは出来ない。どうあっても、遵守しなければならぬ。だが私が遵守しようと試みても、その場合も、ひとりのプローホロフが、逃れられないような課題を、突きつけてくるだろう！——

このような動揺と懐疑の中であいついで日々が過ぎてゆく。十分にあり得ることだが、彼は自分を悩ましていた問題に対する解答をまったく得られなかったであろう、もしも突如として彼を英雄的な決意がつつまなかったならば。その決意を彼はそくざに実行に移したのであった。

——

この決意とは、ポンパドゥールたちは必要なのかということを、根源そのものにおいて検討し、心の清い人たちと心の貧しい人たち(5)（この人びとが社会の大黒柱である）から知ることに、あった。ポンパドゥールの実地はこの根源に対していかなる関係にあるのか、また法律たちの実地は——いかなる関係にあるのか？　この両者のうちいずれが優位に立っているか？　いかなる意味においてか――創造的な意味においてか、あるいは単に、扇動者を生産する試薬の意味においてか？

この考えを実行するために、彼はもっとも初歩の方法に頼った、つまり、平服に着替えて、最初の日曜日に私人《オシノビ》ノ格好デ市場の広場に向かった。

陽気な日だった、市場は大勢の人出だった、広場は秋の産物を積んだ荷馬車でふさがれていた、話し声が至るところから聞こえてきた。空中にはキャベツ、茸《きのこ》、野菜のにおいが漂っていた。銅銭がちゃらちゃらと音をたて、ぱんぱんと手を打つ音(6)、素焼きの食器を試してみる指ではじくかちかちという音、ひひぃんと馬のいななきが、まざりあって聞こえてきた。ある場所では歌をうたい、ある場所では罵《ののし》りあっていた。ほうぼうで、助けてくれ！　という悲鳴があがっていた。女たちが、互いに相手ののどを食いちぎりかねないと思われたほどの、すさまじい勢いで値段の掛け引きを行なっていたのだ。官憲への反抗の場面もみられた、つまり、巡査が商い女にキャベツ汁《シチー》に入れる茸《きのこ》を五本くれと頼んでいた、ところが商い女のほうは二本しか与えなかった、そこで巡査は首を横に振っていた、まるで、この女をその頑固さのゆえに銃殺刑に処するべきではなかろうかと、じっくり検討しているかのように……。

しかしポンパドゥールは何も目にとめていなかった。彼は生まれつき感傷的ではなかった、だから、自分の管轄下にある住民が幸福かという問題には、彼はあまり関心をもたなかった。おそらく彼は、住民たちは不幸になる権利をもたない、とさえ考えていたのであろう。それゆえに、彼の眼の前で通り過ぎていった、民衆の生活の現象は、幻燈の幻想的映像にすぎないように思われた、そしてその映像を説明する手がかりとなる鍵《かぎ》は、おそらく、かつては存在していたであろうが、しかしもう、ずっと以前に、他所《よそ》から来たポンパドゥールたちのひとりによって井戸の中に投げこまれた、それ以来だれもそこからその鍵を取り出すことが出来ないでいる。

それでも、起きたことのうちのいくらかは彼の眼に飛び込んできさえした。

まず一番に彼を驚かせたのは、つぎの状況である。彼が自分からポンパドゥールの姿を振り落とした途端に、すぐにすべての者が彼に尊敬のしるしを示すことをやめた。したがって、彼が自分にしみこんでいると思いこんでいた、あの特殊なポンパドゥール物質なるものは、まったく存在しなかったのである、で、もしそんなふうな何かを指し示すことが出来たとするなら、明らかに、その《何か》とは、彼自身によりも、むしろポンパドゥールの制服に備わっていたのだ。

二番目に彼を驚かせたのは、つぎのような状況であった。市場を警察の下士官（警察分署長ですらない）が歩いていた、——すると彼の前でみんなが道を開けて、帽子を脱いだのである。そしてまもなく、その下士官のすぐ後について、同じ市場を、法律の書物を脇の下へかかえていわゆる密告者が通り過ぎた、——けれども彼の前ではだれも指ひとつさえ動かさなかった。したがって、法律には、直立不動の姿勢をとらせるあの特殊な物質は、ない、なぜなら、もしその物質があるならば、むろん、それは、密告者の脇の下の自分を感じさせたことであろうから。

したがって、物質はもともと制服に含まれていたのである。制服とは無関係に取りあげた場合、彼、ポンパドゥールも、法律も——同等である。

この結論は、まもなく、至極輝かしい形で別の調査によっても確認された。

彼が群集の話し声にどんなに注意を凝らして聞き耳をたてても、しかし、《ポンパドゥール》、《法律》という言葉は、一度も彼の耳に入ってこなかった。この人たちは自力で幸福だったのであろうか、あるいは彼らは単に、すべての教養ある世界では社会的整備と礼節の名のもとに知られていることについて、初歩的な理解さえ持たない、未開人なのであろうか。ながいこと彼はだれとも話をする決心がつかなかった。しかし、ついに、皮革を積んだ荷馬車のそばに立っていたかなり気品のある老人を目にとめて、彼のほうへ近寄った。

「あのねえ、あなた」と、彼は始めた、「私はよそから来た人間なんだがね、あなたのところの市長官のところまで行かなければならんのだよ。彼はあなたたちのところではどんなふうかね？」

「それはどんな長官かね？」

「ほらあれだ……一番偉い人だよ……消防施設のところに住んでいる」

「だれがそいつを知ってるかね！　おらっちにゃそんな者にゃ用はないみたいだな」

ポンパドゥールはこの返辞を聞くと顔をひきつらせた。

「どうしてまた、あなた、市長官に——用がないんだね？　じゃ、もし、たとえば……どうするんだね、たとえば……」

彼は適当な例を見つけだそうとしはじめた、しかしどんなに努力しても、つぎのような例しか見つけだせなかった、

「じゃ、たとえば、区警察署長にひっぱられたら？」

「これまでも神様が慈悲を垂れたもうてきただよ、もしひっぱられたら、そん時にゃそん時のことさ」

「しかし、もしかして、何かうわさが流れていたら……なにしろこれは市長官だからね、あなた！　彼について何かうわさがあるはずだ」

「うわさというのは知らねえな。なぜって、おらっちにゃそんなものは何にも用はねえだからな」

「ふむ……するとつまり、無事に暮らしているというわけだね？　何にも不安は感じないんだね？」

「どうしてまた不安を感じねえことがあるかよ、つねに不安を感じているだよ、なぜって、すべて、さしあたっては、というところだもんなあ」

「ひょっとすると、法律が恐《こわ》いかね？」

「言っているじゃねえか、さしあたっては、と。それはだね、家を出て、たとえばこの市場に行くときでも、家へもどるときでもさ――何がどうなるか前もっては言われねえってことよ。これだけの話さ。もしかしたら、法律はおめえのために書かれてるのかも知れねえな、でなきゃ何で……」

「それは妙だな。もしあんたの振舞いが立派なら、もしあんたが何もしないのなら……私は期待する、市長官さんはたいそう公平だから……」

「おめえは期待しなよ、おらっちは期待はもたねえよ。おらっちはどんな市長官も、どんな法律も知らねえよ、知っているのは、人それぞれ自分の運命をもってるつうことさ。たとえばさ、おめえが、だな、きょうは区警察署の留置場に入っているとして、そこからたとえ百露里《ヴェルスター》(7)むこうまでも逃げてもさ、また元のところへもどって行かなきゃなんねえってことよ！」

最初の会話の内容はこういうものだった。皮革商人《あきんど》との話を打ち切ると、ポンパドゥールは、木版画をいっぱい吊《つ》るした天幕のそばに立っていた老人の町人のほうへ向かった。老人はひげを剃《そ》り、ドイツ風の衣服を着ていた。そして丸い眼鏡《めがね》ごしに、同じく商っていたらしいモスクワ製の本の一つに、眼を通していた。

「あなた！」彼は町人に声をかけた、「私は他所《よそ》から来た人間で、あなたのところの市長官に用があるんですがね。市長官はどんな人ですかね？」

「さあ、どう言ったらいいですかねえ。わたしどもはこれまで市長官さんには用はなかったもんですからなあ」

「へえ、そんなもんですかねえ？」

「その通りなんですよ。留置場には今のところ神様のお慈悲で縁がありませんし、その他のことについては何をわたしどもは市長官さんと話し合うことがありましょう？」

「するとつまり、あなたは不安を感じることはなんにもなく、暮らしているのですね？」

「まあ、やっぱり多少は不安を感じて、暮らしています。聖書にも述べられていますからね、遵守しなさい、そしてこわごわと歩きなさい、[8]と。わたしどもの身分では、絶えず不安を感じなければならんのです」

「何をあなたは恐れているのですか？　市長官については、あなた自身がいま言ったように、知識をもっておられない――すると、法律が、あなたには恐《こわ》いのですかな？」

「法律についてはあなたに申しますが、法律は貴人や貴族のかたがたのために作用するのです、庶民は法律に何の恩恵も受けない！」

「わかりませんな」

「わかるのはたやすいことではありません、しかし実際それはその通りなんですよ。なぜなら、民衆というものは主として自然の法則によって導かれているのですから。本当ですよ、あなた、税ということさえ理解できないんですからね！」

「しかし、何かをあなたは恐れていますね？」

「運命を、です。すべては、さしあたっては、というところです。だれにでも自分の運命があります、天から降ってくる石と同じことです。朝、家から出ても、もどってこられるかどうかは――わからない。漠然とした不安の中で――こうして過ごすのです」

「しかし私は期待しますね、市長官さんは非常に公平だから、あなたが何もしなかったのなら……」

このとき会話をしている者たちのほうへ村の司祭が近寄ってきて、木版画売りと親しげに挨拶《あいさつ》をかわした。

「ほら、トロフィーム神父さん、他所《よそ》から来たこのお方が市長官さんのことを知りたがっておられるのですがね」

「ご用がおありなので?」と、トロフィーム神父が尋ねた。

「ええ、用があります」

「市長官さんとは個人的な面識はありません、これまで、実のところ、必要がなかったものですから、しかし、うわさによってなら、どういう人物であるかは言うことができます。神殿のことについては熱意をおもちですな、賄賂《わいろ》は難なく受け取られます……ただ、ほら、法律とは、どうやら、仲たがいしておられるようですな」

「この方は法律についても話をされましたよ」木版画売りが口をはさんだ、「お尋ねになりましたよ、庶民は法律を恐《こわ》がっているかと」

「法律は、申しあげますが、上の方で作られたものです。運命とまったく同じですな……」

しかし彼はもうその先は聞いていなかった。手にアコーディオンを持ってぶらついている職人を遠くにみとめて、彼は正しく結論した、この男は疑いなく留置場に入れられていたことがある、したがって、いずれにせよ市長官の職権の程度と限度について知識をもっている、と。

「おい、あんた、まあお聞き！」

しかし彼が自分の質問を述べないうちに、職人はやにわに、

「あなたさまぁにぃ！　ろくでなぁしさまぁにぃ！」と、わめきたてて彼の度肝を抜いた。

彼はやけどしたみたいにさっと跳びのいて、群集の中へ隠れた。そこで、正体を見破られないように、彼は、麦芽汁とパンを売っていた女商人《あきんど》のそばのベンチに腰をおろした。

「ちょっと、あんた、お尋ねさせていただくが」と、彼は言った、「ここの市長官はいったいどんなお人かね？」

しかし女商人は彼をろくに見もしなかった、ただ短い、けれど強烈な言葉を発した。

「なんだって？　どうやら、おめえさんは前に留置場に入れられたことはねえだか？」

彼は満足した、そしてもうわが家《や》へ帰ろうとした、しかし途中で女の佯狂《ようきょう》者(9)ウスチューシャを見かけ、こらえきれず、彼女のそばへ近寄った。

「ウスチューシャ！　私に言っておくれ、どうか……」

しかしこの女の瘋癲《ふうてん》行者(9)は、彼にしまいまで言わせず、奇声をあげて叫んだ、

「いやな臭いがするよ！　いやな臭いがするよ！」

これ以上の調査は、明らかに、全然必要はなかった。

成果は彼の期待をうわまわるものだった。ポンパドゥールたちも、法律も——何物も半未開の民衆を捕らえていない。民衆を捕らえているのは、ただ《運命》のみである——そして、このとき彼は、なんとしても、この《運命》を、自分の支配下におきたかったのである。

群集の見た目による、《法律》とは、いったいどういうものか、また《ポンパドゥール》とは、いったいどういうものか?——それは、ほかでもない、《運命》の消極的な代理人である、しかも《運命》全体のそれ、ではなく、懲罰的要素を含んでいる、《運命》の一部分のそれ、にすぎない。法律も、ポンパドゥールも、土地を肥沃《ひよく》にすることも、雨天あるいは晴天を送ることも、洪水を未然に防ぐことも、出来ない——要するに、法律も、ポンパドゥールも、群集がその中央で動いているところの、また群集がその影響をもっぱらわが身に感じているところの、諸現象の全圏内に、創造的に参加することは出来ないのである。法律とポンパドゥールは、妨害すること、禁ずること、懲罰することは、出来る、しかし創造活動は、決してこの両者の管理下にはないであろう、それは《運命》の管理下にあるものであろう。この両者による懲罰そのものすら、決して《運命的なもの》ではない特質をもっている、なぜなら、ある者たちを襲うとき、運命は、そこに、同じく選り分けて留置場へ入れても差し支えのない他の者たちが数十人数百人と並んで立っていることに、気づかないからである。したがって、群集は懲罰に懲罰をみとめず、不運をみとめるのである。

すべてのこうした思考が混乱した形でポンパドゥールの脳裏をかすめたのであった。あるときには彼には、自分が、馬車の五番目の車輪のように、まったく余計な人間であるかのように、思えさえした、それから次の瞬間にはこの考えが彼にはあまりにも侮辱的で野蛮なものに思えたので、彼はすっかり憤慨のあまり赤くなりさえしたほどである。彼は総じて自分の思考をきちんと処理できなかったので、一種の精神的な薄闇ができあがっていた、その薄闇の中では光が闇とたたかっているけれど、しかし結局のところは闇がやはり勝利者となるはずである。

だが、すべてのこの中に彼の自尊心を慰めてくれる面もあった。それはほかでもない、ポンパドゥールも法律もお互いにどちらも優位に立っていなかったことである。この面を彼はすぐに理解し、夢中になってこれにとびついた。むろん、調査は彼にこのことだけではなく、はるかに多くのことを明らかにした、つまりそれは証明したのである、彼が、《運命》と呼ばれている大きな力の、微小な代理人にほかならないこと、つぎに、彼の存在の有用性そのものが、それが彼自身に思われたほどには、まったく確かなものではないことを。しかし彼は、急いで、この成果を丸めて、それに含まれていた侮辱を飲みこんで、その侮辱に気づかない振りをした。その代わり、それだけに一層大きな熱を込めて、彼は、法律のものと見なされている特権と優越性の、廃止について告げていた、別の、部分的な成果に、自分を縛りつけたのである。彼はこの成果よりも遠くへ行きさえした。彼は将来の展望を予見し、小部分を自分のために横取りしようと思ったのである。

「そうだ、われわれはまだ張り合おう!」と、彼は感覚の眠りの中でつぶやいた、「まだ見ていようぜ、どちらが勝つか!」

しかし調査の欲求をひき起こした最初の刺激はあまりにも強烈だったので、自分自身の方法でそれから逃れることは不可能であった。疑問は外部から(官房長から)来たので、いまは見つかった疑問の解答はだれか外部者の確信の坩堝《るつぼ》の中で点検されることが、必要だった。

このために彼は晩、クラブへ出かけた。これはもっとも信頼できるもっとも確実な坩堝であり、そこでありとあらゆるポンパドゥールの確信は点検され強化されるのである。この地方の高級娯楽場の、いつもの光景が、彼の眼の前に現われた。タバコの煙、もうもうとした雲とまざりあった、炊事場の臭気が、部屋部屋に流れていた。地主たちがトランプ・ゲーム用のテーブルについていた。食堂では貴族団長がローストビーフをたいらげていた。遠くからビリヤードの玉を突いている音が伝わってきた。代言人がカウンターのところに立っていて、彼の言い方によれば、内服していた。

「ぼくは、あんた、十五杯目だよ！」と、彼は、近づいてくるポンパドゥールをみとめると、大声で言った、「いっしょに飲《や》るかね？」

しかしポンパドゥールはしかつめらしい顔をしていた、ウォトカのせいで自分のだいぶ前からの疲労の結晶が無駄になってしまうことを、望まなかったのだ。

「きみは、ほれ、その十五杯目を飲《や》ってな」と、彼は言った、「ところが、私は、そうそう落ちついてはいられないんだ！」

「何のことだい、いったい？」

「すべてはあの会話が原因さ……この前の昼食のときの、憶えているだろ？」

「やめなよ！」

「やめるなんてとんでもない！　法律だよ、きみ！」

「じゃ、法律なんてほうっておけ！　法律は書棚におさまっている、あんたは押さえつけていな！」

「しかしきみ自身が言ったんだぜ、さしあたっては、と？」

「それはつまり、もっとぎゅっと押さえつけていな、っていうことよ！」

「変わり者《もん》だな！　裁判にかけられるぜ？」

「だからさ、押さえつけていな！」

代言人は十六杯目を飲み干し、顔をしかめて、

「法律は書棚の中におさまらせておけ！」と、つけ加えた。

おそらくは、ポンパドゥールは代言人のこの断言に満足したであろう、なぜならそれは彼自身の思

考の方向に合致していたのだから。しかし、代言人の、《十六杯目》ということが、彼を不安にさせた。で、彼は確認のテストを続行することに踏み切った。この目的で彼は貴族団長のそばに腰をおろした。貴族団長はこのときすでにローストビーフを平らげてしまっていて、眼を閉じ、蝶鮫《ちょうざめ》征服の策を練っているところだった。

しかし彼は本格的に序論だけを述べることが出来た、というのは、彼が《法律》という言葉を口にするやいなや、貴族団長が、

「やめろ！」と、わめいたからである。

「法律ですよ……」と、ポンパドゥールはくり返した。

「よしてくれ！」

同じ晩、夜食のときに、代言人は、浮かれ気分で、ポンパドゥールの身に起こった異常な事件について、クラブの常連たちに物語った。ポンパドゥールはその場に座っていて、赤くなって、時どき、法律、とつぶやいていた。すると、

「やめな！」と、四方から声があがった。

「もっとぎゅっと押さえつけてろ！」

――――

翌日の朝、ポンパドゥールは、いつものように、役所へ行った。例のごとく、玄関の間《ま》で、彼が出会った最初の人物は、プローホロフだった。

しかし論戦の時期はもう過ぎていた。

「一発食らわせろ！」と、彼はしっかりしたはっきりした声で言った、そしてそう言うと、恙《つつが》なく

執務室へ通った。

Ⅶ　訳者注

（1）　条文。一八六三年四月一七日付けの、皇帝の勅令『現行の、刑事ならびに矯正の刑罰制度の若干の変更について』に対するシチェドリンの風刺。

（2）　私ハ私ノ全財産ヲ私ト共ニ運ブ。原文はラテン語。ローマの政治家・哲学者キケロ（前一〇六～前四三）の言葉。

（3）　食卓のありし所に柩が置かれ／饗宴のさんざめきし所に葬送の慟哭とよむ。ロシアの詩人デルジャーヴィン（一七四三―一八一六）の詩篇「メシチェルスキー公爵の死に寄す」（一七七九）の一節。不正確な引用。（この同じ一節がシチェドリン「現代の牧歌」〈一八八三〉第一章に引用されている。）

（4）　公正標。（正義標とも訳される。）帝政ロシア時代に官庁で机上に置いた双頭の鷲の三角柱の飾り。ピョートル一世の勅令《公正遵守》などの文字が各面に貼りつけられていた。そこには、《みだりに法律を作らば、法律は守られざるべし》という文句もあり、この言葉をシチェドリンは自分の作品に何度か引用している。

（5）　心の清い人たちと心の貧しい人たち。新約聖書「マタイによる福音書」第五章第八節、「心の清い人たちは、さいわいである。彼らは神を見るであろう。」同第三節、「心の貧しい人たちは、さいわいである。天国は彼らのものである。」

（6）　手を打つ。商談がまとまったさいに、そうする。

（7）　露里（ヴェルスター）。一・〇六七キロメートル。

（8）　遵守しなさい、そしてこわごわと歩きなさい。旧約聖書「申命記」第五章第三二―第三三節の、要約か。

（9）　佯狂者（ユロージヴィー）も瘋癲行者（ブラジェンヌィー）も同義。預言の能力をもつ狂人、もしくは狂人とみせかける禁欲者。（キリストのために人知を捨てさることは聖性の一つのありかたと考えられ、ロシアでさかんにおこなわれた。正教会で普通用いられる語は、「佯狂者」。）

Ⅷ　彼!!

彼ダ……常ニ彼ナノダ
ヴィクトル・ユゴー(1)

まったく思いがけなく、一種の《新しい時代思潮》により、僕らの都市《まち》ではポンパドゥールの席が空《あ》いてしまった。ひとりでに、新ポンパドゥールの任命を待ちながら、この地方は完全に興奮状態におちいった。あの人物、この人物、さらには第三の人物が予測された。そして、例によって、この予測の中で第一席を占めた人物の個人的資質といえば、宇宙をとらえる籤《くじ》に当たることの出来た者(2)の、それであった。ポンパドゥールとはいったい何か?――この疑問に対する明確な解答を与えてくれるであろう手引書を欠いて、――だれもが陵辱に身をゆだねたような気分であった。予想される人物たちのうちの、あれこれの人物の、気質、趣味、習癖、礼儀正しさの程度について、情報を与えてくれた、漠然とした資料を除くなら、ほかの何にも自分たちの揺れ動く思考を結びつける手がかりはなかった。ある人物については、《かなり厳しい!》と、うわさされた。またある人物については、《こいつは気合いを入れやがるだろう!》と、うわさされた。また第三の人物については、《みんなにとって結構なやつだろう、そしてこいつの女房はろくでなしだ!》と、うわさされた。四番目の人物については、《お前らはこいつが口をあけて歩くところを見ることはないが、こいつは無鉄砲だ!》と、うわさされた。五番目の人物についてはあけすけにこううわさされた、――こいつは、いささかのためらいも見せず、ある役所に着くと、言わば、その役所の存在そのものを規制していたところの、法律そのものの上にじかに腰をおろした、と。そして自分にこう言うことをだれも思いつかなかったのである、――新ポンパドゥールがどんな男だろうと、美男子であろうが愚か者であろうが、そいつの女房が優しかろうと、ろくでなしだろうと、おれに何の関係があろうか、と。まるでだれもが、意識的にか無意識にか、感じていたようだった、――個人的な気質と外的な状況のこの組み合わせの中に、ほかならぬ未来の謎の答えが閉じこめられていると……。

さきに述べたように、僕らの旧ポンパドゥールはまったく不意に追放された。僕らは彼とはきわめて友好的な関係の中で暮らしていた。彼も僕らを怒らせなかったし、僕らも彼を怒らせなかった。彼の精神的知的な資質は、《すみにおけない》という言葉で表現するのがもっとも近かったが、しかし、しゃれた細工《つくり》の、ポンパドゥールたちが、どの程度役に立つかという疑問は、まだ解決されていなかったので、僕らは、僕らのところのはお粗末だけれどそのかわり安っぽいということで、満足していた。僕らは排外的愛国主義《ショービニズム》にかぶれてはいない。僕らには輝かしい鎮圧も、大胆なヴァルダイ(3)丘陵越えも、無用である。僕らのポンパドゥールはおとなしく座っていた――それで僕らには十分であった。よくあったことだが、どんなに耳を凝らして確かめても、――僕らの周辺ではどこでも戦《いくさ》が行なわれていた。ある所ではポンパドゥールが役所をまるごと粉砕した。またある所ではポンパドゥールが大勢の通行人を追い散らし、そのさい多くの者たちを流刑地に送った。またある所ではポンパドゥールが、他の者ならまとまった文節を百もならべても表現できないほどのことを、二つの言葉(4)で説明した。それからすると、僕らのところは平穏無事だった。内部の敵のことも、外部の敵のことも、口の端にものぼらなかった。軍事行動は、遠い将来のこととしてもあり得ない。太鼓の音も、ラッパの音も、この世の終わりを告げるようなそんなものは、何も聞こえてこなかった！　内乱さえ、それすら、もっぱらこの土地のクラブの中にかくれがを見いだした。それは、それが実際に内乱であるのか、あるいは単に喧嘩であるのか、だれも言う決心がつかなかった類いのものだった。ほかならぬこの視点から、僕らの尊敬すべき旧ポンパドゥールも、この現象を扱ったのである。彼は言った、

「私は、われわれのところのクラブで内乱が頻発していることを、知っている。おそらく、それは他の諸都市のクラブでよりも少なくはないであろう。しかし私は、われわれの社会ではかくも普通の現象に、私の同僚のポンパドゥールたちは何ゆえ大騒ぎするのか、理解することをきっぱり拒否する！理解できないのである。たとえば、最近のわれわれのところの内乱を取りあげてみよう。バラボルキン公爵が、トランプ・カードを切るとき不正なごまかしがあったといって、熱いハンバーグを顔に塗りたくられた。悲しむべき行為ではある――それはその通りだが、しかしそこには有害な思想を広める意図が、もしくはだれかの権力を軽視する意図が、隠されていた、とすることには、私は決して同意できない！　決して」

だから、このポンパドゥールのもとの三、四年間は、僕らはかなり休息できた。絶えず自分の自主性を立証する必要から解放されて、だれもが自分の仕事を平穏に、いらだつことなくやってきた。地方自治会《ゼムストヴォ》は思うままに自分に税を課し、裁判所は思うままに罰したり赦したりし、税務局の役人たちは思うままに配当金を山分けし、監査局は思うままに蛮勇をふるって、ポンパドゥールそのひとからさえ一ルーブリ四十三コペイカの弁償金を取りたてた。そのときポンパドゥールは平気なもので、顔をしかめさえしなかった。どなり声も、武器をとれの呼びかけも、革命も――そのさい何も起こら

なかった。ポンパドゥールはあっさりといきなりポケットから一ルーブリ四十三コペイカを取り出したのである。それは、ポンパドゥールといえども法律に服従したのだという生きた証拠として、今も国庫に保管してある。そのさい、法律はあんたのために作られたのではありませんよ、と主張することが出来たばかりでなく、さらにまるまる七コペイカ分を上乗せするようやかましく言って、ちょうど一ルーブリ五十コペイカになるようにすることも出来たのである。

それだけになおさら、僕らのこの善良なポンパドゥールが永久に行政官としての自分の疾走をやめざるを得なくなったという知らせは、当然僕らを驚愕《がく》させたのであった。みんな周囲《あたり》を見まわした、みんな自分に問いかけた、なぜだ、何のゆえにだ？　と――だが、《彼は僕らを甘やかしたんだ》、《彼は新しい時代思潮に応えていなかったんだ》（これは昔ならたぶん、彼は住民を締めつけていない、ということを意味していただろう）というふうな、断片的な文句《フレーズ》のほかには、どんな答えも見いだせなかった。しかしなぜ、彼は新しい時代思潮に応えていないということになるのだろうか？　はたして僕らは謀反《むほん》人か、暴徒か？　はたして僕らは、身を滅ぼす危険を冒して、夢中で前方へ駆けているか？　はたして僕らは、野心の疑いを一切僕らから遠ざけるはずと思われる、あの平凡な仕事に、自分自身を、またすべての僕らの思考を、全面的にささげてこなかったであろうか？

しかし、こういうふうに吟味してゆくと、僕らは、明らかに、言い伝えによって受け継がれた知恵を、忘れていた。その知恵のゆえに《新しい時代思潮》はつねに、歴史的な生活の流れからのあれこれの回避の、修正としてでは決してなく、直接《じか》に、この生活の主要な要素の一つとして、登場したのである。思潮は自然に、ひとりでに破れた。思潮の必要性はすべての知性のなかに生きていて、どんな条件つき動機も必要としなかった。思潮にとって出発点となったのは、《何のゆえに？》という反徒的疑問ではなくて、備えよ、というまったく明快明確な行動原理であった。備えよ、つまり、陽気に歩け、悲しげに歩け、まっすぐ歩け、斜めに歩け、曲って歩け。きみには何も命令されてはいない、何も避けるようには警告されていない、きみにはただ言われているんだ、備えよ、と。あれこれを遂行することに備えるのではなく、耐えることに備えよ。《耐えること》を避けるためには何を自分はしなければならないか、ときみは尋ねる、しかしはたしてだれかがそれを知っているか？　きみの疑問そのものさえもが、すでにすべてが解決ずみで署名ずみであるとき、耐えることより仕方がないとき、そのときに現われることを、きみは感じないか。したがって、この疑問は手遅れのもの、無用のものである。きみはまっすぐ歩いている、だが半時間前にはきみは斜めに歩いていた――その時に、ほら、僕はきみにぶつかる。きみも、僕も、二人とも自分に説明することができない、なぜ、事が正反対に生じなければならないのか、つまり、半時間前にはきみはまっすぐ歩いていたのに今は斜めに歩いているということにならなければならないのか。僕らは、僕らが衝突した、そしてどんなことがあってもすれ違うことができないことを、感じるのみである。しかしもしきみも僕も、次の瞬間には僕の頭の中で何が生じるであろうか、予想することが出来ないとすれば、この迷路からの唯一の実際的な出口とは《耐える》ことであることは、明白である。そしてこれはまったく僕としての気まぐれではない。きみに傷を負わせようとする計画的な願望ではまったくない。これは、《秩序》であり、この秩序をもって僕はきみに対してもほかのだれに対しても差別なく対応しているのである。これが――《時代思潮》である……。

要するに、受けとった知らせによって引き起こされた全般的な懐疑は、軍の長《ちょう》、厳格で老練な人物さえ――その人さえもが、

「おお、天使！　神には天使たちが必要であります！」と、言ったほどだったのである。

言うまでもないことであるが、旧ポンパドゥールの出発に先だつ一週間は、ぶっつづけてまる一日の送別の宴が連日つづいた。僕らの社交界は、その送別の宴によって、出発する人に、感謝と同情をあらわすことを、義務と考えたのである。それは当局《オカミ》に対するきわめて明白で強い抗議であったが、その根底にあったのは、よもやこちとらが絞首刑に処されることはあるまい、という思慮深い計算であった！　すべての者が感動的な同時に当惑した表情を保っていた。しかしもっとも当惑顔だったのは、当の送別の宴の主賓そのひとのようだった。現世《うつしよ》のはかなさの思いに満ちて、彼は皿のほうへ頭をかがめて、蝶鮫《チョウザメ》のスープに不覚の涙を落とした。それから、以後の料理のコースのあいだは、彼は自分の顔に落ち着いた表情をうまく付与することが出来はしたが、しかし最初の乾杯の辞とともに、この装った毅《き》然さは消えうせ、眼にふたたび涙があふれ、送別の辞に答えた彼の声は、かぎりない憂愁の響きがあり、ほとんど臨終の苦悶《くもん》に似ていた。

不快な灰色の未来の、無数の情景が、この瞬間に、彼の頭の中を駆け抜けていったのであった。このとき彼の前で行なわれていたことは、疑いなく、これが最後の行事であった、なぜなら、一度枯れたポンパドゥールが、ポンパドゥールとして返り咲いた例は、なかったからである。心に残っているなつかしいものを、すべて彼は捨てた、元老院の広場に窓が面している堂堂たる建物の広間の一つを自分で飾るためではなく、最近はなんだか特別にペテルブルグの広場にあふれている不平をこぼしむなしい期待をかかえている人たちの仲間に加わるために、捨てたのである。《かわいそうなお人！》(5)この文字を、彼はすべての者の顔に、すべての者の眼に、読みとった。それは、運命がいつもの本能的な残酷さで彼を沈めた、未来の、その赤裸裸な姿を、だれも彼自身よりも深くは意識しなかっただけに、ますます彼の苦痛を増大させた。そうだ、彼がいま食べているものすべてを、――彼はこれが最後と食べているのであり、彼がいま見聞きしていることすべてを、――彼はこれが最後と見聞きしているのである。きょうは、宴のあと、彼はこれが最後とエララーシ(6)を三コペイカずつ賭けてやるのだろう(未来ではこのゲームは彼にはもう身分不相応のものとなる)、きょうは、これが最後と、警視監が、市中では万事うまくいっております、と元気よく彼のもとに報告しに駆け寄ってくるだろう、きょうは区警察署長たちがこれが最後と、彼が主教のもとへ告別の訪問をするとき、挙手の敬礼をするだろう。そしてほら、彼はどことなく驚きをこめてまわりを見まわしている。すべてがここでは従前どおり元のままの所にそのままあるのだが、しかし彼には、人びとも、物も、壁さえも――すべてが元の場所から離れて、どこか遠くへ去って行こうとしているように、思われる。彼は自分を松明《たいまつ》になぞらえる。きのうはまだこの松明は明るいあかあかとした火を放って燃えていた。きょうはそれは消えてしまって、もうくすぶって煙をだしはじめている。あしたはそれはすっかり踏みにじられて、ほかの何の役にもたたないがらくたといっしょに通りへ投げ捨てられるのだろう……。

ああ! 人間の心には忘れられない思い出はない。ポンパドゥールたちについての思い出は、あらゆるほかの思い出よりも、忘れられなさの焼き印に耐える度合いは少ない。きょうはあれほど暖かく彼に惜別の意を表わしている、すべてのこれらの人びとが、――あすは一つの言葉によっても、一つの仕草によっても、彼について触れることはないであろう。いやがらせのように、最近ではすべてがこのようにして、できるだけ早くポンパドゥールの足跡をぬぐい去るように、されていた。以前には、よくあったことだが、ポンパドゥールは、自分の任地だった県から去って行くとき、やはり一昼夜以上もかかってその県内を馬車に乗って行ったものである。したがって、過去は一挙に彼を放置することはない。各宿駅で彼は愚痴や挨拶を耳にする、駅長は驚いてあっと言う、駅馬車の御者はみごとな馬さばきで馬車を進めて行く……これが最後と！……。ポンパドゥールは駅馬車の鈴の音を聞きながら夢想したものだった、『私は幸運だ！　幸運だ！　すべての身分の者が私のことを惜しんでくれている！』と。それから、ゆっくりと、宿駅をつぎつぎ過ぎて行きながら、未来の深淵におちていった。だが今は解任されたポンパドゥールがしなければならないことは、鉄道の駅に行くことだけだった（さいわい、その駅はすぐそこ、すぐそばにある）。そそくさとすべての人に接吻し、それから蒸気機関がぽうっと汽笛を鳴らした――すると彼はいない！　完全にいないので、まだ汽車が山のむこうに隠れないうちに、見送りの人たちは、歓送を打ち切って、もう当面の関心事に心を移し、来るべき《出会い》について話を始めている。この見送りと出会いの単純化のゆえに、あるポンパドゥールの歓送に感銘を受けて、アガトンがいない！　わが友がいない！[7]という叫びを都市《まち》の広場に響き渡らせたほどに、凝り固まっている、あの野放図なロマンチストは、だれか?!

　しかしそれはまだ、ポンパドゥールが同情と別れの挨拶に対してうわずった声で感謝の言葉を述べたとき、彼の頭を駆け抜けた光景の、一端にすぎなかった。そのあとで光景はますます暗く暗く展開していった、そしてもうじかに彼を、謎につつまれた未来そのものと、向かい合わせた。

　アガトンがいない！　彼が座っていた場所は、すぐに温みを失った。そして県の文書保管係はポンパドゥール・アガトン二世の行政目的に関する記録を、文書保管室の棚に見つけだそうとしたが無駄だった。そういう記録は作成されていなかった。なぜなら《目的》そのものがなかったからである。

　アガトンは、好意的な（あるいは反対を許さぬぞという）仕草をすることはできた。彼は、優しそうな微笑を（あるいは皮肉そうな薄笑いを）顔にとりつけることはできた。彼は、愛想のよい（あるいは罵《ののし》りの）言葉を発することはできた。しかし行政目的は彼はもたなかった。彼は、俳優と同様に、目撃者＝同時代人たちに気に入られる、あるいは気に入られない、ことはできた。しかし（彼にとってはなんだか特別の速さでやってくる）後世の人びとにとっては——彼は、だれにも何も語らない、何についてもだれにも思い起こさせない、死んだ文字である……。

アガトンがいない！　彼は、ペテルブルグへと全速力で疾走する。そしてもう最初の瞬間から沈んだ気分だ。彼はすべての者たちに等しい。ここでは、この車両内では、彼は、みんなとまったく同じ条件下にある。これが最後と、彼は一等車で旅行している。が、もう、これがあの人だ！　これがポンパドゥールだ！　というあの密《ひそ》やかなささやきは耳にしない——それは以前なら彼が姿を見せると耳にしたささやきであったが！

そしてほら、蒸気機関車が汽笛を鳴らしぽっぽっと煙を吐きながら彼をなつかしい人たちからますます引き離しているその時、彼と並んで座るのは、まったくよその男だった。その男はすぐさま、自分ではそれと知らず、彼の心のほかほかと湯気の立っている傷口を刺激する。

「あなたはNからお乗りでございますな?」と、見知らぬ男は彼に尋ねる。

どんなに自信に満ちた態度で、どんなに喜びにあふれた声で、彼は答えただろうか、以前なら。そうです……私は彼《か》の地のポンパドゥールです！　私はペテルブルグへ自分の部下たちの困窮について報告しに行くのです！　私は、ポンパドゥールの第一の義務とは、彼の部下たちの正当な要求が適《かな》えられるように気くばりすることだと、考えています！　などと。だが、今は、その反対に、彼は、返辞がまるで自分の舌の先でこぐらかっているような感じだ、自分が全然なんにも返辞をしなくてもよいなら、どんなにかよいだろうという気持ちだ。

「ええ……つまり、私は……むろん、私はNから乗りました……」どぎまぎして、やっと彼は言う。
「あなたはあそこの方《かた》ですか?」と、道づれは無遠慮にうるさく質問をつづける。
「ええ……つまり、まったくはそうでもないので……私は勤務している……つまり勤務していたので……」

彼は話を一切そらそうと努める、彼はみんなの視線を避けようとさえする……そしてやっと、たぶん、一昼夜たって、もうペテルブルグの手前の駅あたりで、彼はすっかり自由な気分になり、自分の現実の境遇を明かし、自分の退職の悲しい物語を打ち明ける。そのとき、彼の心から、彼にのしかかっていた重荷が、落ちる。そして彼の口からはじめて不平がほとばしりでる。この不平が彼の人生の新時代を始めるのだろう、それが、彼の未来全体をうずめ、彼の生存に一線を引くのだろう、その一線は彼の過去を、現在と未来からはっきりと分かつだろう。

アガトンがいない！　退職のあとに直接つづくペテルブルグでの最初の頃《ころ》には、しかし、彼は、まだ張り切り、いわゆる《世間》と付き合おうと努めている。元ポンパドゥールとして、四等官として、彼はやすやすと大資本家ファラレーイ・グボシリョーポフの家に入り込み、彼のいろんなこまごました頼みごとを果たしさえする。上客ではない客たちを迎え入れ、彼らの相手をし、主人役を演じてみせる。グボシリョーポフの子供たちのために玩具をもとめにマーケットに行く。聖アンナ勲章(8)をどのように首にかけるか、グボシリョーポフに見せてやる。フランス人の料理人を急がせに台所へ走って行く。なぜかファラレーイの客間《サロン》に姿を現わすのを望まない人たちのために優雅な晩餐会が催される日々には、レストランでファラレーイの先導役(9)をつとめる。毎晩、ほかの二人の四等官とともに、グボシリョーポフ夫人のためにホイストのメンバーを集める、などなど。すべてこれらの奉仕のゆえに彼は食事の用意のできた食卓をもち、自分の庇護者《パトロン》のよく暖められた豪華な調度の客間《サロン》に朝から晩までとどまることが出来る。そればかりでなく、時どきは、小さな施し物を受ける、しかしながら彼はそれを大きな自尊心をあらわしていただく。この安楽さの中で彼はまるで陽気になったかのようであった。ワインや葉巻きに精《くわ》しくなり、一つ一つのくだものの値段を言い当て、うまい儲《もう》け口があれば見のがさず、太鼓腹になり、薄手の服をあつらえて作った、そして、ほんとにむさぼるようにうまそうに食べたから、彼の唇は少し腫《は》れ、つやびかりしてきた……。しかし詩人[10]は真実をうたったものである。

……幸運を祈ってしっかりと
が、だれしも希望を捨てねばならぬ……

そしてこの真実はアガトンそのひとにきわめて苛酷なかたちで当てはまることになった。まだ彼がグボシリョーポフの家に根をおろさないうちに、グボシリョーポフはもうどこやらの元将軍を拾ってきた。この時から庇護者《パトロン》はもう目に見えてアガトンに冷たくなる。対立と言い争いが始まる。二人の競争相手のどちらがグボシリョーポフの心をあやつるべきかという問題は、日ごとにますます深刻になり、むろん、アガトンに不利に解決するはず。あるときアガトンが何だか見たこともないような美しい葉巻きの箱をくすねようとしかけたとき、突然彼はやけどをしたような感じがしたが、そこから始まった。

「ほらこっちの……なるべく小さいのを……そのほうがずっとおいしいだろうよ！」グボシリョー

ポフが、ずっと値段の安い葉巻きの入った別の箱を眼で指して、いっぺんに彼を狼狽《ろうばい》させたのである。

この遠まわしの非難の言葉を耳にすると、アガトンはさっと青ざめた、しかし口をつぐんでいた。彼はなんとなく滑稽《こっけい》に急いだ、小さな葉巻きを取ると、元将軍の向かいに腰をおろし、何事もなかったように、煙を吐いた。しかし事態はますます悪くなるばかり。翌日は、わざとのように、ドノン(11)のところで優雅な晩餐会が催されることになる、そしてその世話人になるのは、なんだかまったく思いがけなく、元将軍である。で、アガトンはグボシリョーポフ夫人やその子供たちと家で食事をせざるを得ない。

三日目にはアガトンは、グボシリョーポフの頼みで、あるまったく新種のチーズを買った。そして、自分の掘り出し物を自慢しようともくろんでいたばかりのところへ、突然、元将軍がやってきた、そしてひと切れのまったく同じチーズを持ってきた。もちろん、元将軍のチーズのほうが《ずっと素敵》であることが判明した……。

するとアガトンは我慢できなくなって、弁明を始めた。彼は我慢していなければならなかった、堪え忍ばなければならなかった、そうしたら彼はたぶん今ごろは、とても素晴らしい（第一級の美しいものではないにしても）葉巻きをくゆらしていたことだろう、最高級のボルドーワインを飲んでいたことだろう、多汁で柔らかく甘味の強い上等種の西洋梨《なし》などを食べていたことだろう。しかし彼は不平を言いはじめ、泣きだした――そしてそのことによってすっかり自分の不安定な性格をさらけだした。

「これはすべてあんたの中で妬《ねた》みごころが泣いているんだ！」すぐにグボシリョーポフが彼をたしなめた、「だがあんたは自分を顧みたほうがよいのじゃあるまいか！　あんたはどんな星の持ち主だね（アガトンはたった一つ星を持っていた、それもごく小さいのを）？　だが彼は三つの星の持ち主だ！　それに彼は恐れを知らぬ男だ、州だけでもいくつ戦い取ったか、――だがあんたは！　暖炉の上の寝棚に寝そべって、火薬なしで射撃した！　せめてあんたは考えてくれたらいいのにさ、あんたのような連中を、わしは大勢かかえこんでいるんだ！　そのひとりひとりに安い小さい葉巻を一本ずつやっても、お金にしたらどのくらいだろう！　あんたは這《は》い込んできたんだ！　あんたはわしのところで寝起きした、それでもあんたは足りないのか！……」

　アガトンは侮辱されたと感じた……。

　アガトンはいない！　彼は、かつての彼の庇護者《パトロン》の住むまさしくあの家の、敷地内の、四階に住みついた。そしてヴィボルグ[12]生まれのスウェーデン女のロッタの監督下で無為に暮らしている。ロッタは同時に彼のために料理をつくり、長靴をみがき、そのほかの簡単な彼の用事をしてくれる。ロッタはみにくく、髪がうすく、眉毛《まゆげ》と睫毛《まつげ》がない、にもかかわらず、彼が彼女の青春を台無しにしたといって、彼を激しく非難する。この態度をやわらげるために、彼は彼女のごくささやかなわがままを聞いてやろうと努める。はじめは彼女が、彼がベッドでのんびりしているあいだに、彼のためにコーヒーを入れていた。が、今は、彼自身が、彼女があられもなく寝ぼけて羽布団の中でごろごろしているあいだに、コーヒーを入れる。彼女の機嫌《きげん》をとるために、彼は《彼女の母国語で》話すことを習得しさえした。そして、ほんとにきれいに《アンナ－ミナ－ヌシ》[13]と発音したので、彼女はたまらなくなって、彼を足で蹴りさえしたほどである。日曜日ごとにロッタのもとへ《彼女の身内》の従兄弟《いとこ》がやってくる。そのときにはアガトンはまる一日じゅう[6]家《うち》を出て、まずギリシア人の小料理店へ行き、それから（一点につき十分の一コペイカで）エララーシをやりに元ポンパドゥールのだれか――寝る前に自分の客たちに一杯のウォトカとひと切れの鰊《ニシン》を振舞ってやれるほどに、まだお金には不自由していない者——のところを訪れる。そこでは、カードが配られる合間に、不平がおの元ポンパドゥールたちがたがいにかつての気楽な暮らしについて、蝶鮫《チョウザメ》のスープについて、エゾライチョウや七面鳥の肉の値段について、いとも興味深い元老院の勅令について、もろもろの口論や言い争いなどについて話しあっている。そのあと、ウォトカを一杯ずつ飲ませてもらってから、みんな散会する。そして朝にはまた月曜日がおとずれ、また《アンナ－ミナ－ヌシ》、そして値段にすれば三十コペイカよりも高くはない正餐《ディナー》、正餐のあとは睡眠、トランプで独り占い《ペイシェンス》、晩のお茶、そしてふたたび睡眠。こうして一週間が過ぎてゆく……。

アガトンはいない！　彼は、自身このことを強く自覚しているので、運命の命令に従順のしるしとして顎鬚《あごひげ》と口髭《くちひげ》を伸ばした。(14)ひどく赤茶けた海狸《ビーバー》の襟のついた着古した外套を着た、やせて、色あせた感じの、彼は、毎月の一日《ついたち》には、中央出納局の階段の踊り場に座りこむ。そして恩給を受けとるため自分の番を待ちながら、《老婦人》と話をする。《老婦人》は手にハンドバッグを持っている——これは中央出納局につきものの用具である。杖《つえ》をもった、あるいは杖なしの、頭巾をかぶった、あるいは薄いラシャのショールをかぶった、古い栗鼠《リス》の毛皮の長いマント《サローブ》を着た、あるいは綿入れの着古した外套を着て、彼女はつねにそこにいる。踊り場に座って、しっかりした手でハンドバッグを抱えていて、勤めあげて苦労のすえ得ることになった緑色の三ルーブリ紙幣を辛抱づよく待ち受けながら、特別報奨金、補助金、そして多少ともかなりな額の恩給としての、おびただしいお金を運びつつ通りかかるしゃれ者たちを、涙のたまった眼で追っている。

真実を言おうか？——彼女を見ながら、元ポンパドゥールは何となくずっと元気な気分になっている。自分ひとりが打ちのめされているわけじゃない、自分ひとりが深淵に沈んでいるわけじゃない、世の中にはもっと打ちのめされた、もっと打ちひしがれた人がいる、というわけである。そして彼はのべつまくなしに《老婦人》とおしゃべりをする気になっている、なぜなら今後はこんなふうな会話だけが彼の心に元気回復の薬を注ぎこむことができるのだから。そうです、自分は彼《あれ》だったんですよ！自分は疑いもなくポンパドゥールだったんですよ！　そしてもし彼がポンパドゥールだったことを話題にしても幸福で満ち足りている人たちには、無礼な無関心のほかには何も引き起こさないなら、せめて彼女でも、せめてこの《老婦人》でもこのことに耳を傾け、彼を羨《うらや》ましがってもらいたい！

「わたくしの恩給は全部で」と、老婦人は話す、「どうも月に十二ルーブリ四十三コペイカらしいですの。つまり、自分の分として七ルーブリ受けとります、そして孫娘たちの分として――わたくしの息子は勤めている時に亡くなりましたの――それでほらこの二人の分として五ルーブリ四十三コペイカいただきます！」

「多くはありませんね、おくさま！」

「三ルーブリ紙幣四枚ですのよ、だんなさま、それでもまあ贅沢《ぜい》は言えませんけど。ところが、上の孫娘のほうがまもなく年齢が超過します、ですから、二ルーブリ七十コペイカ分は、差し引かれるだろうということですの！」

「暮らしていけますか？」

「暮らしてはいますよ、だんなさま。ただ、言っておかなければなりませんけれど、わたくしどもの暮らしは、生きていく必要はないみたいなもんだけど、でも死にたくはない、というぐらいのものですわ。わからないでしょうね。でも、やはりこんなわたくしでも、以前はね、素晴らしい暮らしをしていましたのよ！　家《うち》は裕福でしてね、どなたがおいでになっても、恥ずかしいことはありませんでしたわ！　わたくしどもも客に行くし、わたくしどものところにもお客さまがたがおいでになりましたよ！　でも、今は、お断わりするしかありませんわ！　ある日はパンと麦芽飲料《クワス》ですまし、つぎの日は汁気も温かい料理もなくただパンをかじるだけですものね。それで、あなたは、だんなさん、たぶん、沢山おもらいになるのでしょうね？」

「月に八十一ルーブリ六十コペイカです。おなじく首が回りませんよ、おくさま！」

「まあ！　あなたはなんとまあ！　わたくしどももそんな大金をもらえればいいのにねえ！　あなたは、つまり、要職につかれていたのでございますね？」

「ええ……わたしは……ポンパドゥールだった！」アガトンはいささか気取りながら答える。そして、《老婦人》がこの告白を聞いて仰天しているのを見てとり、明らかに快感をおぼえている。

相手のこの仰天ぶりが彼のすべての会話の目的である。その目的を達して、ポンパドゥールは幸福である。彼は、自分がまだすっかりは輝きを失ってはいなかったことを、自分から光を借りてくれる人がこの世には存在していることを、感じる。

「だったのです、おくさま、だったのですよ！」彼は夢中になって続け、全身をまっすぐ伸ばす、「出迎えられましたよ！　見送られましたよ、通りを一歩でも歩けば、警察分署長が先導して群集を追い払ってくれましたよ！　蝶鮫《チョウザメ》のスープの出ない食卓についたことはありませんでしたよ！　そしてあのポンパドゥールシャたちにつきましてはね……」

アガトンは手をひと振りして、恩給の配布が行なわれているカウンターのほうへ、向かう。手に十ルーブリ紙幣の束を握りしめると、彼は《老婦人》のそばを後もどりして通りかかり、彼女の敬意にみちたお辞儀に対していとも愛想よく頭をさげて会釈して、彼女を完全な懐疑の中に置きざりにしてゆく、実際にあたくしは、都市にやってくると嬰兒《みどりご》を取って岩になげうった(15)、と新聞に書かれているあのポンパドゥールたちのひとりと、話をしたのだろうか?!……

アガトンはいない！　まったく決定的にいない、――ペテルブルグへどんなにおいがするか嗅《か》ぎにやってくるNの住民のうちのだれの頭にも、彼がどこにいて、どんな暮らしをしているか、知ろうとする考えさえ浮かびもしなかったほどに。はじめのころは彼にはしきりに思われたものである、いまにいまに自分に取りつがれるであろうと、ベレンデーエフ騎兵少尉がおいでになりました！　ソロニーナ少尉補が面会をねがっておられます！　だが、日が、週が、月が、年が過ぎてゆくが、しかしベレンデーエフもソロニーナも知らん顔だ。ポンパドゥールはながいこと、自分が忘れられているという思いに、慣れることができないでいる。ベレンデーエフとソロニーナはもう一度ならず、すべての女郎屋でいとも不屈なる保守主義者として自分を紹介するために、ペテルブルグへのぼって来ていることを、聞いたとき、彼は自分の耳を信じたくはない。それはあの者たちか、それは《彼の》ベレンデーエフとソロニーナであるか？　しつこく彼は、この両人の保守主義的な偉業を目撃した者たちに、問いただす、そして、もはや疑う余地がないとき、そのときにはじめて、人の忘恩に対する無力な愚痴の、まったくの豪雨の状態となる。『何時間も私のところの応接間にねばってやがったくせに！　戸口の側柱のところに立ってやがったくせに！　私が手どころではなく小指で招いたとき、自分の名誉と考えやがったくせに！』――彼は、憤慨のあまり全身をふるわせ、むせながらわめきたてる。彼はきっと、自分の舌に自由が与えられるなら、つけ加えたであろう、『まあ今に見てろ！　私はお前たちをいつか痛い目にあわせてねじ伏せてやる！』――しかしこの脅しのばかばかしさはあまりにも明白であるから、興奮した脳の中にそれが発生したそのことがすでに、まったく逆の意味で、彼のうちに反応を引き起こす。すべてが終わった！　すべてがからっぽ、すべてがはだか、すべてが寒気をただよわせている、すべてが闇《やみ》と無意味なやるせない哀愁に満ちている……。今後は、脅そうにも、押さえつけようにも、度肝を抜こうにも、もはや問題にもならない！　だれにどんなかかわりがあろう、愛想のよい微笑が、あるいは無愛想な薄笑いが、彼の口もとにただよおうとも？　だれに知る必要があろうか、好意的な仕草を、あるいは、反対には我慢がならない、という仕草を、彼がしようとも？　すべてこうしたことは以前なら意味をもっていたことだ、だが今は……

——まあいいだろう！　やつらには私は用はない、私もやつらには用はない！——やっと彼は英雄的な決心をする、そしてそう肚《はら》を据《す》えると、ますますヴィボルグ生まれのスウェーデン女ロッタの厳格な監視下にはまりこむのである……。

この情景が最後のものではない。すべての展望が尽きてはいないのである。つまり、前記のことにつづいて、赤貧の新しい情景が駆け抜ける。稲妻の速さで駆け抜ける。そしてついにくもった眼が、この暗い、ぽっかり口を開けている未来の深淵の中で、識別することを、最終的に拒否する！

彼は心のうちで自分自身にむかって言うのである、『おお、もしポンパドゥールたちが知っていたらなあ！　もし彼らが知ることができたらなあ！　彼らが難なく行なわぬことが出来たであろうなら、どれだけ多くのことを彼らは行なわなかったであろうか！　もし、何も、ほとんど何も行なわなかったこの私さえ、未来において報いを待っているとすれば、その全生活が反乱と罵《ば》言への間断ない奉仕であった者たちを、何が待ち受けているはずか？』

・・・・・

ポンパドゥールの堪えがたい夢想を、この箇所で、この夢想の中ですこぶる好ましからざる役柄を演じていたベレンデーエフそのひとの声が、中断させる、——諸君！　われらの親愛なる、いとも愛する、旅立つ人のために、乾杯を提案します！　閣下！　あなたが名誉……要するに、悦び……あるいはもっと適確に言えば、悦びと名誉をお与えくだされました、この家《や》の主《あるじ》としてのわたくしに、音頭をとらさせていただきます……閣下！　わたくしの舌は滑らかではありません！　しかし音頭をとらさせていただきます……感激のあまりに……この家《や》で……。諸君！　われわれの酒杯《さかずき》をあげよう！ばんざい《ウラー》！——

この喚声とともに未来の情景は一時ポンパドゥールを置き去りにする。彼はふたたび現実の感覚にもどる。つまり、グラスを合わせ、礼を言う。

——感謝します、諸君！——と、彼は言う、——とはいえ、実を言うと、ここで起きたことはすべて夢であってほしいと私は希《ねが》っているのです！　それは、私に同情を寄せる機会を貴君たちに与えた、楽しい、甘美な夢であってほしい、そしてポンパドゥールたちのうちのもっとも名誉欲に燃えるポンパドゥールがただ希うことの出来る、最上の褒美《ほうび》を、私に……しかしやはりそれも夢であってほしい！

——だが、われわれが、閣下！　どうにかしてわれわれが！——と、未来の変節者《ユダ》ベレンデーエフが蛇《ヘビ》のようにしゅうしゅうと押さえた声をだす。

だが、それは夢ではなかった、そして、僕らがどんなにポンパドゥールの出立の時をなんとか先へ延ばそうとしても、しかし、ついに、やはり、これが最後と歓送の当事者を腹いっぱい食べさせるために、子牛を殺して盛大な宴を張らざるを得なかった。

この最後の祝典はすばらしく、感動的であった。特別任務官吏たちから成る一大委員会が、県の貴族団長の最高監督のもとに、これを取りしきった。午後四時に尊敬すべき歓送当事者が到着し、まるで列間笞《ち》刑[16]を受ける人のように、軍隊行進曲のしらべに合わせ、二名の衛兵に付き添われて、集会所の広間に入った。特別のテーブルにはいとも豪勢な前菜が用意されていたが、しかし興奮していたポンパドゥールはそれにほとんど手をつけなかった、ただみごとなストラスブール産ペースト料理を涙でぬらしただけだった。正餐《ディナー》になって出されたのは、蝶鮫《チョウザメ》のスープ、王妃ふうスープ《スプ・ア・ラ・レヌ》（それには、ラスチェガイ[17]と七、八種類のピロシキがつけられていた）、つぎに、まことに巨《おお》きなローストビーフ、レバーを添えたロブスター入りサラダ、ノロの煮込み《ラグー》料理、冷たいポンス[18]、揚げた雉《キジ》と鶉《ウズラ》、リヨン風フォン・ダルティショー[19]、そして締めくくりとして三、四種類のケーキ。乾杯の辞はひきもきらず続いた、というのは個々の区警察署の長ばかりでなく、参事官や検察官までお別れに出立する人を何かで喜ばせようと希《ねが》ったからである。裁判所長は言った、『決してわれわれの公開、公正、迅速なる裁判はこのようなしっかりした足では起《た》たなかったでありましょう、もしも閣下が裁判所に真の開明的な共感をお寄せにならなかったならば。』県会議長は言った、『決して地方自治会《ゼムストヴォ》はわれわれの地方にこんなにうまく根づくことはなかったでありましょう、もしも閣下が、その第一歩から、好意にみちた協力でそれを元気づけられなかったならば！』県財務局長は言った、『決して買い戻し賦《ぶ》払い金[20]がこんなにたっぷり入らなかったでありましょう。』間接税の税務署長は言った、『決して酒類の間接税が、同様にすべての品種の飲料の卸売りと小売りの大売出しの店舗の特許税が、こんな規模に達したことはなかったでありましょう。』検査院長は言った、『かつてわれわれの地方では法が普及したことはなかったのでありますが、閣下がはじめて、検査院が閣下に弁償をおねがいした一ルーブリ四十三コペイカを払い込まれて、法に対する好意にみちた服従の範を示されました。この事実は、わたしを始めとして守衛に至るまでの、わたしの管下にあります院のすべての官吏の心に、忘れがたいこととして永久に残ることでありましょう！』参事官たちや検察官たちも、それぞれかわるがわる言った、『閣下、われわれも言わさせていただきます！　かつてわれわれの地方では法が普及したことはなかったのであります！　決して！』などなど。一部の貴族団長たちは演説《スピーチ》をおこなわず、ただ、ばんざぁい《ウラー》、と叫んだ！　ついに、この歓送の当事者自身が返礼の告別の乾杯の辞を述べるべく、進み出た。

「諸君！」彼は言った、「私は、私が何も行なわなかったことを、知っています！　しかしほかならぬそのゆえにこそ私は、別れにさいして、諸君に一つのことをお希《ねが》いさせていただきます。私は心から諸君に希うのであります……私は希います……ほかの方《かた》が……私に代わる方が（叫び声、《だれも代わりにはなれないぞ！　だれも！》）……その方もまた……私のように何も行なわないことを！　私はあえて考えるのであります……そうです、私はまさしくそのように考えさせていただきます……これがもっともよいことであると……これが、私がこの盛大な歓迎の式で諸君にお贈りできる、もっとも愉《たの》しい希いであります！」

「ばんざぁい《ウラー》！」広間じゅうがそれに答えて長くはげしくうめくような声がひろがった。

午後七時にポンパドゥールは、疲れ、へとへとになって、僕らを置きざりにした、自分の宿舎に立ち寄り、着替えをするためだった。九時に僕らは鉄道の駅に集まり、列車を待った。九時半にポンパドゥールはそそくさと僕らに接吻し、別れの酒杯《さかづき》を飲み干した、そして車両に腰をおろした。一分後、機関車は汽笛を鳴らした、そしてポンパドゥールはその列車とともに暗闇の中に沈んだ！……

『あの人はもういない！』と、群集の中でだれかが歌いだした、(21)この単調な叫び声でたちまち僕らは現実にひきもどされた。

前方に存在していた現実は、僕らの多くの者にとって、きわめて厳しいものであった。

僕がさきに説明したように、旧ポンパドゥールの主要な特徴をなしていたのは、法と法秩序に対する温和な服従であった。権力の威光に囲まれて、権力のすべての香煙を利用しながら、彼は、しかし、その香煙に陶酔することはなかった。愛想よさと尊大さを両立させることを好んだ。そして、人びとの失策そのものが必ずしも銃殺刑を必然の結果としてもつべきではない、と認めさえしていた。内政の事柄に関する論争からは個人的には身を引きながら、彼は、それにもかかわらず人間の本性に反するものとはみなさなかった、たとえ彼の部下のだれかが、礼儀にかなった形式を踏んで、任意の措置の利益と合目的性にあえて異議をとなえたとしても、である。彼は、人びとが話しているのを、人びとの口から時折り気のきいた言葉がとびだしてくるのを、彼にとって不可解なある言い回しがきっかけで突然激しい、けれど礼儀正しい口論が起こるのを、楽しんでさえ聴いていた。まるで彼は、この口論も、彼を刺激した不可解な言葉も、社会の平穏を脅かすものは何も含んではいないことを、そして事はやはり、論敵たちが、相互にしばらく論争したら、帽子を手に取ってそれぞれに家に帰ることで終わるであろうことを、察知していたかのようであった。

ポンパドゥールのこのような柔和な気分は、僕らの社会に、あるいは少なくともその教養ある少数者には、まったく特別の、言うなれば、控え目な自由主義的性格を付与した。僕らは単一の親密な家族を作っていた。昼間は役所で文明の樹を根づかせ、晩はだれかある人の家に集まって、同じく文明の樹を植えていたのである。確かに、この会合は少々退屈であったが、しかしその代わりまったく思想穏健なものであった。僕らは《最古ロシアの甘い汁吸い(22)》の社説を読み、それの思想穏健的大胆さに驚いた。それから僕らは、役所での午前中の会議の時に起きた出来事を討議した、そして、全体の話し合いでつぎの諸問題を決めた、すなわち賠償をすべき支払命令書の真の特性についての問題、腹違いと種違いについての問題、以遠への損害は許容されるべきではない境界についての問題、壁の穴に詰めた栓の抜き出しを家への押し込みのしるしとして認めるべきかの問題について、など。終わりに、僕らは喜びにひたったものである、——僕らはこんなに熱心に、公明正大に、国庫の利益に献身したぞ、と。そして自分たちの一日をこの、言うなれば、自己選択の行為で終えて、ゆっくりとわが家《や》へと散っていった。

くり返すが、僕らのだれもが、誠実に、自分のつつましい、平凡な事業に熱中したのである。そしてもしこの献身の中に何かとがむべきものを見つけだすことが出来るとするなら、おそらくはただ、僕らが本気で確信していたことだけであろう、——僕らの《事業》は少しずつ、ラッパの音なしに、耳をつんざく音なしに、ましてや罵言《ば》なしに、展開できる、ということを。『われわれの時代は大規模な課題の時代ではない！』と、僕らは大声で叫んだ。そして打ち勝ちがたい真剣さをもって報告書に、通報に、解決策に、命令書に取り組んだ。裁判所長は、陪審員たちがあまりにも進んで被告人らを無罪とみとめたときには、もちろん、支持はした。しかし同時に、陪審員制度がこの廉《かど》で恥辱にさらされるべきであるとは、決してあえて主張することはなかった。県税務局長は、税が国庫に滞納されることなく入ることを、心から願っていたが、しかし、この入金が納税者の頭の打擲《ちょうちゃく》を伴っていたものなら、痛く悲しんだであろう。地方自治会《ゼムストヴォ》の事務局長は道路の賦役を現物税から現金税へと切り換える理想を熱く胸に抱いていたが、しかし彼は、これの達成のためにはあれこれの場所を戒厳状態におくことを宣言する必要があると告げられたら、ぞっとして尻込みしただろう。間接税局長は配当金の分配に進んで関与していたが、このさいつねに、配当金の数量は大酒飲みの大群の増加よりもむしろ配当金を享《う》けることを願っている者たちのあいだでのより正しい分配にかかっている時が来るであろうことを、期待していた。などなど。しかし、この自由主義にもかかわらず、僕らはポンパドゥールの必要性を否定しなかったばかりでなく、ポンパドゥールなしでは僕らは、スウェーデン人がポルタワ付近の会戦で敗北したように(23)、破滅することになろうと、率直にさえ話しあっていた。僕らの限りない忠誠の中で僕らはポンパドゥールにただ一つのことを望んだ、すなわち、彼が僕らを報告書、指令書、計算書から引き離さないこと、過度に輝かしい事業によって国庫を枯渇させないこと、僕らのだれかがうっかりして、(専制政治への)心情の特別の暖かさを示すことになっているようなとき、心情の普通の暖かさを示しても、赦すこと。

このように僕らは生きてきた。そして、真実を言わねばならぬが、どこからも弾圧にあわないで、高慢になりさえした。たがいに面とむかってお世辞を言いあいはじめた。たがいに《市民》と呼びあいはじめた。ほかのこのような県は昼間に明かりをつけて探し求めなければならない、と確信しはじめた。何かの五周年あるいは十周年を記念して、時には単にそのときまでのアルコール飲料からの収入の比類なき増大を祝して、あるいは買い戻し賦《ぶ》金の滞納なき入金を祝って、予約による晩餐会を催しはじめた。

だから、そくざに僕らを抑えつけるはずであったある種の《時代思潮》についての間接的情報が僕らにどんな苦い印象を与えたかは、言うまでもない。

僕らの多くの者は思っていた、——とはいえ、何ゆえに？　という質問を絶えず自分に課さなければならない、そして、備えあれ、を除くほかの解答を見つけださない人間の、状態が、なんと恥ずべきことであるか、なんとはなはだしく侮辱的であることか、と。たとえば、僕らは机にむかってすわり、計算書の点検にすっかり没頭している。どんな罪も自分の背後に僕は感じない。数字が長い列をなして縦列をなして僕の脳裏をかすめる、僕は数字のために吐き気がする、僕は、ただ数字を見ないために、眼の向く方へ、逃げだしたい、しかし僕は自分の吐き気を抑えて、多大の英雄的な自己強制をもって、ついに統計に到達する、が、それは、僕自身にとって理解できるものであるばかりでなく、僕の上司も理解するであろう――ことを僕が完全に確信している――ようなものである。そして突然、僕の熱心の勝利の真っ最中に、僕に言いにやってくるのだ、お前は罪を犯している、と！　お前は、いつか、どこどこの場所で、心情の充分なる暖かさを示さなかったゆえに、罪を犯している！――とんでもない、――と、僕は言う、――ぼくはほらこのように計算書をもって、僕は受け入れと発信の番号の数字をもって――これをもって自分の心情の暖かさを立証します！――『くだらん！』と、僕は言われる、『われわれはきみの計算書なんかどうでもよい！　すべての統計は誤り伝えられてよろしい、発信書類はばかげたことに満ちていてよろしい――われわれにはそれではなく、真の心情の暖かさをくれよ！』――しかし、ちょっと待って！　すると、つまり、あんたらは温度計を持っているんだね。その温度計の助けによってあんたらは……『やあ！　きみはまだ皮肉を言ってるの！　急げ！　オ荷物ヲオマトメ下サイ、皆サマ、オ荷物ヲオマトメ下サイ！[24]　ひゅっいっ（追放）！』

　そしてほら、自由主義者たちのうちでもっとも誠実な僕、もし農民が買い戻し賦《ぶ》払い金を完全に、しかも強制によらず義務を果たすのだという快い意識をもって、納入してくれたら、どんなにか素晴らしいだろう、と一生夢想している僕――この僕があとも振り返らず《美しいこの地》から逃げねばならぬのか、公務出張鉄道旅費なしに、心情の充分なる暖かさを示さなかった人間という危険な呼び名をつけられて、逃げねばならぬのか？

何ゆえに？

僕を理解してください。もし僕が、買い戻し賦《ぶ》払い金が滞納なく納入されることを、願っていたとするなら、僕はそれを、自分のためではなく、はかない人気を自分に獲得するためではなく、国の出納局が窮状に陥るかも知れないという思いだけで僕の心臓が血まみれになったために、願ったのです。まだどんな心情の暖かさが必要でしょうか！　もし僕がなおかつ、この納入が強制によらずして行なわれることを、願っていたとするなら、これまた、無学の粗野な庶民を甘やかすためではなく、もし一度、いとも速やかなる金銭受領のために、支払人の頭を割るなら、彼は死ぬだろうし、そしてつぎには国庫はもうだれからも徴収することが出来なくなるであろうという、思慮のためです。はたしてこれも心情の暖かさでないでしょうか！

心情の暖かさ！　おお、それについていとも多く語っているあなたがたよ、せめて、それのしるしは何にあるべきなのか？　説明してください。しかし、ああ！　だれもこの質問に答えてみようとすらしないのです。それどころか、僕の質問は憤慨を、ほとんど恐怖を呼び起こすのです。なんと！　お前は、あらゆる人間が持って生まれているこのことさえ、わからんのか！　お前はこのことがわからんのか！　このことが！！　しっ、あっちへ行け！

憂悶の中で、僕は僕の心臓に問いかける。心臓‐予言者よ！——と、僕は言う、——何十年もお役所勤めをしてきたから、お役所の暖かさの形式と程度をことごとく知りつくしているはずのお前よ！　僕に知らせてくれ、僕は彼らに対して何の罪を犯しているのか？

するとほら、心臓は僕に答えてくれる、これこれの時に、役所へと通りを急ぎながら、お前は挙手の礼をするのを忘れた！　これこれの時に、公園を散歩しながら、お前は検査院長と、法律が執行されないなら、法律を作っても無駄であるという話題で論議した、ところが、本当は、お前はこの時はおとなしく立ち、《勝利の雷鳴よ鳴り渡れ！》(25)を歌わねばならなかったのに。

おお、恐ろしいことだ！　僕は思い出す！　そうだ……これは実際にあった！　実際に、僕は挙手の礼をしなかった、また歌わなかった……しかし何ゆえに、おお、心臓よ！　お前は僕に前もって警告しなかったのか！　お前は知っているではないか、どんなに進んで僕が敬礼をしようとしているか、どんなに熱狂して僕はつねにいかなる場所でもつぎの歌をくり返す用意があるか、

おお、ロシア人よ！(26)　おお、無敵の一族よ！

おお、不屈の胸よ！

だが、僕が罪を犯している、と仮定しよう、しかしはたして僕にとって罪を軽減してくれる状況はないのであろうか？　僕が役所へ向かっていたときの、そしてそのとき僕が敬礼をしなかった原因となったところの、急ぎ過ぎ——はたしてこれはそれなりに恭敬ではなかろうか？　法律はわれわれのために作られてはいないことをわれわれが認めている場合にさえ法律には服従しなければならないことについて行なったあの歓喜にみちた会話——はたしてあれは、《勝利の雷鳴よ鳴り渡れ》——それを僕は歌わなかったために不当にも僕が罪人という名で侮辱されたのだが——その歌と同じことの、言い換え《パラフレーズ》でないであろうか？

しかしだれも僕の言うことに耳を傾けない、だれも僕に情状酌量の余地さえ認めようとしない！ オ荷物ヲオマトメ下サイ、皆サン、オ荷物ヲオマトメ下サイ！

こうした将来の展望を予想しているうち、僕らは、僕らの善良な旧ポンパドゥールの足跡が冷えていったのに、気づかなかった。僕らにはそれどころではなかったのである。僕らを導いたのは、忘恩ではなく、単に保身の本能であった。物悲しい空騒ぎの中で僕らは互いにさまざまな予感と予想を伝えあった、しかしすべてのこれらの予感は、一つの主要な、言うなれば、不滅の、疑問の前で、生彩を失い、かすんだのである。その疑問とは、

何者だ……彼とは？

何者だ、彼とは？ 何者だ、——時代思潮を僕らにも広げることを運命づけられているところの、あるいは、もっと的確にいえば、ありとあらゆる疾風が前後左右から僕らに仮借なく襲いかかってくるであろう、ある砂漠の、どこからも守られていない場所へ、僕らを導くべく、運命づけられているところの、——あの最新の時代精神の伝え手とは？

時代《思潮》とはどんなことか？

悪人ドモヲバ戦《オノノ》カシメヨ、善人タチヲバ信頼ヲ以テ見サシメヨ！ すべてこれは素晴らしい。しかし戦くことを義務づけられているところの、その《悪人ドモ》とは、だれか？ 素晴らしい未来をじかに信頼を以て見ることが出来るところの、その《善人タチ》とは、だれか？

本当のことを言わねばならぬが、これらの質問を自分に提示してから、僕らはそれらにかなり古くさいやり方で解答した。前例によって、もしかしたら前例にもよらず、単に、ずっと以前に廃止された行政官初等読本の金言にもとづいて、僕らは、《悪人ドモ》をつぎのような意味にとるべきだと、

考えた、すなわち、第一に、収賄者、第二に、いわゆる鉄拳制裁を加える者[27]、第三に、あらゆる種類ののらくら者と《遊民》[28]。僕らのうちの一部の者（自由主義者であるが、しかしもういちじるしく保守主義的な色合いを帯びている者）は、これら三つの部類《カテゴリー》に、さらに第四の部類を、追加していた。その名称は、《政治的に穏健ならざる者》である。しかし、いずれにせよ、僕らはこれらの部類の一つにも（第四の部類にさえも）自分を入れてはいなかったので、多くの者はすんでのことすぐに信頼をこめて素晴らしい未来をじかに見はじめるところであった。だが、事態をより注意深く吟味してみると、そこには誤りが、それもかなりはなはだしい誤りがあることを、僕らに感じさせた。

たとえ収賄者から始めても、収賄者というのは、この言葉の最新の意味において《悪人》と呼ばれ得るものであろうか？

知られていることであるが、一八五〇年代末には収賄者はたいそうひどく迫害された。《収賄》という概念は当時は、あたかもロシアの官吏をむさぼり食い、国民の繁栄の事業に少なからぬ障害となるかのような、一種の疫病についての観念と、結びついていた。もし収賄を根絶して世界に買収のきかない郡警察分区署長たちを住まわせるなら、突然、乳と蜜の川が流れはじめ、それのおまけに真理も確立するであろう、と思われた。《収賄》を当時の社会はこのように理解していた、詳解辞典の編者もこの言葉をこのように説明していた。しかしその時から僕らの理解はいちじるしく拡大した。僕らは収賄を疫病として指摘しないばかりでなく、収賄がやんだか、それとも存在しているのか、知ることに興味をもたなくなりさえしている。従前の恥知らずな形式を失って、収賄は、それとともに、僕らの関心の的となることもなくなった。この忌むべき悪徳に対する以前の熱烈な追及は、やんだ、あるいは、もっと正確に言えば、別の悪徳……つまり、新しい時代思潮によって生まれた悪徳に対する、別の追及に、取って代わられた。要するに、かつてはあれほど脚光をあびていた《収賄》という問題が、現在ではすっかり忘れさられて、そのことを思いだすこと自体がほとんど子供じみたしつこさに思われているほどである。

社会の発展があまりにも早く行なわれる時、また社会が、その焦燥感をあらわにして、はした金の収賄からいきなり千単位、万単位等へ移行する時には、つねにそういうことが起こる。言語学者たちは、現実に一定の表現を付与する変化を見守る間《ま》がなく、知らず知らず誤りに陥り、すでに、まったくの妥当性において、《大金》という名称を付与すべきことを、《賄賂《わいろ》》と呼びつづけている。ここから概念の混乱がはじまる。《賄賂》の内容が変化した。賄賂の境界がまったく別の輪郭をおびたのである。賄賂の魅力が、特別の飛躍と、いとも驚嘆すべき、その時まで前例のない発展を、獲得した。だが詳解辞典の編者たちは、《賄賂》とは、昔、郡警察分区署長が雌鶏《めんどり》や卵の形で集めていた、ただ時たま、ある悪臭のする臓物を抜いた死体の内部に、五ルーブリ金貨の形で、発見していた、まさにそのものである、と頑《がん》固に主張していた。だが幸いにも、現実は、この説明を信用しておらず、《賄賂》は完全に死んだ、それに取って代わって《大金》が生じた、とずばりと主張している。

しかし言うまでもないことであるが、《大金》はもうまったく別種の事柄であり、どの程度にこの新しい経済活動が国民の繁栄を、妨げているか、それとも促しているか、説明するためには、少なからぬ時間を必要とする。今日まで、それもたったつい先だって、プロイセンの議員ラスカー(29)がはじめて、三等官某が鉄道の利権交付のさいに協力したことで受け取った、二万の《大金》を、軽率に《賄賂》と呼んで、この問題を提起したのである。もちろん、新聞記者たちはこの暴露を喜び、これを、プロイセンの退廃を証明する事実とみとめた。しかしほら、まさしくこの出来ごとについて、《おお!

せめてわれわれオーストリア人にも、プロイセンに存在しているのと同じ退廃を神様が送って下さればなあ！　どんなにわれわれは幸福であろうか！》とまったく無邪気に大声で叫んでいる、オーストリアの新聞記者《ジャーナリスト》も現われる。それでもやはり、この叫び声は事件にまったく新しい光を注ぐ、なぜなら、だれが保証できるであろうか、オーストリアのジャーナリストに続いて、自分たちのためにオーストリアの退廃を望むであろうトルコのジャーナリストが現われないであろうことを、つぎには、もうトルコの退廃について妬《ねた》みのために胸を焦がすであろうヌビアもしくはコカンドのジャーナリストが現われないであろうことを？　明白なことであるが、こうした堂堂めぐりの軋轢《あつれき》が存在し得なくなるのは、一つの巨きな醜悪さを別のまだもっと巨きな醜悪さによって覆い隠す可能性が、《大金》という概念の厳密な定義によって、一気に取り除かれる場合である。しかし、ほら、そういう場合は、まさに、ないのである。そういう場合があるとしても、そこに達するまでには、どの程度の退廃が望ましいか、どの程度のものが我慢できるか、さらには、どの程度のものが望ましくもなく我慢もできないか、という論議で、多大の時間を費やさねばならぬだろう。

その時まで僕らはただ一つのことを言う根拠をもつだろう、すなわち、さよう、もし賄賂がまだ死んではいなかったなら、それは、それに気づかぬ振りをするのがもっともよいほどの、改良された形で存在しているということである。しかし、そのほかに、収賄者を《悪人》の数に入れることを許容しない、最上位の見解も、存在する。最新の時代思潮は、不十分な官の給与と結びついた困苦欠乏に耐える英雄的精神と能力ではなく、素直さ、協調性、心がまえを、人間評価において、ますます尊重することを教えている。しかし、立派で善良な収賄者よりも、素直で、協調的で、心がまえが出来ているものが、何があり得ようか？　余分なはした金を受け取れるのなら、彼はどんな内政とでも協調し、どんな神をでも信じる心がまえが出来ている。きょうは、制服を着て、彼は真の神に礼拝するべく大聖堂に出かけ、あすは――命じられさえすれば！――同じ制服を着てお触れ台に出て、十字架にかけよ！[30] やつを十字架にかけよ！ と叫ぶだろう。

《最新の時代思潮》は彼に属するべきではないことは、明らかである……

初歩的な定義にもとづいて《悪人》という名称を得るであろうところの、二番目の人たちの部類《カテゴリー》は、自分の変調にとっての安らぎを、耳をつんざいたり頬《ほお》びんたを食らわせる事にもとめている、神経の損なわれた人びとから成る。彼らは戦くべきであるのか？ 僕らのうちの一部の者は、この質問に肯定的に答えていたが、他の者たちは、否、戦くべきではないと、はっきり言っていた。しかし前者の論拠は、しっかりと、修辞的敷衍《ふえん》法という短所をもっていたので、有名な、また周知のとおりの、《……の現代では[31]》という、最大の失敗に終わった表現を、思わずも思い出させたものである。その反対に、後者の論拠は、あまりにもどっしりと現実的な足場に立っていたので、目に見える形で聞き手の肺腑《はいふ》を突いたのであった。後者の人びとは言っていた、『とんでもない！ 耳をつんざいたり頬びんたを食らわせる事が、最新の時代思潮のもっとも顕著な表現でなくて、その最新の時代思潮が自己の実現をそこに見いだしているところの素晴らしい成果でなくて、いったい何であろうか！』

そして実際、僕らの、耳をつんざく者たちのうちの、もっとも有名な者たち、ズボトィチン少佐とルィロベィシチコフ大尉は、僕らの議論の場に居合わせて、健康な潑剌《はつらつ》としたその態度で、一切の不安のなさばかりでなく、未来へのいとも完全な信頼を、表現した。そしてそのさい二人とも、《それでもやはり、庶民が相手ならそれなしでは駄目であります》といとも無邪気に証明してみせたので、耳をつんざく方式の、疑いのない反対者たちさえ、その者らも、途方にくれたのである、いとも貴重で誠実な信念の、ただ表現とのみなるところの、そうした献身的行為を、罪とみなすべきであるか？と。自身が《時代思潮》の使者であるところのポンパドゥールは、彼らを見て、何を感じることができたか？　どんなふうな態度を彼は彼らに対してとることができたか？　明らかに、彼はズボトィチンとルィロベィシチコフを自分のもとに呼んで、彼らにこう言わなければならなかった。『きみたちは、私の意中の人だ！　行け、歯をばらまけ、顎《あご》を砕け、宇宙を砂漠に変えよ！　私は喜んできみたちの成功を見まもるだろう！』

したがって、《鉄拳制裁を加える者たち》も、危機に瀕しているその圏の、外にあることは、明らかである……。

第三の《悪人》たちの部類《カテゴリー》は、のらくら者たちといろいろな種類の《遊民》たちである。しかし彼らの現代的な見解についてはもうあまりにも明らかになったので、僕ら自身がすぐにこの部類《カテゴリー》の不適切さを理解したのである。ピョートル大帝は《遊民》たちを棒で打ち、彼らの額《ひたい》を剃《そ》り、兵役に登録するよう命じたが——それは理解できることであった。ロシアの改造にとって、必要であったことは、のらくら者たちが眼の前に居ること、彼らがこっそりと排便しないこと、もし勇気が十分にあるなら、すべての人びとの見ているところでそれを行なうこと、であった。しかしその後、僕らはあらゆる種類の自由をどっさり獲得したので、僕らのあいだにはのらくらする自由もまったく目立たないうちに入りこんだ。のらくら者たちは至るところに入りこみ、社会のあらゆる段階に現われ、徐々にすこぶるこじんまりした核を形成した。だから、別の、より良質のものもないので、多くの人たちは疑ったのである、そこには、新しい時代思潮が自己の大胆きわまる出撃を行なうことのできる難攻不落の要塞が、まさに、あるのではなかろうか？　と。このような推測が、どの程度に根拠のあるものか、あるいは根拠のないものか、——これは時間が解決すべきことである。しかし、解決がつくまでは、《遊民》は、収賄者や鉄拳制裁を加える者らと同様、一切の威嚇の外に立つべきことは、明らかである。

したがって、残ったのは、第四の、最後の、《悪人》の部類《カテゴリー》、すなわち、《政治的に稳健ならざる者》たちの部類である。しかし僕らがこの部類の特徴の定義に取りかかるや否や、僕らには突然なぜだかわからぬが悪寒が起きた。この悪感は、僕らが、僕らにじっと注がれたわが国の保守主義者たちの視線と出会ったとき、いっそう強まった。この視線は、悪意ある嘲笑と皮肉をただよわせ、いとも謎めいた性質の薄笑いを伴っていた……。

ああ！　はたして、つねに自分のことを《善人》だと考えてきた僕らが、一ルーブル四十三コペイカを越えない弁償金の取り立てという理想の担い手、僕らが、月並みな事に熱中している少数派の、僕らが、《市民》、僕らが——はたしてほかならぬ僕らが《戦《おのの》く》べく運命づけられているのであろうか?!

さよう！　これは苛酷であるが、しかしこれはその通りなのだ！　これは、政治的に穏健ならざること、という言葉が発せられるや否や、僕ら自身をとらえたところの、あの当惑によって、もう予想することが出来た。こっそり打ち明けるが、僕らはもうずっと前から非常によく理解していたのである、ここで問題になるのは、だれかほかの者のことではなく、ほかならぬ僕らのことであろうことを、そしてただ臆病のせいでのみそれがほかの者たちにばかりでなく、自分自身にも隠されていたことを。たえずなんとなく思われたものである、奇跡が行なわれるのではあるまいかと、時代思潮があれほどうまく創《つく》りだした、あの、政治的に稳健ならざる者、という呼称が、いちばん自分たちに適切であることを、保守主義者たちが自覚するのではあるまいか、と。彼らは、僕らにのしかかりつつある誹謗《ひぼう》を、自分たちの上にひきおろしてくれるのではあるまいか、と。しかし保守主義者たちは自覚しなかった、だから僕ら自身が自覚しなければならなかったのである。

僕らが間接的だけれども自分で、時代思潮が何よりもまずそれに対してその矢を向けなければならなかったところの者たちの、数に、自分を入れることを認めたということが、どのようにして起きたのか、――これを説明することはかなり容易である。最近は僕らのクラブは、まことに間断ない興奮しやすい反目の、舞台であったので、一ルーブリ四十三コペイカを越えない弁償金の取り立てという理想の担い手、僕らは、ただ旧ポンパドゥールの好意にみちた協力のおかげでのみ、その反目において弱い勝利を収めていたのであった。しかしこの強力な掩護《えんご》の存在のもとでさえ、僕らは決して、僕らの政治的敵対者たちが、かろうじて隠されている大胆さをもって、僕らが何者であるか、僕らがどんな主義から出ているか、僕らに思い起こさせないよう、防止することは出来なかった。くり返すが、この主義はひじょうに単純であった、賄賂を取らないこと、頬びんたに頼らないこと、自己犠牲をもって報告書や計算書を懸命に読むこと、であった。しかし保守主義者たちにはこれも恐ろしいことに思われた。僕らが何に取りかかろうとも、どんな意見を述べようとも、僕らはまったくはっきりと耳にしたのである、すぐに、僕らのすぐそばで、極左《アカ》主義者どもだ！　というきわめて毒のあるささやき声が聞こえるのを。この声は僕らにいたるところでつきまとった、クラブで、通りで、役所で。さよう、役所ででも。なぜなら、僕らが整理しなければならなかった、法定用紙に書かれた請願書にさえ、それにもこの表現の毒がしみとおっていたから。そういうわけでこの言葉は僕らにとって目新しいものではなかった。そういうわけで、この言葉が発せられるや否や、僕らはすぐに、《極左主義者》とは僕らのことであることを、理解した。以前には僕らはこの呼び名を無関心に、冗談半分にさえ受け入れることが出来た。しかし、僕らが自分自身の力にのみゆだねられていると自分を意識していた今は、——この呼び名は僕らの前に赤裸裸な姿で現われた。僕らはその呼び名を、自分自身以外のだれにであろうとも、適用することが出来たであろうか？　僕らは、《極左主義者》と自分を呼ぶことを一度も思いつかなかった。それだけになおさらそういう者ではない、と断言することが出来たろうか？ああ！　証拠はそろっていたのである、恐るべき、圧倒的な証拠が！　一ルーブリ四十三コペイカの弁償金の取り立てが、検査院長の額《ひたい》に、彼がそのことを思いだすや否や、たちまち冷や汗の玉となって浮きでるほどの、すごい証拠が！

それは虚偽であった、それは驚くべき誹謗であった。しかしそれにもかかわらず、どんなに僕らが自分の立場を慎重に検討しようとも、一つのこと、すなわち、——そうだ、僕らが、ほかならぬ僕らだけが《戦く》べく義務づけられている——ということ、以外の、どんな出口も見つからなかったのである！　僕らは《悪人》である、ただ思い違いによってのみ《善人》という名称をおびているのである。僕らは羊の皮を着た狼《オオカミ》なのである。僕らは《極左主義者《アーカ》》なのである。まず僕らに時代思潮が襲いかかってくるはずであり、そのあとに、おそらくほかの者たちをもついでに引っ掛けてゆくのであろう……。

憂鬱な気分が僕らをとらえた。僕らのうちの、ある者らは、ひび割れたような声で、《勝利の雷鳴よ鳴り渡れ！》を稽古していた。またある者らは、挙手の礼をしながら何時間も立ち通していた。一部の者らは貴重な信念の裏切りをもくろんでいた……。

しかしすべての方法は役にもたたず、有効でもなかった。挙手の敬礼が出来るかどうかを、立証すべきことではなく、この敬礼が身につけた信念の程度まで高められているかどうか、ということが肝心なのである。問題は、《勝利の雷鳴よ鳴り渡れ！》という歌をしっかりとおぼえたかどうか、ではなく、その歌曲が自分の思想と行動の作戦的基礎をなしているかどうかということにある。裏切りはもっとも実際的な出口のように見えたけれども、しかしその裏切りをまず立証することが、あるいは、せめて、その裏切りについて報告することが、必要ではないか、だがそれもまたほとんど不可能である、なぜなら《時代思潮》は人間を、彼がものを言う間《ま》もないうちに、灰に変えてしまうからである……。

要するに、残っていることは、ただ、待つことだけであった。

この待っていることのなかで、うんざりするほど永い数週間が過ぎた、そのあいだに、ただ一つの疑問がまったくはっきりと僕らの前に現われた、それは、

何ゆえに?!

僕らは、思念のなかに、国庫の利益のほかには、何ももたなかった。僕らは、良い新事業の首尾よい解決のほかには、何も願わなかった。僕らは、働いた、熱心にやった、死に物狂いでやった、そして献身から自由な時間を夢想した、おお！　狼たちも腹いっぱいで、羊たちも無事ならなあ、と！……要するに、僕らは昼夜、文明の樹の植え付けについて努力していたのである。そしてほら今、僕らは言われている、お前たちは耐えねばならぬ、と！

何ゆえに?!

僕らの計算書を再点検して下さい！　僕らの指令書を、報告書を、日誌の決議をのぞいてみて下さい！　どんな混乱が僕らより前には支配していたか、対照して下さい、またどんなふうに僕らは、計算書の対照、金銭出納簿・会計帳簿の監査等々の、非常に複雑な困難な仕事を、断固として前進させたか？

解答——おそらくそれはすべてその通りであろう、しかしお前たちは耐えねばならぬ。たとえ僕らが罪を犯したとしても、それはあらかじめ考えぬいた意図はなく、不注意、思い違い、未熟、愚かさ、などのせいであることを、せめて考慮に入れて下さい。

お前たちは耐えねばならぬ！

何ゆえに?!

——

ついに彼がやってきた……。

外見上は彼には何も恐ろしいところはなかった、しかし彼の内部には稲妻が隠されていた。彼は、自分の前に、息づかいを隠しているがしかしやはり息をしている人間たちが立っていることを、感じるや否や、——すぐさまいきりたった。

しかし彼は論理的だった。彼は、自分の前にいるのがだれか、保守主義者か自由主義者か、審査をさえはじめなかった。

そして、ほら、彼は口を開いた。彼がこの動作をするや否や、彼のうちに隠されていた稲妻が、瞬時に跳びだした、そして僕らには触れないで、僕らの心のうちに植え付けられていた文明の樹を、いきなり焼いた……。

この偶然が僕らを救った。全般的な混乱の叫び声のもとで彼は僕らのひとりひとりを何回か抓《つね》っていった、それから完全に内的歓喜にひたった。

しかし彼が僕らを抓っていくにつれて、僕らは、僕らの美しい、貴重な、文明の樹が燃え尽きていくのを、感じた。

「おお、樹よ！」僕らは陰気に叫んだ、「どんなに努力して僕らはお前を育てあげたか、そして、育てあげて、どんなに勝ち誇ってそのことを全世界に発表したことか！　ところがどうだ！　ある人がやってきて——一瞬のうちにすべての僕らの植えつけた樹を焼いて灰にしてしまった！

僕らは生き残った——しかしもう文明の樹はない。僕らはその樹のまわりに集まらない、そしてぺちゃくちゃしゃべらない。僕らは、《彼》が僕らの生活を長いこと放置したかどうかさえ、知らない。……しかし時代思潮に応じて行動しながら、僕らはしっかりと確信している、生活は僕らにとってただ一つの条件のもとでのみ可能であることを、すなわち、僕らが一瞬ごとに絶対的に戦くべく義務づけられているという条件のもとでのみ……。

Ⅷ—訳者注

（1）ヴィクトル・ユゴー（一八〇二～八五）。フランスの詩人、小説家、劇作家。引用句は、ナポレオン一世にささげられたユゴーの詩の不正確な引用。（正しくは「常に彼！　至ル所ニ彼」。シチェドリン「かくれがモンレポ」（一八八〇）にも引用されている。（この引用句で、シチェドリンは、反動期とその活動家の出現を暗示している。）

（2）宇宙をとらえる籤に当たることの出来た者。シチェドリン「ある都市《まち》の歴史」（一八七〇）に登場するウグリューム・ブルチェーエフ（アラクチェーエフがモデルとされる）と関連性があるように思われる。

（3）ヴァルダイ丘陵。ロシア北西部のヴォルガ川の水源地。この丘陵はけわしくはなく、なだらかで、これを越えるのは大胆なことではない。このような表現はシチェドリンの他の作品にも一度ならず見られる。

（4）二つの言葉。ちなみにシチェドリン「ある都市《まち》の歴史」の中には、「容赦ならんぞ」「たたき壊すぞ」という二語のみを発するオルゴールを頭に入れていた市長官が登場する。

（5）元老院の広場に窓が面している堂堂たる建物の広間の一つを自分で飾る。普通、退職した県知事（ポンパドゥール）は元老院の一員に任命されていた。
（6）エララーシ。ホイストに似た昔のトランプ・ゲーム。
（7）アガトンがいない、わが友がいない。N・M・カラムジン（一七六六〜一八二六）の悲歌《わがアガトンの柩に花を》（一七九三）からの引用。
（8）聖アンナ勲章。一七四二年制定。生神女マリアの母、聖女アンナの名前より。肩にかけるのが上級、首にかけるのがその下。官吏と軍人に与えられる。
（9）ホイスト。ブリッジに似たトランプ・ゲーム。
（10）詩人。I・I・ドミートリエフ（一七六〇〜一八三七）。つぎの詩句は、同人の、《すべての花をもっと多く……》（一七九五）よりの引用。
（11）ドノン。ペテルブルグのレストラン経営者。
（12）ヴィボルグ。ペテルブルグのフィンランド湾に面する海港都市。
（13）《アンナ－ミナ－ヌシ》。手を尽くして調べたが意味がよくわからない。卑猥語か罵詈語かと思ったが、そうでもないらしい。睦言か。
（14）顎鬚と口髭を伸ばした。ニコライ一世の時代に官僚は顎鬚を伸ばすことを禁じられていた。そのため教養人の社会で顎鬚をはやしていたのは、退職官吏か、いわゆる自由業——文学者、画家、音楽家などであった。
（15）嬰児を取って岩になげうった。旧約聖書「詩篇」第一三七篇の第九節「あなたのみどりごを取って、岩になげうつ者は、さいわいである」のもじり。
（16）列間笞刑。二列に並んだ隊列を通り抜けさせながら棒や笞で打つ刑。
（17）ラスチェガイ。ピロシキ（ロシア風揚げパン）の一種。
（18）ポンス。ブランデーまたはラム酒に牛乳・水・砂糖・レモン香料などをまぜた飲料。
（19）フォン・ダルティショー。あざみの花托《かたく》で、この部分が美味。
（20）買い戻し賦払い金。一八六一年の農奴解放により政府が肩代わりした分与地の代金として農民が納める年賦金。

(21)『あの人はもういない!』と、群集の中でだれかが歌いだした。N・I・クリコフ詩、P・P・ブラホフ作曲のロマンス曲《栄光の寵児、あの人はもういない……》(一八六一)の、もじり。
(22)《最古ロシアの甘い汁吸い》。ピョートル一世の時代に創刊された新聞《サンクト-ペテルブルグ報知》を暗示。《甘い汁吸い》は、当時の、みせかけのブルジョア的《自由主義》の、低劣な粗野な打算的な性格を示唆。
(23)ポルタワ付近の会戦。一七〇九年、ピョートル一世軍とスウェーデン王カール十二世軍とのポルタワ付近での会戦。ロシア軍大勝。
(24)オ荷物ヲオマトメ下サイ。原文はフランス語で、列車の車掌が終着駅に近い時に放送する。ここは、官界にあったシチェドリン自身が、専制政治に、《心情の充分なる暖かさ》を抱いていないために、ペンザ、トゥーラ、リャザンの県知事ならびに政治監督機関(佐官)が何度もペテルブルグへシチェドリンのことで苦情を申し立てたことを、暗示している。
(25)《勝利の雷鳴よ鳴り渡れ!》皇帝賛歌を意味する。「君が代」と訳したいところ。
(26)おお、ロシア人よ。G・R・デルジャーヴィン(一七四三~一八一六)の頌詩《イズマイルの占領に寄せて》(一七九〇)の不正確な引用。(イズマイルは、ウクライナのドナウ川左岸の河港都市。)
(27)鉄拳制裁を加える者。警察官の鉄拳制裁を風刺。
(28)《遊民》。ピョートル一世の立法の用語。自由・浮浪民。
(29)エードゥアルト・ラスカー(一八二九~一八八四)。ドイツの政治家。進歩党員。一八六五年から八三年まで国会議員。シチェドリンは、一八七三年二月七日にプロイセン議会で行なわれたラスカーの演説を暗示している。ラスカーは、プロイセンの大物官僚と貴族たち、とくに保守党の大立物ワゲナーを、鉄道の利権と結んだ金融策略のかどで、告発した。
(30)十字架にかけよ。新約聖書「マルコによる福音書」第十五章第十三節。
(31)《……の現代では》。「大改革の現代では」というような、自由主義的政論の表現を、シチェドリンは嘲笑している。

Ⅸ　闘争のポンパドゥール、あるいは未来の悪ふざけ

僕は子供のころからフェーデンカ・クロチコフを知っている。学校時代には、この人物は、換気用小窓のところでタバコを吸ったり、日曜日には高級辻馬車でドライブしたり、レストランの裏部屋のどこかで飲めや歌えの大騒ぎをしたりすることも辞さぬ、よき仲間だった。学校を出ても、彼は、ひきつづきよき仲間としてとどまり、三、四年そこらはデュッソー[1]のところで一万ルーブリ分飲んだり食ったりし、ミネラシキ[2]のボックス席のために数千借金して、そこからブランシ・ガルドン嬢[3]に拍手する満足をもった。だが、そうしたことは、彼に、自分の立場をより真剣に見るように、強いた。良き仲間の役柄はあまりにも高くついた。そこで、しっかりして、立身出世を選ばねばならなかった。そしてほら、四年もたたぬうちに、僕らは耳にするのである、彼がいきなりデュッソーの監督から逃れて、突然、異例の行政官のきらびやかさを見せつけたことを。さらに少したつと、フェーデンカはもうナヴォーズヌィー市[4]でポンパドゥールとなっていた……。

どのようにしてすべてこうしたことが起きたのか、——だれもはっきりとは理解できなかった。みんなが、フェーデンカがデュッソーのところに座っているのを、見ていた。しかしだれも、彼はなんの魂胆もなく座っているのであって、時代精神を研究しているのではないかとは、だれも思わなかった。デュッソーのところには、折りよく、よそから来たポンパドゥールたちが集まっていて、良種の

ワインの瓶《びん》をあけながら、思い思いに思いつくままの、予想や展望を述べあっている。したがって若い行政官候補者にとっては最上の学校はあり得ない。フェーデンカもこの学校を完全に利用した、つまり、聞き耳をたてて、理解しようとした。そしてほら、彼が、現代の行政官にとっては自由なやり方以外の、それ以上の何も要求されていないことを、理解したとき、自分もこの点では人並みに出来ると、すぐに彼は判断した。ある貯水池からのように、そこから、ポンパドゥール職の水量豊かな川がロシアに流れこんでいる、その一定の領域に、深く入りこむと、フェーデンカは、事を先延ばししないで、一挙に、過激な文句を口走った。——過度の中央集権はロシアを滅ぼすであろう、地方分権を行なうこと、つまり、ポンパドゥールたちを解放して彼らの権力を強めることが、必要である、最高行政当局はあまりにも細事些《さ》事にふけっている、些事は最高行政当局を主要な課題、つまり内政からそらす、などといったふうな文句である。要するに、デュッソーのところで美酒を飲みながらよそから来た、解放されて自由の身になることを熱望しているポンパドゥールたちが口にしている、すべてのことをしゃべったのである、しゃべった——そして関心を引いた、関心を引いて——宇宙をとらえる能力があると認められた……。

僕は真っ先にフェーデンカの昇進を喜んだ。第一に、僕は、彼が優しい心をもっていることを、知っていた。そして、僕の意見によると、ポンパドゥールにおいてはこのことが重要である。もしポンパドゥールが、内政以外の何ごとにも従事しないほどに純朴であるなら、そしてもし彼がさらに悪意を抱いているなら、明らかに、彼は、住民抑圧以外のことに、自分の余暇をつかうことはできないであろう。悪意ある無為は、疑り深く、用心深い。悪意ある無為は、住民抑圧がたずさえてくるあの制限と、知識を有さないので、住民抑圧を、単純な厚かましさに取り替える、したがってそれは至るところに入りこみ、すべてにわたって自分を精通したものと自認し、すべてを妨げ、どこにでも、侵害の企て、不法不当の試み、侮辱をみとめる。悪意ある無為は、朝から晩まで目を皿にしながら眺めている。そしてのべつ、だれかを駆逐しようと、服従させようと、痛い目にあわせておとなしくさせようと、探し求めている。僕は誓って言うが、そこには何もよいことはない。その反対に、無為は、無知ではあるが、しかし善良さと結びついているなら、害をなさないばかりでなく、若干の利益をもたらしさえする。善良なポンパドゥールは、内気である。彼はだれをも妨げず、余計な説明をつつしみさえする、なぜなら何かばかげたことをしゃべったり、非力《ひりき》を見せることを、恐れているからである。もっぱら内政に対して自分が運命づけられていると考えて、彼は、内政のすべての意味は、他の者たちを妨害しないことだと見なしている。彼はクラブを訪れる——そしてすべての者に和合を呼びかけている。彼はロシアまんじゅう《ピローグ》を、正餐《ディナー》を、夕食を食べに行く——そしてみんなが幸福であるように希《ねが》っている。善良で、無学なポンパドゥールたちは立派だ！ 彼らのもとでは、住民は明日《あす》という日の顔を、信頼をこめて見る、自分が明日を、留置場でではなく、自分のベッドで迎えられることを、まただれも自分の生活を、心情の不充分なる暖かさの罪により、ひっくり返しはしないであろうことを、知っている。そしてほら、このことを、つまり、住民に対する好意的な態度と結びついた、この温和な無学を、僕はフェーデンカにも期待していたのである。

　第二に、僕は、フェーデンカがもう一つの貴重な性質をもっていることを、——彼が自由主義者であることを、知っていた。それはほとんど全般的な自由主義の時代、が、突然みんなが胸がむかつき、息苦しくなった時代であった。フェーデンカは、この機会に彼の提出した特別の報告書で、この感情を非常によく表現した。彼はこの文書に書いている、『通りでの喫煙の禁止、衣服の型についての制限、とくに顎鬚《あごひげ》と長髪をたくわえている者に対する真にディオレクティアヌス(5)的迫害、——これはすべてひっくるめて、社会的自主性に対する破滅的な作用を及ぼさざるを得ませんでした。主に、人間の本性のまことに純真な気持ちに対して向けられた、施策の威嚇のもとにある自分を、絶えず感じながら、社会は、自己の創造力への信念を失ってしまい、自己の利益に対する恥ずべき無関心の軛《くびき》のもとに落ちこんだのであります。このゆえに、民族精神の高揚のために、私は公然と次のことを表明することが必要であると考えるでしょう、すなわち、一、タバコを吸うことは、以下を除いては（八十一項目を例外とする）どこでも自由であること。二、衣服の型の選択は各自の個人的裁量にゆだねられる、ただし、例外として、通りや公衆の集まる場所に裸の格好であらわれることは、従来どおり、禁制のままである。三、顎鬚と長髪をたくわえた廉《かど》による迫害は中止される、この件に関して着手されたすべての事柄は、ただ以下の場合（三十三件の例外列挙）を除いて、忘却に付せられる。』が、まあ、それでもやはり、このような大胆な素質をもってその行政官としての疾走をはじめた人間は、ある程度の信頼を得ないわけにはいかなかった。しかも、あれほどはっきり自分の自由主義的信念を述べて、彼は危険を冒したではないか。彼はすべての自分の行政官としての未来を賭《か》けたのである、なぜなら彼の大胆さが関心を引くことが出来たとすれば、その大胆さは関心を引かないことも、したがって彼を厄介な目にもあわせることも出来たのだから。そればかりでなく、彼は危険な夢想家として知れ渡ることもあり得た。だが、幸いにも、彼は、大胆な企図が気に入られたような時期に、ぶつかったのである……。

いずれにせよ、フェーデンカは自分の熱望の対象を獲得したのである。ありとあらゆるはなむけの言葉で門出を祝われながら、彼はナヴォーズヌィー地方へ向かった。そして僕は、デュッソーのところにとどまった。その時から僕は彼とはめったに会わなかった。彼がペテルブルグに出てきたとき、時たま会うだけだった。そして僕は残念ながら、彼の善良さと自由主義に寄せた期待はたいそう急速に崩壊したことを、認めなければならない。

フェーデンカの行政官としての功業の最初のころは、彼の最良の時代であった。それは、英知の欠如が妨げとはならなかったばかりでなく、それどころか、一種の歓喜する性格を付与した、完全な自由主義の時代であった。フェーデンカは前進しようと熱望し、どんな結果を自分の熱意がもたらすことになるかということは、いささかも考えなかった。彼は、工場の施設の必要性について、善い希望のもとでの、荒野への入植と肥沃《よく》化の可能性について、交通路・採掘企業・船舶航行・商業の発達の利益について、報告書を書いた、また、一方では園芸によって、他方では家畜の改良種の繁殖によって促進される農業が、念願の成果をもたらすであろう、かくして彼にかけられている期待に応えるであろう、という希望を表明した。彼は、商人たちを協議のために自分のもとに呼びだし、彼らに皮革工場や石鹸《せっけん》工場の設立の緊急性を説き、そのさい彼は、お願いする、諸君、必要のさいには、要求さえする、と言った。彼は貴族たちを招き、貴族階級はつねに支柱であった、それゆえに今も最初に手本を示さねばならぬ、と言った。この熱狂的な活動の結果を待ちながら、彼は突如として消防施設へ打って出、食料品を売っていた小店を見てまわり、舗装道路の手入れの行き届いた維持を要求し、囚人たちのために牢獄で作られているスープを試食し、ペスト、コレラ、天然痘、炭疽《たんそ》に終止符を打ち、孤児院、市立劇場、公共図書館の設立のために金を集め、反乱を予防し阻止し、とくに税の滞納金の取り立てのさいには熱烈な意欲を示した。

しかし、ああ！　すべてのこれらの自由主義的企てのうちからフェーデンカが比較的成功をおさめたのは、反乱の阻止と滞納金の取り立てに関してだけであった。彼の他のすべての要求に対しては、社会は鈍感な、ほとんど無関心な態度をとった。工場は設立されなかった、コレラはやまなかった、船舶航行は発達しなかった、商人たちは無知にとどまりつづけた、炭疽の原因となっている農業は、結果として、真の穀物よりも以上に藜《アカザ》をもたらした。それは、フェーデンカが、レストラン・デュッソーで学問の課程を終えた概してすべての行政官たちのように、然るべき忍耐をもたなかっただけに、また行政目的の追求の根気さよりもむしろ感情の熱烈さを現わすことが出来ただけに、なおさら彼を当惑させたのであった。

そのとき、フェーデンカ・クロチコフの自由主義の、陰気で愚痴をこぼし非難する自由主義の、第二期が始まったのである。フェーデンカはまだ自由主義そのものの否定には達していなかったが、しかし彼はもう自由主義者たちに幻滅をおぼえ、かなり声高にこの幻滅を表明していた。ペテルブルグに出てきたある時に彼は僕に話したものである、

「親愛なる友よ！　おれはきみにおれの立場をはっきり思い浮かべてもらいたい。おれはナヴォーズヌィーへ行き、見るのは、おれのところの商業は不振、職人仕事はすっかり衰微し、文字通りフロックコートにボタンを縫いつける者がいないほど、農業、わが祖国のこの支柱は、藜《アカザ》のほかには何ももたらさない……コレハ十分ニ悲シムベキコトダト思ウンダガネ？　キミハコレヲドウ思ウカネ？」

「ソリャ、モチロン……愉快ナコトジャナイ光景ダネ……」

「ソレデ、おれはすべてこれを目にしているんだ――そこで、もちろん、おれは対策を講じている。おれは文書を書き、提案し、主張している――だがどうだ！　せめて一匹のぺてん師でもおれの声に応答してくれればよいのになあ！　至る所から響いてくる何か卑劣な鼻息のほかには、何も聞こえな

い！ ほらあいつらだよ！ おれたちがあれほど期待をかけてきた、ほらあの自由主義者どもだ！新聞の批評によれば、《全ロシアを襲った》ところの、ほらあの自由主義精神だ！ とんでもないことだ！ 襲った、だよ!!」

それにもかかわらず、フェーデンカはすぐには意気消沈しなかった。それどころか、彼は新しい自由主義的ながんばりをみせようとした。そしてすべての警察署に、自分の悲しみと幻滅を詳細に述べた哀れっぽい通達を送付した。彼はこの通達につぎのように書いていた、すなわち、

『小職が一度ならず気づいたことであるが、我々の社会には、偉大な諸民族がその助けによって偉大な事業を行なっているところの、あの自主性の精神が、まったく欠如している。小職は再三指摘したが、我々のところには交通路が、言うなれば、存在しない、また、我々の船舶航行はあらゆる真の愛国者の心にとっては悲しむべき光景を呈している。また、商業における主要な原動力となっているのは、崇高で経済学の指示にまったく合致しているところの、消費者と生産者のあいだの仲介者たる、需要ではなくして、醜悪なぼろもうけの願望である。また、農業、自国を農業国と称している国ぐにのこの主要な源泉は、農民を喜ばせてはおらず、農民にいちじるしい悲しみをさえもたらしている。以上のことをすべて指摘したうえで、小職は、小職の声が耳に届いたであろう、すると健全な国力が何年もの安らかな眠りから起きあがり、それの果実を享受するであろう、という期待をいだいたのである。さらに言えば、小職は、我等の祖国は、当局《オカミ》の指示の絶対的遂行と抑えきれない敬神の点で西欧諸国を往古から凌いでいるのであって、産業や有益な発明の見地からも西欧諸国と肩を並べるであろう、と確信してきたものである。そしてそのとき小職には思われたのである、すなわち、もしすべてこれが実現をみたならば、我等は、神ガ我等ト共ニアリ、誰ゾ我等ニ刃向カハム!! と大声で叫ぶ

完全な根拠をもたぬであろうか、と。

『しかし、小職が大いに心から遺憾とすることは、我等の社会が、小職が初めてこのナヴォーズヌィー地方に着任した時と、ずっと同じ停滞の状態にありつづけることを、小職が見ることである。すなわち、交通路は存在しない、船舶航行は衰微、商業は卑俗なさもしい目的を追求している、農業を見て頭に浮かぶ唯一の思いは、次のようなものである、すなわち、創《ツク》リ出ス者等ガ空《ムナ》シク働クナリ！　時の経《た》つにつれて、これに加わったのが、居酒屋の繁栄と、炭疽の異常な勝利である。そこで疑問がわく、――前者のもとにありながらも、後者の活動的な幇《ほう》助のもとにありながらも、我等は、誰ゾ我等ニ刃向カハム?!　と大声で叫ぶ、いかなる根拠をもっているのか、と。

『すでに小職の心眼には、心を悩ませる未来の光景が、やすやすと浮かんでくる。この地方は人けがない、鳥や獣の有益で温和な種類は絶滅し、それらに代わって支配しているのは、肉食の無益な種類である。敬神は廃れ、それに代わって支配しているのは、常習飲酒と淫乱である！　かくもおぞましい光景を見て愛国者のどんな心がおののかぬであろうか、たとえそれが、小職の先を見越した夢想の、産物にすぎないにしても?!

『ところが古記録保管所の文書から、かつては我等の地方も繁栄していたことが、信憑《しんぴょう》性をもって見てとれるのである。この地方は（《廐肥の《ナヴォズヌィー》》という名称そのものからそれは明らかであるように）肥沃《ひよく》土が豊富であった。肥沃土は、こんどは、多種多様の食用草本類の生育を促進した。このことから農業が繁栄した。地主たちは先を争って、この地方が僻地であることにもたじろがず、ここに領地を獲得しようと努めた。しかし宝庫を開けようと考えてのことであり、実際に宝庫を開けたのであった。今は、肥沃土もなければ、食用草本類もなければ、宝庫もない。このような悲しむべき衰退の原因はどこにあったのであろうか？

『小職は知っているが、農奴制の廃止が多くの期待を実現できないままにした、そしてその他の期待に完全な終止符を打った。小職は、他の者らとともに、この事実を悲しんだが、しかしそれにもかかわらず、自分に問うのである、このことにより、落胆もしくは弱気に陥るべき、正当な根拠があるのか？　と。

『それにもかかわらず、小職は、この問題の詳細な吟味には入らない。なぜならば吟味は小職を調査に引き入れるであろう、そして調査はこんどは論争を招来するであろう、論争は、小職の立場では、小職はなんとしても避けねばならぬ。ただ次の短い観察にとどめておく。地主たちは、農奴制の廃止による悔しさのあまりに、急いで自分らの所有する森林を伐採し、それを二足三文で売りに出したのである。残念ながら、このことから彼らははっきりとわかるいかなる利益も手にしなかった。ところが、国はきわめて確かな損失をこうむったのである。森林の消滅とともに、永久にではないとしても、長期にわたって、すっかり乾燥させる風の支配が確立した。風はどこを吹いても障害物に出あわず、至るところできわめて破滅的な作用を及ぼす。河川の浅くなったことがもうけちのつき始めだった、近い将来には空中に湿気の不足が予測される、農地は慢性的な不毛のおそれがあり、いっぽうで人間の肺臓は生気をもたらす空気の湿気を吸いこむことが出来なくなるであろう。すべてこうしたことの中にあって、小職はいかなる立場に置かれているか?!　住民の食糧の確保についても、住民の健康の保持についても、配慮することを、上司は信頼して小職に託しているのである。

『以上のことを考慮して、小職は、あらたに、また最後に、社会的精神を高揚させ、大胆で偉大な事業への意欲を呼び起こす、決定的な対策を講じることを、（しかし当分のあいだは体刑には訴えずにそうすることを）要求するものである。この目的で諸子は商人、雑階級人(6)、町人に絶えまなく訓戒を垂れるべきであろう、地主やその他の貴族には穏やかに、しかし説得力をもって説くべきであろう、一時的な欠乏には愚痴をこぼさず、未来における神の慈悲に期待して、耐えるべきである、と。全般的にすべての者には信頼できることとして吹きこまねばならぬ、すなわち、小職としてもどこでもいつでもあらゆる良き事業にいとも活動的な協力を行なう用意があることを。

『諸子の訓戒、説得、懇談の成果については、諸子は、二週間ごとに小職に必ず欠かさず報告せねばならぬ』

この通達の一部をフェーデンカは僕に手紙をつけて送ってくれた。その手紙には次のように書かれていた、『きみよ、きみは、おれがまだ頑張っていることを、見ている、しかしもし今後も我々の船舶航行が従来のみじめな状態にとどまっているなら、そのときは――ホントニ――おれは体刑でもやってのけるよ。』これに対して僕は最初の郵便で返辞をした、『僕たちはみんな君の通達の表現力に驚いている、それは独特のケッサクである。ああ！　せめてきみはフランス大革命の時代に生きていたのならならなあ！　地主の復讐心の強さに風や河川の減水の発生原因を見つけだそうとする理論は、大胆かつ新鮮である。が、しかし、それほど大胆ではないのではあるまいか？　きみよ、きみはこれについて考えたのか？　問い合わせ(7)がないように、気をつけろよ！』

ああ！　それはフェーデンカの自由主義の最後の発作であった。このあとまもなく僕は長期にわたる予定で外国に行き、まったくフェーデンカの消息を失った。その後、ペテルブルグへ帰還してから、ナヴォーズヌィーから出てきたある人物（それは、フェーデンカが、その極端な物の考え方にもかかわらず補佐官として自分のもとに採用したルージン(8)であった）と会って、僕は彼から次のような短い、しかし表現力に富んだ、フェーデンカ・クロチコフについての勤務評定を聞かされた。それは《たわごとを言う》という評定《もの》であった。このことは僕を二重に悲しませた。第一に、僕は心からフェーデンカを愛しており、僕にはつねに、彼ならただ自由主義の足場に拠ってのみ出世できる、と思われたからである。第二には、この頃《ころ》にはロシアの自由主義の運命がもう僕をひどく当惑させはじめていたからである。フェーデンカ・クロチコフと同時に、自由思想の道を見捨てたのは、イワーン・フレスタコーフ、イワーン・トリャピーチキン、クジマー・プルトコーフ(9)だった。すべてこのことは、この時までは僕らの自由主義が一部の学識ある人物たちの好意的な放任のおかげでのみ存在していたものであっただけに、なおさら悲しいものだった。

そしてほら、今、——もうひとり学識ある放任者が減った!

この悲しい感情に駆られて僕はたまらなくなり、フェーデンカ・クロチコフに、非難にみちた手紙を書いた。ふた月たって次のようなそっけない返辞を受けとった、

『すぐに返辞を書かなくて、御免、いまただ数行だけしたためる。おれの立場では、まったく、かつての仲間や親友たちとの文通どころではないんだ。しかしきみの質問に対しては、きみがあれほど多く雄弁に書いている自由主義思想のほかに、まだ保守主義思想もあり、それについてはきみはまったく口をとざしていることを、指摘することをおれは義務と考えるものである。このことをきみは失念しており、このことをきみに思い起こさせることは余計なことではないと、おれは考えるのである。自由主義思想は有害きわまる謬見《びゅうけん》を秘めている、という確信にいかにしておれが到達したか——ここはその説明をすべき場ではない。しかし、おれの立場では謬見をもつことはしたないことであるばかりでなく、許しがたいことであるということを、きみがやすやすと理解してくれることを、おれは

期待する。今日まで知られているすべての悪のうちで、謬見をいだいているポンパドゥールよりも、恐るべき悪はないのである。なぜなら彼の謬見はこの地方全体の謬見とかならず結びついているからである。おれは思う、これで十分はっきりした、これ以上つけくわえるべきことは何もない、と。さらに、すべての幸福のもたらし手が、きみを啓蒙することを、祈りつつ、きみと謬見を共にはしないけれどもやはりまだきみをずっと愛している、フェオードル・クロチコフ』

だが、僕は、この説教に納得しなかったばかりでなく、自由主義に関するよ(10)り強い熱意に燃えたって、フェーデンカ自身を教え諭そうとした。僕は彼に書いた、

『フェーデンカよ！　きみが自由主義者だったとき、きみの施政方針はどんなふうに要約されるものだったか？——それは次のように要約された、すなわち、製造所や工場の設立、交通路の整備、商業の発展、農業の繁栄、地下資源の倦《う》むことなき採掘、訴訟口頭主義、公開性、など。いま、きみが保守主義者となったとき、きみにとって施政方針はいかなるものが可能であるか？　おそらくは、次のようなものであろう、すなわち、製造所や工場の欠如、交通路の乱れ、商業の不振、農業の衰微、すべてを乾燥させる風の支配、河川の減水など。なぜならきみは、現にあるものを、すなわち、いま僕が数えあげたものを、保持しようと願っているからだ。あるいは、ひょっとすると、きみは居酒屋や炭疽に期待をかけているのか？　しかし、それなら、率直に述べたまえ。以前の立派な通達に代わって新しいものを出したまえ、その中ではきっぱりと言明したまえ、今後は、炭疽の発展以外の、いかなるものの発展も禁止される、と』

この手紙の返辞はこなかった。

このあとフェーデンカ・クロチコフについては漠然としたことしか僕の耳に入らなかった。僕の聞

いたところによると、彼が自由主義を放棄した最初のきっかけは、公開裁判(11)と地方自治会《ゼムストヴォ》の参事会の出現であった。これが彼に、何やら根と糸(12)が存在しているということを、思いつかせた、この根と糸は調べあげて根絶しなければならぬ、なぜなら、そうしないなら、彼、クロチコフが生きて行けなくなるであろうから、というわけである。その後、西欧に有名な諸事件が起こった、すなわち、インテルナツィオナルカ《インターナショナル》(13)、フランス・プロイセン戦争(14)、パリ・コミューン(15)など、すべてこれらは彼をひどく不安がらせた。というのは、彼はこれらの諸事件に新裁判制度や地方自治会《ゼムストヴォ》制度との結びつきをみとめたからである。彼は注意深く諸新聞を見まもり、諸事件のあれかこれかの結末に応じて、自分の内政にもより明確な方向を与えようと考えた。どのような思想が勝利を収めるか、健全な思想かそれともいわゆる破壊的な思想か、それを待ちながら、彼は興奮し、威嚇した。彼は言った、

「もし健全な思想が勝利を収めるなら、おれは、むろん、たいそう嬉しいだろう。そうだよ、たいそう、嬉しいよ。しかし、率直に言えば、政治的見地からすれば、おれは不満ではないだろうな、たとい革命が勝利を収めても……むろん、一時的にだが……。少なくとも、そのときには、われわれは、自分にとっていっさいの危険なしに、知ることが出来るだろうよ、われわれの内部的な敵どもはだれか、誤った思想の成功のたびごとに頭を挙げるこれらの共鳴者どもはだれか、彼らの力は大きいか、彼らの大胆さはどこまで達し得るか。ソシテソノ時代(16)ハ、諸君……」

フェーデンカは黙り、地方自治会参事会や地方裁判所や税務署のあった方向にむかって、謎めいたおどす仕草をした。

しかし健全な思想が勝利を収めた。フランスは屈辱的な講和に調印し、ついでパリ・コミューンも壊滅した。いまかいまかと爆発を待っていたフェーデンカは、なんとなくぽかんとした。地方自治会

参事会も、地方裁判所も、びくともしなかった。このことはひどく彼を当惑させたので、彼は通りをぶらつきながら、出会った者にかたっぱしから言いがかりをつけ、相手が心情のしかるべき暖かさを持っているかどうか、試した。だが、どの者も心情は良好な状態にあったばかりでなく、どうやら、最近の諸事件は彼らに活を入れさえしたらしい……。

フェーデンカは疑問を抱いた。彼は、ここには何やら陰謀がある、と確信した、しかしその陰謀が何であるかは、自分に説明することが出来なかった。哀れな男だ！　彼は、おそらく、古い保守主義に従っていたのだろう、彼に出撃を言明するきっかけを与えてくれるであろう何かの事実をたえず探していた。彼は、諸事実の積み上げ方式が廃《すた》れた方式だとは、思ってもみなかった。一切のきっかけなしに、ごくわずかな事実なしでも、警報を出し、至るところに戦争をしかけ、呆然とした住民たちを震えあがらせることを可能とする、まったく別の方式が、生まれつつある、いや、生まれてさえいることを、思いもしなかったのである……。

そしてほら、まるで彼を思い違いから連れ出すためであるかのように、諸新聞に記事があらわれた、――ヴェルサイユ国民議会内に、(17)愛する祖国の廃墟に《闘争》の旗を打ち立てた、党が形成されたという……。

――――

この言葉はフェーデンカにとってはまったくの思いがけない発見であった。そうだ、これはあれだ、これは、彼が何年もかかってあれほど徒労を重ねてやっと思いついた、まさしくその言葉である。彼が突如として自分を保守主義者と言明したまさしくその時から彼のうちにとりとめなくうごめいていたすべて、彼がめざし、彼がそれを見つけようとして無駄な試みをしてきたそのすべて、――そのすべてが、《闘争》という言葉の中に、自己にとっての実現を見いだしたのである。彼がこの言葉の意味を理解したというよりはむしろ、彼はさらにより本質的なものの結果に到達したのである、つまり、彼は、自分には何かを理解する必要はないことを、理解したのである。この時まで彼は根と糸(12)を探しだそうとしてきた。今は彼は、このようなことは何も必要はないこと、そして将来においては自分は何かを探しだす苦労からはすっかり解放されていることを、確信した。

それはたいそう便利であった、なぜなら、自分にその目的をすら明らかにすることなく、出撃を言明する可能性を与えたからである。はっきりと認識された目的の欠如――これが、デュッソーのところで、また人工鉱泉場で教育を受けたすべての行政官たちの、アキレスの踵《かかと》(18)である。そしてフェーデンカは、自分には事実も、目的も必要ではなく、必要なのはただ《精神》、《方向》、《曲解》だけで、――それ以外の何ものでもないことを、確信したとき、なんとなく異常に楽しく自由な気分になった。これらの言葉が何を意味しているか――それは彼にはかかわりのないことである。彼は、だれも何を意味するか知らなくてもしかし闘争のための出発点を与えるところの、こうした言葉たちがあることが、もう嬉しいのである。闘争、それ自体が自分に起点を与えているもの。それ自体が自分を養っているもの。それ自体が自分をむさぼり食べるであろうもの。(フェーデンカは、しかし、この最後の特質には期待していなかった)。過去・現在・未来の幻影に対する闘争、自己の起源を説明しがたい・自己の結果を捉《とら》えがたい闘争――これが、彼が未来において立案すべきであった計画《プログラム》である。この計画は、内容が欠けているが、しかしそのかわり何もそれよりも容易に思いえがくことは出来ない。知恵も、発明の才も、先見の明も必要ではない、必要なのはただ情熱である、ほかに、いくらかの外面的な儀式である、それは手順の無内容さと目的の欠如を隠すことが出来るであろう。

情熱はフェーデンカはふんだんに持っていた。しかしこのことだけで闘争の偉大な事業を遂行するにはまったく十分ではあったけれども、しかし彼はなぜだか、ほかにまだ多少付け加えねばならぬ、と思った。彼の前にあった課題は、あまりにも新しすぎて、彼の前任者のポンパドゥールたちが自分の課題の解決にとりかかっているように、ぞんざいにそれにとりかかることは出来なかった。彼以前のすべての元ポンパドゥール職は、七つの大罪のうちのいずれかから自分の決定を借用していた。で、彼のポンパドゥール職はもっぱら闘争のポンパドゥール職でなければならなかった。『そうだよ、これは、賄賂《わいろ》を取るとか面《つら》を殴るとかいうようなことではない、この事はもう少し大規模なものだよ』と、フェーデンカは豪語した。そして光栄ある事業への渇望に全身あふれて、まず一番にナヴォーズヌィーの住民のこころを驚愕させることに踏み切った。

これにあたってフェーデンカが思いついた手順は、たいそう複雑だった。彼は自分の記憶の中に、スマラーグドフ[19]の歴史講座を全部と、喜歌劇劇場の出し物を全部と、現代フランスの中で起きている、並みはずれたことについての新聞報道を全部、思い起こした。何か幻想的なものが出来あがった。十字軍、ジャンヌ・ダルク[20]、勇敢な騎士デュノア[21]、ルルドへの巡礼[22]、パレ−ル−モニアル[23]での悪魔との絶縁——すべてがこの巨大な構想の中に自己の場所を見いだした。ナヴォーズヌィーの来るべき精神的な復興のために、彼は何も容赦しなかった。妬《ねた》み屋には主張させるがよい、彼の《闘争》の構想はルコック[24]のオペレッタ《美丈夫の騎士デュノア》に似ているとか、ナヴォーズヌィーとは何のかかわりもないとか。彼は知っているのだ、ナヴォーズヌィーには、フランスを破滅させた毒がここにも入りこんだことを証明する事実が、もうずっと前からふき出していることを、したがって、まさに今こそ彼の構想はこの上なく十分に時宜にかなっており潮時であることを。つい昨日のこと、地方自治会参事会議長がクラブでみんなの前で何やら自主性について論じ、自分は独立している、と断言した。だがフェーデンカこそ独立しているのだ。これが、事実だ。この事実の中にはまだ真の根と糸[12]はない、と言われるだろう——仮にそうだとしよう！　根と糸はない、しかし毒はあるのだ！　『わかるかね、毒でございますよ！』この毒を駆逐しなければならぬ。『さようでございます』

企てられた陰謀の中心人物となるのは、むろん、彼自身であろう、彼とは、無畏怖で一点の非の打ち所もない騎士である、彼とは——スマラーグドフ[19]の歴史の講義に出てくるバヤール[25]である、喜歌劇劇場で演じられるデュノア[21]である。彼の幇《ほう》助者となるであろう者は、官房長、自由主義を捨てた二名の補佐官、そしてすべての区警察署長たちである。より大きな効果を出すために、ノズドリョーフ[26]、タラス・スコチーニン[27]、デルジモールダ[28]を、さらに追加できるであろう。助手としては、貴族団長と、駐屯軍大隊長、出撃の完了後には、市会議長が、制服を着て、彼にパン[29]と塩を差し出すであろう。近く予定されている出撃にはまったく魅惑的な性格を付与し、それとともに、それの成功を保障するために、さらに何かジャンヌ・ダルクふうのものを見つけてこなければならなかった（彼女なしにはナヴォーズヌィーの奇跡的復興は考えられない）、そして行政機関から有害物を一掃し、悪魔およびその全事業をおごそかに放棄しなければならなかった。そのとき《闘争》は順調にはこぶだろう。

ジャンヌ・ダルクのことは彼はもう考えていた。それは生娘、アンナ・グリゴーリエヴナ・ヴォルシェブノワだった。ある地方部隊長の娘で、彼女とはフェーデンカは公然の恋愛関係にあったが、しかし彼女のほうは、それにもかかわらず、頑固に自分のことを生娘だと言いつづけていた。

ヴォルシェブノワ嬢の立場はたいそうまやかしに満ちたものであった。フェーデンカは彼女を結婚するという約束で誘惑した、しかしその後自分の誓いを忘れたばかりではなく、ポンパドゥールシャの肩書きはそれ自体として十分に尊敬に値するものであると、はっきり言明しさえした。フェーデンカ・クロチコフのこの背信行為は、しかし、ひと騒動なしではすまなかった、というのは、彼女の父親、ヴォルシェブノフ佐官が抗議することを義務と考えたからである。彼をなだめるために、フェーデンカは糧食と飼い葉料としてなんとも未曾《ぞ》有の値段を決裁することを余儀なくされた。そしてこの寛大さの行為によってのみ、侮辱された父親は彼のもとに改悛《しゅん》して出頭した、そして今後は永久に両者のあいだのすべての誤解はけりがつきました、と言明した。

ポンパドゥールシャをもつと、フェーデンカは彼女にたいへん輝かしい役柄を予定した。彼は、彼女が舞踏会でひときわ輝き、サロンをもつことを、願望した、そのサロンは内政の中心となるであろう、そのサロンでは彼女が、いんぎんな崇拝者の群れに囲まれて、すべての者を機知と愛想のよさと優雅さで魅了し、女王となるであろう。しかしアンナ・グリゴーリエヴナはあまり頭のよくない小心な娘だった。彼女は自分のポンパドゥールにはたいへん真剣に愛着をおぼえていた、が、同時に、あまりにもきらびやかさにすぎたそのような立場にはどうしても慣れることが出来なかった。顔立ちが美しく、優雅ではあったけれども、彼女は、真の、正真正銘のポンパドゥールシャには遠く及ばなかった。造物主は彼女に、通行人がその前で感嘆して立ちどまるであろうような、堂堂とした背丈も、豊かな胸も、与えていなかった。彼女は盛装してもぱっとしなかった。ナヴォーズヌィーのセヴィニエ[30]やレカミエ[31]が彼女のまえで男性およびその特質についての話題で会話を始めたときは、なんとなく素朴に顔をあからめた。彼女のポンパドゥールシャへの昇進そのものがまったく不意に起きたのである、だから、フェーデンカがどの女に白羽の矢を立てるか、じりじりして待っていた貴族団長夫人や参事官夫人たちは、このような奇妙な事の結末に驚き、かつまごついたものだ。

フェーデンカはアンナ・グリゴーリエヴナの短所をたいへんよく見ていた、そして心からそのことを憂えていた。しかししばらくは彼はやはりまだ希望を失わなかった、そしてほとんど無理矢理に彼女に政治的役割を押しつけた。

「アナタニハ立派ニコノ役ヲコナス力量ガアルヨ！」と、絶えまなく彼女にくり返した、そしていかなる言い逃れも聞かないですむように、モスクワのミナングア店から高価な衣装を数着自腹を切って彼女のために取り寄せてやった。

だがどんなに経験が浅くても、しかし、彼女は、二着か三着の立派な衣装では（フェーデンカはそれ以上は与えることができなかった）、出来るだけ多くの夜会服《デコルテ》をもつただ一つの目的のために何千何万という金が浪費されているこのような社交界では、大海の中のひとしずくとまったく同じであることを、さとっていた。彼の気に入るように、彼女は、しかし、いくつかの試みをした、だが、——ああ！——ある時には新しい蝶結びリボンを縫いつけ、ある場合には二重スカートの上スカートを替えるには、彼女はいくばくの発明の才をもたねばならなかったことか——そしてすべては、彼女がどこかの参事官補佐夫人のように《制服》を着てではなく常に新しい斬新《ざんしん》な衣装を着て社交会にあらわれることを、人びとを騙《だま》して納得させるためである！　そしていかにこの努力がむなしいものであったか！　この努力はこれらの淑女《レディー》たちの炯眼《けいがん》の前ではいかに早々と消し飛んでしまったことか、——彼女たちは、どんなに複雑に組み合わせても二度目にそれを着てあらわれたら、ひと目で、一度眼にした衣装だと、誤りなく、見抜いたのである！

彼女がはじめて貴族団長と二番目のペアで（一番目のペアは彼が貴族団長夫人と組んだ）ポロネーズを踊ったとき、彼女はほとんど恐ろしかった。彼女の眼に入ったのは、まわりで肥えた淑女たちがひそひそとささやかきかわしていること、彼女には何やら厚かましいもったいをつけて席が与えられていること、貴族団長自身が彼女の手を導きながら、ほとんど露骨に言わんとしていること、自分は、内政の要求がないなら、佐官ヴォルシェブノフの娘のところまで決して身を落としはしなかったであろう、と。しかしほらポロネーズが終わった、彼女が自分の席を占めないうちに、楽団はワルツを演奏しはじめた、すると休暇で来ていた軽騎兵が彼女のもとへ駆け寄って、洗練された愛想のよさで——しかし彼女はそれにへたくそに隠されているなれなれしさを見抜いている——彼女をワルツのターンに誘う。その後は、まったく夢の中にいるように、つぎからつぎへと続くのである、カドリール、ポルカ、またカドリール、またワルツ、そして最後に、マズルカ。ずっと、最良の仕事にふさわしい根気強さで、フェーデンカは彼女を見守っている、そして、彼女が最近の女学生の誠実さで交差シャッセを踊るとき、なんとなく言うに言われぬくらい悩む。

「私ノ愛スル女《ヒト》、アナタハ、ラ・ヴァリエール[32]ニアマリニモヨク似テイル！」と、彼は、ダンスのある合間に彼女のほうに近寄り、ささやく、「私は、あなたがマントノン[33]夫人を自分の手本にすることを、願っているんだがなあ！」

そこで、またもや彼の気に入るように、彼女は、権力の強化について、ポンパドゥールたちには最高の監督だけが及ぶべきものであることについて、詳細にではなく、手短に述べることに踏み切る、しかし彼女はこのことをたいそうためらいがちに、たいそう沢山の言い間違いをして言ったので、フェーデンカは、この素朴な容喙《ようかい》によって自分の権力が強化されないばかりでなく、いちじるしく縮小さえした感じを受ける。

幸いにも、すべてこれらの失敗は、フェーデンカの自由主義の最盛期に生じた、そのためにアンナ・

グリゴーリエヴナはかなりやすやすと乗り切り罰を受けずにすんだ。彼がそこで完全な誠実さで自分の意図と予想を詳細に述べることが出来たであろう、立派なサロンについての自分のもくろみの不成功を体験して、フェーデンカは自分の夢想によりブルジョア的方向を与えた。大きくない快適な客間、自由主義の親友たちの少数のサークル、ロシアは速い歩度で繁栄への道を突き進んでいることについて控え目な会話、さらにこの上ない愛情あふれる女性の心――はたしてこれはもっとも要求の厳しいポンパドゥールにとってさえたいして羨望《せんぼう》に値しない舞台装置であろうか？　フェーデンカは、やむを得ぬ場合には、これもまたなかなか素敵なものだ、おそらく、かなりな金銭の支出を要し、なおかつ、ほとんど常にスキャンダルがつきものの、空虚なきらびやかさよりもましでさえあろう、という結論に達した……。

彼女がフェーデンカのこの結論を知ったとき、彼女の喜びは限りがなかった。二つの物を彼女は憎んだ、威容と内政である――そしてほら、彼、彼女の太陽王(34)は、永久に彼女をこれらから解放する。今後は彼女は妨害されることなく、自分のつつましい好みに応えられるだろう、すなわち、自分の信仰心と、家庭の団欒《だんらん》への愛に。

彼女はもう寄宿女学校のときから信心深かった（神学教師は彼女を指しながら、ほら真の教会の娘だ、と言った！）、が、今はこの傾向はさらにいっそう強められた、というのは彼女には祈りのための対象があるからだ。彼女は彼のために祈るのである。彼女は天に彼の善き事業の成功と彼の故意ではない罪の赦しをお願いする。黒っぽい衣服をつつましく身に着けて、彼女は女子修道院の聖歌隊席のそばに立つ、彼女が姿を見せるとともにこの黒っぽい壁の中ほどがまるでずっと明るくずっと快適なようになる。若い修道女たちはよりすばしこく聖歌隊席から聖歌隊席へと走って移り、走りながら善良な茶目っけで彼女を歓迎する。母なる女子修道院長自身、彼女をみとめると、自分の顔の常の厳しい表情を和らげる。みんながここでは彼女を愛している、みんながよろこんで愛撫と歓迎を示そうとする、これが内政の意図と合致するか合致しないか、検討することもしないのである。彼女が自分の愛する見習修道女にビロードの記憶録を渡すと、――修道女は彼女に、だれのために祈禱すべきか、言わせさえしない。

「知っていますよ、おくさま！　知っていますよ、どなたのために祈禱なさるか！」と、彼女は悪気のない抜け目ない表情を浮かべて、ほとんど駆け足で神父、長司祭の耳に神の僕《しもべ》フェオードル(10)の名を告げに走ってゆく。

彼女はここでは、これらの平和な壁の庇護のもとで、なんと心地よいことか、なんと心安らかなことか！　母なる女子修道院長のところではなんという素敵なジャムが、なんというおいしい麦芽飲料《クワス》が出されることか！　彼女は何日も続けて若い修道女たちとおしゃべりすることを辞さない、彼女には修道女たちのなかにお気に入りたちがいる、彼女たちは彼女と彼について会話を始めさえする、そして彼女はそのさいいささかも気恥ずかしい気持ちにはならない。みんなが彼の知恵を誉めそやす、みんなが、ナヴォーズヌィーにはこんな素晴らしいポンパドゥールはこれまでいたことがない、と断言する。フェーデンカが彼女を裏切っている、と彼女が確信したもの悲しい時でさえ、（そういうことは頻繁に起きた、というのは彼は決してナヴォーズヌィーの社交界の女王たちのまぶしい肩や胸《バスト》に無関心ではいなかったからだ）、――彼女は急いでここへ来て、若い女の隠遁者たちのひとりの胸で自分の悲しみをあらわすのだった。彼女は、ここでは嘲笑や意地悪ではなく、励ましや希望の言葉を聞けるものと、確信していた。これらの場合には彼女はいっそう熱心に情熱的に祈った、まわりのみんなも彼女といっしょに神の僕《しもべ》フェオードル(10)の、真理の光による目覚めについて、祈ってくれたようであった。そして、心が安らぎ、落ち着いて、彼女が家《うち》にもどって、そこに改悟したフェーデンカを見つけたとき、彼の不埒《ふらち》な行為に気づいていることを、一つの仕草でも彼に知らせなかった。ただ言ったのである、

「テオドル(35)！　あなたは、ここで、この心のうちに見つけたような、献身、没我的な愛を、ほかのどこでも見つけだせない、ということを記憶にとどめおきなさいませ！　だから、あなたが悪い快楽にあきあきされた時、あなたが、あなたの背後に悪だくみや欺瞞《ぎまん》が隠れていると、確信なさる時は、あたくしのところへ戻ってちょうだい、そしてこの胸で休息なさってちょうだい！」

家《うち》では彼女は自分を幸福だと感じた。彼女は料理が好きで、仕事着をほかのどんな衣服よりも好んだ。昼間、《彼》が政務をとりしきっているあいだ、彼女は家事に忙しく立ち働き、自分の知恵のすべての発明の才を、フェーデンカが彼女のもとで好きな料理やおいしいものを見いだすことに、用いた。晩には、仕事をかたづけて、彼が彼女のところへ、ナヴォーズヌィーの自由な思想家たちの輝かしい一団に取り囲まれて、あらわれた。そして自分の諸通達を朗読した。

彼は自由主義的だった、彼女も自由主義的だった。ふたりは、断髪にして権威を否定していた彼女の二名の寄宿女学校時代の友達をペテルブルグから呼び寄せ、彼女らと無蓋《むがい》の乗用馬車で市中をまわった。ふたり（彼と彼女）は、商業が発展し、船舶の航行が当局の期待に応えることを、願った。ふたりは、信用貸付が農業を復興させ、わがくにの眠りこんだ産業に刺激を与えるであろうことを、信じた。そしてすべてのこうしたことを待ちながらふたりは楽しくため息をついていた……。

ときおり内輪の夕べの会合にパパ・ヴォルシェブノフも出席した。そのときにはこの夕べの会はすっ

かり家庭的な性格をおびた。アンナ・グリゴーリエヴナは、あるいは父親に、あるいはフェーデンカに甘え、あるいは前者に、あるいは後者に、お茶は十分においしいですか、と尋ねたりした。V・P・ベゾブラーゾフ[36]の諸論文が朗読され、信用貸付のような、効果的なものが、ナヴォーズヌィーを肥沃《ひよく》にしないばかりでなく、まるで荒廃の作用をするみたいでさえあるということには、驚かされた。《サンクト‐ペテルブルグ報知》[37]の社説には十分楽しまされた、そこでは、進歩を否定し愚弄《ぐろう》することより容易なことは何もないこと、その反対に、信頼をもって今後の解説を待つことよりも、真の自由主義者によりふさわしい課題はない、と説かれていた。

客間で自由主義的会話が行なわれていたあいだ、パパ・ヴォルシェブノフは前菜のまわりでこまめに立ち働いていた。そして、補佐官ヴェレチエフ[38]をこっそり誘いこんで、彼と《予備的に》いっぱい飲《や》っている。

しかし、突然、魔がさして、フェーデンカが保守主義者になった、そして彼はすぐに自分のこれまでの自由主義の盟友たちと手を切った。内密の夕べの会はなくなった。自由主義的会話はやんだ、ふたたび躍り出たのは、炭疽とギリシア語[39]を伴う内政である。フェーデンカは根と糸[12]を見つけだそうとしたが、発見できないで、心安らわず、不機嫌になった……。

この変化はアンナ・グリゴーリエヴナをすっかり戸惑わせ、彼女は初めのころはいくつか自由主義的しくじりをしさえしたほどであった。彼女に不思議に思われたのは、補佐官たち、ルージン[8]やヴォーロホフ[40]、さらにはつい最近まで彼女の住まいで、ロシアは行政の強力な手によって行なわれる社会主義によって復興するという説をとなえていた人たちが、突然消えて、ぱったり来なくなり、どこやらの頑丈な保守主義者に席をゆずったことである。この人たちは、本格的に前菜に取りかかる前にも、パパ・ヴォルシェブノフの小部屋で大部分の時間を過ごし、五はいから十ぱい《予備的に》飲《や》っていたものであったが。しかしまもなくフェーデンカは彼女に自分の行動の謎めいたところを解明してみせた。彼は彼女に説明した、――社会は危殆《きたい》に瀕《ひん》していること、革命のかまどが破壊されるまでは、ヨーロッパは平穏を楽しむことができないこと、このナヴォーズヌィー自体の中にも不穏分子の巨大な流れが存在しており、それは、陰謀により、至るところに根と糸[12]を張りひろげていること、自分、フェーデンカは、税務庁から裁判所や地方自治会執行機関に至るまでの、彼らに宣戦を布告することを自分のもっとも神聖な任務としたこと。

「私ハ徹底的ニ戦争ヲスルダロウ！」彼は拳《こぶし》を振りまわしながら怒鳴った、「容赦ナキ戦争ヲ……ソウダ、マサニ！」

「まあ、なんてあなたは手厳しい！　テオドル[35]！」

「だめだよ、おまえ《マ・シェール》！　思いだしてごらん、彼女らはおれたちをどのぐらいばかにしたか！　思いだしてごらんよ、おれたちが市内を案内してやったあの二名の女ニヒリストを！　ねえ！　おれはこんなことをやらかされては決してやつらを赦さんぞ！」

「でもあの娘《こ》たちはかわいかったわよ、テオドル！」

「かわいかったって！　オ前ハドウカシテイルヨ！　ヤクザ女タチダ、過激派女タチダ！　破廉恥ナ娘《あま》ッコドモダ！　権威を認めなかった娘っこどもだ、おれに……おれに……面とむかって露骨に言いやがったぜ、おれがたわごとを言う、と！……いや、それ以上の欠点はもう犯罪だろうよ！　かわいかったなんて！　アノ娘タチハスグニ一万ノ首ヲ要求[41]スル！　僅カデ申シ訳アリマセンと言ってな！」

そして彼は、根と糸[12]の調査に着手するきっかけを彼に与えるであろう何らかの事実をでも見つけだそうとしながら、あちらこちらへと駆けずりまわった。しかし事実はなかった。かつてまだこんなに熱意をこめて彼の前で税務官吏が帽子を脱いだことはなかった。かつて地方裁判所が、他人の五コペイカ硬貨を利用するあらかじめ考えぬかれた意図をもって錠前破りを敢行した者たちについて、より以上の厳しさを示したことはなかった。かつて地方自治会の参事会は、地域病院のために、新しい洗面台や痰壺《たんつぼ》を、老朽化したそれらの代わりに、より以上の熱心さをもって獲得したことはなかった。すべてがまるで、傷心のポンパドゥールのこころを、熱意と勤勉さで喜ばせることを、申しあわせたかのようだった……。

それは、アンナ・グリゴーリエヴナにとってもっとも辛い時期だった。フェーデンカは陰鬱な気分でいて、自分は陰謀の犠牲者だと、声高に言った。日々はあいついで過ぎた、新しい日が始まるごとに彼はますます精出して事実を探しもとめた、が、何も見つけださなかった。

「コレハ結局ノトコロ怪物ノヨウナモノニナル！」と、彼は彼女に言った、「どこにでも事実がある、ペーチカ・トルストロボフ(42)、藁《わら》のポンパドゥールさえ、――その者でも事実を見つけた！　ところが突然、おれだけは――ナンニモ！　だれがこれを信じよう！」

あげくの果ては、彼が彼女をあるとき陰謀に密かに協力しているといって叱責さえする、という事にまで到った。彼女を、である……ああ！　それはあまりにも不当なことであったので、その非難に対する答えとして彼女に出来たことは、ただわっと泣きだすことだけであった。しかしその場合にも彼女は彼を責めはせず、ただいっそう熱心に、天におかれては何とぞフェーデンカに事実をお恵みくだされませ、と祈りはじめただけであった。

そしてほら、フェーデンカがもうだめだと思ったまさにその時、彼は新聞に《闘争》という言葉を読みとったのである。彼はさとった。彼は理解したのである、彼には何も理解する必要はないことを。事実も、根も、糸も、必要ではないことを。素手で、善き意思だけをもって、根絶・破壊・濫費・その他のよみがえらせる権力の属性[43]を一掃する、大ガカリナ見世物《スペクタクル》風ノ闘争を伴う、ナヴォーズヌィーの精神的復興の事業を、開始することが出来ることを。思わず知らず彼の思考はアンナ・グリゴーリエヴナへと向かった。そのときはじめて彼は、悟ったのであった、彼女が、彼がかつて固執したように、マントノン[33]夫人のようにはならず、純朴でつつましいラ・ヴァリエール[32]夫人のようなままであったのは、なんとよかったことだろうと。

「彼女ハ私ノジャンヌ・ダルク[20]ニナルダロウ!」と彼は叫んだ、そしてこころ晴れ晴れしたように、彼女のほうへ駆けだした。

が、彼女はもう彼を待っていた、まるで、彼には彼女の助けが必要であることを、知っていたかのように。

「アア! アナタハ私ノジャンヌ・ダルクニナルダロウ!」と、彼は彼女に、手を差し伸ばしながら、言った、「私はいつも見ていたよ、あなたがこれまで演じていた役柄は、あなたには合わないことを! ついに、あなたの役柄は見つかった! だが、むろん、あなたは知っているね、ジャンヌ・ダルクがどういう人物だったか?」

彼女は、ジャンヌ・ダルクとその偉業について述べられている、スマラーグドフ[19]の歴史書のその箇所を、彼によどみなく暗唱してみせた。

「ソウダ、正シクソノ通リダ! いざという場合には、あなたは馬に乗り……ね、絵に描かれているように……そのときには……用心シタマエ、地方自治会参事会ノ中ノ市町村自治論者《コミュナリスト》[上44]諸君ヨ!」

フェーデンカはより陽気に、より滑稽になった——もうそれはアンナ・グリゴーリエヴナにとっての勝利であった。ジャンヌ・ダルクの件に片をつけると、彼は異常に精力的に、闘争の儀式の他の部分の実現にとりかかった。

まず一番に彼は自分自身の行政機関の人員の粛清を急いで始めた。彼がただ保守主義者にすぎなかったあいだは、彼の行動には多少の慎重さが見てとれた。彼はまだ遠慮していた。彼は自由主義の元盟友たちに対しては冷淡な態度を示し、彼らと関係をもつことを避けたが、しかし公然と彼らを迫害することには踏みきれなかった。自由主義者たちとしては、フェーデンカの物の考え方の変化に気づいてはいたけれど、しかしその変化を自分たちの指針にとり入れなかった、ばかりでなく、その反対に、まるで彼へのつら当てのように、国庫の利益への自分たちの熱意を強めさえした。かくして事は、いわゆる、可もなく不可もなく、進み続けた。しかし今や彼は一挙にあらゆる羞恥心を失った。彼は単に保守主義者ではなく、精神的復興の主義の代表者であった、したがってもうこれ以上は我慢できなかった。自分の側近たちから始めて、彼はそのさい目をみはるばかりの決断力を示したので、多くの者らはただちに悔悟し、そのことによってやっと当然の罰を回避できたのであった。最初に悔悟したのは、官房長ラヴレツキー(45)で、そのあとにつづいたのが、補佐官ライスキー(46)とヴェレチエフ(38)だった。ラヴレツキーはこの時はもう以前のラヴレツキーの哀れな類似品のようなものでしかなかった。彼はあまりにも肥満していたので、自由主義思想がどういうもので、保守主義思想がどういうものか、苦労してやっと理解したのであった。しかも、大家族と浪費家の妻をもっていたので、農奴制の時代には莫大な収入をもたらしていた貴族の巣(47)が今はまったく何ももたらさなかっただけになおさらのこと、彼は俸給を無視することは出来なかった。したがって、フェーデンカが彼に、今後は自分たちの前途には闘争が控えている、と言明したとき、彼は何だか無感動にしばらく口をもぐもぐさせ、『まあいいでしょう……私の考えでもまあそんなところで』と言って、フェーデンカが行政的悪ふざけの新局面に首尾よく入ったという通達を書きに、事務室へ向かった。ライスキー[46]とヴェレチエフ[38]についてはどうかと言えば、前者は退職する踏ん切りがつかなかった、というのは、彼が侍従補になったところを見たいと希《ねが》っていたお祖母《ばあ》さんを悲しませることを恐れたからである。後者は、以前にも、実を言えば、決して自由主義者だったことはなく、ただ自由主義者たちとウォトカを飲むのが好きなだけだった。暇つぶしというわけだから。保守主義者の仲間うちでは、彼はおそらくまだもっと多くそれにあずかれることだろう。ほかの自由主義者のうちマルク・ヴォーロホフ[40]はフェーデンカの悪ふざけになんだか謎めいた態度をとり、自分にとっては司祭であろうと人に変わりはない（大同小異だ）、ナヴォーズヌィーの住民どものようなこん畜生めどもはさまざまに生き返らせられる、と言った。つぎに、ルージン[8]はとどまった。彼は《誠実な者たち[42]》の小さな一味をそろえて、手早く公安委員会[48]を設置し、全員そろって、ペーチカ・トルストロボフがポンパドゥール職にあったあの地方へ、その地方を扇動すべく向かった。

しかし行政機関は停止する権利をもたなかったので、転向したすべての自由主義者たちをフェーデンカはただちにのらくら者たちと入れ替えて、転向者の多数を定員外の嘱託に就かせた、それも、ラヴレツキー[45]その他の悔悟者らが、良心の苛責をおぼえ、ふたたび自由主義者にならなかったならば、の条件付きである。そのときになって、まず一番にあらわれでたのは、ノズドリョーフ[26]、タラス・スコチーニン[27]、デルジモールダ[28]、（スクヴォズニーク‐ドムハノーフスキー[49]を探されたが、しかし彼は、裁判にかけられ、死亡したことが、判明した）であった。彼らがすべてのフェーデンカの指示の、主だった執行者だった。のらくら者たちは、眉をひそめ、あらゆる方向へ鼻あらしを吹き散らし、《ほっほっほう！》以外の音声は一つだに発せず、通りを歩きまわっていた。彼らの外観は自由主義陣営にはひどい恐慌を起こさせた、部外の官庁の自由主義者たち（自称《自主独立人たち》）さえ、その連中までおじけづいたほどである。その連中は、ため息ばかりつきながら、勤めも自由主義も捨てる決心がつかず、隷属と自立のあいだでこんがらがりながら、自分たちは赦されるだろうという期待に絶えまなくさいなまれながら、陰気に通りをのろのろ歩いていた。しかしのらくら者たちは赦さなかった。鳶《トビ》の目ざとさで彼らは、茂みに隠れている自由主義者に狙いをつけ、すぐに彼をつまみだし、そのさい底意地の悪い皮肉げなぺっぺっという音声を発した。自由主義者たちの隊列は奇妙なかたちでまばらになっていった、それからほんのひと月ばかりのあいだに自由主義のすべての若木が枯死した。地方自治会参事会は痰壺の購入をやめた、というのはフェーデンカがその購入ごとに口論を始めたからである。陪審員たちは、《否、有罪ならず、されど情状酌量の余地なし》というふうな、何やら謎めいた判決をくだした、なぜなら、フェーデンカは、あらゆる無罪もしくは有罪（どちらも同じだ）判決を、もしそれがはっきりと言い表わされていたなら、共産主義への吹きこまれた支持とみなし、このことを全市に騒ぞうしく言いたててまわり、貴族団長やその妻たちの心に歓喜を燃えあがらせたからである。遠くに炭疽の恐ろしい幻影があらわれた。

　フェーデンカはこのことを知っていた、そして時どき彼には思われさえしたものである、のらくら者どもが、その野蛮な熱心さで、彼の考えを歪《わい》曲しているように。アンナ・グリゴーリエヴナ[40]がいかにつつましく振舞おうとも、しかし炭疽の予想は彼女を恐怖させた。マルク・ヴォーロホフは彼女のこの、有益な恐怖心に気づいた（ああ！　彼女は意思に反して、すでにライスキー(46)の親戚の女を破滅させることに成功したこの蛇＝誘惑者(51)に、ある漠然とした魅力を感じていたのである！）(50)、そしてあらゆる方法でその恐怖心をうまく利用しようと努めた。

「連中はあなたをもあなたのポンパドゥールをも食いつぶしてしまうでしょう、あなたのところのウォトカをすっかり飲みつくしてしまうでしょう！」、彼は彼女を脅した、「これは、おくさま、暴力ですよ！　気をおつけなさい、そしてポンパドゥールを守っておあげなさい！　わたしにはどうでもよいことですがね！　わたしはトランクに物を詰めて、ぱっと消えるだけのことですからね！　でもわたしはあなたが気の毒なのです！　あなたにわたしは同情して言うんです――こういうことです、あなたはわたしどもの美女ですからね！」

「ああ、いいえ！　あなたはどうか！　どうか、せめてあなたはフェーデンカをお見捨てにならないで！」彼女はひどく不安になった、で、あるとき生来の内気に打ち勝って、たいへん頑強にフェーデンカに説きはじめた、痰壺がなくても判決がなくても生きてゆけます、でもただ炭疽とだけはともに生きては行けませんよ、と。

「のらくら者たちは、テオドル(35)、あなたを破滅させるでしょう！」と、彼女は言った、「あなたといっしょにあたくしをも破滅させるでしょう、コノ事ヲオ考エナサイナ、アタクシノ天使サン！　まだ時間のあるあいだに、あの人たちを追い出しなさい！　ルージン(8)を呼びもどしなさい（アノ人ハトテモ面白イ人デスヨ、親愛ナ人！）、そしてラヴレツキー(45)、ライスキー(46)、ヴェレチエフ(38)に以前のように自由主義者であるようにお命じなさい！」

フェーデンカはちょっとだけ考えこんだ、彼の頭についこのあいだまでの自由主義が閃光のようにひらめいた、そしてすんでのことで勝利をおさめるところだった。しかし運命はもう彼の上にのしかかっていた。

「仕方がナインダヨ、オ前《マ・シェール》！」と、彼は何となく絶望的に答えた、「おれにはけがらわしい奴らが必要なんだ！ 曲学[52]は、これ以上猶予できないほどの、力を獲得した。やがて……たぶん……おれが一定の成果を収めるであろうとき……そのときは、もちろん……。しかし現在のところは、けがらわしい奴らのほかには、おれには見つからないんだよ、おれの有利なようにおれに協力してくれるであろう者たちは！」

「それでもやはり、ね、あなた！ あなたは知っているわね、あなたの身に何が起ころうとも、あたくしはつねにあなたと運命を共にします！ でも、やはり……なぜあなたは、たとえば、ヴォーロホフ[40]に頼らないのでしょう？ あたくしにはわかりませんわ……あの人は、あたくしには、誠実なひとのように思えます！」

「それはおれも知っている、一度ならずそれについては考えたよ、きみ！ しかしヴォーロホフはまだついこないだ保守主義者になったんだからね、全幅の信頼を得ることはできずにいた。おれの信頼ではないよ、もちろん——おれは心から彼の悔悟を信用している！——しかし社会の信頼となると……アノ男ハ明日ノ保守主義者ナンダヨ、オ前、ソレニ反シテ他ノ……ケガラワシイ奴ラハ……真正ノ保守主義者ダ、昨日ノ保守主義者ダヨ！ これがおれにとっては重要なんだ。炭疽についてはどうかといえば、お前はこの点に関しては安心していてよろしい、おれにも、お前にも、炭疽が触れることはないだろうよ！」

要するに、狂気が、例によって、勝利をおさめたのである。それは、腹黒い、悪ふざけの狂気であって、意識が朦朧《もうろう》とした人たちの責任能力のなさにのみ罪を軽減すべき事情を、自己のために見いだすところの、それである。

ちょうどこのころに、フランスのパレ－ル－モニアル[23]で起きた、悪魔およびその全事業の公開の放棄についての、報道がとどいた。新聞でこの記事を読むと、フェーデンカは、ナヴォーズヌィーでも何かこのようなことを行なわねばならぬ、と悟った。で、自分の計画に然るべき厳粛さを付与するために、彼はプストゥインニク[53]のもとへ助言をもとめに向かった。

現世の有為転変の最中《さ》、ナヴォーズヌイーで、プストゥインニクは魂の救いを得た。その社会的地位と老年にもかかわらず、これは陽気で、頬《ほお》が赤くて、血色のよい男だった。好んで彼は適度に食べ、適度に飲んだ、さらにいっそう好んで他人をご馳走した。好んで宗教歌と世俗歌をうたった（世俗歌はつねに古いもので、《さらば、きみよ、わが天使よ》以前に作られたものばかりであった）、そして孤独に耐えることが出来なかった。なぜ彼がプストゥインニク（隠遁者）という名であるのか、このことはだれも、決して彼自身、説明することが出来なかった。ただ知られていたことは、彼のところにあるような、おいしい魚入りロシアまんじゅう《ピローグ》はだれのところでも焼かれることなく、彼のところにあるような、十分に発酵した麦芽飲料《クワス》や、とてもおいしい果実酒、漬物、ジャムはだれのところでも出されることはないということである。食料についてもすべて県内で最良のものが彼のところに集まり、食卓に出されて彼を訪ねた客人たちを喜ばせ楽しませた。

「わたしは喜んでもらえるのが好きなんですよ！」と、彼は言い言いした、「わたし自身も嬉しいが、まだもっと嬉しいですよ、ほかの人たちも喜んでくださると！　わたしの心には悲哀のための場所はありません！　だれでもおいで下され！　だれでも楽しんで下され！――これが、あなた、わたしが固く守っている主義です！　何の得《とく》があるでしょうか、ふさいだり不機嫌そうにみんなを見ることが！　自分が退屈したら、ほかの人たちをも退屈させますからね！」

フェーデンカはプストゥインニクを、つぎのような歌をうたっていた家庭合唱団の中に見つけた。

驚くな、友よ、
一度ならず
きみらの中で
陽気な宴《うたげ》の最中《さ》にぼくが
思いに沈んだことを！

「《思いに沈んだことを！》」プストゥインニクはため息をつき、のっそりと長椅子から立ちあがると、フェーデンカのほうへ歩きだした、「これまでは思いに沈んでいましたが、今は楽しい気分になりましょう！　わたしどもはロシアまんじゅう《ピローグ》を切り分けようとしていたところでしたが、わたしは、だれかがここに欠けているなと、思っていました、――ところがそれがあなただった、ほうらいらした！　食卓の用意をしなさい――はやく！　そして楽しい歌を――立ちあがったね！　《ああ、あなた、わたしの宿《セーニ》、宿《セーニ》！》」

しかしフェーデンカは、プストゥインニクの気持ちの高ぶりに水をさし、ある重要な事を伝えねばならぬ、と言った。

「あなたがた、文官のかたがたは、いつも仕事に追われていなさる！　まあ見てごらんなさい、あなたがたの仕事というのはみんな合わせても、三文の値打ちもないことです！　さあ、お言いなされ、どんなまたいたずらをなされたのか？」

「あなたは、プストゥインニク、聞きましたね、フランスで行なわれていることを！」

プストゥインニクは驚いてフェーデンカを見た。

「好奇心に富んでいないんですよ、わたしは。だが、郵便局長は立ち寄りますよ……」と、言う。

「ほとんど全議会が、全員そろって、パレ－ル－モニアル[23]に出かけて行って、悪魔と絶縁したということ――聞きましたか？」

「まあそりゃ、遊び暮らすよりも、神に祈るほうがましとしときましょうよ！」

「そういうことじゃないんですよ、プストゥインニク！　すばらしい事実ですよ！」

「異教徒でも、同じくそれなりに神を敬っていますよ。何でもないことです、これは。あんたはどうぞわしに言いなされ、何のためにあんたはこんなつまらない暇つぶしを始めたのかい？　わしはなんだか退屈にさえなってきたよ」

「それはです、わたしはまさしくあの儀式をここでもやりたいんだ！」

それはあまりにも驚くべきことだったので、プストゥインニクは何も答えることができず、ただフェーデンカの股《もも》をぽんとたたいて、言った、

「ちょっと食べよう！」

「いや、プストゥインニク、わたしは本気であれをここでやりたいんだ」

「あんた、正気にもどりなされ！　だってわしらはここ、ナヴォーズヌィーでは、まったくわかりもしないんだよ、いったいだれがそいつか、つまり悪魔か！」

「いや！　あなたは知らないんだ！　あなたはここに座っている、だからそのことを知らないんだ、どこでもどういう曲学がはやりだしているか！」

「わしが知らないことについては、わしは話すことはできんよ！」

「ところがわたしのほうは知っているんだ。自由！　終身制[54]！　自主性！　こういうことがどこまでひろがっているか！」

「耳にしたことはあるよ」

「こういうことをすべて根絶しなければならん！」

「まあどうか、ちょっと食べようよ！」

フェーデンカは、ついに、腹をたてた。

「わたしは思っていた、あなたは協力してくれるだろうと、ところがあなたはちょっと食べようとばかり言っている！」

「わしがあんたにどういう協力をすることが出来るというんじゃね？　あんたがたが従属している身か、それとも独り立ちの身か、交迭される身か、それとも罷免されることのない身か——それはあんたがた、文官の事じゃ！　ほれ自由——これは確かに毒のようなものじゃ！　このことはわしも言っておくよ」

「わたしはこういうことを思いついたんだ、聞いて下さい。近日中に、天気がよければすぐに、わたしは、思想穏健なる者[55]たちの先頭に立って、郊外の村へ行くだろう、そしてそこで誓いを宣言する……」

「折り入ってお願いする、ちょっと食べましょう！」

「ちょっと食べましょう、食べましょう、なんていうのはおやめなさい！　あなたは論議することが出来るや否や、言いなさい！」

「じゃすきっ腹で論議をやりましょう！」

「だから、わたしは郊外の村へ行って、誓いを宣言するのです……」

「手本に倣ってですかね、つまり？」

「そうです、手本に倣ってです。われわれ、思想穏健なる者たちは、あまりにも弱体ですからね、みんながばらばらには行けないのですよ。いや、立派な手本をまねようとするわけだがね、やはりまるでお互いを笑いものにしようとするみたいですかね！」

「笑わざるを得ませんな」

「しかし、そこに何がおかしなことがあるでしょうか？」

「そりゃ、どうしておかしくないことがあるでしょう——あんた自分でお考えなされ。あんたはどこかへんな所へ出かけていって、悪魔と論争しようとしているんですよ！　わしはこう思いますね、あんたがた、思想穏健なる者たちのところでは、すべてこの野外遠足でどういう結果が生まれるか！あんたたにはそんなことをする必要はありませんよ——まあこういうことですな！」

　フェーデンカはすっかり激高しさえした。

「それはだれかほかの者についてなら言うことが出来る、そんなことをする必要はないなんて、このわたしだけにはそれはあてはまらん！」彼は皮肉をこめて言葉を継いだ、「わたしは、ほかの者たちのように、ちょっと食べるようなまねはせんよ、朝から晩まで絶えず面倒を背負いこんでいるんでね！」

「あんたがそれを、ある人がちょっと食べてばかりいるなんて、このわしについて言ったのなら、——そんなこと大したことじゃないよ！　わしは何もする必要はない——これはわし自身が言うんだ！　わしは座って、歌をうたって、ちょっぴり食べる——もちろん、これがどんな国事か神にもわからんことだ、しかしそのために害はだれにも与えてはおらん。だがあんたは、失礼だが、たいへん羨《うらや》ましがり屋だね。あんたは自分の仕事を持っておらん、だからあんたは何とかほかの者たちの邪魔をしようとしているんだ。ところがさ、それは有害なことじゃ。あんたに尋ねさせてもらうがね、地方自治会参事会でも、裁判所でも——それらが何であんたの気になって仕方がないんじゃね？　なぜあんたはしょっちゅうはげしく非難するんじゃね？　それらは自分の仕事をやっている——何をそれらがしているか、わしは本当に知っておる！　あんたを、それらは、へとへとに疲れさせてはおらん——まだ何を言うことがある！　それに優秀な人らじゃ！　この人らが話しだしたら、聞きほれてしまう、まるで、立琴《グースリ》をかき鳴らしているみたいじゃ！　あんた、わしに言いなされ、どうかぜひ、あんたはこの人らが、いったいどういう強情さをもっているというんじゃね？」

「まあ、プストゥインニク、あなたと話していると、おそらく、喧嘩にまでなってしまうだろう。ずばりと言ってくれたほうがいい、われわれといっしょにあなたは行くか、いやか？」

「その、野外遠足にかね？——いや、わしは勘弁してくだされ、わしはからだが虚弱でな」

「が、まだプストゥインニク（隠遁者）と名乗っておられる！」

「なぜあんたは知っているんだね、わしがどうしてプストゥインニクになったかを？　おそらく、わしには絞首台があったんだろうな！　おそらく、本性からすれば、わしはほら、あんたと同じように、野外遠足に行くのがよろしかろう！　じゃが、わしは座って、ひからびてゆくのさ！」

「ふむ、じゃ、さようなら」

「まあ、ちょっと食べなされ、どうぞ！　ひょっとしたら、あんたの怒りもおさまるじゃろうて！」

「いや、ご勘弁を」

「まあ、いやなら、好きなように。でもちょっと食べてゆきゃいいのになあ！　そうすりゃあんたはそんな考えからすっかり解放されるよ。やめな！　ほかの者たちに考えさせろ！　いやはやとんでもない苦労を自分に見つけだしたもんだ、ほかの者らがそういう事をしているのが、羨ましいといったって、——なんで悪魔《あいつ》にすべての事が追っかぶせられないのかね！　じゃ、まあ、さようなら、さようなら！　あんたが腹をたてているのが、わかるよ！　あんた、悪魔と会ったら、——わしからと言ってな、あいつの眼に唾《つば》を吐きかけておくれ！　ただおそらくはあんたはあいつに会うことはあるまい。だから、わしらはここで敬虔にあらゆる善きみのりの中で暮らしているよ、官憲には従い、目上の者たちを敬ってな——わしらのところは悪魔《あいつ》にはいやなところさ」

フェーデンカは、プストゥインニクのところから、悲しみに沈んで、ほとんど立腹して、出た。それは、闘争の舞台での彼の最初の不首尾だった。彼は自分の闘争の開始を、ありとあらゆる華ばなしさでめぐらそうと考えていた——ところが、突然、華ばなしさのもっとも重要な飾りがいない、プストゥインニクがいないんだ！　プストゥインニクのほうは露台《バルコニー》へ出て、遠ざかってゆくフェーデンカの乗用馬車をながいこと眼で追っていた。彼の白髪が風にひるがえり、その顔はまるで雲に包まれているように見えた。彼もまた腹立たしく、フェーデンカとのばかげた話し合いに自分のまる一日が狂ってしまった、と感じていた。

「悪魔があんたを混乱させてしもうたんだ！」と、彼は頭を振りながらつぶやいた、「つまり、悪魔《あいつ》が、怠惰、憂鬱、権勢欲の気分[56]が、あんたに巣食ってしまったんだ！」

　プストゥインニクとの交渉の不首尾にもかかわらず、フェーデンカは自分の計画を捨てなかった。翌日（さいわい、素晴らしい時候だった）、彼は、官房長、補佐官たち、区警察署長たちとともに、早朝から郊外の村へ進発した。行進の先払いに立ったのはノズドリョーフ[26]、しんがりをつとめたのはデルジモールダ[28]！　タラス・スコチーニン[27]はフェーデンカと並んで歩き、未来の構想を述べた。ラヴレッキー[45]はほかの悔悟者たちとともに思い思いに散らばって、花を摘んでいるような振りをしていた。郊外の村に着くと、フェーデンカは、ほかの場所ほどには汚れていなかった空地を選んで、鶏や豚を遠ざけるように命じた。そして二時間の節制を自分に課した。それから起きあがると、天の面前で自分の以前の謬見を罵倒した、そしてこの誓いをまさしく実行で示すために、あらかじめラヴレッキーの準備した通達にその場で署名した。この通達には呪いの儀式次第が記述され、また部下たちはこぞって急ぎこの範に倣うようにという希望が表明されていた。そのほかに、学問は、なるべく慎重に取り扱わねばならぬ諸刃《もろは》の武器であることが、述べられていた。また、このゆえに、もし区警察署長諸君が学問の普及によって思想穏健な成果に達することを期待しないならば、曲学を許容するよりも学問をまったく根絶するほうがましである、曲学のために何千何万という人びとがこの生において合法的な報いを受け、未来においても救いを失うやも知れぬのである、ということも述べられていた……。

　すべてこのことを執行すると、フェーデンカは大声で叫び始めた、――悪魔よ！　姿をあらわせ！　だが、それはプストゥインニクが予見したように、悪魔は姿を見せようとはしなかった。儀式は終わった、あとはナヴォーズヌィーに帰還するだけでよかった、しかしそのとき思いがけない出来事としてジャンヌ・ダルクが淑女《レディー》たちのまったくの騎馬団の先頭に立ってやってきた。食料や酒の入ったいくつもの籠《バスケット》が運ばれてき、市《まち》へ楽団が呼びに遣られた、そして悔い改めの日はいともすてきな野外遠足で終わったのだが、その仕舞いごろに淑女たちはフェーデンカに、闘争という文字が刺繍された白い繻子《しゅす》の旗を、贈呈した。

かくして野外遠足についてのプストゥインニクのいま一つの予言も的中したのである。

僕は知っている、僕の物語を読んで、読者は僕を誇張が過ぎると非難するだろう。読者は言うだろう、――とんでもない！　はたしてわれわれはフョードル(10)（フェーデンカ）・パーヴルィチ・クロチコフを十分に知っていないであろうか？　むろん、この人物が面白いやつで、いくらかは魔法的な男であることは、だれも否定しないであろう。しかし魔法性もその限度をもっており、きわめて図々しい男でもその限度を越えることはできないではないか。じゃ、なぜフェーデンカは悪魔を拒否するのだろうか？　彼はむしろ悪魔と近づきになることを願っているのではなかろうか？　なぜヴォルシェブノワ嬢(57)をジャンヌ・ダルクの位に昇任させることが彼の頭に浮かんだのであろうか？　なんで彼にはジャンヌ・ダルクが必要なのか？　その反対に、彼は本当のジャンヌ・ダルクを、もしそういう女が彼の手元にあるのなら、もっと早くヴォルシェブノワ嬢の位につけることを、急がないのであろうか？

これらの反論がいかに説得力があるように思われることができても、しかし僕はあえて考えるものである、それらは誤解の産物よりも以上のものではない、と。明らかに、読者は、物語の本質をではなく形式を重要視している。そして読者は、本質的には寓意《アレゴリー》でしかないものを誇張と呼んでいる。さらにまた、日常の、触知できる現実を追いかけながら、読者は、めったに外に現われないけれどもしかし眼を射るいとも粗雑な具体性に、劣らず、認知の権利をもっているところの、別の、同程度の客観的な現実を、見失っている。

　文学的探究を要するのは、人間が自由に行なっている行動ばかりでなく、人間が、能力か勇気をもつなら、疑いなく行なっているであろう行動である。そして、人間が話している言葉だけではなく、人間が口に出して言わないがしかし考えてはいる言葉である。人間の束縛を解き放ちたまえ、人間にすべての自分の考えを口に出して言う自由を与えたまえ――そうすれば貴君の前にはもう、貴君が日常生活で知っていたまったくはその人間ではなく、少し違った人間が立ちあらわれるであろう、すなわち、その人間においては、偽善その他の生活の条件性とみなされている障害の欠如が、異常な明るさで、そのときまでは見落とされたままであった特性を、外へ呼び出すであろう、また、反対に、人間の主要な定義が皮相な見方で形づくっていたものを、後景へ投げ捨てるであろう。しかしそれは誇張ではなく、現実の歪曲ではなく、ただ別の現実の暴露にすぎないであろう、つまり、その現実とは、好んで日常の事実のかげに隠れており、非常に根気づよい観察によってのみとらえられるものである。この別の現実の暴露なくしては、全体の人間の再現は不可能であり、人間に対する公平な裁判は不可能である。人間のなかに隠されているすべての心がまえに触れねばならぬ、また、日常生活で彼が不本意ながら拒否しているような行動を、行なう志向が彼のうちでどれほどしぶといか、試してみなければならぬ。貴君は言うだろう、自発的にであれ強制されてであれ、一定の人が一定の活動を差し控えることに、われわれにはどんな関係があろうか、われわれにとっては、彼がそういう活動を行なわないことで十分である、と。……しかし気をつけたまえ！　きょうは彼は実際に差し控えている、しかしあすは状況が彼に有利にはたらく、すると彼は必ず、かつては彼の秘密の思考が抱いていたすべてを、行なうであろう。そして、この思考されていたこと抱かれていたことを大きな重圧が押さえつければ押さえつけるほど、ますます容赦なしに、行なうであろう。

僕は、実際にはフェーデンカは、僕が彼にさせたこと話させたことのうちの、多くのことをしなかったし、話さなかったということには、同意するものであるが、しかし僕は断言する、——彼は疑いなくすべてこのことを考えた、したがって、もし能力があるか勇気があるかすれば、したであろう、あるいは言ったであろう、と。僕の物語に、一切の幻想性とはまったく無縁な、完全な現実性ありと、認めるには、これだけで僕にとってはまったく十分である。

僕らが、僕らのまわりで行なわれていることに、当然の注意を払わずに接しているために、多くのことが僕らには誇張のように見えるのである。現実は僕らにはあまりにも見慣れたものである、それに僕ら自身が、僕らが疑いなくしているところのあの観察についてさえはっきりと自覚する習慣を何となくなくしてきた。したがって、文学が物を呼ぶのは、僕らが日常生活で出会って呼び慣れている名称とは、まったくは同じではない、僕らにはもう、それが虚構であると、思われている。

しかし実際には虚構は、文学においてよりもはるかに頻繁に現実において、現われる。文学は節度と妥当の感覚があまりにも特有であるから、文学は現実の戯画《カリカチュア》を正確さをもって再現することを任務として引き受けることは出来ないのである。文学が現実を低俗なものにしようとしても歪曲しようとしても、その努力は無駄であろう——現実にはつねに、その前では歪曲するどんなに大胆な才能でも尻込みするであろう、何かあるものが残っているだろう。歪曲者たちよ！　戯画者たちよ！　と、近視眼的な人びとは大声で言う。しかし彼らに、現実がそこまではとどかないであろう、愚かで低俗なものの限界を、指し示させせよ、生涯で一度でも、絶えず彼らの耳が聞き、彼らの目が見ていることを、理解し評価する能力を示させせよ！

もし僕がフェーデンカの生活を、彼の活動の、特筆すべき事実の、あからさまの年代記の形式で、物語ったとすれば、僕は思うのであるが、読者は、たとえ僕の物語に芥子《からし》粒《つぶ》ほどの虚構がなくても、僕の歪曲をなじる権利がより以上にあるだろう。大部分の人びとが理解しているような意味における真実よりも、真実とより合致しないものは、何もない。もしありのままの事実のみを伝える年代記作者の物語によって判断するなら、フェーデンカをおそらく、悪党と呼ばなければならないだろう。そういうものが大部分の真実である。しかしそれはもう、フェーデンカが正真正銘の悪党ならナヴォーズヌィーの住民は生存することが出来ないであろうという、ただそのことによって、虚偽である。なおかつ、悪党は組織網をもっている、だがフェーデンカの裁量下にあるのはごった返しのみである、悪党は、あらかじめ準備しないでは、毒物をどこに置いたらより具合いがよいかその場所を決めておかずには、舞台に登場しないだろう。フェーデンカは何に対しても準備しないばかりでなく、一つの区画から外へ脱出した若い雄馬のすべての特性をもっている。彼は、自身なぜかとも知らず、わっはわっはと笑い、土を掘っている。だから、彼を観察しながら、僕は確信するのである、彼の主要な性質は発育不全で強められた無邪気さである、と。また、その結果彼の頭は、状況次第で、住民にとって、好都合な、あるいは不都合な性格をとるところの、妄想に満ちている、と。これらの妄想のうちの多くのものは、あまりにも空想的であるので、彼自身がそれを隠そうと努めているが、しかし僕は彼を片言隻句で見抜き、僕はあらゆるあいまいな暗示、あらゆるほんの一瞬の吐露を利用する、そして幾多の努力の助けによって、ありふれたものではなくて秘められた別の現実の、建物へ、しっかりした足どりで入ってゆく。その現実のみが、人間の徹底的評価にとっての、確実な基準である。僕の努力がどの程度に成功に終わるか、僕は知らないが、しかし確信している、僕の方法が、いずれにせよ、正しいものと認められるはずである、と。

戯画と誇張について言われているが、しかし、この非難がひとりでに衰えるためには、ただまわりを見まわさなければならない。

ポンパドゥールたちのうちでもっとも人のよいこのポンパドゥールさえこんなに容易に行なうことに踏み切る、幻影たちとの、闘争が、何に値するであろうか！

住民とは行政対象にほかならず、すべてのその要求が、お前の知ったこっちゃない、という短い言葉で一度に断ち切られ得る、という思考が何に値するか！

これは戯画ではないであろうか？

しかしだれがこの戯画を書くのか？　現実自体ではなかろうか？　現実が至る所で自分自身の誇張をあばいているのではなかろうか？

《エゴリエフスクから書いてきています》……《ベレベイから書いてきています》……《プロンスクから書いてきています》[58]……さらに、読む能力をもちたまえ、諸君！

自分にとっての出発点として、たとえば次のような知らせを取り上げてみたまえ、《プロンスクから書いてきております、昨日われわれのポンパドゥールが、当人のために郊外の地主のひとりが催した狩猟におもむき、牧夫の肋骨を折りました》[59]……さらに進みたまえ。もしきょうこのような明らかに魔法的な行動が実際には可能なものとして、また罰せられないものとして判明するならば、自問したまえ、この魔法はあすはどんな規模を取るか？　現在の瞬間にはとどまるな、しかし未来を洞察したまえ。そのときには貴君は魔法の完全な絵を受け取るだろう、おそらくその魔法は、まだ現実にはないであろう、しかしその魔法は疑いなくやってくるだろう……。

いずれにせよ、僕はくり返すが、戯画はない……現実そのものが描いているところの、それを除いては。

——

もし合理的な視点から事を見るならば、すべての前述のことを行なったあと、フェーデンカは窮地に立つことで終わるであろう、と予想できた。だが、驚いたことに、何もそのようなことは起こらなかった。

闘争の旗を立ててから、彼は、まるで自分の肩から山が落ちたように、感じた。一度も彼はこんなに心安らかで気楽だったことはなかった。彼は全身でどこか遠くへ突進した。そして過去を、彼にとっては義務的であることをやめたところの、悪い無意味なことのように、見た。今後は、自治の原則によって、訴訟口頭主義も、公開性も、洗面台の設置も、ない——すべてこれは、《ひゅいっ》という一語に取って代わられるだろう。彼がまだついこないだまでひけらかしていた、疑いなく保守的な《根と糸》[12]さえ、彼には取るに足らない軽蔑すべきものに思われた。彼にはまったく違うものが必要である、彼に必要なのは事実ではなく、《精神》である……。

「おれはこの《精神》を無効にするだろう!」彼はすべての十字路と分かれ道で大声で叫んだ、「おれはこの《精神》をやつらから追いだすだろう!」

そしてその後でフェーデンカはノズドリョーフ[26]に、何のにおいがするか、嗅いでみる仕事を与えた。しかしそのノズドリョーフも、タラス・スコチーニン[27]も、彼らが粉砕することを任務として自分に置いたところの、その《精神《におい》》が何にあるのか、判定することは出来なかった。この現象に対する疑問に対してフェーデンカは足踏みして、ヤア、ドウシテ君タチハコレガワカラナイノカネ? と答えた。スコチーニンは何も答えさえせず、ただしきりに瞳《め》をぐるぐる回しただけだった。だから両名は、結局のところ、この言葉を、注釈を要求しないけれどもしかし十分に明白で堅固な何かのように、用いることを、正当と判断した。

スコチーニンはフェーデンカをすっかり魅了して、ラヴレッキー[45]を完全に押しのけたほどだった。スコチーニンは毎朝フェーデンカ・クロチコフに報告書を提出したが、その報告書の下方には、彼の読み書き未熟のゆえに、クテイキンが署名していた。報告書には、『この有害なる精神を根絶せんがために』と、『この奸悪なる精神を制御せんがために』以外には、他のいかなる文句もなかった。締めくくりとして提案されていたのは、措置、すなわち、ひゅいっ！　フェーデンカはこの長い哀歌を終わりまで聴くと、のべつまくなしにあらゆるばかげたことをしゃべった、ただ時たま、儀礼上、何か反論しようと試みることはした。しかし通常、報告書の結論は全面的に承認された、すると即座にノズドリョーフ[26]とデルジモールダ[28]に伝達され、両人は一目散にそれを遂行すべく走った。

総じてフェーデンカは、異常に元気に、活動的になった。彼はきわめて早く起き、すぐにスコチーニン、ノズドリョーフ、デルジモールダを迎え入れた。この三名はお呼び出しを待ちながら玄関の間《ま》に座って、侍僕のヤーシカと雑談していたのである。《精神》の根絶に関して必要な命令を与えると、彼は、（以前の盟友たちのうちでただひとり彼が信頼を維持していた）ヴェレチエフ[38]を呼び寄せて、彼に、蠅《ハエ》、蚊《カ》、蜜蜂《ミツバチ》などがぶんぶんと羽音をたてるその真似《まね》をさせた。もしそのあとで暇な時間が残っていたなら、ミトロファン・フレスタコーフ[9]が招かれ、フェーデンカは彼に拠《よ》って、本当の堕落していない人間とはいかなるものか、研究した。こうして、いつの間《ま》にか時が刻刻飛ぶように過ぎさった。昼食の前に彼は通りを散歩しに出かけた、そしてそこでいわゆる個人的な処置を行なった、つまり、眼を大きく開き、わっはっはと笑って、通行人たちに飛びかかった。

「なんだ、お前は？　どうして、お前は？　なんで、お前は？」彼は息を切らした、「おれはお前からこの《精神》をたたき出してやる！　おれはこの《精神》を滅ぼしてやる。ほほう！」

それから、すべての《処置》を行ない、それを《ひゅいっ》という言葉で仕上げると、フェーデンカは家《うち》へ帰り、腰をおろして食事を始めた。

「私ハ食事スル権利ヲ手ニ入レタト思ウヨ」と、彼はヴェレチエフ[38]に言った、「わしは自分のために一分でも平穏を要求することができる、と思う！」

そして彼は、実際に、落ち着いて食事をとる根拠をもっていた、というのは、スコチーニン[27]がこの時にはもう自分のあすの報告書を熟慮していたし、ノズドリョーフとデルジモールダは、きょうのスコチーニンの予定が絶対的に遂行されるよう、倦《う》むことなく履行していたからである。まる一日にわたって彼らは個人の住宅へ押し入り、押収を行ない、逮捕し、取り押さえ、追い散らした、そして夜近くには強奪してきた本や書類のまったくの山を持ってスコチーニンのもとへ現われた、それらのものはクテイキンが今後の吟味のために受け取った。ノズドリョーフは、彼の持ち前のかっとなりやすい気性のゆえに、一度ならず賄賂《わいろ》を取ろうとあせった。しかしデルジモールダが絶えず彼を思いとどまらせた。

「早いよ！」彼は説諭した、「まず自分の立派なところを見せなければならん！　それから埋め合わせをつけよう！」

だが、フェーデンカは、自分のところは日夜仕事が盛んに行なわれているのを、見て、そのことで気が安まり、言っていた、

「コレハケガラワシイ奴ラダト、私ニ皆ガ言ウガ――果タシテソノ事ヲ私ガ疑ッテイルダロウカ！シカシ彼ラハ私ノ仕事ヲ素晴ラシク手際ヨクカタヅケテイル、ソシテコレガ、私ガ必要トスルトコロノスベテダ！」

それにアンナ・グリゴーリエヴナも、力の限り、勤勉さを発揮した。彼女が悔い改めの野外遠足に参加してから、彼女の身にはまるで変身が行なわれたかのようであった。彼女はジャンヌ・ダルクの役が板についたばかりではなく、言うなれば、この人物と同一化した。彼女の眼は輝きだし、鼻孔は広がり、息づかいは火のように熱くなり、髪はいつもほどいて背中にひろがっていた。この姿で、黒毛の馬にまたがって、彼女は、いつも教会の奉神礼の始まる前には、通りを疾駆し、みんなに、悔い改めましょう、唯物主義と戦いましょう、と呼びかけた。だが、彼女の説教の成功を区警察署長たちが少なからず助けたことを、言わずにおくわけにはいかない。彼らは、ナヴォーズヌィーの住民たちが唯物主義にはまりこまぬように、しかし神の教会堂を満員にするように、すべての温和の措置をとったのである。彼らは礼儀正しく通行人の襟首をつかんで、彼に言った。

「さあ、あんた、せめて手本を示せ！　さあ、祈らんでもよい、だが手本を示せ！」

通行人たちは、自分たちが《穏やかに頼まれている》のを、見て、喜んで仕事をほうりだして、教会堂へ突進した。

フェーデンカは、彼によって悔い改めの通達に述べられた計画を遂行したばかりではなく、さらにその先へ進んだ。『曲学を大目に見るよりも、学問を完全に根絶するほうがよい』と、彼は通達に書いた。だがスコチーニンは、二二んが四のように単純明快に彼に立証したのである、何らかの偶然から身を守るために、人間によってなされる、あらゆる努力は、人知の及ばぬ道に対する反乱である、と。このゆえに、火事は消すべきでもなく、飢餓もしくは伝染病に対する何らかの対策は講じるべきでもない。すべてそういうものが送られてくるのは、目的がないわけではなく、罰のためか、あるいは試練のためである。したがって、いずれの場合にも、災厄に耐えることにかけての従順さと不屈さのほかには、何も必要ではない。

「わたしは、閣下、自分自身の身にこういう場合を体験いたしました」と、タラス・スコチーニンは言った、「わたしの領地で家畜の疫病死がほとんど毎年起こりました。ただわたしは、でございますな、はじめはやはり小細工を弄しました、つまり獣医たちを招きました、まじない師たちにとてつもない大金を取られました、聖ゲオルギーの記念日[60]には坊さんを馬車に乗せて農地をまわりました――すべて、ですな、ご利益《りやく》があるようにというわけでございます。でも、どうにもなりませんでした！　とうとう、わたしは腹をきめました。すべてを捨てました、家畜飼育者どもを笞《むち》打ちました、そして聖イリア祭[61]の前の金曜日を祝うことを決めました。するとどうでしょう、あなたさま！　その時から、わたしのところの家畜はばったりと死ななくなりました。まわりではどこでも家畜が、蠅《ハエ》のようにばたばた死んでゆくのに、神様はわたしにお慈悲をくださいました！」

この教説はフェーデンカにいたく気に入った。第一に、それには何か高尚なものがあった。第二に、それは彼を多くの義務から解放してくれた。その多くの義務は、彼にとって憎むべき《精神》の、根絶の事業に専念することを妨げていたものである。病気、飢餓、火事を防止することは、無作法な行為ではないであろうか、もしそうしたものすべてが、人びとへの報いとして、天から送りこまれているものならば？　冒瀆《ぼうとく》行為の酒杯《さかずき》はすっかり満たされたので、この役立たずの巣（フェーデンカはナヴォーズヌィーをこう呼んでいた）を救う最良の手段とは、それを滅ぼすことである。飢餓も、コレラも、火も、おのれの有害な仕事をするがよい、罪を犯した者どもを根絶やしにせよ、罪を犯さぬ者らをも苦難にあわせろ。フェーデンカは悔恨の念もなくこの新しいソドム(62)を放棄し、それを荒野《あらの》とさえ取り替えることを辞さない。《荒野》という言葉をきくとフェーデンカの想像力は、それでなくてももう高揚しているので、たいへんな飛翔をした。彼は自分のその想像力を制御することが出来ず、ナヴォーズヌィーを破滅させる人物の役柄を本当に真剣に演じはじめた。死の天使が、神を畏《おそ》れぬ都市の上の空を、舞っているように、彼には思われた。火事がすべての家屋を根絶した、どの通りにもふくれた人間たちの死体が転がっていて、悪臭を発散させている。だが、彼、フェーデンカは、旅行者風の服装をして（少し離れて馬を付けられた寝台付き大型旅行馬車が見え、その窓からジャンヌ・ダルクが顔を出している）露天市《いち》広場に立ち、荒野への堂堂たる進軍を宣言している。彼の声に忠実な、生き残った住民たちが、四方八方から集まってきて、自分たちの頭に灰を振りかけて(63)、身につけている衣服を引き裂いて、彼の保護のもとに、サハラ砂漠へと進んでゆく（フェーデンカは随分以前に地理を勉強したので、サハラ砂漠はタムボフ県とサラトフ県の県境にあると考えていた）。そこへ着くと、彼は住民たちに、悔い改める(65)よう、荒れ地に転がるよう、そして野蜜と蝗《イナゴ》を食べるよう(64)、勧める、自身は尖塔を破壊し、ドロトを給仕長として呼び寄せる、そしてジャンヌ・ダルクや貴族団長夫人たちや貴族団長たちの集まりでは、凝った山海の珍味を賞味するだろう、毎夕、選ばれた者たちがトランプ・ゲームをやり、ダンスをし、淑女たちにオアイソを言うだろう……。

「おれは荒野でも楽しいだろう！」と、フェーデンカは言った、「おれはたとえ世界の果てに送られても、そこでもおれは、うまく落ち着くだろうて！」

「そりゃあ、閣下、しっかりと落ち着きますでしょうよ！」スコチーニンのほうからつけ加えた、

「エレメーエヴナとヴラーリマン[66]を連れて行きましょう、おとぎばなしを語らせましょう、あるいはミトロファーヌシカ[67]に鳩《ハト》を飛ばさせましょう——そうすりゃ劇団も必要ありません！」

「エライヤッダ！」感動してフェーデンカは大声で叫んだ、そしてスコチーニンの肩を軽くたたきながら、つけ加えた、「連れて行こう、お前さん、みんな連れて行こう！　トランクに物を詰めよう、エレメーエヴナとミトロファーヌシカを連れて行こう、そして沿道の住民から供出させた馬車で、眼の向く方へ行こう！」

　こうして、フェーデンカが入りこんだ行政悪ふざけの新局面は、彼にいかなる困難ももたらさなかったばかりでなく、彼にかなり愉しい興奮をひき起こしさえした。以前の彼の生活は戯言《たわごと》であった、今もそれは戯言であり続けていた、が、違いはただ、以前の戯言ははじめは自由主義的、つぎに保守主義的性格をおびていたが、今はそれは闘争の戯言の形式を取った、ということだけである。しかしこの後者の形式は、前二者のそれより愉快でさえあった。というのは、いかなる限界も認めなかったし、したがって、容易にあらゆる種類の内容で満たされたからである。

　しかし、素晴らしかったのは、フェーデンカがその地位にあって以前に比べていかなる変化も感じなかった、ということよりはむしろ、彼の行政作用の対象そのものがいささかもその相貌《ぼう》を変えなかったことである。ナヴォーズヌィーは、フェーデンカ・クロチコフが、ルージンやヴォーロホフの代わりに、スコチーニンやノズドリョーフを自分に近づけたことにも、また彼が、工場設立の必要性についての通達を書くのをやめて、行政的神秘主義に熱中したことにも、気づきもしなかった、ようであった。住民たちは、フェーデンカの先ごろの自由主義についても、彼の現在の精神錯乱についても、何も知らなかった。彼らは、何もなかったように、ロシアまんじゅう《ピローグ》を（それがない場合には藜《アカザ》でつくったパンで満足していた）食べ、年貢《ねんぐ》を払い、結婚し、横領を企てつづけていた。それはけたはずれに並みはずれたことであったので、ナヴォーズヌィーの住民たちのようなこん畜生めどもはどんなふうにでも生き返らせられると、かつて言ったことのあるヴォーロホフさえ、驚いたほどであった。大部分の住民が、どんな場合にも、どんな変化のためにも、何も得《とく》することも損をすることもあり得ないという、羨望《せん》に値する地位にあることは、明らかであった。

実を言えば、フェーデンカの移り気のために苦しんだのは、ナヴォーズヌィーの自由主義者たちだけであった。彼らのうち多くの者は放逐され、多くの者は自分の腹を引き裂き、彼らの耳で鳴りひびき絶えず彼らの生存を脅かす不名誉な《ひゅいっ》(68)よりも、犬死にのほうを、選んだのである。しかし、第一に、大部分の住民の見るところでは、それは唯一の犠牲者たちであって、彼らが消え失せてもそれで都市《まち》は暖かくもならず寒くもならなかった。第二に、フェーデンカは自分のその迫害に、無信仰や官憲不承認との闘争の、性格を付与すべく努めた。ナヴォーズヌィーの住民たちは大昔から自由思想を火よりも強く恐れていたので、彼らは犠牲者の泣き叫ぶ声に関心をむけなかったばかりでなく、反対に、フェーデンカを誉め、新しい偉業にむけて彼をけしかけた。

だが、ナヴォーズヌィーの住民たちを怒らせざるを得なかった一つの事情があった、ようであった。さきに述べたように、フェーデンカは運命論の理論をまったく極端にまで推し進めたので、火事を消そうとも、飢餓や伝染病を防止する措置をとろうともしなかった。このことはナヴォーズヌィーの住民たちの生命にあまりにも近い関係のあったことだったから、彼らのうちにいくらかの騒ぎを引き起こさないわけにはいかなかった。しかし実際には、フェーデンカが自由主義の幻滅の困難な過程によってのみ考えついたその理論は、つねに、住民たちのすべての信仰の、彼らの全生活の、拠りどころであったことが、判明したのである。昔から彼らは、災難や災厄に対しては、いかにずるく立ちまわろうとも、どうにもならないことを、信じながら、不平も言わずに死んでいったのである。昔から彼らのところではこういう風習であった、すなわち、きょうは人間は餡《あん》の入ったロシアまんじゅう《ピローグ》を食べているが、あすは彼は、隣人たちの窓の下で、食べ物をねだっている。その純朴さにもかかわらず、フェーデンカは、ナヴォーズヌィーの住民たちのこの特性を、よく把握していた。彼は理解していた、たとえこの地方が、ノズドリョーフやデルジモールダの襲撃の結果、完全に破壊されても、この地方にはやはり百姓の背中は残るであろうことを、それをむき出しにするにつれて、いっそう濃くいっそうふさふさと毛に覆われる特性をもつ百姓の背中。

かくて、フェーデンカも、ナヴォーズヌィー地方も、自由主義者たちがその狂暴な振舞いでこの地方にさまざまな災厄を招いた廉《かど》で、自由主義者たちを呪《のろ》いながら、立派に生活し始めたのである。都市《まち》にひとりでも自由主義者が存在しているあいだは、災厄はやまない、フェーデンカが冒瀆行為の巣を完全に破壊する時にはじめて、財産に保険をかけなくてもよく、畑に施肥しなくても、種をまかなくても、耕さなくても、刈り入れなくても、もっぱら穀倉をいっぱいにすることが、出来るだろう、という伝説さえ生まれた……。

Ⅸ——訳者注

(1) デュッソー。ペテルブルクのしゃれたレストランの経営者。
(2) ミネラシキ。人工鉱泉場。ペテルブルクの遊園地。オペレッタやシャンソネットが歌われ、ここで若い貴族ののらくら者たち、つまり、未来のポンパドゥールたちが「教育」を受けた。
(3) ブランシ・ガルドン嬢。巡業してきたフランスのオペレッタのスター女優。

（4） ナヴォーズヌィー。厩肥を施した、という意味がある。

（5） ディオクレティアヌス（二三〇?～三一六?）。ローマ皇帝（二八四～三〇五）。キリスト教の大迫害を行なった（三〇三）。この箇所は、ニコライ一世の時代のペテルブルグやモスクワの住民の風俗に権力がくわえた制限（規則）を列挙したもの。住民の日常生活に政治が介入した例として。

（6） 雑階級人。一八～一九世紀ロシアで俸給収入で生活した非貴族出身者。

（7） 問い合わせ。行政官の上部機関から下部機関へ、不満をしめす警告。官界コースの汚点となる。

（8） ルージン。ツルゲーネフの作品《ルージン》（一八五六）の主人公の名。「極端な物の考え方」の持ち主とは、無政府主義者バクーニン（一八一四～六七）を暗示。

（9） フレスタコーフ、トリャピーチキンは、ゴーゴリの《検察官》（一八三六）の登場人物から名を借りたもの。プルトコーフは、A・K・トルストイらの詩人グループのペンネームを借りたもの。

（10） フェオードル。フョードルの古い形。フェーデンカはその愛称。

（11） 公開裁判。一八六四年の裁判法により、裁判の公開性、行政機関からの独立などが確立されて、一応ブルジョア民主主義的裁判制度になっていたが、一八七〇年代の終わりから八〇年代にかけての反動政治の強化とともに反動側はこの近代的裁判制度をはげしく攻撃した。

（12） 根と糸。一九世紀後半の反動的社会評論にあらわれた用語。「危険分子」の張りめぐらす秘密の「地下連絡」。

（13） インテルナツィオナルカ。インターナショナルのロシア語はインテルナツィオナル（男性名詞）であるが、このように女性名詞として表記したのは、フランス語のインターナショナルが女性名詞であるので、それにならったものであるが、当時のロシアの、とくに反動的評論家はこのように表記し、嘲笑を含ませていた。（インターナショナルは、国際労働者協会。一八六四年ロンドンでカール・マルクス〈一八一三～八三〉の指導で創立された労働者階級の最初の国際的な大衆的な革命組織。一八七一年のパリ・コミューンのたたかいを指導した。一八七六年に解散。）

（14） フランス・プロイセン戦争。一八七〇～七一年。ドイツの統一をめざすビスマルクの政策と、領土的野心をもってこれを阻止しようとするナポレオン三世の政策との衝突によってひき起こされた。
(15) パリ・コミューン。一八七一年パリに樹立された歴史上最初の労働者階級の権力。七〇年プロイセン軍の侵略に対して首都パリをまもりぬいたのは、フランスの武装した労働者であったが、ブルジョア・地主のフランスの政府がこの労働者の力をおそれ、七一年プロイセンと屈辱的な休戦協定を結んで、労働者の武装解除にのりだしたとき、三月一八日パリの労働者は武装蜂起し、コミューン(市自治委員会)が権力を握った。五月二八日、プロイセン軍と同盟したブルジョア・地主フランス政府の軍隊によってつぶされた。
(16) 地方自治会参事会や地方裁判所。ここは、一八六〇年代のロシアの中途半端な自由主義的改革をさす。(一八六四年ゼムストヴォ〈地方自治会〉設置〈参事会はその実行委員会〉、司法制度の改革。)
(17) ヴェルサイユ国民議会。一八七一年二月十二日、ボルドーに成立し、のちヴェルサイユに移転して、パリ・コミューンの壊滅とパリの労働者を血の海に沈めることを決定した国民議会。パリ・コミューンの敗北(五月二八日)後、フランスを包んだ野蛮で抑えがたい反動期に、革命のみならずあらゆる自由思想の発現と《闘争》する極反動党が形成された。フランスの諸地方でも《闘争の県知事》が活動しはじめた。シチェドリンはこのⅨ《闘争のポンパドゥール》の形象にいくらかそのことを描いている。
(18) アキレスの踵。唯一の弱点。猛将アキレスも唯一の急所かかとを射られて死んだことから。
(19) スマラーグドフ(一八七一没)。一八四〇年代から五〇年代のアレクサンドロフスキー・リツェイの教育者。歴史の教科書の執筆者。シチェドリンは彼の世界史講義を聴いている。
(20) ジャンヌ・ダルク(一四一二~三一)。フランスの愛国少女、聖女。シャルル四世から六千の軍隊を授けられ、オルレアン解囲に赴き、イギリス軍を破って、包囲されたデュノアを救出した。のち、火刑。シラー、ショー等により戯曲化されている。
(21) デュノア(一四〇三?~六八)。フランスの軍人。百年戦争でオルレアンを固守してジャンヌ・ダルクの救援を待ち、オルレアンの解囲後、彼女を援けてイギリス軍を破り、パリに入城。イギリス軍を撃退し、戦争を勝利に導いた。
(22) ルルドへの巡礼。ルルドはフランス南西部のピレネー山脈のふもとにある町。ほら穴の中に有名なマリアの聖堂がある。カトリックの僧侶たちがここで病人を癒やしたり、奇跡を行なったりするということで、巡礼者が多かった。(ゾラが小説《ルルド》〈一八九四〉を書き、この欺瞞をあばいた。)

(23) パレ＝ル＝モニアル。フランスのソーヌルワール県の町。有名な巡礼地。パリ・コミューンを絞殺した第三共和制初代大統領(一八七一～七三)のティエール(一七九七～一八七七)の失脚(七三・五・二四)後、ここで、ティエールの仕掛けた議会戦を前にして、王党派・カトリック派議員を含む極反動的な狂信者たちが幟をたてて感謝の祈りの儀式(デモンストレーション)を行なった(七三・七・二九)。

(24) ルコック(一八三二～一九一八)。フランスの作曲家。古典的オペレッタの代表者。

(25) バヤール(一四七六～一五二四)。フランスの騎士。並みはずれた英雄的精神と高い騎士道精神で有名だった。〈無畏怖で一点の非の打ち所もない騎士〉と呼ばれた。

(26) ノズドリョーフ。ゴーゴリの《死せる魂》の登場人物の名。

(27) スコチーニン。プーシキンの《エヴゲーニー・オネーギン》の登場人物の名。

(28) デルジモールダ。ゴーゴリの《検察官》に登場する巡査の名。

(29) パンと塩。大型丸パンに塩を添えて客を迎えるロシアの古い習慣。

(30) セヴィニエ(一六二六～九六)。フランスの女流書簡文学者。

(31) レカミエ(一七七七～一八四九)。フランスの才気ある美貌の婦人で、そのサロンには文人・政治家が集まった。

(32) ラ・ヴァリエール(一六四四～一七一〇)。フランスの婦人。ルイ十四世の寵妃として四子を産み、王の寵が衰えたのちはカルメル会修道院に入り、敬虔な余生を送った。美貌でもなく、才知もなく、政治にも介入しなかった。

(33) マントノン(一六三五～一七一九)。ルイ十四世の愛人。王と秘密の結婚(八四)。美貌と才気に恵まれ、政治に容喙。

(34) 太陽王。フランスのルイ十四世(一六三八～一七一五)。在位一六四三～一七一五。その治世は、フランスの絶対主義の頂点をなし、学問・芸術・文学の発展期であった。シチェドリンは、太陽王を自称する《ポンパドゥール》の、啓蒙に敵対的な性格を指摘している。
(35) テオドル。フェオードル（フェーデンカ）のフランス語読み。
(36) V・P・ベゾブラーゾフ（一八二八～八九）。高名な経済学者。シチェドリンのリツェイの後輩。一八五〇年代には親しい交友関係にあったが、その後、ベゾブラーゾフが右傾化するにつれ、いくたの論争を行なった。
(37) 《サンクト－ペテルブルク報知》。一七二八～一九一七年。公式の日刊紙。一八六三～七四年、V・F・コルシ編集。
(38) ヴェレチエフ。ツルゲーネフの短編小説《静寂》の主人公の名。
(39) ギリシア語。反逆の時代精神を矯正する手段としての、ギリシア語などの、貴族・特権層の支持する古典語教養。
(40) ヴォーロホフ。ゴンチャロフの長編小説《断崖》の主人公の名。
(41) 一万ノ首ヲ要求スル。一八七一年のパリ・コミューンの女戦士の行動に対する中傷を暗示。
(42) ペーチカ・トルストロボフ。藁のポンパドゥール。フェーデンカ・クロチコフの同僚。
(43) 根絶・破壊・濫費・その他のよみがえらせる権力の属性。直訳。自由主義をさすか。
(44) 市町村自治論者（コミュナリスト）。この箇所は、ロシアの地方自治会の機関と西欧とくにフランスの自治とを嘲笑的に比較したもの。
(45) ラヴレツキー。ツルゲーネフの長編小説《貴族の巣》の主人公の名。
(46) ライスキー。ゴンチャロフの長編小説《断崖》の登場人物のひとりの名。
(47) 貴族の巣。ツルゲーネフの長編小説（一八五九）の題名。
(48) 公安委員会。フランス大革命のジャコバン派の革命的民主主義的独裁の指導機関（一七九三年四月六日設置。）
(49) スクヴォズニーク－ドムハノーフスキー。この人物はシチェドリンの諸作品にあらわれる。
(50) ライスキーの親戚の女。ゴンチャロフの長編小説《断崖》の女主人公ヴェーラをさす。（ちなみに、シチェドリンはこの《断崖》を、「淫売婦の哲学」もしくは、「街頭哲学」と酷評した。)
(51) 蛇＝誘惑者。旧約聖書「創世記」第三章第十三節参照。
(52) 曲学。反体制の危険思想。つまり革命思想。直訳は曲解。
(53) プストゥインニク。(隠遁者を意味する。) シチェドリンがトヴェリ県の副知事の時代(一八六〇〜六二)に親しくなった主教フィロフェイがモデルとされる。
(54) 終身制。裁判官の無罷免制(身分保障)。当時は自由主義のスローガンの一つ。
(55) 思想穏健なる者。為政者から見て思想穏健。体制に忠実な者。
(56) 怠惰、憂鬱、権勢欲の気分。奉神礼の祈禱の一節。
(57) ヴォルシェブノワ嬢。アンナ・グリゴーリエヴナ・ヴォルシェブノワ。ポンパドゥールシャ。
(58) エゴリスク、ベレベイ、プロンスク。いずれもロシアの地名。
(59) 肋骨を折りました。一八七三年の八月にリャザン県知事ボールタレフの行なった犯罪を、暗示。
(60) 聖ゲオルギーの記念日。旧十一月二十六日。
(61) 聖イリア祭。旧七月二十日、暑い盛りの祭日。
(62) ソドム。古代パレスチナの都市。神の怒りによりゴモラとともに滅ぼされた。
(63) 自分たちの頭に灰を振りかけて。ユダヤ人が悲しい時にそうする聖書の故事から、悲嘆に暮れて、の意。
(64) 野蜜と蝗を食べるよう。聖書の洗礼者ヨハネの故事から、食うや食わずでいる、の意。
(65) ドロト。ペテルブルクの有名なレストランの持ち主。
(66) ヴラーリマン。フォンヴィージンの喜劇中の人物名。うそつき。
(67) ミトロファーヌシカ。フォンヴィージンの喜劇《親がかり》の主人公の名。いい年をして物知らず。
(68) 《ひゅいっ！》。これまでも何度か出てきたが、口笛の擬声語である。ここでは、官憲の脅しを意味する。

X　創造者

　復活祭前の大斎期の最初の日々。都市《まち》はまるで喪《も》に服しているようだ。外は雪どけ、靄《もや》、ぬかるみ、屋根からしずくが滴り落ちている。催し物のポスター(1)はない。

　どこへ行ったらよいか？　何をしたらよいか？　役所へ出かけて行って、任命や、転任や、免職についてちょっと話をしてきたらどうだろう、しかし僕は知っているが、大斎期の前週《マースレニッツア》(2)の狂気じみた日々のあと官僚たちは机の上に腰をおろし、足をぶらぶらさせながら、巻きタバコを吸っている。彼らの顔には、沼あれば悪魔あり(3)、以外の何も書かれていない。《われらの尊敬すべき新聞》の編集部へ出かけて行って、どういう改革が当面の問題になっているか、ちょっとおしゃべりしてきたらどうだろうか、しかし、つい一時間前、《やってくる必要はなし、改革はないし、これからもないだろう、おしゃべりするにも話題はなし》という手紙を編集者から受けとったばかりである。じゃ最後にというわけで、そこでは、毎日、朝から夜まで、解任された将軍たちや県知事たちが快楽にふけっている、元徴税請負人、現鉄道事業家の、邸宅に出かけていったらどうだろう、そして、連中がそこの客好きの主《あるじ》の提供する食品をどんなふうにむさぼり食っているか、見てきたらどうだろう、また連中がどんなふうに現代の改革者たちをながながと罵《ののし》っているか、聞いてきたらどうだろう、しかし斎戒期がこの楽しみの殿堂をも制圧していたのである。それはともかく、さきほど、朝の散歩をしていたとき、

僕は、その《解任された連中》のひとりに出会った。彼は教会の祈禱《きとう》に急いでいたので、歩きながら早口で僕に言った、

「きょうはモイセーイ・ソロモーヌィチ(4)のところへは、絶対に行かんぞ！　精進しているんだ、大蒜《ニンニク》と隠元豆《インゲンマメ》のほかには、なぁんにも出ないんだよ！　なんという家《うち》だろう！」

したがって、どこにも行くところはない。かといって、家にくすぶっている意味もない。読むものはないし、書くこともない。からだ全体が、疲労と、すべての起こっていることへのうつろな無関心に、冒されている。床にはいって眠ればよかろうが、眠たくもないんだ。

だが、僕は、腰をおろして、たまたま手近にあった新聞を取り、その社説を読みにかかる。冒頭はない、その代わりに、『われわれは一度ならず言った』。末尾はない、その代わりに、『これについては次回に話そう』。真ん中は――ある。それは冗長で、無味乾燥で、ある程度世俗的哀愁を含みさえしているが、しかし、どうしても僕は何もわからない。何年、僕はこの『次回に話そう』を読んでいることか！　じゃ、さあ、話しておくれ！――こう叫びたくなるくらいだ……。

僕は子供の時からロシア文学に関心をもっている。つねに熱心な読者だった、そして良心にしたがって言うことが出来るが、検閲官がフレーズの一半を削除し、残りの半分に、まとまりをつけるために、《おお、汝、空間の無限なるもの！(5)》を挿入した時でさえ――その時でさえ僕はわかった。よくあったことだが、一つの語を切り離し、別の語を自分の考えで付け足す――すると、わかる。しかしほかならぬ今日、わがくにには印刷物に特別欄なるものが出現したが、この欄は、予見に対する不満以外には、さっぱり何も僕のうちに呼び起こさない。それが、新聞の社説欄である。読んでも、読んでも――何も僕は理解することが出来ない。たったいま何かをつかんだと思ったら――見ると、もういな

くなっていた。まるで篩《ふるい》をとおしてのようにそのまま流れ、そのまま消えてゆくのだ……。

以前、わがくにには、公開裁判も、地方自治会《ゼムストヴォ》の制度もなかったが、しかし検閲はあった。検閲の協力によって、文学は、自分自身の政治的社会的欲求の不在に対する鬱憤を、ルイ－フィリップ[6]や、ギゾー[7]や、フランスのブルジョアジー[8]等にむかって晴らすことを、余儀なくされてきた。それにもかかわらず、書かれていたことは、わかったばかりではなく、面白かった。僕とルイ－フィリップとのあいだの関係がどんなに弱かろうとも、しかし、ロシアのジャーナリズムが彼の内政を是認していないことは、僕には嬉しかった。ギゾーの行なうお説教に、僕は一定の世界観をみとめた。僕はそのお説教を自分に次のように解説した、すなわち、もしギゾーがそのように過失を犯したのなら、四等官デルジモールダ[9]については何と言うべきか！　そしてほら、二月宴会[10]の主催者たちといっしょに、僕は、ルイ－フィリップヲ倒セ！　ギゾーヲ倒セ！　と叫んだ。ルイ－フィリップが一八四八年二月二十四日に依願ではなく退職させられたことに、僕は個人的には何も得《とく》をすることはなかったけれども、真剣に熱烈に叫んだ。勝ったのは、僕ではなく、僕の世界観である。僕が自分を結びつけた、あの政治的社会的理想が、勝ったのである。

　いまわがくににはありとあらゆる政治的社会的欲求が存在する。すべてがわれわれには与えられている、公開裁判も、地方自治会《ゼムストヴォ》の制度も。が、それればかりではなく、過去にあったものからも多くのものが残されている。この点で少し話したい。ある事についていては喜ぶべきこと、またある事については市民的悲嘆を吐露すべきこと。なにしろ問題は、ヌムール公爵[11]の基金（われわれはその基金のことでかつてルイ－フィリップにさんざんいやみを言った！）にかかわることではなく、公開性、裁判の口頭審理等の形における、われわれ自身の基金にかかわることではないか。ところが実際にはだれも何ごとをも喜ばない、だれも何ごとをも悲しまない。どんな基金もなかったかのように。ゴロヴァチョフ氏[12]がはっと気づいて、《改革の十年》という著書を出した……まるまる十年である！　しかし彼もだれをも慰めなかった、だれをも悲しくさせなかった、が、多くの人たちを驚かせさえした。

「見たかね、ガラスの下に《改革の十年》が出ているのを?」と、驚嘆して、ある者たちが訊いた。

「どんな《改革の十年》だね?　いつ?　なんで?」と、ほかの者たちはそれに答えて、驚いてみせた。

それだけである。

要するに、フランスのブルジョアジーに対する関心は消えたが、農奴解放[13]の協力によって、ある謎に包まれた核心に入りこもうとする望みは、燃えつきはしなかったのである。ロシア人は何一つ得るところがなかった、また彼には当たり散らそうにも当たり散らすべき相手がいないのだ。結果として――はっきりした形のない大まかな文言《もんごん》の、空前の豊富さの中に、自己の表現を見いだしている、全面的な、地獄さながらの退屈。この言葉の、もっとも低俗な、紋切り型の意味においては、アルファベットのほかには、何もない。メナンドル[14]は、今後の解明を待ちながら暮らさねばならぬ、という考えを提起している。アガトンは、解明を待ちながら暮らすことはたやすいことで、問題なのは、一切の解明なしで暮らしてゆくことだ、と反論している。貧しい貴族ニカノルは、まだ先へ行き、死に物狂いで立証している、――ロシアのような広大な国家では、《解明》ばかりでなく《非解明》さえ問題になるはずはない、また、祖国のあらゆる忠実な民《たみ》は仕合わせに暮らして、子供をもうけるべきである、と。そしてすべてこのことが無気力なまじめさで語られているのだ、《われわれ》のあとに並んで立っていて、無意味なものをお互いのあいだでどうしても分けられないでいるところの、ある種の《大諸党派》の名において語られているのだ。

退屈な時代、退屈な文学、退屈な生活。以前なら《奴隷の言葉》[15]でも聞こえてきたものだ、熱烈な、謎めいた、しかし理解できる《奴隷の言葉》、が、きょうびでは《奴隷の言葉》も聞こえない。

僕は、運動がない、などというようなことを言っているのではない、――運動はある、――しかし、一方から他方へ引っ張ることを思わせる、うんざりする運動である。

ぴったりと閉められている乗用馬車の中に座って、居眠りをしている人間を、想像してみたまえ、居眠りをしながらも彼は感じている、――自分は乗り物に乗って行きつつあるのでもなく、ひとつ所にちゃんと立っているのでもない、しかし、絶えまなく自分の邪魔をしている何か引っ張るものがあるんだ、と。彼の耳には話し声が、人の足音が、かっかっとたたく音が、がちゃがちゃと金属性の音が聞こえてくる、すべてそれがぼんやりと、絶えず交互に、静まったり、また始まったりする。ほら、また何かが引っ張った、また、また。で、ほら、ついに、居眠りが、旅人から消し飛ぶ――なんで？ だって我にかえったら、彼は、面と向かい合うではないか、やはり現実とではなく、謎と。何が起きたのか？ この引っ張るというのは、何を意味するのか？ それは、運動の、あるいは一つ所への無期限の停止の、前触れとなるものか？ どこかへ到着したのか？ 目的地へではなくても、出発地へか？

すべてこれらの疑問は、解答のないままである、というのは、まわりは暗闇、前方には謎のほかには何もないからである。このような絶望的な状態にあっては前後の見境がなくなってのみ疑問のために興奮することができる、しかし、どんな興奮もまったく何にもならないことを、いったん確信したからには、おとなしくなり、腕を組み――引っ張るものができるだけ少なく平安を乱すようにするには、どのように腰をすえたものか——と、考えるよりほかはない。もちろん、このような状態にあっても、ほらほら今に眼を覚まさせられる、そして着いたぞ！ と言われるぞ、という甘い考えを抱かないわけにはいかない人たちも存在する。しかし尋ねたいものであるが、そこに何かよいものがあるのか？ さあ、着いたぞ！ どこへ着いたのか？——きっとどこかの物置にじゃないのか、その物置の中では薄闇が支配し、この薄闇の中では人間の屑《くず》どもが無意味に動きまわっているのだ。この人間の屑どもの動きには空騒ぎが見てとれる、その顔には不可解なことが書きこまれている。歩きまわっている、殴りあっている、互いに食い物を奪い取りあっている……自身知らない、なんで奪い取りあっているのか。いや、それでもやはり、立ちすくんでいるほうがよい、ひょっとしたら、いつかそのうちにそれは通り過ぎるかも知れない、ゆっくり過ぎてゆくかも知れない、この奇妙な時代は。

生活はあまりにも軟弱になり低下したので、行政的創造さえわれわれを見放してしまった。ロシア史の全ペテルブルグ期[16]をまちがいなく横断している、あの創造である。いずれにせよ、いわゆる《現代の報告書監査》がどんなに口やかましいロシアの立憲主義者たちをも満足させるはずであることを、確認したところの、監査官僚たちの、行政活動の舞台への輝かしい登場後、僕は、まったくどんな新しい行政先駆者たちをも指し示すことが出来ない。

以前の財政学者、統計学者、裁判官たちを思い出してみたまえ！ これらの人たちはどんな底知れぬ才能をもつべきであったか！ ところが彼らは、一切の準備もなしに、どころか、まったく生まれたままの姿で、活動舞台に登場した、しかし、それにもかかわらず、やはり、何かを理解し、何かを述べ、判断し、じっくりと聴き、話すことが出来た。さらにまた、以前のポンパドゥールたちを思い出してみたまえ！ よくあったことだが、ポンパドゥールは自分に提供された地方にやってくると、必ずに何かをやる、道路に並木を植えたり、消火用ホースを取り寄せたり、馬鈴薯《バレイショ》を栽培することを命じたり……。

探究心があった、知恵の戯れの欲求があった。知識の欲求ではなく、ほかならぬ知恵の戯れの、である。その上に、自分の名前を誉めたたえる欲求があった……それは県の印刷所のための活字の購入によってでも。

今は知恵の戯れも、名誉欲もない——何もない。何によっても人を買収することはできない、なぜなら彼においてはすべてが消失してしまっている、すべてが《ひゅいっ！》という言葉に取って代わられているからである。しかしはたしてこれが言葉であろうか！ だってこれは、ただ身震いさせることが出来るところの、意味のない音声ではないか。

あるいはまた別の流行の言葉、お前の知ったこっちゃねえ！——はたしてこのように話すことができるだろうか！ この絶望的な文句よりも不埒《ふらち》な何かがあり得ようか？ それは、われわれの名誉ある創造を、完全に枯渇させなかったであろうか？ それは、ロシアの現代社会とロシアの現代生活を破滅させているところの、あのひどい無気力の、源となったのではないか？

——

かくして僕が意気消沈しているあいだに、一枚のカードが僕に手渡された。フランス語のそれに僕が読みとったのは、——セルゲイ・ブィストリツィン伯爵、五等官、チュフロム経済協会会長等、等。セリョージャ・ブィストリツィンは、すでに僕が読者に紹介する機会をもった、フェージャ(17)（フェーデンカ）・クロチコフ、ミーチャ・コゼルコフ、ペーチカ・トルストロボフその他のポンパドゥールたちをのちに輩出させた、僕の同期生のあの輝かしい一団に、属していた。しかし彼はまったく違ったふうだった。彼には、クロチコフが特徴としてもっていたひらめきもなく、コゼルコフの活動の個性をなしていた抜け目ない如才なさも、なかった。まだ学校に学んでいたころ、これは、目立たない、こぎれいな、やりくりのうまい、しっかりした子供だった。よく、自分の席に座って、たえず何かをこつこつやっていたものだ。紙で小船を造ったり、小さな家を彫って作ったり、何かを鉋《かんな》をかけてこしらえたり。

「セリョージャ、きみはなんのためにしょっちゅう小船を造っているのかね？」と、訊くと、彼は堂堂と、思慮深げに答える、

「もしかしたら、必要になるかも知れないからね！」

そのようにして彼はこうした小船を無数に造った。僕ら、思慮に欠けた子供たちは、実を言うと、彼をからかいさえしたものだ。これはやっこさん黒海艦隊[18]に取って代わる新しい艦隊を造っているんだぜ。しかし僕らの教師たちはもうそのとき彼に将来の頭立《かしら》つ人、組織者を、見抜いていた。フランス人教師バガテリ先生はよく言っていたものだ、「オオ、コノ子ハ、頭ニ干草ノ詰マッテイル君タチノヨウニ、分別ヲ失ウヨウナコトハナイダロウネ！　君タチノ望ムドンナフウナ改革ヲデモコノ子ニクグラセタラ、コノ子ハソノ改革カラ自分ニトッテ有利ナヨウナ結果ヲ出スダロウヨ！」

そして実際、学校卒業後、彼は、他の友人たちのように、すみやかな出世コース探しに突っ走ろうとはしなかった、しかし自分のチュフロム村に引っ込んで、そこで官等獲得の権利を失わぬように、郡立学校の名誉視学官の地位に就いた。ここで遅い、しかし着実な歩みで彼は、ほかの者たちがご婦人の肩に接吻したりデュッソーや人工鉱泉場に通ったりすることによって速やかに獲得したものを、獲得した。僕は、セリョージャが村に居て、実際は何をしていたかは、知らないが、しかし思うので

ある、——彼は、例のごとく、糊《のり》付けで作り、彫って作り、鉋《かんな》をかけて作っていたのだ、と、なぜなら農民改革（一八六一年農奴解放）は、他の者たちにそうであったように彼に不意打ちを食わせたのではなかったばかりでなく、それどころか、彼は準備万端整えて改革を迎え、一気に自分の地主経営を新しい風《ふう》に持っていく能力を示したからである。その上に、彼は数人の若いチュフロムの地主たちに自分を見習わせ、彼らを軸として、チュフロムの経済の復興を目的とする協会を組織することに成功した。彼と彼の郡に、一種の半ば幻想的な経済‐組織者としての名声を得させるには、これで十分だった。チュフロムの地主たちは認められた。彼らのうちの幾人かはまもなくチュフロムの沼から浮かびあがって、立派な行政の地位を占めることができた。チュフロム出身の行政官一派が話題にされるようになった、この一派が、《ひゅいっ》のほかには何も持っていなかった他の行政官一派に、悠々と取って代わるはずであった。『チュフロム一派は何でもやってのけるだろう、彼らは農業も復興させるだろう、商業も発展させるだろう、家畜の新種も繁殖させるだろう、社会の安寧も守ってくれるだろう！』と、ペテルブルクのほうぼうの客間では話題にされていた。しかしこのチュフロム一派‐組織者の原型、セリョージャは、やはりまだ頑固にチュフロムに居座っていた、そして鉄を、それが熱いうちに、鍛えることを急いでいたよりはしっこいチュフロム出身者たちを、いささかも羨《うらや》みさえしなかった。彼は辛抱づよく待っていた、というのは、この酒杯《さかずき》が彼には逃れられないであろうこと(19)を、知っていたからである。実際、各地に散った十分に忍耐強くない他のチュフロム出身組織者たちが、だんだんと税の滞納金との闘争に疲労困憊《こんぱい》するにつれて、セリョージャはますます堅固に自分の地位を確実なものにした。ついに、彼の名声は、当局もこれ以上辛抱することが出来なくなったほどに、大なるものになった。いずれか一つ、すなわち、鳥も通わぬ里へ彼を行かせるか、それとも、呼び出して、さあ！　再建せよ！　というか。

それは、何か信じ難い、非現実なことだった。うわさされたものである、——養魚に携わっているうち、彼は、カワメンタイをウグイと交配させ、その結果、ウグイのあぶらっこい腹部をカワメンタイの肝《キモ》と結合させた魚が出来あがるに至ったとか。それからつぎのようなうわさが流れはじめた、——彼は蕁麻《イラクサ》を有効に利用して、それから炭酸カリウムを製造しはじめ、その炭酸カリウムは今では世界のすべての国へ送られている。あげくのはてに、信頼のおける情報がとどいた、——彼のところの家畜飼育場には、その持ち主の思うままに、乳牛の種牛にも肉牛の種牛にもなり得る、雄牛が居る。これらの地味な、しかし人類にとって有益な事業は、軽薄な無益で不届きな事業の、まったくの連鎖から、きわめて有利に抜きんでているので、それらに注意を払わぬわけにはいかなかった。

「聞いたかい、ブィストリツィンのことを？」

「驚嘆すべきだ！」

「そうだよ、あなた、これは……組織者だ！　これはほら吹きじゃない！　これは真の、実際の、ポンパドゥール－経営者だ！　ほかならぬ現在においてロシアが要求しているような、ポンパドゥールだ！」

そして彼は呼びだされた……。

ペテルブルグに着くと、彼はまっ先に僕に、彼になされた提案について伝えた、しかし遠慮がちに、これほどの期待に応えるには自分は力不足ではあるまいかという危惧《きぐ》のニュアンスをさえこめて、伝えた。真のチュフロム出身者として、彼は、控え目であったばかりでなく、少し内気でさえあった（フェードル[20]がイポリットについて語っているように、《少々内気》）、僕は彼を勇気づけるのにとても苦労した。

「クロチコフを、トルストロボフを見てみたまえ！」と、僕は彼に言った、「あれでも人間といえるかね！」

「クロチコフとトルストロボフは、あれは天職が行政官だからね」と、彼は答えた、「あれは刻下《いま》の花形たちだからね。彼らの良心は、《ひゅいっ》のほかには自分たちが何ももっていないなら、平静でいられるんだ。しかしおれは、いいかね、――おれは経営者なんだよ！　おれはしなければならんのだ、いいかい――作り、組織し、仕上げなければならんのだ。わがチュフロム出身者たちはもうこの意味では何かをしてきた、しかし、実を言うと、おれは彼らにあまり満足してはいない。彼らはまだ、滞納金の重荷の下《もと》から十分には解放されていない。しかしおれは……おれはこれに甘んずることは出来ない！　おれは、これこれの大量の滞納金を取り立てたことを、自慢する権利はもたない！　おれはただ、何も取り立てなかったことだけを、自慢することが出来る……というのは、おれのところにはどんな滞納金もないし、あり得ないからだ！」

それでも、彼は僕の主張に折れた、つまり、少々我を張ったけれども、受け入れた。公正さを期して言わねばならぬが、謙虚さは彼の害にならなかったばかりでなく、彼の組織者としての才能をいっそう鮮明に浮き彫りにした。人工鉱泉場にいっしょに通った大げさな思い出も皆無、デュッソーのところでいっしょに飲んだ飲み友達の最近までの印象も皆無、カミーユ・ド・リヨン、ロタル、あるいはブランシ・ヴィレン(21)のごくわずかな媒介《なかだち》も皆無で、素直に、自然に、彼は法廷にあらわれた――そしてすぐさま当日の花形になったのである。みんなが彼を見ようとした、みんなが、どのようにして彼がこのような驚嘆すべき成果を獲得することが出来たのか、詳しく尋ねた。そして、みんなが理解したのである、――まだついさきごろその組織者としての才能で驚かせたあのきびきびしたチュフロム出身者たちさえ、その者たちも、彼と比べれば、弟子で伝道者以上ではないことを。真の、正真正銘のチュフロム人、それは、彼、この、セルギー（セルゲイの古形）・ワシーリエヴィチ・ブィストリツィン伯爵であることを！

……………………………………………………………

彼は僕のところへきちんとして、興奮して入ってきた。彼の唇は乾き、眼はなんだか特別に輝き、顔全体が感激でひときわ映えていた。彼はこの時たいそう魅力的だった。

「すべて終わった！」彼は僕の手を握りながら言った、「おれがあれほど避けてきた酒杯《さかずき》……おれはもうあの酒杯の縁《ふち》におれの唇をつけた感じがするよ！」

「どこへ行くことになったのかね？」

「パスクーック(ク)だ！」

「代行者としてかね？」

「いや、執行者としてだ。四等官(22)に昇進した」

「おめでとう！　これは一歩だ！」

「おれの良心を見ておられる神、神は、おれがこの一歩を望んではいないのを、知っておられる！この顕職はおれをいかに脅えさせていたか……すべてこれは見せかけの偉大さだ！」

彼はふたたび唇を固く結んだ、しかし意思に反して、彼の眼は涙でいっぱいになった。くり返すが、彼はたいそう魅力的だった！

「どうしようもないよ、きみ」僕は慰めた、「天意だからね！　天の意思には従わなければならない！

きみの栄冠は重い——それは僕も同意見だよ、しかしきみはそれを運んでゆかねばならぬ！　運んでゆけ、きみ、運んでゆけ！　きみは辛い目にあうだろう、そのかわりパスクーツクは幸福になるだろうよ！」

「誓ッテ請ケ合ウ！」彼は、手を差し伸ばしながら、大声でフランス語で叫んだ。

僕は彼の誓いを受け入れた、そして、もちろん、この儀式にふさわしいお説教をすることを義務と考えた。

「この誓いを憶えておくんだよ、きみ！」僕は言った、「誓いについて言われていることも憶えておくんだよ、すなわち、一度嘘をついて、もう一度嘘をついたら、次にはもうだれも信用しなくなるだろう！　きみは、パスクーツクは幸福になるだろう、と誓ったね——じゃ、この自分の信念を貫きたまえよ！　《ひゅいっ》と《お前の知ったこっちゃねえ》は捨てなきゃならないよ！」

「それらはなんというくだらない、無内容な表現だろうね！」

「そうだよ、きみ、この表現にはうんざりだ！　死ぬほどうんざりだ！　眼をきょろきょろさせたり口ぎたなく罵ったりするよりも、まったく何もしないほうがましだよ！　住民を脅《おび》えさせることは、もちろん、むずかしくはない、しかしあとで住民を正気に返らせることはどんなにむずかしいか！　僕に約束してくれたまえ、きみは決して眼をきょろきょろさせることも、口ぎたなく罵ることもしないと……決して！」

「誓ッテ請ケ合ウ！」

僕らは手をとりあい、しばらく、恋人同士のように、たがいに眼を見つめあいながら、立っていた。

「ほんとに、たいへん嬉しいよ。きみのことがというよりはむしろパスクーツクのことが嬉しいよ！」

僕はさらに言った、「いまはきみは偉大な手本だけをたっぷり吸いこまねばならぬ。しかし、きみがこれらの手本を自分のごく近い前任者たちのなかに探すようなことはしないことを、期待するよ！」

「決シテ！」

「しかし、昔は、まねるに値するポンパドゥールたちもいたよ。僕自身、あるポンパドゥールを知っているが、彼は七年間ポンパドゥール職にあったあいだ、県の印刷所のために新しい活字を二つ取り入れた！」

「きみ《モン・シェール》！　おれはそのことは考えたよ！　しかしやはりこれは特殊性がある……仮りに、有益なものであるとしよう……だがやはり特殊性がある！　ああ！　わがくにのポンパドゥールたちの歴史には、われわれが指針とすることができるような手本はないんだ！　最良のポンパドゥールたちにおいてさえ創造は偶然性の性格をおびている。これは創造者たちではなく、賃仕事の職人たちだ。ある者はじゃがいもを植えつけるが、交通路のことは考えない。またある者は道路に沿って白樺《シラカバ》を植えるが、道路というものはそれを通って運ぶ物がある時だけ有益であることについては考えない。これらの行為の年代記を読めば、彼らを正当に評価しないわけにはいかぬが、しかし同時に、すべてこれは、言わば、あてずっぽうに為された実験だと、感じないわけにはいかない。だれも奥深くを見てはいない、だれも根元を見てはいない。たとえば、多くのポンパドゥールが名を馳《は》せたのは、大量の滞納金を取り立てたことによってだ……」

「大量の滞納金を取り立てた！　しかし、なんときみは、そのことを、やすやすと口にするんだねえ！」

「そうだな、しかしこの偉業に驚くよりも前に、自問したまえ、滞納金とはいったい何か、どこからそれは生じたのか？　滞納金と整備された経済――はたしてこれが両立できる概念かね？　はたして《滞納金》という語は多少ともきちんとした行政用語集のなかに入れられ得るものであろうか！　ロシアとは――滞納金でもある！　その無限の地図、そのはてしのない空間で人間が至るところで無尽蔵の富を踏みにじっている――ほんの百万ぐらいの、二百万、三百万ぐらいの滞納金！　何トイウ無惨ナ光景ダ！　なんという痛ましい、侮辱的な対照であろうか！」

僕は、これがチュフロム一派の主要なテーゼであることを、知っていた。《滞納金》というほかならぬその概念をも抹消するであろう、税や税金のまったく妨害なき取り立てのために、民衆の創造力を発展させること。国家の出納局を援《たす》けるために、生産力の新しい源泉を見つけだすこと。さらに、必ずしも目的を達することなく、しかも国庫にとって支出を伴う手段としての、軍隊の出動を廃止すること。――こうしたことがチュフロム一派の憲法の全本質である。しかしかつて僕は、このような決定的な明確さをもってそれが発言されたことを、聞いたことがなかった！

「もし当局《おかみ》が、セルジュ(23)、きみのその意見をお聴きになることが出来たらなあ！　どんなにかお喜びになるだろうに！」と、僕は言った。

「すべてこのことをおれはもうしかるべき人たちに説明した。そうしたらまったく驚くべきことに、みんながおれの言うことを聞いていたよ。まるでおれが何やら奇跡を話しているみたいに！」

「どうして奇跡でないことがあろう！　奇跡でないなんてとんでもないよ！　滞納金のない生活だよ！　軍隊の出動もないんだよ！　新しい源泉だよ！　まだどんな大きな奇跡がある！」

「どんな奇跡もないよ。必要なのは、ただ、忍耐だよ……そして、むろん、少々の手腕だ……」

「大量ノ忍耐ヲ以テ、ソシテ……知ってるよ！　しかし、だってうわさされてるじゃないかね、きみは自分の領地《むら》で、実際に、何か並みはずれたことをやらかした、と！」

「何も並みはずれたことはないよ。どんな奇跡もない。おれは働いたんだ、そしてとても幸福だったよ、おれの実験のうち若干のものが成果をあげたんでね……驚くべきような！　それだけのことさ」

「たとえば、カワメンタイとウグイの交配種……マッタク凄《スゴ》イジャナイカ！」

「まあね、それはその通りだ。これはうまくいった実験だ。しかしそれ自体としてはこれはまだ大きな意味はもたないよ。それは重要だ……それは、実際、重要だ……しかしただ、われわれの村の生活にまったく新しい基盤を与えるはずであるその他のこのような実験との関連においてのみだ。養魚、畜産、養豚、園芸――スベテが絡ミ合ッテイル、スベテガコノ世界デハ繋《ツナ》ガリ合ッテイル！　おれの体系《システム》――それはほかならぬ全世界だ！」

「養魚、畜産……そしてそこに並んで、言うなれば、すべての先頭に立っているのが……ポンパドゥールの地位だ！　どうやってきみは、これを結合させるのかね？　いかにしてきみは、ポンパドゥールの地位が畜産を妨げないように、またその逆のことが起こらないようにもっていくのかね？」

「これより簡単なことは何もないよ。自分自身に言いさえすればいいんだ、すべての他のポンパドゥールたちがやっていることとは、まったく反対のことをしなければならぬ、と――すると成果は巨きなものが得られる、と。おれの言うこと、わかってくれ、きみ。ポンパドゥールたちの大部分は、いわゆる内政を、自分の活動の主要な目的とみなしてきた。彼らは、戦さのほかには、何も他のものを認めない、住民たちとの言い争いのほかには、何もその他のことに携わっていない。その結果、彼らは、多少とも遠い出撃を行ない、出動を行ない、追い散らし、追い払い、そのあげく当局《おかみ》を報告で悩ませる。このような状況のもとでは畜産が繁栄し得ないことは、当然である。おれは、その反対に、まず第一に自分に言っているんだ、いかなる内政もないし、あるべきではない、と！　すべてそれはばかげたことだ、なぜならこの政治がそれに対して向けられ得るであろう、対象すら存在しないからだ」

「やあ、これはまたきみは、どうやら誇張しすぎているようだな！」

「その反対だ、もしきみがおれの思考の発展にあたっておれのあとを追ってくるなら、きみは、むろん、おれの意見に同意するだろうよ。だからまあ、考エテミヨウヨ。どんな地方であれそこの住民を鳥瞰《チョウカン》シテ一望すれば、何をわれわれは見るか？　第一に、われわれが見るのは、何百、何千、何万、何百万の、おびただしい百姓たちだ！　きみに訊くが、もしおれが内政によって百姓たちを根絶やしにするなら、——だれが税を払うだろうか？　一定の習慣をもつ人間としておれがそれなしには済ますことが出来ないことを、だれが行なってくれるであろうか？　さらには、《人口動態》という名称の、完全な統計表の欄のための資料を、だれが提供してくれるか！　しかしそればかりではない、きみに内緒で教えてあげるが、わがくにの百姓は内政を恐れてさえいない、それは単に、百姓が内政というものを理解していないためだよ。きみが百姓をどんなに苦しめても、百姓はやはり考えるだろうよ、これは《内政》ではなく、単に、疫病・飢餓・洪水といった風の、神の下された災厄である、違いはただ、このたびはこの災厄の具現者がポンパドゥールである、ということだけである、と。百姓が、内政とはいったい何かを、理解する必要があるか？——この点に関しては意見はまちまちであるかも知れない、しかしおれとしては率直に言うよ、用心したまえよ、諸君！　なぜなら、百姓が、内政とはいったい何かを、理解するや否や、万事休ス、だからね！」

「ふむ……そうだな……あるいはそうかも知れん。ペルシアの国王《シャー》もそういう意見を述べた、と言われている。うわさによると、彼がパリで、どこの国が一番気に入りましたか、と訊かれたとき、彼は答えたそうだ、ワタクシ……ろしあデス……政治ガ無イ！……常ニバンザイ……後デ　行きましょう！　これがマクマオン夫人[24]にはいたく気に入ったそうでね、彼女はすかさず述べたってね、陛下、わが国も、陛下が今度いらっしゃるまでには、同じような国になっていることでしょう！」

「まあ、そういうことさ！　しかし続けよう。第二に、おびただしい百姓たちのあいだに、おれは見るんだ、貴族たちの小さな集団と、商人たちのさらに小さな集団を。もしおれが内政を貴族たちに矛先を向けたものにするなら——だれが国家の大黒柱の役目を果たすのだろうか？　だれを相手におれは時間を過ごすのだろうか、エララーシ（トランプ・ゲーム）をしたり、舞踏会で踊ったりするのだろうか？　もしおれが商人たちを追い払うなら——だれのところでおれはロシアまんじゅう《ピローグ》を食べるのだろうか？　したがって、残っているのは、ただ一つ、内政の対象となり得るであろう第四の階層である——それはニヒリストの階層である」

「サア、イヨイヨコレカラが問題ダ！」

「おれは知っている、これが現代の行政のもっとも敏感な箇所であること、実を言えば、内政の必要性のすべての証拠がニヒリストたちに基礎を置いていることを。しかし論議を進めよう、きみ。ニヒリストとはいったい何か、とおれは尋ねる。ニヒリストとは、第一に、なぜだか自分を満たされないと考えている人間だ、第二に、祖国を自分なりに愛している人間であり、郡警察署長が彼にこの祖国を自分なりに愛させようとしている人間だ。そしてほら、この人間が内政の対象に選びとられているわけだ。なんという奇妙な誤った考えだ！」

「しかし、きみ！」

「誤った考えだ、それ以外の何ものでもない！　おれは、とにかく、このことにはまったく別の考え方をしている。いいかね、おれは心に満たされないものをかかえている人間を見ると、この人間は不満を抱えている、したがって彼を満足させてやらねばならぬ、という一つの考え以外のいかなる他の考えもおれの頭には浮かばない……」

「しかし彼らは一万の首を要求しているんだよ……アア、コレハ何と恐ロシイコトダ！」

「流言だよ、きみ、おれのところではひとりのニヒリストが炭酸カリウムの工場を管理していたが（純血種ノにひりすとダヨ、キミ）、おれはその男とこの事について率直に話しあった、『本当かね、ブラゴスクローノフ君、きみたちが一万の首を要求しているというのは？』と尋ねたら、こう答えたよ、『決して、閣下、そんなことはありませんでした！……』そこでおれはこの男を信じているんだ、なぜなら、この人間は、おれの考え方を知っているから、むろん、何か似たようなことがあったにしても、おれに隠すことはしなかっただろうからね。しかし、ニヒリストを、むろん、まったくのお宝だと考えている者たちがいる、これは大聖堂の長司祭たちと郡警察署長たちだ。われわれの町では大聖堂の長司祭が今日に至るまで日曜日ごとに説教で虚無主義《ニヒリズム》と論争しているものね、あるいはほらせんだってはわれわれのところの郡警察署長が郡全体を探しまわって、ずっとニヒリストたちを見つけだそうとしていたもんな……」

「すると、きみは内政を完全に否定するわけだね？」

「そうだ、完全に、だ。これがおれの方針の原点だ。沼だけは干上がらせて、絶滅させるが、他のものはすべて肥沃《ひよく》にする。これは、言うなれば、同じく一種の内政だが、しかし創造する政治であって、追い散らす政治ではない。次に、おれは、おれの方針の、後半に取りかかり、将来の播種のために必要な土壌をつくる事から始める、つまり、おれの事業にとって予想外の障害を招くかも知れぬ、有害なる要素を、一掃する。このような要素を、おれは、主として三つ見つけている、すなわち、常習飲酒、農民の家族内分立、共同体的土地所有。これが、おれが退治しなければならぬ、三つの怪蛇《ヒドラ》である。一番重要なのは、言うまでもなく――常習飲酒である、これは特別に広く行きわたっている敵である。しかし、さらに説明するかわりに、この件に関してすでにおれの準備しておいた通達を、読ませてくれ」

ブィストリツィンは自分の制服のポケットの中をひっかきまわして、そこから一枚の紙片を取り出した。それはどうやら彼は僕に最初に見せたものではないらしかった。

『常習飲酒が絶えず広まっているがゆえに、小官は、この重要な事柄について小官の見解を貴君たちに述べることを、義務と考えるものである』と、彼は始めた、『しかしまず第一に小官は、本通達を読むにあたって貴君たちが立つべき視点を、しかるべく定めねばならぬ、と感じるものである。小官は決して、民衆の飲酒からウォトカを完全に除外するつもりはない。この課題は小官の手にあまるものであることのほかに、小官はたいへんよく理解しているものである、――わが国の厳しい気候においては完全にウォトカなしですますことは困難であるということを。それは、たとえば、炎熱のイタリアの住民にはマカロニなしで、また、活気づける太陽光線なしで、すますことは困難であること、またより温暖な地帯の住人、――ドイツ人にはビールのジョッキとソーセージなしですますことは困難であることと、同様である。ウォトカは多くの場合において有益である――それは小官も知っている。第一に、寒気のなかでかじかんだ四肢を暖める場合、第二に、親友をもてなす場合、第三に、病気の場合。リガ産バルサム酒や――その方式で製造されるウォトカの、薬効ある特性を、だれが知らぬであろうか？　蓬《ヨモギ》ウォトカ、胃を治療するためのウォトカ、アニスで香味をつけたウォトカ、赤唐辛子を漬けこんだウォトカ、さらに、主教職専用果実酒、こうしたウォトカがだれに知られていないであろうか?! 食事の前に飲《や》る一杯は、消化を助ける、まったく同じように、よき知人仲間といっしょに飲《や》る一杯、または二杯さえ、人間の精神を鼓舞し、彼を友情に、また陽気な感情の吐露に、傾斜させてゆく。ウォトカなしの社会生活は、考えられない。が、むろん、自分を真に幸福だと考えることが出来る者とは、何杯飲《や》って自分が立っていられるかを知っている者である、あるいはもっと的確に言えば、一連の鋭い自己観察の結果、あと何杯重ねれば自分が酔っぱらい状態になるか、精確に判定することが出来るようになった者である。しかし、残念ながら、人間に固有の自信過剰は、この、民衆道徳の向上にとって望ましい結果に、到達することを、あらゆる者に許容するとはかぎらない。

『そこで、このぎりぎりの、酔っぱらい状態になるところの、何杯目かについて、小官は貴君たちと会談するつもりである。

『どこで、どんなたまり場で、どんな仲間の中で、自分にとって破滅的なこの何杯目かを、発見するのか? 家《うち》では彼はそれを発見しない、なぜならここでは世話好きな妻の手が、絶対服従のもとにしつけられた子供たちのすがりつくような視線が、さらには、親友の親切な助言が、彼を押しとどめるから。客に行っても彼は同様にその何杯目かを発見しないであろう、なぜならそこでは単なる礼儀の感情が彼をおしとどめるであろうから。したがって、明らかであるが、彼がその何杯目かを発見するのは、礼儀の感情ばかりでなく家庭の団欒《だんらん》とその歓びについての思い出もその外に放置されるところの、そうした隠れ家である。それは陰気な隠れ家である――と小官は呼ぶべきであろうか?――それは居酒屋である! ここで家庭の父親は、破滅的な何杯目かを飲み干し、さらにきわめて破滅的な何杯目かを要求し、それから、まず長靴を抵当《かた》に入れ、次には毛皮外套《シューバ》を抵当に入れ、いつのまにか自尊心を失ってしまうだろう。そこで、家庭の母親は、へべれけになった夫の醜態に堪忍袋の緒を切らして、泣いている当惑している子供たちの見ている前で自分の手で夫を折檻《せっかん》しはじめる。そこで、揺り籠《かご》から出たばかりの子供が、もう酔っぱらいの振りをして、みだらな人だかりの気に入るようにおどけた真似《まね》をする。

『これが、常習飲酒と、それが行なわれる見苦しい隠れ家の、陰気な光景である。思想穏健な人びとに嫌悪と嘔吐《おうと》をすら引き起こすには、これで十分である、と思う。それゆえに、常習飲酒は、前述のことすべてに加えて、滞納金の主たる原因であることを、考慮に入れて……』

「まあ、そのあとはいつものようにだね、見張る、監視する、訓戒する、など。で、きみの意見はどうだね？　納得がいくかね？」

「素晴らしいよ！　とくにこの何杯目というやつだ……。僕は、きみ、自身、これを身をもって体験したよ！　ときには飲んでも飲んでも、ずっと何でもない、ところが突然――その一杯で！　そこでまるでひとがなぎ倒されたみたいになる！　ただ、僕は、実を言うと、ただ居酒屋だけではその何杯目かは発見できない、と思うよ。ほら、たとえば、僕は、居酒屋にはそう行かなかったが、この何杯目かを知っているよ！」

「もちろんそうだろう！　だがおれは?!　しかしなにしろわれわれはだね……おれたちにはだって滞納金はかぶさっていないじゃないか、それにおれたちには自由な時間がある――だれがわれわれに用があろう！　まあ、百姓は――コレハ別ノ事ダ！」

「そうだよ、きみ、百姓は――これはまったく、別ノ事ダ。百姓はこの何杯目かを知ることが出来ない、なぜなら、そのグラス一杯がそれ自体として金《かね》がかかるからだ、その一杯がもう彼のすべての計算をこんがらかせる。たとえば、彼は朝早く起きて、裸麦を市場へ運んで行かなければならない、だが彼の頭は割れそうに痛む。彼は橇《そり》を作りあげなければならない、だが彼の手が震える、彼は橇の滑り木の代わりに自分の手を斧《おの》でぶち切った！……そうだよ、百姓は――これはまさしく別ノ事ダ！百姓についてはまだ子供の世話をするように面倒をみてやらなければならない。彼が、つまり、絶えまない肉体労働が出来るように、だね……そのとき、そのときにこそはじめて、彼はこの一杯のグラスのことを忘れるだろうよ！」

「ほう、まさにそのことをおれは自分の部下たちに教えこんでやりたいなあ！」

「よろしい。じゃ、こんどは次に移ろう」

「次には、おれは、家族内分立と共同体的所有との戦さを開始するだろう。これらの件についての通達はまだ出来あがっていないが、しかしそれらはおれのここにある（彼は人指し指で自分の額《ひたい》を突いた）！　いまはおれはきみにただ一つのことを言うことが出来る、すわなち、おれの方式《システム》の中ではこれは、常習飲酒よりもまだもっと有害な現象である、だからおれはこれらを、今おれの読んだ文書からきみが理解を得たそのことさえよりも、もっと大きなエネルギーをもって、追究していくだろう」

彼の声には非常に真摯《しんし》な確信とまったく疑いのない決意のひびきがあったので、僕は思わずも思ったものである、そうだ、この男は裁判にかけられないとなると、ひとを酷《ひど》い目にあわせるだろう、と！

「しかし、聞いてくれ、きみ！　だってすべてこれは、つまり家族内分立も、共同体も、連帯保証も――すべてこれは法の保護のもとにあるじゃないか！　するとつまり、きみはパスクーツクの立法者になるつもりかね？　しかしそれは安全なことかね？」

「イカナル有害ナ理論モナイ！　実践的ナ足場ニトドマロウ！　実践がこの場合には――最良の解

答だ。たとえばきみから始めよう。きみはほらいま自分の住まいに居る、そして、むろん、法の保護下にあると感じている。ところが突然——ひゅいっ[25]、だ！　ソシテ君ハ気ガツクト、君ノ家カラ、君ノ習慣カラ、君ノ親友タチカラ、文明カラ……マダ色ンナモノカラ、一千露里《ヴェルスター》、離レタ所ニ来テ居ル！　だってこれはあり得ることじゃないかね、おれはきみに訊くが？」

「むろん、それはあり得ないことではないが、しかし……」

「いかなる《しかし》もないよ！　ひゅいっ——それ以外の何物でもない！　いまきみに訊くが、もし、おれが、ポンパドゥールとして、何らかの《ひゅいっ[25]》をやるのに法網をくぐることが出来るとすれば、はたしておれは、何か実際に有益かつ実り多きことを行なうつもりで、同じことをやることを、しばらくでも遠慮するであろうか？」

「そう、それはその通りだ。つまり、強いて言えば、それは《その通り》ではないが、しかしもし、きみが欲するすべてをやることが出来ることを、原則として許容するならば、きょろきょろ見るよりも、豚を飼育するほうがよい。かくて、これは解決ずみだ。きみは自分の計画《プログラム》の前半をやりとげた、きみは居酒屋を破産させた、家族内分立をやめさせた、共同体を廃止した……そのあとは？」

「そのあとに、おれの企ての、本来の現実的部分が始まる。授精、灌漑《かんがい》、家畜の改良種の繁殖、土地の優れた耕作方法の指示など。この点ではおれはわが家にいるようなもんだ」

「つまり、自分自身のチュフロムの経営におけるように、だね？」

「そうさ、これはおれのチュフロムの経営の続きになるだろう。しかしきみは想像できないだろうね、時としておれがどんな驚嘆すべき成果を得たか！　ほら、その数かずのうちから一例をきみに示そう、一八六九年におれはユトランド産[26]の雄豚一頭とユトランド産の雌豚一頭を手に入れた——それできみはどう思うかね、現在おれが何頭の豚を持っているか？」

「興味深いな！」

「まあ、聞いてくれ。一八七〇年にはその雌豚が、二回にわたって、おれに二十頭の子豚をもたらした。そのなかの五頭が雄子豚で、うち三頭をおれが食ったよ……」

「うまかったかい？」

「バターだな。まろやかで、やわらかくて、とろけるような……美味ノ極致ダネ！　きみたちペテルブルグの連中には、この味についてはどう説明したってさっぱりわからんだろうな！　残ったのは、十五頭の雌子豚と、二頭の雄子豚だ。一八七一年には同じ雌豚がさらに二十頭の子豚を産んだ、そのうち七頭が雄子豚で、五頭をおれが食った。一八七二年にはおれのところには、その親類縁者のほかに、二十八頭の雌子豚と四頭の雄子豚がそろっていた。一八七二年に最初の子豚を全部繁殖用に出した、老いた雌豚は太らせて、屠《と》殺してハムにした、老いた雄豚についても同様の扱いをすべきところであろうが、しかしかわいそうになった、種豚としてこの雄豚はこの上なく貴重である。おれはこの雄豚を、言ワバ、県を強化するため、ノヨウニ、残した、すなわち、老いた老練な官僚たちを残すように、だね。十五頭の若い雌豚は、自分の母豚のように、二回ずつ子を産んで、産んだ数は……三百頭の子豚！　そのうちおれが食ったのは、三十五頭の雄子豚。一八七三年までにいたのは、一八七〇年の十五頭の雌豚の子と、一八七一年の三十頭の雌豚の子と、四頭の雄豚（老いた雄豚は屠殺した）——すべてこれらは繁殖用に出した。その上に、家畜飼育場では二百三十頭の雌豚の子と三十五頭の雄豚の子が走りまわっていた。一八七三年にはかつてない成果が得られた、すなわち、二十八頭の雌豚が子を産んで……六百頭の子豚がとれた！　それらのうち売ったり屠殺したのは、二十頭の雌豚と二百頭の子豚。一八七四年までそろっていたのは、四百頭の子豚と、その上に、二百三十八頭の雌豚と、三十一頭の雄豚で、これはすべて繁殖用に出した。一八七四年にはどういうことになるか——おれにもわからんよ！」

「きみっ！」僕はたまげた、「しかしそうしたらこの全地球を豚で覆うことができるじゃないか！」

「出来るだろうな、もしこのことをナイフと人間の肉食性が妨害しなければな！　しかしこの成果を国民経済に適用して想像してみたまえ！　おれの手のうちにある数多くの行政手段の一つとして、これを想像してみたまえ……どんなに威力ある梃子《てこ》であるか！」

彼は口をつぐんだが、しかし彼の顔は言葉よりも雄弁に語っていた。顔全体が柔らかな優しい輝きにつつまれていた、全体がこんな思いに照りはえていた、つまり、これが豚に関するものだ、つぎには、牛、羊、馬、鶏、鵞鳥《ガチョウ》、鴨《カモ》に移ろう！——僕としても同じく黙っていた、というのは、僕はすっかりこんな思いにとらわれていたからである、つまり、一九〇〇年にはブィストリツィンのところにはどれだけの豚がいることになるのだろう？　どれほどの豚の荷物をもって彼は一九世紀を終え、そして二〇世紀にはいるのだろう？

「厩肥《きゅうひ》もどんなか！」彼は意気ごんで続けた、「ほとんど兵隊の兵舎の分ぐらいはあろう！　ほんとうにこれは、真の経営者を眠らせないあの夢の、実現じゃないかね！」

「そうすると、きみはパスクーツクでは自分の活動を豚の飼育から始めるのかね？」

「そうありたいものだがね、しかし、残念ながら、認めなければならないが、それはあまりにも急進的な手段だ。マタモココデ豚《ブタ》トイウノデハ地口《ジグチ》ノ類《タグイ》ニナル。だからおれは種牛から始めるだろう。初めはおれはそれぞれの郷(27)に一頭ずつ送りこむだろう、これは少ないが、しかしきみは驚くだろうな、この一頭ずつがどんな奇跡をやらかすか！　そうだよ、きみ！　経済の世界は――これは主として奇跡の世界だ。ジンメンタール種(28)の雄牛を民間に流通させれば、十年後にはきみはこの地域を見違えるだろう。自然、人間――すべてが別のものになっているだろう。沼地の所が、花咲く草原になり、植物のない荒地の所が、豊かな牧場となっている……」

「素晴らしい！」

「きみに言うが、これはまったく魔法の世界だよ！」

「しかしだれの金《かね》できみはそのジンメンタール種の雄牛たちを手に入れるのかね？」

「やあ！　それは彼ら自身だよ。おれの義務は、それが遂行されるように、助言を与え、監視することであって、金は――これは彼ら自身のことだ」

「もちろんだ！　きみの義務は、指示することであり、彼らの義務は、実行することだ！」

「自発的にだよ、キミ、自発的にだよ！　おれの方式は、強制を要求しない！　おれはみずから寄り合いに出かけて、説明する……」

「きみは！　ポンパドゥールだよ！　寄り合いで……みずから！」

「そうだよ、きみ、みずから！　おれはこの見せかけの偉さはいっさい忘れる、しばらくは、平凡な善良な村の長《おさ》をよそおうよ……。それで、おれは寄り合いに出かけて、説明する。それから、おれの言うことが十分に理解されていないと見たら、おれは、この説明の仕事を続けることを郡警察署長にゆだねる。そしてほら、郡警察署長がすっかり説明したら、――そのときは、彼の指図により、決議がなされ、押印される……。こうして新しい経済の時代が始まった！」

「素晴らしい！　僕はただ一つのことに驚くほかはない、つまり、どうしてまたきみは今日まで見落とされてきたんだろう！　どうしてきみはチュフロムでなくもがなの一分でも無為に暮らさせてもらえたんだろう！」

　これの返辞としてブィストリツィンは薄く笑い、いとも感じがよく、いとも優しく僕を見たので、僕はたまらなくなって、彼を抱擁した。抱擁しあうと、僕らは長いこと僕の住まいの部屋部屋を歩きながら、ずっと夢想していた。全般的な復興について、黄金の時代[29]について、アンリ四世[30]の《スープの中の鶏》について夢想した、そして、どうやら、あげくのはては、こっそりと互いに《各人ニハ各人ノ必要ニ応ジテ[31]》という文句をささやき合う仕儀とはなったらしい。

「だが当局《オカミ》は？　きみはオカミの前で自分のその思想を詳細に述べたのかい？」　僕は、僕らが心ゆくまで空想にふけったとき、訊いた。

「感嘆された！」

「そりゃ、けっこう！」
・・・・・・・・・・・・・・・・・
　要するに、僕は、《美シキエレン[32]》の最初の公演を観劇していたかのような時間を、愉しく過ごしたのである。復活祭前の大斎期の第一週にしてはこれはまったくわるいことではないことに、同意したまえ！

　しかし僕の親友、グルーモフ[33]は、僕の陶酔をやはり破ってのけた。

　例のごとく、彼はぼくの部屋へ陰気な顔で入ってきた。ちょっと僕の手を握ると、テーブルの上に帽子をほうり、ソファーに腰をおろすと、むっつりとして紙巻きタバコに火をつけて吸いはじめた。

「いまここにブィストリツィンが来ていたんだ」と、僕は言った、「彼はパスクーックへポンパドゥールとして行くところだ！」

「道中の無事を祈るまでだ！」

「いいかい！　きみも知っているじゃないか、彼は、あのポンパドゥール‐創造者たちのチュフロム一派の、追随者、いや、もっと正確に言えば、創始者だよ、つまり……」

「知っている」

「それでさ、彼は自分の活動計画を語っていったよ。ああ、それはたいへん真剣なものだ、まったく非常に真剣なものだよ、彼が企てていることは」

「たとえば」

「想ってもみたまえ、まず第一に彼は常習飲酒を根絶しようとしている、つぎに、農民の家族内分立をやめさせる、さらに、村落共同体を廃止する……。要するに、彼は、ピョートル大帝風ニ[34]活動するつもりでいるのさ……。驚くべきことだ、そうじゃないかね？」

「つまり、ピョートル大帝風ニ廃止し根絶するというわけだな、で、また何を彼は、すべてその代わりに、ピョートル大帝風ニ始めるのかね？」

「畑作、養禽《ようきん》、畜産……マア、完全ナ方式ダ！　すべてこれは彼らがチュフロムで思いついたんだ。思ってもみたまえ、彼は一八六九年にユトランド産の雄豚一頭とユトランド産の雌豚一頭を手に入れた、で、きみはどう思うかね、いま彼は何頭の豚を持っているか？」

「おれが知っているわけがない！」

「一八七四年には彼の豚の総頭数は、二百三十八頭の雌豚、三十一頭の雄豚、四百頭の子豚。これが五年間にだよ――一対の親豚からだよ！　しかもいいかね、総頭数はこの二倍も多くなっていたはずなんだ、もし彼が一部分を自分で食わず、一部分を余分として子豚を売らなかったならばね。素晴らしい成果だろう！」

「まあな、たいした成果だ……たとえばコロボチカ(35)にとってはだな！　ただこのコロボチカはピョートル大帝風ニハ行動しなかったんだな、法律全書とも戦わなかった、共同体を廃止しようとはしなかったが、繁殖させたし、蓄えたよ、自分の理解力とまったく合致したその圏内から出ないでね……」

たまげた男だ、このグルーモフは！　時どき思いがけない比較考察の言葉をさしはさむものだから、彼との会話のあらゆる糸をまったく失ってしまうのだ。ほら、たとえば今でもそうだ、彼にピョートル大帝について話す、すると彼は何の理由もなくコロボチカのことを口にする。これを彼は、《論争の対象をその自然な枠内へ導き入れる》と称していた！　何度僕は、説得するよりもむしろいらいらさせるこの方法を、やめるように彼に説いたことか、――が、すべて何にもならない。

彼は言うのである、『物事が名称で呼ばれるとき、馬鹿が腹を立てることなど、おれの知ったことじゃない！　それに嘘を言ったって、糞《くそ》の役にも立たんぜ！　ほら、糞は大昔から《黄金》と称することになっている、が、はたしてこのために糞が実際に黄金になるであろうか！』そして、いいですかね、この男は勤め人、つまり、報告する人、裁量を仰ぐ人、説明する人、官等や十字勲章などをもらう人なんですよ。その男がどうしてまた自己の比較考察をやってのけられるのだろう！　なるほど彼はときどき僕に言っていた、『勤めでおれは五官をすべて失いつつあるよ』と、――しかしそれでもやはり何だかうさんくさい！　どんなに鼻をつまんでも、気がつくと当局《オカミ》と面と向かいあっている、否でも応でも嗅がなけりゃならんことになる！

「なあ、どうしてきみはコロボチカを持ち出してきたんだ？」僕は彼をなじった、「僕は言ったんだよ、ブィストリツィンがピョートル大帝風ニ活動するつもりでいる、と……。僕が柄にもない、大げさでさえある表現を用いた、と仮定しよう、しかしやはり……」

「少しも大げさじゃないさ。わがくにでは今はどこへ向いても——すべてピョートル大帝だ！　より安く仕入れざれば売れざるべし、だ。どこのポンパドゥールでも、どうやったら何かを自分の手中に収められるか、あるいは、どこかの記念碑[36]を空中に吹っ飛ばせるか、ということのほかには、他の何ごとについても考えていない。そしてすべて、ピョートル大帝風ニ、だ。飛ぶんだよ、きみ、彼は、そこへ、《自分の場所》へ、まるで嵐のように、《額《ひたい》からの闇《やみ》、口笛からの塵《ちり》[37]》となって、飛ぶんだよ、そして一つの考えにふけっているんだ、たたき壊してやる！　法律を踏みつけてやる！　という考えに、だね。ピョートル大帝風ニ、だね、つまりさ。きみは彼の心のうちをのぞいてみたまえよ、そして言うんだよ、いったいどんな理由で、親愛なる人よ、きみは、法律を踏みつけようとするのかね——ところが彼のところにはそこには何もないんだよ、《ひゅいっ》のほかにはね、あるいは、軽率な《改良種子豚の普及による全ロシア復興案》のほかにはね！」

「きみよ！　きみは芸術的な気質の持ち主だね、だからきみはあまりにも進んで誇張して描くんだ！　何のためだね、嵐をもちだしての、その奇妙な比喩は？　何のためだね、たたき壊してやる！　法律を踏みつけてやる！　というその表現は?!　そしてそれが——ブィストリツィンに向けて使われている！　つい半時間前に、自分の全方式《システム》は確信と自発的な意見の一致に支えられている、と僕に誓った、あのブィストリツィンに向けてだよ！　直接——いいかい、彼、ポンパドゥールが、直接にだよ！——農民の寄り合いに出てみるつもりでいる、ブィストリツィンに向けてだよ！　どこにそこに《たたっ壊してやる》がある？」

「正気づけ！　だってきみ自身がいま言ったじゃないか、彼は村落共同体を廃止するつもりでいる、彼は農民の家族内分立を打ち切るつもりでいる、と?!」

「そうだ、しかし同意したまえ、経済の見地からすれば、これは実際に有害なことじゃないかね！　そうしたものの存在のもとでは、新しい農業時代を発足させるつもりでいる人間は、自分は手足を縛られていると感じないわけにはいかないよ！」

この文句は、僕の口からまったく思いがけず流れ出たのだが、しかし、正直のところ、僕にはいたく気に入った。僕は、この機会を利用して、グルーモフに短い経済講義をするつもりになりさえした、一方では疑いなく立証されている、他方では諸民族の経験が証明していることを、解説しようとしたのである……。しかし、僕の驚いたことには、グルーモフは僕の雄弁に聞きほれなかったばかりでなく、腹を立てさえした。彼はソファーから飛びあがると、しばらくは物を言わなかった、やっと、きわめて強烈な怒りの影響下にある人間として、大きく口を開いた。

「いったいだれがお前に言ったんだ！」ついに彼は激しい口調で言った。しかし、僕がほっとしたことには、すぐに自制して、もう落ち着いた、やはり激しい声ではあったけれども、続けた、「いいかい、問題は、ブィストリツィンが、自由な子豚の繁殖のために、破壊するつもりでいる、その現象が、有害か有益であるかということにあるのではなく、彼が、現行法律の保護の下にあることに関してピョートル大帝風ニ行動する権利を、もっているかどうかにある！」

「思ってもみたまえ、だって僕自身がほかならぬその反論を彼にやったんだよ！」

「それで！」

「いいかい、彼が僕になんと答えたか？　彼は答えたんだよ、自由に《ひゅいっ》を発するために、法網をくぐることが出来るとすれば、はたして復興のために法網をくぐることが出来ないであろうか、と！」

「で、《きみは彼に同意せざるを得なかった》！」グルーモフはまねをして僕をからかった。

「そうだよ、なぜなら、したいことを何でもすることが出来るとすれば、もちろん、有害なことよりも、何か有益なことをするほうがましだからね！」

僕はいとも巧妙に三段論法をもてあそんだ、すなわち、《有益な事は有益である、ブィストリツィンは有益な事を思いついた、したがって彼によって思いつかれたことは有益である》――だからグルーモフは眼を見張りさえした。しかし彼はこのたびも自制した。

「まあ、よろしい」彼は言った、「それで、ブィストリツィンが村落共同体を廃止する、そして子豚を繁殖させる……」

「子豚だけじゃないよ！　これは多くのもののうちの、一例にすぎん！　そこには完全な方式《システム》がある！　畜産、養禽、養蜂、タバコ栽培……」

「わさび栽培、からし栽培さえもな……それでもかまわん。すべてが彼のところではうまく行くであろうとさえ、しておこう。しかし思ってみたまえ、いま、次のことを、すなわち、ブィストリツィンの隣人、ペーテンカ・トルストロボフもまたピョートル大帝風ニ改革者たらんと願っているだろう。彼は見る、そうした品物が市場で活気よくはけるのを、そこで考える、よし、おれもあっと驚くようなことをやらかしてやる！　日曜日のお祝いをやめて、その代わりに南京虫《ナンキンムシ》飼養を始めよう！」

「またまた誇張！　南京虫飼養！　誇張であって、きみ、反論じゃないよ！」

「よろしい、その点では譲歩する。うん、トルストロボフは南京虫飼養に従事するのではなく、なんだな、たとえばその……ファランステール[38]……の設置に従事するだろう。だってトルストロボフは大胆な男じゃないかね、――彼の頭にはどんな事でも浮かぶんだ！　彼を見ならって、フェーデンカ・クロチコフも大声で叫ぶだろう、さあ、おれは所有制度をこきおろしてやる！　そしてすぐに、悪口は言わず、法令として出すだろう、万民は使徒時代[39]に暮らしていたように暮らすべし、と！　きみはどう思うかね、これでけっこうだろうかね？」

ああ！　僕はグルーモフの質問に対しては答えることさえできなかった。僕は煩悶《はんもん》した。僕は《喜ばしい現象》をいたく熱望していた、僕は、ほかならぬ二、三か月後には《我らの尊敬する新聞》にパスクーツク発信の次のように描写された記事を読むことと、まったく固く信じて疑わなかった、すなわち、『ある時から、われわれの地方は、真に、喜ばしい現象の舞台となった。ずっと以前であったろうか、われわれの善良で純朴な民衆の誘惑者としての、居酒屋の、根絶についての村落共同体《ミール》の決議が、四方八方から流れこんでいたのは。――そしていまは、村落共同体が、農民自体の意識の中では、われわれの生産性の素晴らしい全面的な発達にとっての唯一の障害となっていることを、明示する新しい決議が、ふたたび四方八方から流れこんでいるのである！』そうだ、僕はすべてを待っていた、僕は期待していた、僕はあらかじめ楽しさを味わっていた！　ところが突然――次のような光景である！　南京虫飼養、ファランステール、使徒時代への回帰！　そして、もっともくやしいのは、僕がグルーモフにむかって、お前は誇張している！　お前は嘘を言っている！　と言うことさえ出来なかったことである。ああ！　僕は、あまりにもよくトルストロボフを知っていたので、このような暴露発言をあえて行なうことが出来なかった。そうだ、彼はなんでもやってのける、この不屈な男は！　彼は世界をスァランステールでおおうだろう、彼は半コペイカ銅貨を平等に百万の部分に切るだろう、彼はすべての畑にペルシア産のカミツレを蒔《ま》くだろう！　そのさい、疾風のように、隅から隅まで飛ぶだろう、はっはっはっ！　わっはっはっ！　と叫びながら。どれだけ彼は多くをゆがめるだろう、何人を彼は傷つけるだろう、いくら財物を台無しにするだろう、そのうちに、ついに、裁判にかけられるだろう！　すると彼の代わりに他の者がやってくるだろう、そして歪《ゆが》められたものを真っ直ぐにしはじめ、また、はっはっはっ！　わっはっはっ！　と叫びだすだろう！　だって、じゃがいも戦争[40]があったじゃないか、屯田兵村[41]の形におけるファランステールの企てもあったじゃないか、即席の舞台装置的な村落、道路、都市[42]もあったじゃないか？　これらの現象から何が残ったか？

「だがおれがきみの立場だったら」一方、グルーモフは続けた、「ブィストリツィンに向かって次のように演説するだろう、『ブィストリツィンよ！　きみは疑いなく立派な、善き意図によって鼓舞された、人物である！　しかしきみは、決してきみに属していないような仕事に、とりかかっている。村落共同体は良いのか、あるいは悪いのか、それは生産力の発達の、邪魔をしているのか、それとも邪魔をしてはいないのか、――これは、その解決が（特に実際的な解決が）まったくきみには関係《かかわり》のないところの、議論の余地ある問題である。この解決は、直接この事柄に利害関係のある者たちに、ゆだねよ、自分は小理屈をこねるな、人心を惑わすな、法律を踏みつけるな！　忘れるな、きみがポンパドゥールであることを、きみの仕事は創造《つく》ることではなく、創造《つく》られたものの保全に気を配ることであることを。たとえば、公開裁判[43]が制定されている――きみは獅子《しし》のようにこの裁判の公開性の守護に身を挺《てい》せよ！　地方自治会《ゼムストヴォ》[44]がつくられている――風さえもがこの地方自治会には当たらないように、気をつけろ！　そうすればきみは尊敬されるだろう、存命中にさえ記念碑を建ててもらえるだろう。創造はやめろ、そうすればあとは――無事に進むだろう』」

「しかし、じゃ、結局、何をするのかね？」僕はうんざりして叫んだ、「何をすることになるんだね、もし、一方では、行政的創造のための舞台はない、また、もし、他方では、裁判が邪魔をする、地方《ゼム》自治体《ストゥヴォ》が邪魔をする、個々の区の長たちが邪魔をするなら、もし、それにもかかわらず、ポンパドゥールが、なんとかして注がねばならぬエネルギーを所有しているとすれば！……どこにはけ口がある？」

「もし人間がエネルギーにあふれかえっているならば、《ひゅいっ》という魅力的な言葉がある、この言葉はどんなに不屈な人間をでもひどく満足させることが出来る！」

「ひゅいっ！　とんでもない！　それは、その上に、恥ずべきことだ！」

「恥ずべきことで、愚かでさえある、しかしある程度まで刻下の要求を満たしている。第一に、これ以上言うべきことは何もない。第二に、これは、すでにおれが言ったように、エネルギーのたいへん便利なはけ口であるところの、音声である。第三に、これは短い、したがってただ特殊な現象にのみ作用する、音声である。それに反して、悪名高い創造は完全な人生の構造を一気にゆがめる……」

X—訳者注

（1）催し物のポスター。復活大祭の前の大斎期の七週間は、ほとんどすべての劇場や演芸場は営業しなかった。

（2）大斎期の前週（マースレニッツァ）。バター祭の意で、人びとはその後の長い断食に備え、伝統的な薄焼きパン（ブリン）を食べて盛大に祝い、むらをあげての、娯楽が催された。

（3）沼あれば悪魔あり。諺。温床のあるところに悪がはびこる。腐ったものにうじがわく、の意。

（4）モイセーイ・ソロモーヌィチ。当時の有名なペテルブルグの富豪で、鉄道事業家、洗礼を受けてキリスト教徒になったユダヤ人、サムイール・ソロモーノヴィチ・ポリャコーフを暗示。

（5）《おお、汝、空間の無限なるもの！》。デルジャーヴィンの頌詩《神》（一七八四）の最初の行。

（6）ルイ－フィリップ（一七七三～一八五〇）。フランス王（一八三〇～四八）。一八三〇年七月革命後、市民王として即位。初期は民主的であったが、共和派の運動および労働者を弾圧し、一八四八年二月革命により退位。

（7）ギゾー（一七八七〜一八七四）。フランスの政治家、歴史家。一八三〇年七月革命後、内相。一八四七年から四八年まで首相。一八四八年二月革命後、イギリスに亡命。

（8）フランスのブルジョアジー。一八四八年二月革命には、労働者とともに大反政府運動を展開した。（シチェドリンの「国外にて」の第四章参照。）

（9）デルジモールダ。ゴーゴリの《検察官》に登場する、むやみに威張る巡査の名。

（10）二月宴会。一八四八年二月二十二日、パリの第十二区で議員たちの主催による改革宴会が行なわれる予定であったが、これをギゾーの政府が禁止して軍隊を集めたため、民衆の大示威運動が起こった。これをきっかけに、二十三日、ギゾー首相、解職、二十四日、国王ルイ‐フィリップ、退位。

（11）ヌムール公爵。ルイ‐シャルル‐フィリップ‐ラファエル（一八一四〜九六）。フランスの軍人、国王ルイ‐フィリップの次男。フランス王位の要求者。

（12）A・A・ゴロヴァチョフ（一八一九〜一九〇三）。自由主義的傾向の社会活動家、社会評論家。一八五八年から《ロシア通報》等に寄稿。著書「改革の十年」は一八七二年単行本。

（13）農奴解放。一八六一年。

（14）メナンドル。《ペテルブルグ報知》の編集者V・F・コルシ（一八二八〜八三）に、シチェドリンがつけたあだ名。

（15）《奴隷の言葉》。外面は検閲の要求に従っている形で、内面に自由思想を含ませている表現。自由を愛する奴隷イソップ（アイソポス）の寓話から出てきた言葉。「以前なら」というのは、一八四〇年代末の、ロシア民主主義思想の急激な成長期、ベリンスキー、ゲルツェンらの時代をさす。

（16）ロシア史の全ペテルブルグ期。ピョートル一世（在位一六八二〜一七二五）から始まる。

（17）セリョージャ。セルゲイの略称。

（18）黒海艦隊。ロシアの黒海艦隊はクリミア戦争（一八五三〜五六）で壊滅した。

(19) この酒杯《さかずき》が彼には逃れられないだろう。(彼は運命を逃れられないであろうの意。) 新約聖書「マタイ伝」第二六章第三九節に、「この酒杯《さかずき》を我より過ぎ去らせ給へ」という表現がある。イエスが十字架に磔《はりつけ》にされることを予期して祈った言葉であるが、これを踏まえたもの。
(20) フェードル。フランスの劇詩人ラシーヌ(一六三九~九九)の作品《フェードル》(一六七七)。王妃フェードルが義理の息子イポリットに恋心を抱いている。
(21) カミーユ・ド・リヨン、ロタル、ブランシ・ヴィレン。一八六〇年代から七〇年代にかけてペテルブルグの歓楽街に巡演してきたフランスのシャンソン歌手たちの名。
(22) 四等官。ポンパドゥール(県知事)。(代行者とは副知事、執行者とは県知事をさす。)
(23) セルジュ。セリョージャ(セルゲイ)のフランス語読み。
(24) マクマオン夫人。マクマオン(一八〇三~九三)。ティエールとともにパリ・コミューンを絞殺。ティエールの後を襲って第三共和国(共和主義者なき共和国)の大統領(一八七三~七九)。マクマオン夫人はフランスへ早急にロシアの専制を導入することを期待していた。
(25) 《ひゅいっ》。ここの、ひゅいっ、は、深夜官憲が住民の家に闖入して、住民を捕らえ、追放する意。
(26) ユトランド。北海とバルト海との間に突き出た半島。北・中部はデンマーク領、南部はドイツ領。
(27) 郷。村と郡の中間の行政単位。
(28) ジンメンタール種。優良種。
(29) 黄金の時代。古代ギリシア詩人ヘシオドスの長詩《仕事と日》の中に、出てくる言葉。「人間たちは神のように心労も苦労も苦悩もなく暮らしていた。」
(30) アンリ四世(一五五三~一六一〇)。フランス王(在位一五八九~一六一〇)。ブルボン王朝の祖。《朕は、日曜日には各農民のスープの中に鶏がいることを、望みたい》と言った、と伝えられる。
(31) 各人ニハ各人ノ必要ニ応ジテ。フランスの空想的共産主義者たちの公式。これはすべての国の自由主義者たちをひどく驚かせた。その前半の文句は、《各人カラハ各人ノ能力ニ応ジテ》。
(32) 《美シキエレン》。オッヘンバックのオペレッタ。

(33) グルーモフ。この人物名は、シチェドリンの「現代の牧歌」をはじめとして一八七〇年代八〇年代の諸作品に登場する。（もとは、A・オストロフスキーの喜劇「どんな利口者にもぬかりはある」〈一八六八〉の登場人物。）

(34) ピョートル大帝風ニ。原文はフランス語。ピョートル大帝（一六七二〜一七二五）。在位一六八二〜一七二五。ロシアに近代ヨーロッパの文化を導入。ロシアを大改革した。

(35) コロボチカ。ゴーゴリの《死せる魂》の登場人物名。

(36) どこかの記念碑。ペテルブルグのピョートル大帝像を連想させる。プーシキンに《青銅の騎士》（一八三三）という叙事詩がある。

(37) 《額からの闇、口笛からの塵》。デルジャーヴィンの詩篇《ワルシャワの占領に寄せて》（一七九四）の不正確な引用。正しくは、《額からの影》。

(38) ファランステール。フランスの空想社会主義者フリエ（一七七二〜一八三七）の主唱する共同体ファランジェの大屋舎。

(39) 使徒時代。初期キリスト教時代、使徒たちは、遍歴伝道者として、宗教共同体に扶養されて、所有や生産手段について煩わされることなく暮らしていた。

(40) じゃがいも戦争。じゃがいも反乱ともいう。ロシア政府が強制的に帝室御料地農民にじゃがいもを植えさせようとしたことから起こった（一八三九）。一八四〇年から四四年まではロシアの国有地農民が蜂起した。大衆的反農奴制運動である。

(41) 屯田兵村。アレクサンドル一世（在位一八〇一〜二五）制定。

(42) 即席の舞台装置的な、村落、道路、都市。ペテルブルグからロシアへ併合されたばかりのクリミアへ視察の旅にのぼったエカテリーナ二世（一七二九〜九〇）のために、ポチョムキン公爵（一七三九〜九一）が、その途中に一夜造りで建てた見せかけのもの。各種の行政的欺瞞、いかさまを示す表現。

(43) 公開裁判。ロシアの司法制度の改革は、一八六四年。

(44) 地方自治会《ゼムストヴォ》。一八六四年設置。

XI　無類のひと《ユートピア》

それは、疑いなく、全世界でもっとも人のよいポンパドゥールだった。

自然は、彼を、その母なるふところから万人に平和と愛顧が流れでる、その恵まれた静寂の瞬間の一つに、産み出した。この短いおびただしい瞬間に、それほど洞察力はないが、しかし控え目で善良な人びとがこの世に生まれている——生まれて、残念ながら、おびただしい数、死んでゆく……。しかし賢明な自治市[1]は生き残った者たちを待ち受けて、彼らが法的年齢に達するまで、彼らについて当局にとりなしている。そのうちに彼らは自分の洞察力の成果をうまく利用する、つまり、幸福になる。

ああ！　日ましにこのような瞬間はますます稀《まれ》になっている。今日では自然もまるでひどく腹をたてているようだ、そして絶えず、賢明ではないがしかし悪意を抱いたポンパドゥールたちを生み出している。悪意を抱いた賢明ではない彼らが、隅から隅へ飛びまわり、狂気の活発さで谷を山をぴょんぴょん跳んで行き、地上の塵《ちり》をかきたて、それで宇宙を充満させている。どんな理由ではしゃぎ回っているのか？　だれに対する、何に対する勝利を祝っているのか？

しかしこのポンパドゥールは、非凡なポンパドゥールたちの中にあっても、もっとも非凡であった。彼には偉ぶった哲学はいささかもなかった。散歩している時、通行人たちが彼の前で帽子を脱ぐと、彼は赤くなった。監獄の衛兵所で番兵が遠くから見つけて、呼び鈴を引っ張ろうとしているのを、みとめたときには、心のうちでは雲隠れしたくなった、そしてそくざにどこか横のほうへ曲がった。

「私はこんな、走りまわられることは、好まん!」と、彼は言っていた、「気が違ったみたいに飛び出し、眼をむき、ささげ銃《つつ》をはじめる――何がいいことがある!」

警察分署長たちに対してさえ彼はあえて人のよさそうに振舞った。警察分署長が住民を怒らせることは、大目に見なかった。しかし住民が警察分署長のことを忘れたときには、悲しんだ。

「警察分署長は」彼は言った、「ぜひとも満腹でいて、かりにも着る物、履く物に不自由をしているべきではない、住民はすべてこのことを分相応に実行することは自由である。もし警察分署長がまあまあ満腹であれば、住民は処罰はされない!」

学問も、芸術も、このポンパドゥールは知らなかった。しかしもし絵本が手に入ったら、それを喜んで見た。とくに彼の気に入ったのは、ロビンソン・クルーソーの無人島での冒険の物語だった(幸いなことに、その絵本が出版されていた)。

「この本を」と、彼は言った、「現在のあらゆるロシア人は自分の机の上に常時備えておかなければならない。なぜなら、だれがあらかじめ定めておくことができるだろう、彼がどんな島に行きつくことになるか?　きょうびでは、パンも焼くことが出来ず、スープも煮て作るにもその材料がない都市が、わが祖国にはいくつあるだろうか?　もし人がこの本を十分に知っているなら、その者は、自身、すべてこれらを焼いて作り煮て作り、時には、おそらくほかの者たちをもさえ、真の食べ物を食することに適応させるだろう!」

行政においてはこのポンパドゥールは哲人であり、最良の行政とは行政の不在である、と確信していた。

「もし私がおとなしく生き、余計なことを思いつかないなら」と、彼は自分の書記に吹きこんでいた、「ほかの者らはすべておとなしく生きるだろう。もし私が思いつこうとするなら、ましてや書こうとするなら、私は必ず何かを思いつくだろう、迫害か、単にばかげたことを。そのときには他の者たちも思いつきはじめ、われわれのところでは暴動が、つまり、混乱が、起こるだろう」

それればかりではない、彼は（おそらくは根拠がなくもなく）考えてさえいたのである、――一つ一つの番号をつけられ書込み欄に書かれた紙には必ずだれかの破滅がある、と。したがって、彼に署名するよう提出された十枚の紙のうちの一枚の紙だけに署名することを自分の原則としていた。

「きみは私のところへは出来るだけたまに書類を持っておいで」と、彼は書記に言った、「なぜなら私は破壊しに来たのではない、創《つく》り出しに来たのであるから。人間を破滅させることはむずかしいことではない。さっと一筆書けばいい、ポンパドゥール四世、と、するとその人間はいなくなる。ただ私はまったくそれはしたくない。私自身も生きたい、他の者たちも同じことを願っている。みんなが生きていて欲しい、私も、きみも、他の者たちも。もしきみにそうした書類を書くことが堪え難ければ、自分の満足のためにいくらでも書きとばせばいい、私は署名することに同意しないからね」

時折り彼は自分の行政理論をたいそう詳細に述べた。

「平日と祭日とどちらが好きか、とだれに訊いても」と、彼は言った、「だれでもきっと、祭日だ、と答えるだろう。なぜか？　なぜかというと、きみ、祭日には御上《オカミ》たちが何もせずにいるからだ、したがって暴動もないし、それに相応する出動もないからね。私は、私のところでは毎日が祭日であることを、そして暴動のある平日はすべての者の記憶から消えさることを、欲する！」

あるいは、

「今日までは、御上《オカミ》が不在中であるとき、その時だけ住民は自分を恵まれていると感じているふうであった。この日々には祝いの行事がなされた、全体の喜びを記念して、ロシアまんじゅう《ピローグ》を食べた。私はきみに訊くが、何故すべてこうしたことがまさにこのように行なわれるのか？　なぜかといえば、きみ、御上《オカミ》の旅立ちとともに、静寂がおとずれたからだ。だれも疾駆しなかった、叫ばなかった、急がなかった、したがって口ぎたなく罵《ののし》られなかった。私は、将来では私のところではそのようでありたい、と思っている。つまり、たとえ私が存在していても、だれにも、私が不在であるように、思わせたい！」

しかし何よりも一番彼が人心をひきつけたのは、——それは、《笞打《むち》つ》という言葉を、発することが出来なかったほどの、行政的羞恥《しゅうち》であり、もしそういう言葉を彼が発したら、彼は恥ずかしくていたたまれなくなるのである。

彼が都市に赴任してきたとき、言うまでもなく彼は何よりもまず管轄事項に目を通そうと望んだ。書記はすぐに彼のところへまったくの書類の山を運んできた。しかし彼がそのなかの一枚を開いてみたとき、彼の目に最初にとびこんだ文句は、次のようなものだった、

《……彼らを笞打ち始めたとき……》

彼は赤くなった、そして急いで別の文書に向かった。しかしそこにもまた書かれていた、

《……よって彼らをふたたび笞打ち始めた……》

そのとき彼はさらにいっそう赤くなった、そしてこの時からきっぱりとどんな書類も読まない決心をした。

「どんな文書もこんな風なものかね？」と、彼は恥ずかしそうに書記に尋ねた。

「大目に見ることは許されません」

「しかし、なんと悲しい宿命だろう！」考えこんで彼は大きな声をだした、それからほとんどささやき声で続けた、「ここでは頻繁《ひん》に革命が起こるかね？」

「一年に一度です——これは白パン《カラーチ》を焼くようなものでしてな、でなきゃ、まあ、二度というところですか」

「悲しいことだね！　何故まだ人びとは革命を起こすんだろう——理解できないな！　おとなしく、きちんと暮らして、幸福になるほうがよくはないかね……革命なしで！」

「あえて申しあげますが、これはすべて利口者たちがすることで、彼らを見ならって、愚か者たちもまねをするのであります」

ポンパドゥールは思いに沈んだ。

「わかるかね」彼はつかの間《ま》の沈黙のあと言った、「どんな考えが突然私の頭に浮かんだか？」

「わかりませんです」

「革命はもともといかなるものもないし、なかったんだよ」

書記は眼を大きく見開きさえした、それほど彼には、ポンパドゥールを名乗る人物の側からのこのような突飛な言葉は、不適切に思われたのである。

「どうしてそういうことになるのでしょうか」彼はもぐもぐ言った、「すべての警察分署長が口をそろえて報告してきているのでありますよ！」

しかしポンパドゥールはもう反論を聞いてはいなかった、部屋の中を、興奮して、歩きながら、確

信に満ちた声で言った、

「そうだよ、革命はないし、なかったのだよ！　きみは、一七八九年(2)のフランスに何が起きたと思う、革命かね？　とんでもない、ただただ利口な人たちが内容のある事柄についてお互いのあいだで会話をしようとしていただけなんだよ、フランスの警察分署長諸君には、いったいどんな革命が起きているかと、思われたのさ！」

この考えは彼にとってはあたかも啓示のようであった。この考えを確保すると、彼は突然、その時までただ漠然と彼の善良な心の底にちらついていたことの、すべてを、まったくはっきりと認識した。

「そうだよ」彼は自分の意見を詳細に述べつづけた、「もし警察分署長諸君が少し警戒していたなら、多くの不愉快なことは回避できたことだろう！また、革命を見つけだすことがどんな楽しみかね——僕は理解できないね！　たとえ確かにその革命なるものが萌芽として存在していたとしても、なんでそれを尚早に奮起させ、公然と宣言しないで、災いを招くことがあるかね？　おだやかにこの事をうまくかたづけるほうがよくはないかね、こう言うのさ、われわれは何たることか！　言うなればじわじわとそれが朽ちてゆくように、だね、ほら、こう言うのさ、われわれは何たることか！　毎年、革命にかかずらっている！　もしこの卑劣な行為を隠すことができないのなら、やはり事前に訓戒すべきである、革命家諸君を笞打つべきではなくして！」

「そんなふうに試みられましたか……」懐疑的に書記は言った。

「いや、きみは私の言うことを理解したまえ！　私は本当に願っているんだよ、すべての者たちが生きているように！　きみは言う、すべてのことに罪があるのは《利口者たち》だと。よろしい。しかしもしわれわれが今すべての《利口者たち》を殺すなら、きみはどう考えるかね、われわれの受ける利益は大きいか、あとにいっしょに残るのは愚か者たちとばかりであるなら？　きみには、もちろん、これがどういうことかはわからないな、しかし私は、自分の経験により、この事をよく知っているよ！　あるとき、まあ聞いておくれ、私は軍事行動で三日間愚か者と差し向かいで座り通していなければならないことがあった、そのとき私はすんでのこと自殺しかけたほどだよ！　こういうことなんだよ」

書記は数回、反論しようとして口を大きく開けたが、しかし無駄である。彼は部屋の中を歩きまわりながら、自説をくり返していた、《私は信じない！　何も私はこんなことは信じないぞ！》ついに、立ちどまり、しっかりした声で言った。

「革命をばかりでなく、私は悪魔をすら信じないぞ！　こういう理由で、だ。あるとき、陸軍幼年学校にいたとき、——言うまでもなく、強い空腹のために、——私は悪魔に魂を売って、私のところに毎日白パンが十分にあるようにしたいと願った。するとどうだ？　私が夜中に中庭へ出た、そして《悪魔よ！　あらわれよ！》と叫ぶ。ところが悪魔の代わりに現われたのは、当直守衛で、私を逮捕した、私はその時すんでのこと放校になるところだった。こういう結果をもたらすんだよ、軽がるしく信じるということは！」

「それはその通りであります」と、書記は答えたが、しかしなんだか力なく、まるでひどく眠たげだったように。「多くの者は今日では悪魔を信じてはおりません！」

「いいかね？」彼は、ますます興奮して、続けた、「革命についてのこれらすべての作り話は、私には、鼻の中で口笛を吹かれたユダヤ人の話を思い起こさせるよ。そのユダヤ人が森の中を行く、恐ろしさのあまり全身汗びっしょりになりながら、ずっと思われるんだ、まわりで盗賊どもが口笛を吹き合って合図をしているみたいに！　ただ、彼が十分に怖い思いをしていたとき、突然彼は脳天に一撃をくらったように感じた、なにしろ鼻の中に口笛を吹きこまれたのだからね……こういうことだよ」

そして実際、警察分署長たちが内政の事務に対する彼の見解を変えようとどんなに努力しても、彼はびくともしなかった、すべての警告に対してあいかわらず同じ返事をした、

「革命はないよ！　いまもないし、これまでにもなかったよ」

そればかりではない、警察分署長ペレペルキンを逮捕さえしたのである、その者がすっかり青くなって、恐怖のあまりほとんど度を失って、隣の森で鶯《ウソ》たちが反乱をたくらんでいた(3)、と言いに駆けつけてきた時。

「それはきみが、あんたが、反乱をたくらんでいるんだな、鶯《ウソ》じゃなくてさ！」と、彼はペレペルキンに言った、「鶯は――小さな鳥で、勉強好きな――そんな小鳥がなんで反乱を起こすのかね？　その小鳥を撃ち殺すのは訳はない、ただだれがそのときわれわれの森でぴいぴい鳴いてくれるのかね？　すまんが、あんた、長靴を脱いで、拘留されなされ！」

それでどういうことになったか？　最初は、実際に、住民たちには、反乱を信じないようなポンパドゥールが現われことが、少々奇異に思われた、しかしだんだんと住民たちもこの考え方になじみはじめた。一年たち、二年たった、鶯たちはすべての森でぴいぴい鳴き、さえずりかわしていた、が、革命はずっとなかった。

「だけんどおらたちは思っておったよ、これぞまさしく革命だ、と！」住民たちはお互いのあいだで言いあっていた、「それが、まさかぁ！」

彼は、愛想よく人のよさそうに、通りを歩いていた。だれをも捕まえなかったばかりではない、そ

れどころか、各人が何らかの仕事に就いていることを、喜んでいた。が、彼はひとり何もしない、そのことによって全市に幸福をもたらしている。

――

だが、彼をさいなんでいた、一つの気にかかることが、あった。そして、この気にかかること、というのは、ポンパドゥールという、言葉にあった。

さまざまなポンパドゥールの特権の中で、彼はとりわけ一つのものを恐れていた、すなわち、彼が当面しているところの、ポンパドゥールシャの選択である。歴史が証明している無数のポンパドゥールシャのなかで、彼は、自分のポンパドゥールを幸福にした一人のポンパドゥールシャも、知らなかった。自分がポンパドゥールになることを意識して、彼は、すでに陸軍幼年学校のころに、この問題の文献を微に入り細にわたって学習した。そして、ポンパドゥールの恋愛ごとの結末は、破滅のほかには、決して何ものももたらさない、と確信した。そして、もっとも重要なことは――破滅はいとも甘美なので、ポンパドゥールたち自身がこの破滅に心をひきつけられ、楽しみの海に溺《おぼ》れて、当局《オカミ》から受けとる指令書の適時の遂行のことはいささかも気にかけなかった。恋愛の網にかかってがんじがらめにされたポンパドゥールたちは、疑いなく元気だったのが、きわめて短い時間に見違えるほどに変わった。彼らの身のこなしは屈託のなさを失い、眼は生気がなくなり、下僚たちの心にくいこむことが出来なくなった、舌はとがめるような表現をすることをやめた、人心を読む才はなくなった。すべてこのことを彼は理解していた――それにもかかわらず感じていたのである、彼が回避することも遠ざけることも出来ない宿命が自分の上に重くのしかかっていることを。

この都市《まち》への来着のまさにその瞬間から彼につきまとっていた試練は、彼の闘争に、さらに大きな重みを、付与した。まだ彼が十分に地域の社会を観察し終わるか終わらぬうちに、もうはっきりとしてきたのである、この都市のすべての最良の淑女《レディー》たちの努力は、彼のうちに出来るだけ早くポンパドゥール職の本能をめざめさせることに、向けられていることが。淑女たちは、彼はどんな肩を、どのぐらいの背丈を、どんな色の髪を、どんな足つきを好むか、知ろうとした。一部の淑女たちは、そのさい、自分の夫たちの温厚さをほめそやした、そして、この方面からはいかなる危惧《きぐ》も存在し得ないことを、わからせようとした、しかし彼は、すべてこれらの諂《へつら》いや誘惑になんだか謎めいた態度をとった。

「あらゆる歩きつきが素晴らしいですよ、もしその歩きつきを美徳が飾っているなら」と、彼はお追従《ついしょう》に対して答えた、そしてもし、その後もある精力的な議長夫人か課長夫人が積極的に行動しつづけていることに、気づいたなら、礼儀正しく踵《かかと》を軽く打ち当てて、すたすたと立ち去っていった。

明らかに、彼は自分の計画をもっており、その計画の実現を彼は、宿命が決定的に彼を捕らえるその時まで、延ばしていた。この計画とは、ポンパドゥールのその使命の遂行を回避せずに、この仕事を、それが、少なくとも、砲撃を伴うことのないように、かたづけるということであった。

まず第一に彼の注意は、言うまでもなく、いわゆる優雅な情事に向いていた。しかし、この案をあらゆる観点から検討してみて、彼は、それの実現が、彼の気質の行政的明快さを文字通り曇らせかねないところの、おびただしい偶然性を伴っていることを、認めなければならなかった。上層のポンパドゥールシャはたいそう優美で、皮膚も白いという特徴をもち、下層身分の出のポンパドゥールシャよりも、大体においてなんとなく満腹そうに見えるということ——これは彼にとっては明らかだった。しかしすべての優越性はこの範囲内に限られていた、そのあと、胸の豊かさによっても、胸《バスト》を蔽っている薄地《バチスト》の麻布の上品さによっても埋めあわせられなかったような、一連の不都合さが明るみに出た。

「これらのレース編み女たちによる楽しみは、すべて同じで、ただ叫び声がより大きいだけだ」と、彼は、薄地の麻布《バチスト》とレースの中におぼれているポンパドゥールシャたちの絵で彼をそそのかしていた世話好きな人たちに、答えた。それからはもう彼はそれ以上この計画には立ちもどらなかった。

　別の縁を見つけなければならなかった、そして彼は精力的にこれに取り組んだ。むろん、そのさい柔らかい肉体が純朴と結びついているような女が、最良に思われた。これらの特質がめでたく結合しているのを見つけることが出来たのは、栄養十分で羽布団で育てあげられた商人階層の中か、宿屋や安酒場や居酒屋の経営に従っている町人階層の中か、である。しかし、すぐに、無視して通ることは不可能であるところの、重大な障害に出会った。第一に、彼は、土地の貴族階級が、町人の女と彼が結びつくのを決して許さぬであろうと、見越していた。第二に、彼は、こういう結びつきを当局《オカミ》がどう見るであろうか、ということに思案をめぐらしていた。もちろん、国家的な見地からすれば、ポンパドゥールが自分のポンパドゥールシャに下層の身分から選ぶなら、より好ましい、なぜならそれは諸身分の融合を促進するから[4]。しかし、すべての長が国家的見地まで高尚になれるとは限らない。大部分は単に、最高度の見地なしに、ポンパドゥール職の方式《システム》がどんなか、薄地の麻布《バチスト》の女のほうか、それとも粗布の女のほうか、ということに従って、行動しており、現在のところそれが支配的である。

　要するに、彼がどんなに深く入りこもうとも、慎重に考えこもうとも、この問題においてはすべてが暗黒と疑惑であった。規則も、法令も——何もない。一つ、はっきりとしたこととして、疑いのないこととして残っていたのは、彼がポンパドゥールであること、ポンパドゥールとしてやっていかぬことは彼には不可能であることとであった。

　運命はもう彼の代わりに眠らなかった、そして今回はまったく正確に眠らなかった。なぜなら、運命は、世界のすべてのポンパドゥールたちのうちでもっとも有徳のこのポンパドゥールを、助けて、立派に窮状を切り抜けさせたからである。

彼と彼女との近づきの物語よりも、より感動的で純真なものを何か思い浮かべることは不可能である。

彼はあるとき市中を歩いていた、そして例のごとく、だれをも逮捕しなかった。そしてふと見ると、居酒屋の戸口のところに女が立ち、向日葵《ヒマワリ》の種をかじっている。女は、宿屋の庇護の下で、あるいは居酒屋のカウンターの中で大切にされて成長した、おおむねすべての女たちのようであった。大ぶりで、肉づきがよく、大きな眼をし、丸顔で、いわゆる砂糖のような胸をしていた。だが、彼はすぐに察知した、もしこの女がすてきな腕に抱かれるなら、この女は全身が砂糖のようになるだろう、と。しかし昼間のことだったので、彼はすぐさま取りかかる決心がつかなかった。ただ、女にわからせるように、しばらく小刻みで歩いた。

夕方になってから、彼はふたたび同じ方向へむかった。そしてみとめた、女がまた戸口のところに立っているのを。明らかに、もう偶然ではない。彼女は顔を洗い、髪をなでつけ、歯を見せ、多少ずるそうに彼をその大きく開いた眼で見た。

「砂糖のような女になるだろう」と、彼は小声で言った。そして女に近寄って、ぶっきらぼうに訊いた、「あんたは誰《だれ》のもの？」

「亭主持ちでした、いまは後家《ごけ》になりました」と、彼女は、真っ赤になって、答えた。

「この居酒屋はあんたのもの？」

「父といっしょにやっています」

「私を知っているかね?」

「自分のところの御上《オカミ》さんがたを知らないことがあるでしょうか?!」

彼はしばらく立っていた。どうやら何か言いたそうだった、おそらく、彼は、すぐにも彼女に、権力の重荷を自分と分かち合おうと、申し込もうと考えさえしたのであろう。しかしただ口を大きく開けるかわりに、胴体を前へ乗り出した。彼女も同じく黙っていた。そして赤くなった顔を横へ向けて、低い声で笑っていた。突然、彼は、前方に眼をやった、そして、隣りの家の角《かど》のかげから区警察署長の頭があらわれ、好奇心をもって彼の動作を見まもっているのを、みとめた。蜂に刺されたように、急いで彼は回れ右をして、足早に退却しはじめた。

そのひと晩じゅう彼は悶悶《もんもん》とし、これまで以上に、自分がポンパドゥールであることを感じた。気をまぎらわすために、通信信号を歌い、孤独の教えをくり返した、しかしそれも効き目がなかった。さらに、窓べに月にむかって腰をかけ、うっとりとなりかけた。しかし、このとき区警察署長があらわれ、陶酔を破って、こそ泥が現行犯でつかまりました、と報告した。で、すでに二度にわたって彼の放心状態を破ったこの執拗な下僚に対して、彼が激怒したのを、見ることとなった。

「でしゃばりだよ、な、あんたは!」と、彼は叫んだ、「何度あんたに言ったことか、ほっといてくれ、と! ほっといてくれ、あんた、ロシア語で私はくり返すよ、あんたに!」

しかし区警察署長が立ち去ったあと、憂悶がいっそうひどく彼を襲った。夜っぴて彼は情火に焼かれて輾転《てんてん》反側した。短時間だけまどろんだとするなら、自分がポンパドゥールであることを、夢の中でも見るためだけであった。ついに、不眠との闘争で全力を使い果たして、彼は、ひとり寝の褥《しとね》から抜け出ると、《ロビンソン・クルーソー》を読みにかかった。けれどこの場合もすぐに彼は、もしロビンソンの代わりに自分が無人島に漂着したら、自分の身はどうなっているだろう、という考えに襲われた。無人島で自分は自分の使命をどのようにして遂行するのだろうか？

眠ることも、読書することも、まったく出来ないのであった……。

「砂糖のような女！」彼はひどい狂乱のていで叫ぶと、ただちに走って行こうと決めた。

早朝だった、朝焼けがようやく空を染めていた。都市《まち》は眠っていた。人けのない街路は死んだように見えた。ところどころで目ざめつつある雀《スズメ》たちのためらいがちなさえずりのほかには、物音一つない。夜の冒険のあと家家に帰ってゆく、おどおどと周囲を見まわしている好色な男たち（なんと彼は彼らが羨《うらや》ましかったことか！）のほかには、生き物は一つもいない。犬どもさえもが、体を丸くして横になり、朝がたの寒気に震えながら、眠っていた。都市《まち》の上には霧がたちこめていた。歩道は湿っていた。庭庭の樹々は、まるで魔法の眠気にくるまったように、寝入っていた。

彼は歩きながら、自分がポンパドゥールであることを感じていた。この感じは彼を愛撫し、陶然とさせ、誘惑した。書記も、警察分署長も、警察署長たちも――彼にとってはこのときには何も存在しなかった。朝の薄暗さにもかかわらず、空気は光線で貫かれているように感じられた。深い静けさにもかかわらず、自然は、ある激しい、性急にほとばしりでる歓喜の、重荷の下で、疲労困憊《こんぱい》しているように感じられた。彼は、自分がポンパドゥールであることを、知っていた。また、自分がどこへ、何のために行きつつあるのかも、知っていた。彼の胸はうずいていた。至福が彼のすべての血管をつたわって広がっていた。

突然、彼はやけどをした感じに襲われた。最初の角《かど》のかげから、まるで土の中から出てきたように、警察分署長があらわれた。そして、義務を遂行したことを意識して誇らしげに、ぱっと挙手の敬礼をした。仰天して彼は前方に眼をやった。そこの、前途には、警察分署長たちの、まったくの森が見えた。彼らは、直立不動の姿勢をとって挙手の敬礼をする瞬間を、ひたすら待っていたらしかった。彼は、今回もポンパドゥールとしての自分の使命は果たされないであろう、とさとった。

次の日、彼は、警察分署長たちを集めて、彼らに言った。

「諸君、私は、きみたちが夜ごとご苦労をされないことを、願っている」

しかし警察分署長たちは理解しなかった。自分たちは苦労ではありません、楽しいのであります、などなどと、大声で叫んだ。

「諸君、私は、きみたちが夜ごとご苦労をされないことを、願っている！」やはりもっと穏やかに、しかしもうずっとよくわかるように彼はくり返した。

しかし警察分署長たちは大声で叫びつづけた。そのとき彼は、ここには誤解がある、とさとった。で、決然とした声で言った。

「ろくでなしどもめ、お前たちにロシア語で言うぞ、夜ごと私を待ち伏せしてはならん！」

警察分署長たちは理解した。

この措置のおかげで、《彼と彼女》は再会した。周囲を見まわしながら忍び足で、彼は暁に、彼女の小さな家のあったラズエズジャヤ町へ、こっそり行った。警察分署長たちは眠っているふりをした。立番巡査たちは、彼が近づいてくるのを遠くから見つけると、隣の家の出入り口に消えた。彼女は開けられた窓のところに立っていた……彼女だ！　大ぶりな、むっちりした、色白の、全身が砂糖のような女！　彼女は待っていたのである。

「あんたかね！」彼は半ば図図しい、半ば驚いたような声で訊いた。

恥ずかしげに、彼女は顔を袖《そで》で隠した。しかし、彼女の唇《くち》が、《ああ！　わたくしたちの大きな罪！》とささやいていたのが、聞きとれた。

「あんたは、なあ、私と、結婚《あれ》はしないで、でも結婚《あれ》をしたと同じようなものだが、愛人関係になることを、お望みかな？」彼は彼女にしっかりした声で尋ねた。

彼女はかすかに震えた。しかしやはりまだ自分に打ち勝っていた。

「あのね」彼女は、媚《こ》びるともつかず、はにかみを隠すともつかず、言った、「あたしはあなたに謎《なぞ》かけをするほうがいいわ。あたしが窓から外を見たら、蕪《かぶ》の籠《かご》がおいてあります——さあ何が出るとお思い？」

「蕪だ！」彼は答え、満ちあふれた感動のあまりくすくす笑いさえした。

「ところが、星なの！」

「星だと？」彼は驚いた。

沈黙の刻《とき》が続いた、ふたりとも喘《あえ》ぎ、とぎれとぎれに呼吸した。彼はかすかに鼻息をたてさえした。

彼女が最初に息詰まるような沈黙を破った。

「あんたは、きっと、いい思いをするためなんでしょ？」彼女はかろうじて聞こえるように言った。

彼ははっきりしない声をだした。

「もしいい思いをするだけのために愛するのなら」彼女は続けた、「あたしはお断わりだわ！　いとも簡単にお捨てになるでしょうからね！」

彼は再度はっきりしない声をだした。

「あんたはあたしっていう女に、自分にとって心をまどわすものを、見つけたっていうことね！」

突然、彼女は両手を差し伸ばしながら、叫んだ。

彼女自身、なんで彼が彼女を愛するようになったのか、知らなかった。

「なんであんたはあたしを愛するの！」彼女は彼に言った、「あんたはあたしっていう女に、自分にとって心をまどわすものを、見つけたってわけね？　あたしはフランス人風にも出来ないし、客の対応も出来ないし、気のきいた話も出来ないわ！　ただ取り柄といえばあたしの体が白いぐらいのことだけど……」

「体もいい、単純なところもいい」彼は、急いで彼女の疑念を鎮めようとして、答えた。

たしかに、彼女は並みはずれて単純だった。警察分署長たちにさえも、彼女はうったえたものである！

「なんであのひとはあたしに惚《ほ》れたの？　あたしは、日陰の女で、ごみの中で暮らし、馬糞をほじくっていた――ところがどっこい！　それなのにあのひとがあたしのところまで入りこんできた！　ここまできて単純な女のあたしを見つけだした！」

警察分署長たちは敬意をこめて身震いして、答えた、

「単純なところがよろしいのであります。あの方ご自身がたいそう単純であられます。非常に単純であられます！　非常に単純であられます！」

限りない純粋の快楽が支配していた、ある魔法めいた楽園がおとずれた。以前は彼はしばしば血が頭にのぼった状態におちいった、だが今はこの病気もあとかたもなく消えた。彼の容姿全体が若わかしいきびきびした外観をおびた、それに、せかせかした性格は完全になくなり、精神的な満足感だけ

があらわれていた。彼が通りを歩いていた時は、彼の愛想のよいまなざしは、各人に、生きよ！　と語りかけているようだった。そこで、各人は生きていた、なぜなら、御上《オカミ》が本当に各人に生きることを許されたことを、知ったからである。

一日は、ときに彼が、なんで一昼夜がたったの二十四時間だけなのだと、不平を言ったほど、早く過ぎた。朝は、早く起きると、彼はラズエズジャヤ町へ向かい、その道みちでもうっとりとしはじめた。彼の訪問の目的となった小さな家は、陽気なこぎれいな様子になった。居酒屋は跡も残っていなかった、壁には薄板が打ちつけられ、灰白色のペンキが塗られ、窓窓には白いカーテンが掛かり、あっさりした植物の植えこまれた鉢が並んでいた。内部《なか》はすべて同じくきれいになり、よく掃除され、よく洗い清められていた。蠅《ハエ》も、ゴキブリもいない。ただ別の居住部分、台所から、包丁のこつこつという音や鍋《なべ》ばさみやフライパンのかちゃかちゃという音が聞こえてきたが、しかしこれは魅力を強めさえしていた。ハッカとボダイジュの花の匂《にお》いが支配的だった。その匂いに、ときどき、ドアが開いたとき、掲げたロシアまんじゅう《ピローグ》のにおいが混ぜ合わさったが、しかしそのにおいも悦楽の情景を陰気にしなかった、さらにいっそうその情景に価値を付与した。中庭でけたたましく鳴いていた牝ん鶏《ドリ》どもさえ、無邪気に鳴いていたのではなく、望みの実現の証明として鳴いているようだった。

調理のために顔全体を真っ赤に染めて、彼女は彼に向かって走り出た。彼は、この赤みにも、その顔に浮き出た汗の玉にも、優雅の法則に反するようなものは何も見いださなかった。彼は、彼女が汗にまみれて、ただ彼のためだけに疲れはてていたことを、知っていた。彼がやってくると彼女はまっ先にしつこく尋ねて聞き出すのであった、なんであんたはあたしって女を愛してるの。で、彼としては柔和に詳しく彼女に理由を説明した、そしてこの簡単な会話の中でつかのまの時間があいついで飛ぶように過ぎた。それから彼女は不安をあらわし始めた、そしてなんだか哀願するような声で尋ねた。

「あなた、ピロシキを食べたい？」

「きょうはそのピロシキの中に何を詰めたのかね？」今度は逆に彼が尋ねた、まるで、彼女の手で詰められたあらゆる餡《あん》が必ずしも彼の好みに合わないこともあり得るような振りをして。

「きょうは軽いものを詰めたの、キャベツを探したんだけど、見つからなかったって……」

「まあいい、軽いものでよろしい……けっこう！」

じゅうじゅういっているピロシキがフランパンごとあらわれ、ピロシキはつぎつぎと消えていった。そしてつかのまの瞬間たちがどんどんと飛ぶように過ぎていった。そのあと彼女はまたもしつこく尋ねて聞きだし始めた、なんであんたはあたしって女を愛するの。で、ふたたびつかのまの瞬間たちが飛ぶように過ぎていった。ときおりこの対談に彼女の父親の老人が加わった。しかし彼は会話には大きな効用はもたらさなかった、なぜなら、彼の居酒屋が閉《し》められた途端、彼はすぐに悲嘆のあまり視力を失い、聴力を失ったからである。

にもかかわらず、《目の見えないお父さん》はやはりまだ仕事を熱望していた、そして娘の半官的な立場にことよせて、絶えずうるさく彼女に頼みこんだ。あるときは彼女はこの事柄について彼と会話を始めようとさえした。

「せめてね、うちのお父《とう》さんを市場の見張人にしてもらいたいんだけど」と、彼女は言った。「でなきゃあのひとは食べるのをすっかりやめて――しょっちゅう酒を飲んで酔っぱらっているの！」

「頼みごとはしないでおくれ」彼ははっきりと言った、「なぜなら私はもともと、国庫の利益を守るために、あんたと近付きになったんだ！　おとっさんがいったいどんな見張人だというんだね！　あの男はすぐに最初の仕事として市場からすべての食料を自分の家《うち》へ持っていくだろう！　この結果としてあらわれるのが、税金の滞納者たちだろう。彼らは言いだすだろう、ポンパドゥールシャの父親がわれわれの持ち物を強奪するのだから、われわれは税を払ってやるものか、と。そのときには私はどんな立場に置かれるだろう？　滞納者たちを笞《むち》打つことも、正しくはない、かといってあんたの父親を処刑することも、あんたにとって愉快なことであろうか？」

「あんた！　だってうちの父《とっ》さんは眼が見えないのですよ！　どうしてあのひとが食料をねらうことが出来るでしょう！　じゃせめてお給金でもあの人にもらってやれたら！」

「それは何でもないことだよ、眼が見えないことは。何がにおうか感じるなら――目明きとおんなじだ！　それからたとえ給金についてもだね、あんたは思っているのかね、給金は天から降ってくるものと？」

「あんなものどうにでもなるわ！」

「いや、給金は天から降ってくるものではないんだ、すべて、ほら、子豚や七面鳥をわれわれに食わせてくれている者たちから、出ているものだ！　私はこのことを、陸軍幼年学校で習ってね、非常に明確に知ったんだ！」

しかしこの種のいさかいはめったに起こらず、すぐにやんだ。というのは、彼が心の寛《ひろ》やかさを見せるとすぐに、彼女は話題を変え、しつこく尋ねて聞きだしはじめたからだ、なんであんたはわたしって女を愛するの。するとふたたびこの問題の詳細な吟味が始まった、そしてすべての誤解がひとりでに解けた。

休息の最中《さ》に、彼はよく彼女と行政についての会話をはじめた。彼女の考え方と彼自身の考え方と完全に合致していることを、つねにまったく確信してのことであったが。

「きのうは私のところへ泥棒が連れてこられた」と、彼は言った、「だが私はその泥棒を放免してやった」

「まあ、いいことね！」と、彼女は答えた。

「私はこのことに関してはこう考えているんだ、すべてこれは彼らがひもじさのためにしているんだと！」

「そうでなかったら何のため？　困ってもいないのに泥棒をはたらくかね！　困ったら、恥も外聞もなくなるものね！　あたしは、ほら、ずっと前からあんたに訊きたいと思っていたの、なんで貴族の人たちのあいだでは、この泥ちゃんが、たとえば、あたしたち平民のあいだでより、少ないんでしょう？」

「貴族はより高尚な感情をもっているからね。恥ずかしいんだよ。だが同じく貴族たちのあいだにも盗みはある、ただ、それが大規模であるために、軽蔑すべき外観をおびていない。貴族の出であるために、いったんやるとなると、なんでもより大がかりなことになる、大金という点でね」

「ああ、あたしたちの罪の重いこと！」彼女はため息をついた。

「そうだよ、私はこれについてはもう陸軍幼年学校のころに次のような考えを身につけた、すなわち、良心に従って生きようとする者は、盗みをする必要がまったくないように、物事をきちんとしておかなければならない！　そうすればすべてがうまく行くだろう、すなわち、警察分署長たちも楽をするであろうし、笞《むち》打つ対象もなくなる、住民たちも自分を安全だと感じるだろう！」

「あんたはあたしのいい人よ！」彼女は、感動して彼の眼をみつめながら、言った。

「そうだよ、私はずっと前からこう考えている、私の努力がむなしいことにはならないように、期待している。この事で肝要なことは——泥棒も人間であることを、忘れないでいることだ。私自身一度そういうやり方で陸軍幼年学校のころ同輩から白パンを盗んだことがある……まあしようがないさ！」

「で、なんであんたは、あたしっていう単純な女に惚れたのよう！」

この叫びで朝の休息は最終的に完了した。彼は、《仕事》が彼を待っていることを、思い出した、そして心も軽くなって外へ出た。

自分の家家のまわりであれこれやっている住民たちの活動は、彼を喜ばせた。その顔のあらゆる表情が彼には容認されているように、また適法であるように感じられた。彼が不機嫌そうな顔つきをした人間に出会ったとき、《なんで狼《オオカミ》のようなかっこうをしているんだ！》と叫んで彼にくってかかりはしなかったが——しかし胸の中では考えた、《ほらこの男はきっと心に悲しみがあるのに違いない！》と。住民がかん高い長く響き渡る笑い声をたてているのを、聞いたときは、やはり彼に、《なんで、悪党め、大口をあけているんだ》と問いかけはしなかった——しかし思った、《ほう、感じのいい男だ、もし私がポンパドゥールでなかったら、私もつられていっしょに喜んで笑っているところだろう！》と。あれこれの場合に何か御上《オカミ》に認められないようなことを見つけられはしないかと、危惧するようなことは決してなく、住民たちが自分の裁量で笑ったり泣いたりしはじめたことが、ポンパドゥールのこのような行動様式の結果だった。

彼は、警察分署長たちが活動的であることを、好んだが、しかしこの活動が不活動の欠如のみを立証していたことを、要求した。警察分署長が突然どこかへ急いで駆けだし、それから立ちどまって、くんくん嗅《か》ぎ、何も行動しないで、すぐにまた走ってひき返してくるのを、彼が見たとき、——彼の心は喜びでいっぱいになった。しかしそれにもかかわらず、彼が彼らに後から、「静かに！　静かに、殴るな！」と、叫ばなかったような、一分も過ぎることはなかった。はじめ警察分署長たちには殴ることを控えることはむずかしかった。というのは、彼らは、殴ることが事務処理の形式と儀式の一種の簡素化であると、確信していたからである。しかし彼らは信じやすかった（もっとも、もっぱら、上司との関係において）ので、《殴らないこと》は《殴ること》さえよりも、さらにもっと簡素化された事務処理の形式であると、彼らを納得させるのに、彼はほとんどどんな労も要しなかった。

「諸君、歴史はかつて中断することはなく、しかも間断なく前進している」と、彼は彼らに言った、「はじめ人びとは野蛮時代で暮らしていて、いかなるしっかりした事務処理の方法をもたなかった、したがって各人が各人を分相応に殴ってきた。それからこれはやめられた、というのは歴史が前へ進んでいったからである。小役人、へっぽこ文士、つまらぬ訴訟を起こす者どもがあらわれた。彼らは殴ることを廃止して、損失と損害を楯にとって毒舌をふるいだした。しかし多くの者たちにとってはこれも具合が悪かった、というのは時間ばかりがだらだらと過ぎていったからである、しかも歴史はふたたび前へと進んでいった。そのときふたたび《殴ること》にたよった。殴られる者たちにとっては暇つぶしよりはましな形式として、である。そして社会がだんだんと拡大していったので、社会の成員を殴る者と殴られる者に分ける必要性が生じた。諸君、私の言っていることは正しいかね？」

「まったくその通りであります！　まことに本当のことであります！」と、警察分署長たちは答えとして叫んだ、そのさい一部の者は、しかし、ため息をついた。

「さて、今度は私はきみたちに説明しよう、なぜこの最近の事務処理の形式もきょうびではもう不十分なものになっているかを。諸君、きみたちが殴っていたとき、きみたちには、自分たちは即決裁判を行なっていたのだと、思われた、――これはその通りである。しかしそれでもきみたちは、これに対して少なからぬ時間を費した、また、そのほかに、相手の鼻を砕いてしまったのを見て不満をおぼえた。そのあときみたちは興奮して、かっとなった、そしてだんだんと自分の健康を消耗させた。私は、道路上に駅馬車の御者たちの歯を文字どおりばらまいた多くの文書使たちを、知っている。しかし彼らがこの種まきからどのような新芽を期待していたのか、――それは今日まで明らかになっていない。いまはまったく殴らないように試みてみたまえ、そうしたらきみたちはわかるだろう、きみたちには暇な時間がずっと多くなるだろうこと、きみたちはやはり同じ給料を受け取るだろうこと、住民はすぐに満腹そうな様子になるであろうこと、したがってまた出来るだけ分けてくれる資本《もとで》も手に入れるであろうことを。きみたちも、住民たちも、――みんな得《とく》になるだろう」

そして実際、この予言は文字どおりの正確さで的中した、すなわち、住民たちばかりでなく、警察分署長たち自身も満腹そうな様子になったのである。そしてそのあと驚きさえしたものである、どうして自分たちの頭には、満腹そうな様子になるための最良の方法はほかでもなく殴ることを抑制することだという、かくも簡単明瞭な考えが思い浮かばなかったのだろうか、と。この方法が、指針として内政にもちこまれるや否や、脂肪がひとりでについて、ついには、満腹のあまりにすっかりつや光りする人間が出来あがる。

これらのせわしない仕事の最中《さ》にも彼は自分の書記のことを忘れてはいなかった、とくに、書記が準備した報告書や文書の原案をもって彼に過度にうるさくつきまとった場合には。

「これまで私は十の書類のうち一つに署名してきた」彼は書記に言った、「今後は私はこういうふうに決めた、すなわち、一つの書類にも署名しない！　みんなにわれわれの都市《まち》のことは忘れさせてしまうんだ――そのときはじめてわれわれは安眠できるようになるだろう！」

そして、書記の顔に落胆した表情を見ると、つけ加えた、

「給料はきみはこれまでどおりもらえるだろうよ！」

こうして、午餐の時間がきた、そのときには彼はたいてい家《うち》に帰った。午餐に招待されたのは、書記と、警察分署長たちのうちで、前日一日のあいだにだれをも侮辱せずだれをも殴らなかったことを、信憑《ぴょう》性ある事実にもとづいて立証できた、一人である。あぶらっこくて、味つけされた食物が出された。彼は進んで食べたが、しかし酒は避けて、麦芽飲料《クワス》だけを飲んだ。

「酒はだね、諸君、こういうしろものだよ」彼は言った、「ちょっぴりしか飲《や》らないということは出来ない、が、がぶがぶ飲むと、さらにもっと欲しくなる。いっぱい飲《や》ったら――とくにポンパドゥールの身分の者は――必ずだれかを侮辱する。だから私は飲まないんだ、ほかの者たちの邪魔をしたくはないのだがね、まあうんと食べてもらいたいのさ！」

午餐のあと、短い休息をすると、彼は林へ出かけて、鷽《ウソ》がさえずっているのを聴いた。彼はこの鳥たちを恐れなかったばかりでなく、あらゆる手をつくして飼い馴らそうとしていた。たしかに、彼が林へあらわれると、すぐに小鳥たちは群れをなして彼のほうへ飛び集まり、彼の肩の上や頭の上にとまった、そして彼の手から水に浸した白パンをついばんだ。

「ああ、お前たち、私の反徒さんたち！」彼はなんだか悲しげに言った、「かわいい者たち、お前たちは、お互いのあいだで、平和に暮らしているかね？」

それから彼はふたたび都市《まち》へもどっていった、途中で警察分署長たちに、

「静かに！　静かに！　殴りなさんよ！」と、くり返しながら。

夕方がおとずれた、地上に薄闇がおりてきた、家々に燈《ひ》がともりはじめた。一日のあいだに分署主任たちによって行なわれた善行の列挙を聴き終わると、彼はクラブへ出かけた、そこで貴族団長を自分といっしょに美徳の道を歩むように誘った。貴族団長はなかなかうんとは言わなかった、しかし彼がもらった注意の効用《ききめ》は、小さな子供をさえ納得させることが出来たほどに、明白だったので、彼も、ついに、折れた。

「あなたは考えてみなさい、これがどんなに楽しいことか！」と、彼は話した、「もしあなたがいま百姓さんに借金一ルーブリを免除してやるとすれば、彼は、きっと、三ルーブリ分はあなたのために働いてくれるでしょう、さらに、そのほかに、自分の愛をただであなたに贈るでしょう！」

「それはもちろん！」貴族団長は動揺した、「連中の感謝の念はとてつもなく大きい――これは確かですな！」

「連中のところには、いいですか、七面鳥もいる、雌《め》ん鶏《どり》もいる。卵も十箇はある、自分では食わないんですよ――みんなあなたにさしあげるんです！」

「それはその通りですな！」と、貴族団長はもう肯定的にくり返した、そしてすぐに市場に行き、百姓に一ルーブリ与えた。しかし彼はポンパドゥールその人よりも正直でさえあったので、すかさずつけ加えたものである、「お前、いいかい！　わしはお前に一ルーブリやった、で、わしのために三ルーブリ分働けよ、それればかりでなく、わしを愛してくれよ！」

要するに、商人や町人たちのあいだでばかりでなく、クラブでさえ彼は平和と愛を植えつけおおせたのである、しかもいっさいの厳しい措置なしに、ただ並並ならぬ自分の純朴さだけを用いて。

しばらくして、都市《まち》がもうすっかり静まったとき、彼はふたたびラズエズジャヤ町へ出かけた。しかし警察分署長たちは本当に眠っていたので、陽気な感じの小さな家の、開かれた窓の内から、「なんであんたはあたしって女を愛するのよう?……」という叫び声が飛び出してきたのを、だれも耳にしなかった。

——

日々はあいついで過ぎた、都市《まち》は忘れられた。当局は、苦情も、報告書も、質問も受けとらなかったので、都市《まち》は万事具合よくいっているものと、はじめのころは結論していた。しかしやがてだんだんと都市《まち》はすっかり見落とされていった。だから暦のために科学アカデミーに送り届けられる、居住地一覧表に載りさえもしなくなった。

ポンパドゥールは勝った、ポンパドゥールシャはひどく太ってしまった、しかしやはりまだ魅力を失っていなかった。十年のあいだ盗みは一件も、蜂起も一件も、起こらなかった。鶯《ウソ》たちはだんだんと年を取り、他の鶯たちを繁殖させた。しかしこれらの鶯たちは、両親のように、ただ枝から枝へ飛び移りながら、自分たちのさえずりで住民の耳を楽しませ、革命については決して考えなかった。住民たちはたっぷり食べて太り、警察分署長たちもたっぷり食べて太り、貴族団長はまったく脂肪ぶとりのあまり息を切らしていた。一つのことがみんなの頭にあった、ポンパドゥールの記念碑をその生前に建立しておこうと。

だが突然、すべての悦楽が、ごく些《さ》細な事態のために、一瞬にして消滅した。

ポンパドゥールはやり残していたことがあったのだった。彼は、市中を縦貫している馬車通行用の街道を、市内から撤去することを、忘却していたのだ。

ある朝、都市《まち》の広場に軽薄そうな顔つきの男があらわれた。それは片方の眼に片眼鏡をかけ、市内を散歩していた。いろんな小店に立ち寄って、においを嗅《か》いだり、値段を訊いたり、質問をあびせたりしていた。堅実な商人たちはすべての彼の質問に対して、《失《う》せやがれ！》という、同じ返事をしていた。しかしその男はその後も鎮まらなかったので、この奇妙な事態について警察分署長たちに注意を呼びかけることが必要だと見なされた。警察分署長たちは、今度は自分たちが、市長官《ポンパドゥール》のもとへ飛んでいった、

「見つかりましたぞ！　われわれは見つかりましたぞ！」と、彼らは興奮して叫んだ。

彼はさっと青ざめた。しかし、自分の業績をまもる希望を失わなかった。彼は大急ぎで制服を着こむと、剣を吊《つ》った。そしてみんなを脅《おび》えさせた見知らぬ男を見つけだしに市場へ向かった。

「あなたはいったいどなたですか、身分証明書をお見せくださいませんでしょうか？」彼は興奮のあまり震え声で要求した。

見知らぬ男は黙って自分の駅馬使用保証書をさしだした。それには次のように記載されていた、《何某、科学専門者、地下に潜んでいる資源の調査のためにロシア国内に派遣されている者》。

「不思議ですねえ、あなたのとこの都市《まち》は地図にさえ載っておりませんよ！」と、科学専門者は、彼が駅馬使用保証書を吟味しているあいだに、指摘した。

「何も不思議はありません！　この都市《まち》はこの瞬間まで自立してあまりにも平穏無事だったので、自分の存在を公表する必要がなかったのです！」彼は悲哀をこめて答えた。それから、それ以上の釈明はせず、くるりと回って背を向け、ラズエズジャヤ町のほうへ歩きだした。

この出来事は、そのうちに、まったくたいへんな大騒ぎをひき起こした。というのは、わがくにの

文明の世紀に、独自の文明をもち、地下に膨大な資源をもった、完全な一都市を見失っていること——これは大変な事だからである。調査委員会が派遣されてきた。それは熱心に仕事に取りかかり、まず一番に、まったく満腹した、しかも飼いならされた鶯《ウソ》が、非常に沢山いることに、驚いた。長いこと委員会は、こうした小鳥たちが沢山いることの秘密に、迫ろうと努力した、しかし、前もってポンパドゥール自身によって簡明に述べられたこと、すなわち、鶯《ウソ》はおとなしくて、学習の素質をもった小鳥であるということ、以外の、他のいかなる成果も得られなかった。

調査によって明るみに出たその他の成果は、まだもっと驚くべきことであった。次のことが判明したのである、

(1) 都市《まち》には、十年間、一件の革命も起こらなかった、その時までは蜂起なしには一年も過ぎなかったのに。

(2) 同じ期間中、一件も盗みの行為がなかった。

(3) 区警察署長たちが満腹していること。

(4) 住民たちが満腹している。

(5) ここ何年かのあいだ住民たちは記念碑の建立の趣味を示した。

(6) あたかも地下に潜んでいるかのような資源についての噂《うわさ》は、科学専門者が国庫から駅逓馬車賃をきわめて容易に受領するために言いふらした、思いつきにすぎない。この都市では住民のだれもいかなる隠匿をもおかしたことはかつてなかった。

(7) こうしたことすべてにわたってこの都市は自分の市長官、ポンパドゥール四世のお陰を被っている。

問題を審理し、前述のすべての正しさを確信すると、当局《オカミ》は善きポンパドゥールを免職しなかったばかりでなく、彼の行為を公表し、他の者たちも彼に見ならうべきとした。これに際して出された文書には次のように述べられていた、『各自全員が知られよ、その一般に認められた規則に基づいて、七千の悪いポンパドゥールを持つよりも、一人の善きポンパドゥールを持つほうがよいこと、小さな石造りの家のほうがやはり、大きな結石による病気よりも、よいこと』

実を言えば、その都市に関しては、そくざに財務局から都市に納税通知書が送られてきたのである。

XI——訳者注

（1）自治市。古代ローマ国家で自治権をもった都市。西欧の都市自治。シチェドリンはしばしばこの語に、ロシアの専制を対置して、用いている。

（2）一七八九年。フランス大革命（ブルジョア民主主義革命）の起こった年。

（3）鸎《ウソ》たちが反乱をたくらんでいた。一八六〇年代から七〇年代の、革命運動にまで高揚する学生騒動を暗示。

（4）なぜならそれは諸身分の融合を促進するから。一八六〇年代の貴族自由主義者たちの綱領的スローガンの一つを、シチェドリンは皮肉に利用している。

XII　ポンパドゥールたちについての高名な外国人たちの意見

《ポンパドゥールたち》についてのこれらの物語――残念ながらこれらの物語はまだ問題を論じ尽くしたものではなく、ポンパドゥールの活動の百分の一を述べたものにすぎないが――を終えるにあたって、僕は、ロシアをいろんな時に訪れた幾人かの高名な外国人に僕の主人公たちが与えた印象を、読者諸氏に紹介することは、必要である、と考えるものである。

このような類いの証言は僕の手元に沢山ある。しかし僕はここでは、わが国の文学状況にもっとも適する、四つの断片だけを引用しよう。それはそうと、僕はたいそう珍しい本をもっている。《ロシアの警察留置場案内記》という表題のもので、筆者はオーストリアのセルビア人グルプチチ‐ヤドリリチ、他のスラヴ人同胞とともに一八七〇年にロシアを訪問した。しかしペテルブルグにもモスクワにも行かなかった。というのは、藁《わら》のポンパドゥールが、(1)自分の個人的な責任のもとに、彼を、祝典のあいだずっと、警察の留置場に入れていたからである。この著作は、ポンパドゥールたちの内政のみならず外政にも、煌煌《こうこう》とした光をあてている。本著作の翻訳は、わがくにの貧しい文学にとってはかなり重要な飾りになることであろう。しかし、残念至極なことには、僕はその中のごくわずかな断片をすら翻訳できなかった。というのはこの本は絶対的に検閲によって禁止されているのだから……。なぜ僕が僕の抜き書きにおいてかくも控え目であったか、理解するには、読者にとってはこの例で完全に十分である、と僕は考える。

それゆえ、今日出されている断片に対しては、それらについて手短に述べておくことを、義務と僕は思う。

ロシアについての外国人たちのすべての著作におけるように、われわれはまず第一にそれらにおいて驚かされるのは、ある度し難い軽信である。たとえば、デ・リャ・カソナド公爵(2)はたいそうまじめに、若干のポンパドゥールはスルーク(3)皇帝(3)をポマレ女王(4)と混同していた、と述べている。またもう一人の旅行者シェナパンは、ロシアには《勝利ノ雷鳴ヨ鳴リ渡レ》(11)という名称の、特別の学問が教授されているかのように、断言している。この二人の人物は自分たちのアムフィトリオン(5)‐ポンパドゥールたちの、人を煙にまく習癖の、犠牲者だったことは、明らかである。このポンパドゥールたちは、ロシア人の悲しむべき慣習によって、自分の祖国についてのさまざまな作り話を外国人たちに話して、面白がっていたのである。

そのうえ、すべての外国人たちの慣例により、僕の引用する著者たちは、たいそうしばしば誇張に走り、そのさい実に途方もない無教養をさらけだしている……。

しかし、僕は、これらの欠陥に言及する必要があるとは考えなかった。なぜならわれわれ、ロシア人にとっては、外国人たちの誇張そのものがたいそう教訓的だからである。われわれについて語られている作り話を読んで、われわれは、第一に、外国人たちはだまされやすい人たちである、したがって、意見の衝突のさいには、彼らをやっつけることは困難ではないであろう、という確信を得る。第二には、われわれは、彼らの筆を導いているのは、その中では漸次の刷新が行なわれているあの深き静寂(6)のロシアを、赦せない、悪しき羨望《せんぼう》感である、という確信を得ている。

実際、ライーシェヴォ、ポシェホーニエ、サポジョーク[7]等の年代記が、最近ヴィースバーデン[8]市でビールの値段が上がったさいに起きたような何かを、いつか描いていたろうか？　いや、何もあのようなことはなかった、あり得なかった。なぜならポシェホーニエの人たちもライーシェヴォの人たちも、物価は神様がお決めになるものということを、あまりにもよく理解しており、この諺《ことわざ》の庇護のもとに徐々に刷新しつつあるからである。ヴィースバーデンの人たちはこのようなことは何も知らない、したがって、彼らにとって刷新への道はすべて閉ざされていることに、驚く必要はない。蓋《けだ》し、街頭に喧騒《けんそう》とわめき声がひろがり、そのかげでは諺の一つも聞き分けられさえしない時、どんな《刷新》があり得ようか？

外国人たちは、ライーシェヴォの人たちやベレベーイ[9]の人たちのこの優越性を認識していて、羨望しているのである。彼らは、この静寂さが何を意味しているか、またヴィースバーデンの平穏攪乱《かくらん》者にとっては、もしポシェホーニエの者たちが彼らを教え諭《さと》すことを思いついたら、この静寂さが何を意味するものとなるか、理解している。

しかし、これらの無教養な物語には、何かについて真剣に考えこむことができる、そのような何かも見受けられる。

わがくにの静寂さを羨みながらも、外国人たちは、まんざら悪意がなくもなく、われわれ自身もこの静寂さをあたかも重荷のように思うようになることを、指摘している。わがくにでも、深い平穏の中にあって、時どき、角笛を吹き鳴らし、いわゆる平穏ノ為ノ鎮圧（répressions de《レプレシヨン・ド》 la tranquillité《ラ・トランキリテ》[10]）が行なわれる、ということである。

そればかりではない、一部の者たちは、わがくにには、特別のポンパドゥールたちの階層が存在しているとかと、はっきりと断言さえしている、つまり彼らのその任務というのは、ほかでもない、社会的静寂を破り、反乱者を首尾よく鎮圧するために不和の種を蒔《ま》くことである、というのである。多少の皮肉をこめて彼らは、わがくにのポンパドゥールたちの不十分な発達の程度について、また、これに起因する無計画で熱狂的な彼らの活動について、述べている。この活動を、彼らは、空虚な空間における無目的なひらめきに、なぞらえている、ちょっと見るとおかしく見えるかもしれないけれど、しかしとめどなく繰り返されるとほとんど負担が重くなる、ひらめきに……。

くり返すが、すべてこれは極度に誇張されたものであり、無限に無教養なものであるが、しかしこの滑稽な誇張からさえ透けて見えるのは、現実に対するある暗示であって、この暗示をうまく利用することは不必要ではない。たとえば、だれにでも知られていることであるが、ポンパドゥールの活動を導いている主要な動機をなすのは、ポンパドゥールたちに付与されている権利と特典（特権）の保護に対する、過度の熱意である。本質的には、この動機は、むろん、大いに称賛すべきことであるが、しかし認めなければならぬことは、それにもかかわらず、この動機は、新しい実り多い生活現象の発生をも、新しい価値の生産をも、いささかも促さないということである。したがって、実地にこの熱意が、それが平和的な市民たちにとって彼らの平和的な業務において妨害物とはならない程度においてのみ現われるのは、有害でないばかりでなく、有益でさえあろう。もし人間が自分の権利（たとえば、祭日には祝辞を受ける権利、舞踏会がポロネーズによって始まるとき最初のペアで進む権利など）の保護を、自分の重要な活動の特別の課題とみなしているならば、彼の努力の成果となり得るのは、ただ権利の保護のみであって、それ以外の何ものでもない。それが、それなりに尊敬すべき活動であるとしても、しかしやはりどんな受精もそれからは生じ得ない。そしてポンパドゥールたちはそのことでまさに過ちを犯している。自分の権利を守りながらも、彼らは、忘れているのである、自分たちには義務もあることを。その義務のうちでもっとも重要なものは、同じく多少とも役に立つものと称され得るところの、他の仕事から、あまりにも執拗な祝いぶりで、住民たちを引き離さぬことである。

そして彼らが過ちを犯すのは、学問を知らぬためである、僕は、むろん、ムッシュー・シェナパンとともに、わがくにの陸軍幼年学校ではただ《勝利ノ雷鳴ヲ鳴リ渡レ》(11)という学問だけが教授されているとかと、主張するつもりはないが、しかしやはり僕はあえて考えているものである、ポンパドゥールたちの教育には然るべき注意が払われていない、と。デュッソー、ボレリ、ミネラシキ、ベルグの劇場(11)――すべてこれらはあまりにも不十分な学校である。もし彼らが、たとえば、歴史を知っていたなら、自分の権利を守ろうとして、海を切って進んだが、しかしそれにもかかわらずひと握りの勇敢なギリシア人を打ち負かすことのできなかったペルシア王(12)についての逸話を、憶えていたことであろう。もし彼らが統計学と経済学を知っていたなら、住民の背は、国庫を紙幣で満たすための、必ずしも確実な保障とはならないことを、理解していただろう。もし彼らに法律学が無縁でないならば、彼らは知っていたことであろう、自己の個人的権利を過度に守ることは、他者の権利の侵害をつねにひき起こすこと、この他者の権利侵害は今度は逆に、侵害された権利の必然の回復ではなくても少なくともそうした回復への欲求を、伴うことを。そしてこのあとには、普通、スキャンダルが、時には侵害者に対する法に従ってのいとも厳正な処罰が、続く。

さよう、それがいかに辛《つら》かろうとも、しかし認めなければならないのは、税の滞納金の取り立てにとってさえ学問は無益なものではないということである。学問は人間に、人生を生きることは野っ原を横切ることではないことを、教える。学問は人間に自分の行為の意味を深く考えさせ、彼に若干の良い習慣を与える。これがポンパドゥールたちには足りないのである、そしてこのゆえにポンパドゥールたちは考えているのである、自分たちには、自分たちに付与された権利と優越性を守ることよりほかには、他のいかなる行政課題もない、と。学問から離れているので、ポンパドゥールたちは理解できないのである、奇妙な、決してすべての者に襲いかかりはしない言葉《ひゅいっ》よりも、ある程度の知識の総和のほうがはるかにしっかりとこれらの権利を守ってくれるであろうことを。

知識の不足は、過度の厳しさを引き起こす、過度の厳しさは、今度は逆に、疑念を引き起こす。もちろん、たとえば、《侵害を企てる》、《難くせをつける》、《揺るがす》などといった言葉を、ポンパドゥールたちは、どんなに進んで使っていることか。そして、ポンパドゥールたちは、これらの言葉がナロフチャト、ルコヤーノフ(13)その他の土地の住民たちの日常の語彙《ごい》をなしているかのように、最高当局へ報告しているのである。ところが実際にこれらの確言には、まことにはなはだしい嘘がある。僕は、少なくとも心から確信している、ポンパドゥールの権利に異議をとなえることをだれも思いつきさえもしないこと、そしてこの場合すべての不幸は、だれでもがこの権利を感じとることが出来るのではないということにあることを。ここから――極度の、そして双方にとってかなり重苦しい、誤解《ゴカイ》が生じる。きわめてしばしばポンパドゥール自身もよく知らないのである、自分の要求が何にあるかを。しかしこの知らないということが、彼を抑えるかわりに、いっそう彼を貪欲《どん》にするのである。同様にしばしば起きることは、住民のほうもあらゆる気晴らしをする用意があるはずだが、しかしこの気晴らしが何にあるかを、知らないので、どじを踏む、つまり、祝う必要のない時に祝ったり、またその逆のことをする。で、このことから生じるのは、ある者は自分が何を提示しているのかわからない、またある者は自分が何の侵害を企てているかわからない、ということである。あからさまな誤解、それはやっぱり一掃されるであろうが、それは学問が、ポンパドゥールたちと住民たちの間に存在するもつれた関係に自己の光をあてて、両者を規制することができるであろう時のみである。

かくて、外国人たちの批評文には一定部分の真実がある。しかしこの真実はわれわれを悲しませるはずのものではない。われわれはあまりにも強いので、われわれはあまりにも確かな内的な静寂さを享受しているので、真実に直面して臆病に陥ることはない。われわれはどんなに苦い真実をでも穏やかに終わりまで聴くことが出来、われわれに固有の、われわれの勇敢さの自覚を、いささかも裏切ることはない。

しかもわれわれは知っているのである、われわれはあまりにも勇ましいポンパドゥールたちから逃れる確実な手段をもっていることを。この手段とは、すなわち、昇進、更迭、免職であり、きわめて十分にわれわれを守ってくれるものである。

こうしてあらかじめ断わっておいてから、僕は、外国人たちの《意見》そのものに移る。これらの意見は、僕がじかに原本から、しかもまことに文字通りの正確さで、翻訳したものである。イオムド王子（イオムド民族の実在は疑問の余地がないので、イオムド王子も存在し得る、と僕は考える）のロシア滞在についてのタタール人ハビブルラ・ナウマトゥルロヴィチの物語は、語り手の文体と原文の言い回しはそのままにして、僕が公刊したものである。

《旅と芸術の印象》。皇帝陛下スルーク一世の元狩猟頭、現在は、運命の転変により、パリのカフェ・リシのボーイ長、ド・ラ・カソナド公爵著。パリ。レデントゥ出版、一八××年。

『私が、私の仁慈無上の皇帝陛下により、フランスとスペインへは国家変革を行なう方法の研修のために、ロシアへは税の滞納金の取り立ての方法の研修のために、派遣された時、私はこのロシアでは特別の団体に出会った。それは全世界で類似のものはないように思われる、そしてそれは私にはなはだしく興味をおぼえさせたのである。私はポンパドゥールたちのことを言っているのである。

『この国の都市の、どの都市も、自分の上位のポンパドゥールを持っている、そのポンパドゥールには数人の二流のポンパドゥールたちが従属している、そしてこのポンパドゥールたちは、今度は逆に、無数の三流のポンパドゥールたちを部下に有している、そしてこの三流のポンパドゥールたちはもう自分の直接的な指揮下に大勢の住民もしくは庶民（下層民）を置いている。これらのすべてのポンパドゥールたちがいわゆる官僚軍を編成しており、お互いの間では襟と袖の多かれ少なかれ濃い刺《し》繍《しゅう》模様によってのみ区別識別される。これらのすべての種類のポンパドゥールたちの気質を研究するのは、困難であり厄介であろうから、私は主として自分の注意を上位のポンパドゥールたちに集中した。というのは、彼らは、他のポンパドゥールたちについても難なく判断することができるところの、原型であるから。

『上位のポンパドゥールたちは、主として、肉体的鍛練にもっとも能力のある若い人びとから選ばれている。しかし彼らの教養と知的成熟度には、大きな注意は向けられない、なぜなら、この人物たちは何ごとをもする義務はなく、ただ指揮だけしなければならない、ことになっているから。そのさい、さらに、学問は概して堕落させる影響を有していること、したがって、学問は、新鮮さと克服しがたさのみが必要であるところでは、まったく不適当であり得る、という考えも、考慮に入れられているようである。実際、上位のポンパドゥールたちは学問からまったく絶望的に離れて暮らしているので、彼らのうちの一部の者たちは、本気で私の仁慈無上の君主スルーク一世をポマレ女王と混同していた、またこのポマレ女王を同じ名前のパリの有名な尻軽女と混同していた、ほどである。実を言うと、この混同は私に少なからぬ悲しみを引き起こした。私は一度ならずまったく断固として言明せざるを得なかった、何かそのようなことをくり返されるとそれは結果として重大なる戦争ノキッカケになるかもしれないぞ、と。

『上位のポンパドゥールたちの第一番の任務は、妨害することにある。しかし、何に対してもともとこの制動力は向けられていなければならないのか、理解しようとする私の努力にもかかわらず、——私はこの事柄については何も詳しい情報は得られなかった。すべての私の質問に対して私が耳にしたのは同じ返事である、シカシドウシテアナタハソンナコトガワカラナイノダロウネ？　このことから私は判断せざるを得なかった、おそらくロシアは、外見だけは静寂さを保っているが、しかし実際は可燃性物質が充満している、そんな国であろう、と。でなければ、その特別な任務が、一切の理由なしに阻止措置を取ることである、人間たちの、完全な団体が、どうして必要であろうか？

『たとえば、私は好奇心をもってあるとき観察したのであるが、刺繍模様のきわめてきらびやかな制服を着たあるポンパドゥールが、もう一人の刺繍模様のずっと少ない制服を着たポンパドゥールを、後者が前者に祭日のお祝いを言わなかったかどで、力ずくで従順にさせたことがあった。私は誓って言うが、ポマレ女王は（だれが知らないであろうか、あの女王がどれほどまでに自分の言葉遣いにおいて優美なところがないことを！）御自分の御者に対してあのような極度に責め立てるような言葉の流れを注がれることは決してなかったのである。それほど重要ではない事柄がそれほど激しい怒りをひき起こすことに、私があえて疑念を表明したとき、刺繍模様のきらびやかな制服のポンパドゥールは、私をいとも奇妙な顔つきでちらりと見たので、私は急いで、このことから私にとってあるいは私の仁慈無上の君主にとって何か悪いことが起こることのないように、何度かぺこぺこお辞儀をした。また別の時には、別のポンパドゥールがあけすけに私に告白した、自分のしていることはただ反乱を鎮定することだけだと、そのさい彼は私に大物の反乱者の名前を挙げてくれた、すなわち地方裁判所の長と地方自治会の参事会の長である。[14] ほかならぬその一日前に、私はこの二人の反乱者とトランプ・ゲーム、エララーシをする機会をもった。そのさい彼らの物の考え方に何も有害なものは認めなかったので、憤慨しているそのポンパドゥールに反論する機会をのがさなかった。私の意見によれば、いま挙げられた二人の人物は控え目にふるまっており、鎮圧には値しない、と。しかし彼は、何も聞こうとはせず、私に答えた、すべてそれは陰謀である、そして自分、ポンパドゥールは、その陰謀のすべての糸と根を細部にわたってあばくまでは、心が安らわないのだ、と。私はここで同様の謎めいた鎮圧熱の他の例をもどっさり語ることが出来るだろう、しかしこの二つの例でまったく十分だと、考える。ましてや、この鎮圧病の原因は今日まで私にとっては説明のつかないままであるのだから。したがって、いくら私が事実を殖やしても、それらに基づいてはやはり出てくるのは、謎めいた、シカシドウシテアナタハコンナコトガワカラナイノデスカ?——であって、それ以外の何ものでもないのである。

『自分の行政的働きかけの総和を、ポンパドゥールたちは、一つのごく小さな言葉《ひゅいっ》に、収縮することが出来た。そして、これが、彼らが然るべき明快さで発することの出来る、唯一の言葉であるように、思われる。すべて他の言葉は、彼らが言うと、不明瞭なつぶやきの形をとり、そこから何か教訓的なことを引き出すことは困難である。私は、《ひゅいっ》という言葉は、その短さでもたらされる便利さにもかかわらず、やはりいかなる解決も含んでいないことを、立証しようとしたが徒労であった——私の立証に対する答えとして、私はどこでも同じことを聞いた。ワレワレニトッテハコレデ十分ヨロシイ！　これは、むろん、私を沈黙させた。なぜなら、人びと自身が《ひゅいっ》という言葉で自分は完全に保護されていると認めているのなら、私、外国人（ましてや外交的任務をおびている者）としては彼らにそのことで考えを改めさせることはないわけであるから。

『総じて彼らは世界を荒野に変えようとする宿命論的な嗜好をもっており、そのような行政措置が招来しかねない結果については全く無理解である。この嗜好を私は人間憎悪と呼ぶ用意があろう、たとえ、ポンパドゥールのすべての行為と思考の根拠には、この語本来の意味での残忍さではなく、無限の無思慮があることの、無数の証拠を、私がもっていなくても、である。たとえば、私がポンパドゥールたちのひとりに、あなたがたにとっては世界が荒野になったらよりまずいことになるでしょう、なぜなら鎮圧すべき者もいなくなるでしょうし、あなたがたに食べ物を用意してくれる者さえいなくなるでしょうからね、と説明した時、彼は途方もなく自信たっぷりに私に答えた、《なおさらよろしい！　われわれは互いに訪れあい、トランプ・ゲームをやり、食事にはレストランに通うでしょう！》で、私は再び沈黙せざるを得なかった。なぜなら、何の前にも立ち止まらない、またどんな実現不可能なことも認めないところの、ポンパドゥールたちのある種の神意による任務に対するこの打ち勝ちがたい信念を、どうして揺るがせられようか！

『無教養さと無分別な破壊熱とともに、ポンパドゥールたちは、著しい程度において、肉欲をも合わせもっている。権力の魅力は、はなはだしくは選り好みしない田舎の婦人たちの心を、ポンパドゥールたちに引き寄せる。そして夫の官僚たちの欲深さは、自分たちの罪を犯した妻たちの不埒《ふらち》な行為を、夫たちに見て見ぬ振りをさせる。それにもかかわらず、私は、婦人たちに対するポンパドゥールの扱いに洗練さを期待したが、無駄だった。すべてのポンパドゥールたちはたいそう流暢《りゅうちょう》にフランス語を話すけれども（もっともその場合より多く使われているのは、ある種の無内容のパリの音楽喫茶《カフェシャンタン》の隠語と、少なからず無内容な売春婦《ココット》の隠語とが混ぜ合わされたものである）、しかしフランス風のいんぎんさは、パリの辻馬車ノ御者のだれにでも無縁であるのと同様に、彼らにも無縁である。ポンパドゥールたちに特別忠実な若者たちや都市《まち》のきわめて華やかな婦人たちが同席していた夜会に、何度か招かれたが、私は、仁慈無上の皇帝スルーク一世の元狩猟頭である私をさえ赤面させたところの、みだらなジェスチャーのほかには、何も見なかった。これに、これらの夜会の、すべての陽気さ、すべての上品なしゃれがあった。私は決して忘れないだろう、これらの淑女たちのひとり（しかし素晴らしく美しい）がフランスの歌《エ・ジフロット《いちゃついて》・エ・ジフロット《いちゃついて》——エ・アレ・ドンク《おやおや》！》を、どこのキャバレの歌い手でも羨《うらや》ましがるであろうような活発な身振りを付けながら、歌ったのを。ポンパドゥールはその場に座っていて、この恥知らずな女を鎮めなかったばかりでなく、彼女が活発さをなくすたびに、眉をひそめさえした。別の都市《まち》では別のポンパドゥールが私を浴場へ連れていった。その壁には隣の女の浴場をのぞけるような穴がたいそう巧みにあけられていた。そして私はのぞかせられたのである。罪深い人間、私は、喜んでのぞいた。しかしそのあとやはり質問をしないではおられなかった。すべてこれが行政にどんなかかわりがあるのでしょうか？　と。

『結論として、私は言わなければならない、これはたいそう謎めいた団体である、と。私はポンパドゥールたちに、精神の偉大さについて証明している若干の勇気があることを、否定するものではないが、しかし、残念ながら、言わなければならない、この勇気は、そんな事なしでも容易に済ますことができるであろうような、事に対して、浪費されている、と。それは、たとえば、駅馬車に乗っている時に御者の歯を折る、などといったことである。悲しい気持ちで私はこの国をあとにした。税の滞納金の取り立てについてさえこの国はわれわれの愛する祖国にとっては新しいこと、参考になることは何も提示しないことを、確信した。

『しかし、私が、良心の義務により、前述のことをつぶさに、私の仁慈無上の皇帝にして君主のスルーク一世に報告したとき、まことに私の悲しみ驚いたことには、私が帝から聞いた言葉は、《馬鹿もん！　われわれにはほかならぬそのことが必要なのだ！》その時から私は、私の君主の真の関心事を理解していないというかどで、不興を買い、やがて迫害が始まって、祖国から放逐という結末を迎えた。現在、私は、パリのカフェ・リシのボーイ長として落ち着いている。だが、しかし、神に対する、また神の私へのおうような愛顧に対する、期待を失わない。なぜなら私の失寵《しっちょう》は誤解の結果にすぎないのであるから、私はいつでも私の仁慈無上の君主のもとで以前の自分の地位をふたたび占める用意がある、また、もし私の君主がお望みであるなら、私がロシアで見たのとそっくり同じポンパドゥールたちの団体をば、愛する祖国に作りあげる用意さえある。』

――――

《悲しい物語。北方のステップへの旅の思いで》。警視総監モパ(15)閣下の指揮下で勤めていた元政治探偵、オネシム・シュナパン(16)著。一八五三年。パリ。小説出版。一巻。

『私が筆を執るのは、どのようにして軽率なる一歩が、人間の全生活を台無しにすることが出来るか、長い屈辱と引き換えに得られたその全成果を滅ぼすことが出来るか、特権的な専門分野へのなお一層の上昇に対するすべての期待を壊滅させることが出来るか、人間からこの世界における彼の最良の権利を――神聖なるローマ－カトリック教会の忠実なる子と呼ばれる権利を、奪い取ることさえ出来るか、物語るためである！

『すべてこれは、ポンパドゥールを自称した一人の怠惰な男が私に対してしたことである、単純に、自然に、いささかの動揺もなく行なったのである、私にもたらした損害に対する何らかの賠償を受け取るいささかの期待も私の心に残さずに！

『青年よ！　涙で洗われたこの文章を読むところの、君よ、これの内容により注意深く思いを凝らしたまえ、そしてもしいつかラ・クロズリ・デ・リラ[17]もしくは他のこのような場所で、ポンパドゥールと自称する人物と君がたまたま出会う機会があるなら——彼を避けよ！　なぜなら、この人物の、名前[18]が、残忍かつ軽率であるから！

……………………

『一八五二年[18]に、有名な十二月のクーデタの後まもなく、私はたまたまデ・リャ・クリュクワ[18]公爵(le prince de la klioukwa) と知りあった。少々老け込んでいたけれど、まだ若い人物で、私はその外貌《ぼう》と陽気な物腰からして、決して彼をお偉いさんだとあえて推測することはしなかっただろう。しかし彼は、そういう人だったのである。

『出会いはパリの、ある音楽喫茶《カフェ・シャンタン》で起きた。音楽喫茶へは私は職掌柄《がら》よく通っていたのである。これらの娯楽場には、十二月二日に起きた転換に対して無条件に信頼をあらわさなかった思い違いをしている若い人たちが、特にひしめき合っていたからである。そこでは、愛らしき些《さ》[19]事の視点からパリを研究していた外国人たちをも大勢見いだすことができた。

『われわれの会話は、《アア！　アタシニハ動クカワイイ脚ガアル》という歌について始まった。この歌は当時はやりだしたばかりのもので、マドモアゼル・リヴィエールがみごとに歌っていた。私の隣人（われわれは同じテーブルにつき、ゆっくりと、それぞれ酒杯《サカズキ》を傾けていた）はこのジャンルの鋭い目利きであるばかりでなく、自身オペレッタの演目のかなり大きな小曲をたいそうかわいく歌ってみせる。なぜかは言うことが出来ないが、しかし、私の不幸なことに、私はこの人物にある種の盲目的本能的な魅力を感じた。そして十五分足らず続いた会話のあと、率直に彼に告白したのである、実は私はモパ閣下の特別の信任を受けている政治探偵である、と。ところが、私が驚いたことには、彼は（それはほとんど常に思い違いをしている若い人たちがやることであるが）私を急いで殴りだそうとはしなかったばかりでなく、私に両手を差し出しさえした。そして、今度は自分が、打ち明けたのである、自分はロシア人で、自分の祖国ではポンパドゥールの官等を占めている者である、と。

『彼は私の顔に現われた不審の表情を見て言った、──あとであなたに説明しましょう、ポンパドゥールの官等の権限の属性と範囲が何にあるかは。だが今はあなたに一つのことを言うことができます、どんな他の出会いも、あなたとの出会いほどに、わたしを喜ばせることは出来なかったであろう、と。わたしはまさに、立派なまったく信頼できる政治探偵と知り合いになろうと努力していたのです、どうですか、あなたの職種はもうけになりますか？

『私は答えた、──閣下、私は年棒一五〇〇フランもらっています、その上に、奨励金として、密告一件につき特別の賃金をもらっています。

『──ほう……それは悪くない！

『──もし私が一行《いちぎょう》ごとに賃金をもらっているのなら、たとえば、新聞の小記事の作り手たちと同等に、ですな──そうしたら本当に、悪くはないでしょうな。しかし問題は、閣下、私が私の賃金を一件ごとにもらっている、ということにあります。

『——しかし、おそらく、主《しゅ》の降誕祭とか復活大祭には剰余金からお祝い金のようなものが出るでしょう?

『——いいえ、さようなことはございません、閣下、剰余金はすべて独占的にモパ閣下と仁慈無上の君主にして皇帝ナポレオン三世が使われております。前《さき》に説明しました給与の、唯一の補助となるものとして、私の置かれている立場ではたいへんしばしば起こり得る、身体障害と死闘に備えて定められている、特別の金額があります。十二月二日には私は文字どおり血をしたたらせた肉塊でありました、だからこの一日で一〇〇〇フラン以上稼ぎました!

『——一〇〇〇フラン……シカシソレハ素晴ラシイ!

『——しかし私には高齢の母がいるのですよ、閣下! 私には未婚の妹がおります、私はその妹を嫁がせようと思っておりますが徒労というところで!

『——オオ! ソンナコトニ関シテハ……くそくらえだ!

『その叫び声はたいそう意味深長なものだった。私を用心させるべきものだったであろう。しかし神には私の理性をもうろうとさせることが望ましかった。おそらくは、私に用意された責苦の酒杯《さかずき》を底まで飲み干すことを妨げないがために。そしてその責苦の道具として現われたのが、この恐ろしい人間だった。

『——じゃ、今度はわたしに言いなさい、あなたはいつか——モチロン、その職掌柄《がら》によってですね——他人の手紙を開封したことがありますか?——彼は、彼の叫び声のあとに続いたつかの間《ま》の中断のあと、続けた。

『——たいそうしばしば、閣下!

『――わたしの考えを理解してください。以前、手紙が単なる封蠟《ふうろう》で封印されていたとき、封筒が縫い目どおりに封がされていなかったときは、――これは、もちろん、容易でした。ごく細い木のマッチ棒がありさえすれば、それに手紙を巻つけて、それを封筒から引き出せばよかった。しかし今は、封筒は厚くなり、ほとんど不透明です……どのようにしたらよいでしょう？　私は何度か唾《つば》をこの仕事に使ってみましたが、しかし、実を言うと、わたしの努力は一度も成功に終わったことがありません。手紙の受取人たちが勘づいて、苦情を言いたてました。

『――ところが実際はより簡単なことは何もありません。閣下。ここではわれわれはこういう場合は次のようなやり方でやっております、すなわち、手紙を手に取る、その手紙を沸騰している湯のほうへ近づける、封筒の、封がされている縫い目のある方側を、蒸気の上にかざしていると、そのうちに糊《のり》が溶けてくる。そのときわれわれは封筒を開封する、手紙を引き出し、それに目を通してから、封筒の中へもどす。恥知らずの行為のどんな跡も残らない。

『――なるほど簡単だ――わたしは知りませんでしたよ！　さよう、フランス人たちはすべてにわたってわれわれに先んじましたね！　雅量のある国民だ！　なんとも残念なのは、革命が非常に頻繁《ひんぱん》にあんたを揺さぶっていることです！　ワタシハ、危険ト脅威ニ身をサラシテ自分ノ唾ヲ使ッテイタンデスネ！　何トイウオ笑イダ！

『――しかし、はたして他人の手紙の開封があなたの職務に付き物なのでございましょうか、閣下？

『――わたしの職務の範囲には、内政にかかわることすべてが入ります、とくに、個人の信書の開封と、税の滞納金の取り立てですね（滞納金ヲ無理矢理取り立テルコトハ、ろしあデハ、特ニ、農民ガ農作物ノ不作ノ為ニ税ヲ支払ウ術《スベ》ガ無イ場合ニ、適用サレル体刑ノ一種デス。）しかし、わたしの新しい友よ、あなたは知っていますかね、あなたが私を非常に大きな苦境から連れ出したことを！

『彼は感情をこめて私の手を握った。そして至極雅量があったから、私をカフェ・アングレに誘ってくれた。そこでわれわれはほとんど朝までいとも愉《たの》しく時を過ごした。終わりに、彼はたいそう愛想よく私に申し出た、いっしょに彼の生まれ故郷の大草原《ステップ》へ行かないかと、そこでは、彼の言葉によれば、私にとってたいそう有利な出世のチャンスが訪れるであろうという。

『彼は私に言った、——あなたはわたしとともにわたしの負担で行くでしょう、あなたの給料は月にほぼ四百フランになるでしょう、その上、あなたはわたしのところに住み、わたしから食事、薪《まき》、ろうそくを受け取るでしょう。あなたの職務は今後は次のようなものになります、すわなち、あなたの職業のすべての秘密をわたしに教えること、都市《まち》でわたしについて言われていることをすべて探り出すこと。この目的をより容易に達成するために、あなたは社交界やクラブに出入りしなければならないでしょう、そしてそこではわざとわたしに対する不満を表明すること……わかりますね？

『私は驚いた、そして喜びにあふれた。オオ、私の哀レナ母ヨ！　オオ、空《ムナ》シク夫ヲ待チナガラ青春時代ヲ過ゴシテイル私ノ妹ヨ！……

『しかし、私を包んだ興奮にもかかわらず、私はやはり、彼が説明することを急いだその提案に、若干の矛盾を認めた。

『で、私は言った、——一つ、敬意をこめて意見を言わさせていただきます。あなたは、私があなたのところのお家《うち》に住むであろう、とおっしゃいました、同時に私に、あなたに対する不満を表明するようにと指示しておられます。私は、この後者の手段は、世論の動向をつかむには疑いなく効用があると、理解しますけれども、しかし、私には思われるのです、そういう場合には、私があなたのお家《うち》にではなく、特別の借家に——単に自分の収入で暮らしている高名な外国人として——定住するほうが、よりよくはなかろうかと？

『彼は私に魅力的な笑顔をみせて答えた、——それは何でもありません、どうかあなたはそのことは遠慮せんでください！　われわれのところの大草原《ステップ》ではこの点ではこういう習慣があるのです、すなわち、食べさせてもらっている家で、けしからぬ行為をする、住まわせてもらっている者の、悪口を言う……

……………………………………………………………………………………

『私は決心した。

『おお、わが最愛のフランスよ、汝《なれ》と別れるとき、私は、私の心がずだずだに引き裂けるのを、おぼえた！

『オオ、ワタシノ母ヨ！

『オオ、ワタシノ、哀レナ、愛スル妹ヨ！

『しかし私は自分に言った、オオ、私ノ素晴ラシキふらんすヨ！　もし大草原《ステップ》が私をのみこみさえしなければ、私は小金を溜《た》めて、パリで離婚自由結婚相談所を開設するだろう。そのときには何物も決してもうわれわれを引き離せないであろう、おお、親愛なる、おお、無比のわが祖国よ！

『この待望の瞬時を待ちながら、私は決めたのである、すべての私の俸給は私の哀れな母に渡そうと。自身は副収入によって暮らすつもりであった、といっても、私としては技能も独創力もそうあるわけではなく、それだけでは疑いなく不足するであろうが。

……………………………………………………………………………………

『道中、公爵はたいそう親切であった。彼はいつも私を自分と同じ食卓につかせ、ただ上等の料理ばかりを食べさせた。数回、彼は、ポンパドゥールの職務の特性が何にあるか、詳しく私に説明しようとした。しかし、実を言うと、これらの説明では彼が私のうちに引き起こしたのは、ただきわめて強い驚きだけであった。この驚きは、説明している時の彼の顔がたいそうあいまいな表情をおびたので、私は彼が真剣に話しているのかそれとも嘘をついているのか決して見分けることが出来なかったことによって、さらに強まった。

『彼は私に話した、――ポンパドゥールという官職名は、ほとんど不必要なものです、しかしほかならぬこの不必要ということが、それがわがくにで持っているところの、魅力的な意義をそれに付与しているのです。それは不必要なものである、ところが、その官職名が存在している……あなたはわたしの言うことがわかりますね？

『――あまりよくわかりません、閣下！

『――もっとよくわかるようにわたしの意見を述べるように努めましょう。ポンパドゥールにはいかなる特別な仕事もないのです、（《もっと適切に言えば、どんな仕事もないのです》、と彼は言い直した。）ポンパドゥールは何も行ないません、何にも直接には管理せず、何も決めません。しかしポンパドゥールは内政と余暇をもっています。前者は彼に他人のことに介入する権利を与えています、後者は――この権利を無限に多様化することを可能にします。今度はあなたはわたしの言うことが理解できたと思いますが？

『――すみません、閣下、しかし私は大草原《ステップ》の政治（la politique des steppes）の発条《ばね》にあまり通じていませんから、多くのことが理解できません。たとえば、あなたは何のために他人のことに介入なさるのですか？　だってこの《他人》というのは、あなたもその一員であるところの、同じ官僚主義の奉仕者ではありませんか？　なぜなら、私が大草原《ステップ》の憲法を理解しているかぎりでは……

『――まず第一に、わがくにには憲法はまったくありません！　わがくにの大草原《ステップ》は自由なのです……大草原《ステップ》のように！　あるいは、大草原《ステップ》を一方の端から反対の端へと吹きまくっているあの疾風のように。お訊《き》きしますが、誰が疾風を止めることができるでしょう？　どんな憲法が疾風に追いつくことが出来るでしょう？――彼は私をたいそう厳しくさえぎったので、私は少々当惑して、弁解しなければならんと考えた。

『私は言った――私はそういうふうに言ったのではありません、閣下、私が《憲法》という言葉を使ったのは、あなたがその言葉をお受け取りになられた、その意味においてではありません。学者のかたがたの意見によれば、あらゆる国家が、ひとたび成立したなら、すでにその事自体によって、その国家は自分の憲法を有していることを、声明しているのです……。それゆえ、もちろん、有害な憲法もあり得ますが、しかし有益な憲法もあり得ます……

『――すべてそれは素晴らしい、しかしわたしはあなたにお願いする、われわれの会話の中ではわたしには虫酸《むしず》が走る《憲法》[20]という言葉は使わないように……決して！　聞イテイマスネ、決シテ、デスヨ！　今、コレニツイテハアナタハ警告ヲ受ケタワケデス、先ヲ続ケマショウ。

『そんな次第で、私は言った、ある官僚たちが他の官僚たちの仕事に介入することがどんな意味をもつものか、私には理解できない、と。

『私はつけ加える用意があった。すなわち、《たぶん、あなたは打ち明けるでしょうね？　その時には――私は理解しますよ！　オオ、ドノヨウニ私ハソレヲ理解スルカ、閣下！》しかし、私の高官の友とはまだまったくは親しくはなっていないので、この意見を言うのは私は差し控えた。しかし彼は、どうやら、私の秘密の考えを、察知したらしい、というのは、茹《ゆ》でたザリガニのように顔を真っ赤にし、興奮した声で叫んだからである、

『——わたしはわたしの精神のすべての力をもって抗議する！　いいですね！　抗議する！

『——しかし、そう言われても、私は、まったく、わかりませんよ、この不断の介入の目的が何にあるのか？

『——あなたは馬鹿だ、Chenapan《シュナパン》（ろくでなし）！（さよう、彼は私にこう言ったのである、その時はまだ私に対してたいそういんぎんであったにもかかわらず。）あなたはわかろうとしないんだ、わたしのほうから介入すればするほど、ますますわたしはわたしの上司の注目の的になる権利を受けとるんだ。もしわたしが一年に一つの革命を鎮圧するなら——これは立派なものだ、しかしもしわたしが一年に二つの革命を鎮圧するなら——これはもう御《おん》の字だ！　革命の鎮圧者たちのうちのもっとも偉大な人に仕えているあなただ——あなたはこれがわからないときている！

『——私はわかります、私はそれはたいそうよくさえわかりますですよ、閣下！　しかし、実を言うと、私は考えたのです、あなたの祖国の状況は……

『——すべての祖国は、上司の関心を自分に向けさせようと願っている人間にとっては、同じ状況にあるのです——アナタハワタシノ言ウコト分カリマスカ！　しかしこれはまだすべてではありません。わたしは個人的な自尊心をもっている……コンチクショウ！　わたしは内政をもっている、わたしは特権をもっている！　わたしはわたしの見解を実行したい……クソッタレ！　わたしは、これらの見解に、あなたが順応することを、欲する、反対するのではなく！　これはわたしの権利だ……こ

れは、さらには、わたしの気まぐれだ！　あなたはわたしに責任を負わせる……あなたはわたしにアレモコレモ要求する……。わたしに、自分の気まぐれをもつことを、お許しあれ！　これがわたしの側からの、つまらない異常な要求ではないとは、思うのですが?!

『——しかし、法は、閣下? どのようにして気まぐれを法と調和させるのですか?

『——法ネ、何トイウクダラナイ！　ワガ国ニハ十五巻ノ法令集ガアリマスヨ、アナタ！

『これでわれわれの会話はとぎれた。わたしの話相手の最後の叫びで言い表わされた行政理論が、私にとっていかに新しいものであっても、しかし、正直なところあけすけに言えば、彼が法について述べたその大胆さは、私の気に入った。モパ閣下もしょっちゅう私に、《きみ、法律も必要によっては変更されることもあるんだよ》と言っていたけれど、しかし彼はそのことをこっそり、だれかに聞かれはしないか心配だというように、言った。ところが突然——この明快さ、この大胆さ、この飛躍……どうしてそれらに魅了されずにおれたろう！　カザックたちは概して勇敢であり、われわれ、古い文明の人間たちが、庇護と保障をのみ見ているところでさえ、敵を見る素質をもっている。これは、西欧の人間の生活の負担になっている偏見の、一つももたない、まったく生気あふれる人間たちである。彼らはいわゆる道義的義務を、至極陽気な屈託ない態度で、見ている。しかしその代わり、誰も彼らと肉体的鍛練については、食事であろうと、酒の瓶をあけるのであろうと、女を相手にするのであろうと、匹敵することは出来ない——これは、全世界でまったく最強の打ち勝ちがたい闘士たち（jou-teurs）である。たとえば、私は、一度も私のもてなし好きの主人《アンフィトリオン》の酔っ払っているところを見たことがない、私の眼の前で彼の飲んだアルコール飲料の量は、まことに、かろうじてあり得べきものであるのに。一度も彼は敵前で投降したことはなかった、彼に酒が影響を及ぼすすべての作用は、顔の色が変化することと、彼がややより一層意気込んで法螺《ほら》（blaguer）を吹きはじめることに、とどまった。

『それにもかかわらず、私は告白しなければならない、ロシアの社会でポンパドゥールたちがもっている意義は、私にとってはあいまいなものに思われ続けた。その役割が妨げる（私は《介入する》という言葉はこのような職業にとってはあまりにも深刻であると考える）ことにあるであろうところの、また法についての言及に対しては、クソッタレ！　ワガ国ニハ十五巻ノ法令集ガアルゾ！　と答えるであろうところの、そのような行政職集団がどこかに存在し得るとは、私は想像することが出来なかった。しかしながら、私の疑念を私は、自分自身の物分かりの悪さに、結びつけるよりはむしろ、自分の考えをはっきりとまとめあげることが出来ない公爵の不手際に、結びつけた。彼自身、見たところ、彼の行政的役割が何にあるか、自覚してはいなかった、それはまったくよくわかることである、もしわれわれが、ロシアではこの時まで（一八五三年記述）行政の源と目されているのが陸軍幼年学校であることを、思い出すならば。この学校では若い人びとが詳細に教授されているのは、《勝利ノ雷鳴ヨ鳴リ渡レ》[11]と称されるただ一つの学問だけである（公爵自身が、この長い名称を私に伝えた時は、たいそう愉快そうであった。私は確信しているが、ヨーロッパの他のどこの国でもこのような名称をもつ学問は見つからぬのであろう）、それなくしては一つの人間社会でも済ますことができないところの、他の諸学問は、きわめて短期間に修了となる。したがって、このような教育を受けた人物たちが、自分の考えを理路整然と首尾一貫して述べる能力を実はもたないでいることは、そして、《クソッタレ！》と《チクショウ》《クダラン》などのような、簡単な叫びだけで済ましていることは、何も不思議はないのである。

『無愛想な大草原《ステップ》がもうわれわれをその荒荒しい抱擁で迎え入れたとき、つまり現地に到着後、はじめて、私は、私の高位のもてなし好きの主人《アンフィトリオン》が、自分の特権について言及して述べようとしていたことが、いくらかなりとも理解できた。

『われわれがまだ、デ・リャ・クリュクワ公爵がポンパドゥールとして勤めていたその地方の領域内に、入らないうちに、彼の振舞いはかなり節度あるものになった。彼は駅馬車の御者を思いやりを示して殴った、それについては私はただいとも大なる称賛をこめてのみ批評することが出来る（私はもう、彼が全身、洗練されたいんぎんさそのものであった、外国での彼の振舞いについてはもう言わない）。しかし彼が、彼の領地の始まりを示している境界標を遠くからみとめるや否や、すぐさま自分のサーベルを鞘《さや》から抜き放ち、十字を切った、そして駅馬車の御者に向かって、不気味な意味をもった叫び声を発した。われわれは矢のように疾駆した、そして駅まで残っていたたっぷり十五露里《ヴェルスター》を、気が狂ったように疾走した。しかし彼には、やはりまだ彼を運んで行く速さが不十分であるように思われた、なぜなら彼は五分ごとに駅馬車の御者をサーベルの強烈な一撃で鼓舞したからである。私は一度もこれほどまでに激高した人間を見たことがない。彼の憤怒の原因もわからなかったけれども。実を言うと、私はひどく心配だったのだ、この狂気じみた疾走中にわれわれの乗用馬車の車軸が折れるのではなかろうか、と。なぜなら、もしそういう事が起きるなら、われわれは疑いなく非業の死をとげるであろうから。しかし駅馬車の御者を急がせないようにと彼を説得することは不可能だった。なぜなら道路上を気の狂ったように馬車を走らせることは、ポンパドゥールたちが特別熱烈にしがみついている特権の、一つであるから。

『――わたしはこいつらに馬車の走らせ方を教えているんですよ……ぺてん師めらに！――彼は私

に向かってくり返した、私の顔があらわすに違いなかった恐怖を、まるで楽しむかのように。

『そして、実際、われわれは二百露里《ヴェルスター》よりやや多い道のりを十二時間で通過した。そしてこの前代未聞の速さにもかかわらず、彼は各駅で駅馬車の御者を笞《むち》打つように命じた、私にこう言いながら、

『――コレガ我々ノ彼等ニちっぷヲヤル方法ナンデスヨ！

『地方の主要都市に着くと、われわれは大きな官邸で止まった、そこに入るとわれわれは文字どおり荒野の中へ入ったように消えうせた（公爵は家族をもたなかった）。早朝だった。私はひどく眠かった、しかし彼はぜひとも、ただちに公式の対面が行なわれることを、望んだ。だから、至るところへ急使を派遣し自分の帰着について知らせた。二時間後、官邸の広間はもうびくびくしている官僚たちでいっぱいになった。

『わが素晴らしきフランスでも特権はかなり重要な役割を演じているけれども、しかし、誓って言うが、私は、私がここで見たような何かを、決して思い描くことは出来なかった。わがくにでは《ろくでなし》(vaurien《ろくでなし》, polisson《わんぱく》……そして、不幸なことに、chenapan《ろくでなし》）という言葉は、立腹した上司から過失を犯した部下がもらうことの出来る、再高度の譴責《けんせき》である。ところが、このくにでは、ふんだんに浪費される個人的な侮辱とは無関係に、さらにその侮辱に、侮辱される者の直系尊属における親類[21]たちを付与することが規則化されている。公爵は茹《ゆ》でだこのように真っ赤になり、ひとりの部下から次の部下へ走り移りながら、下品な罵言《ばげん》の完全な流れを浴びせかけた。とくに彼がひどい言葉を浴びせたのは、ひとりの足の悪い少佐であった。その少佐のことを彼は私に、この男が私のモパ[15]です、と皮肉をこめて紹介した。私は思った、この不運な人物は、公爵の留守中に、公爵の権力を略奪しようとたくらんだのではないかと（それなら、もちろん彼の憤怒は正当化されるだろう）、しかし、何

もそういうことはなかったことが、判明した。私は今日までも、私にとって忘れがたいこの朝に私が目撃者となった、あのいたましい場面は、どんな動機によるものか、自分に説明できないでいる。公爵は、その場面を、自分の特権を守ろうとする願望による、と説明したけれども、しかしこの理由も不十分に思われた、というのは、だれも、見た目には、この特権を奪取しようと企ててはいなかったからである。要するに、公式の対面は、私の高位のもてなし好き《アンフィトリオン》の主人の、この上なく完全な勝利に終わった。主人は部屋部屋を歩きまわりながら、馬のように首を前に曲げ、難なく収めた勝利を誇らしげに祝っていた。

『ただ食事になってやっと私はいくらか冷静さをとりもどすことが出来た。かなり陽気な気分だった、というのは、ここには公爵の数人のお気に入りがいたから、むろんのことたいへん教養のある若い人たちである。その中のひとりが、最近ペテルブルグからもどったばかりで、たいそううまく、マドモアゼル・パージ(22)が自分の内輪ノ夜会で《関門ノ夕暮レ》を歌ったのを、まねをしてみせた。この歌は、決して新しくはなく、私の記憶からほとんど消えていたけれども、私にきわめて強い満足をおぼえさせた。

『同じ日の夕べ、公爵は、自分の意中の女《ひと》を、私に引き合わせた、その女を彼はこの少し前にこの地方自治体参事官(23)のひとりから横取りした。このまことに華やかな女は、深い印象を与えた。その印象は、私の足がテーブルの下で彼女の足の圧迫を感じたとき、いっそう強まった。彼女の夫はこの場にいて、裏切られた夫たちに対する自分の冗談でたいそうわれわれを笑わせた。彼はその裏切られた夫たちの数の中からお人好しにも自分自身をも除外していなかった。これらの冗談のうちの若干のものには、無邪気さを装って、明らかに毒が含まれていたので、ポンパドゥールは立腹し、顔を赤らめた。しかし玉の輿《こし》に乗った彼の愛人は、もうこのような場面に慣れていて、二人の男のあいだにはさまれてまったく第三者のように座っていた。

『陽気な夕食が終わりに近づいたころ、突然、報告があった、町はずれで火事が発生しました、と。

『――ほう、これは素晴らしい――と、ポンパドゥールは私に向かって言った、――アナタハワタシノ働キ振リヲ御覧にナレルデショウ!

『しかし私は、公爵がすっかり酩酊《めいてい》しているのに気づいたとき(それは私たちが知り合った時から初めてのことだった)、決して嬉しくはなかった。愛人がそばに居たことが、彼に刺激的に作用したのか、それともそれは権力による酩酊の直接的結果であるのか――それはともかく、彼は立っているのがやっとだった。しかし、これが彼には有利に働いたことが、判明した。いつもは一つの火事も、彼がだれかをぶん殴らずには済まない。いまは彼はずっと眠り通し、めざめたのは、炎がまったく消えてしまった時だった。

『火事場から家にもどってくると、彼はきわめて不愉快に私を驚かせた。まるである漠然とした予感に駆られてのように、私の胸がはじめて病的に締めつけられたほどに。

『――それで、シェナパンさん(彼は、私の姓で私にとってたいそう侮辱的な言葉の遊戯をしているのを、隠しさえしなかった)、お前さんにはわしのところが気に入ったかね?――と、彼は私に問いかけた。

『この故意の言葉の遊戯が、同様にまた、まったく局外官庁の人間である私に向けられた無礼なお前さんという呼びかけが、いかにひどく私に突き刺さろうとも、しかし、私は、服従しなければならぬ、と感じた。

『――私はきわめて心を引きつけられております、閣下！――と、私は答えた。

『――ふむ……わしは見てみたいもんじゃよ、どうしたらお前さんが心を引きつけられないか……ろくでなし《プラフヴォスト》(prakhwost)！

『こう言うと、彼はいとも奇妙な笑い声をたてたので、私はすぐにさとった、私は客として遇されているのではなく、捕らわれの身になっているのだと。

『オオ、最愛ノふらんすヨ！　オオ、私ノ母ヨ！


……………………………………………………………………


『公爵はたいへん速やかに私からすべての職業秘密を習得した。しかし彼がよりしっかりと一本立ちになるにつれて、私はますます彼のうけが悪くなった。最初のふた月はかれはたいへん几帳面《きちょうめん》に私の給料を払ってくれた。三月《み》めにはじかに私に言明した、お前さんは全部でも二スー(24)にも値しない、と。私が、老齢の母と未婚の妹のことを引き合いに出して、妹のもっている地上での唯一の宝は――彼女の美徳でありますと、彼に哀願しはじめたとき、彼は寛大さの声に耳を傾けなかったばかりでなく、私の善良な哀れな妹の美徳についてやや卑猥《ひわい》な言葉をあえて放ちさえした。

『神が彼の心を正道に導かれることを待ちながら、私は、私にただで与えられる食住に、満足しなければならなかった。しかしそこでも事は重大な侮辱なしでは済まなかった。私は、私のこれまでのベッドを取り上げられ、わがくにの美しい言語には名称がないような何かに替えられた。食事中にも私は絶えず嘲笑された。私のことをろくでなしと呼ぶことが、言うなれば、規則化された。不幸にも、私は、私がパリで職務執行中に殴られたことを、不用心にもうっかり口をすべらした。この不必要な打ち明け話によって私自身、言うなれば、きわめて多様な、きわめて下品な冗談のための、この上ない基礎を用意した。それ自体として機知のきかないこの人たちは何かにつけ私に冗談を浴びせかけたのである。そればかりでなく、私は毎回きまってある料理が配られなかった（たいてい、まったく極度の厳密さで、私のもっとも好物の料理が抜かされたのである）、そして私が空腹を訴えると、私は無礼にも召使部屋へ追いやられた。しかし私にとってもっとも悲しむべきことであったのは、私の仁慈無上の君主にして皇帝ナポレオン三世が、そして三世に代表される私の美しい親愛なるフランスが、私の居る前で、侮辱されたことである。たとえば、私は訊かれたのである、本当かね、ナポレオンが（彼らはわざとこの名前を、Napolēoschkās と指小卑称形で発音した）ロンドンで鵞鳥《ガチョウ》(25)を売っていたというのは。あるいは本当かね、彼はモルニ(26)といっしょにニューヨークで女郎屋を経営していたというのは、などなど。そしてすべてこうした軽薄な冗談が、恐ろしい東方問題(27)がもう当面の問題になっていたときに、行なわれたのである……。

『このようにして秋まで続いた。寒冷がおとずれた。が、私の部屋は窓に二重枠がはめられず、部屋を暖める気遣いもなされなかった。私はかつて強情者の数に入ったことはなかったが、しかし最初の厳しい寒気のひと刺しを受けては、私の自己犠牲心も凍えた。そこでやっと私も、神が私の高位のもてなし好き《アンフィトリオン》の主人の心を正道に導かれるであろうという期待は、きわめて軽率な実現不可能な期待であることを、確信した。心を固めて、私は愛想のない大草原《ステップ》を見捨てる決心をした、そして公爵のもとに出頭して、せめてセーヌ川の岸に行き着くのに必要なほどの額の金を私に支給してくださいとお願いした。

『――私はもう、当然のものを私に支給していただくことを、要求はしません、閣下、――と、私は言った、――異国の苦いパンを食べながら、愛する母国から遠く離れて私が稼《かせ》いだものを支給していただくことは……

『――要求しないということは、立派なこっちゃ……chenapan《ろくでなし》！――と、彼は冷ややかに言った。

『――私はただ一つのお慈悲をお願いしているのです、私に母国に帰って私に愛する母を抱擁することを可能とさせるに足るお金を、支給してくださることを！

『――よろしい、考えておこう……chenapan《ろくでなし》！

『日々はあいついで過ぎた、私の部屋は暖房されぬままだった。だが彼はずっと考えていた。私はこのとき極度の虚脱状態に達していた。私はだれにも訴えなかった。しかし私の眼はひとりでに泣いていた。最下等の犬でも私の状態にあったなら、同情の念を呼び起こすことが出来ただろう……。しかし彼は黙っていた‼

『後になって私は、このような行為はロシア語では《冗談》と呼ばれていることを、知った……。しかし彼らの冗談がこのようなものであるのなら、彼らの残忍さはどのようなものであるべきであろうか！

『やっと、彼は私を自分の部屋に呼び出した。

『――よろしい、――と、彼は私に言った。――わしはおまえに四百フランやろう、しかしお前はわしからそれを、おまえがロシア正教に改宗する場合にのみ、受け取るじゃろう。

『私は驚いて彼の眼を見た、しかしその眼にはいかなる反論も許さぬ頑《がん》固さ以外の表情は、何もなかった。

『私は、どんなふうに儀式が行なわれたか、おぼえていない……。私は、これが儀式であったか、神父の役を変装した補佐官がやったのではないか、確信さえない……。

『しかし公正さは言うことを要求する、儀式の終了後、彼は大貴族《グラン・セニョール》のように私を扱った、つまり、約束どおりの金額をすっかり出してくれたばかりでなく、私に素晴らしい、ほとんど着ていない洋服一揃《そろ》いを贈ってくれ、私を無賃で隣のポンパドゥールの県境まで馬車に乗せて行くように命じた。期待は私を裏切らなかった。つまり、神は遅くはあったけれど、彼の心を正道に導かれたのである！

『十二日後には私はもうセーヌ川の岸辺に居た。そしてふたたびモパ閣下により、好意的に勤めに採用され、遊歩道を散歩していた、陽気に歌いながら、

　ふらんすノ法律ヨ、
閣下！
死ストモ、死ストモ、
　常ニ死ストモ！

オオ、私ノふらんす！
オオ、私ノ母ヨ！』

――――

《東方問題。ソレニ終止符ヲ打ツベキ最モ確実ナ方法》〈公平ナル観察者著。ライプツィヒ。一八五七年。

『どんなふうにある私の親友が私をからかおうと思いついたか、どんなふうに彼の冗談が彼にとっ

て害になったか、物語りたい。

『先日、私のところへ、ペテルブルグから、元居酒屋の亭主、現徴税請負人にして社会政治評論家K＊＊＊[29]がやってきた。われわれは喜んだ。座った。座っている。話は今日の問題のことに及んだ。何が、どんなふうで。多くのことを称賛した、ある事には驚いた、他のことについてはわざと触れずにおいた。そのあと話題は、同胞スラヴ人[30]たちに移った。その途中で《病人》[31]にも触れた。血を流さねばならぬ、という結論に達した。すべてについて話し合ったあと、気がつくと、もう三時、食事をする時間だ、だが彼はずっと座っている。

『――話しておくれ、君はモンテネグロの公爵のところへ行ったそうだけど？

『――話したよ。

『――で、君は、パラッキー[32]と知り合いになったのを、話していないかね？

『――話したよ。

『――じゃ、君は、《病人》は血を流さねばならぬ、と考えているそうだね？

『――間違いなく考えているよ。

『――なんとかしてほかの方法で彼を零落させることは出来ないのかね？

『――だめだよ、ウォトカを彼は飲まないよ。

『三時半の時報が鳴る。だが彼はずっと座っている。話は予言と前兆のことに及んだ。

『――僕はゆうべ、客に行ってご馳走になっている、夢を見たよ！――突然、K＊＊＊が言う。

『あるいは、別の言い方をすれば、彼は率直にご馳走せよと私にしつこくせがんでいるのだ。私はまったくひどく当惑して彼を見る、推測しようと努める、またどんな新しい冗談に彼は私を相手に取りかかろうと考えだしているのか？　なぜなら、裕福な人間として、彼は、ほかの者の頭には浮かばないような、多くのことに着手することが出来るから。だが、仕方がない、モスクワ風の歓待の掟《おきて》に従って、私は、自分の運命に身をまかせようと決心する。

『――私は言う、ぼくの家には何も用意がない、で、ほら、ノヴォトロイツキーの店に行くかね！　なんなら……

『そう言って、私は自分でびっくりした。

『――ノヴォトロイツキーならノヴォトロイツキーでいいよ――と、彼は言う、――ただし、いいかい、勘定はきみ持ちだよ。きょうはね、きみ、ぼくの頭にはこんな愚かな考えが浮かんだんだよ、ぜひともきみの勘定持ちで食事をしたい！

『仕方がない、出かけた。

『ウォトカをグラスに一杯ずつ飲み干した。ハムの小さな切れを一枚ずつ食べた。足りない。ところが、当今の法外な物価高により、みると、もうこれだけで少なくともひとり当たり十五コペイカ支払わなければならないだろう。

『そのとき私は考えた、――私としては歓待の義務はもう果たした、これ以後は、彼が自分の義務を果たすであろう、つまり、この食事について彼が取りしきるであろう、と見込む権利をすら私は持っている、と。が、少しもそんなことにはならなかった。もう私は彼に、私がハンカ[33]のところで食事をしたということも、ゴーゴリのところでもう少しで食事にあずかれるところだったということも、話した、――が、彼はずっと笑っているだけで、いかなる指図もしない。そのとき、彼の心の中のあらゆる疑念を一掃するために、私は給仕を呼び、彼に勘定を訊いた。

『――食事はどうなるのかね？――と、Ｋ＊＊＊は私に尋ねた。

『――ぼくとしては、すっかり満腹した！――と、私は答えた、しかし、私を苛《さいな》んでいた空腹を、かろうじて隠した。

『すると彼は、愉快げに大声で笑いだして、言った、

『――まあ、きみ、わかったよ、きみには勝てないことがね！　信じるかね、ペテルブルグからの道中ずっと、おれは自分に絶えずくり返して言った、いつもいつもおれがやつに奢《おご》ってやることはないぞ！　いつかはおれもやつの勘定持ちで食べてやる！　そうしてほら、食事をしたというわけさ！

『そのあと、われわれのあいだの誤解が終わったとき、われわれはテーブルに向かってゆったりと座った、その際、私は、用心から、自分の胸をナプキンで覆った。

『出されたのは、新鮮な蝶鮫《チョウザメ》の肉の、モスクワ風ソリャンカ――逸品。子牛肉の蒸したカトレータ――絶品。焼き小豚と粥《カーシャ》――ほっぺたが落ちそう。

『自分の胃の好調を知っていたので、私は、三日さきまで満腹であるように、計算して食べた。

『腹一杯食べると、われわれはふたたび、どうしたら《病人》をだませるかということについて、対談しはじめた。なぜならＫ＊＊＊は徴税請負人でもあるけれども、多くの学者たちが彼の客好きをいつでもうまく利用しているので、彼も学者たちのあいだで政治問題において多少の判断力を身につけていたから。

『ああやったりこうやったりいろんなやり方で大まかに計算した。艦隊がない――敵艦隊を前にして。金《かね》がない――敵の金を前にして。もし兵員があるなら、すべてはあるだろう、だが、ほら、その兵員がない――これはたいしたことではない。

『われわれは座っている。われわれは落胆した。

『だが、数回乾杯を飲《や》ると、だんだんと兵員もあらわれた。

『――どうして兵員がいないんだ！　兵員がいないなんて、だれが言うんだ！　ほら、やつを遣《や》れ！やつを！　ガヴリーラを！　そうだ！――Ｋ＊＊＊は激して、われわれの世話をしていた給仕を指した。

『それから、乾杯を重ねるにつれて興奮してきて、彼は特に私に、ガヴリーラに比べてさえも贔屓《ひいき》(34)にすることが出来る人物として、どこやらN地方のポンパドゥール、ピョートル・トルストロボフを、推薦しはじめた。

『――これはこんな人間だ！――と、彼は叫んだ、――こんな人間なんだ！　地理学は知らない、算術も知らない、誰の血をでも流す！　天才だ！

『――おそらく、その人は、どうやら、イスタンブール(35)へも行き着くことはできないだろうな！――と、私が疑った。

『――出来ないだろう――これはその通りだ！

『われわれは沈思した。われわれは大まかに計算しはじめた、わがくにには何人の天才たちが地中に隠れているだろうか、学問は知らない、血を流すことは出来る！

『――一つ困ったことがある――どのような方法で彼をイスタンブールへ定住させることができるか！　艦隊はない！　金《かね》もない！――とＫ＊＊＊は叫んだ。

『――おかしな男だ、きみは！　自分でいま言ったじゃないか、艦隊はない――敵艦隊を前にして、と！

『――だれが言ったのかい、艦隊はない、と？　おれが言ったのかな、艦隊はないと？　決して!!　おれが言ったのは……

『さらに乾杯して、プラハ[36]のパラッキーへ電報を打った。眠り込んだ。

『夜の十二時にめざめた。

『――おれは、――と、K＊＊＊が言う、――きわめて不思議な夢を見たよ？

『そして私に、彼が夢のなかで見た話をした、なんでもトルストロボフがもうイスタンブールに定住して、《病人》の血を流しているとかというような。

『――こういうふうにだね、きみ、彼は器用に……

『しかし私は、もう酔いが覚めていたので、これに答えた、

『――必ずしも夢は当たらないよ、きみ！　ほらきみはきのう夢を見たね、私のところで客になって食事をすると、ところが実際にはわれわれのうちのだれがだれのところに客になって食事をとったか？　これによりその他のことも判断できるよ。

『そういうと、私は居酒屋から出た、彼は居酒屋に残った、暇な時に、私の言葉の中に隠されている真実を慎重に検討するために。

『耳ありて聴くを得る者は聴くべし！[37]』

――――

《いかにしてわれわれはヤムツキ王子イズゼジン゠ムザフェル゠ミルザをラッセーヤへ運んだか》。実際を見て書いたのは、王子たちの教育係、ハビブルラ・ナウマトゥルロヴィチ、元ホテル・ベリヴュ（サンクト゠ピチムブルヒ、ネフスキー通り、劇場の向かい。三時から七時まで正餐は献立表により、

一ルーブリのもの、二ルーブリのもの。夜食。朝食）の従業員。[38] 動物保護協会刊。

『大斎前週の、金曜日に、われわれがご主人がたのためのお勤めをすます否や、われわれのホテル・アフメトカに駆けつけてきて、言う、——ハビブルラ！ 王子に分別を与えることが出来るか？ 私は言う、出来る！——すると言う、カシモフへ行け、身分証を取って、ヤムジヤへ行ってくれ！

『カシモフへ行った、身分証を取った——ヤムジヤへ行った！

『彼《か》の地の首都へ行った。奇妙な都市だ、全体が砂から出来ている。すぐに王子のもとへ行く。

『——イズゼジン－ムザフェル－ミルザ！ ホテル・ベリヴュ——あのネフスキー通りの、劇場の向かいの、正餐が献立表により、一ルーブリのもの、二ルーブリのもの。夜食。朝食——の主《あるじ》が、私があなたに分別を与えるようにと、寄越しました——さあ、ピテムブルフへ行きましょう！

『——ピテムブルフとはいったい何だ？——と言う。

『私はおかしくなった。

『——あなたは大きな驢馬《ろば》におなりになりましたな、ピテムブルフを知らないなんて！

『王子は同意した。

『——さあ、行こう、——と言う、ただぼくに分別を与えてくれ、ハビブルラ！ どうか、与えてくれ！

『われわれは支度をしはじめた。旅行鞄《かばん》がない、錠つきの旅行用バッグがない！ 困った！

『——せめて、あなたは、——と、私が言う、——勲章をお持ちですかね？ ここの紳士がたは勲章がお好きですよ。

『——持ってるよ、——と、王子は言う、——驢馬勲章だ。自分でこしらえた。

『――もっとたくさんお取りなさい、――と、私が言う。

『われわれは馬車で進んだ、進んだ、船で進んだ、進んだ。苦難！

『われわれは、砂の上を馬車で進んだ、平原を馬車で進んだ、森林‐山岳を馬車で進んだ。海岸を船で進んだ、湾‐海峡を船で進んだ、河川を船で進んだ、湖沼は船で進まなかった……

『しかし、われわれは行き着いた。

『――いったいどんな国だい？ ――と、王子が尋ねた。

『あなたは大きな驢馬におなりになりましたな、そんなばかげた事をお尋ねになるなんて。国ではありません、ラッセーヤです、と、私が言う。

『――ぼくに分別を与えてくれ、ハビブルラ！ どうか、与えてくれ！

『われわれはある都市に馬車で行った――するとひとりのポンパドゥールに出会った。

『――いったいどんな人？――と、王子が言った。

『――ポンパドゥールだ、――と相手が言う。

『――驢馬勲章とガウン用の絹地[39]をお取りください！

『――ポンパドゥールは驢馬勲章を取った、絹地を取った、肩に接吻した、鉄砲をぶっぱなした……災難だ！

『――別の都市に馬車で行った――すると別のポンパドゥールに出会った。

『――驢馬勲章とガウン用の絹地をお取りください！

『――そのポンパドゥールも驢馬勲章を取り、絹地を取り、肩に接吻し、鉄砲をぶっぱなした！

『百露里《ヴェルスター》、馬車で進み、千露里、馬車で進んだが、どこでもポンパドゥールに出会った。だが、人民はいない、ポンパドゥールは居る。

『——ここはいい所だ、——と、王子が言う、——人民は決して見ることはないが、ポンパドゥールはたびたび見かける——さっぱりしたもんだ！

『マルシャンスクへはわれわれは自動車で行った——自動車はぶらさがっているみたいだ！　苦難！　わがイズゼジン－ムザフェル－ミルザは怖がって、胃をつかんだ。

『——ここは死にそうだ、——と、王子は言う、——帰ろう、ヤムジヤへ！

『私は腹立たしい、やれやれ、なんとも腹立たしくなった。

『——あなたは、——と、私は言う、——大きな驢馬におなりになったのでしょう、目的地まで我慢できないんですか！

『王子は耳をかそうとしない——もうだめだ！

『——さあ、帰ろう！——と、王子は言う、——帰って改革をやりたい！

『われわれは自動車でたったひと駅行っただけだ、——それでさっさとヤムジヤへひき返すんだ！

『われわれは馬車で進んだ、進んだ、船で進んだ、進んだ。

『一つの都市へ着いたら、ひとりのポンパドゥールに出会った、別の都市へ着いたら、別のポンパドゥールに出会った。

『驢馬勲章はやったが、絹地はやらなかった。惜しくなったんだ。

『——やあやあ、ここはよい所だ！——と、王子が言った、——人民はいないが、ポンパドゥールは居る——さっぱりしたもんだ！　さあ、帰ろう、帰ったら、改革をやるんだ！

『帰国した、改革を始めた。

『人民を追い出した、ポンパドゥールを据《す》えた、改革を終えた』。

完

XII—訳者注

（1）藁のポンパドゥール、前出。ペーチカ・トルストロボフ。本訳者注（34）参照。

（2）カソナド。フランス語で、粗糖の意。砂糖公爵と言ったところ。

（3）スルーク（一七八二?～一八六七）。ハイチの政治家、軍人。ハイチ皇帝（一八四九～五九）。ドミニカ共和国大統領（一八四七～四九）。軍事クーデターにより追放。ハイチは共和国になった。

（4）ポマレ（一八二二～七七）。タヒチの女王。ポマレ四世。フランス植民地支配者とたたかった。

（5）アムフィトリオン。ギリシア神話に登場する、客をよくもてなす主人。

（6）深き静寂。シチェドリンの皮肉。イソップの言葉。「深い反動」を意味する。

（7）ライーシェヴォ。ポシェホーニエ。サポジョーク。いずれもロシアの地名。

（8）ヴィースバーデン。西ドイツの中部、ヘッセン州にある有名な保養都市。ここでシチェドリンは、ロシア人の奴隷的従順さと、外国人町人の《ビール値上がり》にさえ抗議を表明する態度とを、比較している。

（9）ベレベーイ。ロシアの都市の名。

（10）レプレシヨン・ド・ラ・トランキリテ。フランス語の、平穏ノ為ノ鎮圧を意味するこの言葉は、一八七一年の《五月の一週間》の日々のパリ・コミューンの流血的鎮圧を、ティエールの政府と全フランス反動派がこう呼んだ。

（11）デュッソー、ボレリ、ミネラシキ。ペテルブルグの有名レストランや歓楽場の名。ベルグの劇場は、ロシアの最初のオペレッタ劇場。（前記の《勝利ノ雷鳴ヨ鳴リ渡レ》は、皇帝賛歌。前出）

（12）ペルシア王。クセルクス一世（在位前四八五～前四六五）。ギリシアの遠征の途次、嵐に遭って、自分の艦隊を追い散らされた。

(13) ナロフチャト。ルコヤーノフ。ともにロシアの地名。
(14) 地方裁判所の長と地方自治会の参事会の長。一八六四年に行なわれた改革(公開裁判と地方自治会の設置)に対する県行政当局の古参者の敵視を暗示。アレクサンドル二世の政府は一八六六年(カラコーゾフの皇帝暗殺未遂事件後)に内政の舵を公式の自由主義から反動へと切り換えた。
(15) モパ(一八一八～八八)。フランスの反動政治家。パリの警視総監(一八五一)。ナポレオン三世のもとの、警察大臣(一八五二～五三)。
(16) シュナパン。Chenapan. フランス語の、ろくでなしの意。
(17) ラ・クロズリ・デ・リラ。リラ園。ライラック千本を植えたパリの大庭園ダンス・ホール。
(18) 一八五二年。十二月二日、フランス共和国・ルイ-ナポレオン・ボナパルト、クーデタを起こし、同日、この元大統領が、フランス帝国皇帝ナポレオン三世となる。(クリュクワは火かき棒を意味する。)
(19) 愛らしき些事。いかがわしい娯楽。
(20) 《憲法》。《憲法》という言葉はロシアではパーヴェル一世(在位一七九六～一八〇一)とニコライ一世(在位一八二五～一八五五)の時代と、二度にわたって、公けに使うことを禁止された。(ロシアに国家基本法ができたのは、一九〇六年。)
(21) 親類。卑猥な罵言をさす。たとえば、汝の母を姦せよ、など。
(22) マドモアゼル・パージ。当時有名なペテルブルグのフランス人劇場の女優。
(23) 地方自治体参事官。シチェドリンはここに、ロシアにはこのような職名はかつてなかった、と注を入れている。
(24) スー。フランスの旧銅貨。五サンチーム。
(25) ロンドンで鵞鳥。(ナポレオン三世〈一八〇八～七三〉は、オランダ王ボナパルトとナポレオン一世の姪オルタンスの第三子。ナポレオン二世の死後、ボナパルト家宗主となり、ストラスブールで反乱を計画〈三六〉、アメリカに追放されたが、イギリスに亡命、一八四八年二月革命のとき、国民議会議員となり、のち大統領に当選、一八五一年十二月二日のクーデタにより皇帝。)このようなうわさは、一八五〇年代から七〇年代にかけて、根強くひろがっていた。（女郎屋の経営も同じ。）

（26）モルニ（一八八一〜六五）。ナポレオン三世の異父弟。伯爵。フランスの反動政治家。一八五一年十二月二日のクーデタの主謀者。

（27）恐ろしい東方問題。クリミア戦争（一八五三〜五六）の予備交渉をさす。

（28）公平ナル観察者。ここにシチェドリンは次のような注をつけている。「《公平ナル観察者》という匿名の下にモスクワのある高名な考古学者にして腹話術師が隠されているのではないかと思われる。しかし、このような推測は何によっても立証されないので、この著者を私は、有名な外国人たちの数に入れざるを得なかった。」

（29）K＊＊＊。反動的汎スラヴ主義評論家コーコレフ（一八一七〜八九）をさす。百万長者で企業家、金融業者。一八五〇年代末から六〇年代初頭にかけて、自由主義的論文を発表、発言した。

（30）同胞スラヴ人。バルカンのスラヴ人をトルコから守ろうとするためにモスクワの反動的スラヴ主義者たちによって始められた《スラヴ》愛国的騒ぎを暗示。

（31）《病人》。一九世紀の社会政治評論語（外交的隠語）では、スルタンのトルコを暗示。

（32）パラツキー（一七九八〜一八七六）。有名なチェコの歴史家、政治家。一八四八年の革命に参加。

（33）ハンカ（一七九一〜一八七六）。チェコの民族運動の活動家。帝政ロシアとの親交の支持者。

（34）ピョートル・トルストロボフ。このポンパドゥールはⅨに登場。ペーチカ・トルストロボフ。藁のポンパドゥール。

（35）イスタンブール。トルコ西部、ボスポラス海峡を臨む都市。ビザンチン文明の中心地。旧コンスタンチノープル。古代ロシア語の別称ツァリグラード。ここにトルコが出てくるのは、露土戦争（一八七七〜七八）の伏線。

（36）プラハ。チェコスロヴァキアの首都。

（37）耳ありて聴くを得る者は聴くべし。新約聖書「マタイ伝」第二五章第三〇節の末尾。（この言葉は、正教会の聖書にはあって、邦訳一般の聖書にはない。）

（38）……従業員。ここにシチェドリンは次のような注を入れている。「若いイオムドスキー王子にとっては何と奇妙な教育係だろう！——と読者は指摘できる。この指摘の正当さについてはまったく同意見であるが、しかし何一つ修正することは出来ぬ。」このシチェドリンの注どおり、ここの文章は、カタコトのロシア語である。

（39）驢馬勲章とガウン用の絹地。ポンパドゥールたちが、ペルシア王やブハラ王らから勲章やガウンを贈られることを好んでいた。

参考文献

シチェドリン選集（全八巻）未来社刊（編訳／西尾章二・西本昭治・相馬守胤）

第一巻　大人のための童話（西尾章二訳）

第二巻　現代の牧歌（西本昭治訳）

第三巻　国外にて（相馬守胤訳）

第四巻　僻地の旧習（上）（西尾章二・相馬守胤訳）

第五巻　僻地の旧習（下）（西尾章二・相馬守胤訳）

第六巻　ある都市《まち》の歴史・堕落の子（西尾章二・西本昭治訳）

第七巻　ゴロブリョフ家の人びと（西本昭治訳）

第八巻　かくれがモンレポ・文学論　附＝伝記・年譜*（西本昭治・相馬守胤訳）

*相馬守胤執筆。

シチェドリン作「パーズヒンの死――四幕物の喜劇」（西本昭治訳）未来社

訳者あとがき

本書は、ロシアの風刺作家N・シチェドリン（本名　ミハイル・エヴグラフォヴィチ・サルトゥイコフ　一八二六〜八九）の作品《ポンパドゥールシ》（Помпадуры и помпадурши）の翻訳である。訳すなら、《ポンパドゥールたちとポンパドゥールシャたち》である。冒頭の章「作者から」の訳者注（1）（2）で説明したので、重複する形になるが、簡単にその意味を記すことにする。ポンパドゥールは、元の意味は、フランス国王ルイ十五世の愛人Pompadour（一七二一〜六四）のことである。国事に容喙《かい》し、国費を濫費した女である。シチェドリンはこのポンパドゥールの名を借りて、本作品に専横行政官として登場させ、ポンパドゥールシャをその愛人として登場させた。以後、ロシア語ではポンパドゥールもポンパドゥールシャも普通名詞として通用しはじめ、辞書にもその意味で載っている。そこで、本書の題名を、試行錯誤の末、「専横行政官《ポンパドゥール》とその女たち」とした。（ルビをふらざるを得なかった。）

本書に登場するポンパドゥールは、末章の外国人から見たポンパドゥールには、警察分署長まで入っているようであるが、それでも上位のポンパドゥールが出てくる。そこで平均的なポンパドゥールの官等は、四等官（少将相当官）で、職位は閣下と呼ばれる県知事、もしくは特別市の市長官である。（シチェドリン戯曲「パーズヒンの死」の中で、訳者注に五等官を少将相当官としたところがあるが、これは研究社露和辞典を踏襲したものであり、モスクワ版歴史辞典の官等表を見ると、准将相当官としたほうがよいかと思ったが、この准将という官位は一七二二年から一七九九年まで存在したもので、シチェドリンがこの戯曲〈一八五七〉を書いたときは存在しなかった。）

本作品は、各章が独立した、言わば読み切り短編の、シリーズもので、一八六三年から一八七四年まで、十一年にわたって書かれた。この間に、「ある都市《まち》の歴史」（一八六九〜七〇）が書かれている。その点で、本作品は、「ある都市《まち》の歴史」との結びつきがいろんな所に感じとられる。しかし、やはり、「ある都市《まち》の歴史」に登場する市長官たちの、振舞いは、極度に戯画化されているのに対して、この「専横行政官《ポンパドゥール》とその女たち」は、ドキュメント風の感じ、やや穏やかな感じでの、皇帝専制ロシアの地方の権力者たちの、戯画化がみとめられる。

この作品も、当時のロシアの時代背景を色濃く写し出している。この作品に出てくる最古の年号は、ニコライ一世（在位一八二五〜五五）治下の、一八五三年である。それからクリミア戦争（一八五四〜五六）をへて、一八六一年の農奴解放から始まる、アレクサンドル二世（在位一八五五〜八一）の一連の改革の時代。一八六三年には笞《ち》刑が廃止され、一八六四年には地方自治会《ゼムストヴォ》が設置され、司法制度の改革（公開裁判）が行なわれ、一八六五年には事前検閲制が廃止されている。しかし、一八六六年のカラコーゾフ（一八四〇〜六六）の皇帝暗殺未遂後、上からの自由主義的改革は、反動へと舵を切り換える。国外では、フランスで、一八七一年にパリ・コミューン（三月十八日〜五月二十七日）が世界で最初の労働者階級の権力を樹立したが、残虐に絞殺された。そしてフランスの反動的締めつけ政治。これらの諸事件をシチェドリンは、本作品に随所にとりこんでいる。

ポンパドゥールの、特徴を三つあげるなら、法の無視、ポンパドゥールシャの選定、税の滞納金の取り立てである。

ポンパドゥールシャについて言えば、元祖の Pompadour のような女性こそあらわれないが、ポンパドゥールが着任するごとにポンパドゥールシャになろうとする有夫の女たちが描かれている。（ただし、例外もある。）

この作品は、また、シチェドリン自身の一八六〇年代の官吏生活の経歴が色濃く反映している。シチェドリンは、一八五八年から一八六二年にかけて、リャザン県とトヴェリ県の副知事をつとめている。また、一八六五年から一八六八年にかけて、ペンザ県、トゥーラ県、さらにリャザン県の税務局長をつとめている。一八六八年六月に官吏の勤務をやめて、その後、雑誌「祖国雑記」の編集部に入っている。シチェドリンはこの官吏生活のさいに、地方の県や郡の官僚の生態をつぶさに観察し、膨大な資料をあつめた。

さきにこの作品は、独立した短編のシリーズと書いたが、全体としてみるに、一つの統一したテーマを追っている、首尾一貫した作品である。最初の章から順にあらすじを追ってみよう。

Ⅰ《ではこれで、わがいとしいひとよ、お別れだ！》　この章に登場するポンパドゥールは、ニコライ一世時代からの官僚で、七十五歳になって、ポンパドゥールになってから六か月後に退職の辞令をもらい、その歓送会の模様が中心。

Ⅱ　引退した老いた雄猫　退職した旧ポンパドゥールは郊外に住み、新ポンパドゥールの統治手法を執拗に観察している。ことごとくに不満であったが、新ポンパドゥールがポンパドゥールシャを選定した報に接し、大喜びする。そして新旧ポンパドゥールの会見後、旧ポンパドゥールは満足して、食べ過ぎ、急死する。

Ⅲ　旧ポンパドゥールシャ　ポンパドゥールが離任して、残されたポンパドゥールシャは旧ポンパドゥールシャになった。その旧ポンパドゥールシャに新ポンパドゥールが懸想して、あの手この手で陥落させる。

Ⅳ《こんにちは、いとしい、わたしのいい女《ひと》！》　四等官になった三十歳の、ミーチェンカ・コゼルコフがポンパドゥールになろうとして猟官運動の結果、セミオゼルスク県のポンパドゥールになる。県貴族団長や県幹部と初顔合わせ。晩餐会の情景。改革後の若い官僚が描かれている。

Ⅴ《暁にはあなたは彼女を起こすな》　セミオゼルスクで貴族団長を選ぶ、三年に一度の、選挙が行なわれることになる。選挙は各党派（保守派と極左・自由主義派とそれらの分派）に分かれて、激烈をきわめる。田舎の貴族地主たちがセミオゼルスクに大挙してやってくる。ポンパドゥール、ミーチェンカ・コゼルコフは、ひそかに工作して、自分の気にくわぬ大物候補者をみごとに落選させた。

Ⅵ《彼女はまだ辛うじてしゃべることが出来る》ペテルブルグに出てきたミーチェンカ・コゼルコフ、演説（無内容）のこつをつかむ。風貌も変った。ミーチェンカは若い官僚たちの親分として演説（無内容）をぶつ。セミオゼルスクに帰ったミーチェンカは、ポンパドゥールシャに選んだフォン・ツァナルツト男爵夫人のもとに通う。下僚や議長たちを演説（無内容）で悩ませる。御用評論家を雇ってきて、提燈持ち記事を書かせる。ミーチェンカの説教（無内容）にポンパドゥールシャも住民もあいそをつかす。だれにも相手にされなくなったミーチェンカは、熱病を発し、「たたき壊すぞ！」とうわごとを言う。

Ⅶ　懐疑する人　ポンパドゥールが突然、懐疑にとりつかれた。官房長に、法律の存在を指摘されたのである。これまで恣意的に住民を、「ぶん殴れ」「一発くらわせろ」と懲罰してきたポンパドゥール。では、ポンパドゥールと法律は、いずれが優位にあるか、悩むのである。そして法律とポンパドゥールの格闘が始まる。勝利をおさめたのは、ポンパドゥールであった。

Ⅷ 彼!! ポンパドゥールが突然解職されて、ペテルブルグで、金持ちの居候になったのち、追い出されて、恩給暮らしを始める。その旧ポンパドゥールの夢想的回想が、専制政治への「心情の温かさ」を論ずる「僕」の感懐に及ぶ（このあたり少し構成がこみいっている）。反動期の到来とその活動家の出現、ついに新ポンパドゥール〈彼〉の着任。

Ⅸ 闘争のポンパドゥール、あるいは未来の悪ふざけ 自由主義者フェーデンカ・クロチコフ、ナヴォーズヌィー地方のポンパドゥールになる。が、自由主義に幻滅をおぼえる。農奴制の廃止をなげく。ついに保守主義者に変身する。パリ・コミューン後の、フランスの反動のうごめき「闘争の県知事」に応えたいフェーデンカ。反動的闘争に走るポンパドゥール、フェーデンカ。フェーデンカのポンパドゥールシャの選定。ポンパドゥールシャをジャンヌ・ダルクに見立てての保守的闘争のデモンストレーション。締めくくりとして、未来の悪ふざけ、フェーデンカのたまげた住民無視の神秘主義的行政。だが住民は長い目で見て、びくともしない。そして、転向しなかった自由主義者たちの末路。

Ⅹ 創造者 これまでのポンパドゥールとは違った経歴（農奴解放後の経営者タイプ）で、ポンパドゥールになったセルゲイ・ブィストリツィン。ニヒリストに同情的。空想的社会主義にかぶれている。最後に、おなじみのグルーモフが登場し、「創造」するポンパドゥールを、「ひゅいっ」（弾圧）の理論でたたきのめす。

Ⅺ 無類のひと 無類の人のよいポンパドゥール。着任後、書記に革命（反乱）には目をつぶれ、と訓戒する。ポンパドゥールシャの選定。上層の婦人を選ばず、下層の居酒屋の寡婦をポンパドゥールシャにした。警察分署長たちに、住民を殴らないですむような理屈を講義した。文書の署名は行なわないことを書記に宣言し、この都市《まち》の存在が中央から忘れられてしまうことを期待した。林へ行って鷽《ウソ》（学生運動）を手なずけた。そのうちに中央は都市《まち》の存在を忘れたが、ポンパドゥールは一つの失策をしていて、それが原因でこの都市《まち》の存在があかるみに出る。

XII　ポンパドゥールたちについての高名な外国人たちの意見　外国人たちのロシアのポンパドゥールに関する著書とされるものに、ことよせて、シチェドリンは痛烈にロシアの反動を批判した。ロシアのポンパドゥールがフランスから密偵を輸入した話。そのフランスの密偵の、ロシアのポンパドゥールの観察記。

以上が、各章のだいたいのあらすじであるが、現代のどこかの国のどこかの省（複数）の高級官僚のオンパレードの感がある。もう少しつけ加えれば、これらのポンパドゥールの中には、「私が法律である、貴君らは他のいかなる法律をも知る必要はない」とか、「住民はつねに何かにおいて罪がある」という象徴的な言葉を述べる者もいる。また、「たたき壊すぞ！」という言葉、あるいは「ひゅいっ」という擬声語を発するポンパドゥールもいる。これは、シチェドリン「ある都市《まち》の歴史」に出てくる、「容赦ならんぞ」「たたきこわすぞ」と二語のみを発するオルゴールが頭につまっている市長官を連想させる。終章に出てくるロシアのポンパドゥールを観察した外国人の手記も、皮肉・風刺に富んでいる。「人民を追い出した、ポンパドゥールを据えた、改革を終えた」、という最後の言葉には、唖然とさせられる。これはアレクサンドル二世の改革の本質を衝いている。

シチェドリンのこのポンパドゥール・シリーズは、さきにも記したように、一八六三年から一八七四年まで、十一年にわたって、雑誌「現代人」と「祖国雑記」に続けて、あるいはとびとびに連載され、その一篇一篇が雑誌に掲載されるごとに、賛否両論の渦を巻きおこしたが、ポンパドゥールとポンパドゥールシャがロシア語で普通名詞として定着するほどの影響を与えた。（ただポンパドゥールシャという語を最初に使ったのシチェドリンではないという説もある。）シチェドリンのこの作品の最初の単行本が出たのが、一八七三年であるが、その同じころにドストエフスキーの「悪霊」（一八七一〜七二）が出ている。終生論争をたたかわせた両者の関係であるが、ドストエフスキーの「悪霊」にもシチェドリンの作品に登場するポンパドゥール像が投影している箇所があるとする説がある。

シチェドリンのこの作品は、一九三九年に、《ポンパドゥールたち》という題名でオペラとして上演されている。また一九五五年には、《ポンパドゥールたちとポンパドゥールシャたち》という題名で戯曲化され、レニングラード喜劇劇場で上演されている。

シチェドリンは、一八八一年九月一三（二五）日付の、V・P・ガエーフスキーへの書簡で、「私は文学者であるばかりでなく、ジャーナリストでもあります、つまり党派の人間です」と、述べている。この言葉に、シチェドリンの文学作品の秘密を解く鍵がある。

本作品の単行本としての出版は、第一版が一八七三年、第二版が一八七九年、第三版が一八八二年、第四版が一八八六年、となっていて、それぞれ異同がある。

翻訳にあたっては、シチェドリン二〇巻作品集第八巻（一九六九）に収められているもの（一八八二年版底本）を原則としてテキストとしたが、シチェドリン二〇巻作品全集第九巻（一九三四）に収められているものと比較して、やや異同があるので、前者で省かれているところを後者で補った箇所がある。しかし注記しなかった。

この翻訳にとりかかるため原書（旧版）を取り出したところ、最初のほう三分の一ぐらいに随所に赤線が引いてあり、もしやと思って押し入れの中を探したところ鼠の巣から訳稿が出てきた。Ⅲまで訳しており、一九五七年二月六日という日付が末尾に記されていた。失念していたが、その日にいったん訳出を中止したのであろう。

和久利誓一氏、横山民司、相馬守胤氏にお世話になった。お礼を申しあげる。

なお、訳者注は、これまでもそうだったが、原書（新旧版）巻末に付されている注に負うところが大きい。

二〇〇〇年　　　　西本昭治

訳者略歴

西本昭治（にしもと・しょうじ）

1926年　山口県に生まれる。
旧満洲国立大学ハルビン学院に学ぶ。
ロシア文学翻訳に従事。
《訳書》　『愛と生と死 ── トルストイの言葉』（社会思想社）
セレブリャコワ『フランス革命期の女たち』（岩波新書）
ザドルノフ『北から来た黒船』全３巻（朝日新聞社）
セレブリャコワ『プロメテウス』全16冊（新日本出版社）
『シチェドリン選集』（共訳，未來社）
クルィローフ『ロシアの寓話』（社会思想社）
シチェドリン『パーズヒンの死─四幕物の喜劇』（未來社）
セラフィモーヴィチ『鉄の流れ』（光陽出版社）ほか。
《住所》　山口県熊毛郡田布施町大波野1502─14

専横行政官《ポンパドゥール》とその女たち

2000年２月25日　第１刷発行

定価（本体4800円＋税）

著　者　サルトゥイコフ・シチェドリン
訳　者　西　本　昭　治
発行者　西　谷　能　英
発行所　株式会社　未　來　社
〒112-0002　東京都文京区小石川３－７－２
電話 03（3814）5521㈹　振替 00170－3－87385
URL: http://www.miraisha.co.jp/
Email: info@miraisha.co.jp

印刷＝スキルプリネット／装本印刷＝形成社／製本＝富士製本
ISBN 4-624-61034-2　C0097